Zum Buch:

Die Panoramakamera des Fernsehturms Näsinneula im finnischen Tampere filmt eine Person, die den zugefrorenen Näsijärvi-See betritt. Weit draußen bricht sie plötzlich durch das Eis und ist von einer Sekunde auf die nächste verschwunden. Wer war diese Person, und was bewog sie, den gefährlichen Weg aufs Eis zu wagen? Diese Fragen beschäftigen die Bewohner Tamperes auch noch sechs Monate später, denn weder wurde eine Leiche gefunden, noch gibt es eine Vermisstenmeldung. Als Sarah Fuchs zum legendären Tango-Festival in die Stadt reist, verstirbt gleich am ersten Abend ihr Tanzpartner auf dem Parkett – direkt in ihren Armen. Und er wollte Sarah mit seinen letzten Atemzügen etwas Wichtiges zu der im See verschwundenen Person mitteilen. Während Sarahs Zweifel wachsen, dass ihr Tanzpartner eines natürlichen Todes gestorben ist, weigert sich die Polizei, Mordermittlungen aufzunehmen. Was steckt hinter dem Schweigen, das Sarah allenthalben entgegenschlägt? Was verbindet die auf dem Eis verschwundene Person und den verstorbenen Tänzer? Je eindringlicher Sarah diesen Fragen nachgeht, umso klarer wird ihr, dass sie einem tragischen Verbrechen auf der Spur ist. Einem Verbrechen, das zusehends auch ihr eigenes Leben gefährdet.

Zum Autor:

Tobias Quast, aufgewachsen in Wuppertal, studierte Literatur- und Medienwissenschaft an der Universität Düsseldorf. Mehr als seine zahlreichen Jobs, etwa als Buchhändler, Journalist oder Übersetzer, prägte ihn, dass er mit einer Finnin verheiratet ist. Die Belustigung ihrer Familie zog er auf sich, als er aus Angst vor Bären nur noch singend durch den finnischen Wald joggte. Mit den Finnen teilt er die Liebe zu Lakritz, Kaffee und *saunaolut* – Saunabier. Seine Lieblingsstadt Helsinki ist ihm mittlerweile zur zweiten Heimat geworden.

Tobias Quast

Eisblau

Ein Finnland-Krimi

HarperCollins

1. Auflage 2025
Originalausgabe

Valentinskamp 24 · 20354 Hamburg
info@harpercollins.de
Umschlaggestaltung und -abbildung von Hafen Werbeagentur, Hamburg
Gesetzt aus der Adobe Garamond
von GGP Media GmbH, Pößneck
Druck und Bindung von GGP Media GmbH, Pößneck
Printed in Germany
ISBN 978-3-365-00997-0
www.harpercollins.de

Druckprodukt mit finanziellem Klimabeitrag
ClimatePartner.com/15109-2009-1001

MIX Papier
FSC FSC® C014496

ERSTES KAPITEL

Immer geradeaus. Langsam, damit er nicht ausrutscht. Unter seinen abgetragenen Turnschuhen knarzt die Schneedecke. »Ich muss weiter«, flüstert er ins Telefon. Er beendet das Gespräch und schiebt das Handy in die Jackentasche.

Auf der gefrorenen Seeoberfläche schimmert der Schnee trotz der nächtlichen Dunkelheit in einem matten Weiß. In der Luft wirbeln unzählige Flocken. Sie legen sich auf seine Mütze, die Schultern, die Schuhspitzen. Im Gesicht schmilzt der Schnee zu einem feuchten Film.

Kurz verspürt er fast so etwas wie Ruhe. Doch der Moment vergeht so schnell, wie er gekommen ist. Im Flockentreiben blinzelt er zum Ufer. In seinem schneeschlierigen Blick sieht Tampere aus wie ein auf die Erde niedergegangener Sternenhimmel. Über dem Ufer schweben die Stadtlichter und funkeln aufgeregt. Schwindel überkommt ihn. »Ich muss weiter«, treibt er sich an. »Er muss hier draußen sein.«

Er vergräbt die Hände in den Taschen seiner viel zu dünnen Jacke. Wie lange ist er bereits unterwegs? Er kann es nicht sagen. So einiges vermag er nicht zu sagen, obwohl die Worte in ihm drängen.

Ein Schatten lässt ihn innehalten. Er meint, zwischen den Flocken die Silhouette eines Mannes zu erkennen. »Ich bin hier!«, ruft er in die Nacht. Sein Hals ist trocken. Er stolpert nach vorne, dem Umriss entgegen.

Nichts. Da ist nur Eis und Schnee. Hat er sich getäuscht? Er schluckt schwer, als er Enttäuschung in sich aufsteigen spürt. Da dringt eine Stimme an sein Ohr.

»Mörder!«

Er fährt zusammen.

»Es ist deine Schuld«, schneidet die Stimme durch das Flockenmeer, kalt wie das Wasser, das unter der Eisschicht lauert.

Er dreht sich um die eigene Achse, sucht nach dem Ursprung der Stimme, die ihm zugleich vertraut und fremd ist. Er erwartet, dass der Mann jeden Moment hinter dem weißen Schleier hervortritt. Doch nichts geschieht. Niemand gibt sich zu erkennen. Nur der Schnee macht sich einen Spaß daraus, seine Nase zu kitzeln.

»Mörder!«

Er wankt nach vorne. Unter ihm knirscht das Eis. »Zeig dich!« Sein Ruf ist nicht viel mehr als ein Flüstern. »Bitte!«

»Du bist ein Mörder!«

Er stöhnt auf und fährt herum, denn jetzt kommt die Stimme aus einer anderen Richtung. Oder sind es zwei Stimmen? Er stolpert, fällt nach vorne, rudert mit den Armen. Erst im letzten Moment kann er sich fangen. Schweiß perlt auf seiner Stirn und mischt sich mit dem geschmolzenen Schnee.

»Glaube nicht, dass dir jemals vergeben wird! Niemals!«

Die Worte bohren sich tief in ihn hinein, und er fährt zusammen, dreht suchend den Kopf. Wieder erkennt er im Gestöber den Umriss einer Person. »Warte!« Seine Stimme klingt flehend und zu hoch, er erkennt sie selbst nicht.

»Warte?«, hallt es zur Antwort über das Eis, gefolgt von einem Lachen, in dem sich Hohn und Hass vereinigen. »Ich werde nicht warten. Niemand wartet auf dich. *Nie-mand!*«

»Bitte!«, schluchzt er. Wieder hat er den Umriss aus den Augen verloren. Er schüttelt den Kopf wie ein Hund, der aus einem Bachlauf steigt. Im Rhythmus seiner flachen Atemzüge hebt sich die Brust wie ein eigenständiges Wesen.

Lastende Stille breitet sich auf dem See aus. Nicht einmal das Eis knarzt. Selbst die Schneeflocken fallen jetzt zögerlich, als wären auch sie darauf bedacht, kein unnötiges Geräusch zu erzeugen.

Er möchte rufen, die Stille durchbrechen, doch seine Lippen bleiben aufeinandergepresst. Wie zugenäht zwingen sie ihn zum Schweigen. Mit dem Jackenärmel wischt er sich über die Augen. Im Tränenfilm verschwimmen die trudelnden Schneeflocken zu einem weißen Brei.

»Es ist Zeit, dass wir es beenden.« Die Stimme kommt aus der Ferne, wie aus einer anderen Zeit, und doch dringen die Worte glasklar durch die Nacht. »All die Jahre hast du geatmet und gelebt. Was für eine Vergeudung! Was für eine Anmaßung!«

Er schleppt sich voran. Er will, er muss weiter. Tief holt er Luft. Reißt die Lippen gewaltsam auseinander. Schmeckt Blut. »Warte!« Er bleibt stehen, hämmert sich mit einer Faust gegen die Schläfe.

Ein Lachen antwortet ihm. Vielleicht stammt das Geräusch auch vom Wind, der über den See streicht und die Flocken verwirbelt, als würde er mit ihnen spielen.

»Warte!«, stöhnt er in die übermütige Böe hinein. »Wir müssen es beenden, das stimmt.« Neue Entschlossenheit sammelt sich in ihm, und er trotzt dem anschwellenden Schwindel und schleppt sich weiter.

Etwas bewegt sich in der Jackentasche. Mit klammen Fingern tastet er herum, zieht sein vibrierendes Handy hervor. Für einen Moment muss er überlegen, wozu das Gerät dient. Dann schüttelt er den Kopf. Drückt dennoch auf das Symbol, das den Anruf annimmt. »Der See …«, stößt er aus. »Eisblau.« Mit einem Schluchzen legt er auf und schaltet das Gerät aus. Stolpert weiter, Schritt für Schritt, das Telefon in der herabbaumelnden Hand.

Auf einmal steht der Mann vor ihm, nur wenige Meter entfernt. Ein Schatten im Flockenmeer. Aus nassem Haar fallen Tropfen auf den Schneeteppich, das Eis darunter knackt, als würde es sich räuspern.

»Mörder.« Der Mund scheint sich beim Sprechen nicht zu bewegen. Und doch hat das Wort eine Wucht wie aus einem Lautsprecher.

Er kann sich kaum auf den Beinen halten. Seine Hände suchen nach einer Stütze, doch da ist nichts. Nur leise flüsternder Wind, der ihn ebenfalls anklagt. Das Gefühl von Schwindel nimmt zu. Er schnappt nach Luft.

Der dunkle Umriss kommt auf ihn zu.

»Du …«, ächzt er. So also sieht er aus, nach all den Jahren. Kalt.

»Endlich geht es zu Ende«, raunt der Schatten.

Tausendfach flüstern die Flocken ein Echo. Oder ist es die Stimme des Windes, der jetzt auffrischt?

»Komm zu mir.«

Er schluchzt, macht einen Schritt vorwärts.

Unter der unberührten Schneedecke stöhnt das Eis auf, als würde es eine Warnung rufen.

ZWEITES KAPITEL

Schwere Molltöne liegen in der Luft. Wie Regen, der auf weichen Waldboden fällt, ergießt sich Kapellmusik auf die Tanzfläche herab. Auf dem Podium wiegen sich die Musiker, vier Männer und eine Frau, ein wenig steif im Takt. Mit geschlossenen Augen spielen sie selbstvergessen auf ihren Instrumenten. Nur die Frau am Akkordeon blinzelt von Zeit zu Zeit in den Raum zu ihren Füßen, als wollte sie sich vergewissern, dass noch jemand anwesend ist.

Auf der Tanzfläche geht es äußerst rege zu. Drei Dutzend Paare schweben und kreisen, trippeln und gleiten über das Parkett des Hotelsaals, an dessen fensterlose Wandseite ein Projektor den leuchtenden Schriftzug *suomalainen tango* wirft. Finnischer Tango. Darunter prangt die finnische Nationalflagge – dezent animiert, sieht sie aus, als würde sie beständig von einem zarten Windhauch liebkost.

Sarah blickt zu der digitalen Wandmalerei hinüber und seufzt. Noch hat sich bei ihr die ersehnte Entspannung nicht eingestellt, doch sie hofft, das ist nur eine Frage weniger Sekunden. Beziehungsweise weniger Tanzschritte.

»Sie sind also eigens für unser kleines Tangofestival nach Tampere gereist?«, fragt ihr Tanzpartner in beinahe akzentfreiem Englisch.

»Bitte?« Aus ihren Gedanken gerissen, schaut Sarah in das Gesicht des Mannes, der sich ihr vor wenigen Augenblicken als Arttu vorgestellt und sie dann auf die Tanzfläche geleitet hat. Dort führt er sie nun schwungvoll um die übrigen Tanzpaare herum.

Sie schätzt Arttu, der sein graues Haar militärisch kurz trägt, auf Mitte sechzig. Er trägt teure, aus ihrer Sicht aber wenig vorteilhafte Kleidung: eine akkurat gebügelte marineblaue Bundfaltenhose, die am Gesäß doch ordentlich spannt, dazu ein weißes Poloshirt, unter dem sich ein Bäuchlein wölbt. Nach seiner Gesichtsbräune zu schließen, verbringt der Mann seine Wochenenden auf dem Golfplatz.

Immerhin tut das Bäuchlein Arttus Beweglichkeit keinen Abbruch. Voller Elan und mit einem beschwingten Lächeln auf den Lippen führt er Sarah zum Takt der Tangomusik, die trotz ihrer Melancholie den Charme von Marschmusik hat, über die Tanzfläche. Wobei der finnische Tango Sarah nicht viel mehr als die Grundbewegungen abverlangt, wie sie ein wenig enttäuscht feststellt. Von südamerikanischem Feuer keine Spur. Dafür absolviert ihr Tanzpartner die immergleiche Schrittfolge umso energischer.

»Was meinten Sie, Arttu?«

»Tampere. Sie sind zum ersten Mal hier?« Zwei langsame Schritte, eine halbe Drehung.

»Ja, ich bin eigens für das Festival nach Finnland gekommen. Aus München.« Sarah lässt sich von Arttu rückwärts zu Boden biegen. Sieh an, denkt sie anerkennend, während ihre blonden Locken das Parkett streifen. Es geht auch ein wenig eleganter und einfallsreicher.

Arttu nickt mit stoischer Miene, als wäre es die natürlichste Sache der Welt, für ein paar Runden Tango über zweitausend Kilometer zurückzulegen. Er richtet Sarah wieder auf. »Der finnische Tango ist einzigartig. Voller Leidenschaft und Sehnsucht. Es gibt wahrlich nichts Besseres, um den Alltag hinter sich zu lassen. Von der Sauna abgesehen, natürlich. Und vom Golfen.« Er stößt ein röhrendes Lachen aus, das Sarah zusammenfahren lässt. »Spielen Sie Golf?«

»Nein, das ist nichts für mich. Ich bin mehr für Yoga und Pilates. Mein Mann spielt Golf. Mein baldiger *Ex*-Mann, meine ich.« Sie verdreht die Augen. »Dann Ex Nummer zwei«, ergänzt sie säuerlich.

»Ich bin bereits dreimal geschieden.« Arttu weist im Vorbeitanzen mit dem Kinn in Richtung einer elegant gekleideten Brünetten, die am Rand der Tanzfläche steht und den Weg von Arttu und Sarah aufs Genaueste verfolgt. »Das da drüben ist Tuula. Meine Freundin.«

»Ihre Freundin, aha.« Tuulas verkniffene Miene lässt Sarah vermuten, dass die Mittfünfzigerin von Arttus eng umschlungener Tanzeinlage mit Sarah nicht begeistert ist. »Tanzt sie nicht?«

»Sie hat sich den Knöchel verstaucht«, erklärt Arttu vielsagend. »Oder war es was mit dem Knie? Ich hab es vergessen.« Nach einer weiteren Drehung führt er Sarah an den Rand des Parketts, in Tuulas Nähe und beugt sie abermals kunstvoll rückwärts zu Boden.

Da möchte jemand seine knöchellahme, nicht tanzende Freundin eifersüchtig machen, denkt Sarah und fängt wie zur Bestätigung einen giftigen Blick Tuulas auf.

Arttu leitet Sarah zurück in die Mitte der Tanzfläche. »Warum sind Sie denn auf dieses Festival gekommen?«

»Es war … eine spontane Idee«, antwortet Sarah zögernd. »Tanzen entspannt mich, lässt mich den Stress vergessen. Und in letzter Zeit habe ich genügend Stressiges erlebt. Also habe ich nach einem Tangofestival im September gesucht. Und stieß auf Tampere. Da ich Finnland liebe, fiel mir die Entscheidung nicht schwer.«

»Unsere Tangoveranstaltung hier ist bei Weitem nicht so bekannt wie das berühmte Festival in Seinäjöki, doch wie Sie sehen, wird auch bei uns mit Begeisterung getanzt.« Arttu verzieht den Mund zu einem Grinsen.

»Von dem Festival in Seinäjöki habe ich schon gehört. Es gab dazu mal eine Dokumentation im Fernsehen. Da scheint der ganze Ort tagelang Kopf zu stehen, und auf allen Straßen wird Tango getanzt.«

»Ich sehe, Sie sind bestens informiert. Sind Sie regelmäßig in Finnland?« Arttu bedenkt Tuula mit einem forschenden Blick und wirft Sarah kurz darauf abermals im Takt der Musik in eine Rückenbeuge.

Wieder aufgerichtet, räuspert Sarah sich. »Das ist mein dritter Besuch. Als Kind habe ich mit meinen Eltern Urlaub in Helsinki gemacht. Und vor etwa zwei Monaten habe ich den Sommer in Sysmä verbracht. Am Päijänne-See.«

Arttu wechselt die Richtung. Zwei langsame Schritte, eine halbe Drehung. »Am Päijänne, wie schön. Sicher hatten Sie eine erholsame Zeit. Man kann dort hervorragend fischen und in den Wäldern Blaubeeren sammeln.«

»Erholsam?«, stößt Sarah aus. »Wie man es nimmt. Mein Urlaub wurde mir dadurch versüßt, dass ich unweit meines Sommerhauses am Seeufer über eine Leiche stolperte und die Polizei erst einmal *mich* des Mordes verdächtigte.«

Arttu gerät aus dem Takt, fängt sich jedoch nach zwei Schritten wieder. »Ist das Ihr Ernst? Sie waren in einen *Mordfall* verwickelt? Hier in Finnland?« Zur ausklingenden Musik bleibt er stehen, entlässt Sarah aber nicht aus der Umarmung. Etwas in seiner Mimik hat sich verändert.

»Mein voller Ernst. Leider.«

»Unglaublich! Nun, beim Tango sollte es merklich weniger aufregend zugehen«, sagt Arttu und lacht. Doch die zur Schau gestellte Heiterkeit will nicht recht zu seiner verhaltenen Miene passen. Beim Einsetzen des nächsten Musikstücks schreitet er weit aus und zieht Sarah mit sich. »Die einzigen Tode werden hier in den Liedtexten gestorben. Und zwar meist wegen gebrochenen Herzen.«

Als hätte er auf dieses Stichwort gewartet, beginnt auf der Bühne einer der Musiker zu schmettern. »Aavan meren tuolla puolen jossakin on maa ...« *Jenseits des Meeres, irgendwo ist Land ...*

Die Tanzpaare legen sich beim Klang des schwermütigen Gesangs noch mehr ins Zeug. Wangen werden aneinandergepresst, Knie angewinkelt. Weitere Paare gesellen sich dazu, sodass es immer schwieriger wird, auf dem Parkett nicht mit anderen Tanzenden zusammenzustoßen.

Sarah lässt sich einfach mitziehen. Sie ist erstaunt, wie unterschiedlich die Leute um sie herum gekleidet sind. Ein paar von ihnen haben sich herausgeputzt, eine Tänzerin trägt ein ausladendes pinkfarbenes Federkleid. Andere sind noch einen Schritt weitergegangen und haben sich verkleidet. Wie zu Fasching. Jedenfalls kann Sarah sich nicht vorstellen, dass manche täglich in solchen Aufzügen unterwegs sind. Soeben hat sie einen Wikinger in Fellweste und mit gehörntem Helm an sich vorbeirauschen sehen. In seinem Arm lag eine Prinzessin im Tüllkleid, auf deren Kopf statt eines Diadems ein glitzernder Cowboyhut prangte. Das Gros der Tangobegeisterten trägt indes Freizeitkleidung, als kämen sie gerade vom Einkauf aus dem Supermarkt und hätten sich nur zufällig hierher verirrt. Ganz anders als Sarah, die sich für eines ihrer Lieblingsstücke, ein ausgestelltes Vintage-Kleid von Dior, entschieden hat. Passend dazu trägt sie rote High Heels, deren Ton sich im Lack ihrer Nägel und im aufgetragenen Lippenstift wiederholt. Selbstverständlich hat sie bei ihrem Outfit nichts dem Zufall überlassen. Wovon ihr Übergepäck am Check-in-Schalter in München beredt Zeugnis ablegte.

»Wie gefällt Ihnen der finnische Tango bisher?«, fragt Arttu, während er Sarah mit erstaunlich wenigen Zusammenstößen durch die Menschenmenge manövriert. Seine Miene ist wieder so entspannt wie zuvor.

»Dies ist mein erster Tanzabend. Mein allererster Tanz, um genau zu sein. Ich bin heute am frühen Nachmittag in Helsinki gelandet und habe dann den Zug genommen. Praktischerweise wohne ich in diesem Hotel, sodass ich mich nur umziehen musste und gleich herunterkommen konnte. Natürlich wusste ich, dass der finnische Tango ganz anders ist als der südamerikanische und mit weniger Schritten und Formen auskommt. Doch diese Spielart gefällt mir gut. Mir scheint, in Finnland stellt der Tango eher eine Art Gehtanz dar, ohne große Verrenkungen. In Verbindung mit der melancholischen Musik hat das etwas Romantisches, finde ich.«

»Sie haben die Seele unseres Tangos verstanden«, schmunzelt Arttu. »Sind Sie sicher, dass Sie nicht doch eine heimliche Finnin sind, Sarah?«

»Varmasti!« *Ich bin sicher.* Sie klimpert mit den Augenlidern, bricht dann in Lachen aus.

Arttu stimmt in das Lachen ein. »Sie sprechen sogar Finnisch! Ich weiß gar nicht, wie mir geschieht. Sagten Sie nicht gerade, Sie befänden sich in Scheidung? Falls dem so ist, Sarah, möchte ich mich Ihnen als potenzieller Heiratskandidat andienen.«

Mit der linken Hand gibt Sarah ihrem Tanzpartner einen Klaps auf die Schulter. »Sie sind ein Schwerenöter, Arttu! Was würde Tuula sagen, wenn sie Sie so reden hörte?« Ein Blick zum Rand der Tanzfläche lässt für einen solchen Fall nichts Gutes erahnen. Tuula verfolgt das Geplänkel zwischen ihrem Freund und Sarah mit Argusaugen. Die Zornesfalte zwischen ihren Brauen ist unübersehbar. Hoffentlich kann die Frau nicht Lippen lesen, denkt Sarah, doch sie kann sich ein Grinsen nicht verkneifen.

»Ich habe gerade erst mein Unternehmen verkauft«, fährt Arttu fort, nun mit ernster Stimme. »Sehr gewinnbringend, wenn ich das sagen darf. Meiner zukünftigen Frau wird es an nichts mangeln.«

»An nichts *mangeln*? Ihrer dann *vierten* Frau? Meine Güte, Sie meinen es ernst«, stößt Sarah aus.

»Ich … Ja, natürlich meine ich es …«, haspelt Arttu. Er schnappt nach Luft.

»Ist alles in Ordnung? Ihnen steht ja der Schweiß auf der Stirn! Da haben Sie den Mund wohl doch ein wenig zu voll genommen und bekommen nun kalte Füße.« Sarah zwinkert verschwörerisch.

»Ich …«, stöhnt Arttu, gerät aus dem Takt, setzt den Tanz aber holprig fort.

»Sie sind ganz blass um die Nase. Geht es Ihnen nicht gut?«

»Es … Luft …!«, röchelt Arttu.

Sarah nickt, während sie einem Tänzer, den sie streift, ein entschuldigendes Lächeln zuwirft. »Die Luft im Saal steht förmlich.

Ich vermute, dass die Klimaanlage mit dieser Menschenmenge nicht mitkommt. Dabei ist es draußen doch bereits kühl geworden. Auf dem Weg vom Bahnhof hierher fielen ein paar Tropfen. Der Herbst hat in Tampere Einzug gehalten. Eigentlich ist es schon Winter, wenn ich von meinem Temperaturgefühl ausgehe.«

»Ich …« Unvermittelt bleibt Arttu stehen.

Sarah wird zu einem ruckeligen Stopp gezwungen. Sie gibt einen Laut der Überraschung von sich, als ihr Tanzpartner jäh rücklings wegsackt. »Was machen Sie denn da?« Nur mit Mühe kann sie das Gewicht des Mannes halten. »Sie sind zu schwer für so eine akrobatische Einlage!«, presst sie hervor. »Ich kann Sie nicht …!«

Arttu gibt etwas Unverständliches von sich.

»Ich schaffe das nicht«, ächzt Sarah. Sie stemmt sich mit ihren High Heels ins Parkett, doch Arttus schwerer Körper zerrt unerbittlich an ihr. »Kommen Sie, Arttu! Jetzt ist nicht der Zeitpunkt fürs Angeben!«

Arttus Kopf kippt hintenüber. Und zieht den Rest seines Körpers hinter sich her.

Sarah fällt nach vorne, einen Fluch auf den Lippen. Es gelingt ihr zwar, den Aufprall ihres Tanzpartners auf das Parkett abzumildern, doch dafür landet sie selbst auf Arttus Bauch.

»Verdammt!« Sie denkt den Fluch mehr, als dass sie ihn ausspricht, weil ihr der Sturz die Luft aus der Lunge gepresst hat. Immerhin ist sie weich gefallen, versucht sie der peinlichen Situation etwas Positives abzugewinnen. Noch bevor sie sich von Arttu herunterrollen kann, fasst der ihren Arm.

»Sie müssen …«, röchelt Arttu, das Gesicht zu einer bleichen Fratze verzogen, die Lippen bläulich verfärbt.

Die Musik erstirbt, ein Instrument nach dem anderen verstummt. Die Tanzpaare in Sarahs unmittelbarer Nähe bleiben stehen und starren auf das am Boden liegende Duo. Jemand ruft etwas.

»Der … der Mann auf dem See«, röchelt Arttu und umklammert zitternd Sarahs Arm. »Er war … Das Eis … Eisblau …«

»Was wollen Sie mir damit sagen? Herrjeh!« Wie gelähmt blickt Sarah in das verquollene und schweißnasse Gesicht des Mannes unter ihr. »Ich verstehe Sie nicht. Stehen Sie auf, Arttu! Bitte!« Sie robbt sich von ihm herunter.

Von einer Sekunde auf die nächste verlässt Arttus Körper jede Spannung. Schlaff fällt die Hand, mit der er gerade noch Sarah umklammerte, auf das Parkett. Glasige Augen starren an Sarahs Kopf vorbei zur Saaldecke.

Wie aus dem Nichts taucht Tuula auf und stößt einen gellenden Schrei aus. »He tappoivat hänet!«, ruft sie, gefolgt von einem Aufheulen, das direkt von den Höllenhunden zu kommen scheint. *Sie haben ihn umgebracht!*

»Ich … Aber …«, stottert Sarah und richtet sich mühsam vom Boden auf. Sie ist wie vor den Kopf geschlagen.

Tuula kniet sich neben Arttu, klatscht ihm unsanft gegen die Wange, tastet am Hals nach seinem Puls. Dann deutet sie mit ausgestrecktem Arm auf Sarah. »Murhaaja!«

Selbst ohne ihre mittelmäßigen Finnisch-Kenntnisse, die sie sich über vier Jahre hinweg mühevoll im wöchentlichen Sprachunterricht angeeignet hat, hätte Sarah das hervorgespieene Wort verstanden. *Mörderin!*

DRITTES KAPITEL

Am liebsten würde Ilmari das Stimmengewirr ignorieren, das vom Saal zur Rezeption herüberdringt. Er ist vollauf mit der aktuellen Eishockeytabelle auf dem Bildschirm beschäftigt. Tappara, ein Verein aus Tampere, hat nach einer überraschenden Verlustserie endlich ein paar Punkte wettmachen können. Ein Grund zur Freude für Ilmari, ist er doch ein bekennender Fan des neunzehnmaligen finnischen Meisters. Die Begeisterung darüber, dass sich das Blatt gewendet hat, wird ihm aber durch das immer weiter anschwellende Gerede, durchsetzt von aufgeregten Rufen, verdorben. »Ich hasse Tango fast so sehr wie den Ilves«, sagt er voller Inbrunst, wobei er beim letzten Wort angewidert das Gesicht verzieht. Die Lokalrivalen vom Verein Ilves haben über die Jahre – natürlich völlig unverdient! – beinahe so viele Meistertitel wie der Rekordhalter Tappara gesammelt. Sie sind Ilmari daher ein Dorn im Auge. Eine ständig lauernde Gefahr. Er versetzt den Bildschirm in den Ruhezustand und dreht sich zu der in der Rückwandvertäfelung verborgenen Tür. Nach einem Klopfen drückt er sie einen Spaltbreit auf. »Livia, ich geh mal eben zu den Tango-Torten rüber. Da ist irgendein Geschrei.« Er fährt mit der Hand über sein mit Haarspray festbetoniertes blondes Haar.

Livia, von Ilmari im Geiste auch »die Bohnenstange« genannt, leitet heute die mittlere Schicht. Das heißt, sie quartiert sich im Büro ein und kommt nur an die Rezeption, wenn es unbedingt nötig ist. Auch jetzt zieht sie eine Grimasse, die ihr hohlwangiges Gesicht wie einen Totenschädel erscheinen lässt, während sie auf einer Zimtschnecke herumkaut. Dabei bewegen sich ihre kaum vorhandenen Lippen wie zwei betrunken tanzende Regenwürmer. »Wo – ähm – wo ist Mikael?«, fragt sie schmatzend und schließt den Browser auf ihrem Computer.

Wahrscheinlich hat sie wieder ihren Ex-Freund gestalkt, mutmaßt Ilmari. Seit der Typ sich vor ein paar Monaten von Livia getrennt hat, hat die nichts Besseres zu tun, als ihn ständig auf den sozialen Medien auszukundschaften. Es könnte ja sein, dass er sich mit einer neuen Frau trifft. In diesem Fall, so hat Livia angekündigt, wird sie ihm die Eier abschneiden. »Mikael? Den hast du vor zwanzig Minuten in die Pause geschickt. Dauert noch, bis er wiederauftaucht.«

»Ach ja.« Nun kämpft Livia sich, offensichtlich mehr als übellaunig, aus ihrem Drehstuhl empor. Sie spitzt die Ohren. »Was ist drüben im Saal los? Warum rufen die Leute? Und warum spielt die Musik nicht? Geh mal nachsehen, Ilkko. Ich halte solange an der Rezeption die Stellung.«

Ilmari verkneift sich die Bemerkung, dass er genau deswegen an die Bürotür geklopft hat. Er hofft, heute früher Schluss machen zu können, und ist dabei auf Livias Wohlwollen angewiesen. Also erträgt er mit zusammengebissenen Zähnen die von ihm so verhasste Koseform seines Namens. Mit Ende zwanzig ist er kaum jünger als seine Vorgesetzte, ihre kindische Ansprache daher völlig unangebracht. Auch weiß Livia genau, dass er nicht Ilkko genannt werden möchte, doch wenn sie schlecht gelaunt ist, lässt sie die Teammitglieder gerne ihre Macht als Vorgesetzte spüren. »Bin schon unterwegs«, sagt er daher lediglich und geht. Ihm fällt ein, dass er einmal gelesen hat, Finnland führe eine weltweite Statistik an, was Mobbingfälle am Arbeitsplatz angeht. »Das ist wirklich das Einzige, wozu Livia einen Beitrag leistet«, murmelt er.

Die Stimmen werden lauter, als Ilmari sich dem Mehrzwecksaal am anderen Ende des Foyers nähert. Meist finden dort Tagungen statt, einmal gab es auch eine Eishockey-Pressekonferenz, leider ausgerechnet mit den Leuten von Ilves. Was Ilmari jedoch nicht davon abhielt, professionell, wie er nun einmal ist, über seinen Schatten zu springen und sich von einer Handvoll der anwesenden Spieler Autogramme geben zu lassen. Das hat er jedoch niemandem auf die Nase gebunden, vor allem nicht seinem Kumpel Leo. Der würde kotzen. Und Ilmari die Freundschaft aufkündigen.

Wie Ilmari ist Leo ein Tappara-Fan, und er hasst die Konkurrenz von Ilves bis aufs Blut. Man könnte Leo als Raubein bezeichnen, das nach einem Spiel im Suff auch mal eine Schlägerei mit gegnerischen Fans anzettelt. Man könnte ihn auch einfach Hooligan nennen. Ilmari unterstützt Leos gewalttätiges Verhalten nicht. Er hat aber Besseres zu tun, als den Freund zurechtzuweisen. Schließlich will er sich nicht selbst eine blutige Nase holen. Dann schon lieber die Säcke von Ilves.

Auf den letzten Metern beeilt Ilmari sich. Das ungute Ziehen in seinem Magen wächst mit jedem Schritt. Der große Raum wurde gestern zum Tanzboden umgebaut, denn das Hotel macht in diesem Jahr erstmals beim lokalen Tangofestival mit. Wahrscheinlich erhofft sich das obere Management, das weit weg in Helsinki sitzt, dadurch steigende Übernachtungszahlen. Diese

Rechnung ist bisher nicht aufgegangen. Die zusätzlichen Buchungen sind an einer Hand abzuzählen. Ilmari hätte dies natürlich vorhersagen können, aber ihn hat niemand gefragt. Dabei ist es so einleuchtend: Der überwiegende Teil der Festivalbesucher stammt aus Tampere und benötigt kein Zimmer. Auswärtige Tanzpaare findet man auf dem Festival kaum. Schließlich wird in jedem Kuhdorf Finnlands wöchentlich eine Tangoveranstaltung abgehalten. Wer will da eigens in die Großstadt fahren und Geld ausgeben, das er daheim viel besser in Alkohol investieren kann? Die Zeiten sind vorbei, in denen man beim Tango anbändelte, um einen Ehepartner zu finden. Heute gibt es dafür Tinder, Bumble und Co. Vielleicht versuchen noch ein paar Ü50er und verhuschte Landpomeranzen, beim Tango einen Fang zu landen, doch auch die werden immer weniger. Das scheinen die Schnarchnasen in Helsinki nicht zu kapieren, was wieder einmal beweist, dass sie keine Ahnung vom Geschäft haben. Livia sägen sie schließlich auch nicht ab. Ilmari stößt ein abfälliges Schnauben aus.

Als er eintritt, hallen aufgeregte Rufe durch den Saal. Ruft da eine Frauenstimme »Mörderin«? Mit ungläubigem Kopfschütteln schiebt sich Ilmari durch die Menschentraube auf dem Parkett, die ihre Aufmerksamkeit auf einen Punkt in der Mitte der Tanzfläche gerichtet hat. »Entschuldigen Sie«, sagt er und zupft an seinem Namensschild. »Verzeihung, lassen Sie mich durch!« Er stellt sich auf die Zehenspitzen, ohne sich eine bessere Sicht verschaffen zu können. Erneut verspürt er Verbitterung darüber, von kleiner Statur zu sein. Mit einem Meter und fünfundsechzig Zentimetern ist er ganze fünfzehn Zentimeter kleiner als der durchschnittliche Finne. Komma sechs! Doch was ihm noch mehr zusetzt: Er liegt mit seiner Größe sogar eineinhalb

Zentimeter unter dem Durchschnittswert einer *Finnin*! Diese Zahlen kennt er auf den Millimeter genau, schließlich studiert er jedes Jahr die aktuellen Statistiken in der Hoffnung, es werde eine Angleichung in seine Richtung geben. Leider verläuft die Entwicklung gegenläufig. Da hilft es auch wenig, dass er neuerdings dazu übergegangen ist, sein Haar länger zu tragen, um es jeden Morgen mit Haarwachs und Unmengen von Haarspray hochstellen zu können. »Entschuldigung!«, schnappt er in den Rücken eines pinkfarbenen Federkleides.

Widerwillig wird ihm Platz gemacht. In diesem Augenblick ertönt über die Lautsprecheranlage eine Stimme.

»Vielleicht sollte man einen Krankenwagen rufen?«, sagt der Musiker, der zugleich der Sänger der Tangotruppe ist, von der Bühne herunter.

»Krankenwagen?«, murmelt Ilmari verständnislos. Doch nur einen Herzschlag später gelangt er an den inneren Rand des Menschenrings. »Oh, verdammt!«

»Sie hat ihn umgebracht!«, schluchzt eine elegant gekleidete Frau mit dunklen Haaren. Sie kniet auf dem Parkett neben einem untersetzten Mann, der auf dem Rücken liegt und an die Saaldecke starrt.

Ilmaris Blick schießt zu der Frau, auf die die Schluchzende anklagend deutet. Eine attraktive Blondine, die für den Anlass viel zu festlich gekleidet ist und mit einem entgeisterten Gesichtsausdruck den Kopf schüttelt. Er erinnert sich, sie vorhin eingecheckt zu haben. Eine Deutsche mit dem Nachnamen Fuchs.

Der Mann! In Ilmaris Kopf überschlagen sich die Gedanken. Dem Mann geht es offensichtlich nicht gut. Was haben sie noch gleich während der Schulung gelernt?

»Sie hat …«, schluchzt die am Boden hockende Frau erneut.

Ilmari springt nach vorne. Stabile Seitenlage!, ruft es irgendwo in seinem Kopf. Er macht sich daran, den Mann auf die Seite zu schieben. Doch da er zu viel Schwung nimmt, rollt der beleibte Körper weiter in die Bauchlage.

Wie aus einer einzigen Kehle stößt das Publikum einen Schreckensruf aus.

»Helfen Sie doch!«, fährt Ilmari die elegante Dunkelhaarige an. »Wir müssen ihn unbedingt … Sonst erstickt er noch am eigenen …« Er zerrt am Arm des Mannes.

Die Frau verharrt mit schreckgeweiteten Augen und offen stehendem Mund.

Ilmari müht sich, den am Boden Liegenden durch ein beherztes Ziehen an der Schulter auf die Seite zu hieven, doch der Mann rutscht lediglich, das Gesicht auf dem Boden, über das Parkett. Dabei entsteht ein quietschendes Geräusch, das die Zuschauer abermals aufstöhnen lässt.

»Hören Sie auf«, meldet die Deutsche sich auf Englisch zu Wort und schielt auf Ilmaris Namensschild. »Arttu ist tot, Ilmari.«

»Tot?«, stößt er aus und lässt von dem Mann ab. »Er ist …?« Hastig tritt er einen großen Schritt zurück und wischt seine Handflächen an der Hose ab.

Die Dunkelhaarige flüstert etwas Unverständliches und deutet mit zitternder Hand auf Frau Fuchs. Dabei glitzern einige schwere Ringe im Licht der auf die Tanzfläche gerichteten Scheinwerfer.

»Vielleicht sollte man einen Krankenwagen rufen«, lässt der Sänger wieder durch die Mikrofonanlage verlauten.

Frau Fuchs schürzt die Lippen. »Die Polizei wäre wohl angebrachter.«

Beim Wort Polizei erwacht die Brünette zum Leben. »Nehmen Sie diese Frau fest!«, fordert sie Ilmari auf. »Sie hat meinen Lebensgefährten umgebracht. Beim Tangotanzen.«

»Ich?« Ilmaris Stimme überschlägt sich. »Ich kann niemanden festnehmen. Ich … Warten Sie hier. Ich hole meine Vorgesetzte.«

Die Deutsche schüttelt den Kopf, eine entnervt wirkende Geste.

»Vielleicht sollte man …« Die Ansprache des Sängers geht in einem schrillen Pfeifton unter. Das nervenzerrende Geräusch verebbt erst, als die Akkordeonspielerin zur Mikrofonanlage hastet und sie ausschaltet.

Ilmari hat sich bereits bis zur Saaltür gedrängelt. Im Foyer schnappt er nach Luft, dann sprintet er zur Rezeption, wo Livia über einen Bildschirm gebeugt steht.

»Dieses Dreckschwein!«, zischt sie. »Schmeißt sich sofort einer Schlampe …« Als Ilmari schwer atmend vor ihr ankommt, schaut sie auf. »Was?«, fährt sie ihn an und klickt gleichzeitig auf der Computermaus herum. Dann richtet sie sich mit funkelnden Augen auf.

»Im Saal …!«, stöhnt Ilmari.

»Hat die Anlage den Geist aufgegeben? Dann ruf Oskari an. Wofür haben wir einen Hausmeister, Ilkko? Wirklich, ich würde mir von dir manchmal mehr Eigeninitiative wünschen!«

Er hört Livia gar nicht zu. »Im Saal liegt ein Toter auf dem Tanzparkett.« Er muss tief durchatmen, bevor er den nächsten Satz hervorbringt. »Ich habe sein Gesicht wie einen Puck über den Boden geschleift.«

VIERTES KAPITEL

»Du solltest doch gar nicht hier sein, meine ich«, sagt Kirsti. Sie zieht einen Stuhl zu sich, stellt das Tablett auf der Tischplatte ab und setzt sich. Auf ihrem Gesicht liegt ein fragender Ausdruck.

Er schiebt sich mit der Gabel ein Stück Bratwurst in den Mund und zuckt mit den Schultern.

»Tu nicht so cool, Eddi.« Kirsti faltet eine Papierserviette auseinander und breitet sie auf ihrem Schoß aus. »Du bist doch maßlos sauer, dass Uddström dich beurlaubt hat. Auf unbestimmte Zeit. Und dennoch sitzt du hier, als wäre nichts geschehen.«

»Jussi Uddström hat mich vom Dienst beurlaubt, das ist richtig«, erwidert er und bemüht sich, ein unbeteiligtes Gesicht zu machen. »Mir verboten, in der Kantine ein spätes Mittagessen zu mir zu nehmen, hat er jedoch nicht. Ich bin nur im Präsidium, weil sich meine Kochkünste in Grenzen halten.«

Kirsti stochert auf dem Teller herum. »Du spielst wieder den Neunmalklugen, Eddi. Doch genau das hat dir die Suppe erst eingebrockt. Deine Alleingänge waren beim Chef noch nie beliebt. Du weißt genau, was Uddström mit der Beurlaubung bezweckt. Sicherlich nicht, dass du deine Zeit hier nachmittags in der Dienstkantine beim Essen verbringst.« Sie hebt einen

Mundwinkel. »Mir ist das natürlich egal. Ich freue mich, dich zu sehen. Zumal ich heute selbst äußerst spät dran bin mit dem Essen.«

Eddi wirft seiner Kollegin einen Luftkuss zu, dann konzentriert er sich darauf, den Rest der Bratwurst in kleine Stücke zu schneiden. »Ich bin wirklich nur wegen des Essens hier. Außerdem ist die Wahrscheinlichkeit, Jussi in die Arme zu laufen, ziemlich gering. Wann war er das letzte Mal in der Kantine? Er treibt sich neuerdings doch fast rund um die Uhr an der Polizeihochschule rum. Der frischgebackene Herr Dozent.«

Kirsti grinst. »Da hast du recht. Aber überstrapazier dein Glück nicht. Ich bin sicher, dass der Chef echt übellaunig wird, wenn du ihm hier im Haus begegnest. Auch wenn du nur wegen des Essens hier bist und nichts, aber auch gar nichts anderes im Sinn hast.« Sie zwinkert vielsagend, dann widmet sie sich ihrer Portion Spaghetti mit Pilzsauce.

»Wo wir beide uns gerade so nett unterhalten«, nimmt Eddi das Gespräch wieder auf, »möchte ich dich etwas fragen.« Sein Tonfall ist beiläufig, doch er hat eine straffere Sitzhaltung angenommen.

Kirsti stöhnt auf und senkt den Kopf tiefer über den Teller.

Er ignoriert ihre abweisende Haltung. »Hat sich was Neues ergeben?«

Während sie geräuschvoll eine Nudel in den Mund saugt, blickt Kirsti auf. »Was Neues?«, nuschelt sie mit vollem Mund.

»Ach, jetzt tu nicht so unwissend. Was Neues in dem Fall. Hat sich was ergeben, seitdem ich raus bin?«

»Es gibt keinen Fall«, erwidert Kirsti und zuckt mit den Schultern.

Kopfschüttelnd schiebt sich Eddi die letzten Stücke der Bratwurst in den Mund.

»Jussi hat die Akte schließen lassen«, sagt Kirsti.

Er runzelt die Stirn, sagt aber nichts. Schließlich legt er das Besteck auf dem Tellerrand ab und sieht seine Kollegin abwartend an.

»Was?« Verhalten zieht sie die Augenbrauen empor.

»Du willst mir doch nicht sagen, dass das ein normaler Vorgang ist, Kirsti?«

»Ich mische mich in die Sache nicht ein«, erklärt Kirsti und rollt demonstrativ ungerührt einige Nudeln mit der Gabel auf.

»Aha.«

Kurz bevor die Spaghetti ihren Mund erreichen, hält Kirsti inne. Mit einem missmutigen Gesichtsausdruck lässt sie die Hand wieder sinken und legt die Gabel auf dem Teller ab. »Was willst du damit sagen?«

»Womit? Ich habe nichts gesagt.«

»Mit dem ›Aha‹. Was willst du damit sagen?«

»Tuure und du, seid ihr noch zusammen?«

»Was soll das denn jetzt?« Kirsti blickt entgeistert drein. »Natürlich sind wir noch zusammen. Wir suchen nach einer gemeinsamen Wohnung. Das weißt du doch.«

»Aha.«

»Sag mal, spinnst du, Eddi?«

Im Zeitlupentempo verschränkt Eddi die Arme vor der Brust. »Dann richtet ihr es euch jetzt schön gemütlich ein, ja? Da wäre es bestimmt blöd, wenn irgendetwas die Sicherheit des heimeligen Nestes stören würde.«

»Du spinnst wirklich!« Kirsti blitzt Eddi aus funkelnden Augen an. »Willst du mir unterstellen, dass ich die Klappe halte, um mich nicht bei Jussi unbeliebt zu machen? Wirklich?«

»Das habe ich nicht gesagt. Reg dich nicht gleich auf.«

»Aber gemeint hast du es. Und ich habe dir gerade eben noch gesagt, du sollst nicht immer den Neunmalklugen spielen, Mann!« Kirsti schiebt in einer ruckartigen Bewegung den Teller von sich. »Erst setzt du dich über Jussis Anweisungen hinweg und machst Alleingänge bei den Ermittlungen, jetzt unterstellst du mir, ich würde Jussis Stiefel lecken. Wirklich, Eddi, du verdirbst mir gehörig den Appetit. Es wäre wohl besser, du verzichtest künftig darauf, uns hier in der Kantine mit deiner Anwesenheit zu beehren.« Sie macht Anstalten, vom Tisch aufzustehen.

»Es tut mir leid, Kirsti.« Entschuldigend hebt Eddi eine Hand. »War dämlich von mir, meinen Frust an dir auszulassen. Du weißt, dass ich große Stücke auf dich halte. Bitte, bleib sitzen!«

Mit einem merklichen Zögern setzt Kirsti sich wieder auf ihren Platz und zieht den Teller zu sich heran. Nachdem sie Eddi einen bösen Blick zugeworfen hat, widmet sie ihre Aufmerksamkeit betont den Spaghetti.

Eddi kratzt sich an seinem blonden Vollbart. Er pflegt das gute Stück genauso intensiv wie seine halblangen Haare, die er gerade so zu einem Zopf binden kann. Eine Möglichkeit, von der er vor allem im Fitnessstudio Gebrauch macht, in dem er mindestens vier Mal in der Woche trainiert. Seine Kollegen haben ihm gleich nach seinem Dienstantritt in Tampere den Spitznamen »der Wikinger« gegeben, woraufhin Eddi sich drei miteinander verbundene Dreiecke auf den rechten Oberarm hat tätowieren lassen. Das Valknut-Zeichen, das mit dem Göttervater Odin verbunden wird. Wenn schon, denn schon. Das ist schon immer seine Devise gewesen. »Es fuchst mich schon, dass ich im Moment beurlaubt bin«, sagt er. »Macht mich richtig fertig.«

»Sieh an, der starke Herr Mattila gibt zu, dass es bei ihm mal nicht optimal läuft.« Kirsti verzieht das Gesicht, dann schiebt sie sich eine Portion Nudeln in den Mund.

»Nicht optimal?« Er lacht auf. »Richtig beschissen läuft es momentan! Zumindest, was den Job angeht.«

Kauend gibt Kirsti einen unverständlichen Laut von sich. Es ist nicht erkennbar, ob er Mitleid oder Häme ausdrückt.

»Wenigstens bahnt sich im Privaten etwas Positives an«, fährt er fort. Als seine Kollegin den Kopf hebt, spricht er schnell weiter. »Es ist noch nicht spruchreif. Du brauchst mich also nicht nach ihrem Namen zu fragen.«

Kirsti verdreht die Augen und kaut weiter.

»Aber es sieht gut aus, wie gesagt. Doch zurück zum eigentlichen Thema. Hand aufs Herz, Kirsti: Findest du es nicht auch auffällig, dass der Chef die Akte schließt, kaum dass ich aus dem Dienst verbannt worden bin?«

Sie schluckt und lehnt sich zurück. »Nun, Jussi wollte ja schon vorher, dass die Ermittlungen eingestellt werden. Genau darüber hast du dich hinweggesetzt, was wiederum zu deiner Beurlaubung führte. Daher ist es keine wirkliche Überraschung, dass Jussi die Akte zumacht.«

»Okay, dann lass es mich anders sagen: Findest du es nicht komisch, dass Jussi die Ermittlungen eingestellt hat?«

Begleitet von einem tiefen Seufzen, zuckt Kirsti mit den Schultern. »Man kann es so oder so sehen. Unsere Ermittlungen haben nichts ergeben, was auf ein Verbrechen hindeuten würde. Klar gibt es offene Fragen, doch irgendwann muss man halt einen Schlussstrich ziehen. Wir können uns nicht ewig im Kreis drehen.«

Eddi beugt sich vor. »Aber denk an den anonymen Hinweis.«

»Den wir nicht verifizieren konnten.« Nun liegt Gereiztheit in Kirstis Stimme.

Beschwichtigend hebt Eddi eine Hand. »Genau in dem Moment, in dem ich eine Spur zum Hinweisgeber verfolgen will, heißt es: Klappe zu, Fall tot.«

»Was dich nicht davon abgehalten hat, auf eigene Faust weiterzumachen. Und was hat das gebracht? Nichts. Und noch mal nichts.«

»Weil Uddström Wind davon bekommen und mich aufs Abstellgleis gesetzt hat, noch *bevor* ich die Person ausfindig machen konnte.«

Kirsti verzieht die Mundwinkel. »Dein Engagement in Ehren, Eddi. Doch die Anweisung unseres Vorgesetzten ist eben eine Anweisung. Ich verstehe ehrlich gesagt nicht, warum du so viel Herzblut in die Sache steckst.« Sie erhebt sich, rückt den Stuhl an den Tisch und legt beide Hände auf die Lehne. »Halt für den Moment einfach die Füße still, dann wird Jussi dich sicher bald zurück in den Dienst holen. Das ist mein Tipp. Lass dir keine grauen Haare wegen eines Falls wachsen, der gar keiner ist.«

Das Klingeln eines Telefons hallt durch die fast leere Kantine.

Mit einem Stirnrunzeln zieht Kirsti ihr Diensthandy aus der Hosentasche. »Ja?«, meldet sie sich. Dann lauscht sie für eine geraume Zeit unbewegt der Stimme am anderen Ende der Leitung.

Uddström. Eddi weiß es sofort.

»Ich bin auf dem Weg«, sagt Kristi und beendet das Gespräch.

»Ist was passiert?«, fragt Eddi betont beiläufig. Er kennt den Ausdruck, der jetzt auf dem Gesicht seiner Kollegin liegt. Eine Mischung aus Anspannung und Begeisterung. Ein neuer Fall oder eine neue Entwicklung.

»Wird sich zeigen«, erwidert Kirsti schmallippig und schiebt das Telefon zurück in die Tasche. Zum Abschied nickt sie Eddi zu, dann verlässt sie festen Schrittes den Kantinensaal.

Er blickt ihr nach, plötzlich von tiefer Enttäuschung durchflutet. Er hatte Kirsti dazu bringen wollen, ihn bei den Ermittlungen zu unterstützen, die er trotz der Suspendierung weiterführen will. Dafür benötigt er Zugang zu den internen Systemen und Informationen. Außer Kirsti kann er nicht viele Kollegen darum bitten. Bisher hat Eddi eher selten die Auszeichnung als Lieblingskollege des Monats verliehen bekommen. Nun, die Hoffnung auf Kirstis Unterstützung kann er wohl begraben. Er beißt sich auf die Unterlippe, unterdrückt einen Fluch. Also gut, er wird auch auf eigene Faust herauskriegen, was hinter dieser Geschichte mit dem Kerl, der auf dem Eis verschwunden ist, steckt. Keine Leiche, keine Identität, keine Spuren. Und die Suche wurde eingestellt, gerade als es einen anonymen Zeugen gab. Eddi riecht auf zehn Meilen gegen den Wind, dass da etwas faul ist.

FÜNFTES KAPITEL

Sarah wärmt ihre Hände kurz am Kaffeebecher, dann führt sie ihn langsam an den Mund. Als sie einen Schluck nimmt, taxiert sie die junge Polizistin ihr gegenüber, die nun einen Tabletcomputer vor sich auf den Tisch legt. Die Beamtin hat sich vor wenigen Minuten als Kirsti Jokela vorgestellt und Sarah zu einer Sitzgruppe im Hotelfoyer geleitet. Kirsti wirkt sportlich und selbstbewusst, trägt Jeans und Turnschuhe, dazu eine leichte Daunenjacke. Sie hat den federnden Schritt von jemandem, der sich viel und gerne bewegt. Sarah nimmt einen weiteren Schluck von dem Kaffee, den der Hotelmitarbeiter Ilmari ihr gebracht hat.

Die Polizistin drückt auf dem Tablet herum. In einer Hand hält sie Sarahs geöffneten Reisepass.

Patent ist das Wort, das Sarah bei Kirstis Anblick unwillkürlich einfällt. Ja, die Polizistin wirkt äußerst fähig. Aufgeräumt, als könnte nichts sie aus der Ruhe bringen. In bestem Englisch hat sie Sarah gleich aufgefordert, sie bitte mit dem Vornamen anzusprechen.

Jäh muss Sarah an ihre letzte Begegnung mit der finnischen Polizei zurückdenken: Kirsti legt ein völlig anderes Verhalten an den Tag als Kommissar Toivo Aalto, mit dem Sarah im Sommer zu tun hatte. Toivo hatte so gar nichts Lockeres, Lässiges. Bei ihrem ersten Aufeinandertreffen im Sommerhaus des ermordeten Matti Saarinen steckte förmlich ein Stock im Allerwertesten. Erst nach Abschluss der Ermittlungen taute der Kommissar auf. Heute versteht Sarah, dass dieses Verhalten von Schüchternheit und Unsicherheit getragen war – Toivo hatte ein Auge auf sie geworfen. Was Sarah aber lange Zeit nicht wahrhaben wollte. Ihre finnische Freundin Ilvi, mit deren Hilfe sie den Fall um den getöteten Matti aufklärte, musste sie fast mit der Nase darauf stoßen, dass Toivos Interesse an Sarah wenig mit dem Fall und viel mit ihrer Person zu tun hatte.

»Sarah Fuchs«, sagt Kirsti gedehnt und schiebt den Reisepass über die Tischplatte. »Aus irgendeinem Grund kommt mir der Name bekannt vor.«

Sarah verschluckt sich und verfällt in einen Hustenanfall. Es gelingt ihr gerade noch, den Becher abzustellen, ohne seinen Inhalt zu verschütten. Sie schnappt nach Luft und räuspert sich mehrmals. »Der Tote in Sysmä. Vergangenen Mittsommer.«

Nun mustert Kirsti ihr Gegenüber aufmerksam. »Sie sind die Deutsche, die dem Mörder auf die Schliche gekommen ist. Toivo Aalto hat den Fall bearbeitet, wenn mich nicht alles täuscht. Die Sache hat die Runde gemacht.«

»Sie kennen Kommissar Aalto?«

Kirsti spitzt die Lippen. »*Kennen* wäre zu viel gesagt. Ich bin ihm einmal begegnet. In Vantaa nahe Helsinki, am Hauptsitz der Polizei. Finnland ist überschaubar. Zumindest, was die Einwohnerzahl betrifft. Da ist es unausweichlich, dass man sich ab einem gewissen Dienstgrad über den Weg läuft. Von Vantaa aus wird die Polizeiarbeit im ganzen Land gesteuert, dorthin müssen fast alle Kollegen immer mal wieder. Viele kennen sich aber auch von der Polizeihochschule hier in Tampere. Toivo bin ich in Vantaa begegnet, wie gesagt. Ihn behält man leicht im Gedächtnis.«

»Sie sagen das so, als wäre das Zusammentreffen mit Toivo Aalto nicht besonders angenehm gewesen.«

Kirsti zögert für einen Moment. »Oh nein, das möchte ich nicht sagen. Von Toivo habe ich mir ehrlich gesagt gar keine genaue Meinung gebildet. Das konnte ich auch nicht, wir sind uns nur im Vorübergehen begegnet. Mein Chef, Jussi Uddström, ist besser mit ihm bekannt. Die beiden waren gemeinsam in der Polizeiausbildung. Was ich meinte, ist, dass Toivo wie ein Zwilling von Mika Häkkinen aussieht. Der Rennfahrer. Daher behält man ihn im Gedächtnis.« Sie macht eine wegwerfende Handbewegung, als hätte sie zu diesem Thema bereits zu viel gesagt.

Sarah lacht auf. »Sie sehen die Ähnlichkeit also auch! Das beruhigt mich sehr. Ich hatte fast einen Streit mit meiner Freundin Ilvi, die da völlig anderer Meinung ist.«

»Soweit ich weiß, lautet Toivos Spitzname bei den Kollegen in Helsinki *Mika*. Das wird seinen Grund haben.« Kirsti zwinkert, dann zuckt sie mit den Schultern. »Jussi hat mir erzählt, dass Toivo den Vergleich mit dem Rennfahrer schon während ihrer Ausbildung nicht ausstehen konnte.«

Der Ton der Beamtin gibt Sarah zu verstehen, dass sich Toivo und dieser Jussi nicht mögen. Na wunderbar, denkt sie. Mittlerweile pflegt sie zu Toivo Aalto ein freundschaftliches Verhältnis. Gelegentlich telefonieren sie miteinander, Sarah hat sogar überlegt, vor dem Rückflug bei Toivo in Helsinki vorbeizuschauen. Hoffentlich bekommt sie es vor ihrer Abreise nicht mit Kirstis Chef zu tun. Wenn Jussi Uddström Animositäten gegen Toivo hegt, freut ihn Sarahs Verbindung zu dem Kommissar sicher nicht sonderlich. Noch ein Grund, möglichst schnell aus der Schusslinie der polizeilichen Untersuchung um den toten Tangotänzer zu kommen.

Gedankenverloren nippt Sarah am Kaffee, dann fasst sie einen Entschluss. Sie wird die Karten auf den Tisch legen. »Ich habe leider gerade ein unschönes Déjà-vu, Kirsti. Wie im Sommer lastet man mir den Tod eines Mannes an, nur weil ich zufällig in der Nähe war, als er starb. Diese Vorwürfe waren damals absurd, heute sind sie es genauso. Wir ersparen uns eine unnötige Verschwendung von Zeit und Energie, wenn wir diesen Punkt bereits jetzt klären.«

Die Polizistin merkt auf. »Niemand lastet Ihnen den Tod von Arttu Mäkelä an, Sarah. Wie kommen Sie darauf?«

»Anscheinend haben Sie noch nicht mit dieser Tuula gesprochen. Sie ist Arttus Freundin. Seitdem der Mann beim Tangotanz zusammengeklappt ist, schreit sie Zeter und Mordio. Und macht mich für Arttus Tod verantwortlich. Dabei habe ich mit ihm lediglich eine Runde auf dem Parkett gedreht. Oder zwei. Bis zehn Minuten vor seinem Zusammenbruch kannte ich ihn nicht mal.«

»Tuula? Mit ihr konnte ich mich noch nicht unterhalten.« Kirsti tippt auf das Tablet, liest mit leicht zusammengekniffenen Augen. »Sie wurde mit einem Schock ins Krankenhaus gebracht. Doch nach dem, was wir von Zeugen gehört haben, hat Arttu wohl einen Herzinfarkt erlitten. Es wäre leider nicht das erste Mal, dass sich ein Senior bei einer Tanzveranstaltung überanstrengt. Daher würde es mich überraschen, sollten wir in dieser Angelegenheit in eine andere Richtung ermitteln. Bisher deuten alle Umstände auf einen unverdächtigen Todesfall hin. Selbst wenn dem nicht so wäre, fehlen Ihnen Motiv und Gelegenheit, etwas mit Arttus Tod zu schaffen zu haben. Ich meine, Sie sind gerade erst angereist. Und kannten den Mann nicht. Sie zu verdächtigen, wäre nach meiner derzeitigen Einschätzung absurd. Zumal wir gar nicht von einem Verbrechen ausgehen. So tragisch er ist, Arttus Tod weist aus meiner Sicht keine Auffälligkeiten auf.« Sie runzelt die Stirn. »Oder haben Sie eine andere Beobachtung gemacht?«

Sarah zuckt zusammen, schüttelt den Kopf. »Ich kann nur sagen, dass der arme Mann zu Beginn unseres Aufeinandertreffens äußerst fidel war, dann aber plötzlich angeschlagen wirkte.« Sie berichtet in knappen Worten vom Geschehen. »Natürlich bedauere ich es im Rückblick zutiefst, die Zeichen nicht besser gedeutet zu haben. Vielleicht hätte man Arttu retten können, wenn wir beim ersten Unwohlsein mit dem Tanzen aufgehört hätten.«

Die Polizistin hört aufmerksam zu und macht sich Notizen. »Dass Sie sein Befinden nicht als einen sich ankündigenden Infarkt interpretiert haben, wird Ihnen niemand vorwerfen können, Sarah. Auch seine Freundin nicht, wenn sie sich erst einmal beruhigt hat. Es ist jedoch völlig normal, dass Tuula im Moment kaum in der Lage ist, einen klaren Gedanken zu fassen. Sie sucht nach einer Schuldigen, um die Tragödie begreifen zu können. Das bedeutet nicht, dass die Polizei Sie mit dem Tod des Mannes in Verbindung bringt. Machen Sie sich also keine Gedanken. Wirklich, kein Grund für ein Déjà-vu.« Sie bedenkt Sarah mit einem aufmunternden Lächeln. Dann beugt sie sich abermals über das Tablet. »Wie äußerte sich Arttus Unwohlsein denn im Detail? Was haben Sie beobachtet?«

Sarah bemüht sich, die Abfolge der einzelnen Symptome wiederzugeben, vom ersten Stolpern Arttus bis zu seinem lallenden Sprechen. »Dann ist er zusammengebrochen«, schließt sie mit leiser Stimme. »Kreidebleich, mit blauen Lippen und schweißgebadet.«

Kirsti nickt. »Klingt sehr nach einem Infarkt.« Sie faltet die Hände vor sich auf der Tischplatte. »Wie gehen Sie übrigens damit um? Ich meine, immerhin ist Arttu gewissermaßen in Ihren Armen verstorben. Benötigen Sie psychologische Unterstützung? Bitte scheuen Sie sich nicht, es sich einzugestehen. Manche Menschen glauben, das sei ein Zeichen von Schwäche, doch das ist völliger Unsinn. Ich kann Sie einem unserer Therapeuten vorstellen, wenn Sie möchten.«

»Ich … Nein, das ist wirklich nicht nötig. Mir geht es gut. Es tut mir leid um Arttu, keine Frage. Aber ich bin in Ordnung.«

Für einen langen Moment liegt Kirstis Blick auf Sarah. »Gut. Sollten Sie Ihre Meinung ändern, dann melden Sie sich bitte bei mir. Jederzeit.« Sie überreicht Sarah eine Visitenkarte. »Hat er noch etwas zu Ihnen gesagt?«

»Gesagt? Wer?« Sarah blinzelt.

»Eine Zeugin will bemerkt haben, dass Arttu etwas zu Ihnen gesagt hat. Da war er bereits zusammengebrochen und lag am Boden.«

Für einen Herzschlag zögert Sarah. »Ich erinnere mich nicht. Falls er etwas gesagt hat, habe ich es in der Aufregung nicht verstanden.« Sie weiß selbst nicht, warum sie es für sich behält, dass Arttu mit seinen letzten Atemzügen völlig wirr von einem Mann auf dem See sprach. Vielleicht, damit die Polizistin nicht denkt, bei Sarah sitze eine Schraube locker. Arttus Gemurmel ergibt schließlich keinerlei Sinn.

»Okay.« Kirsti lächelt. »Sie wohnen für die Dauer des Tangofestivals in diesem Hotel? Gut. Sollten noch Fragen auftauchen, weiß ich, wo ich Sie erreichen kann.« Sie erhebt sich und greift nach dem Tablet. »Ansonsten haben Sie jetzt meine Nummer, sollte sich bei Ihnen Gesprächsbedarf ergeben. Es tut mir leid, dass Ihr erster finnischer Tango derart dramatisch geendet hat.«

»Das war's?«, schießt es aus Sarah heraus. »Mehr wollen Sie nicht von mir wissen?«

Die Kommissarin schüttelt den Kopf. »Ich hoffe, Sie haben noch eine angenehme Zeit bei uns in Tampere und können sich schnell von dem Schreck erholen.« Damit nickt sie Sarah zu und schlendert aus der Hotellobby.

Für eine Weile starrt Sarah vor sich hin. In ihr macht sich Erleichterung breit. Anders als vor ein paar Wochen scheint sie nicht ins Fadenkreuz der Ermittlungen zu geraten, nur weil sie zufällig über einen Toten gestolpert ist. Im wahrsten Sinne über ihn gestolpert.

In die Erleichterung schleicht sich nach wenigen Sekunden ein Gefühl der Trauer. Selbst wenn sie Arttu nur für ein paar Minuten gekannt hat, geht ihr sein plötzlicher Tod nahe. »Immerhin hat er mir einen Heiratsantrag gemacht«, murmelt sie und kann sich ein ungläubiges Kopfschütteln nicht verkneifen. Doch gleich kehrt ein anderer Gedanke zurück. Was wollte ihr Arttu mit seinen letzten Worten mitteilen?

Sarah steht auf und blickt sich in der Lobby um. Ein paar Tanzpaare stehen noch vor dem Saaleingang und stecken die Köpfe zusammen. Obwohl der Veranstalter den Tanz für beendet erklärte, blieben die meisten Gäste wie angewurzelt auf dem Parkett, bis Notarzt und Polizei auftauchten. Erst als die Polizei begann, den Saal zu räumen, zogen die Leute von dannen. Am Ende waren neben Sarah nur noch Ilmari und seine Vorgesetzte, eine verspannt wirkende Frau namens Livia, übrig. Tuula hatte man mit dem Krankenwagen, den Arttu nicht mehr benötigte, in die Klinik gefahren. Bei der Erinnerung an Tuulas Abtransport zieht ein Schauer Sarahs Rücken hinab. Noch auf der Trage, als die Sanitäter sie aus dem Saal schoben, war Tuulas zitternde Hand anklagend auf Sarah gerichtet.

»Die arme Frau. Was für ein Wahnsinn«, murmelt Sarah. Als wäre ein Damm gebrochen, fährt Mattigkeit wie eine alles ertränkende Welle durch ihren Körper. Auf wackeligen Beinen stolpert sie an die Rezeption, wo Ilmari und ein weiterer Mitarbeiter die Stellung halten.

In diesem Moment schwingt eine Tür in der Wandvertäfelung auf. Livia tritt hervor, eine Handtasche unter den Arm geklemmt, einen Autoschlüssel in der Hand. »Jungs, ihr habt das hier im Griff. Mich hat die ganze Sache ziemlich mitgenommen. Ich mach Schluss für heute.«

Ilmari will zum Protest ansetzen, doch dann presst er die Lippen aufeinander und stößt nur ein kaum vernehmbares Schnauben aus.

»Mikael, du übernimmst das Kommando«, fährt Livia fort. Sie schaut auf ihre Armbanduhr. »Es sind sowieso nur noch zwei Stunden, bis die Spätschicht kommt und euch ablöst. Das werdet ihr wohl hinbekommen.«

»Ich wollte aber gerne …«, setzt Ilmari nun an, wird jedoch sogleich von seiner Vorgesetzten unterbrochen.

»Ilkko, Ilkko«, raunt Livia und schüttelt den Kopf. »Erst vorhin habe ich dich gebeten, mehr Eigeninitiative zu zeigen. Genau jetzt wäre der richtige Moment, das Team zu unterstützen. Was wir im Hotelgewerbe brauchen, sind echte Teamplayer, die sich nicht auf der faulen Haut ausruhen. Das solltest du dir bewusst machen, wenn du hier auf lange Sicht weiterkommen möchtest, Junge. Dem Management in Helsinki sind diese Werte sehr wichtig. Erst neulich gab es eine Rundmail, in der die Geschäftsführung betont hat, dass sich jeder einzelne Mitarbeiter tatkräftig einbringen soll. *Jeder!*« Nach einem bedeutungsschwangeren Blick auf Ilmari verlässt sie die Rezeption und verschwindet in Richtung der Fahrstühle.

Ilmari ist merklich blass um die Nasenspitze. Ob aus Scham oder aus Wut über die Zurechtweisung, kann Sarah nicht sagen. Doch der junge Mann tut ihr leid. Sie räuspert sich. »Ein schwieriger Tag für alle Beteiligten«, bemerkt sie. Vor allem für Arttu Mäkelä, ergänzt sie in Gedanken.

Ilmari zuckt zusammen, dann drückt er den Rücken durch. »Es tut mir leid, dass Sie bereits am ersten Tag Ihres Aufenthaltes bei uns derart unschöne Erlebnisse hatten. Im Namen des Hotels *Kruunu* möchte ich mich bei Ihnen dafür entschuldigen.«

Abwehrend hebt Sarah eine Hand. »Sie können ja nichts dafür, dass mein Tanzpartner nach den ersten Schritten das Zeitliche segnete. Der arme Mann. Er hat so lebendig gewirkt. Zu Beginn unseres Tanzes jedenfalls.« Sie hat das Gefühl, sich aus der Ferne selbst zuzuhören und innerlich den Kopf zu schütteln über den Unsinn, den sie von sich gibt. »Er hatte noch so viel vor. Noch mal heiraten, zum Beispiel. Golf spielen.« Sie muss einen Schritt zur Seite treten, um einem Hotelgast Platz zu machen, der auf die Rezeption zueilt.

»Was genau ist im Tanzsaal passiert?«, fragt der Mann und beugt sich Ilmaris Kollegen Mikael entgegen. »Wir sind eben erst angereist und haben nichts mitbekommen. Geht die Veranstaltung morgen weiter? Ich habe im Fahrstuhl mit einem Gast gesprochen, der von einem *Mord* an einem alten Mann sprach! Aber dann wird der Saal gesperrt bleiben, oder? Was sagt denn die Polizei? Hat man den Täter bereits gefasst?«

Sarah nutzt die Gunst des Augenblicks und bedeutet Ilmari, mit ihr an den Rand der Rezeption zu treten. Dabei fällt ihr erstmals auf, wie klein Ilmari ist. Und das liegt nicht nur an Sarahs High Heels. Nein, Ilmari ist nicht größer als ein Zwölfjähriger, trotz seiner hochgestellten Fönfrisur, die ihn wie einen Elvis-Verschnitt wirken lässt. »Hören Sie, Ilmari, ich habe da eine Frage.«

Der Hotelmitarbeiter nickt auffordernd. Keine Strähne bewegt sich auf seinem Kopf.

»Sie könnte … also, sie könnte ein wenig ungewöhnlich klingen, meine Frage«, flüstert Sarah. »Ich habe etwas aufgeschnappt und wüsste gerne, ob Sie damit etwas anfangen können.«

»Worum geht es denn?« Ilmaris Gesicht ist ausdruckslos. Er wirkt, als wäre er es gewohnt, von Hotelgästen mit ungewöhnlichen Fragen traktiert zu werden.

»Ruft es bei Ihnen *irgendeine* Assoziation hervor, wenn ich von einem Mann auf einem See spreche? Und dass dieser Mann oder dieser See etwas mit Eis zu tun hat?« Sarah rüstet sich für ein Kopfschütteln oder eine andere Regung, die deutlich macht, dass sie nicht mehr alle Tassen im Schrank habe.

»Ja, natürlich«, antwortet Ilmari völlig ungerührt.

»Ach!«

»Sie meinen bestimmt die Sache vom März«, sagt Ilmari. Er wendet sich zum Bildschirm hin und startet einen Webbrowser. »Der Vorfall ist noch in aller Munde, auch wenn es schon ein halbes Jahr her ist. Deshalb haben Sie davon gehört.«

»Der Vorfall …?«

»Warten Sie, ich zeige es Ihnen.« Ilmari tippt eine Adresse in die Suchleiste. Auf der Seite einer lokalen Tageszeitung scrollt er herunter, bis er einen zufriedenen Pfiff ausstößt. »Da ist es. Sie haben es etwas verschoben. Hier, ich starte das Video.«

»Das Video?«, murmelt Sarah und beugt sich vor. Auf dem Bildschirm ist etwas zu sehen, das wie ein körniger Schneesturm aussieht.

»Die Aufnahme stammt vom Näsinneula«, erklärt Ilmari, während der Bildschirm weiter von fallenden Schneeflocken ausgefüllt wird.

»Woher?«

»Vom Näsinneula. Dem Aussichtsturm am Ufer des Näsijärvi-Sees.« Er verfällt in den Tonfall eines Reiseführers. »Näsinneula gehört zu einem Freizeitpark und ist über einhundertzwanzig Meter hoch. Damit ist er der zweithöchste Turm seiner Art in ganz Skandinavien. Von oben hat man einen großartigen Blick über Tampere und die beiden Seen, den Näsijärvi und den Pyhäjärvi. Beide werden durch die neunhundertfünfundvierzig Meter langen Tammerkoski-Stromschnellen verbunden. Es gibt auf dem Turm ein Café und ein Restaurant. Und Kameras, die das Panorama ins Internet übertragen. Rund um die Uhr.« Ilmari deutet auf den Bildschirm. »Dies ist die Aufnahme einer der Kameras aus dem vergangenen März.«

»Da scheint es noch heftig geschneit zu haben«, bemerkt Sarah. »Doch was hat das mit meiner ursprünglichen Frage zu tun?«

»Einen Moment noch.« Mithilfe der Computermaus justiert Ilmari die Helligkeit der Bildschirmanzeige. »Gleich werden Sie es verstehen.«

SECHSTES KAPITEL

Der Autoverkehr drängt sich über die Brücke, Stoßstange an Stoßstange. Doch auf dem Gehweg sind nur wenige Fußgänger unterwegs. Die Straße führt schnurgerade am Kanal entlang und ist von alten Industriebauten aus rotem Backstein gesäumt. Erst etwa dreihundert Meter weiter, wo eine Fußgängerzone mit Geschäften und Restaurants beginnt, tummeln sich Passanten. Dorthin ist Tarja aber nicht unterwegs. Sie schultert ihren Jutebeutel und steuert den nahen Eingang eines der hohen Backsteingebäude an.

Auf den ersten Blick wirkt das Haus wie eine einzige Baustelle, doch in einem der oberen Stockwerke befindet sich das Büro eines Softwareunternehmens. Und über eine abwärts führende Treppe gelangt man von der Eingangshalle, die halbseitig mit Sperrband versehen ist, zum Spionagemuseum. Ansonsten ist das Gebäude aber wirklich eine große Baustelle. Jedoch ohne Bauarbeiter, denn die Pleite eines Projektträgers hat die Sanierung vor ein paar Wochen jäh beendet.

Geräuschlos steigt Tarja die Treppe hinab, an der geöffneten Tür zum Spionagemuseum vorbei. Hinter dem Durchgang, gleich um die Ecke sitzt der Inhaber an einem Tresen und wartet auf Besucher, das weiß sie. Doch es verirrt sich nur selten jemand in die Handvoll kleiner Ausstellungsräume. Einmal hat sie ein Faltblatt des privaten Museums gefunden, jemand wird es auf der Treppe verloren haben. Jedenfalls stand darin, dass dieses Museum das weltweit erste seiner Art sei. Man kann sich dort alte Abhörgeräte, Chiffriermaschinen und Lügendetektoren anschauen.

Heute wagt Tarja keinen Blick in die Räumlichkeiten, da sie ungesehen am Eingang vorbeikommen will, um unter dem Absperrband, welches das weitere Treppenhaus abriegelt, durchzuschlüpfen. Je weniger sie auffällt, desto besser. Das ist generell ihr Credo. Daher trägt sie lediglich einen Jutebeutel bei sich, achtet außerdem auf ein gepflegtes Äußeres, soweit das in ihrer Situation möglich ist. Zumindest auf den ersten Blick fällt sie auf der Straße zwischen den anderen Passanten kaum auf.

Hinter dem Absperrband endet die Treppenbeleuchtung. Nach ein paar Stufen gräbt Tarja im Beutel und zieht eine Stabtaschenlampe hervor. Im Schein des schmalen LED-Lichtkegels geht sie die Treppe hinab bis zum Zugang zur nächsten Etage. Darunter liegt nur noch der Kellerbereich mit langen Gängen und Räumen voller Rohre, Schaltkästen und Versorgungsleitungen. Dort ist es selbst ihr zu unheimlich. Daher hat sie sich für die Ebene darüber entschieden. Hier ist sie zwar auch unter der Erde, doch die Räume wirken weniger abweisend. Es waren früher anscheinend Lager oder Werkstätten, bevor Wände eingerissen, Rohre freigelegt und Löcher in Boden und Decke geschlagen wurden. Nach dem Abzug der Bauarbeiter sind Schutt und Durcheinander zurückgeblieben. Von Zeit zu Zeit huscht eine Maus oder Ratte über den Boden, ansonsten herrscht Totenstille. Da es nah am Wasser gelegen ist, lieben die Plagegeister das fast menschenleere Gebäude. So wie Tarja.

Geschickt steigt sie unter dem Absperrband durch. Bei der Aufgabe der Baustelle hat man keine großen Ambitionen gezeigt, die Zugänge zu den Etagen zu sichern. Auch hat Tarja erst zweimal einen Rundgang von Sicherheitsleuten mitbekommen. Zu zweit sind sie durch das Gebäude gestiefelt und haben halbherzig mit ihren Taschenlampen herumgefuchtelt. Dabei diskutierten sie über die neuesten Eishockeyergebnisse. Die Männer waren weit davon entfernt, sie in ihrem Versteck zu entdecken. In der Regel erschöpft sich ihre Tätigkeit darin, das Gebäude morgens auf- und abends abzusperren.

Sorgsam beleuchtet sie ihren Weg, umrundet ein Loch im Boden, steigt über einen Haufen Bauschutt. Dabei bemüht sie sich, den Schmerz im linken Bein zu ignorieren. Seit gestern pocht es wieder im Oberschenkel, vor allem, wenn sie das Bein beugt. »Irgendwas ist immer«, seufzt sie leise.

Hinter einem umgekippten Stahlschrank geht sie ächzend in die Knie und zwängt sich in die Lücke zwischen Metall und Wand. Nach hinten zu wird der Abstand breiter. Dort liegt ihr Schlafsack. Daneben eine große Tasche mit allem möglichen Kram – Toilettenpapier, eine Illustrierte, Kleidung. Ein paar Wasserflaschen und Lebensmittelkonserven. Zwischen Schrank und Wand hat sie eine löcherige Decke gespannt, unter der der Schlafsack liegt. So hat der Platz etwas von einer Zeltstatt. Es ist ihr Reich.

Sie legt sich auf den Schlafsack und nimmt einen tiefen Schluck aus einer Wasserflasche, bereut das aber gleich, denn umgehend meldet sich ihre Blase. Der Blick auf das Handy, das sie täglich in der Stadtbibliothek oder an einem anderen öffentlichen Ort auflädt, zeigt ihr, dass sie noch länger als eine Stunde warten muss, bis sie sich zur Toilette aufmachen kann. Erst dann wird sowohl das Spionagemuseum als auch das Softwarebüro verwaist und die Eingangstür zum Gebäude verschlossen sein. Dann erst traut sie sich in den zweiten Stock hinauf. In unmittelbarer Nähe der Büroräume befindet sich ein WC, das trotz der Abrissarbeiten noch funktioniert. Wahrscheinlich haben die Handwerker es für den eigenen Gebrauch stehen lassen. Ein absoluter Glücksfall und der Hauptgrund, warum Tarja sich in diesem Gebäude niedergelassen hat, obwohl es nicht ganz leer steht. Irgendwo in die Ecke zu pinkeln, würde nicht nur ihre eigene Nase belästigen, es würde dem Sicherheitspersonal bei seinen Runden auch den Hinweis geben, dass sich jemand unbefugt im Komplex aufhält.

Seufzend löscht sie das Licht der Taschenlampe. Vielleicht kann sie für einen Moment die Augen schließen und ein Nickerchen machen. Dann vergeht die Zeit schneller, bis sie hinauf zur Toilette kann. Wie immer, wenn sie zur Ruhe kommen möchte, ruft sie sich die Vergangenheit ins Gedächtnis. Sie denkt an ihr altes Leben, ruft Bilder auf, die sie glücklich und traurig zugleich stimmen. Kalle und sie in einem Boot, das Schilf wiegt sich sanft im Wind. Sie an einem Schreibtisch, einen Computer vor sich, umringt von lächelnden Kollegen. Lelle. Vor allem Bilder von Lelle. Beim Hüpfen über eine Wiese. Beim Essen. Beim unbeholfenen Ballspiel. Ihre Tochter ist die Erinnerung, die sie am traurigsten macht. Die sie aber gleichzeitig am schnellsten abgleiten lässt in ihre innere Welt, die sie alles andere vergessen lässt.

Sie gähnt, streckt sich auf dem Schlafsack aus, gibt der an ihrem Geist zupfenden Müdigkeit nach. Da lässt ein Geräusch sie aufschrecken.

Ein Schritt.

Sofort ist sie hellwach und lauscht alarmiert in die Dunkelheit. Hat sie sich getäuscht, sich im Halbschlaf den Laut eingebildet? Als es still bleibt, will sie dieser Erklärung Glauben schenken, doch nur einen Herzschlag später hört sie es abermals.

Ein Schritt.

Sie presst die Lippen zusammen, spitzt die Ohren. Ein Übelkeitsgefühl breitet sich in ihrem Magen aus. Die Sicherheitsleute kommen immer im Duo und unterhalten sich lautstark. Wer also ist da draußen?

Die Übelkeit geht in Angst über. Das Leben auf der Straße ist hart – von anderen Obdachlosen, von Menschen allgemein hält sie sich fern. Wenn man nicht achtgibt, bekommt man eine Flasche über den Kopf gezogen und wacht ohne seine Besitztümer auf. Oder wird vergewaltigt. Ein Schaudern durchfährt sie. So abgelegen und gut versteckt ihr Schlafplatz ist, so ausgeliefert ist Tarja hier, sollte jemand mit bösen Hintergedanken sie aufspüren. Sie tastet nach dem Messer, das sie immer bei sich trägt, und klappt es in der Dunkelheit lautlos auf.

Tarja kann nicht sagen, wie lange sie so daliegt, auf ihrem Schlafsack zwischen Metallschrank und Wand. Lange Zeit traut sie sich nicht, auf ihr Handydisplay zu tippen, aus Furcht, der Lichtschein könnte den Eindringling auf sie aufmerksam machen. Doch es bleibt totenstill. Keine weiteren Schritte zu hören.

Irgendwann drückt ihre Blase derart stark, dass Tarja sich aus der Schlafstätte hervorrobbt. So leise wie möglich schleicht sie in Richtung Ausgang. In einer Hand hält sie das gezückte Messer, in der anderen das Handy, dessen leuchtendes Display ihr gerade genug Licht wirft, um den Weg durch die Baustelle zu finden.

Am Ausgang zum Treppenhaus atmet sie tief ein und aus. Erleichtert klappt sie das Messer zu und schiebt es in die

Hosentasche. Sie muss sich getäuscht haben. Wahrscheinlich hat sie im Halbschlaf fantasiert, sich die Geräusche eingebildet. Beide Male. Außer ihr befindet sich niemand auf dieser Etage. »Ja, du hast dir die Schritte eingebildet«, flüstert sie. »Du Dummchen.«

Mit der Erleichterung meldet sich die gepeinigte Blase vehement zurück. Auf dem Handy prüft Tarja die Uhrzeit. Seit mehr als einer halben Stunde sind Museum und Büro geschlossen. Nun kann sie gefahrlos zur Toilette. Sie hat weit mehr als eine Stunde lang im Dunkeln gekauert und gelauscht. »Und wofür? Für nichts!«

Als sie ansetzt, sich unter den Absperrbändern durchzuschlängeln, erstarrt sie. Blinzelt. »Verdammt!«, presst sie hervor. Dann greift ihre Hand nach dem rot-weiß gestreiften Plastikband, das seitlich am Türrahmen herabbaumelt. »Scheiße!« Mit einem Fluch auf den Lippen rennt sie die Treppe hinauf zur Toilette.

Die Erleichterung darüber, ihre Blase leeren zu können, wird von einem starken Gefühl der Beunruhigung überlagert. Das Absperrband. Es wurde abgerissen, eindeutig. Bei ihrer Ankunft war es noch intakt. Da ist sie sich sicher. Mit zitterndem Handrücken wischt Tarja über ihre schweißnasse Stirn. »Irgendjemand war bei mir«, haucht sie.

SIEBTES KAPITEL

Ein roter Kreis erscheint am rechten Rand der Videoaufnahme, die nun den gesamten Monitor ausfüllt. Schneefall bei Nacht. Eine matt leuchtende Seeoberfläche, aus hoher Höhe aufgenommen. Ein Ufer ist nicht zu erkennen.

Ilmari tippt mit dem Zeigefinger auf den Bildschirm, umfährt den Kreis, der sich langsam nach links bewegt. Auf den See hinaus. »Sehen Sie, Frau Fuchs?«, fragt er.

»Ich sehe einen Kreis, der immer wieder von Ihrem Finger verdeckt wird«, erwidert Sarah.

»Oh, Entschuldigung.« Hastig zieht Ilmari seine Hand zurück.

Sarah sagt eine Zeit lang nichts. Warum zeigt Ilmari ihr dieses Video? Was ist ungewöhnlich an der Aufnahme? Sie blinzelt. »Ist da ein dunkler Punkt im Kreis?«

»Das ist der Mann.«

»Der Mann?« Sie beugt sich vor, erkennt aber immer noch nicht mehr als einen Schatten.

Ilmari räuspert sich. »Er geht über den zugefrorenen See. Vom Ostufer aus. Das liegt gleich hinter dem Bildschirmrand, wird aber von der Kamera nicht erfasst. Obwohl es Nacht ist, ist der Mann vor der hellen Schneedecke gut wahrzunehmen. Man hat das Video vor der Veröffentlichung bearbeitet. Den Kontrast anders eingestellt, so was. Damit der Mann besser zu sehen ist.« Er klingt stolz, als hätte er selbst an der Optimierung der Aufnahme mitgearbeitet.

Der Mann. Der See. Das Eis. Sarahs Magen beginnt zu kribbeln.

»Hier macht das Video einen Sprung. Sehen Sie? Der Kreis mit dem Mann drin ist jetzt weiter draußen auf dem See. Sie haben es zusammengeschnitten. In der Originalaufnahme läuft der Mann eine gute Viertelstunde über den See. Wenn Sie wollen, kann ich Ihnen auch einen Link zur ungekürzten Aufnahme raussuchen.«

Sarah schüttelt den Kopf. »Woher wissen Sie, dass es ein Mann ist? Ich erkenne gerade mal, dass sich was auf dem Eis bewegt.« Sie beugt sich noch näher an den Bildschirm heran. »In dem Schneetreiben kann man unmöglich mehr erkennen. Da bewegt sich ein kleiner Schatten auf der zugeschneiten Seefläche. Mehr nicht.«

»Darüber wurde in der Presse und in den sozialen Medien lange diskutiert. Es gab sogar eine Onlineumfrage der Tageszeitung, auf deren Seite wir sind. Siebenundachtzig Prozent fanden, dass es ein Mann ist. Auch die meisten Experten waren der Meinung.«

»Experten? Experten für was?«, fragt Sarah.

»Äh, Experten für Videoanalysen, denke ich«, antwortet Ilmari und zuckt mit den Schultern. »Digitalforensiker. So was.«

Digitalforensiker? Sarah runzelt die Stirn. Gibt es so einen Beruf? Mittlerweile stößt ihre Nase beinahe an den Bildschirm. »Das kann alles sein, *auch* ein Mann.«

»Die Leute und die Experten sind sich sicher.« Ilmaris Stimme klingt eine Spur defensiv.

Sarah richtet sich auf. Die Leute sind sich also sicher? Weil nur ein Mann so dämlich sein kann, bei einem Schneesturm auf einen vereisten See hinauszuspazieren? »Aber was ist das Besondere an der Aufnahme? Warum beschäftigt man sich damit? Ich nehme an, dass in Finnland regelmäßig Menschen auf zugefrorenen Seen unterwegs sind. Frauen wie Männer.«

»Darum«, stößt Ilmari aus und deutet auf den roten Kreis. »Jetzt ist es passiert!«

»Was ist passiert? Ich kann nichts erkennen.«

»Genau!«, ruft Ilmari triumphierend aus. »Er ist weg.«

»Er ist weg?« Sarah wirft einen Blick zu dem jungen Hotelmitarbeiter, der gebannt auf den Kreis starrt.

»Ja, der Mann ist verschwunden. Da ist nur noch Schnee. Sehen Sie, Frau Fuchs?«

»Oh. Okay.« Nun versteht sie. Der Schatten, der einen Mann darstellen soll, hat sich in Luft aufgelöst. In dem roten Kreis wirbeln nur noch Schneeflocken, wie überall in der Aufnahme. »Wo ist er hin?«

Ilmari klatscht in die Hände. »Genau!«, ruft er begeistert aus. »Wo ist er hin?«

Für mehrere Atemzüge wartet Sarah auf die Antwort, vielleicht begleitet von einem klugen Verweis auf die Analyse der Digitalforensiker, doch Ilmari starrt mit ungebrochenem Enthusiasmus auf den Bildschirm. »Irgendwo muss er ja hin sein«, sagt sie schließlich.

Endlich wendet Ilmari sich Sarah zu. »Man geht davon aus, dass er ins Eis eingebrochen ist.«

»Ins Eis …« Es verschlägt ihr die Sprache.

Ilmari nickt. »Es gibt keine andere Möglichkeit. Keine, die Sinn ergibt, meine ich. Dummerweise wurde erst Tage nach dieser Aufnahme ein Internetnutzer auf das Unglück aufmerksam. Dieser Nerd zeichnet wohl die Kamerabilder vom Näsinneula auf. Fragen Sie mich bitte nicht, warum. Er jedenfalls war es, der die Zeitung über seine Beobachtung informierte. Danach wurden die Behörden eingeschaltet.«

»Und?« Sarah stockt der Atem.

»Als die Polizei sich der Sache annahm, war ein großer Teil des Sees bereits angetaut. Es hatte einen Wetterumschwung gegeben. Daher konnte man auf dem restlichen Eis keinerlei Spuren sichten.«

»Aber der Schatten … ich meine, der Mann«, wendet Sarah ein. »Wo ist er?«

Ilmari spreizt die Hände. »Er wurde nicht gefunden. Bis heute nicht. Unter der Wasseroberfläche herrschen wohl starke Strömungen. Das hat was mit den Stromschnellen zu tun. Unzählige Experten haben sich mit dem Thema befasst.«

»Natürlich haben sie das!«, fällt Sarah ihm ins Wort.

»Unter Wasser hätte der Mann in jede Richtung gezogen werden können. Jedenfalls ist keine Leiche aufgetaucht. Es besteht die Möglichkeit, dass er sich irgendwo unter Wasser verfangen hat, meint die Polizei. An Felsen. Oder Pflanzen. Kilometerweit von hier.«

Ein Schauer durchfährt Sarah. »Aber man muss doch eine Vermutung haben, um wen es sich handelt. Ein Mensch verschwindet nicht einfach spurlos. Jemand aus seiner Familie wird sich an die Polizei gewandt haben.«

»Nichts.« Ilmari schüttelt den Kopf. »Der Polizei liegen keine Vermisstenanzeigen vor, die passen würden.«

Mikael, der sein Gespräch mit dem Gast beendet hat, tritt neben Ilmari. »Es gibt auch Stimmen, die behaupten, der Typ sei auf dem See von Außerirdischen entführt worden. Ein Spezialist hat sich das Video mit einem aufwendigen Filter angeschaut und etwas entdeckt, das nach einem Teleporterstrahl aussieht. Wenn Sie möchten, gebe ich Ihnen die Adresse der Seite, auf der das gefilterte Video eingestellt ist. Leider weigert sich die Zeitung, darüber zu berichten. Ich habe der Redaktion schon eine E-Mail geschickt.«

Sarah möchte auflachen über Mikaels absurden Scherz, da bemerkt sie dessen todernste Miene. »Was? Wirklich?«

Ilmari holt tief Luft. »Natürlich gibt es sehr unterschiedliche Theorien zu dem, was draußen auf dem See passiert ist. Die Sache beschäftigt Tampere heute noch. Außerirdische. Eine Geistergestalt. Ein Selbstmord. Die Zeitungen und die sozialen Medien sind voll davon. Natürlich haben sich alle Bekloppten sofort auf den Fall gestürzt. Jeder von ihnen sieht was anderes in den Aufnahmen. Unerklärliche Formationen im Schnee als Nachrichten von Außerirdischen. Lichtblitze. Tanzende *tonttut.*«

»Tanzende *tonttut*?«, fragt Sarah.

»Ein *tonttu* ist ein wichtelartiger Geist«, erklärt Ilmari. »Er beschützt den Ort, an dem er lebt.«

Sarah hebt die Augenbrauen. »Ach.«

»Und dann gibt es noch die, die an eine Entführung durch Außerirdische glauben«, ergänzt Ilmari mit hochgezogenen Mundwinkeln.

»In Amerika wurde nachgewiesen, dass es Außerirdische gibt«, wirft Mikael ein. »Sie besuchen die Erde seit Tausenden Jahren. Die Politiker und die Behörden haben es immer gewusst, aber verschwiegen. Ein ranghoher Militär hat es endlich zugegeben.«

»So ein Schwachsinn«, brummt Ilmari. »Wenn du mir sagst, diese Außerirdischen haben Livia geschickt, um uns zu quälen, glaube ich dir sofort. Aber sonst?«

Mikael bedenkt seinen Kollegen mit einem beleidigten Blick, bevor er sich an das andere Ende der Rezeption zurückzieht.

Ilmari tippt sich an die Stirn.

»Meint er es ernst?«, flüstert Sarah.

»Ich befürchte es«, antwortet Ilmari, ebenfalls flüsternd.

»Ich kann jedes Wort hören!«, ruft Mikael schmallippig herüber.

Mit einem Seufzen schließt Ilmari das Browserfenster. »Nun, um auf Ihre Frage zurückzukommen, Frau Fuchs: In Tampere weiß jeder von dem Mann auf dem zugefrorenen See.«

»Sie haben mir sehr geholfen, Ilmari. Vielen Dank.« Sarah macht einen Schritt nach hinten, weg von der Rezeption. »Ich habe Brocken davon beim Tanzen aufgeschnappt. Jetzt verstehe ich, wovon die Leute sprachen. Eine äußerst sonderbare Angelegenheit.« Sie nickt Ilmari zu und will sich abwenden, da setzt Ilmari noch einmal an.

»Die wildeste Theorie hab ich noch gar nicht erzählt.«

Sarah stutzt. »Und die wäre?«

»Sie besagt, dass noch eine zweite Person auf dem See war. Ganz weiß gekleidet, weshalb sie im Video vor dem Schnee fast nicht zu sehen ist. Aber jemand will was entdeckt haben.« Er rollt mit den Augen. »Jedenfalls soll diese Person den Mann umgebracht und danach weggeschafft haben. In einem weißen Sack oder etwas Ähnlichem. Deshalb wurde bis heute keine Leiche gefunden. Dieser Version zufolge dokumentiert das Video einen Mord.«

»Nun, das ist fraglos eine sehr wilde Theorie«, sagt Sarah. »Da klingt die Idee mit den Außerirdischen geradezu plausibel.« Sie schickt der Bemerkung ein Lachen hinterher, das selbst in ihren Ohren gequält klingt.

Während sie zum Fahrstuhl geht, um zu ihrem Zimmer im vierten Stockwerk zu gelangen, kaut Sarah auf ihrer Unterlippe. Was, um Himmels willen, wollte ihr Arttu Mäkelä mit seinen gestammelten Worten anvertrauen?

ACHTES KAPITEL

Auf dem Heimweg vom Fitnessstudio macht Eddi beim Supermarkt halt. Aus der Kühlung nimmt er zwei Aluschalen mit Kartoffelauflauf, im Getränkeregal greift er nach einer Flasche Pepsi mit Mango-Geschmack. Kurz entschlossen rundet er das Ganze noch mit einer Packung Fruchtgummis ab. Er zahlt und stopft die Einkäufe in seine Sporttasche auf dem Rücksitz des Wagens. Erst beim dritten Versuch springt der alte VW Golf an. Eddi stöhnt. Wahrscheinlich die Zündkerzen, wenn er Pech hat, aber auch die Zündspule. Es ist an der Zeit, einen Werkstatttermin zu vereinbaren. Das sagt er sich seit ein paar Wochen nahezu täglich. Jedes Mal, wenn er Auto fährt.

Er hat es nicht weit bis nach Hause, einem Wohnkomplex an der Lähteenkatu, direkt gegenüber von einem kleinen Park, der um einen großen Ententeich angelegt ist. Das Glück ist ihm heute hold, denn er findet direkt vor der Tür einen Parkplatz. Mit der geschulterten Sporttasche steigt er die Treppe hinauf in den vierten Stock. Aufzüge benutzt er grundsätzlich nicht, die sind etwas für Schwächlinge, findet er.

In der kleinen Wohnung steckt er einen der beiden Aufläufe in den Backofen, den anderen in den Kühlschrank. Prüfend riecht er an seiner Sporthose, die er aus der Tasche gezogen hat, und wirft sie zusammen mit den übrigen verschwitzten Kleidungsstücken in die Waschmaschine. Während er darauf wartet, dass das kurze Waschprogramm mit der Bezeichnung »Auffrischen« seinen Dienst erledigt, schenkt er sich ein Glas Pepsi ein. Damit stellt er sich ans Wohnzimmerfenster und sieht auf den Park hinaus. Sein Blick liegt auf dem Kinderspielplatz, der von einem Metallzaun umgeben am Rand des Parks liegt. Doch in Gedanken ist er ganz woanders.

Irgendetwas auf seiner Dienststelle läuft nicht, wie es sollte. Diesen Eindruck hatte er bereits wenige Tage, nachdem er von Rovaniemi am Polarkreis nach Tampere gewechselt war. Dass seine neuen Kollegen ihn »Wikinger« nennen und witzeln, er habe es im Dienst bisher häufiger mit Rentieren als mit Verbrechern zu tun gehabt, stört ihn nicht. Was ihm sauer aufstößt, ist die Art und Weise, wie sein Chef Jussi Uddström die Abteilung führt. Nach Sympathien. Nach irgendeinem System von Belohnung und Bestrafung. Seit einem Jahr versucht Eddi dahinterzukommen, nach welchen Regeln hier gespielt wird. Jede Abteilung, jede Dienststelle hat ihre Eigentümlichkeiten, sicher. Doch in dem von Uddström geleiteten Kommissariat liegt die Besonderheit darin, dass Eddi bis heute nicht kapiert hat, wie der Hase läuft. Und darüber hinaus hat er das Gefühl, er *soll* es auch gar nicht.

Gedankenverloren nippt er an der Pepsi, spürt dem Mango-Geschmack, den er so liebt, nach. Er fühlt sich auf der Dienststelle wie ein Außenseiter, den man bewusst an den Rand drängt. Jussis neuester Schachzug, Eddi zu beurlauben, ist das beste Beispiel dafür. Kaum zeigt Eddi Eigeninitiative, um die Identität des auf dem See verschwundenen Mannes zu klären, wird er aufs

Abstellgleis geschoben. Und selbst Kirsti, zu der er von allen Kollegen den besten Draht hat, hält ihn auf Distanz, wenn es darum geht, Jussi nicht zu verärgern.

Polizisten bilden untereinander eine eingeschworene Gemeinschaft, das ist völlig normal und war auch in Rovaniemi nicht anders. Doch Jussi hat eine kleine Gruppe um sich geschart, die ihm hörig ist. Warum? Was geschieht im Hintergrund, wovon Eddi nichts mitbekommen soll? »Ich werde es rausfinden«, murmelt er und stellt das Glas auf der Fensterbank ab. Anscheinend will Jussi die Sache mit dem verschwundenen Mann im Sand verlaufen lassen. Grund genug für Eddi, eigene Nachforschungen anzustellen. Er muss nur vorsichtig sein, um Jussi nicht noch mehr zu verärgern. Sonst wird er in Tampere niemals Fuß fassen.

Der Signalton der Waschmaschine reißt ihn aus seinen Gedanken. Während er die Sportkleidung im Badezimmer über einen Wäscheständer legt, fragt er sich nicht zum ersten Mal, warum ausgerechnet er von einem dermaßen stark ausgeprägten Gerechtigkeitsempfinden angetrieben ist. In Kombination mit dem Charakterzug, sich schnell persönlich angegriffen zu fühlen, entsteht eine explosive Dynamik, die ihn nicht nur ein Mal in die Bredouille gebracht hat. Doch es ist wie ein Zwang – wenn er sich in eine Sache verbeißt, dann muss er sie bis zum Ende verfolgen. Koste es, was es wolle.

Der Geruch von Verbranntem zieht durch die Wohnung. Mit einem Fluch auf den Lippen hastet Eddi in die Küche und schaltet den Backofen aus. Es kostet ihn einige Mühe, die schwarze Schicht von dem Kartoffelauflauf abzukratzen. »Jussi, du Arsch«, zischt er, als könnte sein Chef etwas für das verkohlte Abendessen. Missmutig spült er die Kartoffeln mit der Pepsi hinunter.

Heute ist nicht sein Tag. Sowohl an Kirsti als auch am Kartoffelauflauf ist er kläglich gescheitert. Mit der letzten Gabel, die er zum Mund führt, fasst er einen Entschluss.

Es klingelt so lange, dass Eddi bereits auflegen will, doch da wird sein Anruf doch noch angenommen.

»Das ist aber eine Überraschung!«, meldet sich eine tiefe Stimme.

Am Tonfall seines Gesprächspartners hört Eddi noch dessen schwierige Entscheidungsfindung, ob der den Anruf nicht besser wegdrücken solle. »Tuure!«, ruft er ins Telefon. »Wie geht's, wie steht's? Wollte mich mal wieder bei dir melden, Junge.«

»Was geht ab, Eddi? Ich hab von Kirsti gehört, dass sie dich beurlaubt haben. Du genießt sicherlich deine Freizeit. Den ganzen Tag die Eier schaukeln, das würde ich auch gerne.« Das nachgeschobene Lachen klingt aufgesetzt.

»Ich komm gerade vom Training. So früh bin ich selten im Studio. War angenehm leer. Man kann also wirklich sagen, dass ich die Freizeit genieße. Wobei die Sache mit Jussi einfach ein bescheuertes Missverständnis ist.«

Ein Brummen, das alles und nichts bedeuten kann.

Eddi räuspert sich. »Bei Kirsti und dir ist alles in Butter, wie ich vorhin von deiner Perle gehört habe. Ihr sucht eine gemeinsame Wohnung, nicht wahr? Da klingeln wohl bald die Hochzeitsglocken.«

»Du hast mit Kirsti gesprochen?«

»Ich hab sie in der Kantine getroffen. Aber sie musste schnell wieder weg.« Er zwingt sich, gleichmütig zu klingen. »Zu dem neuen Fall, du weißt schon.«

»Zu dem Toten beim Tangotanzen, genau. Kirsti hat mich eben angerufen und davon erzählt. Der Mann ist beim Tanzen zusammengebrochen. Arttu Mäkelä. Große Nummer, der Typ. Steht morgen bestimmt in allen Zeitungen.«

Eddi verbirgt seine Überraschung hinter einem Husten. Mäkelä ist wirklich eine große Nummer in der Stadt. Schwerreich und bestens mit allen vernetzt, die etwas zu sagen haben. »Ja, die Presse stürzt sich auf so was«, bestätigt er.

»Sie haben im *Kruunu* erst mal den Saal dichtgemacht. Die Leute haben sich den Start des Festivals sicher anders vorgestellt.«

Im *Kruunu*? Eddi beißt sich auf die Unterlippe. Ausgerechnet im *Kruunu* musste die ganze Chose passieren? »Schlimme Sache«, presst er hervor.

»Herzinfarkt. Tja.« Tuures Schulterzucken ist durch die Leitung zu hören. »Der Mäkelä hat mit einer Deutschen getanzt, da hat's ihn plötzlich erwischt. War wahrscheinlich zu viel für ihn, diese Tanzpartnerin. Aber es gibt schlimmere Arten, das Zeitliche zu segnen. Die Deutsche soll ein Feger sein.«

»Da wird man erst mal die Obduktion …«, entfährt es Eddi.

»Kirsti meint, es sei eindeutig ein Infarkt. Eine Obduktion sei unnötig.«

Eddi beißt sich auf die Zunge. Er schmeckt Blut. In seinem Kopf überschlagen sich die Gedanken. Bei einem derart prominenten Toten keine Obduktion zu veranlassen, ist mehr als ungewöhnlich. Nur ein Rechtsmediziner kann schließlich die genaue Todesursache bestimmen. Da mögen die äußeren Symptome aussehen, wie sie wollen. Wirklich ungewöhnlich, ein solches Vorgehen. »Das hat dann sicher der Jussi so entschieden?«, fragt er.

»Kirsti meinte …«, setzt Tuure an, verschluckt aber den Rest des Satzes. »Keine Ahnung.« Seine Stimme klingt plötzlich eisig.

Eddi unterdrückt einen Fluch. Tuure ist aufgegangen, dass Eddi ihn gerade aushorcht.

»Ich muss, Junge!«, blafft Tuure. »War nett, mal wieder mit dir zu quatschen.«

»Ja, lass uns doch mal ein Bier …«

Tuure hat bereits aufgelegt.

Für eine Weile sitzt Eddi am Küchentisch und starrt vor sich hin. Er spürt wieder dieses Ziehen im Magen, das ihn befällt, wenn er meint, einer Sache auf der Spur zu sein. Dass Jussi den Arttu Mäkelä nicht obduzieren lässt, ist merkwürdig. »Was ist da im Gange?«, murmelt Eddi vor sich hin. Aber heute wird er darauf keine Antwort erhalten, gesteht er sich ein. Er sollte wenigstens versuchen, diesen beschissenen Tag angenehm ausklingen zu lassen. Mit einem schiefen Grinsen im Gesicht wählt er auf seinem Handy eine Nummer. Diesmal wird sogleich abgenommen.

»Hei.«

»Hei, Birke«, sagt Eddi mit samtweicher Stimme. »Wie sieht's aus, Süße? Hast du Lust, bei mir vorbeizukommen? Wir könnten's uns nett machen.«

»Ich hab schon gedacht, du fragst nie.« Birke lacht auf.

NEUNTES KAPITEL

Der Frühstücksraum liegt gleich hinter dem Foyer. Eigentlich gehen beide Räume ineinander über, denn eine niedrige Wand aus Bücherregalen ist alles, was die Rezeption von den schmalen Holztischen und dem Frühstücksbuffet trennt. Während Sarah ihren zweiten Cappuccino trinkt, schaut sie gedankenverloren in die Empfangshalle hinüber. Hinter der Rezeption stehen eine Frau und ein Mann, denen sie bisher noch nicht begegnet ist. Wahrscheinlich die Nachtschicht, die das Ende der Arbeitszeit herbeisehnt.

Sie stellt den Cappuccino ab und stochert lustlos in dem Obstsalat, den sie sich vor einer Viertelstunde an den Tisch geholt hat. Durch das gestrige Unglück ist ihr der Appetit abhandengekommen. Der jähe Tod ihres Tanzpartners setzt ihr stärker zu, als sie es vor der Polizistin zugegeben hat. Immer wieder steigen in ihr Bilder des Abends auf und sorgen für ein unangenehmes Druckgefühl im Magen.

Was Sarah keine Ruhe lässt, sind Arttus letzte Worte. Als er am Boden lag, wusste er, dass er sterben würde, da ist sich Sarah sicher. Er nutzte seine letzte Kraft ausgerechnet dazu, um ihr etwas über die mysteriöse Person auf dem Eis mitzuteilen. Er muss etwas gewusst haben, denkt Sarah. Sie spießt ein Stück Ananas auf, um es gleich darauf am Schalenrand abzustreifen. Dann lässt sie die Gabel in die Schale gleiten. Er wollte ihr etwas über den Mann auf dem Eis sagen. Doch was? Und warum?

Arttus Verhalten ist ihr ein Rätsel. Um sich abzulenken, tippt sie auf das Display ihres Handys. Das Gerät gibt schon den ganzen Morgen keinen Ton von sich. Auch jetzt, als es durch die Berührung zum Leben erwacht, hat es keine Nachricht für sie. »Was ist los, Ilvi?«, murmelt Sarah. Noch gestern hat sie der Freundin vom Hotelzimmer aus eine ausführliche WhatsApp geschrieben. Über den Irrwitz, dass Sarah nach den unfreiwilligen Ermittlungen mit Ilvi im Sommer schon wieder mit der Polizei zu tun hat. Wenngleich diesmal nicht als Mordverdächtige. »Zumindest noch nicht«, murmelt sie, denn Tuulas Anschuldigung will ihr nicht aus dem Kopf. Daher brennt sie auch so darauf, mit jemandem über diesen Wahnsinn zu sprechen. »Warum antwortest du nicht, Ilvi?«

Ein Mann betritt das Hotel durch die gläserne Drehtür und hält schnurstracks auf die Rezeption zu. Sarah verfolgt ihn aufmerksam. Und das rührt nicht da her, dass der große, breitschultrige Blonde mit Vollbart und zurückgegeltem, halblangem Haar sie auf ansprechende Weise an einen Wikinger erinnert. Nein, das Gefühl entspringt der Gewissheit, dass es sich um einen Polizeibeamten in Zivil handelt. Über den Sommer hat Sarah so oft mit Gesetzeshütern zu tun gehabt, dass sie sie jetzt schon von Weitem erkennt.

An der Rezeption wird der Wikinger mit einer Mischung aus Überraschung und Wiedersehensfreude begrüßt. Für die beiden Hotelmitarbeiter ist er offenbar kein Unbekannter. Ein angeregtes Gespräch entwickelt sich, untermalt von vereinzeltem

Lachen und freundlichen Gesten. Doch abrupt ändert sich die Stimmung. Es beginnt damit, dass der mutmaßliche Polizist mit eindringlicher Miene etwas sagt, woraufhin die Gesichter des Hotelpersonals erstarren.

Neugierig beugt Sarah sich vor.

Nun deutet die Frau zu dem Saal, in dem gestern getanzt wurde.

Der Wikinger-Polizist nickt.

Sie sprechen wohl über Arttus Zusammenbruch, mutmaßt Sarah. Die Polizei sieht also einen Anlass dafür, weiter in der Sache zu ermitteln. Plötzlich schwant ihr nichts Gutes.

Wieder sagt der Polizist etwas. Diesmal nickt der Mann hinter der Rezeption beflissen. Und deutet dann schwungvoll auf Sarah.

»Mist!« Hastig wendet Sarah den Blick ab, schnappt sich ihr Handy und tut so, als wäre sie in etwas auf dem Display vertieft. Doch aus dem Augenwinkel verfolgt sie, wie der Wikinger sich von der Rezeption löst und geradewegs auf Sarahs Tisch zusteuert. Sie stöhnt innerlich auf.

»Frau Fuchs«, sagt der Mann, als er neben Sarah steht. »Mein Name ist Eddi. Eddi Laakso. Darf ich mich zu Ihnen setzen?«

»Es geht um den Tod von Arttu Mäkelä, nicht wahr? Wird das ein Verhör?« Mit einem reservierten Heben der Augenbraue legt Sarah das Handy auf die Tischplatte.

Die Überraschung ist Eddi ins Gesicht geschrieben. »Ein Verhör? Nein, wie kommen Sie darauf?«

»Sie sind doch Polizist?«

»Ich – ja, das ist richtig.« Er zieht einen Stuhl heran und setzt sich. Die schmale Sitzgelegenheit ist viel zu klein für seinen breiten Körper.

Sarah muss an die Stühle in Franziskas Kindergarten denken. Es ist zwar fast zwanzig Jahre her, doch sie erinnert sich noch gut an einen Elternabend, an dem die versammelte Elternschaft auf den Stühlen für Dreijährige hockte. So muss sich dieser Eddi Laakso gerade fühlen, denkt sie und verspürt ein leises Gefühl der Genugtuung.

»Ich bin Kommissar. Aber ich bin nicht gekommen, um Sie zu verhören. Ich habe lediglich ein paar Fragen.«

Sarah schnaubt. Was sind ein paar Fragen anderes als ein Verhör? Doch sie presst die Lippen aufeinander und hebt abermals eine Augenbraue.

Eine junge Bedienung taucht auf. »Möchten Sie etwas trinken?«, wendet sie sich an Laakso. »Kaffee? Tee?«

Er wirft Sarah einen fragenden Blick zu.

»Tun Sie sich keinen Zwang an«, sagt sie. Und zu dem Mädchen gewendet: »Ich nehme noch einen Cappuccino, bitte.«

Der Polizist schließt sich Sarahs Bestellung an. »Es tut mir leid, dass ich Sie beim Frühstück überfalle, Sarah. Darf ich Sarah zu Ihnen sagen?«

Sarah zuckt mit den Schultern. Sie weiß um die nordische Gepflogenheit, einander mit dem Vornamen anzusprechen. Und selbstredend hat sie nichts dagegen, wenn dieser Polizist das auch bei ihr so handhabt. Doch sie wird es ihm nicht voller Begeisterung gestatten. Schließlich hat sie die Erfahrung gemacht, dass Freundlichkeit in Verhörsituationen selten von Vorteil ist. Im Gegenteil.

Eddi rutscht auf seinem Stuhl herum, augenscheinlich vor Unbequemlichkeit. Vielleicht auch aus Unwohlsein.

Gut so, meldet sich eine Stimme in Sarahs Kopf. Man sollte seinen Gegner immer in eine unvorteilhafte Ausgangslage bringen. »Was möchten Sie von mir wissen?« Sie lässt sich zu einem schmalen Lächeln herab.

»Sie waren gestern die Tanzpartnerin von Arttu Mäkelä? Drüben im Hotelsaal.«

Sarah nickt.

»Und Arttu verstarb, während Sie beide auf der Tanzfläche waren?«

»Das ist richtig. Und das habe ich gestern bereits mit Ihrer Kollegin besprochen.«

»Mit Kirsti, ja. Sie ist auf der Dienststelle meine Partnerin. Manchmal, wie in diesem Fall, führen wir unabhängig voneinander Befragungen durch. Damit uns nichts durchrutscht. Dadurch kann ein Vorkommnis von zwei Seiten beleuchtet werden.«

Die beiden Cappuccini werden gebracht.

Für einen Moment herrscht Stille, während erst Zucker in die Tassen eingerührt, dann an den Getränken genippt wird. »Was möchten Sie also von mir wissen, Eddi?«, fragt Sarah schließlich.

»Empfanden Sie während Ihres Zusammenseins mit Arttu irgendetwas als ungewöhnlich?«

»Ungewöhnlich? Außer dass Arttu in meinen Armen und vor den Augen Dutzender Leute verstarb? Nein, ich denke nicht.« Sarah rührt langsam in ihrer Tasse, lässt den Kommissar dabei keine Sekunde aus den Augen. Sie ist auf der Hut.

»Als Todesursache wird ein Herzinfarkt vermutet. Entspricht das Ihrer Beobachtung?«

Sarah blinzelt. »Ob das meiner Beobachtung entspricht? Ich bin keine Ärztin, aber es kann ein Infarkt gewesen sein, sicherlich. Was sonst soll den Tod des armen Mannes verursacht haben?«

Eddi nickt, dann nimmt er einen großen Schluck aus der Tasse, als wollte er sich für die nächste Frage stärken. »Sind Sie gestern Jussi Uddström begegnet?«

»Uddström?« Das Gespräch verläuft völlig anders, als Sarah erwartet hat.

»Jussi ist ein ... ein Kollege von uns. Mich interessiert, ob er vor Ort war.« Laakso räuspert sich erneut, dann trinkt er den restlichen Kaffee in einem einzigen Schluck.

»Ich habe nur mit Kirsti gesprochen. Ob dieser Jussi ebenfalls im Saal war, kann ich nicht sagen. Mir vorgestellt wurde er jedenfalls nicht. Ihre Kollegin sollte Ihnen das eigentlich besser beantworten können.«

»Sie haben nicht mitbekommen, dass eine Obduktion Arttus thematisiert wurde?«

»Obduktion? Nein, davon weiß ich nichts.« Sarah verschränkt die Arme vor der Brust. Worauf will dieser Polizist hinaus? »Mein Finnisch ist nicht fließend, doch ich hätte es mitbekommen, wenn in meiner Gegenwart darüber gesprochen worden wäre.«

Eddi saugt an seiner Unterlippe, fährt dann mehrmals mit der Zunge darüber. »Wie sind Sie mit Kirsti verblieben? Was die weiteren Untersuchungen angeht, meine ich.« Wieder rutscht er auf dem Stuhl herum.

Der Mann ist nervös, bemerkt Sarah. »Sind Sie so was wie die Innenrevision?«, entfährt es ihr.

Eddi zuckt zusammen. »Wie meinen Sie das?«

»Nun, es wirkt auf mich, als wollten Sie die Arbeit Ihrer Kollegen überprüfen. Sie befragen mich ausführlicher zum Verhalten der Polizeibeamten als zu Arttus Tod. Kirsti hat mir ihre Karte überreicht. Um auf Ihre Frage, wie ich mit Kirsti verblieben bin, zurückzukommen.«

»Ihre Karte, ich verstehe.«

»Ja, falls mir noch etwas einfällt, soll ich sie anrufen.« Sarah spitzt die Lippen. »Gibt es Schwierigkeiten bei den Ermittlungen?«

»Schwierigkeiten? Äh, nein.« Eddi fährt sich über den Bart. »Es ist eher so, dass wir sicherheitshalber unsere Arbeit von allen Seiten beleuchten. Weil – also, weil es sich bei dem Toten um eine angesehene Persönlichkeit handelt.«

»Arttu? Persönlichkeit?«

»Er war einer der wohlhabendsten Bürger der Stadt. Vielleicht sogar des Landes. Durch den Verkauf seines Unternehmens ist er zum Multimillionär geworden. In Tampere ist er bekannt wie ein bunter Hund.«

Sarah kneift die Augen zusammen und mustert ihr Gegenüber. »Ein *Multimillionär*? Sind Sie sicher?« Sie lacht auf, ein von Ungläubigkeit getragener Laut. »Er hat mir einen Heiratsantrag gemacht.«

»Einen Heiratsantrag?« Eddi stützt sich mit den Unterarmen auf dem Tisch ab und beugt sich vor. »Kannten Sie den Mann doch länger? Haben Sie Kirsti von dem Antrag berichtet?«

Sarah schüttelt den Kopf und bemüht sich, die Verärgerung über ihr gedankenloses Geplapper zu verbergen. Warum konnte sie nicht einfach den Mund halten? Nun hat sie dem Vorfall mit Arttu eine neue Facette gegeben, für die sich die Polizei natürlich brennend interessiert.

»Sie haben ihn nicht gekannt? Oder Kirsti nichts gesagt?«

»Beides«, antwortet Sarah. »Es war ein kleiner Spaß von Arttu, nichts weiter. Natürlich hat er mir nicht *ernsthaft* einen Antrag gemacht. Tuula stand in der Nähe. Das ist seine Freundin. Er wollte sie eifersüchtig machen, denke ich. Weiter nichts.«

Eddi klopft mit den Fingern seiner rechten Hand rhythmisch auf die Tischplatte. »Haben Sie mitbekommen, dass diese Tuula Einfluss auf die Polizeiarbeit ausgeübt hat? Hat sie etwas zu Kirsti gesagt, was diesen Eindruck erwecken könnte? Hat sie zum Beispiel von Jussi Uddström gesprochen? Gesagt, dass sie ihn kennt? So was.«

Schon wieder dieser Uddström. Warum verbeißt sich Eddi Laakso derart in diesen Mann, von dem Kirsti gesagt hat, er sei ihr Vorgesetzter? Sarah seufzt. »Eigentlich hat Tuula nicht viel mehr gesagt, als mich als Mörderin zu bezeichnen. Weil ich ihren Lebensgefährten angeblich auf der Tanzfläche überanstrengt habe. Dabei war er es, der das Tempo vorgegeben hat.« Sie schüttelt den Kopf. »Sonst kam nichts von ihr. Auch kein Verweis auf Uddström. Zumindest habe ich nichts davon mitbekommen. Tuula ist dann auch gleich mit dem Krankenwagen abtransportiert worden.«

»Ich verstehe.« Der Kommissar wirkt enttäuscht. »Nun, bitte entschuldigen Sie die Störung, Sarah. Ich hoffe, Ihnen das Frühstück mit meinen Fragen nicht zu sehr verdorben zu haben.«

»Das war's?«

»Ja, vielen Dank. Sie haben mir sehr geholfen.«

Seine Miene gibt Sarah zu verstehen, dass Eddi Laakso sich etwas anderes von diesem Gespräch erhofft hat. Sie räuspert sich. »Ich hätte, wenn Sie erlauben, ebenfalls eine Frage an Sie.«

Eddi lässt sich wieder auf den Stuhl fallen. Unbeholfen sucht er eine angenehme Sitzposition. »Sicher. Fragen Sie. Worum geht es?«

»Es geht um diesen Vorfall vom März. Damals ist eine Person, vermutlich ein Mann, auf dem Eis des Näsijärvi-Sees verschwunden. Die Kamera des Aussichtsturms hat festgehalten, wie jemand auf den See hinausging. Und dort wahrscheinlich einbrach.« Oder von Aliens entführt wurde, hallt es in Sarahs Kopf.

Auf einen Schlag verändert sich Eddis Miene. Enttäuschung weicht einer kühlen Aufgeregtheit. Wie bei einem Raubtier, das seine Beute ins Visier nimmt.

»Und?« Seine Stimme klingt heiser.

»Mich … mich interessiert, ob sich bei den Ermittlungen neue Erkenntnisse ergeben haben. Weiß man mittlerweile mehr über die verschwundene Person? Wie sie hieß? Was hat sie auf dem gefrorenen See gewollt? Ich mag kaum glauben, dass nach einem halben Jahr nichts Neues ans Tageslicht gekommen ist. Selbst bei einem Selbstmord muss es doch Spuren geben.«

Für einige Sekunden schweigt Eddi, doch es ist offensichtlich, dass es in ihm auf Hochtouren arbeitet. »Nichts Neues«, sagt er schließlich.

»Keine Hinweise auf die Identität? Keine Vermisstenanzeige, die passen würde? Das ist doch ungewöhnlich.«

Eddi schüttelt den Kopf. »Keine Erkenntnis. Warum fragen Sie?«

»Ach, ich habe die Geschichte gestern aufgeschnappt. Drüben im Saal.« Sie deutet vage ins Foyer.

»Beim Tangotanzen?«

»Irgendjemand hat sich über den sonderbaren Vorfall unterhalten. Es wundert mich, dass die Polizei so wenig über die Sache verlautbaren lässt. Ich hätte gedacht, dass nach einem halben Jahr mehr über die verschwundene Person bekannt wäre. Mehr als *nichts* zumindest.«

Eddis Gesichtszüge entspannen sich, ein Lächeln zieht auf seine Lippen. »Das sollte man meinen, nicht wahr?« Er erhebt sich und reicht Sarah die Hand. »Es hat mich gefreut. Vielen Dank für die Zeit, die Sie sich genommen haben.«

Sarah muss die Zähne zusammenbeißen, um nicht aufzuschreien, derart fest ist sein Händedruck. Ihre schmerzende Hand reibend, verfolgt sie, wie Eddi Laakso das Foyer durchquert und den Hotelmitarbeitern zum Abschied einen knappen Gruß zuwirft. An der Drehtür wendet er sich noch einmal um, lächelt Sarah zu. Dann ist er verschwunden.

Versonnen rührt Sarah in ihrem erkalteten Cappuccino. Eddis Lächeln, an der Tür wie zuvor bei der Verabschiedung am Tisch, will ihr nicht aus dem Kopf gehen. Es wirkte so aufgesetzt. Sarah kramt aus ihrer Handtasche einen Lippenstift hervor. Während sie ihre Lippen großzügig mit *Cherry Topaz* färbt, denkt sie angestrengt nach. »Eddi Laakso«, murmelt sie und schiebt den Lippenstift zurück in die Tasche. »Das war ein äußerst merkwürdiger Besuch.«

»Entschuldigen Sie«, sagt eine Stimme.

Überrascht blickt Sarah auf.

Ein Mann, etwa in ihrem Alter, steht neben dem Tisch. Er ist schlank, fast schon hager. Unter einem braunen Pullover lugt ein weißes Hemd hervor. Vor sich balanciert der Mann, in dessen stoppeligem Dreitagebart sich erste graue Stellen zeigen, ein Tablett mit einer Schale und einer Tasse. »Würde es Ihnen etwas ausmachen, wenn ich mich zu Ihnen setze?«

Sie zögert einen Moment, dann deutet sie auf den Stuhl, auf dem soeben der Polizist saß. »Bitte.« Etwas an dem Mann gefällt ihr.

Er lächelt und setzt das Tablett auf dem Tisch ab. Dann fährt er sich durch das dichte braune Haar. »In solchen Frühstücksräumen muss ich immer am Rand sitzen«, erklärt er und wirkt wie ein verlegener Schuljunge. »Ein Tick von mir. Alle äußeren Tische sind besetzt, daher dachte ich mir, ich geselle mich zu Ihnen.«

»Tun Sie sich keinen Zwang an.«

»Vielen Dank«, sagt er und setzt sich. »Mein Name ist Moritz.«

Jetzt geht ihr auf, dass er von Anfang an Deutsch mit ihr gesprochen hat. »Ich bin Sarah«, erklärt sie.

»Ich weiß«, sagt er und verzieht entschuldigend das Gesicht. »Als Sie eincheckten, stand ich hinter Ihnen und habe gehört, dass Sie Deutsche sind. Das fiel mir wieder ein, als ich eben nach einem Platz suchte und Sie hier sitzen sah.«

»Ah, verstehe«, entgegnet Sarah und wirft ihm einen prüfenden Blick zu. Ob er weiß, wen er vor sich hat? Hat er sie erkannt und macht sich deshalb an sie ran? Doch Moritz beginnt in aller Ruhe, sein Müsli zu löffeln. Normalerweise agieren Menschen, die sie aus ihrer kurzen Hochglanzzeit als Bundesligafußballer-Gattin erkennen, aufgeregter. Sie kneift die Augen ein wenig zusammen. Oder will der Mann sie zu Arttus gestrigem Ableben aushorchen? »Was führt Sie nach Tampere? Besuchen Sie das Tangofestival?«

Moritz hebt den Kopf. »Tango? Ich?« Er lacht auf, was zwei Grübchen auf seine Wangen zeichnet. »Wenn jemand auf diesem Planeten zwei linke Füße hat, dann bin ich das. Von dem Tangofestival wusste ich bis zu meiner Ankunft nichts. Hätte ich das geahnt, ich hätte wohl ein anderes Hotel gebucht. Ich habe eine tief sitzende Aversion gegen alles, was mit Tanzen zu tun hat, befürchte ich.« Entschuldigend zuckt er mit den Schultern.

Ein Gefühl der Erleichterung kommt in Sarah auf. Dann wird Moritz nichts von ihrem tödlichen Tango mit Arttu Mäkelä mitbekommen haben. »Was also treiben Sie in Tampere?«

»Die Kunst hat mich hergeführt«, erklärt er und nimmt einen Schluck Kaffee. »Ich arbeite für ein Museum in Frankfurt. Wir planen eine Zusammenarbeit mit einem hiesigen Museum. Ich bin die Vorhut, die den Deal in trockene Tücher bringen soll.«

»Sie arbeiten für ein Museum?« Eine interessante und gleichzeitig exotisch anmutende Vorstellung. »Wie kommt man denn dazu?«

Moritz setzt ein distanziertes Lächeln auf, das vermuten lässt, dass er diese Reaktion nicht zum ersten Mal erfährt. »Ich habe Kunstgeschichte studiert. Nach der Promotion hatte ich dann das große Glück, eine Stelle im Museum zu bekommen. Das war's auch schon.«

»Promotion?« Sarah rührt in ihrer Cappuccino-Tasse. »Dann sind Sie also Dr. Moritz.« Sie kichert in sich hinein.

Er zuckt mit den Schultern. »Ich verwende den Titel nicht. Die Leute löchern mich sonst nur mit medizinischen Fragen. Kaum jemand scheint zu wissen, dass ein Doktortitel nichts mit einem Arzt zu tun haben muss.«

Sarah nickt, froh, sich gerade die witzig gemeinte Frage nach seinem medizinischen Fachgebiet verkniffen zu haben.

Moritz schiebt die Müslischale von sich. »Und Sie, Sarah? Was machen Sie im feuchten Monat September in Tampere?«

Tanzpartner ins Grab befördern, will sie sagen, setzt aber ein entschuldigendes Lächeln auf. »Leider muss ich Sie darüber informieren, dass ich wegen des von Ihnen so gemiedenen Tangofestivals hergekommen bin. Aus München, um genau zu sein.«

»Oh!« Er schiebt sich eine Strähne aus der Stirn. »Das macht Sie nicht gleich zu einem schlechten Menschen, keine Sorge.«

Sie braucht einen Moment, um zu verstehen, dass er einen Scherz gemacht hat, so ernst sieht er sie an. Doch dann brechen sie gleichzeitig in Lachen aus. »München oder der Tango?«, fragt sie glucksend.

»Suchen Sie sich's aus«, erwidert er grinsend. Dann rückt er das Geschirr auf dem Tablett zurecht und erhebt sich. »Es hat mich gefreut. Leider muss ich aufbrechen. Ein Termin im Museum. Ich wünsche Ihnen ein erfolgreiches Festival. Hals- und Beinbruch. Oder wie sagt man?«

»Und ich wünsche Ihnen einen erfolgreichen Termin im Museum. Alles Gute, Moritz. Beim Tango werden wir uns wohl nicht über den Weg laufen.«

Er lacht und verlässt mit einem knappen Winken den Frühstücksbereich.

ZEHNTES KAPITEL

»Bis heute Abend!«, ruft Ilmari in den Hausflur hinein. Aus der Küche murmelt seine Mutter etwas Unverständliches zur Antwort. Wahrscheinlich meint sie, dass er auf sich aufpassen soll. Was sie immer sagt. Schulterzuckend zieht er die Haustür hinter sich zu und wirft einen Blick zum Himmel. Schwere Wolken werden vom Wind dahingetrieben, doch es sieht nicht nach Regen aus. Für einen Septembermorgen ist es ein beinahe freundlicher Tag.

Ilmari schlendert durch die Reihenhaussiedlung. Er hat es nicht eilig, bis zum Dienstbeginn bleiben ihm noch zwei Stunden. Genügend Zeit, denkt er. Selbstverständlich weiß er genau, was er mit der freien Zeit anstellen wird. Nach dem gestrigen Stress hat er sich eine Ablenkung verdient.

Es ist nicht der Tod von Arttu Mäkelä, der ihm zusetzt. Dass er, Ilmari, zugegen war, als einer der wohlhabendsten Männer Finnlands das Zeitliche segnete, ist fast so etwas wie eine Auszeichnung. Das soll ihm erst mal jemand nachmachen. Auf jeden Fall toppt das Leos Prahlerei. Ilmaris Freund behauptet nämlich gerne, er kenne den Schwager einer Frau, die beim Teamkapitän von Tappara putze. Das ist nichts gegen das, was

Ilmari vorzuweisen hat. Heute Abend nach der Arbeit sind Leo und er auf ein Bier verabredet. Dann wird er die Bombe platzen lassen. Ilmari ist schon gespannt, wie seine Neuigkeit aufgenommen wird. Er muss unbedingt daran denken, eine Tageszeitung aus dem Hotel zu stibitzen und zu Leo mitzunehmen. Sicherlich bringen sie Mäkeläs Zusammenbruch im *Kruunu* auf allen Titelseiten.

Nein, der Tod des berühmten Gastes stresst Ilmari nicht. Es ist Livia. Die dumme Pute hat es auf ihn abgesehen, da ist er sicher. Sie will ihn aus dem Job mobben. Anders kann er sich ihr Verhalten nicht erklären. Hat sie ihm gestern nicht unverhohlen damit gedroht, dass sie die Geschäftsleitung über sein angeblich unprofessionelles Verhalten informieren werde? Diese Schlange! Zudem fand die Auseinandersetzung vor den Augen und Ohren eines Gastes statt. So viel zum Thema Professionalität! Zum Glück macht diese Deutsche, in deren Armen der Multimillionär sein Leben ausgehaucht hat, einen freundlichen Eindruck.

Ilmari geht um eine Straßenecke. An der Bushaltestelle wartet Frau Niskanen. Sie wohnt in derselben Straße wie seine Eltern, fünf Häuser entfernt. Ihr Mann ist seit vielen Jahren tot. Er winkt der Rentnerin zu. »Guten Morgen!«

»Ilmari, guten Morgen.« Frau Niskanen zieht ihr Rollwägelchen zur Seite, damit er sich ebenfalls auf die Bank setzen kann. Dann zupft sie ihre braune Jacke zurecht. »Bist du unterwegs zur Arbeit?«

Er setzt sich neben die alte Dame. »Das bin ich. Doch vorher drehe ich eine Runde durch die Stadt. Ich habe noch etwas Zeit, bevor die Schicht beginnt.«

»Wie ist es, zurück im Haus der Eltern zu sein?«

»Nicht ideal, ganz klar. Aber meine Wohnung wurde mir gekündigt. Und bevor ich was Neues habe, wohne ich eben in meinem alten Kinderzimmer. Immerhin gibt es bei meiner Mutter immer leckeres Essen.« Er lacht verhalten.

»Sag mal, stimmt es, was ich heute Morgen in der Zeitung gelesen habe? Dass Arttu Mäkelä beim Tango bei euch im Hotel tot umgefallen ist?«

Stolz reckt Ilmari die Brust. »Das stimmt. Ich war sogar dabei, als es passiert ist. Arttu wurde im Grunde von mir aufgefangen. Tragisch war es. Wirklich tragisch.«

»Sag an!« Hinter ihren Brillengläsern werden Frau Niskanens Augen groß.

In satten Farben malt Ilmari ein Bild seines Rettungsversuches. »Doch es war alles umsonst«, schließt er. »Ich konnte nichts mehr für Arttu tun. Doch ich denke, während seiner letzten Atemzüge war es mir möglich, ihm ein bisschen Frieden zu geben. Immerhin.«

»Er war einer der reichsten Männer Finnlands«, sagt Frau Niskanen. »Aber viel Freude an dem ganzen Geld hat er nicht mehr. Wer den Reichtum wohl erben wird? In der Zeitung stand was von einer Tochter. Aus zweiter Ehe, meine ich. Doch sie haben keinen Namen genannt, da die Frau ihr Privatleben schützen möchte.«

Ilmari macht ein wissendes Gesicht. Der kommende Bus entbindet ihn davon, etwas zu Arttus unklaren Familienverhältnissen beitragen zu müssen. Bis ins Stadtzentrum hört er dem aufgeregten Geschnatter der Nachbarin zu. An der Haltestelle Hämeenpuisto verabschiedet er sich und steigt aus. Er schaut zur Alexanderkirche hinüber, deren grünes Spitzdach zwischen den Bäumen des nahen Parks hervorlugt. Ein Anflug von schlechtem

Gewissen zieht in ihm auf, doch Ilmari kämpft das Gefühl nieder. Jedes Mal, wenn er eine Kirche sieht, ist es ihm, als blicke er in das enttäuschte Gesicht seines Vaters.

Der Pastor im Ruhestand hat sich immer gewünscht, dass Ilmari in seine Fußstapfen treten würde. Doch schon früh zeigte sich, dass Ilmari nicht für ein Studium gemacht war. Sein Notendurchschnitt ließ eine Studienzulassung in weite Ferne rücken. Ilmari entschied sich daher für eine Tätigkeit im Hotelgewerbe. Doch Vater konnte seine Enttäuschung, dass Ilmari kein geistliches Amt übernommen hat, bis heute nicht überwinden. Ständig gibt er ihm zu verstehen, dass Ilmari in seinen Augen ein Versager ist. Hätte Ilmari nur mehr gelernt. Hätte er nur weniger Zeit mit Computerspielen verbracht. Hätte, hätte, hätte. Vater kann eine ganze Litanei vorbeten.

Dann bin ich eben ein Versager, denkt Ilmari, als er in die Puuturhakatu einbiegt. Der Gedanke ist fast wohltuend. Er entlastet ihn zumindest von dem schlechten Gewissen, das er sonst immer auf dem Weg zu seinem Ziel hat.

Ein paar Straßenecken weiter bleibt Ilmari vor einem heruntergekommenen Haus stehen. Von der Fassade blättert die Farbe ab, die heruntergelassenen Rollläden starren vor Schmutz. Er vergewissert sich, dass er nicht beobachtet wird. Dann eilt er zur Tür und drückt die zweite Klingel von oben. Wie bei den übrigen Klingelknöpfen fehlt das Namensschild. Doch im Türsturz hängt eine Kamera, die auf ihn gerichtet ist. Ilmari hebt eine Hand, woraufhin das Summen des Türöffners ertönt.

Durch ein miefiges, dunkles Treppenhaus steigt er ins dritte Stockwerk hinauf. Er erspart es sich, den Lichtschalter zu betätigen, weil er weiß, dass die Glühbirnen aus den Lampen entfernt wurden. Als er auf der dritten Etage ankommt, öffnet sich eine der beiden Wohnungstüren.

»Komm rein«, sagt Nadja mit ihrem starken osteuropäischen Akzent.

Wie immer fragt Ilmari sich, ob die Frau ihre Aussprache nur simuliert, derart aufgesetzt wirkt sie. »Hallo«, grüßt er leise und schiebt sich an Nadja vorbei in die Wohnung. Dabei überkommt ihn, ebenfalls wie immer, ein wohliges Gefühl, das ihn den Rücken durchdrücken und das Kinn anheben lässt. Nadja ist bestimmt zehn Zentimeter kleiner als er. Neben ihr fühlt er sich wie ein Riese. Kraftvoll.

»Linker Raum«, sagt Nadja und schließt die Wohnungstür.

Er nickt und geht in den abgedunkelten Raum, in dem auf einem Nachttisch zwei Kerzen brennen.

Nadja ist ihm gefolgt. »Wie immer?«, fragt sie und klingt fast gelangweilt.

»Ja. Das ganze Programm«, antwortet er. Seine Stimme ist heiser vor Aufregung. »Bitte.«

»Leg das Geld auf den Nachttisch.«

Er zückt seine Geldbörse und zählt mehrere Scheine ab. Mit zitternden Fingern deponiert er sie an der an gewiesenen Stelle. Dann entkleidet er sich, während Nadja mit einem kleinen Tablett herumhantiert.

»Hier«, sagt sie und hält ihm das Tablett entgegen.

Er zieht sich das Koks in die Nase. »Ah!« Sogleich durchflutet ihn Euphorie. Er ist groß. Er ist stark. Endlich zeigt es sich.

»Ich habe eine halbe Stunde«, erklärt Nadja und setzt sich auf die Bettkante. Schnell schlüpft sie aus der Bluse und der Hose. Dann schnallt sie die Beinprothese ab und lässt sich nach hinten auf das Laken fallen. »Komm!«

Er leckt sich über die Lippen und zieht eine weitere Line. »Ich möchte, dass du mir sagst, wie großartig ich bin. Ein Held bin ich. Verstehst du? Ein großartiger Held!«

»Komm, mein Held«, gurrt Nadja und lockt ihn mit angewinkeltem Zeigefinger. »Mein großartiger Held, besorg es mir so richtig. Ich habe den ganzen Morgen auf dich gewartet.« Sie unterdrückt ein Gähnen.

Als Ilmari vor die Haustür tritt, fühlt er sich befreit und bedrückt zugleich. Er hat den Eindruck, innerlich wie äußerlich gewachsen zu sein. Doch wie jedes Mal, wenn er bei Nadja war, schwört er sich, dass dies sein letzter Besuch gewesen ist. Dass er ab sofort auf die Drogen verzichtet. Eigentlich möchte er eine normale Beziehung haben, eine Freundin, die sich nicht nur dann um ihn kümmert, wenn er dafür bezahlt. »Doch wo soll ich so ein Mädchen finden?«, murmelt er und macht sich auf den Weg zurück zur Bushaltestelle. Es war schon schwierig genug, Nadja ausfindig zu machen. Es gibt bei einer Partnerin einfach gewisse körperliche Merkmale, die er benötigt, um im Bett zu funktionieren. Also wird er doch wieder bei Nadja landen. Nächste Woche. Oder spätestens die Woche darauf. Wenn der Druck zu groß geworden ist.

Er kommt zu früh im Hotel an. Zumindest ist Livia noch nicht da, sodass er sich in aller Ruhe umziehen, einen Kaffee holen und sich entspannt in den kleinen Mitarbeiterraum setzen kann. Auf dem Tisch liegt die aktuelle Ausgabe einer Tageszeitung, wie erwartet mit einem Bericht über Arttu Mäkelä auf der Titelseite. Ilmari zieht die Zeitung zu sich, da meldet sein Handy den Eingang einer neuen E-Mail. Während er den Artikel zu lesen beginnt, fischt er das Gerät aus der Hosentasche. Nach einem beiläufigen Blick auf das Display stockt er und runzelt die Stirn. Der Absender der E-Mail, die keinen Betreff hat, erlaubt sich einen äußerst schlechten Scherz. Er schiebt die Zeitung von sich. »*Arttu.Maekelae*. Wirklich?«, schnauft Ilmari. »Wie pietätlos! Ich war selbst dabei, als der Typ den Löffel abgegeben hat.« Für einen Moment zögert er, dann öffnet er die Nachricht.

Ein Foto erscheint auf dem Display. Etwas körnig, wie im Nachhinein bearbeitet und scharfgestellt.

Ilmari schnappt nach Luft. Übelkeit schießt in seine Kehle. »Das kann nicht sein!« Er blinzelt. Schüttelt das Handy, als könnte er damit das Foto ändern.

Die Aufnahme zeigt, wie Ilmari nackt vor der auf dem Bett liegenden Nadja steht und sich eine Line Koks in die Nase zieht.

ELFTES KAPITEL

Besorgt mustert Sarah den Hotelangestellten. Er ist auffällig blass um die Nase und steht mit hängenden Schultern hinter der Rezeption. Doch am meisten verstört sie sein aus der Form geratenes Haupthaar. »Sie sehen gar nicht gut aus«, bemerkt sie.

»Ich – äh … ich habe was Falsches gegessen«, antwortet Ilmari mit belegter Stimme.

»Vielleicht sollten Sie nach Hause gehen, sich ins Bett legen und auskurieren.«

»Meine Vorgesetzte hat sich bereits krankgemeldet. Weil der gestrige Vorfall sie so sehr mitgenommen hat.« Ilmari saugt die Wangen ein, was ihn noch kränklicher wirken lässt. »Da kann ich nicht auch noch fehlen.«

»Ich finde, Sie verdienen einen Orden als Mitarbeiter des Monats.« Aufmunternd lächelt Sarah dem jungen Mann zu.

Ilmari schnaubt, ringt sich aber ein Lächeln ab. »Vielen Dank, Frau Fuchs. Das ist sehr nett von Ihnen.« Er strafft die Schultern ein wenig. »Was kann ich für Sie tun? Sie haben eine Frage?«

Sarah deutet zum Saal, dessen breite Doppeltür geschlossen ist. »Wird es mit dem Tangofestival hier weitergehen? Oder lässt der Veranstalter wegen des Trauerfalls im Hotel nicht mehr tanzen?«

Nach einem Blick auf die Uhr räuspert sich Ilmari. »In einer Stunde wird der Saal geöffnet. Ich habe eben erfahren, dass es heute zum Auftakt sogar einen Showteil geben wird. Es wird gerade hinter verschlossenen Türen dafür geprobt.«

»Einen Showteil?«

»Irgendeine Darbietung. Manchmal treten bei solchen Festivals bekannte Tanzgrößen auf und zeigen ihre Kunst. Aber das ist nur eine Vermutung von mir. Jedenfalls geht es in einer Stunde im Saal weiter, nach dem Showteil auch wieder mit dem freien Tanz. Möchten Sie vorher etwas essen, Frau Fuchs? Ich reserviere Ihnen gerne einen Tisch in unserem Restaurant. Es befindet sich im obersten Stockwerk.«

»Großartig, dass es weitergeht. Und danke für das Angebot, Ilmari. Doch vor dem Tanzen möchte ich meinen Magen nicht überstrapazieren. Vielleicht sind Sie so freundlich und reservieren mir einen Tisch für das Abendessen. Sagen wir … um acht Uhr?«

»Selbstverständlich.« Ilmari tippt etwas in den Computer. »Ist erledigt. Ein Tisch ist für Sie reserviert. Ich schaue nachher im Restaurant vorbei und bitte die Kollegen, Ihnen einen besonders guten Platz zu geben. Mit einer schönen Aussicht auf die Stadt.«

»Das hört sich gut an, vielen Dank.« Zum Abschied winkt sie Ilmari zu. »Bis später, ich gehe jetzt noch für einen Moment an die frische Luft. Ihnen wünsche ich gute Besserung, mein Lieber.«

Vor dem Hotel parken mehrere Taxis. Der Fahrer des ersten Fahrzeugs in der kurzen Schlange springt aus dem Wagen und nickt Sarah beflissen zu. »Guten Tag. Wohin geht es?«

»Oh, ich vertrete mir nur die Beine«, entgegnet Sarah und schlüpft in ihren Mantel, den sie über dem Arm trägt. »Ich brauche kein Taxi, tut mir leid.«

»Einen schönen Tag wünsche ich Ihnen«, grüßt der Fahrer und verschwindet wieder in seinem Wagen.

Die Leute sind sehr freundlich, denkt Sarah und schiebt die Hände in die Manteltaschen. In München hätte sich der Taxifahrer wohl kaum bequemt, auszusteigen, um einen potenziellen Gast zu begrüßen. Sie schlendert auf einen kleinen Park zu, der ihr bereits vom Zimmerfenster aus aufgefallen ist. In der Mitte der Grünanlage befindet sich ein großer Teich mit Entenhäuschen und einer Insel aus aufgeschütteten Steinen. Umfasst wird der Park von einer mehrgeschossigen Wohnanlage, Mietwohnungen wahrscheinlich. Sarah steuert eine Parkbank an. In ihrem Mantel ist es warm genug, um sich für einen Augenblick zu setzen.

Ein paar Enten dümpeln auf dem Teich herum. Sie stören sich nicht an dem Kindergeschrei, das von einem Spielplatz am Rand der Grünanlage herüberhallt. Der oval angelegte Weg, der um das Wasser herumführt, wird nur von wenigen Fußgängern genutzt. Und die scheinen den Park eher auf dem Weg von A nach B zu durchqueren, als dass sie ihn zur Erholung nutzen.

Sarah zückt ihr Handy. Immer noch keine Antwort von Ilvi. Enttäuscht verstaut sie es wieder in der Handtasche. Sie hat gehofft, dass ihre Freundin in dieser beunruhigenden Situation wenigstens ein paar tröstende Worte für sie übrighaben würde. Was, wenn es wirklich kein Herzinfarkt war, dem der Multimillionär zum Opfer gefallen ist? Sarah fällt ein, dass Eddi Laakso sie gefragt hat, ob sie an die Todesursache Herzversagen glaube. Plötzlich ergibt die Frage einen Sinn: Die Polizei selbst zweifelt an einem natürlichen Tod. Und was, wenn dieser Tod ausgerechnet mit dem Verschwinden des Unbekannten auf dem See zu tun hat, von dem Arttu Mäkelä im Sterben gesprochen hat? Der Gedanke lässt Sarah frösteln.

»Wahrscheinlich hat Ilvi einen neuen Freund«, murmelt sie verdrossen. Mit einem Seufzen erhebt sie sich von der Bank und dreht eine Runde um den Teich. Dabei lässt sie sich Zeit, schaut für einige Minuten den Kindern am Spielplatz zu. Denkt an die schöne Zeit zurück, als ihre Tochter Franziska so ausgelassen spielte. Der Anblick der fröhlich herumspringenden Kinder vertreibt Sarahs düstere Gedanken und lässt Vorfreude in ihr aufkeimen. Nicht mehr lange, und es geht mit dem Tangotanzen weiter. Heute endlich wird sie die ersehnte Entspannung finden.

Als Sarah das Hotel betreten will, stößt sie mit jemandem zusammen. »Oh, entschuldigen Sie!«, ruft sie. Dann macht ihr Herz einen Satz. »Sie?«

»Haben Sie sich wehgetan?«, fragt Moritz besorgt. Er trägt einen brauen Mantel und eine Aktentasche unter dem Arm. »Bitte entschuldigen Sie. Ich habe Sie nicht bemerkt.«

»Es war meine Schuld.« Sarah winkt betont jovial ab. »Ich war völlig in Gedanken. Sind Sie unterwegs zu einem Termin, Moritz?«

»Ja, ich bin auf dem Weg zu einem Gespräch mit einem Sachverständigen. Das ist der eher langweilige Teil meines Jobs.« Er lächelt wieder sein jungenhaftes Grinsen, das die Grübchen hervorzaubert. »Es wird hauptsächlich um Zahlen gehen. Versicherungssummen, so etwas.«

»Wie furchtbar! Ja, da kann man sich Spannenderes vorstellen.« Sie bemerkt gar nicht, wie sie sich vorgebeugt hat und Moritz am Arm berührt. Als sie ihre eigenen Finger auf dem Mantelstoff liegen sieht, zieht sie hastig die Hand zurück und räuspert sich. »Aber sicherlich kommen Sie dazu, Ihre Zeit in der Stadt zu genießen. Sie arbeiten ja nicht rund um die Uhr. Vor allem nicht am Abend, wenn die Museen geschlossen haben.« Sie beißt sich auf die Zunge. Was redet sie da für einen Unsinn?

Moritz schiebt seine Haare aus der Stirn. »Bisher habe ich noch nicht viel von Tampere gesehen, von den Museen einmal abgesehen.« Er senkt die Stimme verschwörerisch. »Bitte erzählen Sie es nicht weiter, doch ich neige eher dazu, es mir vor dem Fernseher gemütlich zu machen, als mich ins Nachtleben zu stürzen.«

»Ich werde es für mich behalten, keine Sorge!«, kichert Sarah. Ein Teil von ihr schüttelt über sich selbst den Kopf.

Moritz deutet eine Verbeugung an. »Ich bin Ihnen für Ihr Stillschweigen sehr verbunden, Sarah.«

»Wie lange bleiben Sie? Im Hotel, meine ich.« Das innere Kopfschütteln wird heftiger.

Erstmals stutzt Moritz, dann strahlt das Grübchen-Lächeln wieder in seinem Gesicht. »Ich werde so lange in Tampere bleiben, bis die Vereinbarung zwischen den Museen weitgehend unter Dach und Fach ist. Drei Tage wird es mindestens dauern, wahrscheinlich aber länger. Die Finnen scheinen es mit der Durchsicht der Zahlen genau zu nehmen. Vielleicht komme ich also noch dazu, das Nachtleben unsicher zu machen. Sie haben recht damit, dass man seine Zeit hier auch genießen muss.«

Sarah will etwas sagen, da ertönt ein Ruf.

»Herr Bacher?«, ruft ein Taxifahrer herüber. »Hatten Sie ein Taxi bestellt? Sind Sie Herr Bacher?«

»Ich muss leider los«, erklärt Moritz und nickt dem Taxifahrer zu. »Ich wünsche Ihnen eine schöne Zeit beim Tango.« Er betont das letzte Wort, als wäre es eine ansteckende Krankheit, dann eilt er gut gelaunt zum wartenden Taxi.

»Ihnen viel Freude mit den Zahlen«, sagt Sarah – eher zu sich selbst, weil Moritz bereits ins Taxi steigt. Am liebsten hätte sie ihn gefragt, ob er heute Abend statt vor dem Fernseher nicht lieber mit ihr im Restaurant sitzen möchte. Doch die Gelegenheit ist vertan. »Meine Güte, du führst dich auf wie ein Backfisch, Sarah.« Sie blickt dem davonfahrenden Taxi kurz hinterher, dann dreht sie sich um.

Das Hotelfoyer hat sich gefüllt. Dutzende Festivalgäste halten sich nahe der Saaltür auf. Zwei Paare haben ganz ohne musikalische Untermalung mit den ersten Tanzschritten begonnen. Schwungvoll wiegen sie sich an einer freien Stelle hin und her. Kaum jemand schenkt den selbstvergessenen Tänzern Beachtung.

Obwohl immer mehr Personen sich dazugesellen, stehen die Wartenden alle für sich, als wollten sie ihren Nachbarn nicht zu nahe kommen. Sarah sucht sich einen Platz am Rand. Sofort gewähren ihr die Umstehenden den größtmöglichen Abstand. Ein Lächeln schleicht sich auf Sarahs Gesicht. Diese skandinavische Rücksichtnahme empfindet sie als äußerst angenehm. In München gäbe es ein Hauen und Stechen um den vermeintlich besten Platz. Nicht hier.

Nicht nur vor dem Saaleingang, auch an der Rezeption geht es lebhaft zu. Eine Schlange hat sich vor dem Schalter gebildet, Ilmari und Mikael haben alle Hände voll zu tun. Der arme Ilmari, denkt Sarah. Diese Livia ist sicherlich keine angenehme Vorgesetzte. Gestern hat sie Ilmari in Sarahs Gegenwart harsch angefahren. Und heute hat sie sich freigenommen, weil der Todesfall sie zu sehr belastet. Dabei hat Livia nur Däumchen gedreht, während sie auf das Eintreffen der Rettungskräfte warteten. Doch als die Polizisten auftauchten, war sie wie ausgewechselt. Gab einen ausschweifenden Bericht zum Besten, als wäre sie die gesamte Zeit über an Arttus Seite gewesen. Und da war noch etwas, fällt

Sarah ein. Livia hat den Beamten gegenüber angedeutet, gute Kontakte zur Polizei zu haben. Merkwürdig.

Das Raunen, das das Öffnen der Saaltür begleitet, reißt Sarah aus ihren Gedanken. Mit den Wartenden schiebt sie sich auf die Tanzfläche. Wie gestern ist ringsherum, die Bühne ausgenommen, eine Stuhlreihe an den Wänden und vor den Fenstern aufgestellt. An der Schmalseite, der Bühne gegenüber, legt Sarah ihren Mantel auf einen Stuhl, dann richtet sie ihre Aufmerksamkeit auf das Podium. Ilmari hat etwas von einer Showeinlage berichtet. Noch findet sich auf dem Holzpodest keine Spur davon. Im Gegenteil, die Bühne ist gänzlich leer, nicht einmal Mikrofonständer oder Instrumente sind zu sehen.

Der Saal füllt sich, bald sind alle Stühle durch Gäste oder deren Habseligkeiten besetzt. Sarah hat den Eindruck, dass es heute voller als gestern ist. Ob das daran liegt, dass vor weniger als vierundzwanzig Stunden ein bekannter Finne in diesem Raum sein Leben verlor? Die Leute wollen bestimmt den tragischen Ort sehen, von dem sie in der Zeitung gelesen oder im Radio gehört haben. Der Tod als Nervenkitzel. Fraglos stellt die Tragödie um Arttu Mäkelä einen Werbefaktor für das Festival dar. Sarah weiß nicht, ob sie diesen Umstand beklagenswert finden soll oder nicht.

Zumindest habe ich heute mehr potenzielle Tanzpartner, denkt sie und lässt den Blick durch den Saal schweifen. Kurz bedauert sie, dass ausgerechnet Doktor Moritz Bacher zwei linke Füße hat. Doch dann konzentriert sie sich auf die Anwesenden und rekapituliert, was sie von Veranstaltungen wie dieser weiß: Beim Tango sind die Finnen äußerst liberal und ohne Scheu – jeder darf jeden zum Tanz auffordern. Es gibt einzelne Runden der Damenwahl und der Herrenwahl, ansonsten kann man an jedwede Person im Raum herantreten, um ein gemeinsames Tänzchen zu wagen. Ablehnen gilt nicht – wer hier ist, der tanzt auch. Es sei denn, eine Verletzung oder Einschränkung macht ihm das Tanzen unmöglich. Eigentlich die besten Voraussetzungen für ein abwechslungsreiches Tanzvergnügen. Ein Unglück nur, dass der erste Partner, der Sarah gestern zum Tanz aufforderte, auch ihr letzter war.

Ein älterer Herr mit grauem Vollbart betritt die Bühne, ein Mikrofon in der Hand. Sogleich verebbt das Gemurmel, gespannte Stille macht sich breit. Der Mann räuspert sich, zupft am Ärmel seines grünen Wollpullovers. Sarah spitzt die Ohren.

»Liebe Gäste des Tangofestivals, im Namen der Veranstalter begrüße ich euch alle recht herzlich. Mein Name ist Sander Moilanen. Bereits zum dritten Mal organisiere ich dieses Festival, dieses Jahr jedoch düster untermalt von einer traurigen Begebenheit am gestrigen Eröffnungstag.« Er hält das Mikrofon von sich weg und hustet. »Dazu gleich mehr. Lasst uns zuerst gemeinsam die Schirmherrin des Tangofestivals begrüßen, Tamperes Bürgermeisterin Asta Helläkoski. Asta, wir freuen uns, dass du hier bist.«

Während im Saal verhaltener Applaus aufkommt, richtet Sarah ihren Blick auf eine Mittfünfzigerin direkt vor der Bühne, die sich dem Publikum zuwendet und winkt. Sie trägt ein Kostüm mit großformatigem Blumenmuster und eine schwarz umrandete Brille, die mit dem aufgetragenen tiefroten Lippenstift kontrastiert. Mit ihrem kinnlangen, brünetten Pagenschnitt erinnert sie Sarah an eine Mischung aus Oberstufenlehrerin und Kosmetikberaterin.

»Doch kommen wir zu dem traurigen Vorfall, der uns alle äußerst betrübt«, fährt Sander auf der Bühne fort. »Gestern verstarb in diesem Raum Arttu Mäkelä. Arttu war nicht nur ein Förderer dieses Festivals und ein Mäzen unserer Stadt, er war vielen von uns überdies ein Freund. Wir trauern gemeinsam mit seiner Tochter Lyyli und seiner Lebensgefährtin Tuula um einen großartigen Mann. Vielleicht ist es allen ein Trost zu wissen, dass Arttu beim Tango in den Armen seiner geliebten Tuula, die er eigentlich in Bälde ehelichen wollte, verstarb. Er war also nicht allein, als er viel zu früh von uns ging.«

In der getragenen Pause, die Sander einlegt, schnappt Sarah nach Luft. Allein war Arttu bei seinem Ableben wirklich nicht. Doch mitnichten lag er in den Armen seiner geliebten Tuula. *Ich habe Arttu festgehalten, damit er nicht umfällt,* will sie ausrufen, presst aber die Lippen aufeinander.

»Ja, Arttu ist viel zu früh von uns gegangen. Auch für seine Freundin aus Kindheitstagen, Asta Helläkoski. Ich denke, man kann getrost sagen, dass niemand unseren Arttu so lange und so gut kannte wie Asta.«

Die Bürgermeisterin nickt so nachdrücklich, dass ihre Pagenfrisur hin und her wippt.

»Lasst uns gemeinsam eine Gedenkminute für Arttu einlegen. Nutzen wir diese Gelegenheit, uns an ihn zu erinnern. Hier auf der Tanzfläche, bei einer seiner Lieblingsbeschäftigungen, dem Tangotanzen.« Er senkt die Hände und das Kinn, eine Geste, die wohl andächtig wirken soll.

Verstohlen blickt Sarah um sich, während die übrigen Gäste es Sander gleichtun und im Gedenken an Arttu Mäkelä besinnliche Posen einnehmen. In der vorderen Reihe zuckt Asta Helläkoskis Nacken, als würde sie weinen. Oder lachen. Eine jüngere Frau neben ihr legt für einen kurzen Moment die Hand auf Astas Oberarm.

»Ich danke euch«, sagt Sander Moilanen nach einer gefühlten Ewigkeit mit belegter Stimme. »Lasst uns zu erfreulicheren Themen übergehen. Kurzfristig haben wir einen unterhaltenden Auftritt für euch organisieren können. Es ist eine überaus glückliche Fügung, dass wir das *Duo Kettu* aus Helsinki für eine Darbietung gewinnen konnten. Wir denken, nach der abgebrochenen Veranstaltung gestern ist dies für uns alle ein schöner Start in den heutigen Tangotag.«

Sarah horcht auf. Ein witziger Zufall, dass dieses Tanz-Duo ausgerechnet *Kettu* heißt. Fuchs, genau wie Sarahs Nachname. Gespannt reckt sie den Hals.

»Daher möchte ich uns nicht länger auf die Folter spannen und erkläre hiermit das Tangofestival im Hotel *Kruunu* für wiedereröffnet. Freut euch nun mit mir auf das *Duo Kettu*!« Während Sander ein wenig tatterig von der Bühne geht, brandet frenetischer Applaus auf. Gleichzeitig werden die Lichter im Saal gedimmt, bis nur ein Scheinwerferkegel auf die Bühne gerichtet ist. Dann ertönt argentinische Tangomusik aus den Lautsprechern. Und zwei Tänzer gleiten von links und rechts auf die Bühne ins Scheinwerferlicht.

Sarah kann sich ein Auflachen nicht verkneifen. Doch der Laut geht in der dröhnenden Tangomusik unter. »Meine Güte!« Wieder muss sie lachen.

Die beiden Tänzer, die auf der Bühne einander langsam umrunden wie Boxer im Ring, sind verkleidet. Der größere von ihnen, ein Mann mit Hut und umgeschnalltem Stoffgewehr, tritt als Jäger auf, der deutlich kleinere, augenscheinlich eine Frau, als Fuchs. Da die Frau eine Maske trägt, kann Sarah ihre Gesichtszüge nicht erkennen. Ersichtlich ist aber, dass sie ausgesprochen klein und zierlich ist. Ihr flinker Körper steckt in einem orangefarbenen Kostüm, an dessen Hinterteil ein Fuchsschwanz baumelt. Daher also rührt der Name des Duos.

Der Jäger und der Fuchs fallen sich in die Arme, um einen Tango aufs Parkett zu legen. Doch jäh wechselt die Musik ihr Tempo, und der Tanz geht in einen Cha-Cha-Cha über, wenige Minuten darauf in eine Rumba. Bei jedem Stilwechsel gibt der Fuchs vor, dem Tanz entfliehen zu wollen, doch der Jäger schnappt ihn sich jedes Mal aufs Neue und führt ihn in akrobatischen Figuren über die Tanzfläche. Dabei verwandeln pulsierende Scheinwerferlichter die Bühne in ein buntes Farbenmeer.

Das Publikum hat Feuer gefangen. Im Takt der Musik klatschen die Leute in die Hände, besonders gekonnte Figuren werden mit einem Johlen kommentiert.

Auf der Bühne geht das Tanzpaar unvermittelt in eine Samba über.

Sarah ertappt sich dabei, wie sie in das Klatschen einfällt und vor sich hin grinst. Es ist aber auch zu aberwitzig, was Jäger und Fuchs da aufführen. Ein skurriler Ritt durch verschiedene lateinamerikanische Tänze. Ein Ritt, der nun in einem fetzigen Jive gipfelt.

Das Publikum tobt.

In einer Hebefigur hievt der Jäger den Fuchs in die Luft. Zu den letzten Takten dreht der Mann seine Tanzpartnerin mehrmals um deren Achse und lässt sie fallen. Erst kurz über dem Boden fängt er sie auf und setzt sie elegant auf dem Podest ab, wo die Tänzerin zum letzten Akkord in einen Spagat geht.

Den Zuschauern hat für einen Moment der Atem gestockt. Dann geht ein Raunen durch die Menge, gefolgt von Jubelrufen und frenetischem Applaus. Die Leute sind außer Rand und Band.

»Bravo!« Sarah stimmt in den Jubel ein. »Bravo! Zugabe!«

Auf der Bühne hat der Jäger den Fuchs aus dem Spagat gehoben. Die Tänzer fassen sich an den Händen und verbeugen sich mehrmals.

»Bravo!«, ruft Sarah.

Der Jäger hebt den Fuchs abermals in die Höhe und trägt ihn unter Applaus eine Runde über die Bühne, bevor er ihn absetzt. Wieder verbeugt sich das Tanzpaar und winkt in den Saal hinein.

Für einen aberwitzigen Augenblick hat Sarah das Gefühl, der Fuchs würde ihr ins Gesicht blicken und ihr direkt zuwinken.

Die Saallichter gehen an. Das Publikum regt sich, der Applaus verebbt. Während das *Duo Kettu* abtritt, erklimmen die Musiker, die bereits gestern aufgetreten waren, das Podest und bauen ihre Mikrofone und Instrumente auf.

Eine Bewegung im Publikum lässt Sarah innehalten. Vor ihr geht die Menge auseinander, ein Durchgang formt sich. Und durch diesen Gang hält jemand geradewegs auf sie zu. Sarah blinzelt. Der Fuchs. Er hebt eine Pfote und winkt.

Sarah ist wie versteinert.

Der Fuchs bleibt einen Schritt vor Sarah stehen. Dann nimmt er in einer geschmeidigen Bewegung die Maske ab.

Sarah schnappt nach Luft. Sie traut ihren Augen nicht.

»Da bin ich«, sagt Ilvi und grinst breit. »Hat dir unsere kleine Darbietung gefallen?«

ZWÖLFTES KAPITEL

Nachdem Tarja sich vergewissert hat, dass niemand in der Nähe ist, biegt sie in den Hinterhof ein. Neben einer Stahltür, die in den Lagerraum des Supermarkts führt, stehen Müllcontainer. An der Backsteinmauer stapeln sich ein gutes Dutzend Holzpaletten. Im vorderen Hofteil parken zwei Autos unter einem Baum. *Reserviert* steht auf einem Schild über den Stellplätzen. Tarja weiß, dass die Wagen dem Filialleiter und seiner Stellvertretung gehören. Die beiden sind heute anscheinend wieder bis nach Ladenschluss im Markt. Also muss sie sich sputen. Manchmal kommen sie nämlich zum Rauchen in den Hof. Das hat ihr Salla, die seit einem Jahr im Supermarkt an der Kasse arbeitet, erklärt. Mit ihr hat Tarja eine Verabredung getroffen.

Wie beiläufig schlendert sie zu jenem Müllcontainer, in dem Pappen und Kartonagen gesammelt werden. Sie schaut sich um, dann greift sie rasch nach der Plastiktüte, die zwischen Container und Hofmauer klemmt, und zieht sie hervor. Dabei muss sie sich richtig anstrengen. Ein gutes Zeichen.

Ein Lächeln schleicht sich auf Tarjas Gesicht, als sie ein leises Scheppern in der schweren Tüte hört. »Vielen Dank, Salla«, flüstert sie und macht sich auf den Weg zurück zur Straße. Kaum hat sie den Hof verlassen, atmet sie erleichtert auf. Es ist jedes Mal eine nervenaufreibende Aktion, ungesehen an die Tüte zu gelangen. Schließlich möchte sie nicht, dass Salla in Schwierigkeiten gerät, sollte Tarja erwischt werden.

Für einige Minuten folgt sie dem Straßenverlauf, bis sie in einem angrenzenden kleinen Park auf einer Bank Platz nimmt. Der Park ist menschenverlassen, karg und kahl, doch das stört sie wenig. Hauptsache, sie hat ihre Ruhe. Erstmals wirft sie einen Blick in die Tüte. Sogleich schießen ihr Tränen in die Augen. »Vielen Dank, Salla«, murmelt sie erneut und zieht eine Dose ihres Lieblingseintopfes hervor. Eine Gulaschsuppe, die sie an ihre Kindheit erinnert.

Während sie den Tüteninhalt – neben Konserven, Keksen und Toastbrot auch eine neue Zahnbürste mitsamt Zahnpasta – inspiziert, erinnert Tarja sich an ihre erste Begegnung mit Salla. Als Tarja eines Nachmittags vor etwas mehr als zwei Monaten in den Müllcontainern nach genießbaren Waren suchte, überraschte die junge Supermarktmitarbeiterin sie. Die ganze Zeit über hatte Salla in einer Nische des Hofes gehockt und geraucht. Doch anstatt Tarja anzufahren, was sie im Müll zu suchen habe, unterhielt Salla sich mit ihr. Fragte nach Tarjas Familie, warum sie auf der Straße lebe. Ein ungewöhnliches Gespräch. Das damit endete, dass Salla Tarja versprach, jeden Dienstagnachmittag eine Tüte mit Lebensmitteln und anderen abgelaufenen Waren hinter dem Papiercontainer zu deponieren. So müsse Tarja nicht auf gut Glück im Müll wühlen, sagte Salla. Sie ließ sich sogar aufzählen, was Tarja gut gebrauchen könne. Abgelaufen oder beschädigt sind die Produkte nur selten, was Tarja immer in Unruhe versetzt. Sie hegt den Verdacht, dass Salla die Sachen klaut, um sie ihr zu geben.

Tarja widersteht dem Drang, die Kekse auf der Stelle zu verspeisen. Sie will sich das Vergnügen für später aufheben, wenn sie wieder in ihrer Unterkunft ist. Sie wirft einen Blick auf ihr Handy und springt hastig von der Parkbank auf, schnappt sich die Einkaufstüte. Um noch unauffällig in das Gebäude zu gelangen, muss sie sich sputen. Ansonsten ist die Eingangstür für heute verschlossen. Einmal war sie zu spät und musste die Nacht in einem nahe gelegenen Hauseingang verbringen. Zwei Jugendliche, die in der Dunkelheit vorbeitorkelten, hatten nichts Besseres zu tun, als Tarja derbe zu beschimpfen und mit Bier zu bespritzen. Das soll ihr nicht noch mal passieren.

Diesmal muss sie vor dem Gebäude warten. Erst kommt eine junge Frau heraus, die Tarja schon ins Büro des Softwareunternehmens hat gehen sehen. Nur Sekunden später folgen zwei ältere Herrschaften, die sich angeregt unterhalten. Eindeutig Besucher des Spionagemuseums. Es sind vor allem betagte Herren, die sich in das Museum verirren, hat Tarja festgestellt. Ob sie den Zeiten des Kalten Krieges und klaren Feindbildern hinterhertrauern? Vor einigen Jahren hat Tarja einen Artikel zu dem Thema gelesen. Doch das war in einem anderen Leben – früher, als sie sich nie hätte träumen lassen, auf der Straße zu landen.

Als sich im Eingangsbereich des Hauses nichts mehr regt, wirft Tarja abermals einen Blick auf das Handy. Sie hat noch eine gute Viertelstunde, bevor das Gebäude abgesperrt wird. Höchste Zeit also, hineinzuschlüpfen. Sie überquert die Straße, betritt die Eingangshalle und eilt zur Treppe. Aus den oberen Stockwerken hallt das Gespräch zweier Männer, durchzogen von lautem Lachen, zu ihr herab. Mitarbeiter des Softwarebüros, vermutet Tarja. Die Sicherheitsleute sind es jedenfalls nicht, deren Stimmen kennt sie. Schnell geht sie zur Treppe, um eine Begegnung mit den Männern zu vermeiden. Das Spionagemuseum hat seine Pforten bereits geschlossen, stellt sie erleichtert fest.

Mit der Plastiktüte unter dem Arm begibt Tarja sich in die Dunkelheit des Treppenhauses. Nach ein paar Schritten zückt sie die kleine Stabtaschenlampe, die sie heute in der Hosentasche mit sich führt. Für einen Moment bleibt sie auf dem nächsten Treppenabsatz stehen und wirft einen sehnsüchtigen Blick durch die Türöffnung auf die dahinterliegende Baustelle. Sie seufzt und folgt der Treppe weiter hinab. Ins Kellergeschoss. Nach dem gestrigen Vorfall hat sie in Erwägung gezogen, das Gebäude zu verlassen. Doch diese Unterkunft ist ein Glücksgriff und nicht einfach zu ersetzen. Wo sonst hat sie Zugang zu einem WC und fließendem Wasser? Daher hat sie sich für den Mittelweg entschieden und ihre Sachen eine Etage tiefer in den Heizungskeller geschafft. Sollte die Person, die gestern durch das Stockwerk geschlichen ist, erneut auftauchen, dann wird sie Tarja nicht am gewohnten Platz vorfinden und annehmen, dass sie das Gebäude verlassen hat. Bestimmt wird der oder die Unbekannte nicht im Heizungskeller nach Tarja suchen.

Tarja selbst würde nicht dort hinuntergehen, doch seit gestern hat sie ein mulmiges Gefühl. Was, wenn der Eindringling gezielt nach ihr gesucht hat? Dieser Gedanke will ihr nicht aus dem Kopf. Wenn sie etwas auf der Straße gelernt hat, dann, mulmigen Gefühlen Beachtung zu schenken. Also hat sie ihr Lager hinter einem abgeschalteten Heizkessel versteckt, aus dem unzählige Rohre herauswachsen. Wie die Tentakel eines Tintenfischs. Ein unheimlicher Ort. Doch sicher ist sicher. Sollte es in den nächsten Tagen keine weiteren sonderbaren Besuche geben, wird sie zurück in die Etage darüber ziehen.

Es ist ein scheinbar endloser Gang, den Tarja entlangmuss. Zu beiden Seiten Türen, ein paar sind verschlossen, die meisten aber stehen offen. Im Schein ihrer Taschenlampe sieht sie Maschinen. Rohre. Metallschränke. Hier unten scheint es noch dunkler als eine Etage höher. Und noch stiller. Ihre Schritte sind alles, was in der Finsternis zu hören ist. Nur manchmal knackt eine der unzähligen Leitungen, die überall verlaufen. An den Decken, an den Wänden. Nicht alles ist abgeschaltet, schließlich wollen das Museum und das Softwareunternehmen mit Strom und Wasser versorgt werden. Daher leuchtet in der Finsternis von Zeit zu Zeit ein Licht auf, rötlich meist. Wie das Auge eines Trolls. Richtet sie die Taschenlampe in die jeweilige Richtung, erkennt Tarja Schaltkästen und Trafos. Hier schlägt das Herz des Gebäudes. Das, was von ihm übrig geblieben ist.

Der Gang macht einen Knick. Tarja beschleunigt ihre Schritte. Gleich ist sie da. Sie hat den letzten Kellerraum gewählt, weil sie sich nicht vorstellen kann, dass sich jemand dorthin verläuft. Außerdem bietet der Heizkessel, oder wofür auch immer das große Ding gedacht ist, Schutz vor neugierigen Blicken. Man muss ganz um ihn herumgehen, um auf das Lager zu stoßen. In der hintersten Ecke hat Tarja den Schlafsack ausgebreitet, ihre Habseligkeiten aufgereiht. Sie verfügt nun sogar über mehr Platz als zuvor, wenngleich das ein schwacher Trost ist, denn die Kelleretage verursacht ihr eine unangenehme Gänsehaut.

Zu Tarjas Habseligkeiten gehört ein kleiner Campingkocher. Sie freut sich darauf, gleich die Gulaschsuppe zu erwärmen. Und danach die Kekse zu kosten. »Heute ist ein guter Tag«, murmelt sie, wie um sich selbst Mut zuzusprechen, und steuert den Raum an, in dem sich ihr Lager befindet. Das unförmige Tentakelmonster begrüßt sie mit Schweigen.

Zuerst schießt ihr in den Kopf, dass sich das Tier verirrt haben muss. Die Taube liegt auf ihrem Schlafsack, als hätte sie es sich dort bequem gemacht. Doch auch als Tarja die Einkaufstüte abgestellt hat und, die Taschenlampe zwischen den Zähnen, in die Hände klatscht, regt sich der Vogel nicht. Tarja verzieht traurig das Gesicht. Eindeutig, die Taube ist tot.

Es ist nicht das erste verendete Tier, das Tarja unterkommt. Selbst ein Eichhörnchen hat sich vergangenes Jahr mit letzten Kräften zu ihr gesellt, um neben ihrem Schlafsack für immer die Augen zu schließen. Es ist, als wollten auch die Tiere in ihren letzten Sekunden nicht allein sein, denkt sie manchmal. Was wohl mit ihr, Tarja, sein wird, wenn sie ihre letzten Atemzüge tut? Etwas sagt ihr, dass sie völlig allein sein wird. Wie jetzt.

Sie schüttelt den Kopf, um den tristen Gedanken loszuwerden. Jedenfalls ist es ungewöhnlich, dass dieser Vogel seinen Weg in die hinterste Ecke des Kellers gefunden hat. Nicht unmöglich, aber ungewöhnlich. Die Taube muss durch das Treppenhaus hinabgeflogen sein. Sich unten in den Gang verirrt haben. Wobei es Tauben in der Regel nach oben zieht, nicht in dunkle Kellerräume. Tarja seufzt und zuckt mit den Schultern.

Gerade will sie den Kadaver in eine Plastiktüte legen, da stockt sie. Und stößt einen würgenden Laut aus. Das Genick des Tieres, erkennt sie, ist gebrochen. »Der Vogel hat sich nicht verirrt«, stößt sie mit heiserer Stimme aus, während der Lichtkegel ihrer Taschenlampe über das Lager zuckt. Nein, dazu war diese Taube kaum in der Lage. Jemand hat sie auf Tarjas Schlafsack gelegt.

DREIZEHNTES KAPITEL

Entgeistert schüttelt Sarah den Kopf. »Wie meinst du das? Du hast den Auftritt im Hotel bereits vor einer Woche in die Wege geleitet? Aber ich habe dir erst gestern geschrieben, dass ich in Tampere bin!«

Ilvi greift nach einem Stück Brot, bestreicht es mit der bestellten veganen Butter und führt es zum Mund. Sie hat sich des Fuchskostüms entledigt und trägt nun einen weiten Pullover mit tiefem V-Ausschnitt, der vom Hals abwärts tätowierte Haut freigibt, dazu eine Hose im Schottenkaro. Und natürlich die für Ilvi typischen hochgeschnürten Kampfstiefel. »Franzi«, erklärt sie kauend.

»Natürlich«, sagt Sarah und stellt ihr Champagnerglas auf dem weißen Tischtuch ab. Dann lässt sie ihren Blick aus dem Fenster schweifen. In der Ferne sieht sie den Näsinneula-Aussichtsturm aufragen.

»Sie hat mich angerufen.« Ilvi greift nach der nächsten Brotscheibe und streicht auch darauf eine Schicht Butter. »Tanzen macht mich immer so hungrig.«

»Wie geht's Franzi?« Sarah versucht, die Bitterkeit aus ihrer Stimme herauszuhalten. Bei ihr meldet sich ihre Tochter nur, wenn sie etwas braucht. Geld meistens. Ans Telefon bekommt Sarah sie kaum. Dass sie nach Tampere zum Tangotanzen reisen würde, hat sie Franzi vor einer guten Woche als Nachricht auf der Mailbox hinterlassen. Nach drei gescheiterten Versuchen, sie persönlich zu erreichen. Eine Reaktion ist bis heute nicht erfolgt.

Mit Ilvi hingegen scheint Franzi regelmäßig zu sprechen. Ihr hat sie offenbar von Sarahs Reiseplänen berichtet. Seit die beiden jungen Frauen im vergangenen Sommer zufällig miteinander telefonierten, sind sie in Kontakt geblieben. Sarah nimmt einen Schluck aus dem langstieligen Glas und bedeutet dem Kellner, ihr nachzuschenken. Sie verspürt ein Verlangen, ihre Enttäuschung über Franzis Treulosigkeit wegzuspülen.

»Ach, Franzi geht's gut«, sagt Ilvi, das Brot auf halbem Weg zum Mund in der Luft haltend. »Das Studium in London läuft ganz okay. Wobei sie überlegt, das Fach zu wechseln. Von Musik- zu Wirtschaftswissenschaften.«

Sarah verdreht die Augen.

»Sie hat jemanden kennengelernt. James heißt er, wenn ich mich recht entsinne. Er studiert Wirtschaftswissenschaften. Kommt aus einer uralten englischen Familie. Mit Spukschloss und so.«

»James?«

»Ja, irgendein Freund von einem Freund von diesem Prinzen. Harry heißt der doch, oder?«

»Prinz Harry?« Sarah steht der Mund offen. Warum weiß sie davon nichts?

Ilvi nickt, dann beißt sie in die Brotscheibe. Damit scheint das Thema für sie beendet.

Sarah verkneift sich eine weitere Bemerkung. Sie kann es nicht fassen, dass ihre Tochter sie nicht auf dem Laufenden hält. Spült den Ärger mit einem Schluck Champagner herunter. »Eigentlich wollte ich Franzi in London besuchen. Doch dann hatte ich in München mehr zu tun als gedacht.«

»Stimmt, du wolltest eigentlich nur für ein paar Unterschriften zu deinem Anwalt.« Begeistert nickt Ilvi dem Kellner zu, der fragend auf ihr fast leeres Bierglas deutet.

»Aus der geplanten Stippvisite wurden mehrere Wochen. Udo macht Probleme.« Sarah knüllt ihre Serviette zusammen. »Es geht um unseren Ehevertrag, der im Scheidungsfall die Aufteilung der Besitztümer und Finanzen regeln soll. Aus meiner Sicht ist alles klar, doch Udo versucht mit halbseidenen Tricks, die PR-Agentur und deren beträchtliche Einlagen aus der aufzuteilenden Masse rauszukriegen. Dabei haben wir die Agentur gemeinsam aufgebaut. Na ja.« Sie winkt ab. »Damit beschäftigt sich jetzt mein Anwalt. Udos Spielchen machen nur alles aufwendiger und langwieriger. Mein Nochehegatte entpuppt sich immer mehr als geldgieriger Nimmersatt. Mit meinem Geld hat er seine Existenz aufgebaut, aber nun möchte er das daraus erwachsene Vermögen nicht aufteilen.«

Mit Ilvis Bier kommt auch das Essen. Ein Salat mit Rindfleischstreifen für Sarah, eine vegane Kürbissuppe für Ilvi. Sarah wendet sich an den Kellner. »Nochmals vielen Dank, dass wir die Reservierung vorziehen durften.«

»Selbstverständlich, Frau Fuchs. Kein Problem. Wie Sie sehen, ist sowieso kaum was los. Alle sind unten beim Tanzen. Ich wünsche guten Appetit. Wenn Sie noch etwas benötigen, geben Sie bitte Bescheid.« Der Mann deutet eine Verbeugung an und verschwindet in der Küche.

»Es tut mir leid, dass ich deine Pläne durcheinanderbringe.« Grinsend rührt Ilvi in der Suppe. »Du hattest den Tisch eigentlich für den Abend reserviert? So lange konnte ich mit dem Essen leider nicht warten. Das Proben und der Auftritt haben mir ein Loch in den Magen getanzt.«

»Dein Auftritt, genau.« Sarah stochert im Salat, schiebt sich eine Tomate in den Mund und legt die Gabel wieder ab. Kurz denkt sie, dass es auch nett gewesen wäre, mit Moritz Bacher zu Abend zu essen. Doch sie schiebt den Gedanken beiseite. »Wie kommt es, dass du urplötzlich hier aufgetreten bist? Wobei ich sagen muss, dass mich das *Duo Kettu* schwer beeindruckt hat. Ich wusste gar nicht, dass du professionell tanzen kannst, Ilvi.«

Ilvi winkt ab. »Das war alles andere als professionell. Ich hab früher oft getanzt, einfach zum Spaß. Als ich von Franzi hörte, dass du in Tampere Tango tanzen würdest, hab ich meinen alten Freund Igor gefragt, ob wir nicht auf dem Festival auftreten wollen. So bekamen wir nämlich die Reise und die Unterkunft bezahlt. Schwupps, war das *Duo Kettu* geboren. Ich dachte, der Name würde dir sofort einen Hinweis darauf geben, wer unter der Maske steckt.« Sie zwinkert verschwörerisch.

»Der Fuchs. Äußerst subtil, Ilvi.« Sarah lacht auf. Dann widmet sie sich ihrem Salat, bis sie schließlich fragt: »Du wohnst also hier im Hotel?«

»Ja, die nächsten drei Nächte sind über das Engagement abgedeckt. Oder sind es vier?« Langsam führt Ilvi einen Löffel Suppe zum Mund.

»Das Engagement? Wie umfangreich ist denn euer Programm?«

»Morgen und übermorgen treten Igor und ich wieder auf. Mit einer anderen Nummer natürlich. Igor ist da sehr einfallsreich, ich muss mich im Grunde nur von ihm führen lassen. Einfache Sache. Ach, und da ist noch die Abschlussveranstaltung. Vormittags oder mittags proben wir die Nummer, am späten Nachmittag treten wir auf. Ansonsten habe ich frei. Deshalb dachte ich mir, wir beide stellen die Stadt auf den Kopf. Das war zumindest mein Plan. Doch nach deiner gestrigen WhatsApp bist du offenbar schon dabei, für Aufregung zu sorgen. Kaum bist du in Tampere, ist der erste Mann, der dir über den Weg läuft, tot. Irgendwie erinnert mich das an Sysmä. Es fehlt nur noch, dass die Polizei glaubt, dass du den Kerl auf dem Gewissen hast.«

»Furchtbar, oder? Der Gedanke kam mir auch gleich.« Sarah fasst kurz zusammen, was seit ihrer Ankunft in Tampere geschehen ist. Sie senkt die Stimme, als es um die verschwundene Person auf dem See geht. »Ich habe den Eindruck, dass etwas an Arttus Tod faul ist«, schließt sie ihren Bericht.

»Jemand hat seinen Tod absichtlich herbeigeführt?« Ilvi hat ihr Kinn auf den ineinander verschränkten Händen abgestützt.

Sarah nickt. »Und es hat bestimmt mit diesem Mann auf dem Eis zu tun. Doch die Polizei scheint anderer Meinung zu sein.«

»Die Polizei«, erwidert Ilvi abfällig. »Denk nur daran, wie unfähig Kommissar Aalto gewesen ist. Wir wären beinahe draufgegangen, weil Toivo in die falsche Richtung ermittelt hat. Verlass dich also lieber auf dein eigenes Gespür, Sarah. Wenn du meinst, an dem Tod ist was faul, dann ist das auch so.«

Sarah holt tief Luft. »Danke, Ilvi. Deshalb habe ich dir gestern geschrieben – es hilft mir ungemein, mit dir zu reden.«

Ilvi wirft Sarah über den Tisch hinweg einen Luftkuss zu. Dann schiebt sie den leeren Teller von sich. »Wie sehen unsere nächsten Schritte aus?«

»Unsere nächsten Schritte? Wie meinst du das?«

»Wenn beim Tod von Arttu Mäkelä nicht alles mit rechten Dingen zugegangen ist, dann sprechen wir wohl von Mord. Wie gehen wir also weiter vor? Du willst den Mörder sicher nicht davonkommen lassen, nur weil die Polizei ihre Arbeit nicht ordentlich macht!«

»Also, ich weiß nicht …«, setzt Sarah an.

»Denk daran, dass Arttu in *deinen* Armen gestorben ist«, fällt Ilvi ihr ins Wort. »Und zweifellos wollte er dir im letzten Moment was Wichtiges mitteilen. Du musst der Sache auf den Grund gehen. Arttu hat dich damit beauftragt, wenn man so will. Auf seinem Totenbett.« Sie blickt hingebungsvoll zur Decke, als würde Arttu dort oben schweben und zu den beiden Frauen hinunterblicken.

Sarah verschluckt sich beinahe. »Beauftragt? Damit gehst du etwas zu weit, finde ich«, japst sie.

»Das finde ich gar nicht.« Ilvi verschränkt die Arme vor der Brust. »Ein Auftrag ist ein Auftrag. Außerdem unterstütze ich dich bei der Suche nach dem Mörder, das ist wohl mal klar.«

Sarah schwankt zwischen Unglauben und Belustigung. »Du sprichst so, als wäre das sicher. Aber es besteht immer noch die Möglichkeit, dass es ein Infarkt war. Und selbst wenn wir beide *wieder* nach einem Mörder suchen würden, wie sollen wir die Sache angehen? So viel zu den nächsten Schritten.«

»Toisen kuolo on toisen leipä.« Ilvi faltet in einer pastoralen Geste die Hände. »Der Tod des einen ist das Brot des anderen, wie es so schön heißt. Wenn wir das Motiv finden, finden wir auch den Mörder. Arttu war ein reicher Mann. Wer profitiert von seinem Tod? Das ist die allererste Frage.«

In der folgenden Stille überschlagen sich Sarahs Gedanken.

»Immer raus damit«, sagt Ilvi gut gelaunt. »Vertraue deiner Intuition.«

Zögernd berichtet Sarah von Arttus Lebensgefährtin Tuula. »Vielleicht erbt sie was. Angeblich wollten die beiden heiraten.

Wobei Arttu in dieser Frage, tja, ein wenig sprunghaft wirkte. Dann gibt es eine Tochter, Sander Moilanen hat sie vorhin beim Totengedenken erwähnt. Lyyli. Wahrscheinlich geht ein großer Batzen an sie.«

»Siehst du, wir kommen bereits voran.«

Sarah hebt eine Augenbraue. »Wenn es nur so einfach wäre, Ilvi. Was machen wir mit dieser verschwundenen Person? Dem Mann auf dem Eis, von dem Arttu sprach. Sollte Arttu keines natürlichen Todes gestorben sein, könnte das etwas mit diesem mysteriösen Verschwinden zu tun haben.«

Ilvi greift nach dem Bierglas und hält es in die Höhe, betrachtet es, wie ein Sommelier einen Wein in Augenschein nehmen würde. »Diese Frage werden wir Tuula und Lyyli stellen. Vielleicht wissen sie was, das uns weiterhilft.«

»Aber wie willst du mit den beiden in Kontakt kommen?«

»Wie man das eben so macht.« Ilvi wirft Sarah einen Blick zu, als stelle diese sich dümmer an, als sie ist. »Wir gehen zu ihnen und fragen sie. Ist doch logisch.«

»Tuula könnte noch im Krankenhaus sein«, gibt Sarah zu bedenken.

»Das glaube ich nicht. Warum sollte sie so lange im Krankenhaus bleiben? Aber sicherheitshalber gehen wir erst zu Lyyli.« Mit einer raschen Handbewegung zieht Ilvi die Serviette von ihrem Schoß und legt sie auf den Tisch. »Lass uns loslegen, Sarah. Ich habe heute keinen Auftritt mehr, und es ist erst Nachmittag. Da können wir dieser Lyyli ganz wunderbar einen Kondolenzbesuch abstatten.«

»Wir wissen doch gar nicht, wo sie wohnt.«

»Das kann uns bestimmt jemand an der Rezeption sagen. Die Mäkeläs sind doch bekannt. Wenn jemand zu einem der reichsten Menschen im Land wird, dann wissen plötzlich ganz viele, wo er wohnt.« Ilvi lacht, dann winkt sie dem Kellner.

»Ist ein Kondolenzbesuch so kurz nach Arttus Tod nicht unangemessen?«

Ilvi setzt eine strenge Miene auf. »Der Mann ist in *deinen* Armen gestorben, Sarah. Wenn nicht *du* bei seiner Tochter vorbeischauen wolltest, wer dann?« An den Kellner gerichtet, fährt sie fort: »Bitte setzen Sie die Rechnung auf mein Zimmer.«

»Aber Ilvi, lass mich das übernehmen!«, ruft Sarah aus.

»Igor hat für uns verhandelt. Im Vertrag steht, dass der Veranstalter für unsere Mahlzeiten im Hotel aufkommt.« Ilvi steht auf und bedeutet Sarah, ihr zum Aufzug zu folgen.

»Schlau.« Sarah klatscht einen stummen Applaus.

»Klar doch.«

»Dieser Igor scheint ein Tausendsassa zu sein.« Sarah drückt den Aufzugsknopf.

»Igor? Ja, er hat was drauf. Eigentlich ist er Patentanwalt. Aber er liebt Tanzen und hat sich extra ein paar Tage freigenommen, um mit mir herzukommen. Ich sehe ihn aber nur für die Auftritte. Er hat Freunde in Tampere und wohnt bei ihnen.«

»Patentanwalt?«

»Er hat mich vor drei Jahren gegen einen Softwareentwickler vertreten, der eine meiner Ideen klauen wollte. Doch das ist eine andere Geschichte.« Die Aufzugtür öffnet sich, und Ilvi betritt die Kabine. »Der Vertrag fürs *Duo Kettu* war jedenfalls eine seine leichteren Übungen. Neben dem Honorar für die Auftritte gibt es Reisekosten, Übernachtungen und Spesen. Ach ja, und heute am frühen Abend kommt meine Masseurin ins Hotel. Dann sollte ich natürlich zurück sein.«

VIERZEHNTES KAPITEL

Im Rückspiegel beobachtet Eddi, wie sich die Tür des Vereinsheims in kurzer Folge mehrmals öffnet und schließt. Immer wieder betreten Leute, einzeln oder paarweise, das flache Gebäude. An diesem Abend ist im Ruderclub einiges los, irgendein Jubiläum wird gefeiert. Welches, weiß Eddi nicht. Es interessiert ihn auch nicht.

Den weißen Volvo, der nun durch das Zwielicht auf den Parkplatz holpert, erkennt er sofort. Er wartet, bis der Wagen geparkt hat. Als die Bremslichter erlöschen, hat Eddi die Hand bereits am Türgriff. Doch irgendetwas hält ihn zurück. Einen Moment später zeigt sich im Rückspiegel, was. Aki ist nicht allein. Auf der Beifahrerseite steigt ausgerechnet Sami aus. Eddi stößt einen Fluch aus. Er kann Sami nicht ausstehen. Ein Gefühl, das auf Gegenseitigkeit beruht.

Jeder der Männer trägt eine Flasche in der Hand. Wodka, soweit Eddi es aus dieser Entfernung erkennen kann. Lachend verschwinden die beiden Kollegen im Vereinsheim.

Für die nächste Viertelstunde hockt Eddi in seinem VW Golf und starrt in die Büsche vor der Windschutzscheibe. Er überlegt, ob er seinen Plan unter diesen Umständen durchziehen soll. Aki allein macht die Sache schon trickreich genug, doch Samis Anwesenheit verkompliziert das Ganze noch einmal. Sami ist Uddströms Stellvertreter. Mit der flachen Hand schlägt Eddi auf das Lenkrad. »Verdammt! Ausgerechnet Sami, der Speichellecker!«

Wie so oft, wenn ihn etwas verärgert und er eine Entscheidung treffen muss, wählt er das Risiko. »Was soll's?«, brummt er, steigt aus dem Wagen und landet mit dem rechten Schuh in einer Pfütze. Er stößt einen Fluch aus. Vom Beifahrersitz schnappt er sich die Flasche Beerenschnaps, die er auf dem Weg hierher besorgt hat, dann knallt er die Tür mit Wucht zu. Aus dem nahen Gebüsch steigt schimpfend ein Vogel auf.

In einem breiten Flur direkt hinter der Eingangstür sitzt ein dicker Kerl auf einem Hocker. Er nickt Eddi zu, blickt kurz auf die Schnapsflasche und hebt das Doppelkinn. »Hallo.«

Eddi hebt grüßend die freie Hand. Hinter dem Typen öffnet sich der Flur in einen großen Raum, aus dem Musik ertönt. Zu flackernden Lichtern bewegen sich einige Leute im Rhythmus des 90er-Jahre-Partygedudels.

»Ich hab dich hier noch nicht gesehen«, sagt der Mann. »Bist du Mitglied? Im Vereinsheim sind nur Mitglieder zugelassen.«

Eddi zwingt ein Lächeln auf sein Gesicht. Er hofft, dass es freundlich wirkt. »Ich überlege, Mitglied zu werden. Mein Kollege Aki hat mir erzählt, dass im Verein eine super Stimmung herrscht. Davon wollte ich mich mal überzeugen, bevor ich die Anmeldeunterlagen ausfülle.«

»Du bist auch ein Bulle?«

»Yep.« Das Lächeln beginnt zu schmerzen.

Der Dicke wendet sich einer blonden Frau in Jeans zu, die am Durchgang zum Vereinsraum steht. Sie hält eine Bierflasche in der Hand. »Meeri, geh mal den Aki holen.«

Meeri mustert Eddi, zwinkert ihm zu und verschwindet zwischen den tanzenden Leuten.

Der Dicke schiebt sich auf seinem Hocker zurecht. »Bist du überhaupt schon mal gerudert?«

»Ja, klar. Auf dem Kemijoki. Ich hab sogar mal mit ein paar Jungs eine Tour runter zur Ostsee gemacht. Hat mehrere Tage gedauert, immer den Fluss runter.« Er verkneift sich die Nachfrage, ob sein Gesprächspartner ebenfalls schon mal in einem Ruderboot gesessen hat.

»Echt? Dann kommst du aus dem Norden?«

»Aus Rovaniemi.« Eddi wirft die Schnapsflasche lässig von einer Hand in die andere.

Meeri erscheint im Türrahmen, mit Aki im Schlepptau. Erneut zwinkert sie Eddi zu, dann dreht sie sich ohne ein Wort um und stellt sich wieder an den Eingang zur Tanzfläche.

»Eddi! Was machst *du* denn hier?« Aki hält seinem Kollegen die Hand hin.

Betont jovial schlägt Eddi ein. Es ist offensichtlich, dass Aki ordentlich angetrunken ist. Anscheinend ist er bereits mit Alkohol im Blut hergefahren. Eine interessante Erkenntnis, die Eddi gleich abspeichert. »Aki, mein Freund. Wir hatten doch mal darüber gesprochen, dass du hier Mitglied bist. Erinnerst du dich? Ich war in Rovaniemi viel auf dem Wasser. Da dachte ich mir, ich schaue mir den Schuppen mal an. Vielleicht ist der Verein was für mich. Ich möchte unbedingt wieder mit dem Rudern anfangen.«

»Wo du jetzt so viel Freizeit hast?«

Auf derart dämliche Sprüche hat Eddi keine Lust, doch er hat sie erwartet. »Irgendwie muss ich mich ja beschäftigen«, entgegnet er und zwingt sich, weder Verärgerung noch Wut zu zeigen.

Beide Emotionen rollen indes wie ein Nagelkissen durch seinen Magen.

»Da hast du dir den passenden Abend für einen Schnupperbesuch ausgesucht.« Aki grinst und deutet hinter sich. »Heute wird hier nur gesoffen und getanzt.«

»Umso besser«, antwortet Eddi und hebt die mitgebrachte Flasche hoch.

»Rudern musst du ein anderes Mal, Junge. Heute kommt höchstens ein anderes Ruder zum Einsatz.« Meckernd lacht Aki auf und macht eine ruckartige Bewegung mit der Hüfte.

Der Dicke fällt in das Lachen ein.

Eddi zwingt sich zu einem Schmunzeln. Er zuckt zusammen, als Aki – immer noch gackernd – kumpelhaft auf seine Schulter schlägt. Wie viel Alkohol hat der Typ schon intus?

Aki wendet sich dem Dicken zu. »Kannst du ihn als meinen Gast reinlassen, Joonas?«

»Du kennst die Regeln«, entgegnet Joonas. Sein Lachen ist abrupt verstummt, und er schüttelt den Kopf. In seiner Stimme schwingt Tadel mit. »Jedes Mitglied darf *einen* Gast mitbringen, Aki. Und du hast bereits jemanden angemeldet.«

Sami!, flucht Eddi innerlich. Der Idiot tut das, was er am besten kann: Er versaut ihm die Stimmung.

Plötzlich steht Meeri neben Joonas. »Ich bringe ihn mit«, erklärt sie.

»Wen?«, fragt Joonas und blinzelt überrascht.

»Ihn«, antwortet Meeri und deutet auf Eddi.

»Du kennst ihn ja nicht mal!«, protestiert Joonas. Auf seinem Hocker, die Arme auf den Knien abgestützt, wirkt er nun wie ein trotziges Kind, dem man sein Lieblingsspielzeug weggenommen hat.

»Ich bin Eddi«, sagt Eddi und grinst Meeri an.

»Er ist Eddi«, wiederholt Meeri, nicht weniger grinsend. »Und mein Gast. Du kennst die Regeln, Joonas. Jedes Mitglied darf *einen* Gast mitbringen. Wir wollen doch genau nach den Regeln spielen, nicht wahr?«

Eddi verkneift sich ein Auflachen.

Grunzend zieht Joonas ein Buch unter seinem Allerwertesten hervor. Er klappt es auf, zückt einen Kugelschreiber und trägt etwas ein. »Hier ausfüllen und unterschreiben!«, blafft er und hält Eddi Buch und Stift entgegen. »Jedes Nichtmitglied muss sich beim Betreten des Vereinsheims registrieren. Das besagt die Satzung.«

Während Eddi sich am Ende einer langen Liste mit Namen und Anschrift als Meeris Gast verewigt, überfliegt er die vorherigen Einträge. Erwartungsgemäß hat sich über ihm Sami eingetragen. In seiner gewohnt spießigen, akkuraten Schrift. Eddis Blick gleitet an der Namenskolonne weiter hinauf. Und bleibt an einem Eintrag haften.

»Kann ich es zurückhaben?« Joonas wedelt mit den Fingern.

»Klar. Moment.« Eddi setzt den Kugelschreiber an, während er ganz oben eine Zeile überfliegt. »Nur noch die Unterschrift«, murmelt er.

Joonas zieht das Buch an sich, bevor Eddi zu Ende unterschrieben hat. »Stift!«, mault er und streckt Eddi die offene Hand entgegen. Als er den Kugelschreiber wegsteckt, wirft er erst Eddi, dann Meeri einen giftigen Blick zu.

»Komm mit, Junge«, sagt Aki und legt einen Arm um Eddis Schulter. »Ich zeig dir den Schuppen.«

»Wir sehen uns später«, kann Eddi noch in Richtung Meeri rufen, bevor sein Kollege ihn mit sich zieht.

Meeri winkt ihm mit undurchsichtiger Miene hinterher.

»Junge, kaum bist du hier, fliegen dir die Höschen zu«, raunt Aki, nicht ohne eine Spur Neid in der Stimme. »Wie machst du das nur?«

Eddi erspart sich eine Antwort.

»Aber ich lande heute auch«, fährt Aki fort und führt Eddi über die Tanzfläche an einen Tresen. »Die hinter der Theke ist Ynna. Sie ist ganz schön heiß für Mitte vierzig, oder? Hat sich gerade von ihrem Alten scheiden lassen.«

Eddi hofft, dass Aki nicht wirklich eine Reaktion erwartet. Er lässt sich auf einen freien Barhocker bugsieren und nickt der drallen Brünetten hinter der Bar zu.

Ohne Vorwarnung entreißt Aki ihm die Schnapsflasche und reicht sie über den Tresen. »Hier, Ynna. Mein Kumpel hat was für die Party mitgebracht.«

»Das ist nett von ihm«, sagt Ynna und stellt die Flasche zu einer Batterie weiterer alkoholischer Getränke. Dann beugt sie sich zu Eddi vor, sodass ihr ausladendes Dekolleté im zuckenden Licht zu tanzen scheint. »Hallo, ich bin Ynna. Ich habe heute Thekendienst. Machen wir hier im Verein immer reihum. In einer Stunde bin ich frei.« Ihre Augen blitzen auf. »Sprich mich einfach an … wenn du was trinken willst.«

»Ich bin Eddi«, erwidert er. »Vielen Dank.« Damit wendet er sich von der Frau ab und der Tanzfläche zu. Nicht dass er einem Flirt mit Ynna abgeneigt wäre, doch damit würde er seinem Kollegen ins Gehege kommen. Und er benötigt Aki in guter Stimmung. Bislang läuft auch alles vielversprechend.

Zum Glück scheint Aki nichts von Ynnas Interesse an dem neuen Gast mitbekommen zu haben. Mit einem Strahlen reicht er Eddi ein Glas. »Prost, Junge!«

Leicht abgewendet tut Eddi so, als trinke er von dem Wodka. Dabei fällt sein Blick auf Sami, der am anderen Ende des Raums die Tanzfläche unsicher macht. Selbstvergessen wiegt er seinen dürren Körper hin und her, stampft manchmal auf den Boden wie ein Matador. Wirklich, Aki und Sami müssen bereits mit einem ordentlichen Level hier angekommen sein. Jedenfalls sollte Eddi die Gunst der Stunde nutzen. Sobald Sami nämlich zu ihnen herüberkommt, ist die Sache gelaufen.

»Und?«, fragt Aki lallend. »Wie gefällt es dir hier? Hätte nicht gedacht, dass du überlegen würdest, bei uns Mitglied zu werden. Wo doch Jussi auch hier trainiert.«

»Ach, Jussi ist ebenfalls Mitglied?« Natürlich war Eddi das bewusst. Aus keinem anderen Grund ist er heute Abend hier.

»Zumindest schaut er immer mal vorbei. Früher war er öfter auf dem Wasser, aber mit den neuen Aufgaben an der Hochschule bleibt ihm nicht so viel Zeit fürs Rudern.« Schwungvoll leert Aki sein Glas und macht Ynna ein Zeichen, es nachzufüllen.

»Ich hab nichts gegen Jussi«, erklärt Eddi und nimmt eine gelassene Pose ein. »Klar würde ich hier gemeinsam mit ihm trainieren. Warum auch nicht?«

Aki wirft ihm einen skeptischen Seitenblick zu, dann nimmt er einen tiefen Schluck.

»Ehrlich gesagt glaube ich, dass die Sache mit der Beurlaubung auf einem Missverständnis beruht«, fährt Eddi fort. »Ich hege keine schlechten Gefühle gegen Jussi. Im Gegenteil. Es wäre sogar toll, mit ihm hier die Freizeit zu verbringen. Brächte uns einander näher.« Was das Letzte wäre, was Eddi sich wünscht.

»Könnte dir wirklich nicht schaden, ein bisschen näher an die Mannschaft ranzurücken.« Aki nickt und legt einen Arm um

Eddis Schulter. »Ich hab nichts gegen dich, Junge. Echt. Aber du benimmst dich manchmal wie ein Sturkopf, der sich vom Polarkreis zu uns in die Zivilisation verlaufen hat.«

Die bescheuerte alte Leier. Eddi zieht einen Mundwinkel hoch. »Prost, Aki«, sagt er und stößt mit seinem Kollegen an. Doch während Aki sein Glas in einem Zug leert, nippt Eddi nur an seinem Drink. »Auf die Jungs und Mädels im Kommissariat!«

Ein zustimmendes Grunzen von Aki, dann hält er Ynna erneut das leere Glas entgegen.

»Ihr seid eine eingeschworene Truppe, nicht wahr?«, bemerkt Eddi und wirft Sami einen verstohlenen Blick zu. Doch Jussis Nummer zwei tanzt weiter versonnen mit sich selbst. Er hat bisher nichts von Eddis Anwesenheit mitbekommen.

»Da kannst du einen drauf lassen. Das beste Team der Welt. Sind wir mächtig stolz drauf.«

»Das verstehe ich. Jussi hält die Mannschaft gut zusammen, scheint mir.«

Aki nimmt einen weiteren Schluck, hustet. »Er ist der Beste. Kümmert sich um seine Leute.«

»Ihr unternehmt auch viel außerhalb der Dienstzeit. Zum Beispiel rudert ihr beide hier im Verein, Jussi und du. Wobei ich mir Jussi bisher nicht auf dem Wasser vorstellen kann. Beim harten Training, meine ich. Er macht auf mich nicht den Eindruck eines Spitzensportlers.« Eher den eines Bleistiftspitzers, so wie auch sein Lakai Sami, ergänzt er in Gedanken. »Ganz anders als du, Aki. Bei dir sieht man, dass du top in Form bist und trainierst. Arme wie Baumstämme.« Er umfasst Akis Oberarm und drückt zu. Natürlich stößt er unter dem Stoff kaum auf Widerstand, doch er hebt anerkennend die Augenbrauen.

»Vor zwei Jahren war ich Dritter bei der Vereinsmeisterschaft«, prahlt Aki und drückt den Rücken durch. »Du bist echt in Ordnung, Mann.« Er nimmt einen weiteren Schluck.

»Ihr macht auch sonst einiges außerhalb des Jobs, oder?«

»Jussi, Sami und ich?« Aki nickt. »Und der Flinn.«

»Ach, ist Kirsti nicht dabei?« Eddi horcht auf.

Aki beugt sich vor. Für einen Moment wirkt es, als würde er die Balance verlieren, doch er umfasst den Sitz des Hockers mit beiden Händen und vermeidet ein Abrutschen. »Da lassen wir doch keine Weiber rein, in unseren Zirkel!«

»Zirkel?«

»Jussi nennt das immer so.« Aki zuckt mit den Schultern. »Ist der Mann der großen Worte, unser Hochschulprofessor.« Er gackert vor sich hin, greift mit unsicheren Händen nach seinem Glas.

»Dieser Zirkel – was macht ihr da denn?« Eddi tut so, als trinke er, lässt seinen Kollegen dabei aber keine Sekunde aus den Augen.

»Was wir machen?« Jetzt rutscht Aki wirklich vom Hocker. Wodka schwappt aus seinem Glas, Eddi direkt aufs Hosenbein. Mit der freien Hand hält Aki sich an Eddis Arm fest. »Das … das möchtest du wissen, was?!«

»Du hast doch vorhin gesagt, ich soll näher an die Mannschaft ranrücken. Vielleicht kann ich bei euch Jungs mitmachen.«

Aki lacht vor sich hin. »Du, bei uns …«, lallt er mit glasigem Blick. »Weiß nicht, ob die anderen …« Er trinkt, stellt fest, dass das Glas leer ist, und knallt es auf die Theke. »Ynna!«, blökt er.

»Was sind das denn für Sachen, die ihr macht?«, schiebt Eddie mit samtweicher Stimme hinterher.

Wankend nähert Akis Mund sich Eddis Ohr. »Darf ich dir eigentlich nicht sagen, aber wir Jungs …«

»Der ›Wikinger‹!«, ruft eine schnarrende Stimme. »Schau an. Aus welchem Loch bist du denn hervorgekrochen?«

Aki richtet sich auf und breitet die Arme aus. »Sami! Mein Freund. Guck mal, wen wir hier haben.« Er versucht, auf Eddi zu deuten, verfehlt die Richtung aber um einige Grad.

Eddi verkneift sich einen Fluch. »Sami«, sagt er. Zum denkbar ungünstigsten Zeitpunkt aufgetaucht.

»Was machst du hier?« Sami mustert Eddi von Kopf bis Fuß. »Vermisst du uns und läufst uns hinterher? Neulich hast du schon Kirsti in der Kantine aufgelauert, wie ich gehört habe. Und jetzt bist du hier. Hätte gedacht, während deiner Beurlaubung machst du mal was Sinnvolles. Deine Schrottkarre reparieren, zum Beispiel.«

Aki gackert laut, als hätte Sami einen vortrefflichen Witz gemacht.

»Du sagst es: Ich hab euch vermisst«, erwidert Eddi. »Aber mal ehrlich – ich hab gehört, hier würde ein Lauch auf der Tanzfläche rumzucken. Wie ein Rheumatiker, der seine Finger in der Steckdose versenkt hat. Das Spektakel wollte ich mir nicht entgehen lassen. War schon krass zu sehen, Sami, wie alle Bräute ans andere Ende des Raums geflohen sind, als du angefangen hast, deinen Anfall auszuleben. Aber ich bin beeindruckt, Mann. Echt beeindruckt. Das erfordert Mut, sich so in der Öffentlichkeit zu zeigen. In deinem Zustand. Oder es ist Ausdruck riesiger Verzweiflung. Wie man es dreht und wendet – Hut ab, Sami. Ich bin ein Fan.«

Trotz des Schummerlichts ist nicht zu übersehen, dass Samis Gesichtsfarbe in ein purpurnes Rot wechselt. »Junge, wag es nicht …!«, zischt er.

Eddi lässt ihn nicht ausreden. »Ich geh dann mal«, sagt er

gelassen. »Weiter meine Freizeit genießen.« Er erhebt sich und überquert ohne ein weiteres Wort die Tanzfläche. Im Vorraum zwinkert er Joonas zu. »Bis bald. Wenn ich mich angemeldet hab, machen wir beide mal eine Rudertour. Von dir kann ich sicher noch *ordentlich* was lernen, Mann. Fit wie ein Turnschuh bist du!«

Joonas schaut ihm mit offenem Mund hinterher.

Vor dem Vereinsheim atmet Eddi tief durch. »Schwachmaten«, zischt er wütend. Sami ist genau in dem Moment aufgetaucht, als Aki ihm verraten wollte, was die Truppe um Jussi treibt. Dass die Jungs etwas im Schilde führen, ist klar. Ob es etwas mit dem verschwundenen Mann auf dem Eis zu tun hat? Durfte er deshalb nicht weiterermitteln? Jedenfalls ist Eddi froh, dass Kirsti anscheinend nicht mit den Vögeln unter einer Decke steckt. Wenigstens das.

»Willst du schon gehen?« Meeri schält sich aus dem Schatten eines Baumes und tritt eine Zigarette aus.

»War nicht so mein Ding da drin«, erklärt Eddi.

»Versteh ich.« Sie lacht auf. »Meins ist es auch nicht. Langweiliger Haufen.«

»Tja, ich hatte wirklich was anderes erwartet.« Eddi grinst.

»Und wohin will du jetzt?« Meeri tritt einen Schritt näher an Eddi heran.

Eine Welle blumigen Parfüms weht zu Eddi herüber. »Zu meinem Auto«, sagt er und deutet vage in die Dunkelheit.

Meeri kommt noch näher, dann hakt sie sich bei ihm unter. »Da komm ich mal mit. Du schuldest mir schließlich noch was, finde ich.«

Ohne ein weiteres Wort schlendern sie über den Parkplatz zu Eddis VW Golf. Dort dreht Meeri sich Eddi zu und presst ihre

Lippen auf seine. Ihre Zunge kommt hervorgeschossen wie ein kleines Raubtier auf Beutefang.

Nach einem langen Augenblick löst Eddi sich von ihr und schließt den Wagen auf. Er fährt die Vordersitze ganz nach vorne, dann setzt er sich auf die Rückbank.

Meeri folgt ihm und zieht die Tür hinter sich zu. Dann beginnt sie, ihre Bluse aufzuknöpfen. »Du bist auch Polizist, oder?«, sagt sie und wirft das Kleidungsstück auf den Beifahrersitz.

»Ja, warum?«, fragt Eddi heiser und schält sich aus seiner Jeans. Dabei tasten seine Augen Meeris Körper ab.

»Ach, nur so.« In einer fließenden Bewegung öffnet Meeri ihren BH und wirft ihn der Bluse hinterher. »Ich gerate immer an Polizisten. Ist so eine Art Naturgesetz, glaube ich. Mein Ex-Freund, der Sack, ist auch einer von euch. Jussi. Jussi Uddström. Kennst du ihn?«

FÜNFZEHNTES KAPITEL

Vor zehn Minuten haben sie die Stadt hinter sich gelassen. Beinahe geräuschlos schnurrt der dunkle BMW zwischen den immer dichter stehenden Bäumen über die leere Landstraße. Manchmal blitzt links zwischen den Stämmen der Näsijärvi durch. Dann wirft das Wasser glitzernde Funken und spiegelt die Strahlen der tief stehenden Abendsonne. »Erstaunlich«, murmelt Sarah.

»Was? Was meinst du?«, fragt Ilvi vom Beifahrersitz. Trotz des Gurtes hat sie es irgendwie bewerkstelligt, die Füße unter sich zu falten und wie ein Yogi auf dem Ledersitz zu hocken.

»Es ist erstaunlich, wie schnell das Wetter wechselt. Ich habe nicht damit gerechnet, die Sonne heute zu Gesicht zu bekommen. Wir haben so lange in der Lobby gesessen, dass ich nicht mehr daran geglaubt habe, noch zu Arttus Tochter hinauszufahren. Kam mir vor, als hätte es Stunden gedauert, bis der Wagen bereitstand.« Sarah gibt dem Lenkrad einen Klaps. Als sie während des Wartens Moritz in die Lobby zurückkommen sah, hat ihr Herz einen Satz gemacht. Leider sind sich ihre Blicke nicht begegnet, obwohl sie von ihrem Sessel aufsprang und auffällig hin und her lief. Sie verdrängt die irritierende Erinnerung und tippt aufs Gaspedal, was den hoch motorisierten Wagen nach vorne springen lässt.

Ilmari musste jede Menge Geschick aufbringen, um die schwere Nobellimousine bei einem Autovermieter zu organisieren. Mehrmals war er kurz davor, die Suche aufzugeben. Doch Ilvi trieb ihn an, weiter nach einem passenden Fahrzeug zu forschen. Mit Nachdruck bestand sie darauf, dass sie auf keinen Fall mit einem Mittelklassewagen bei Lyyli Mäkelä auftauchen konnten.

»Da vorne sehe ich schon wieder Wolken am Himmel.« Sarah deutet mit dem Kinn in die Richtung. »Bestimmt fahren wir nachher im Regen zurück.«

»Ach, das Wetter.« Ilvi wirft Sarah einen unergründlichen Seitenblick zu. »*Syksyinen sää ajaa yhdeksälläkin hevosella*. Du kennst das finnische Sprichwort sicherlich.«

Sarah schüttelt den Kopf. »Irgendwas mit Herbst und Pferden.«

»Das Herbstwetter ist mit neun Pferden unterwegs.«

Sarah lacht auf. »Ein Wetter mit vielen PS. Klingt wunderbar.« Sie ist fasziniert von der finnischen Eigenart, für jede Lebenssituation ein Sprichwort parat zu haben. Wobei sie Ilvi in der Vergangenheit insgeheim schon verdächtigt hat, einige dieser Weisheiten aus dem Stand heraus zu erfinden. Sie bremst und steuert den Wagen, wie das Navigationssystem ihr vorgibt, auf einer schmalen, geteerten Straße in den Wald hinein. Dort fährt sie im Schritttempo weiter. »Auf einem Schild stand gerade, dass das ein Privatweg ist. Zutritt verboten, Ilvi.«

»Dann sind wir richtig.« Ilvi wedelt mit der Hand in Richtung Windschutzscheibe. »Immer weiter. Wir sind gleich da. Gib Gummi.«

»Gib Gummi?« Sarah schüttelt den Kopf, beschleunigt aber.

»Wir wollen nicht zögerlich wirken«, erklärt Ilvi.

»Wer sollte uns denn …?«, setzt Sarah an, bricht aber ab. Sie hat die zwischen den Bäumen versteckten Masten mit den Kameras entdeckt.

»Sie wissen längst, dass wir zu ihnen unterwegs sind.« Lächelnd lehnt sich Ilvi in das Lederpolster zurück.

Die Straße macht einen Bogen, danach verhindert ein hohes, schmiedeeisernes Tor die Weiterfahrt. Sarah bremst unmittelbar vor dem Hindernis ab. Die dicke Mauer, in welche die Torangeln eingelassen sind, ist von mehreren, in alle Himmelsrichtungen weisenden Kameras geschmückt. »Aus München bin ich ja herrschaftliche Anwesen gewohnt, doch diese Mauer und das mächtige Tor lassen wirklich Großes erwarten«, platzt es aus Sarah heraus. Wobei sie sich in ihrem Sitz recken und strecken kann, wie sie will – ein Gebäude ist nicht zu sehen. Hinter dem Torgitter setzt sich die Straße durch den Wald fort.

»Die Scheibe«, sagt Ilvi und deutet auf Sarahs Seitenfenster. »Sie sprechen mit uns.«

Hastig drückt Sarah den Knopf ihres Fensterhebers. Hinter der Scheibe knistert eine erstaunlich unmoderne Gegensprechanlage, die auf einem gebogenen Eisenfuß thront.

»Lass mich das machen.« Ilvi hebt gebieterisch die Hand und beugt sich über Sarahs Schoß zum offenen Fenster.

»Hallo?«, ertönt eine Frauenstimme aus der Anlage. »Hören Sie mich? Was wünschen Sie?«

»Sarah Fuchs für Lyyli Mäkelä«, antwortet Ilvi. Ihre Stimme hat einen strengen Ton angenommen und wirkt nachgerade ungeduldig.

»In welcher Angelegenheit?«

»Es handelt sich um einen Kondolenzbesuch.« Ilvi zieht das letzte Wort in die Länge.

»Frau Mäkelä weiß die Anteilnahme zu schätzen, empfängt jedoch nicht.«

»Arttu Mäkelä verstarb auf dem Tangofestival in den Armen von Frau Fuchs. Er bat sie mit seinen letzten Atemzügen, seiner Tochter eine Nachricht zu überbringen.« Ilvi räuspert sich. »Eine *persönliche* Nachricht.«

Sarah zuckt zusammen. »Ich …«, hebt sie zum Protest an, doch Ilvi kneift ihr in den Oberschenkel, und sie verschluckt ihre weiteren Worte.

Es folgt ein Moment der Stille, dann meldet die Frau sich wieder. Etwas in ihrer Stimme hat sich verändert. »Bitte warten Sie.«

Ilvi zieht sich in einer geschmeidigen Bewegung zurück auf den Beifahrersitz. »Fahr das Fenster wieder hoch«, sagt sie und zwinkert Sarah zu.

Empörung und Verzweiflung kämpfen in Sarah um die Vorherrschaft. Als das Seitenfenster geschlossen ist, dreht sie sich zu Ilvi. »Was …?«

Ilvi hebt eine Hand und setzt ein breites Lächeln auf. »Sie können uns genau beobachten«, sagt sie eindringlich, immer noch lächelnd. »Nicht jetzt.«

»Hmmchch«, presst Sarah zwischen zusammengebissenen Zähnen hervor. Doch sie kommt nicht dazu, nach einem anderen Ventil für ihre von Entrüstung getragene Verunsicherung zu suchen, denn das Tor öffnet sich.

»Auf, auf. Wir werden erwartet. Das wird sicher spannend.«

Sarahs Gedanken überschlagen sich, als sie den BMW erst durch ein weiteres Stück Wald, dann auf eine schier endlos wirkende Rasenfläche zusteuert.

»Nettes Haus«, bemerkt Ilvi.

»Meine Güte!«, entfährt es Sarah, während sie zweierlei wahrnimmt: Zum einen sieht das in der Ferne aufragende Gebäude wie ein englisches Herrenhaus aus – mit Türmchen und Erkern und allem, was dazugehört. Es ist aus Stein und nicht wie in Finnland üblich aus Holz. Zum anderen entpuppt sich die weite Rasenfläche, die sich bis zum Ufer des Näsijärvi erstreckt, als kleiner Golfplatz, durch den die Straße in einer sanft geschwungenen Linie führt. »Arttu muss das Golfen wirklich geliebt haben.«

»Was ich nicht verstehe«, sagt Ilvi nachdenklich und ignoriert Sarahs Kommentar, »ist, wieso man sich mit einer Festungsmauer umgibt, gleichzeitig aber über den See für alle Welt zugänglich ist. Mit einem Boot kommt hier jeder rein. Es ist so, als würde man sein Haus vorne mit einer Gittertür sichern, die Hintertür aber sperrangelweit geöffnet lassen.«

»Am Ufer gibt es sicher Dutzende Kameras«, gibt Sarah zu bedenken.

»Dennoch.« Ilvi schüttelt den Kopf. Dann deutet sie zu einer breiten Treppe, die von einem Rondell aus in mehreren Stufen zu einer imposanten Haustür hinaufführt. Der kreisförmige Weg ist mit hellem Kies bestreut. »Fahr am besten dorthin.«

Sarah parkt den Wagen am Fuß der Treppe. Sie wischt die verschwitzten Hände an ihrem Kleid ab. Jil Sander, das schlichteste Stück, das sie dabeihat. Und aufgrund seiner schwarzen Farbe für einen Kondolenzbesuch bestens geeignet.

Sie schnappt sich den ebenfalls schwarzen Mantel und die dazugehörige Handtasche vom Rücksitz und steigt aus. Vorsichtig balanciert sie mit ihren High Heels auf dem Kiesbelag, der bei jeder Bewegung ein Schleifgeräusch von sich gibt.

Ilvi hat es mit ihren robusten Stiefeln, unter deren festen Sohlen der Kies lustig knirscht, merklich leichter. »Dann wollen wir mal«, erklärt sie und stößt mit Schwung die Beifahrertür zu.

Wie auf Kommando geht die Haustür auf, und eine ältere Dame in einem grauen Hosenanzug, der den gleichen Farbton wie ihre streng zusammengebundenen Haare hat, erscheint. Mit vor dem Bauch gefalteten Händen verharrt sie am Kopf der Treppe und blickt auf die Neuankömmlinge hinab. Auf ihrer Nase blitzen die Gläser einer Halbbrille.

Irgendwie gelingt es Ilvi, das Treppensteigen hoheitsvoll aussehen zu lassen. Sarah folgt ihr auf dem Fuße, in dem leidvollen Bewusstsein, dass sie sich gleich etwas für diese arme Lyyli aus den Fingern saugen muss. Welche Nachricht könnte ihr Vater hinterlassen haben? Von dem Mann auf dem gefrorenen See sollte sie wohl nicht berichten. Sie unterdrückt einen Fluch.

»Guten Abend«, sagt die Frau, als Ilvi und dann auch Sarah den Kopf der Treppe erreichen. »Mein Name ist Agneta Löfgren. Ich bin die Haushälterin der Familie.«

»Das ist Sarah Fuchs«, erklärt Ilvi mit salbungsvoller Stimme und deutet auf Sarah, als handele es sich um die Kronprinzessin Schwedens. »Und mein Name ist Ilvi Mäkinen. Ich bin die Assistentin von Frau Fuchs. Vielen Dank, dass Sie uns empfangen. Unter diesen traurigen Umständen.«

Während Agneta Löfgren ins Innere des Hauses vorangeht, raunt Ilvi Sarah zu: »Eine Haushälterin, und dann noch eine Schwedin. Ganz schön feudal.«

»Na ja«, flüstert Sarah zurück. »Wenn ich schon meine *Assistentin* mitbringe, passt das wunderbar.«

In der Eingangshalle bleiben sie stehen. Sarah blickt sich angetan um. Der Raum ist hell und modern eingerichtet, gleichzeitig aber skandinavisch schlicht. Ein Kronleuchter sorgt für

Helligkeit, seine Lichter sind in der Form von Eiskristallen angeordnet. Eine Marmortreppe führt in die obere Etage. Am Ende der Eingangshalle öffnet sich hinter einem breiten Durchgang ein großes Zimmer. Dorthin deutet Frau Löfgren. »Wenn Sie vorausgehen möchten. Ich gebe Frau Mäkelä Bescheid, dass Sie im Salon auf sie warten.«

Während die Haushälterin die Treppe hinaufsteigt, begeben Sarah und Ilvi sich über eine einzelne Treppenstufe hinab in den angewiesenen Raum. Wie in der Eingangshalle erwartet sie dort eine helle, skandinavische Einrichtung, die sehr kostspielig wirkt. Sarah erkennt Lampen von Poul Henningsen und Sessel von Arne Jacobsen.

»*Salon*«, murmelt Ilvi mit gespitzten Lippen. Sie dreht eine Runde durch den Raum und besieht sich alles genau. »Diese feinen Leute.«

»Der Raum ist wirklich schön«, sagt Sarah und deutet auf die breite Fensterfront, die auf den See hinausgeht. »Der Ausblick ist phänomenal. Ein bisschen wie im Sommer in meinem *mökki* in Sysmä.«

»Meinst du?« Ilvi lässt sich auf ein weißes Sofa, hinter dem in einem Kamin ein Feuer prasselt, fallen. »Ich fand es in deinem Sommerhaus gemütlicher. Hier fühle ich mich ein wenig wie in einem Operationssaal.«

Sarah tritt zu ihr und senkt die Stimme. »Was du da gesagt hast, im Wagen – was soll ich Arttus Tochter denn …?« Ein Geräusch an der Tür lässt sie verstummen.

»Das sind Sarah Fuchs und Ilvi Mäkinen«, erklärt Frau Löfgren einer jungen Frau, die den Raum betritt.

»Danke, Agneta.«

Die Haushälterin verschwindet in der Eingangshalle.

Sarah blickt von Lyyli Mäkelä zu Ilvi und wieder zurück. Die beiden könnten Schwestern sein, schießt es ihr durch den Kopf. Vielleicht ist Lyyli drei oder vier Jahre älter, doch sie ist genauso klein gewachsen und trägt ihr schulterlanges Haar ebenfalls tiefschwarz gefärbt. Zusätzlich ist es bei Lyyli jedoch von lilafarbenen Blocksträhnen durchzogen. Ihr Oberteil, das sie zu einer weiten Cargohose trägt, ist ein leichtes Top, unter dem bis zum Halsansatz hinauf mehrfarbige Tattoos sichtbar sind. Im Nasenflügel steckt eine Schmucknadel, auf der etwas funkelt, das nur ein hochkarätiger Diamant sein kann.

Ilvi erhebt sich in einer federnden Bewegung vom Sofa und tritt der Gastgeberin entgegen. »Lyyli«, sagt sie und breitet die Arme aus. »Es tut uns so leid, was mit deinem Vater geschehen ist.«

Lyyli wirft sich in die Umarmung, und für einen langen Moment stehen die schwesternhaften Frauen reglos beieinander. Dann löst Lyyli sich von Ilvi. »Danke, das ist nett von dir. Du bist Ilvi?« Aus der Nähe fallen ihre verquollenen roten Augen auf.

»Ja, und das ist Sarah.«

Sarah weiß nicht, wie sie sich verhalten soll. Die beiden Frauen wirken, als würden sie sich seit langer Zeit kennen, dabei begegnen sie sich gerade zum ersten Mal. Sie entscheidet sich für ein von Traurigkeit und Mitgefühl getragenes Lächeln.

Lyyli schluchzt auf, geht auf Sarah zu und zieht sie in eine Umarmung. »Du hast Papa gehalten, als er starb. Ich danke dir.« Als sie zu einem Sessel wankt, wischt sie sich mit dem Handrücken über die Augen. Sie setzt sich und zieht ein Bein unter sich. »Möchtet ihr etwas trinken? Ich kann Agneta bitten, uns was zu bringen. Champagner? Bier? Wein? Papa hat eine riesige Sammlung.«

»Vielen Dank, das ist sehr freundlich«, stößt Sarah eilig aus, bevor Ilvi antworten kann. »Doch wir möchten keine Umstände machen. Es tut uns wegen Arttu sehr leid, wie Ilvi bereits gesagt hat.« Sie setzt sich neben Ilvi auf das Sofa.

Lyyli verschränkt die tätowierten Arme vor der Brust. Für einen Moment sieht es aus, als wollte sie losweinen, doch sie räuspert sich und zieht die Nase hoch. »Papa hat immer gesagt, wenn er einmal von uns gehen muss, soll es schnell und schmerzlos passieren. Im Schlaf am besten. Oder beim Golf. Ging es schnell?«

»Ich … Äh … Er tanzte mit mir, als es passierte«, antwortet Sarah ausweichend und schluckt.

Lyyli sieht sie erwartungsvoll an.

»Es hat nicht lange gedauert, wirklich nicht«, fährt Sarah verkrampft fort. »Wir … Äh … Er hat mich über das Parkett geführt, dann wurde ihm unwohl, und er hat sich … Er hat sich auf den Boden gelegt. Dort habe ich mich um ihn gekümmert, bis es … also … bis es vorbei war.« Sie ringt die Hände, ihre Kehle ist plötzlich staubtrocken.

»Und Tuula?« Lyyli beugt sich vor, die Augen fest auf Sarah gerichtet. »Wo war sie? Was hat sie getan?«

»Sie war in der Nähe.« Und hat den Saal zusammengeschrien, dass Sarah eine Mörderin sei. Doch das will Sarah im Moment nicht preisgeben. Genauso wenig wie Ilmaris ungeschickten Rettungsversuch, der dergestalt endete, dass der Tote mit dem Gesicht nach unten über den Boden geschleift wurde.

Das Schnauben, das Lyyli ausstößt, kann abfälliger nicht sein. »Tuula, diese Schlange! Sie hat nichts für Papa getan, stimmt's? Sie hat ihn verrecken lassen. Du kannst ehrlich zu mir sein, Sarah.«

»Tuula? Nun, ich habe nicht auf sie geachtet«, erwidert Sarah mit einem Kloß im Hals. »Ich war zu sehr mit deinem Vater beschäftigt.«

»Es ist ein Glück, dass du da warst. Sie hat nicht mit ihm getanzt, oder? Tuula, meine ich.«

»Arttu sagte mir, sie hat sich das Knie verstaucht oder so was.«

Lyyli schluchzt auf. »Die Hexe! Sie hat es gehasst, mit meinem Vater tanzen zu gehen. Das mit dem Knie war bloß eine Ausrede. Aber weil sie sich dauernd bei Papa lieb Kind machen musste, konnte sie ihn nicht allein gehen lassen. Sie war furchtbar eifersüchtig. Lebte ständig in der Furcht, Papa könne eine andere Frau ihr vorziehen. Also hat sie sich wie eine Klette an ihn gehängt. Hat versucht, alles um ihn herum zu kontrollieren.«

»Was hat Tuula damit beabsichtigt?«, fragt Ilvi. »Was wollte sie deiner Meinung nach erreichen?«

»Ihn heiraten. Ständig hat sie ihn gedrängt, einen Hochzeitstermin festzulegen.« In den nassen Augen funkelt Zorn. »In Wahrheit ging es ihr nicht um Papa. Es ging ihr nur um sein Geld. Dabei hätte sie gar nichts bekommen!«

Ilvi rutscht an die Sofakante vor. »Wie meinst du das?«

»Vorgestern hat Papa mir erzählt, dass er bei einer neuerlichen Heirat auf jeden Fall einen knallharten Ehevertrag machen würde. Er hatte schon immer Geld, doch der Verkauf des Unternehmens hat ihn richtig reich gemacht. Seit dem Verkauf drängt Tuula noch mehr auf die Hochzeit. Sie wollte an das Geld ran. Mehr als ein paar Brocken hätte sie aber nicht erhalten, die Goldgräberin.«

Sarah muss an ihre Ehe mit Rüdiger Schleeberger, damals ein berühmter Profifußballer, denken. Ihr hatte man ebenfalls vorgeworfen, eine Goldgräberin zu sein, weil sie nach der Scheidung eine ordentliche Summe erhalten hat. Das Geld jedoch war nie ihr Motiv gewesen. Völlig naiv war sie in die Ehe gegangen, hatte an so etwas wie die große Liebe geglaubt. Aber wenige Tage nach Franzis Geburt betrog Rüdiger sie mit einer anderen Spielerfrau, gleichzeitig erfuhr Sarah von seiner Kokainsucht. Dass Rüdigers Karriere kurz darauf abrupt zu Ende ging, hat Sarah dann nicht weiter erstaunt. Überrascht war sie vielmehr, dass Rüdiger die Schuld für das Aus einzig bei ihr sah.

Sarah drückt den Rücken durch. »Eine schwierige Situation«, sagt sie. »Tuula schien der Tod deines Vaters tief zu treffen. Man könnte sagen, dass sie vor lauter Aufregung nicht mehr sie selbst war. Für mich als Außenstehende schien sie sehr an Arttu zu hängen.«

Lyyli streicht ihr Haar zurück. »Sie ist eine gute Schauspielerin, das ist alles. Als sie herausfand, dass sie bei einer Scheidung leer ausgehen würde, hat sie getobt.«

»Getobt?« Ilvi hebt das Kinn.

Lyyli besieht sich einen ihrer metallicblau lackierten Fingernägel, als falle er ihr gerade zum ersten Mal auf. »Kurz nachdem Papa mir von seinen Plänen erzählt hat, habe ich heftig mit Tuula gestritten. Da hab ich die Bemerkung fallen lassen, dass sie sich völlig umsonst an meinen Vater ranschmeißt.« Sie spitzt die Lippen, ein Glitzern in den Augen.

»Du hast ihr von dem Ehevertrag erzählt?« Ilvi stützt sich mit beiden Händen auf dem Sofa ab. Es wirkt, als wollte sie jeden Moment aufspringen.

Erstmals zieht ein Lächeln über Lyylis Gesicht. »Es ist mir einfach rausgerutscht. Als sie kapierte, was ich gesagt habe, ist sie ausgeflippt, wie gesagt. Hat sich wenig später lautstark mit Papa gestritten. Ich konnte ihr Gekeife noch am anderen Ende des Hauses hören.«

Das will bei diesen Dimensionen etwas heißen, denkt Sarah.

»Und einen Tag nach diesem Streit sind sie zum Tangofestival gefahren, wo es zu dem Unglück kam?« Ilvis Stimme ist jetzt ganz leise.

»So war es. Papa war da noch total aufgebracht wegen Tuulas Verhalten. Er hat es gut verborgen, aber ich kenne ihn und hab's gemerkt. Er war durch den Wind. So durcheinander, dass er anscheinend sogar vergaß, seinen Allergie-Pen mitzunehmen. Das ist ihm vorher noch nie passiert.«

»Was für einen Pen?«, fragen Sarah und Ilvi wie aus einem Mund.

Lyyli zieht auch das andere Bein unter sich, bis sie auf den Knien hockt. »Papa war schwer allergisch gegen Bienengift. Deshalb musste er immer einen Stift bei sich tragen, den er sich im Notfall injizieren konnte. Seit er vor ein paar Jahren nach einem Stich fast hopsgegangen war, trug er das Ding immer bei sich. Selbst im tiefsten Winter, wenn gar keine Bienen rumfliegen.« Sie grinst, dann zuckt sie mit den Schultern und reibt an ihren Augenwinkeln. »Ich habe die Polizistin nach dem Stift gefragt. Sie wusste nichts davon. Papa hatte ihn nicht bei sich, meinte sie. Und das ist nur Tuulas Schuld!«

»Arttu ging sonst nie ohne diesen Pen aus dem Haus?« Als sie die Frage stellt, wirft Sarah Ilvi einen Seitenblick zu.

Ilvi schnalzt mit der Zunge und beugt sich vor.

»Niemals.« Auch Lyyli beugt sich vor und senkt verschwörerisch die Stimme. »Fast glaube ich, Tuula hat den Stift an sich genommen, ihn versteckt und dann eine Biene auf Papa gehetzt. Aus Rache. Weil ihr gieriger Plan nicht aufgegangen ist.«

Sarah saugt Luft in ihre Lunge.

»Aber das kann ja nicht sein.« Lyyli seufzt, als wäre sie über diesen Umstand nachgerade enttäuscht. »Die Polizistin hat mir versichert, es sei eine natürliche Todesursache festgestellt worden. Ohne jeden Zweifel. Sie riet mir auch von einer Obduktion ab. Das würde nur meinen emotionalen Stress erhöhen, meinte sie.«

»Diese Polizistin – heißt sie Kirsti?«, schießt es aus Sarah heraus.

»Ja, sie war sehr nett, muss ich sagen. Sie war mit ihrem Kollegen Jussi hier.« Lyyli greift nach einer Haarsträhne und zwirbelt sie zwischen den Fingern. »Und jetzt möchte ich wissen, was Papa zu dir gesagt hat, Sarah.«

SECHZEHNTES KAPITEL

»Ich bleibe gerne zwei Stunden länger«, erklärt Ilmari und lehnt sich gegen den Türpfosten. Es ist eine Lüge, und er staunt, wie glatt sie ihm über die Lippen geht. Doch dann gesteht er sich ein, dass er froh über die Beschäftigung ist. So kann er das furchtbare Foto verdrängen. Wenn er an die E-Mail denkt, wird ihm schlecht.

»Danke, dass du das machst.« Carlos steht vom Stuhl auf und streckt Ilmari die Hand entgegen.

Ilmari schlägt ein und räuspert sich. »Klar doch, wir sind schließlich ein Team, da muss man auch mal einspringen.«

Carlos will Ilmaris Hand gar nicht mehr loslassen, derart ausgiebig schüttelt er sie. »Das ist supernett, Ilmari. Echt, danke noch mal!«

»Gerne. Keine Ursache.« Beinahe gewaltsam löst er seine Hand aus der des drahtigen Spaniers. Wie Livia ist Carlos für eine Schicht verantwortlich, bevorzugt jedoch die nächtliche. Daher arbeiten er und Ilmari nur selten zusammen. Nachts muss Ilmari einfach schlafen, der ruhige Dienst an der Rezeption ist nichts für ihn, passt mit seinem Biorhythmus nicht zusammen. Was schade ist, denn im Gegensatz zu Livia ist Carlos kein Arschloch. Er stammt aus Denia, einem Küstenort an der

Costa Blanca, und ist mit einer Finnin verheiratet. Sein Finnisch ist hervorragend, nur ein leichter Akzent verrät, dass es nicht seine Muttersprache ist. Was ihn jedoch von den Finnen unterscheidet, ist seine Lebhaftigkeit. Egal, was Carlos macht, er führt es mit Schwung und begleitet von vielen Worten und Gesten aus. Das kann in der Zusammenarbeit manchmal anstrengend sein, doch es ist allemal besser als Livias miesepetrige und hinterhältige Art.

»Wirklich topp, dass du aushilfst«, fängt Carlos wieder an.

Hastig nickt Ilmari und schlüpft aus dem Büro. Wenn er jetzt nicht geht, würde sich die Dankesschleife endlos fortsetzen. Er wendet sich Mikael zu. »Ich bleibe länger. Du kannst gehen.«

Mikael legt die Handflächen aneinander und senkt das Kinn. »Ich danke dir. Natürlich würde ich im Zweifel auch bleiben. Doch heute Abend trifft sich die Gruppe, und ich möchte da unbedingt hin.«

Ilmari erspart sich die Nachfrage, um welche Gruppe es sich handelt. Auf eine Antwort wie »Die Freunde der Außerirdischen« oder »Die Gegner der Weltverschwörung« will er lieber verzichten.

»Da hat Livia wieder mal Scheiße gebaut«, sagt Mikael zum Abschied und verlässt die Rezeption kopfschüttelnd in Richtung des Mitarbeiterraums.

Als die am längsten amtierende Schichtleitung ist Livia für die Arbeitspläne aller Servicemitarbeiter verantwortlich. Aus einem unerfindlichen Grund – Ilmari vermutet Unfähigkeit – hat sie für die heutige Nachtschicht eine Mitarbeiterin eingeteilt, ihr aber später freigegeben. Nun, da Carlos diese Kollegin angerufen hat, wird sie doch noch im Hotel erscheinen, jedoch erst zwei Stunden später als vorgesehen. So lange überbrückt Ilmari.

Es ist ruhig an diesem Abend. Seit einer halben Stunde ist das Tangotanzen im Saal zu Ende, die meisten Festivalgäste haben das Hotel verlassen. Ilmari checkt ein älteres Ehepaar aus Turku ein, das ihm erzählt, es besuche die Tochter. Dann meldet Zimmer 266 eine defekte Dusche, und Ilmari informiert den Hausmeister. Glücklicherweise ist Oskari trotz der späten Stunde noch da und fährt gleich hinauf in den zweiten Stock, um sich das Problem anzusehen.

Danach tut sich kaum etwas. Ein paar Gäste kommen und gehen, doch niemand benötigt Ilmaris Unterstützung. Es dauert nicht lange, und abermals steigt Panik in ihm auf. Das kompromittierende Foto leuchtet unerbittlich vor seinem inneren Auge. Sein Vater würde toben, bekäme er das Bild zu Gesicht. Sein Sohn bei einer Nutte, und dann auch noch koksend! Auf die Straße würden seine Eltern ihn setzen, jeden Kontakt abbrechen. Das ist sicher wie das Amen in der Kirche. »Was soll das mit der E-Mail?«, quetscht er hervor und kämpft mit den Tränen. Da kommt ihm ein anderer Gedanke. Ob Nadja von der Aufnahme weiß? Steckt sie gar dahinter?

Ilmari fühlt sich so schlecht wie nie in seinem Leben. Der Drang, etwas zu tun, um die Katastrophe abzuwenden, wird immer stärker. Vielleicht sollte er zu Nadja gehen und sie zur Rede stellen. Sie muss etwas mit dem Foto zu tun haben! Ob er sie dazu bringen kann, die Aufnahme zu löschen? Vielleicht, wenn er ihr Geld zahlt. Sein Blick schnellt zur Uhr. In mehr als einer Stunde kommt seine Ablösung. Danach wird er sich auf direktem Weg zu Nadja begeben. Oder wäre das dumm?

Ein Vibrieren in der Hosentasche lässt ihn aufschrecken. Mit zitternden Fingern zieht er das Handy hervor. »Scheiße!« Eine weitere E-Mail von *Arttu.Maekelae*.

Wie paralysiert starrt Ilmari auf das Display. Soll er die Nachricht einfach ungeöffnet löschen? Enthält sie ein weiteres furchtbares Foto von ihm? Oder ist es vielleicht die Anweisung eines Erpressers, eine Geldforderung? Kalter Schweiß sammelt sich an seinem Haaransatz.

»Junger Mann?«

Ilmari zuckt zusammen. Er schiebt das Handy in die Hosentasche und springt vom Hocker auf. »Entschuldigen Sie! Was kann ich für Sie tun?«

Der Mann mustert Ilmari, runzelt die Stirn. »Ich hätte gerne gewusst, ob Sie uns ein Restaurant empfehlen können.« Er deutet auf eine Frau, die in der Nähe der Drehtür wartet. »Meine Frau und ich lieben Sushi. Gibt es in Tampere ein gutes japanisches Restaurant?«

Ilmari beschreibt dem Hotelgast den Weg zu einem passenden Restaurant. »Aber warten Sie«, stößt er hervor. »Ich frage telefonisch nach, ob ein Tisch frei ist. Sie würden sofort dort essen wollen? Jetzt gleich?«

Der Mann nickt.

Nach einem kurzen Telefonat bestätigt Ilmari die Tischreservierung und wünscht dem Gast und seiner Begleitung einen angenehmen Abend. Nachdem die beiden verschwunden sind, holt er das Handy wieder hervor. Entschlossen tippt er auf die Nachricht, innerlich für das Schlimmste gewappnet. Er erwartet ein weiteres Foto. Eine Aufnahme, die ihn und Nadja beim Sex zeigt. Doch diesmal erscheint auf dem Display nur ein Text. Ilmari stößt den angehaltenen Atem aus.

Er überfliegt die E-Mail. Die erste Erleichterung schmilzt dahin wie Schnee in der Sahara. »Herr im Himmel!«, stöhnt er. Und liest die Nachricht ein zweites Mal. Er kann nicht glauben, was sie besagt.

Für lange Minuten starrt Ilmari auf das Display. In seinem Kopf überschlagen sich die Gedanken. Wie soll er reagieren? Was ist das kleinere Übel – die Nachricht ignorieren oder sie befolgen? Für einen Moment überlegt er, zur Polizei zu gehen. Doch er verwirft diese Option gleich wieder. Schließlich konsumiert er auf dem Foto Drogen. »Was soll ich tun?«, schluchzt er. »Was, verdammt?«

Er kann nicht sagen, wie lange er hinter der Rezeption hockt, von Verzweiflung zerfressen. Doch schließlich erhebt er sich mühsam. Er fühlt sich krank. »Ich habe keine Wahl«, flüstert er und wischt sich Feuchtigkeit aus den Augen, während er etwas im Buchungssystem nachschaut.

Einige Klicks, dann findet Ilmari, wonach er gesucht hat. »440«, haucht er. Er stolpert zur Bürotür, erspart sich ein Anklopfen. »Carlos?«

»Was gibt's, Ilmari?« Lächelnd schaut Carlos von einer Liste vor ihm auf dem Schreibtisch auf.

»Ich würde gerne nachprüfen, ob in 438 die Dusche repariert wurde. Bei der Abreise sagte der Gast heute Mittag, dass etwas nicht in Ordnung ist. Das Wasser war wohl ständig kalt. Ich hatte Oskari gebeten, sich das anzusehen, und möchte mich vergewissern, dass die nächsten Gäste warmes Wasser haben.« Er räuspert sich und ballt eine Faust, um die Aufregung einzudämmen. »Kannst du mir kurz die Generalschlüsselkarte geben?«

Carlos strahlt über das ganze Gesicht. »Das ist es, was ich meine! Du zeigst Initiative, Ilmari. Dir ist nicht egal, welche Erlebnisse unsere Gäste haben. Du kümmerst dich darum, dass es ein angenehmer Aufenthalt für sie wird. Sehr gut, mach weiter so.« Er holt eine Plastikkarte aus der Schreibtischschublade. »Bring sie nachher einfach zurück. Und lass die Bürotür offen, ich höre, wenn jemand an die Rezeption kommt, und kümmere mich darum.«

Ilmaris Hals ist derart zugeschnürt, dass er lediglich ein Nicken zuwege bringt. Mit steifen Fingern nimmt er die Karte und geht zum Aufzug. Wenn er innehielte, das weiß er, würde ihn seine Entschlossenheit verlassen.

Im vierten Stockwerk steigt er aus und folgt dem lang gestreckten Hotelflur. Er hält auf Zimmer 438 zu. Eben hat er im Computer nachgeprüft, dass heute Mittag wirklich ein Gast aus dem Zimmer abgereist ist. Sollte seine Aktion auffliegen, kann er vielleicht alles auf eine Verwechslung schieben.

Im Vorbeigehen wirft er einen gequälten Blick auf die Tür der 438. Ein paar Schritte weiter bleibt er stehen und zückt die Schlüsselkarte. Beinahe entgleitet sie seinen Fingern. Mit einem Aufleuchten des grünen LED-Lichts öffnet sich die Tür zu Zimmer 440.

Ilmari verliert keine Zeit. Kaum hat er das Zimmer betreten, holt er sein Handy aus der Hosentasche und beginnt, Fotos zu schießen. Vom Schreibtisch, auf dem eine geöffnete, aber augenscheinlich unangetastete Chipstüte und ein Buch liegen. Vom Inhalt des zum Bersten gefüllten Kleiderschranks. Dem Badezimmer, das mit Tuben und Tiegeln vollgestellt ist. Von allen Dingen, die Sarah Fuchs gehören, macht Ilmari eine Aufnahme.

SIEBZEHNTES KAPITEL

»Dein Vater war ein … ein *heldenhafter* Mann«, stottert Sarah. Sie schickt einen Hilfe suchenden Blick zu Ilvi, doch die hängt an Sarahs Lippen, als brenne sie ebenfalls darauf, Arttu Mäkeläs letzte Worte an seine Tochter zu erfahren.

Lyyli runzelt die Stirn, schweigt jedoch. In der Hand hält sie ein zusammengeknülltes Taschentuch, das sie aus einer Tasche ihrer weiten Hose gezogen hat.

»Es … äh … kam völlig überraschend, dass er sich unwohl fühlte«, fährt Sarah fort, senkt das Kinn und widersteht dem Drang, über ihre schweißnasse Stirn zu wischen. »Arttu brach auf dem Parkett zusammen, aber er verschwendete keinen Gedanken an seinen Schmerz. Ich hielt seinen Kopf, als er am Boden lag. Fragte, was ich für ihn tun könne. Doch Arttu dachte einzig an dich, Lyyli. Das … also, das nenne ich heldenhaft.«

»Heldenhaft?«, haucht Lyyli. Sie schluchzt, reibt mit dem Taschentuch über ihre Augen und nickt. »Heldenhaft.«

»Man kann das heldenhaft nennen«, schaltet sich Ilvi ein. »Wenn man das Wort in diesem Zusammenhang überhaupt gebrauchen möchte.« Ihr Stirnrunzeln ist nicht zu übersehen.

Diesmal ist der Blick, den Sarah ihrer Freundin zuwirft, eisig.

»Aber was hat er nun *gesagt?*«, fragt Lyyli leise.

»Was er gesagt hat?« Die Panik in Sarahs Brust schwillt an. »Es war … Es war sehr bewegend, was er mir mitteilte. Am Boden. Auf dem Tanzparkett. In meinem Arm.« Sie hat das Gefühl, keine Luft mehr zu bekommen.

Lyyli beugt sich vor und faltet die Hände im Schoß.

»Bitte entschuldige, ich muss mich für einen Moment sammeln«, röchelt Sarah.

»Sicher. Lass dir alle Zeit der Welt«, sagt Lyyli, die Worte nur mehr ein Hauch. »Dies ist wahrscheinlich die wichtigste Nachricht meines Lebens. Du darfst nichts vergessen!«

Sarah versteckt ihr Stöhnen hinter einem Husten.

»Genau! Nichts vergessen«, wiederholt Ilvi und rutscht auf dem Sofapolster herum wie eine Theaterbesucherin, die dem Höhepunkt des Stücks entgegenfiebert.

Sarah beißt die Zähne zusammen. Ballt die Fäuste und reckt das Kinn. Ilvi kann sich auf etwas gefasst machen. Was hat sie sich nur dabei gedacht, die letzten Worte des sterbenden Arttu an seine Tochter anzukündigen? Eine Botschaft, die Sarah sich jetzt aus den Fingern saugen muss. Zu Ilvis offenkundigem Vergnügen!

»Lass dir alle Zeit, die du benötigst«, wiederholt Lyyli hörbar angespannt.

»Er sagte was von einem Hund«, presst Sarah hervor. »Ich versuche die ganze Zeit, mich an den Namen zu erinnern. Es ging um einen Cockerspaniel.«

»Oha.« Ilvis Gesichtsausdruck erklärt Sarah für verrückt.

Lyyli stößt einen Schrei aus. »Lumihiutale! *Schneeflocke*. Papa muss von *ihr* gesprochen haben! Wir haben sie Lumi gerufen. Oh, mein Gott! Es ist schon so viele Jahre her.«

»Lumi, das war der Name!«, stößt Sarah aus und erlaubt sich nun, mit dem Handrücken über die Stirn zu wischen. »Arttu sagte mir, dass die Sache mit Lumi viele Jahre her sei.«

»Das ist Wahnsinn!«, entfährt es Lyyli. Ihre Augen glitzern. »Ich hab schon so lange nicht mehr an Lumi gedacht. Was hat Papa noch gesagt, Sarah? Tat es ihm leid? Tat es ihm nach all den Jahren *endlich* leid?«

Sarah zuckt zusammen. »Er meinte, also, er sagte mir ... Er sagte, dass es ihm *furchtbar* leidtue.« Ein Schweißtropfen fällt von ihrer Stirn auf den Arm.

»Oh, mein Gott!«, kreischt Lyyli. Sie springt auf und ringt die Hände. »Es tat ihm also leid. Die ganze Sache hat ihn nicht losgelassen, niemals!« Sie lässt sich zurück in den Sessel fallen, Tränen in den Augen.

»Richtig, die *Sache* hat ihn nicht losgelassen«, krächzt Sarah. Erleichterung macht sich in ihr breit. Fatalerweise mischt sich dieses Gefühl mit einer draufgängerischen Note, gespeist vom Erfolg der aufgetischten Lüge. »Das war genau mein Eindruck, als dein Vater von Lumi sprach. Wie er dort lag –«

Ilvi räuspert sich.

»Möchtest du was sagen?« Sarah wendet sich mit einem kühlen Lächeln an ihre Freundin.

»Ach, ich wollte dich nicht unterbrechen. Entschuldige«, flötet Ilvi mit einem verschlagenen Blick. »Ich bin nur so bewegt von deiner Schilderung, Sarah. Was genau ist denn mit Lumi geschehen? Arttu scheint dir sein Herz ausgeschüttet zu haben, Liebes. In deiner tröstenden Anwesenheit. Bitte erzähl weiter.«

Das Gefühl der Erleichterung verdorrt in Sekundenschnelle. Unter Sarahs rechtem Auge beginnt ein Nerv zu zucken.

»Ja, willst *du* es erzählen, Sarah?« Matt wedelt Lyyli mit der Hand. »Sag ruhig, was Papa über die schreckliche Sache berichtet hat. Ilvi darf es erfahren.«

»Die schreckliche Sache? Das … äh … steht mir nicht zu, denke ich. Ich … ich glaube, es ist wichtig, dass du es selbst erzählst, Lyyli. Es könnte ein wichtiger Teil deiner Trauerarbeit sein.«

»Oh!« Lyyli reißt die Augen auf. »Wahrscheinlich hast du recht. Vielleicht hat Papa vor seinem Tod an die alte Wunde gedacht, weil er wollte, dass sie sich endlich für mich schließt.«

»Bestimmt. Genau das war mein Eindruck.« Mit einem heiseren Räuspern will Sarah den übergroßen Frosch aus ihrem Hals bekommen. Vergeblich. »Alte Wunden sollen sich schließen.«

»Papa hat Lumi überfahren«, sagt Lyyli. »Mit seinem Range Rover, vor unserem Haus. Es war ein Unfall, doch das hat nichts daran geändert, dass es mich furchtbar mitgenommen hat. Sechs Jahre war ich alt, als es passierte. Drei Wochen habe ich mit Papa kein einziges Wort gesprochen.«

»Das ist die Geschichte, um die es geht, Ilvi.« Sarah lässt ihre Wimpern wie Schmetterlinge flattern.

»Damit *begann* alles«, fährt Lyyli fort. Es klingt nun, als spräche sie zu sich selbst. »Kurz darauf hat sich Mama von Papa getrennt. Sie fand heraus, wohin Papa unterwegs war, als er Lumi überfuhr. Er wollte zu seiner Geliebten. An jenem schrecklichen Tag starb nicht nur Lumi. Auch die Ehe meiner Eltern starb. Darum war ich sauer auf Papa. Über Jahre – nicht nur für ein paar Wochen. Weil Papa für die Trennung verantwortlich war. Danach war nichts mehr wie vorher. Ich habe die Veränderungen gehasst! Das Sichaufteilen zwischen den Eltern.«

Wie aus einem offenen Buch liest Sarah Ilvis Gedanken von

ihrer Mimik ab: Typisch Mann! Betrügt, lügt und tötet auch noch das Schmusetier des eigenen Kindes. Glücklicherweise hält Ilvi den Mund.

»Er wollte mit mir ins Reine kommen, oder, Sarah?«

Sarah fährt zusammen. »Was meinst du, Lyyli?«

»Papa wollte um Verzeihung bitten, dass er die Ehe zerstört hat. Deshalb hat er von Lumi gesprochen. Mit dem Unfall hat ja alles begonnen. Das ganze Drama.«

»Begonnen hat es ganz woanders«, murmelt Ilvi.

Sarah beeilt sich weiterzusprechen. »Ich denke, dass du recht hast. Arttu wollte, dass ich dir seine letzten Worte übermittle, damit du einen Schlussstrich unter die Sache ziehen kannst. Damit du seine Entschuldigung annehmen kannst. Um ihm nicht auch noch im Tod zu grollen.«

»Was waren seine letzten Worte? Was genau hat er gesagt, bevor er starb?«

Sarah schluckt. »Er sagte, dass er dich liebt«, flüstert sie.

Schweigen breitet sich aus. Nur das Knistern des Kaminfeuers und das Ticken einer Wanduhr sind zu hören.

Schließlich durchbricht Lyylis Seufzen die Stille. »Ich vermisse ihn, wisst ihr? Seit Mama in Kanada lebt, wohne ich hier im Haus. Wir haben uns in der letzten Zeit nicht oft gesehen, Papa und ich. Ich bin oft unterwegs, Papa hat immer sehr viel gearbeitet. Doch seit er die Firma verkauft hat, hat sich etwas verändert. Es war ein bisschen merkwürdig.«

»Was meinst du damit?«, fragt Ilvi.

»Er hatte auf einmal viel Zeit«, erklärt Lyyli. »Und das hat ihm nicht gutgetan. Seine Stimmung war nicht gut. Er war bedrückt. Hat sich viel in sein Arbeitszimmer zurückgezogen. Das ist gleich nebenan. Manchmal hat er die ganze Nacht dort gehockt.

Wenn ich nach einer Party heimgekommen bin, brannte im Arbeitszimmer oft noch Licht. Ich glaube, es war schwierig für ihn, im Unternehmen nicht mehr das Sagen zu haben. Dabei hätte er sich leicht mit was anderem beschäftigen können. Eine neue Firma aufbauen, zum Beispiel. Davon hatte er immer gesprochen. Doch jetzt wirkte er fast depressiv. Er hat sich kaum noch mit seinen Freunden getroffen, auch nicht zum Golf. Selbst auf Asta war er nicht mehr gut zu sprechen.«

»Die Bürgermeisterin?« Sarah erinnert sich an den Auftritt von Asta Helläkoski auf der Tangoveranstaltung. »Sie ist die Schirmherrin des Tangofestivals.«

»Papa und Asta kennen sich schon lange. Länger, als ich auf der Welt bin. Ich denke, Asta war über Papas merkwürdige Stimmung ebenfalls erstaunt. Einmal hab ich die beiden im Büro streiten gehört.«

»Worüber denn?«, fragt Sarah.

Lyyli zuckt mit den Schultern.

»Und Tuula?«, wirft Ilvi nach einer Pause ein. »Wie hat sie auf die Veränderung deines Vaters reagiert?«

»Ich bezweifle, dass sie Papas Stimmungswechsel überhaupt registriert hat. Tuula hat nur vom Heiraten gesprochen, seit sie im Frühjahr vom anstehenden Verkauf des Unternehmens Wind bekommen hat. Sie war scharf auf das Geld, mehr nicht.« Lyyli spreizt die Hände und kneift die Augen zusammen.

Ilvi stößt Sarah an. »Wolltest du nicht, bevor wir ankamen, dringend auf die Toilette?«

»Was?«, entfährt es Sarah. Entgeistert sucht sie in Ilvis Miene nach Anzeichen eines Spaßes.

»Toilette!«, wiederholt Ilvi und rollt mit den Augen. »Du musstest doch so dringend.«

»Gleich neben dem Arbeitszimmer ist ein WC.« Lyyli deutet mit dem Daumen in Richtung Tür.

»Aber ich …«, setzt Sarah an.

»Arbeitszimmer«, raunt Ilvi und rollt abermals mit den Augen.

»Ich … Äh … Bitte entschuldigt mich«, stottert Sarah und springt auf. Jetzt versteht sie. Doch es wird dringend Zeit für ein Gespräch mit Ilvi, findet sie. Ilvi manövriert sie von einer unvorhergesehenen Situation in die nächste.

»Stress dich nicht, lass dir Zeit«, sagt Ilvi. »Ich weiß ja, wie schwierig es für dich ist, auf fremde Toiletten zu gehen. Lyyli und ich plaudern solange.«

Sarah wirft ihr einen giftigen Blick zu, bevor sie den Raum verlässt. Doch bereits in der Halle ist ihre Wut verflogen. Sie muss zugeben, dass Ilvis Methoden, so anstrengend sie auch sind, zum Ziel führen. Sarah vergewissert sich, dass weder Frau Löfgren noch sonst jemand in der Nähe ist, dann schlüpft sie durch die angelehnte Tür ins Nebenzimmer. Und findet sich in einer cognacfarbenen Testosteronwelt wieder. »Yuk«, stößt sie aus und verzieht das Gesicht, als hätte sie in eine Zitrone gebissen.

Das Zimmer sieht aus wie ein Raucherclub uralter amerikanischer Senatoren. Überall herrscht ein satter orange-brauner Cognacton vor, von der ledernen Sitzgarnitur über den Schreibtisch bis zur hohen Regalwand. Eine kostspielige Standleuchte neben dem Schreibtisch spendet warmes Licht. Auf dem Boden sorgt ein ungewöhnlich hochfloriger, beigefarbener Teppich dafür, dass Sarah mit ihren Absätzen vorsichtig trippeln muss. Abgerundet wird das Ganze von Bronzefiguren auf dem Schreibtisch und in den Regalfächern, die dem Interieur eine kitschige Eleganz verleihen. Sarah fährt mit einem Finger über die metallene Statue einer nackten Frau, die mit ihrem Allerwertesten auf einem Apfel hockt. Arttus Altherren-Arbeitszimmer will so gar nicht zu dem modernen Eindruck der Inneneinrichtung passen.

Ein Aktenordner auf dem Schreibtisch erregt Sarahs Aufmerksamkeit. In seinem räudigen Bürocharme wirkte er wie ein Fremdkörper im herausgeputzten Dekor. Mit dem Zeigefinger hebt Sarah den Ordnerdeckel an. Sie stutzt. Klappt den Ordner auf, blättert durch die Sammlung von Zeitungsartikeln. Die meisten zeigen eine Aufnahme aus dem Video, das Ilmari Sarah an der Rezeption gezeigt hat: ein undurchsichtiges Schneegekräusel mit einem roten Kreis darin. Andere Artikel bilden den Aussichtsturm Näsinneula ab, wieder andere eine Karte des Näsijärvi-Sees. »Der Mann auf dem Eis«, flüstert Sarah. Offensichtlich hat Arttu sich vor seinem Tod ausgiebig mit dem Verschwinden des Unbekannten beschäftigt.

Sarah überfliegt eine Handvoll Artikel. Sie erhalten keine anderen Informationen als jene, die sie von Ilmari gehört hat. Auch die Suche nach handschriftlichen Anmerkungen oder Unterstreichungen Arttus bleibt erfolglos. Also klappt sie den Ordner wieder zu und zieht an den Schreibtischschubladen. Allesamt verschlossen. Auch der Schrank neben dem Wandregal ist abgesperrt. Sarahs Blick fällt wieder auf den Ordner. »Merkwürdig«, murmelt sie, bevor sie sich auf den Rückweg in den Salon macht.

Sobald Sarah eintritt, erhebt sich Ilvi vom Sofa. »Für uns wird es Zeit«, sagt sie an Lyyli gewandt. Sarah hat den Eindruck, Ilvi spreche in Wirklichkeit mit ihr.

Lyyli steht ebenfalls auf und begleitet sie zur Eingangstür. »Vielen Dank, dass ihr zu mir rausgefahren seid. Es war gut, die letzten Worte meines Vaters zu hören.« Sie umarmt beide innig.

Vor dem Haus herrscht nächtliche Dunkelheit. Die geschwungene Auffahrt ist von Lampen gesäumt. Kaum hat der BMW sich in Bewegung gesetzt, sprudelt es aus Sarah heraus. Sie berichtet von dem Aktenordner im Arbeitszimmer: »Arttu hat sich intensiv mit dem verschwundenen Mann beschäftigt. Da waren bestimmt fünfzig Zeitungsartikel in dem Ordner. Ich denke, er hat etwas über den Fall gewusst.«

Ilvi nickt. »Stimmt. Der Ordner lässt Arttus Tod noch merkwürdiger erscheinen. Während du im Arbeitszimmer warst, hab ich Lyyli zu dem Notfall-Pen befragt, den Arttu beim Tanz nicht bei sich hatte. Sie kann sich nicht erklären, warum er nicht da war. Ihr Vater hat ihn immer dabeigehabt. Findest du das nicht auch merkwürdig?«

»Du meinst, der Infarkt war in Wahrheit ein allergischer Schock? Aber wo soll die Biene hergekommen sein? Wann soll sie Arttu gestochen haben? Das hätte ich doch mitbekommen müssen. Soweit ich weiß, setzt so ein Schock ziemlich schnell ein.«

»Hm«, murmelt Ilvi, die Stirn in Falten gelegt. »Das ließe sich wohl am besten durch eine Obduktion klären.«

»Laut Lyyli hat ihr die Polizistin davon abgeraten.« Sarah steuert auf das schmiedeeiserne Tor zu. »Und da ist noch diese Bürgermeisterin. Asta Helläkoski ist offenbar eine alte Freundin der Familie. Vielleicht sollten wir auch mit ihr über Arttu sprechen. Ich möchte mehr über den Verkauf des Unternehmens erfahren. Und den Streit, den die beiden hatten.«

»Gute Idee«, sagt Ilvi. »Der Besuch bei Lyyli war ein voller Erfolg, finde ich.«

Sarah lacht auf. »Wobei dein Verhalten heute für meinen Geschmack deutlich zu draufgängerisch war.«

»Wie meinst du das?«, fragt Ilvi unschuldig, während sich die Torflügel öffnen.

Sarah lenkt den BMW durch das Tor, dann gibt sie Gas und schießt über die schmale Straße durch den finsteren Wald. Sie hat plötzlich das Gefühl, nicht schnell genug von Arttu Mäkeläs Anwesen verschwinden zu können. »Erst behauptest du, Arttu hätte mir eine Nachricht für Lyyli zugeflüstert, dann schickst du mich auf die Toilette, damit ich im Arbeitszimmer spioniere. Das hätte gehörig schiefgehen können.«

»Ist es aber nicht.« Ilvi reibt sich die Hände. »Du hast das hervorragend hinbekommen. Nur musste ich dich dazu ein wenig unter Druck setzen. Sonst hättest du zu lange gezögert und überlegt. Hättest dich verzettelt.«

Sarah streckt Ilvi die Zunge heraus. »Zum Glück ist ja alles gut gegangen. Aber du hast recht, wir sind auf ein paar interessante Ungereimtheiten gestoßen. Tuula. Der verschwundene Notfall-Pen. Der Streit mit der Bürgermeisterin. Die Sammlung von Zeitungsartikeln.«

»Und der polizeiliche Rat, nicht auf einer Obduktion zu bestehen.« Ilvi hebt einen Zeigefinger. »Daran ist was besonders faul.«

»Lyyli scheint das nicht so zu sehen.« Sarah wirft einen Blick in den Rückspiegel. »Vielleicht sollten wir noch mal mit ihr sprechen, wenn sich alles gesetzt hat. Vielleicht fallen ihr weitere Details zum sonderbaren Verhalten ihres Vaters ein. Warum war er nach dem Firmenverkauf anders? Wobei mich ehrlich gesagt nichts zurück in dieses Haus zieht. Vor allem nicht der Wachhund, Frau Löfgren. Der Gedanke an diese Frau jagt mir einen eiskalten Schauder den Rücken hinunter. Sie erinnert mich an eine Gouvernante, die den Rohrstock auspackt, wenn man ihr nicht gehorcht.«

Ilvi wedelt mit ihrem Handy. »Kein Grund, Frau Löfgren zu begegnen. Wenn wir Lyyli was fragen wollen, rufen wir sie einfach an. Sie hat mir ihre Nummer gegeben. Wir wollen mal einen Kaffee trinken.«

Sarah schmunzelt. »Du bist unglaublich, Ilvi.«

»Vielen Dank, aber du warst auch nicht schlecht. Sehr beeindruckend, wie du mit dem Hund den Nagel auf den Kopf getroffen hast. Für einen Moment war ich richtig baff. Wie bist du darauf gekommen?«

»Reine Glückssache. Als wir in den Salon kamen, fiel mir an der Wand eine kleine Sammlung von Fotos auf. Auf einem war die junge Lyyli mit einem Hund auf dem Arm. Daran dachte ich, als du mich in die unmögliche Situation gebracht hast, dass ich mir irgendwelche letzten Worte Arttus aus den Fingern saugen musste. Dass sich daraus eine Geschichte voller Familiendramen entspinnt, konnte ich natürlich nicht ahnen.«

»Siehst du, meine Methode hat sich ausgezahlt!«, ruft Ilvi aus.

Als sie die Landstraße erreichen, tritt Sarah noch fester aufs Gaspedal. »Mein Bauchgefühl sagt mir, dass Arttu Mäkeläs Tod alles andere als Zufall war. Doch wer hat ihn auf dem Gewissen? Und warum? Und wie wurde es bewerkstelligt?«

»Und was hat die Polizei mit der Sache zu tun?«, fügt Ilvi hinzu. »Warum sind die so untätig?«

Sarah fällt etwas ein. »Erstaunlicherweise scheint es bei der Polizei unterschiedliche Auffassungen zu Arttus Tod zu geben. Ich habe dir doch von dem Gespräch mit Eddi Laakso berichtet. Der hat sich mehr für das Verhalten seiner Kollegen interessiert als für Arttu.«

»Richtig!« Ilvi stößt einen Pfiff aus. »Du sagtest, er hat dich nach Jussi Uddström gefragt. Und ein Jussi Uddström war gestern bei Lyyli, zusammen mit der Polizistin, die dringend von einer Obduktion abrät.«

»Ja, so ein Verhalten wirft Fragen auf. Was mich jedoch am meisten beschäftigt, ist dieser mysteriöse Verschwundene auf dem See.« Sarah schaltet die Sitzheizung ein. »Allmählich glaube ich, da liegt der Knackpunkt für dieses Durcheinander. Und womöglich auch die Erklärung für Arttus plötzlichen Tod.«

»Bei so was täuschen Gefühle und Eingebungen selten.« Nachdenklich blickt Ilvi aus dem Seitenfenster. »Wobei *mein* Gefühl mir sagt, dass wir der Spur des Geldes folgen sollten, wenn wir Licht in diese Sache bringen wollen. Aber vielleicht schließt das eine das andere nicht aus. Vielleicht gibt es eine Verbindung zwischen Arttus Vermögen und dieser verschwundenen Person.«

»Ich könnte mir vorstellen, dass uns die Bürgermeisterin in dem Punkt weiterhelfen kann. Als alte Freundin der Familie kennt sie vielleicht ein paar Hintergründe.« Am Ortseingangsschild bremst Sarah ab. »Vielleicht statten wir ihr als der Schirmherrin des Festivals mal einen Besuch ab. Es wird hier nicht anders laufen als in München – wenn du mit den Honoratioren der Stadt sprechen möchtest, musst du nur mit einem fetten Scheck wedeln.«

»Ein guter Plan. Doch eine Schwierigkeit bleibt.«

»Welche denn?«

»Die Obduktion. Ohne sie wird niemals zu beweisen sein, dass Arttus Tod kein Herzinfarkt war. Um ein Fremdverschulden nachzuweisen, ist eine Obduktion notwendig.« Ilvi hebt die Schultern und spreizt die Arme. »Und die Zeit ist knapp. Sobald Arttu bestattet ist, hat es sich mit einer Untersuchung.«

Ein Grinsen zieht über Sarahs Gesicht. »Darum kümmere ich mich. Ich habe da eine Idee.«

ACHTZEHNTES KAPITEL

Manchmal kann sie nicht sagen, ob sie jemals ein anderes Leben gelebt hat. Vor der Straße. Ein bürgerliches Leben, ohne Sorgen. Ohne *wirkliche* Sorgen. Gerade ist einer dieser Momente. Unvorstellbar, dass sie einmal einen Job hatte. Eine Familie. Freunde. Sogar einen Universitätsabschluss. Jetzt ist Tarja nur noch obdachlos, völlig allein. Sie hat Angst und keine Ahnung, wie es weitergehen soll.

»Ich bleibe nur eine Nacht«, sagt sie zur Frau hinter der Plexiglasscheibe. Auf Höhe des Mundes sind ein paar Löcher im Plastik.

»Okay, Veera. Du bist für diese Nacht in Raum fünf. Der liegt am Ende des Ganges«, sagt die Frau. »Nimm dir von dem Tisch dort einen Beutel. Darin sind Hygieneartikel und ein Handtuch.«

Tarja hat nicht ihren richtigen Namen angegeben. Sie vermutet, dass das hier auch niemand erwartet. Dankend nickt sie der Frau zu, nimmt einen Beutel und geht den Gang hinab. Bepackt mit ihren Siebensachen, die in mehreren Taschen und Tüten verstaut sind. Einmal dreht sie sich um und prüft, ob ihr niemand gefolgt ist. Doch selbst die Frau hinter der Scheibe, über der ein Schild mit dem beschönigenden Schriftzug *Empfang* hängt, schenkt ihr bereits keine Beachtung mehr.

Nur selten übernachtet sie in einer der Obdachlosenunterkünfte. Am sichersten fühlt sie sich allein, und das ist man in diesen Häusern kaum. Selbst wenn nur Frauen zugelassen sind, wie in dieser kleinen Unterkunft. Doch heute treibt sie eine größere Sorge hierher: die Angst, dass jemand hinter ihr her ist. Die Taube, das zerrissene Absperrband – dies können keine Zufälle sein. Daher hat sie ihre Sachen zusammengepackt und ist aus ihrem Unterschlupf verschwunden. In der vergangenen Nacht hat sie kein Auge zugetan. Mit dem Messer in der Hand lag sie hinter einem Schrank in einem der vorderen Räume versteckt. Am Morgen, als die Eingangstüren geöffnet wurden, ist sie losgezogen. Sie hat eine große Runde durch die Stadt gedreht, was mit den vielen Taschen und Tüten nicht einfach war. Aber es war ihr Versuch, einen möglichen Verfolger abzuschütteln. An offenen Plätzen hat sie sich unauffällig umgeschaut, doch keinen Verfolger entdeckt. Eine geschlagene Stunde lang saß sie in einem Park auf einer Bank und musterte die Passanten, doch niemand warf ihr mehr als einen beiläufigen Blick zu. Daher ist sie zuversichtlich, unbemerkt in die Unterkunft gelangt zu sein. Wobei sie dies auch von ihrem bisherigen Unterschlupf gedacht hat. Und da lag die tote Taube auf dem Schlafsack. Eine eindeutige Botschaft. Ich hätte mich nicht einmischen sollen, denkt sie.

Vor der Tür, auf der in grauer Farbe die Zahl fünf prangt, setzt sie die Taschen und Tüten ab. Sie atmet tief durch, bevor sie gegen das Holz klopft. Sie wartet nicht auf eine Antwort, sondern betritt den Raum. Eine grundlegende Höflichkeit ist angebracht, weiß sie. Doch alles, was zu zögerlich und unsicher wirkt, kann ihr als Schwäche ausgelegt werden. Und Schwäche ist das Letzte, was man in diesen Unterkünften ausstrahlen möchte.

Die Frau auf dem Bett schaut von ihrem Buch auf. Sie dürfte Anfang dreißig sein, sieht aber bereits so verbraucht aus, dass sie auch zwanzig Jahre älter sein könnte. »Tach«, sagt sie und entblößt beim Sprechen ein gelbes Gebiss, in dem einige Zähne fehlen. »Ich bin die Rauni.«

»Hallo, Rauni. Ich heiße Veera.« Betont grimmig nickt Tarja der hageren Frau zu, legt eine ihrer Taschen auf dem einzigen anderen Bett im Raum ab. Damit ist das Revier abgesteckt. Ein wenig fällt die Anspannung von ihr ab.

Rauni richtet sich auf und schwingt ihre Beine, die in einer fleckigen Jogginghose stecken, über die Bettkante. Dort bleibt sie sitzen und verfolgt, wie Tarja die übrigen Taschen ins Zimmer holt und in einem schmalen Schrank neben dem Bett verstaut. »Hab dich noch nich' gesehen. Neu in der Stadt?«

Tarja zuckt mit den Schultern, als läge ihr nichts an einem Gespräch. Doch innerlich stöhnt sie auf. Rauni ist anscheinend von der neugierigen Sorte. »Kann schon sein.«

»Ist ganz okay hier drin«, sagt Rauni und legt das Buch aufgeschlagen neben sich auf die Bettdecke. »Essen ist erträglich.«

»Hm«, entgegnet Tarja nur und gibt vor, sich in die Ordnung ihres Schrankes zu vertiefen.

»Wie lang bleibste?«

»Mal sehen. Ich bin auf der Durchreise.« Sie dreht sich um und verschränkt die Arme vor der Brust. Keine Schwäche zeigen, ermahnt sie sich. Und am besten von sich ablenken. Ihr Blick fällt auf das Buch. Eine Liebesschmonzette. »Gut?«

»Ganz okay, nur passiert bis jetzt zu wenig. Die beiden wollen in die Kiste, laufen aber immer aneinander vorbei. Langsam wird's nervig.« Rauni klopft mit dem Zeigefinger auf den Buchdeckel. »Hab ich aus der Bibliothek hier. Also, was die so Bibliothek nennen. Is' ein Regal im Aufenthaltsraum.«

»Verstehe.«

»Wenn du willst, zeigt ich dir den Raum und das Regal.«

Tarja winkt ab. »Danke. Aber ich bin nur kurz hier, für eine Nacht. Da lohnt es nicht, ein Buch anzufangen.«

»Für eine Nacht bloß?« Rauni lässt sich auf die Ellenbogen zurückfallen. »Da hast du es aber eilig, weiterzukommen. Wo willste denn hin? Rund um Tampere is' ja nix Besonderes.«

Tarja unterdrückt einen Fluch. Nun sind sie wieder bei ihrer Person angelangt. »Mal sehen.«

Als würde Rauni Tarjas Einsilbigkeit nicht auffallen, plappert sie weiter. »Ich war lang in Helsinki. Aber Tampere is' besser. Hat man mehr seine Ruhe. In Helsinki sind die Bullen strenger. Mögens nicht, wenn man Touris anbettelt. Und der Stoff is' auch nicht besser als hier.« Sie stößt ein gackerndes Lachen aus.

Der Stoff. Tarja presst die Lippen aufeinander. Klar, dass diese Rauni ein Junkie ist. Tarja hält sich von jeglichen Drogen fern. Sie hat ihre Lektion gelernt. Selbst Alkohol meidet sie wie der Teufel das Weihwasser. Drogen holen aus Menschen immer nur das Schlechteste hervor. Glücklicherweise sind sie in den Unterkünften strengstens verboten. Wer hier mit Stoff erwischt wird, der fliegt hochkant raus und braucht erst einmal nicht wiederzukommen. Doch ein echter Junkie findet Mittel und Wege, um an Stoff zu kommen. Auch wenn er in der Unterkunft wohnt. Tarja spürt, wie ihre Anspannung wieder steigt. »Mit Helsinki habe ich nichts am Hut«, sagt sie.

Rauni nickt, als hätte Tarja etwas äußerst Schlaues von sich gegeben.

»Ich geh mal duschen«, sagt Tarja und holt neben dem Hygienebeutel ein paar Kleidungsstücke aus ihren Taschen. Duschen wollte sie sowieso, und nun ist ein guter Moment, um sich dem Gespräch mit der Zimmergenossin zu entziehen. »Bis später.«

»Bis später!«, ruft Rauni und winkt hinter Tarja her, als ginge sie auf Weltreise.

»Komische Person«, murmelt Tarja, als sie sich in der Duschkabine entkleidet. Leute wie Rauni sind der Grund, warum sie Unterkünfte meidet. Irgendwie schaffen die Mitbewohner es immer, Probleme zu machen. Andererseits bieten Unterkünfte die willkommene Möglichkeit, zu duschen. Dafür erträgt Tarja alle Jubeljahre die Gesellschaft anderer Obdachloser.

Der warme Strahl perlt auf ihre Haut. Gleich mehrfach schäumt sie sich mit Duschgel und Shampoo ein, bevor sie die Wassertemperatur herunterdreht und nach einem kalten Schwall zum Handtuch greift. Sie fühlt sich wie neugeboren. Seufzend steigt sie in die frische Kleidung. Als Nächstes will sie ihre Schmutzwäsche in die Waschmaschine stecken, damit sie noch heute in den Trockner kann. Ein weiterer Vorteil der Unterkunft.

Als Tarja zurück ins Zimmer kommt, ist Rauni verschwunden. Die Liebesschmonzette liegt aufgeschlagen auf der Bettdecke. »Bestimmt besorgt sie sich draußen Stoff«, murmelt Tarja. Aber das ist nicht ihr Problem, sie muss sich nur die Frau auf Abstand halten.

Bis zum Abend hat Tarja sich um ihre schmutzige Wäsche gekümmert, ihre Habseligkeiten sortiert und sich von verdorbenen Lebensmitteln getrennt, schließlich im Gemeinschaftsraum Abendbrot gegessen. Für sich, an einem etwas abseits stehenden Tisch. Als sie ins Zimmer zurückkehrt, ist von Rauni immer noch nichts zu sehen, was Tarja zupasskommt. Vielleicht versackt die Frau irgendwo, dann hat Tarja ihre Ruhe. Sie packt ihre Taschen so weit, dass sie nach dem Frühstück morgen zügig aufbrechen kann. Dann löscht sie das Licht und legt sich schlafen. Nach der angenehmen Dusche und mit gefülltem Magen kann sie sich nichts Besseres vorstellen als eine erholsame Nacht auf einer richtigen Matratze.

Zuerst meint sie zu träumen, doch dann weckt sie der Schmerz. Im Halbdunkel blickt sie in das Gesicht von Rauni und ist sofort hellwach. Ihr erster Reflex, sich zur Seite zu rollen, wird von Raunis Körpergewicht vereitelt. Und dem Messer, das an ihrer Kehle liegt.

»Ruhig bleiben, Püppchen«, schnarrt Rauni.

Tarja erstarrt. Wegen des Messers, aber auch, weil ihr Raunis riesige Pupillen aufgefallen sind. Die Frau ist voll drauf. Nichts ist unberechenbarer als ein Junkie auf Stoff. »Was …?«, stößt sie heiser aus.

»Musst dir ja böse Feinde gemacht haben«, flüstert Rauni, Begeisterung in der Stimme. »Ich soll dir was ausrichten. Dafür hab ich Stoff bekommen. Spitze Deal!«

Tarja liegt stocksteif auf dem Bett, wagt nur flach zu atmen. Doch ihre Gedanken überschlagen sich. Wo ist ihr eigenes Messer, verdammt? Beim Umpacken hat sie das Ding zwischen die frische Wäsche gesteckt, fällt ihr ein. Unerreichbar weit weg, irgendwo in ihren Taschen.

»Was war das noch, was ich sagen soll? Gemerkt hab ich mir …«

Wovon redet die Irre? Tarja überlegt, um Hilfe zu schreien. Keine gute Idee. Bevor jemand ins Zimmer käme, wäre sie längst aufgeschlitzt. Nein, sie wagt es nicht, auch nur einen Ton von sich zu geben.

»Ich weiß wieder! Du sollst dich in *Acht nehmen*«, grollt Rauni. Speichel tropft aus ihrem Mund und auf Tarjas Wange. »War ein Fehler von dir, mit den Bullen zu quatschen.«

Ja, es war ein großer Fehler, das hat Tarja mittlerweile verstanden.

»Du sollst dich verpissen. Und wenn du noch mal das Maul aufmachst, war's das. Dann wirst du an die Fische verfüttert.«

Langsam beruhigt Tarja sich. Offenbar hat Rauni nicht den Auftrag, ein Blutbad anzurichten. »Okay«, flüstert sie.

»Was?«, sagt Rauni. »Hab dich gar nich gehört.«

»Gut«, wiederholt Tarja etwas lauter. »Ich … ich hab alles verstanden.«

»Na, dann is' ja gut.« Fast wirkt Rauni enttäuscht. »Also, mach los. Du sollst sofort abhauen. Aus der Stadt am besten.«

»Ich verschwinde, klar. Sofort!«

Rauni steht auf, wankt zu ihrem Bett und lässt sich fallen. Sie wedelt mit dem Messer in der Luft herum. »Hau ab, Dreckstück! Bevor ich's mir anders überlege.«

Tarja zieht ihre Schuhe an und schnappt sich die Taschen und Tüten aus dem Kleiderschrank. Für einen Moment überlegt sie, das eigene Messer aus der Tasche hervorzuziehen und es der Schlampe in die Brust zu rammen. Doch sie weiß, dass sie damit nichts gewinnen würde. Also stolpert sie mit ihren Siebensachen auf den Flur hinaus. Hinter der Plexiglasscheibe brennt Licht, doch es ist niemand zu sehen. Unbemerkt schlüpft Tarja zur Tür hinaus.

Erst drei Straßen weiter gestattet sie sich in einem dunklen Hauseingang eine Pause. Das Grauen sitzt tief in ihrem Magen.

Doch es hat weniger mit Raunis Messerangriff zu tun als mit der Erkenntnis, dass ihr Verfolger sie innerhalb kürzester Zeit aufgespürt hat. Schnaufend schultert Tarja abermals ihre Tüten und hastet weiter, immer an den Hauswänden entlang. »Was soll ich nur tun?«, haucht sie.

NEUNZEHNTES KAPITEL

Am Vormittag wartet an der Rezeption eine Nachricht auf Sarah. »Für mich?« Erstaunt nimmt sie von Ilmari den Umschlag entgegen. Hoffentlich keine Scheidungsunterlagen, denkt sie. Zwar hat Sarah ihrem Anwalt mitgeteilt, wo sie sich aufhält, ihm aber eingeschärft, sie nur im Notfall zu kontaktieren. Udo soll ihr nicht auch noch das Tangotanzen versauen. Dann beschleunigt eine Vermutung ihren Puls. Hat Moritz diese Nachricht für Sarah hinterlassen? Dr. Moritz?

Ilmari räuspert sich. »Ist eben abgegeben worden. Von einem Kurier.«

Kurier? Die Vorstellung, Moritz könnte der Absender sein, zerplatzt wie eine Seifenblase.

»Ich geh zur Probe«, sagt Ilvi und nickt Sarah im Weitergehen zu.

»Sie sehen noch nicht wirklich fit aus«, sagt Sarah zu Ilmari, während sie den Umschlag mit einer Spur Enttäuschung in der Hand dreht. »Ist Livia noch krank?«

Ilmari schüttelt den Kopf und deutet hinter sich an die vertäfelte Wand. »Sie sitzt im Büro.« Er zeigt auf den Briefumschlag. »Er muss mir beim Ablegen eingerissen sein. Bitte entschuldigen Sie, Frau Fuchs.«

»Das macht nichts. Und übrigens: Nennen Sie mich bitte Sarah.« Sie hebt die Hand mit dem Umschlag zum Abschied und macht sich auf den Weg durchs Foyer, auf die geschlossene Saaltür zu. Im Gehen öffnet sie den lädierten Umschlag und überfliegt die handschriftliche Nachricht. Sie ist auf Englisch verfasst. »Sieh mal einer an.«

Ilvi macht auf der Bühne Aufwärmübungen. Ihr Tanzpartner Igor steht am Rand und unterhält sich mit einer jungen Frau, die ein Clipboard an ihre Brust drückt.

Sarah wedelt mit dem Brief herum, bis sie Ilvis Aufmerksamkeit erlangt hat. »Interessante Neuigkeiten!«

Mit mehreren Pirouetten kommt Ilvi an den Bühnenrand, verbeugt sich und blickt grinsend zu Sarah hinab. »Das Heiratsangebot eines glühenden Verehrers?«

Sarah streckt ihr die Zunge heraus. Wieder taucht Moritz' Gesicht vor ihrem inneren Auge auf, doch sie will sich nichts anmerken lassen. »Du willst mich nicht schon wieder verkuppeln, oder? Das letzte Mal im Sommer ist gehörig in die Hose gegangen.«

Zur Antwort schlägt Ilvi ein Rad.

»Spaß beiseite«, sagt Sarah. »Die Nachricht stammt von Asta Helläkoski.«

»Der Bürgermeisterin?« Ilvi setzt sich an den Bühnenrand und lässt die Beine baumeln. »Wie kommt sie dazu? Und was will sie?«

»Da steht nur, dass sie mich zum Mittagessen treffen möchte. In einer Stunde, in einem Restaurant in der Innenstadt. Worum es geht, schreibt sie nicht.«

»Wahrscheinlich geht's um Arttu Mäkelä.« Ilvi reibt an ihrer Nasenspitze. »Das ist eine interessante Wendung. Selbstverständlich wirst du die Einladung annehmen. Wir wollten sowieso mit Asta Kontakt aufnehmen. Als langjährige Freundin kann sie sicher ein paar Fragen beantworten. Und laut Lyyli gab es ja Streit mit Arttu.«

»Magst du mich begleiten?«

»Eigentlich gerne, aber in einer Stunde proben wir noch. Wir treten heute am Nachmittag wieder auf. Danach können wir uns treffen, und du erzählst, was die Bürgermeisterin gesagt hat. Du schaffst das auch wunderbar ohne mich.« Geschmeidig steht Ilvi auf. »Bis nachher. Ich muss zu Igor, er wird sonst ungeduldig. Und wenn er ungeduldig ist, wird er stinkig. Das willst du nicht erleben. Igor nimmt die Proben sehr ernst.«

»Ach, noch was, Ilvi!«, ruft Sarah.

»Was denn?«

Sarah reibt sich die Hände. »Mach dich auf eine kleine Überraschung gefasst.«

»Eine Überraschung?« Ilvi geht ein paar Schritte zurück, dabei rollt sie die Ärmel ihres weiten Oberteils bis zu den Ellenbogen auf. Es offenbart sich eine bunte Tapete ineinander verschlungener Tattoos. »Ich liebe Überraschungen.«

Sarah schüttelt den Kopf. »Alles, was ich sage, wäre zu viel und würde etwas verraten. Ich weiß ja, wie schnell dein Kopf arbeitet.« Sie zwinkert.

»Meine Güte, du verstehst es, Spannung aufzubauen« Nach einer tiefen Verbeugung wirft Ilvi Sarah einen Luftkuss zu. »Bis später. Und guten Appetit.«

Sarah verfolgt, wie Ilvi über die Bühne federt, winkt Igor zu. Auf dem Weg in ihr Hotelzimmer zückt sie ihr Handy und wählt die Nummer, die auf der Nachricht vermerkt ist. Bereits beim zweiten Klingeln wird abgenommen.

»Büro von Asta Helläkoski«, meldet sich eine Frauenstimme.

»Mein Name ist Sarah Fuchs. Frau Helläkoski hat mir eine Nachricht zukommen lassen. Wegen einem gemeinsamen Mittagessen.«

»Oh ja, ich weiß Bescheid. Ich bin Birke Nieminen, Astas Assistentin. Sie hat gesagt, dass Sie sich melden. Was darf ich der Bürgermeisterin ausrichten?«

»Bitte sagen Sie ihr, dass ich mich für die Einladung bedanke und sie gerne annehme.«

»Wunderbar, Frau Fuchs. Das wird die Bürgermeisterin freuen. Ich gebe ihr gleich Bescheid. Soll ich Ihnen einen Wagen schicken? Sie wohnen im Hotel *Kruunu*, nicht wahr?«

»Das ist nicht nötig. Ich nehme ein Taxi in die Stadt.«

»Ganz wie Sie wünschen. Vielen Dank für Ihren Anruf.«

»Ich danke Ihnen«, beendet Sarah das Gespräch und spitzt die Lippen. Die Bürgermeisterin scheint äußerst erpicht auf das Treffen, wenn sie Sarah sogar einen Wagen schicken würde. Was Asta Helläkoski wohl von ihr will?

Im Zimmer steht Sarah einen Moment vor dem geöffneten Kleiderschrank. »Ich habe viel zu wenig eingepackt. Aber wer hätte ahnen können, dass ich mit der Bürgermeisterin verabredet sein würde?«, murmelt sie und fährt mit der Hand über die an der Stange hängenden Kleidungsstücke. Für einen Sekundenbruchteil meint sie, dass etwas die gewohnte Ordnung stört. Als hätte jemand die Sachen bewegt. Was nicht sein kann. Es sei denn, das Zimmermädchen beim Putzen.

Kurz überlegt Sarah, in die Stadt zu fahren, um sich etwas Neues zu besorgen. Bei ihrer Ankunft hat sie auf der Taxifahrt vom Bahnhof zum Hotel ein Werbeplakat von Stockmann gesehen. Das Nobelkaufhaus hat seinen Hauptsitz in Helsinki, scheint aber auch eine Dependance in Tampere zu betreiben. Doch mit einem Blick auf die Uhr verwirft Sarah den Gedanken. Erneut zupft sie an Säumen und fährt über Mantelkrägen. Da durchzuckt sie ein Geistesblitz. »Vielleicht sollte ich mal über den Tellerrand schauen«, brummt sie. »Denk an Ilvi! Was würde sie tun?«

Das Restaurant befindet sich westlich des Bahnhofs, gegenüber einem Hotel und unweit einer frequentierten Einkaufsstraße. Zum ersten Mal fühlt sich Sarah in Tampere ein bisschen wie in einer Großstadt. Sie sieht nicht nur ein paar Passanten, vor dem Bahnhof sind es sogar so viele, dass sie sich an roten Ampeln zu Menschentrauben verdichten. Es gibt Autoverkehr, der diesen Namen verdient.

Sarah steigt aus dem Taxi und bezahlt den Fahrer. Dann hebt sie den Blick. Die breite, schnurgerade Straße steigt nach rechts zum Bahnhof leicht an und ist von kastenförmigen Häusern gesäumt. In der Fahrbahnmitte verlaufen Straßenbahnschienen.

Sie wendet sich dem Restaurant zu. Hinter einer langen Glasfront sitzen Menschen an kleinen Tischen, speisen, unterhalten sich. Im Fenster hängen getrocknete Gräser und Flechten, auch auf einem Tresen im Innenraum sieht Sarah mehrere Trockensträuße.

Als sie eintritt, begrüßt sie ein Kellner mit dunkler Schürze auf Englisch: »Herzlich willkommen im *Harald.*«

Sarah verschwendet keinen Gedanken an die Frage, woher der Mann weiß, dass sie keine Finnin ist. Schon im Sommer hat sie festgestellt, dass sie in Finnland auch ohne Finnisch-Kenntnisse durchkommt. Die jungen Leute sprechen fließend Englisch, die Älteren meist sehr gutes Deutsch. Und alle wechseln spätestens dann in eine dieser Sprachen, wenn Sarah drei Silben Finnisch über die Lippen gekommen sind. Oft spricht man sie gleich auf Englisch an. Ilvi hat ihr erklärt, das sei ein Ausdruck von Höflichkeit. Des Wunsches, die Kommunikation so einfach wie möglich zu machen. »Vielen Dank«, antwortet sie und schlüpft aus ihrem Mantel. »Ich bin mit Asta Helläkoski verabredet.«

Der Kellner legt sich Sarahs Mantel über den Arm und deutet eine Verbeugung an. Dabei zeigt er nach links. »Hier entlang, bitte.«

Auf ihren Louboutins stöckelt Sarah an Tischen mit sehr gemischtem Publikum vorbei. Allen Gästen gemein ist jedoch eine skandinavische Entspanntheit im Auftreten. Entweder man kleidet sich schlicht und teuer oder bunt. Bisweilen auch bunt und teuer. Sie hat es also genau richtig gemacht. Zu einer weit geschnittenen Chanel-Bluse hat sie eine graue Jogginghose gewählt, die sie normalerweise beim Pilates trägt. Eine Kombination, die sie in München nie tragen würde, die ihr hier in Tampere aber wie ein Befreiungsschlag vorkommt. Mit hochgerecktem Kinn folgt sie dem Kellner an einen etwas abseits stehenden Tisch.

Asta Helläkoski sitzt mit dem Rücken zum Raum und schreibt etwas in ein Notizbuch. Als sie Sarah bemerkt, klappt sie das Büchlein schwungvoll zu, schiebt es in ihre Handtasche und steht auf. »Sarah!«, ruft sie aus, wobei ihr kinnlanger, brünetter Pagenschnitt hin und her wippt. »Darf ich Sie Sarah nennen? Ich bin Asta.«

»Aber selbstverständlich.« Sarah ergreift die angebotene Hand und mustert ihr Gegenüber. Wie im Festsaal des Hotels trägt die Bürgermeisterin einen tiefroten Lippenstift zu einer schwarzen Brille, gekleidet ist sie heute in einen mit verschiedenen geometrischen Zeichen bedruckten Hosenanzug. Interessant, befindet

Sarah, ohne sich entscheiden zu können, ob er ihr gefällt. Fraglos das Werk eines finnischen Designers. Oder selbst gemacht.

»Bitte, setzen Sie sich.« Asta deutet auf den Platz gegenüber ihrem Stuhl. »Sie trinken doch auch ein Gläschen als Aperitif?« Ohne auf eine Antwort zu warten, gibt sie dem Kellner ein Zeichen.

Der Mann nickt und verschwindet beflissen mit Sarahs Mantel über dem Arm.

»Ein nettes Restaurant«, bemerkt Sarah, als sie Platz nimmt.

»Eines der besten der Stadt«, sagt Asta mit Nachdruck und setzt sich ebenfalls. »Sogar überregional war das *Harald* schon mehrfach in der Presse, da der Koch alles weiterverwendet, was beim Zubereiten der Speisen so anfällt. In der Küche entstehen praktisch keine Abfälle. Nachhaltigkeit, Ressourcen schonen – das liegt voll im Trend. Doch im *Harald* wird es auf ein völlig neues Level gehoben. Die Leute lieben es. Es ist kaum möglich, kurzfristig einen Tisch zu bekommen.«

Natürlich hat die Bürgermeisterin damit keine Schwierigkeiten, denkt Sarah, lächelt aber zustimmend. In diesem Moment eilt der Kellner an den Tisch und serviert zwei Gläser Champagner. Als er die Wassergläser füllen will, winkt Asta ab. Sie nimmt ein Glas Champagner und prostet Sarah zu. »Ich freue mich, dass Sie so kurzfristig Zeit gefunden haben. Vielen Dank.«

»Selbstverständlich.« Auch Sarah erhebt ihr Glas. »Es ist mir eine Freude.«

Nachdem sie einen Schluck genommen hat, stellt die Bürgermeisterin das Getränk ab. »Wollen wir bestellen?«

»Ich schließe mich Ihrer Wahl an, Asta«, erklärt Sarah. »Ich bin sicher, Sie wissen genau, was hier zu empfehlen ist.« Außerdem bezweifelt Sarah nach einem Blick auf die Speisekarte, dass sie alles richtig versteht. Da kann sie sich die Mühe sparen und sich überraschen lassen.

»Dann nehmen wir doch den Kabeljau. *Turska* ist hier meine Lieblingsspeise. Sie mögen Fisch?«

»Ja, wunderbar.«

Asta gibt die Bestellung auf. »Nun, während wir warten, können wir uns ganz herrlich unterhalten«, sagt sie mit einem breiten Lächeln. »Ich muss zum Einstieg sagen, dass ich Ihre Biografie äußerst interessant finde.«

»Meine Biografie?« Sarah stellt das Glas ab.

»Sie waren mit einem Fußballstar verheiratet, den selbst wir in Finnland kennen. Nach der Scheidung haben Sie Schmuck kreiert, waren für eine Talkshow als Moderatorin im Gespräch und sind Teil der Münchner Gesellschaft.« Das Lächeln auf Astas tiefroten Lippen will nicht ganz zu dem abwägenden Blick passen, der hinter den Brillengläsern glitzert. »Meine Assistentin hat ein wenig über Sie recherchiert.«

»Hat sie das?« Sarah zwingt sich zu einem Lächeln. Mehr, als Sarahs Wikipedia-Eintrag zu studieren, hat die Assistentin wohl nicht getan. Glücklicherweise, sonst wüsste sie, dass Sarah sich in einem von der Münchner Presse ausgeschlachteten Scheidungskrieg befindet und die Schickeria meidet wie ein Nichtschwimmer den Zehn-Meter-Sprungturm.

»Übrigens bin ich Ihrem Bürgermeister bereits begegnet. Er war so freundlich, mich zu empfangen. Im Neuen Rathaus, am Marienplatz. Beeindruckend. Ich erinnere mich an den fantastischen Blick, den man vom Aussichtsturm hat. An das Glockenspiel. Herrlich! Ich war im vergangenen Jahr leider nur für ein paar Stunden in München, doch was ich von der Stadt gesehen habe, hat mir sehr gut gefallen.«

»Wie schön!« Sarah behält ihr Lächeln bei. »Dann haben wir ja gemeinsame Bekannte.«

Wieder wackelt Astas Frisur, als sie mit dem Kopf nickt. »Tja, die Welt ist klein, wie man so schön sagt.«

Sarah gibt einen unverbindlichen Laut von sich, greift zu ihrem Champagner und nippt. Offensichtlich ist dieses Geplänkel lediglich die Ouvertüre. Sarah ist gespannt, wann Asta die Katze aus dem Sack lässt und den eigentlichen Grund des Zusammentreffens anspricht.

»Als Bürgermeisterin bin ich natürlich begeistert, dass Sie zu unserem Tangofestival nach Tampere gereist sind«, sagt Asta.

»Ich gestehe, dass ich noch dabei bin, mir einen Überblick über Tampere zu verschaffen«, sagt Sarah. »Bisher bin ich kaum aus dem Hotel rausgekommen. Aber was ich gesehen habe, gefällt mir sehr. Auf dem Weg hierher sind mir die vielen großen Backsteingebäude aufgefallen. Sie haben einen besonderen Charme, finde ich.«

»Die alten Industriebauten, ja.« Asta beugt sich energisch vor und stützt beide Hände auf die Tischkante. »Deswegen heißt Tampere auch das ›Manchester des Nordens‹. Wegen seiner industriellen Vergangenheit. Es wurde erst im späten achtzehnten Jahrhundert gegründet, als Fabrikstadt. Wussten Sie das?«

Sarah schüttelt den Kopf und will antworten, doch Asta spricht bereits weiter.

»Vor allem die Papierindustrie und Textilfirmen entwickelten sich schnell, nicht zuletzt wegen der Tammerkoski-Stromschnellen. Die verbinden die Seen Näsijärvi und Pyhäjärvi und sind fast einen Kilometer lang. Und der Höhenunterschied liegt bei achtzehn Metern. Beeindruckend. Die müssen Sie unbedingt besichtigen. Und als unerschöpfliche Energiequelle eigentlich auch ein Standortvorteil. Aber mit der Globalisierung hat sich alles geändert.« Sie lehnt sich im Stuhl zurück. »Heute sind die alten Fabriken Museen oder Veranstaltungsorte oder werden zu Wohnanlagen und Bürogebäuden. Damit bleiben sie weiterhin das Gesicht der Stadt. Es ist sehr wichtig zu wissen, wo man herkommt. Finden Sie nicht?«

Die Ankunft des Kellners mit Brot, Butter und dem Amuse-Gueule erspart Sarah eine Antwort. Wie Asta lässt sie das Brot liegen und widmet sich dem Gruß aus der Küche, einem Pilzsüppchen.

»Alle Zutaten sind in den umliegenden Wäldern handgepflückt«, versichert Asta.

»Sehr köstlich«, sagt Sarah. »Um auf Tamperes Wirtschaft zurückzukommen: Womit wird denn heutzutage das Geld verdient?«

Die Bürgermeisterin legt den Löffel beiseite und faltet die Hände vor der Brust. »Nun, wie Sie sicherlich wissen, sind wir die Saunahauptstadt der Welt. Über fünfzig öffentliche Saunas locken Besucher von nah und fern. Nirgendwo auf diesem Planeten ist die Dichte öffentlicher Saunas höher.« Sie lacht auf. »Aber Spaß beiseite. Die Elektroindustrie ist weiter von einer gewissen Relevanz, zunehmend auch der Bereich Software und IT. Außerdem ist es uns in den vergangenen Jahren gelungen, Pharmazieunternehmen anzusiedeln. Das liegt mir persönlich sehr am Herzen. Ich denke, dass hier die Zukunft für unsere Region liegt. Die Entwicklungen im Gesundheitssektor sind vielversprechend. Ähnlich sieht es bei den Dienstleistungen aus.« Sie legt eine kleine Pause ein. »Damit kennen Sie sich aus, soviel ich weiß. Führt Ihr Gatte nicht ein äußerst erfolgreiches PR-Unternehmen?«

»Eine Information, die Sie ebenfalls von Ihrer Assistentin erhalten haben?« Sarah schickt ihrer Nachfrage ein perlendes Lachen hinterher. Doch damit will sie nur ihr Unwohlsein verbergen. Über Udo will sie weder sprechen noch nachdenken.

Asta stimmt nicht in das Lachen ein, sondern schüttelt betrübt den Kopf. »Nicht von Birke, nein. Von der Polizei.«

»Der Polizei?« Sarah kann ihr Erstaunen nicht verhehlen.

»Ihr Name, Sarah, fiel im Zusammenhang mit der furchtbaren Tragödie, die sich am ersten Abend des Festivals im Hotel *Kruunu* zugetragen hat.« Die Bürgermeisterin beugt sich über die Tischplatte und senkt die Stimme. »Arttus Herzinfarkt. Sie waren dabei, als das Unglück geschah.«

Sofort weiß Sarah, dass sie beim Grund des Zusammentreffens angelangt sind. In Astas Blick liegt eine Schärfe, als wollte sie in Sarahs Innerstes schauen.

»Der arme Arttu. Es war furchtbar, als mich die Nachricht seines Todes erreichte.« Die Bürgermeisterin seufzt und tupft mit dem Serviettenzipfel an ihrem Augenwinkel herum. »Ich war seit Kindheitstagen mit ihm und seiner Familie befreundet«, sagt sie.

Sarah nickt.

Für den Bruchteil einer Sekunde wirkt die Bürgermeisterin irritiert. »Sein Tod ist für uns ein schwerer Verlust«, fährt sie fort.

»Ja, das kann ich mir vorstellen«, sagt Sarah ausweichend. Wenn Asta auf etwas hinauswill, dann soll sie es ansprechen.

»Würden Sie mir die schicksalsträchtigen Minuten Ihres Tanzes noch einmal schildern, Sarah?« Der Satz klingt wenig nach einer Frage.

Ein Runzeln stiehlt sich auf Sarahs Stirn. »Selbstverständlich, wenn es Sie nicht zu sehr mitnimmt?« Dann berichtet sie von der Begegnung mit Arttu, verschweigt aber Ilvis und ihren Verdacht, dass die Todesursache kein Infarkt war. Auch von ihrem Treffen mit Lyyli sagt sie nichts.

Als Sarahs Bericht endet, dreht die Bürgermeisterin die Serviette in Händen, hinter ihren Brillengläsern funkelt es. Schließlich beugt sie sich noch weiter vor. »Und als Arttu im Sterben am Boden lag, hat er da noch etwas gesagt?«

»Oh ja, das hat er«, nickt Sarah und verfolgt das Mienenspiel der Bürgermeisterin aufmerksam. »Etwas äußerst Interessantes sogar.«

ZWANZIGSTES KAPITEL

Eddi holt tief Luft, dann dreht er am Wasserhahn. Prustend verharrt er unter dem eiskalten Strahl, zählt bis zehn. Das ist sein Duschritual. Abgeschaut hat er es sich als Kind von seinem Vater, der behauptete, dies sei die beste Methode, eine Erkältung zu vermeiden. Und sein Vater war nie erkältet, bis er im Alter von zweiundvierzig Jahren an Lungenkrebs starb. Gegen Kettenrauchen kommen auch Wechselduschen nicht an.

Hinterher fühlt Eddi sich wie ausgewechselt. Als er fünf Minuten zuvor unter die Dusche ging, sah das noch ganz anders aus. In der vergangenen Nacht bei Meeri hat er kein Auge zugetan. Zum einen lag das an Meeri, die erst von ihm abließ, nachdem sie dreimal zum Höhepunkt gekommen war, zum anderen an ihrer Andeutung, ihr Ex-Freund Jussi sei in krumme Geschäfte verwickelt. Mehr wollte sie nicht sagen, und Eddi wollte mit seinen Fragen nicht aufdringlich wirken. Doch als Meeri am frühen Morgen endlich neben ihm einschlief, ließen ihn seine Gedanken nicht zur Ruhe kommen. Vor allem eine Frage kreiste in seinem Kopf: Wie findet er etwas Handfestes über Jussis krumme Geschäften heraus? Und warum hat Jussi vor ein paar Wochen Bürgermeisterin Asta Helläkoski als seinen Gast ins Verzeichnis des Ruderclubs eingetragen?

Es gibt nur einen Weg, diese Fragen zu klären: Meeri. Langsam steigt er aus der Dusche und greift nach dem Handtuch. Da lässt ihn die Türklingel aufschrecken. Um diese Zeit kann das eigentlich nur der Postbote sein. Wahrscheinlich hat er gar nichts für Eddi und möchte nur eine Sendung für Nachbarn abgeben. Vor allem die alleinerziehende Mutter eine Etage tiefer bestellt auf Teufel komm raus. Seit er beurlaubt ist, bekommt Eddi immer wieder Lieferungen für die Frau. Offenbar hat der Postbote registriert, dass Eddi als Paketstation zur Verfügung steht. »Heute passt es nicht«, sagt er und trocknet sich weiter ab.

Das zweite Klingeln entlockt ihm einen Fluch. Er schlingt das Handtuch um seine Körpermitte, stapft zur Wohnungstür und drückt auf den Türöffner. »Jeden Tag eine gute Tat«, brummt er und zieht die Wohnungstür auf. Er kratzt sich am feuchten Bart und sieht auf dem Display des Aufzugs gegenüber seiner Tür, wie die Kabine in seine Etage hinauffährt.

Mit einem Signalton öffnet sich die Aufzugtür. Eine schlanke junge Frau steigt aus.

»Du?«, ruft Eddi.

»Meine Güte, du scheinst mich ja sehnsüchtig zu erwarten. Oder wem sonst machst du halb nackt die Tür auf?« Birke grinst und drückt ihm einen Kuss auf den Mund. Dann zwickt sie eine seiner Brustwarzen.

Er stößt einen Schmerzenslaut aus, muss aber lachen. »Ich dachte, der Postbote hätte was für die Nachbarin unten.« Er tritt zur Seite, damit Birke eintreten kann, und schließt hinter ihr die Wohnungstür. »Ich bin gerade aus der Dusche gekommen, als es schellte. Im Studio wollte ich nach dem Training nicht duschen, hatte meine Wechselklamotten vergessen.«

Birke lehnt sich an den Rahmen der Schlafzimmertür. »Asta hat heute Mittag einen längeren Termin, bei dem sie mich nicht braucht. Also habe ich mir gedacht, ich schaue bei dir vorbei. Vielleicht können wir die Zeit sinnvoll nutzen. So wie an unserem letzten gemeinsamen Abend.«

»Wie? Die Bürgermeisterin entlässt dich aus ihren Fängen? Ich dachte, sie muss ihre Assistentin ständig um sich haben.«

Birke seufzt und streicht ihr schulterlanges blondes Haar nach hinten. »Im Moment ist Asta komisch drauf. Es hat mit dem Tod von Arttu Mäkelä zu tun, vermute ich. Die beiden kannten sich seit Jahrzehnten. Gerade sitzt sie mit einer Frau namens Sarah Fuchs im Restaurant. Die Deutsche war dabei, als Arttu starb.«

»Sarah Fuchs?«

»Asta war ganz aufgeregt, als sie von Jussi Uddström erfuhr, dass Sarah Fuchs und nicht Tuula in den letzten Momenten bei Arttu war. Besucher des Tangofestivals wollen mitbekommen haben, dass Arttu etwas zu dieser Sarah sagte. Unmittelbar, bevor er starb. Ich habe Astas Gesicht gesehen, als Jussi ihr davon berichtete. Sie wurde weiß wie ein Leichenhemd.«

»Jussi hat mit der Bürgermeisterin über den Toten gesprochen?«

»Natürlich, bei ihr im Büro.« Birke zieht die Augenbrauen zusammen. »Warum wundert dich das? Die beiden haben ständig miteinander zu tun.«

»Ständig? Das wusste ich nicht.« Jussi ist Hauptkommissar der Polizeidirektion Sisä-Suomi, da trifft er notgedrungen dann und wann auf die Bürgermeisterin. Auch wenn die Bürgermeisterin keinen Einfluss auf Jussis Arbeit hat, offiziell zumindest, sollte ihr der hiesige Polizeichef für einen informellen Austausch zur Verfügung stehen. Aber warum hat sie *regelmäßig* mit Jussi zu tun? Und begleitet ihn sogar in den Ruderclub? Eddis Puls beschleunigt sich.

»Jedenfalls bin ich froh, mal Pause zu haben.« Birke zwinkert.

»Das verstehe ich. Schön, dass du dazu bei mir vorbeischaust, Süße.« Eddi räuspert sich. »Aber ungewöhnlich ist es schon, dass Asta diese Sarah trifft. Das sollten doch eher die Ermittler tun.«

»Wenn ich richtig verstanden habe, was Jussi im Büro zu Asta sagte, dann wird in der Sache gar nicht ermittelt. Arttus Tod sei absolut unverdächtig, meinte Jussi. Asta wird diese Deutsche aus sentimentalen Gründen kontaktiert haben, vermute ich. Vielleicht kann sie auf diese Weise einfacher Abschied von Arttu nehmen. Vorhin habe ich übrigens mit Frau Fuchs telefoniert. Sie klang sehr nett, muss ich sagen.«

»Sarah Fuchs«, flüstert Eddi und verschränkt die Arme vor der Brust. Irgendetwas weiß diese Frau. Beim Gespräch im Hotel hatte er den Eindruck, sie erzähle ihm nicht alles, halte etwas zurück. Außerdem war sie auffällig an der verschwundenen Person auf dem Eis interessiert. Warum beschäftigt sich eine Touristin, die zum Tangotanzen nach Tampere gekommen ist, mit diesem alten Fall? Ausgerechnet mit jenem Fall, der Eddi die Beurlaubung eingebrockt hat.

»Asta wollte sich unbedingt mit ihr treffen. Für das Mittagessen hat sie sogar einen Termin mit dem Wirtschaftsausschuss abgesagt.« Birke schüttelt den Kopf. »Ich bin noch nicht lange ihre Assistentin, doch das gab es bisher nie.«

»Es wäre interessant zu erfahren, was Asta nach dem Treffen berichtet«, sagt Eddi betont beiläufig. »Vielleicht wird dann klar, was los ist.« Und warum Asta und Jussi sich so angeregt über Arttu Mäkeläs Tod austauschen.

In gespielter Entrüstung stampft Birke mit einem Fuß auf den

Boden. »Jetzt verschwenden wir unsere Zeit mit meiner Chefin. Ich bin zu dir gekommen, weil es beim letzten Mal so schön war.« Sie löst sich vom Türrahmen und tritt zu Eddi. »Ich hatte dich so verstanden, dass wir die Sache zwischen uns auf eine neue Ebene heben wollen.«

»Ja, unbedingt«, antwortet Eddi, ist in Gedanken aber woanders. Jetzt hat ihm der Zufall nicht nur Jussis Ex-Freundin Meeri in die Hände gespielt. Auch Birke, mit der er sich wirklich etwas Festeres vorstellen kann, hat Interessantes über den Hauptkommissar zu berichten. Und vielleicht über diese Deutsche. Auf irgendeine Art und Weise sind diese drei Frauen mit Jussis dunklem Geheimnis verbunden. Und er wird herausfinden, worin dieses Geheimnis besteht. Eddi hat das Gefühl, dass er so viel Dreck ausgraben kann, dass sein Vorgesetzter darunter erstickt. Das ist sein einziges Ziel. Der Typ wird es bereuen, Eddi Steine in den Weg gelegt zu haben.

»Eddi?«

Er zuckt zusammen. »Ja?«

»Was ist los mit dir? Du wirkst abwesend. Ich dachte, du würdest dich über Besuch von mir freuen. Es ist ja nicht so, dass du viele anderweitige Verpflichtungen hast.«

»Auf jeden Fall, Birke. Ich freue mich, dass du da bist. Das Training hat mich nur etwas geschlaucht, das ist alles.« Er zieht sie in eine Umarmung und presst seine Lippen auf ihren Mund. Nach ein paar Herzschlägen beginnen ihre Hände langsam an seinem Rücken hinabzufahren, verweilen dann mit einem festen Griff auf seinem Hintern.

»Ich hoffe, das Training hat dich nicht zu sehr ausgelaugt«, flüstert Birke und löst das Handtuch von seinen Hüften. »Bis Asta sich zurückmeldet, sollten wir unsere Zeit gut nutzen.«

EINUNDZWANZIGSTES KAPITEL

»Was meinen Sie damit, Sie können es mir nicht sagen?« Wie vom Donner gerührt, erstarrt Asta auf ihrem Stuhl, die Augen weit geöffnet, die Hände in der Luft. Als hätte jemand mitten in der Bewegung auf die Pause-Taste gedrückt.

Sarah kratzt das letzte Schlückchen Suppe aus der kleinen Terrine und führt den Löffel zum Mund. Dabei lässt sie ihr Gegenüber keine Sekunde aus den Augen. »Wirklich sehr lecker.«

Der Kellner erscheint, um abzuräumen.

»Wir nehmen noch ein Glas.« Sarah deutet auf die fast leeren Champagnergläser. Dann tupft sie mit der Serviette an ihren Mundwinkeln. »Ich habe es Arttu versprochen.«

»Was haben Sie ihm versprochen?« Die Bürgermeisterin erwacht aus ihrer Starre. Mit einem Schluck leert sie ihr Glas.

»Ich habe ihm versprochen, für mich zu behalten, was er mir gesagt hat. Die Person ausgenommen, für die die Nachricht bestimmt war. Sie wissen ja, wie das mit den letzten Wünschen Verstorbener ist. Sie sind eine große Sache.«

»Aber was hat er gesagt?«

Sarah fragt sich, ob die Bürgermeisterin ihr überhaupt zuhört. »*Sie* sind nicht die Person, für die die Nachricht bestimmt war«, erklärt sie. Ein wenig schämt sie sich für ihre Lüge, doch es ist offensichtlich, dass Asta etwas im Schilde führt. Die Bürgermeisterin scheint gedacht zu haben, die naive Touristin aus Deutschland mit einem Essen im besten Restaurant Tamperes beeindrucken zu können. Sarah soll brav alle Fragen Astas beantworten, kritiklos, ohne das Gehirn einzuschalten. Diesen Gefallen wird sie ihr nicht tun.

Unter Astas Make-up zeichnen sich rote Flecken ab. »Sie können mir doch nicht vorenthalten …«, stößt sie hervor.

Der Kellner stellt erst vor Asta, dann vor Sarah ein gefülltes Champagnerglas ab.

Mit zitternden Fingern greift Asta danach und nimmt einen tiefen Schluck. Sie wirft ihrem Gast einen Blick zwischen Überraschung und Wut zu. Anscheinend ist ihr klar geworden, dass Sarah es ernst meint.

Sarah lächelt die Bürgermeisterin an. Auftritt der naiven Touristin. »Sie waren ja viele Jahre mit Arttu befreundet. Was war er denn für ein Mensch? Ich hatte leider keine Zeit, richtig mit ihm bekannt zu werden.« Sie stützt die Ellenbogen auf der Tischplatte ab und legt das Kinn auf die ineinander verschränkten Hände.

Es bedarf keiner ausgeprägten Menschenkenntnis, um Asta Helläkoskis Körpersprache zu entschlüsseln. Am liebsten würde die Frau Sarah den Kopf abbeißen, so wütend ist sie. Fraglos ist sie es nicht gewohnt, wenn ihren Wünschen und Ansagen nicht entsprochen wird. Doch sie atmet tief ein und schafft es sogar, Sarahs Lächeln zu erwidern, wenn auch schmallippig. »Arttu und ich kannten uns seit Urzeiten. Er war ein großartiger Mensch. Manchmal schwierig, sicherlich, doch sein Herz war am richtigen Fleck. Er hat viel für unsere Stadt getan. Ich war

Gast bei allen Hochzeiten, bei der Taufe seiner Tochter, bei der Grundsteinlegung seines Unternehmens. Er war wie ein Bruder für mich. Daher trifft es mich so, nicht zu erfahren, was seine letzten Gedanken waren.«

Geflissentlich ignoriert Sarah den letzten Satz. »Dann kennen Sie auch Tuula, Arttus Lebensgefährtin. Sie war in unmittelbarer Nähe, als das Unglück geschah.«

»Sie konnte nicht hören, was Arttu gesagt hat.« Die Bürgermeisterin winkt ab. »Leider ist Tuula nicht allzu gut auf Sie zu sprechen, Sarah.«

Das leise Lächeln, das bei den letzten Worten über Astas Miene huscht, entgeht Sarah nicht. Warte nur ab, denkt sie und fragt sich, warum diese Information für die Bürgermeisterin so wichtig ist.

»Ich wünsche bon appetit!« Schwungvoll serviert der Kellner den Kabeljau. »Sollten Sie noch etwas wünschen, lassen Sie es mich wissen, meine Damen.«

Das Geschirr wirkt wie selbst getöpfert. Sarah fährt mit dem Zeigefinger über den Rand des glasierten, schüsselförmigen Tellers, auf dem ein Stück Fisch neben ein paar Bohnen und rötlichem Kraut liegt. Das helle Fleisch ist mit etwas bestreut, das wie Röstzwiebeln aussieht. »Ich bin gespannt auf Ihr Lieblingsgericht, Asta.«

Für die nächsten Minuten speisen Asta und Sarah schweigend. Unübersehbar ist der verkniffene Zug um den Mund der Bürgermeisterin. Den Ablauf des Treffens hat sie sich wohl anders vorgestellt.

»Lassen Sie uns auf Tuula zurückkommen«, bricht Sarah das Schweigen. »Sie ist nicht gut auf mich zu sprechen, sagten Sie. Leider ist das keine Neuigkeit. Das hat sie bereits im Hotel, fast neben Arttus Leiche, deutlich gemacht.«

»Tuula ist der Meinung, dass Arttu noch am Leben wäre, hätten Sie ihn nicht auf dem Parkett zu sehr strapaziert.«

»Nun, das Tempo hat Arttu selbst vorgegeben. Ich bin eine emanzipierte Frau, liebe Asta. Das dürfen Sie mir glauben. Doch beim Tango *lasse* ich mich führen.« Sarah nimmt einen Schluck Champagner. »Tuula hätte ihren Arttu ganz für sich haben können. Wenn sie nicht am Knie verletzt gewesen wäre.« Vielsagend hebt sie eine Augenbraue.

»Eine Verkettung unglücklicher Umstände.« Asta seufzt. »Jedenfalls ist unstrittig, dass das Herz des armen Arttu nicht mithalten konnte.«

Genau dieser Punkt *ist* strittig, denkt Sarah. Sie gabelt ein Stück Kabeljau in ihren Mund. Der Fisch zergeht wie Butter auf der Zunge. Und die Röstzwiebeln geben den nötigen Crunch. Hervorragend!

»Meine liebe Freundin Tuula ist am Boden zerstört. Arttu und sie hatten bereits einen Hochzeitstermin ins Auge gefasst. Sie waren so glücklich!«

Liebe Freundin? Sarah merkt auf. »Haben Tuula und Arttu sich über Sie kennengelernt?«

»Ich bin mit Tuula seit etwa zehn Jahren befreundet. Wir sitzen beide in dem einen oder anderen Komitee und Festausschuss. Bei einer Mittsommerfeierlichkeit habe ich ihr Arttu vorgestellt. Die beiden waren sofort Feuer und Flamme füreinander.«

»War Arttu da noch verheiratet?«, entschlüpft es Sarah.

Die Augen der Bürgermeisterin werden zu schmalen Schlitzen. Statt zu antworten, schiebt sie sich ein Stück Kabeljau in den Mund.

Das ist Sarah Antwort genug. Immer klarer wird ihr, was Tuula zu einer Ehe mit Arttu gedrängt hat. Sie erinnert sich, welche

Fragen Ilvi und sie der Bürgermeisterin stellen wollten. »Hat die Polizei Sie eigentlich zu dem Fall befragt?«

Mit einem lauten Klirren fällt Astas Gabel auf den Teller. »Was?« Sie räuspert sich und nimmt das Besteck wieder auf. »Was … äh … meinen Sie damit?«

Anspannung liegt in der Luft. Sarah macht sich innerlich eine weitere Notiz. »Ich würde annehmen, dass Sie als Schirmherrin des Festivals von der Polizei über die Abläufe der Ermittlung informiert werden.«

»Ja, natürlich.« Nun lächelt Asta sogar. »Dadurch bin ich ja erst auf Sie gekommen, Sarah.«

»Ich verstehe.«

»Wobei ich Sie korrigieren muss. Es gibt keine Ermittlungen. Der leitende Beamte hat die Akte bereits geschlossen. In Absprache mit Arttus Tochter Lyyli geht es nun um einen Termin für die Beerdigung. Sie, Sarah, waren laut Polizei nur die Person, mit der Arttu zuletzt gesprochen hat.«

»Zum Glück, liebe Asta! Ansonsten würden wir beide nicht hier sitzen, bei diesem vorzüglichen Essen.«

»Dann schmeckt Ihnen das Rentierherz also.«

»Was?« Sarah blickt von ihrem Teller zu Asta und zurück. Wovon spricht die Frau?

»Das getrocknete Rentierherz – auf dem Fisch. Ich hatte doch gesagt, dass der Koch in der Küche möglichst alles weiterverwertet. Wenn es Rentiergerichte gibt, trocknet er die Innereien, um sie mit anderen Gerichten zu kombinieren. Sein Kabeljau mit Rentierherz ist legendär! Dafür reisen die Leute selbst aus Helsinki an.« Asta führt ein Stück Fisch, bedeckt von Rentierherz-Flocken, zum Mund. Genüssliches Knirschen folgt Sekunden später.

»Ach je«, murmelt Sarah und legt das Besteck neben den zur Hälfte verzehrten Fisch. Ihr Blick liegt auf dem, was sie für Röstzwiebeln gehalten hat. Übelkeit steigt in ihr auf. Rentier? Sie isst hin und wieder Wild, keine Frage. Doch Rentiere rangieren bei ihr auf einer Stufe mit Rehkitzen. Genauso wie sie kein Bambi essen würde, steht Rudolph mit der roten Nase auch nicht auf ihrem Speiseplan. Mit einem Schluck leert sie das Champagnerglas und räuspert sich. »Das war ein … äh … interessantes Essen. Doch nun bin ich satt.«

Asta schaut auf, sagt aber nichts.

Aus einer Karaffe füllt Sarah ihr Wasserglas und nimmt einen tiefen Schluck. Sie verdrängt das Bild einer durch die Weiten Lapplands streifenden Rentierherde und besinnt sich auf den Grund, warum sie Astas Einladung gefolgt ist. »Hatte Arttu eigentlich Feinde?« Kaum hat sie den Satz ausgesprochen, fällt ihr auf, wie plump er wirkt.

»Feinde? Wie kommen Sie denn darauf?« Die Bürgermeisterin legt ihr Besteck auf den leeren Teller und zieht die Serviette vom Schoß. »Das klingt fast, als würden Sie fragen, wer Arttu ans Leder wollte. Als hätte jemand seinen Tod herbeigeführt. Sind Sie denn anderer Meinung als die Polizei?«

Innerlich stößt Sarah einen Fluch aus. »So habe ich das nicht gemeint. Ich habe mich nur gefragt, ob Arttu mit jemandem so im Streit lag, dass ihn das belastet haben könnte. Der Vorwurf Tuulas, ich hätte Arttu zu sehr beansprucht, setzt mir natürlich zu. Daher möchte ich wissen, ob er nicht bereits angeschlagen zum Tango erschienen ist. Der Unternehmensverkauf, seine dritte Scheidung – das hört sich für mich nach Stressfaktoren an.«

»Der Verkauf ging absolut glatt über die Bühne«, antwortet Asta unwirsch.

»Er scheint für Arttu sehr lukrativ gewesen zu sein, wenn es ihn zu einem der reichsten Männer Finnlands gemacht hat.«

Astas Miene verändert sich. Unbewegt mustert sie Sarah, als sähe sie diese zum ersten Mal.

»Die Abwicklung eines solchen Geschäfts ist doch sicherlich von Stress und Spannungen begleitet.« Sarah bemüht sich, so beiläufig wie möglich zu klingen.

»Es gab keinen Stress. Die Amerikaner haben Arttu ein großzügiges Angebot vorgelegt, und er hat es akzeptiert. Das hat Arttu gesundheitlich bestimmt nicht belastet.« Asta lehnt sich zurück und verschränkt die Arme vor der Brust.

Der Kellner erscheint. »Darf ich abdecken? Wünschen die Damen noch etwas? Ein Dessert? Kaffee?«

Bevor Sarah antworten kann, schüttelt Asta den Kopf. »Ich muss aufbrechen, ich habe einen wichtigen Termin. Die Rechnung, bitte.«

So viel Unhöflichkeit hat Sarah nicht erwartet. Fast fühlt sie sich zu einem süffisanten Lächeln verleitet. Doch sie behält ihre Gesichtszüge unter Kontrolle und trinkt ihr Wasser in kleinen Schlucken aus. Als sie das leere Glas abstellt, richtet sie das Wort noch einmal an Asta, die Anstalten macht, aufzustehen. »Was ist eigentlich aus dem auf dem Eis verschwundenen Mann geworden?«

Asta hält inne und dreht sich ruckartig zu Sarah. »Wieso kommen Sie jetzt mit dieser Sache?«

»Auf dem Tangofestival habe ich mitbekommen, dass dieses Verschwinden viele beschäftigt, auch wenn es schon ein halbes Jahr zurückliegt. Da Sie einen guten Draht zur Polizei haben, sind Sie sicher über den aktuellen Stand der Ermittlungen unterrichtet. Ich gestehe, ich bin wirklich neugierig, was mit dem armen Mann passiert ist. Es ist doch ungewöhnlich, dass weder eine Leiche gefunden noch eine Vermisstenanzeige aufgegeben wurde.«

»Über polizeiliche Interna darf ich nicht sprechen!«, blafft die Bürgermeisterin, schnappt ihre Handtasche und eilt aus dem Restaurant.

»Natürlich nicht«, murmelt Sarah und steht auf. Sie nimmt den vom Kellner gebrachten Mantel entgegen. »Asta Helläkoski spricht nur über Dinge, die ihr zuträglich sind.«

Gerade will sie das Restaurant verlassen, da reckt sich ihr von einem Tisch nahe dem Eingang eine Hand entgegen.

»Sarah! Hallo!«

»Moritz! Das ist aber eine Überraschung.«

Moritz springt auf. »Mir wurde das Restaurant vom Museumsdirektor empfohlen. Er isst hier regelmäßig und hat mir einen Tisch besorgt.«

Sarah nickt. Plötzlich ist ihr Mund vor Aufregung trocken.

»Wie ich sehe, haben auch Sie vom fantastischen Ruf des *Harald* gehört. Es hat irgendwas mit Nachhaltigkeit zu tun, wenn ich die Lobeshymne des Museumsdirektors richtig verstanden habe.«

Sarah räuspert sich, dann winkt sie betont lässig ab. »Es war ehrlich gesagt Zufall, dass ich hier gelandet bin. Eine Einladung, um genau zu sein.«

»Oh.« Moritz blickt sich erstaunt um.

»Meine Bekannte ist bereits gegangen. Sie ist eine viel beschäftigte Frau und hatte einen wichtigen Termin.« Es gelingt Sarah nicht, die Ironie aus ihrer Stimme herauszuhalten.

Moritz runzelt die Stirn, dann entblößt ein Lächeln seine Grübchen. »Möchten Sie sich zu mir setzen?«, fragt er und deutet auf den freien Platz am Tisch. »Vielleicht darf ich Sie auf einen Kaffee einladen?«

Alles in Sarah schreit danach, Ja zu sagen, doch sie schüttelt den Kopf. »Leider habe ich keine Zeit.« Sie muss zu Ilvi, so schnell wie möglich. Die Aufklärung von Arttus Tod hat selbst über Moritz und seine himmlischen Grübchen Priorität.

»Wie schade«, sagt Moritz und tritt einen Schritt zurück, als hätte Sarah ihn von sich gestoßen.

»Wissen Sie was?«, sprudelt es aus ihr heraus. »Ich gebe Ihnen meine Telefonnummer. Dann verabreden wir uns für ein anderes Mal.«

Als hätte er nur darauf gewartet, zückt Moritz ein Notizbüchlein und einen Stift, um Sarahs Nummer zu notieren.

Wie wunderbar altmodisch!, schießt es ihr in den Kopf, während sie die Telefonnummer ansagt. Dabei liegen ihre Augen auf dem wippenden, dichten Haar. »Ich muss los. Es war schön, auf Sie zu treffen. Und genießen Sie das Rentierherz.«

»Das was?« Moritz reißt die Augen auf.

Sie deutet mit spitzem Finger auf den Kabeljau auf Moritz' Teller. »Das sind keine Röstzwiebeln.« In sich hineinglucksend, verlässt sie das Restaurant und winkt einem Taxi.

ZWEIUNDZWANZIGSTES KAPITEL

Ilmari verabscheut, was er tut. Er mag Sarah Fuchs, sie ist immer freundlich zu ihm. Ihr nachzuspionieren, ist eine schlimme Sache. Und doch überrascht ihn, wie zügig er sich an das miese Gefühl gewöhnt. Ja, er weiß, dass es falsch ist, was er da tut. Aber nun tut er es eben.

Natürlich darf nicht herauskommen, dass er persönliche Informationen über einen Gast sammelt und weitergibt. Dann ist er den Job los. Genauso wenig darf jedoch herauskommen, dass er regelmäßig Sex mit einer Prostituierten hat und dabei Drogen nimmt.

Auf dem Weg zum Mitarbeiterraum ringt er das schlechte Gewissen nieder, die innere Stimme, die ihm sagt, in Sarahs Privatsachen zu schnüffeln, ist nicht besser als das, was der Erpresser mit ihm macht. Dort angekommen, schließt er die Tür hinter sich und lehnt sich mit dem Rücken gegen das Holz. Glücklicherweise ist er allein.

Nach einem Moment des Durchschnaufens holt Ilmari das Essen, das Mama ihm in einer Plastikdose mitgegeben hat, aus seinem Spind. Nudeln in einer Bolognese-Sauce. Er schiebt sie in die Mikrowelle und wartet kurz.

Mit den dampfenden Nudeln setzt er sich an den Tisch, lässt die Gabel aber auf der Tischplatte liegen. Stattdessen zieht er sein Handy hervor. Noch einmal liest er die neueste Anweisung. Sie beginnt, ganz perfide, mit einem Glückwunsch: Weil Ilmari gestern die Fotos aus Sarahs Zimmer übersandte, habe er sich eine weitere Chance verdient. Eine Chance, dass sein perverses Geheimnis gehütet bleibt. Doch dafür müsse er alles, was er zu Sarah Fuchs beobachtet, melden. Von Interesse seien insbesondere die Orte und Menschen, welche die Deutsche aufsucht.

Ilmaris erster Gedanke war, entweder vorzugeben, Sarah während der Arbeit nicht gesehen zu haben, oder sich für die nächsten Tage krankzumelden. Doch ein paar Zeilen weiter wird er genau davor gewarnt. Sollte er Spielchen spielen, würden sowohl seine Familie als auch sein Arbeitgeber die kompromittierenden Fotos erhalten.

Die Fotos. Plural. Ilmari schluckt.

Während sich der Bolognese-Duft im Raum ausbreitet, schwebt Ilmaris Finger über dem Handydisplay. Soll er die schreckliche Aufnahme erneut öffnen? Sie steht sowieso wie eingebrannt vor seinem inneren Auge. Das zweite Foto zeigt ebenfalls Nadja und ihn, ist jedoch ungleich verfänglicher. In erschreckender Schärfe ist festgehalten, wie Nadjas Prothese in das Sexspiel Eingang findet.

Das Foto ist ihm Drohung genug. Selbstverständlich wird er sich genau an die Anweisung in der E-Mail halten. Wort für Wort. Eine andere Wahl hat er nicht. Seine Eltern bekämen einen Herzinfarkt, wenn sie die Aufnahme sähen.

Ilmari stochert im Essen herum. Als Sarah Fuchs vom Treffen mit der Bürgermeisterin zurückkam, hat er heimlich ein Foto gemacht. Es zeigt Sarah ein wenig verwackelt im Foyer, merkwürdig gekleidet mit Jogginghose zu High Heels und einer zeltartigen Bluse. Doch Ilmari hat die Aufnahme noch vom Rezeptionsschalter aus an *Arttu.Maekelae* gemailt. Zusammen mit den Uhrzeiten von Sarahs Aufbruch in die Stadt und ihrer Rückkehr ins Hotel. Sicher ist sicher.

Siedend heiß fällt ihm ein, dass er die gesendete E-Mail mit Sarahs Bewegungen aus dem Ausgangsordner des Mailprogramms löschen sollte. Einen Beleg seiner Spitzelei aufzubewahren, wäre dumm. Hastig tippt er auf dem Display herum und löscht auch die Nachricht, die er am Vormittag an seinen Erpresser gemailt hat, um über Sarahs Einladung durch die Bürgermeisterin zu informieren.

Was für ein Glück er dabei hatte! Gleich nachdem ein Kurier den Brief für Sarah Fuchs abgegeben hatte, riss Ilmari den Umschlag unachtsam auf. Sein Inhalt war schnell fotografiert, doch schwierig war es, das eingerissene Kuvert wieder zu verschließen. Mehr schlecht als recht behalf Ilmari sich mit einem Klebestift aus dem Büro. Während er den Umschlang flickte, hoffte er, seine Manipulation würde nicht auffallen. Sarah Fuchs interessierte die Beschädigung jedoch kein bisschen.

Die Erleichterung, die noch einmal nachhallt, wird von einem Anflug von Stolz begleitet. Er hat sich geschickt angestellt, alles in allem. Damit ist er auf dem besten Weg, das Problem aus der Welt zu schaffen. »Es tut mir ja leid, aber es geht nicht anders«, sagt er sich. »Bald ist es sowieso vorbei.«

Glücklicherweise hat Sarah Fuchs nur noch für die nächsten beiden Tage ein Zimmer im *Kruunu*. Wenn das Tangofestival endet, reist sie ab. Dann ist der Spuk vorbei. Ganz von selbst.

Mit neuem Mut greift er zur Gabel. Die Nudeln schmecken wunderbar wie immer. Nach Zuhause, nach Mama. Ilmari seufzt.

Genau das ist es, was er jetzt braucht – eine kleine Portion Wohlfühlen. Seine Familie ist ihm wichtig, so verkorkst sie auch sein mag. Er liebt seine Eltern und will ihnen unter gar keinen Umständen wehtun. Niemals, wirklich niemals dürfen sie erfahren, was er mit Nadja treibt. Die Drogen sind schlimm genug – die Prostituierte macht die ganze Geschichte für seine Eltern jedoch unverzeihbar.

Die Prostituierte. Steckt sie hinter der Erpressung? Eigentlich kann nur Nadja die Fotos aufgenommen haben. Zumindest muss sie davon wissen. Aber ist es auch sie, die ihm droht? Das kann er sich nicht vorstellen. Solche E-Mails könnte sie kaum verfassen. Sie bekommt kaum drei gerade Sätze heraus und spricht mit starkem osteuropäischem Akzent. Stil und Wortwahl der E-Mails sprechen aber für einen finnischen Muttersprachler. Ob Nadja einen Helfer hat, der ihr die Nachrichten tippt? Er ist bisher keiner Menschenseele bei Nadja begegnet. Aber haben solche Mädchen nicht meist einen Zuhälter? Außerdem beschafft ihr jemand die Drogen, die sie Ilmari auftischt.

Ilmari stützt die Ellenbogen auf der Tischplatte ab, dazwischen die Plastikdose mit Mamas Nudelgericht. Was er am allerwenigsten versteht, ist der Zweck der ganzen Aktion. Warum wird Sarah Fuchs bespitzelt? Warum soll eine Prostituierte eine nette Touristin beschatten lassen? Nein, Ilmari glaubt nicht, dass die Erpressung auf Nadjas Kappe geht. Doch wer steckt dahinter?

Beinahe wehmütig führt Ilmari die letzte Nudel zum Mund. In weniger als einer halben Stunde muss er zurück an den Rezeptionsschalter. Er seufzt. Wo ist er da nur hineingeraten? Wieder muss er an die Aufnahme denken, die Nadja und ihn mit der Prothese zeigt. Er schwankt zwischen Scham und Erregung. Was kann er dafür, dass er Dinge heiß findet, die für andere abstoßend sind? Wenn er vielleicht auf die Drogen verzichtet? Doch im selben Moment weiß er, dass er die Drogen genauso braucht wie eine Partnerin mit amputierten Gliedmaßen, um einen hochzubekommen. Nur in dieser Kombination funktioniert es mit dem Sex. Nur so.

Den anschwellenden Drang, Nadja aufzusuchen, registriert er mit einer Spur von Panik. Je länger er an die Sexfotos denkt, umso dringlicher wird sein Verlangen. Und wenn er sich eine andere Frau sucht? Mit Nadjas Vorzügen? Doch wo soll er die finden? Er weiß, dass es im Internet Foren für Menschen wie ihn gibt. Nadja hat das ausgeplaudert, als sie einmal mit ihm etwas genommen hat. Natürlich hat er später danach gegoogelt, jedoch nichts gefunden.

Aus Frust beißt sich Ilmari auf die Unterlippe, bis er Blut schmeckt. Um wie viel leichter wäre doch alles, wenn er in Tampere andere Frauen wie Nadja kennen würde.

Unbehaglich rutscht Ilmari auf seinem Stuhl herum. Er weiß, dass er dem Drang früher oder später erliegen wird. Irgendwann ist der Punkt erreicht, an dem ihm kein Risiko zu groß erscheint. Dann tut er alles für die Drogen und den Sex. Dann fährt er sogar mit dem Zug nach Helsinki, um sich auf dem Drogenstrich das zu beschaffen, was er braucht. Einmal, als Nadja für ein paar Wochen verschwunden war, hat er das bereits getan. Schmutzig hat er sich danach gefühlt. Die Frau, die er aufgegabelt hatte, konnte kaum geradeaus gehen. Und das lag weniger an ihrer schlecht sitzenden Prothese als an ihrem von Crack zerstörten Körper.

Ich muss mit Nadja reden, denkt er. Vielleicht ist alles bloß ein Missverständnis, und wir können weitermachen wie bisher. Eine innere Stimme mahnt ihn, er sei naiv und dürfe nicht jede

Vorsicht in den Wind schlagen. Wie ein dämlicher Junkie. Wenn er mit Nadja und den Drogen weitermacht, wird es in der Katastrophe enden. Doch Ilmari ignoriert die Mahnung. »Es geht nicht anders«, murmelt er und steht abrupt auf.

Penibel spült er das Plastikgefäß aus und trocknet es ab. Er tut es für Mama, denn er weiß, dass sie begeistert wäre, wenn sie ihn jetzt sähe. Nachdem er die Dose in seinem Spind verstaut hat, steht er unschlüssig in dem kleinen miefigen Raum herum. Noch dauert seine Pause an, doch er weiß nichts mit sich anzufangen. Zu wirr sind die Gedanken, die ihm durch den Kopf schießen. Die Sehnsüchte und Ängste, die Hoffnungen und Schuldgefühle.

Gerade will er die Tür öffnen, um vorzeitig an die Rezeption zurückzukehren, da fällt ihm ein, dass er sein Handy vergessen hat. Er dreht sich zum Tisch, um es zu nehmen, da leuchtet das Display auf.

Ilmari hat eine E-Mail erhalten. Von *Arttu.Maekelae*.

DREIUNDZWANZIGSTES KAPITEL

»Irgendwas stimmt nicht mit der Bürgermeisterin«, sagt Sarah und rührt in ihrer Kaffeetasse. Sie wirft einen Blick aus dem Fenster des Hotelrestaurants. Der Himmel über den Dächern Tamperes ist wolkenverhangen und kündigt Regen an. Für einen Moment schweifen Sarahs Gedanken ab. Zu dichten Haarsträhnen und verlockenden Grübchen. Doch sie zwingt ihre Aufmerksamkeit zum Gespräch mit der Bürgermeisterin zurück. »Asta hat eine eigene Agenda, aber ich weiß nicht, welche.«

Ilvi reagiert nicht, sondern verspeist genüsslich das vegane Pastagericht, das sie mit der Bemerkung bestellt hat, Tanzen mache sie immer unfassbar hungrig. Schließlich nickt sie. »Die Bürgermeisterin ist irgendwie in den Vorfall mit Arttu verstrickt. So, wie du's schilderst, wollte sie dich aushorchen. Das war der Grund, warum sie sich mit dir getroffen hat, ganz klar. Ziemlich plump, wenn du mich fragst.«

»Sie schien zu fürchten, dass Arttu mir beim Tanzen etwas Wichtiges mitgeteilt hat. Etwas, das ich besser nichts wissen sollte.«

»Vielleicht hat Arttu dir auch was Wichtiges mitgeteilt.« Ilvi schiebt den leeren Teller von sich.

»Asta scheint das anzunehmen.« Sarah seufzt. »Sie wurde richtig feindselig, als ich vorgab, etwas zu wissen, es ihr aber nicht anvertrauen könnte.«

»Hm.« Ilvi zuckt mit den Schultern. »Denk noch mal nach, Sarah. Worüber genau hat Arttu gesprochen? Was hat er dir vor seinem Tod gesagt?«

»Die Frage stelle ich mir ständig. Aber da ist nichts, Ilvi. Arttu hatte begonnen, von einem Mann auf dem Eis zu sprechen. Doch bevor er mehr herausbrachte, war er tot. Er kam nicht dazu, mir etwas Konkretes mitzuteilen.«

»Dann wissen wir immerhin, dass es um diesen Vermissten auf dem Eis geht«, sagt Ilvi. »Übrigens ist diese Geschichte bis nach Helsinki geschwappt. Auch dort hat die Presse von dem Unbekannten berichtet, der vor laufender Kamera auf dem Eis verschwunden ist. Arttu wusste etwas über den Vorfall. Er wusste etwas Wichtiges, das er nicht mit ins Grab nehmen wollte. Dummerweise ist es aber so gelaufen.«

»Es ist merkwürdig, aber aus irgendeinem Grund sind alle, mit denen ich in Tampere zu tun bekomme, in diese Geschichte involviert. Der Polizist, der mich im Frühstücksraum befragte, hat sehr reserviert reagiert, als ich ihn auf den Vermissten angesprochen habe. Richtig kühl ist er geworden. Und auch die Bürgermeisterin ist bei der Erwähnung des Verschwundenen merklich zusammengezuckt.«

»Wahrscheinlich wissen beide mehr über den Fall, als sie preisgeben«, erklärt Ilvi nachdenklich. »Auf alle Fälle war es schlau von dir, so zu tun, als hätte Arttu dir was anvertraut. Asta wird dich bestimmt umgarnen, damit sie an diese Information kommt.«

»Den Eindruck hat sie nicht gemacht. Sie hat mich regelrecht sitzen lassen. Aber vielleicht meldet sie sich noch mal, wenn sie sich beruhigt hat. Wahrscheinlich erlebt sie es nicht oft, dass die Menschen nicht nach ihrer Pfeife tanzen. Ein denkwürdiges Mittagessen war das.«

Mit beiden Handflächen streicht Ilvi ihre Haare glatt. »Dann ist da noch der verschwundene Notfall-Pen von Arttu. Eine weitere Unstimmigkeit. Über die wir wohl einmal mit Tuula sprechen müssen, denke ich. Als Arttus Partnerin sollte sie dazu doch was sagen können.«

Ruckartig hebt Sarah beide Hände. »Tuula? Mit ihr solltest besser du reden. In meiner Gegenwart wird die kaum etwas sagen. Für sie bin ich ja die Mörderin von Arttu. Übrigens ist sie eine Freundin der Bürgermeisterin.«

»Natürlich.« Ilvi lächelt. »Das Puzzle nimmt Gestalt an.«

»Was meinst du damit?«

»Na, an der ganzen Geschichte ist ordentlich was faul. Das sieht eine Blinde. Und die Bürgermeisterin hat was damit zu tun. Wenn wir nur ein Obduktionsergebnis hätten! Dass sich die Polizei weigert, den Toten zu untersuchen, ist eine weitere Merkwürdigkeit.« Ilvi beugt sich vor. »Du hast vorhin von einer Überraschung gesprochen. Im Zusammenhang mit einer Obduktion des Toten?«

»Hab noch etwas Geduld, Ilvi. Ich kann dir bald Genaueres sagen.«

Ilvi lehnt sich zurück und verschränkt die Arme vor der Brust. »So geheimnisvoll? Ich muss sagen, du hast dich verändert.«

»Verändert? Ich?« Sarah runzelt die Stirn. »Wie meinst du das?«

»Du wirkst mehr wie du selbst als im Sommer.«

»Findest du? Vielleicht liegt es daran, dass wir im Sommer dem Tod gerade so von der Schippe gesprungen sind.«

Ilvi schüttelt den Kopf. »Nein, es ist was anderes. Du wirkst selbstbewusster.«

»Selbstbewusster? Eigentlich habe ich mich immer als durchaus selbstbewusst wahrgenommen.«

»Sicher. Aber anders.« Ilvi zieht ihr Handy aus einem Jutebeutel an ihrem Stuhl und tippt darauf herum. »Wie dem auch sei. Ich werde mal dieser Tuula einen Besuch abstatten.«

»Weißt du denn, wo sie wohnt?«

Ilvi steckt das Handy zurück in den Beutel. »Genau deswegen habe ich Lyyli gerade eine WhatsApp geschrieben. Sie wird es mir sicher sagen. Und dann fühle ich Tuula mal auf den Zahn. Was machst du währenddessen?« Ilvi steht auf und schultert den Jutebeutel.

»Ehrlich gesagt würde ich gerne eine Runde Tango tanzen. Vom Festival habe ich bisher kaum was mitbekommen. Es ist höchste Zeit, in den Entspannungsmodus zu schalten. Wenigstens für ein oder zwei Stunden. Dafür bin ich schließlich hergekommen.«

Im Aufzug, auf dem Weg ins Erdgeschoss, zupft Ilvi unvermittelt an Sarahs Blusenärmel. »Willst du dich vor dem Tanzen nicht umziehen? Du trägst nie zweimal hintereinander dieselben Sachen, wenn du unterwegs bist. Erst der Lunch mit der Bürgermeisterin, jetzt aufs Festival, und alles im selben Outfit?« Sie gibt ein Glucksen von sich.

»Nein, ich ziehe mich nicht um. Ich gehe so, wie ich bin. Ob mein Outfit zum Tango passt oder nicht, ist mir egal. Unten rennt sowieso jeder so rum, wie er will. Letztes Mal war ein Kerl sogar als Wikinger verkleidet. Ich habe jetzt keine Lust, mir den Kopf über ein neues Outfit zu zerbrechen.« Sarah zückt ihren Lippenstift und zieht vor der Spiegelwand ihre Lippen nach. »Du wirst es nicht glauben, doch ich habe sogar ein Paar Sneaker aus München mitgebracht. Schuhe ohne Absatz.«

»Genau das hab ich eben gemeint! Du hast dich verändert. Das gefällt mir.«

Sarah steckt den Lippenstift zurück in die Handtasche. »Wahrscheinlich habe ich mir nur was bei dir abgeguckt. Du bist eine hervorragende Lehrmeisterin, wenn es darum geht, sich nicht von der Meinung anderer Menschen abhängig zu machen.«

Ilvi zieht Sarah an sich, drückt ihr einen Kuss auf die Wange und gibt sie lachend wieder frei. »*Oppia ikä kaikki*, wie es so schön heißt.«

»Man lernt nie aus. Ja, da ist was dran.« Sarah strafft die Schultern.

Mit einem Klingeln öffnen sich die Aufzugstüren.

»Um Gottes willen!«, stößt Ilvi aus.

»Was …?«, japst Toivo Aalto.

»Überraschung!«, sagt Sarah und blickt zwischen Ilvi und Kommissar Aalto hin und her.

Mit einem Schritt zur Seite zieht Aalto seinen Rollkoffer aus dem Weg, damit Sarah und Ilvi aussteigen können. »Ich bin gerade angekommen«, sagt er an Sarah gerichtet und fährt sich mit einer Hand durch sein kurz geschnittenes blondes Haar.

Ilvi baut sich vor Sarah auf, die Hände in die Hüften gestemmt. »*Das* ist deine Überraschung?« Dann wendet sie sich an Aalto. »Der Aufzug ist frei, Sie können ihn jetzt benutzen.«

»Ich habe Toivo gebeten, nach Tampere zu kommen«, erklärt Sarah beschwichtigend. »Er kann uns in der Sache mit Arttu weiterhelfen.«

»Ach!«, stößt Toivo Aalto aus.

»Ach!«, presst Ilvi hervor. »Anscheinend musst du noch ein wenig Aufklärungsarbeit leisten, liebste Sarah. Du scheinst Toivo unter Vorspielung falscher Tatsachen hergelockt zu haben.«

Sarah spürt, wie die Röte ihr ins Gesicht steigt. Dass sie dieselbe Reaktion auch bei Toivo bemerkt, verringert ihr Unbehagen keineswegs. Sie räuspert sich. »Ich habe Toivo gesagt, dass auf dem Tangofestival etwas Ungewöhnliches passiert ist. Das ist doch die Wahrheit.«

Ilvi lacht auf.

»Sie haben Probleme mit einem Tanzpartner, nicht wahr?« Irritiert blickt der Kommissar zwischen Ilvi und Sarah hin und her. »Ich bin sehr gerne nach Tampere gekommen, damit Sie einen verlässlichen Partner … äh, Tanzpartner haben.«

Sarahs Aufstöhnen und Ilvis Lachen gehen ineinander über.

»Wie gesagt«, tönt Ilvi mit übertriebener Singstimme. »Du hast noch ein wenig Aufklärungsarbeit zu leisten. Derweil fahre ich zu Tuula. Ich wünsche euch beiden eine angenehme Zeit. Zu zweit.« Sie schultert ihren Jutebeutel und wirft Sarah im Weggehen etwas zu, das ein Zwinkern sein könnte. Oder auch ein erboster Blick.

Toivo tritt von einem Bein aufs andere, zieht aus seiner Gesäßtasche eine Tüte Lakritz und schiebt ein Bonbon in seinen Mund. Danach streckt er Sarah die Tüte entgegen.

»Nein, danke. Wissen Sie, was? Bringen Sie Ihren Koffer aufs Zimmer, dann gehen wir in den Tanzsaal. Auf dem Parkett erklär' ich Ihnen alles.« Für einen Moment fragt Sarah sich, ob auch diese Ansage Teil ihres neuen Selbstbewusstseins ist. »Wir treffen uns an der Rezeption. In fünf Minuten.«

»Ich … Äh … Okay«, stammelt Toivo und zieht seinen Koffer in den Aufzug. Er nickt ihr noch einmal zu, bevor sich die Türen schließen.

Vielleicht war ich wirklich ein bisschen vage, denkt Sarah auf dem Weg zur Rezeption. Aber es hat geklappt, Toivo ist hier. Jetzt muss ich ihn nur noch überzeugen.

Hinter dem Schalter macht Ilmari den Eindruck eines aufgeschreckten Huhns. Er ist blass um die Nase, seine Haare stehen in alle Himmelsrichtungen.

»Haben Sie eigentlich niemals frei?«, wundert sich Sarah. »Immer, wenn ich hier vorbeikomme, sind Sie im Dienst. Ich freue mich natürlich, Sie zu sehen, doch langsam mache ich mir Sorgen. Sie sehen alles andere als fit aus.«

»I-ich …« Ilmari hustet. »Alles ist gut. Nur eine kleine Erkältung. Ich hoffe, Sie genießen Ihren Aufenthalt im Hotel *Kruunu*.«

»Na ja, genießen wäre zu viel gesagt, aber dafür können Sie und das Hotel nichts.« Sie lehnt sich gegen den Schalter. Bis Toivo auftaucht, hat sie noch ein paar Minuten.

»Was sind Ihre weiteren Pläne für heute?«

»Meine Pläne? Nun, ich gehe gleich zum Tangotanzen. Endlich! Mein Begleiter müsste jeden Moment auftauchen. Was sonst noch passiert, wird sich zeigen. Es hängt davon ab, was meine Freundin Ilvi zu berichten hat. Sie geht gerade einer spannenden Sache nach. Sie kennen Ilvi, oder? Die Tänzerin vom *Duo Kettu*. Für den Augenblick zumindest ist sie Tänzerin. Ilvi ist ein richtiger Tausendsassa. Manchmal denke ich, es gibt nichts, was sie nicht kann. Außer vielleicht den richtigen Partner finden. Doch wer kann das schon von sich sagen.« Sarah lacht auf. Dann beugt sie sich vor und sagt mit gedämpfter Stimme: »Im vergangenen Sommer haben Ilvi und ich einen Mordfall aufgeklärt.«

Ilmari steht der Mund offen.

»Wollen Sie was Witziges hören? Der Tanzpartner, auf den ich warte, ist Kommissar. Er hat in dem Fall ermittelt. Nicht sehr erfolgreich, wenn ich das sagen darf.«

»Der Herr, der soeben eingecheckt hat?« Ilmari scheint noch ein wenig blasser zu werden.

»Toivo Aalto, ja. Ich habe ihn gebeten, nach Tampere zu kommen. Es war wichtig. Irgendetwas ist hier nämlich faul.« Nachdenklich tippt sie sich an die Nasenspitze.

»Was – was meinen Sie damit?«

»Oh, darüber kann ich nicht reden.« Vielsagend hebt sie die Augenbrauen.

»Da bin ich.« Toivo Aaltos Stimme erklingt in Sarahs Rücken.

»Das ging ja schnell. Sie müssen förmlich geflogen sein«, sagt sie

Toivo lächelt gequält. Er deutet zum Saaleingang. »Wollen wir?«

Auf dem Weg mit Toivo durchs Foyer dreht Sarah sich noch einmal zur Rezeption um. Mit erhobenem Handy steht Ilmari hinter dem Schalter, lässt aber eilig den Arm sinken, als sich ihre Blicke kreuzen. »Der Junge ist maßlos überarbeitet«, murmelt sie. »Er beginnt schon, sich überspannt zu verhalten.«

»Was meinen Sie?«, fragt Toivo Aalto, der neben ihr geht. Bei jedem seiner Schritte raschelt die Lakritztüte in der Gesäßtasche.

»Ach, nichts. Ich habe nur laut nachgedacht. Aber vielleicht möchten Sie sich Ihrer Süßigkeiten entledigen, bevor wir mit dem Tanzen beginnen?« Sie deutet auf die ausgebeulte Hosentasche.

Hastig zieht Toivo die Plastikverpackung hervor, leert im Gehen ihren Inhalt in seinen Mund und wirft die Tüte in einen Mülleimer. Heftig kauend nickt er Sarah zu.

In diesem Moment öffnet sich die breite Tür. Ein Tanzpaar, Schweißperlen auf der Stirn, verlässt den Saal.

Sarahs Herz macht einen Sprung. Tangomusik schlägt ihr entgegen, untermalt von melancholischem Gesang. Etwas über eine ferne Liebe und einen endlosen Wald, meint sie zu verstehen. Eine Bewegung im Augenwinkel lässt sie den Kopf drehen. Und ihr den Atem stocken.

Moritz schlendert durchs Foyer auf den Hoteleingang zu. Sollte er den Blick etwas heben, würde er Sarah sehen. Neben Toivo Aalto. Hastig zieht Sarah den Kommissar hinter sich her. Zum Glück verabscheut Moritz das Tanzen, denkt sie.

Im Saal lotst sie Toivo durch die dichte Zuschauermenge bis zum Rand des Tanzparketts. »Ziemlich viel los heute«, sagt sie und deutet auf die überfüllte Tanzfläche. »Mehr als gestern. Meinen Sie, wir passen noch rein?«

Statt zu antworten, ergreift Toivo ihren Arm und führt sie zu einer Lücke auf dem Parkett. Nach einer knappen Verbeugung zieht er sie in die Tangopose, und schon sind sie unterwegs. Zwei langsame Schritte, eine halbe Drehung.

Schwungvoller als Arttu gleitet Toivo mit ihr über die Tanzfläche, ohne dass sie einem anderen Paar in die Quere kommen. Es dauert keine halbe Minute, und Sarah merkt, wie der Ballast der letzten Tage von ihr abfällt. Endlich macht sich Entspannung in ihr breit. »Sie sind ein guter Tänzer.«

»Vielen Dank.« Der Kommissar lächelt. »Doch man tanzt immer nur so gut, wie es die Partnerin ermöglicht.«

»Haben Sie mit Ihrer geschiedenen Frau häufig getanzt?« Die Frage rutscht ihr einfach so heraus.

Ein Schatten zieht über Toivos Gesicht. »Wir haben oft Veranstaltungen wie diese hier besucht. Doch irgendwann war Schluss. Meine Frau hatte plötzlich immer Wichtigeres zu tun.«

»Das Sichauseinanderleben, ja.« Sarah seufzt. »Bei Udo und mir war es ähnlich. Irgendwann konnte ich ihn ebenfalls nicht mehr zum Tangotanzen bewegen. Obwohl er wusste, dass ich es liebe. Wahrscheinlich hatte er da längst ein anderes Tänzchen mit seiner Geliebten gestartet.«

Für den Bruchteil einer Sekunde zieht Toivo die Mundwinkel nach unten, doch dann tritt ein breites Grinsen auf sein Gesicht. »Pech für ihn. Sie haben was Besseres verdient, Sarah.«

»Das ist nett, dass Sie das sagen.« Sie wirft ihm einen prüfenden Blick zu, doch Toivo hat wieder seine undurchsichtige Miene aufgesetzt.

Während der nächsten Tanzstücke gelingt es Sarah, alles auszublenden. Sie lässt sich von Toivo über das Parkett führen, schließt irgendwann sogar die Augen. Zwei langsame Schritte, eine halbe Drehung. Sie hat das Gefühl, auf der Musik zu schweben. Sich von ihrem Körper zu lösen und nur im Hier und Jetzt zu sein. Schon lange hat sie sich nicht mehr derart schwerelos und von allen Sorgen befreit gefühlt. Hierfür ist sie nach Tampere gekommen. Genau dieses Gefühl hat sie schon beim Tanzen mit Arttu gesucht.

Arttu. Sarah öffnet die Augen, kehrt zurück in eine ganz und gar nicht schwerelose Realität. »Ich muss etwas mit Ihnen besprechen, Toivo.«

Der Kommissar zieht eine Augenbraue hoch.

»Ich bin in eine ungewöhnliche Sache geraten und brauche Ihre Hilfe.«

»Meine Hilfe?«

Sarah nickt. Dann berichtet sie ihm von Arttus Tod, Tuulas Anschuldigung und dem merkwürdigen Gespräch mit der Bürgermeisterin. Was sie für sich behält, sind Arttus letzte Worte. »Die ganze Angelegenheit wirft viele Fragen auf«, schließt sie.

»Deren Beantwortung Sie der Polizei überlassen sollten.« In Toivos Stimme klingt leiser Tadel an.

»Aber da liegt doch das Problem!«, entfährt es Sarah. »Dieser Uddström will anscheinend gar nichts aufklären.«

Toivo bleibt mitten in der Tanzbewegung stehen. Ein anderes Tanzpaar kann nur in letzter Sekunde ausweichen. »*Jussi* Uddström?«

Sarah nickt. »Er will nicht mal, dass der Tote obduziert wird. Ich habe mit zweien seiner Mitarbeiter gesprochen.«

Genauso abrupt, wie er stehen geblieben ist, nimmt Toivo den Tanz wieder auf. »Der Jussi«, sagt er nur. Zwei langsame Schritte, eine halbe Drehung.

Es brennt Sarah auf der Zunge, doch sie schweigt. In ihrem Tanzpartner arbeitet es, das spürt sie. Da will sie nicht dazwischenfunken.

»Hat man gesagt, warum auf eine Obduktion verzichtet wird?«

»Angeblich ist Arttu Mäkelä eines natürlichen Todes gestorben. Ein Herzinfarkt, ausgelöst durch die Anstrengung beim Tangotanzen. Doch von Arttus Tochter Lyyli habe ich erfahren, dass ihr Vater immer ein Notfallmedikament bei sich trug, da er hochgradig gegen Bienengift allergisch war. An seinem Todestag war das Medikament verschwunden.«

»Verschwunden?«

Sarah zuckt mit den Schultern. »Ich weiß auch nicht, ob das von Bedeutung ist. Ich bin nämlich sicher, dass Arttu während unseres Tanzes nicht von einer Biene gestochen wurde. Aber merkwürdig ist das Verschwinden des Notfall-Pens schon. Und Arttus Symptome, bevor er auf dem Parkett zusammenbrach, hätten auch von einem allergischen Schock herrühren können. Soweit ich das beurteilen kann.« Sie wirft Toivo einen abschätzenden Blick zu. »Die örtliche Polizei scheint das jedoch nicht weiter zu interessieren.«

»Deshalb haben Sie mich hergebeten.« Es gelingt dem Kommissar nicht, die Enttäuschung aus seiner Stimme herauszufiltern.

»Natürlich freue ich mich, Sie wiederzusehen«, versichert Sarah. »Aber ja, ich erhoffe mir auch Ihre Hilfe.«

»Wobei?« Toivo führt Sarah zum Rand der Tanzfläche und bleibt stehen. Er lässt sie los und kratzt sich an der Stirn. »Was stellen Sie sich vor, das ich tun kann?«

»Die regionalen Polizeidirektionen sind doch alle der Hauptstelle in Helsinki unterstellt, oder?«

»Das ist im Grunde richtig.«

»Und Sie arbeiten in der Hauptstelle.«

»Auch das ist richtig. Doch wir mischen uns möglichst nicht in die Arbeit der Kollegen vor Ort ein. Vor allem nicht bei einer Dienststelle wie der in Tampere. Sie ist eine der größten im Land. Hier befindet sich auch die Polizeihochschule. Viele erfahrene Kolleginnen und Kollegen sind in der Direktion tätig.«

»Kolleginnen und Kollegen, die bei einem plötzlichen Todesfall keine Obduktion wollen. Und das, obwohl es sich bei dem Verstorbenen um einen der reichsten Männer Finnlands handelt. Gerade bei so jemandem erwartet man doch eine gründliche Untersuchung der Todesumstände.« Sarah hat die Fäuste in die Hüfte gestemmt. »Gleichzeitig verhalten sich die Menschen aus Arttus Umfeld merkwürdig, gerade so, als hätten sie etwas zu verbergen. Die Bürgermeisterin. Die Lebensgefährtin. Doch dieser Uddström, der die Ermittlung leitet, schließt mir nichts, dir nichts die Akte.«

»Jussi Uddström«, wiederholt Toivo nachdenklich. »Sie können sich denken, dass ich mich mit einer Einmischung alles andere als beliebt mache.«

»Es geht um die Wahrheit.«

»Wenn sich Ihr Verdacht nicht bestätigt, wovon ich ehrlich gesagt ausgehe, was dann?«

»Dann kann ich endlich das tun, wofür ich nach Finnland gekommen bin: meine Freizeit genießen. Glauben Sie mir, Toivo, ich würde nichts lieber tun. Doch solange ich den Verdacht hege, beim Ableben meines Tanzpartners sei es nicht mit rechten Dingen zugegangen, kann ich mich nicht entspannen.«

Mit unbewegter Miene blickt Toivo Sarah an. Nur die Augen verraten, dass es in ihm arbeitet. Seine Brust hebt sich, dann seufzt er. »Was ich tun kann, ist, ein oder zwei Leute in Helsinki anzurufen. Die dann hier nachhorchen, was Sache ist.«

Sarah klatscht in die Hände. »Das wäre wunderbar, Toivo. Vielen Dank!«

Toivo verzieht den Mund. »Freuen Sie sich nicht zu früh. Es ist gut möglich, dass wir die Hölle lostreten.«

VIERUNDZWANZIGSTES KAPITEL

Jussis Haus, eine Industriellenvilla aus dem neunzehnten Jahrhundert, kann man getrost stattlich nennen. Bereits der monatliche Unterhalt muss Unsummen verschlingen. Zum wiederholten Male stellt sich Eddi die Frage, wie sein Chef sich ein solches Anwesen im Stadtteil Amuri leisten kann. Sicher nicht von seiner Besoldung. Und da Jussi Junggeselle ist, wird das Gebäude auch keine Mitgift wohlhabender Schwiegereltern sein. Wahrscheinlich hat er geerbt, denkt Eddi. Dunkel erinnert er sich an die Bemerkung eines Kollegen, Jussis Vorfahren seien alteingesessene Papierfabrikanten gewesen. Als Kind einer Arbeiterfamilie hat er sich in seinem Leben alles selbst erarbeitet. Menschen, die mit einem goldenen Löffel im Mund zur Welt kommen, sind ihm suspekt.

Eddi zieht an seiner Zigarette, dann drückt er sie im Aschenbecher aus. Ein Vorteil des alten VW Golf, der Aschenbecher, denkt er. Die heutigen Modelle werden anscheinend nur von militanten Nichtrauchern gefahren. Aschenbecher sucht man darin vergebens. Wobei Eddi lange keine Glimmstängel mehr angepackt hat. Ganze vier Jahre lang, um genau zu sein. Bis heute. Erst auf dem Weg zu Jussis nobler Adresse hat er sich eine Schachtel besorgt, und jetzt saugt er den blauen Dunst gierig in seine Lungenflügel. Er kann nicht genau sagen, warum ihn der Drang nach Zigaretten übermannt hat. Vielleicht, weil er sich erinnert hat, dass Rauchen gegen seine Anspannung und Wut hilft. Vielleicht auch, weil Meeri raucht. Seit er die Nacht bei ihr verbracht hat, hat er immer mal wieder auf Zigaretten geschielt, konnte sich bis eben aber zurückhalten.

Damit ist es vorbei. Er steckt sich eine weitere Zigarette an, bemerkt überrascht, dass die Schachtel fast leer ist. Noch keine halbe Stunde parkt er vor Jussis Haus.

Obwohl es noch nicht sechs Uhr ist, senkt sich die Dämmerung über die Stadt. Es geht mit Riesenschritten auf den Winter zu. Bald werden Sonnenstrahlen auch tagsüber Mangelware sein. Wobei der Winter im südlichen Teil Finnlands weniger düster wird als am Polarkreis, wo Eddi herkommt. Das freundlichere Wetter ist einer der Vorteile seines Umzugs nach Tampere. Ansonsten bleibt da jedoch nicht viel. Manchmal fragt sich Eddi, ob er zurück in die Heimat sollte. In den menschenleeren Norden. Doch er weiß genau, dass ihm die Decke dort schnell auf den Kopf fallen würde. Das Großstadtleben gefällt ihm, Tampere ist nicht übel. Was ihn stört, ist sein Job. Nein, nicht der Job an sich, korrigiert er sich. Sein Chef Jussi ist es, der ihm Kopfschmerzen bereitet. Seit dem ersten Arbeitstag existiert da ein Störgefühl. Mit Eddis Zwangsbeurlaubung hat Jussi jedoch regelrecht den Krieg ausgerufen. »Das weiß der Gute aber noch nicht«, grinst Eddi vor sich hin. Er wird schon rauskriegen, welches falsche Spiel sein Vorgesetzter spielt.

Im Haus geht ein Licht an, hinter einem Fenster im ersten Stockwerk. »Wusste ich's doch!« Eddi starrt auf das erleuchtete Rechteck, als könnte es jeden Moment etwas Wichtiges offenbaren. Jussi ist zu Hause. Und zwar auffällig früh für einen regulären Arbeitstag, findet Eddi. In letzter Zeit wird Jussi immer seltener in der Polizeidirektion gesehen, doch die Kollegen sagen, das liege an seiner neuen Dozententätigkeit an der Polizeihochschule. Eddi hat da so seine Zweifel. Wenn Jussis Finger in krummen Geschäften stecken, wird er dafür ein gewisses Maß an Zeit aufbringen müssen. Eddi beugt sich weit über das Lenkrad, bis die glühende Zigarettenspitze beinahe die Windschutzscheibe berührt. Wenn er nur sehen könnte, was Jussi treibt.

Nachdem Birke zurück ins Büro gefahren war, hat Eddi lange überlegt, wie er vorgehen könnte. Er muss sich erneut mit Meeri treffen, ganz klar. Vielleicht bringt er sie noch dazu, auszuplaudern, welchen Dreck ihr Ex-Freund Jussi am Stecken hat. Natürlich muss er aufpassen, dass Birke nichts von seinen Seitensprüngen mitbekommt, denn er mag sie wirklich. Es ist jedoch nicht das erste Mal, dass er zweigleisig fährt. Aber diesmal, findet er, rechtfertigt der Zweck die Mittel.

Und dann will er noch mal mit Kirsti sprechen, versuchen, zu ihr durchzudringen. Sie muss erkennen, dass Jussi ein mieser Kerl ist! Dass sie laut Aki nicht zum engen Dunstkreis des Chefs gehört, lässt Eddi darauf hoffen. Im besten Fall könnte sie so etwas wie seine Augen und Ohren in der Dienststelle werden. Zumindest so lange, bis er wieder selbst dabei ist.

Die Idee, auf gut Glück zu Jussis Haus zu fahren, kam ihm plötzlich. Für den Rest des Nachmittags hat er sowieso nichts Besseres vor – beim Training war er schon.

Plötzlich rollt ein schwarzer Mercedes an seinem Golf vorbei, bremst ab und bleibt vor dem Tor zu Jussis Grundstück stehen. Eddis Puls beschleunigt sich. Hastig drückt er die Zigarette aus und versenkt den Stummel im Aschenbecher, dann rutscht er zurück in die Lehne des Sitzes.

Die Bremsleuchten des Mercedes erlöschen. Sekunden später öffnet sich die Fahrertür, und eine Person steigt aus, blickt sich auf der Straße um und geht mit eiligen Schritten zum Tor. An ihrem Arm baumelt eine Handtasche.

Eddi stößt einen Pfiff aus. »Die Bürgermeisterin höchstpersönlich.«

Am Tor blickt Asta Helläkoski sich abermals um, dann betritt sie das Grundstück und steigt die Stufen zur Eingangstür empor. Als sie vor der Tür ist, schaltet sich eine Außenlampe ein und taucht die Besucherin in helles Licht. Sobald sich die Eingangstür öffnet, schlüpft sie ins Hausinnere. Hinter ihr schließt sich sofort die Tür.

Was macht die Bürgermeisterin Tamperes bei Jussi? Und warum möchte sie beim Betreten des Hauses nicht gesehen werden? Eddi schüttelt eine Zigarette aus der Schachtel und zündet sie an. Von Birke weiß er, dass Asta und Jussi in Kontakt stehen. Doch dass Hausbesuche der Bürgermeisterin zu dieser Beziehung gehören, empfindet Eddi als merkwürdig. Er greift nach seinem Handy.

»Hallo, Schatz. Vermisst du mich bereits?«

»Du weißt, dass ich nur schwer ohne dich kann, Birke«, säuselt Eddi. Dann lacht er. »Ich wollte dich was fragen, deshalb rufe ich an.«

»Schieß los. Ich habe aber nur eine Minute. Vor mir auf dem Bildschirm flimmert ein Text, den ich noch durcharbeiten und ans Bauamt schicken muss. Terminsache.«

»Okay, ich mach's kurz«, sagt Eddi. Sein Blick geht zum Fenster im ersten Stock. Das Licht brennt nach wie vor. »Die Bürgermeisterin – kannst du mir sagen, wo sie sich gerade befindet?«

»Asta? Warum möchtest du das denn wissen? Sie hat einen Außentermin.«

»Weißt du, wo genau sie ist, Schatz? Ich möchte was abgleichen.«

»Abgleichen?« In Birkes Stimme schwingt Skepsis mit. Dann seufzt sie. »Du bist bei der Polizei, da kann ich wohl eine Ausnahme machen. An sich ist der Terminplan meiner Chefin selbstverständlich vertraulich.«

»Danke, Schatz!«

Eine Computertastatur ist zu hören. »Ach, genau. Sie ist bei einer Bezirkssitzung. Der Verkehrsausschuss stellt da etwas vor. Ich glaube, es geht um die Einrichtung eines Radweges.«

»Bei einer Sitzung. Verstehe.« Er schüttelt den Kopf. »Sehen wir uns heute Abend?«

»Ich bin nachher mit Eeva zum Yoga verabredet, wir wollen im Anschluss noch was trinken gehen. Aber vielleicht danach. Obwohl es spät werden kann. Lass uns noch mal telefonieren. Okay?«

»Gut, das machen wir. Bis später.« Eddi schiebt das Telefon in seine Hosentasche. »Ein Ausschuss. Sieh mal einer an.«

Ein Motorrad rast an seinem Wagen vorbei, viel zu schnell für die verkehrsberuhigte Zone. Für einen Moment überlegt Eddi, dem Rowdy zu folgen, doch dann fällt ihm ein, dass er zurzeit nicht im Dienst ist. Er wendet sich wieder Jussis Haus zu. Und stutzt. Das Licht im ersten Stock ist erloschen. Das Anwesen liegt in tiefer Dunkelheit. Er erwartet, dass sich etwas in einem anderen Zimmer tut, irgendwo ein Licht angeht. Nichts. Das Gebäude wirkt wie ausgestorben. Ob Jussi und Asta auf der anderen Hausseite sind? Schnell verabschiedet er sich von der Idee, das zu überprüfen. Dafür müsste er über das Grundstück schleichen – eine heikle Angelegenheit. Bestimmt verfügt das Anwesen über ein Sicherheitssystem. Eddi will nicht auch noch auf den Überwachungskameras seines Chefs verewigt sein. Da kann er sich gleich einen neuen Job suchen.

Sind es zwei oder schon drei Zigarettenlängen, bis sich etwas tut? Dass sich die Haustür öffnet, erkennt Eddi daran, dass sich das Außenlicht einschaltet. Asta tritt aus dem dunklen Haus, eilt die Treppenstufen hinab. Ihr auf dem Fuß folgt Jussi.

Eddi drückt die Zigarette in den Aschenbecher und lehnt sich tief in den Sitz zurück. Gebannt verfolgt er, wie die Bürgermeisterin und sein Vorgesetzter auf das Tor zugehen. »Worum ging es bei eurem Treffen?«, flüstert er.

Asta Helläkoski öffnet die Fahrertür des Mercedes. Vor dem Einsteigen scheint sie kurz Eddis VW Golf zu betrachten. Dann verschwindet sie im Wageninneren. Der Motor startet, und der Mercedes schießt aus der Parklücke und verschwindet binnen Sekunden hinter der nächsten Straßenkurve.

Auch die Bürgermeisterin hätte einen Strafzettel verdient, findet Eddi. Sein Blick schwenkt zu Jussi, der reglos am Straßenrand steht und dem Wagen hinterherblickt. Doch nun dreht er sich um. Und starrt geradewegs auf Eddis Golf.

»Scheiße!« Eddi drückt sich noch tiefer in den Sitz.

Jussi nimmt die Hände aus den Hosentaschen. Selbst in dem schummrigen Licht der einzigen Straßenlaterne ist zu erkennen, dass er sie zu Fäusten geballt hat. Er setzt sich in Bewegung. Hält direkt auf den VW Golf zu.

»Verdammte Scheiße!« Eddi dreht den Zündschlüssel. Er muss weg, sofort. Vielleicht hat sein Chef noch nicht gesehen, wer im Wagen sitzt.

Der Motor stottert, erstirbt.

Die verdammten Zündkerzen! Der Werkstatttermin, den Eddi immer noch nicht vereinbart hat. Abermals dreht er den Schlüssel. Nichts. »Scheiße!«

Jussis Gestalt taucht neben dem Wagen auf. Mit der Faust klopft er gegen die Seitenscheibe.

FÜNFUNDZWANZIGSTES KAPITEL

Sarah kann kein Auge zutun. Sie wälzt sich im Bett, schaltet die Nachttischlampe ein. Das Handydisplay sagt, dass es bereits halb zwölf ist. Seit einer Stunde versucht sie einzuschlafen. Mit Toivo war sie am Abend noch im Hotelrestaurant essen. Eine erstaunlich kurzweilige Angelegenheit, bei der der Kommissar geradezu entspannt und gesprächig war. Sie ertappt sich bei einer bedauernden Grimasse, dass statt Toivo nicht Moritz mit ihr am Tisch war. Kurz überlegt sie, den mitgebrachten Roman anzufangen. Sie hat ihn am Flughafen in München gekauft. Eine spannend klingende Geschichte über eine junge Mutter, die während des Urlaubs am Mittelmeer über eine Leiche stolpert und in ein mafiöses Netzwerk hineingezogen wird. Zu aufregend, denkt sie, dann kann ich gar nicht mehr einschlafen. Hoffnungsvoll löscht sie das Licht.

Sicher liest Moritz regelmäßig Bücher. Als Kunstfachmann bleibt das gewiss nicht aus. Sie stellt sich vor, wie er über einen Roman gebeugt ist und sich immer wieder diese störrischen Haarsträhnen aus dem Gesicht streicht. Nur ungern verbannt sie das Bild aus ihrem Kopf.

Wann Ilvi sich wohl meldet? Seit sie zu Tuula aufgebrochen

ist, kam keine Nachricht. Auch auf Sarahs WhatsApp, sie gehe nun schlafen, hat sie nicht reagiert. Sorgen macht Sarah sich aber keine. Wenn jemand auf sich aufpassen kann, dann Ilvi. Sarah ist vielmehr gespannt, was der Besuch bei Tuula gebracht hat. Hat Ilvi etwas herausgefunden, das die verdächtigen Umstände von Arttus Tod erhellt?

In der Dunkelheit starrt sie an die Zimmerdecke. Vor ihrem inneren Auge ziehen in schneller Abfolge Bilder auf. Von ihrer Tochter Franziska als Kleinkind im Kinderwagen, mit der Sarah jeden Tag, bei Wind und Wetter, durch München spazierte. Von der Reise nach Helsinki mit ihren Eltern. Von Udo, der, nachdem er Sarah mit diesem Schlagersternchen Ramona betrogen hatte, die Unverfrorenheit besaß, die Story seiner neuen Beziehung an die Klatschpresse zu verkaufen. Kurz kämpft sie mit den Tränen. Nicht, weil sie Udo vermissen würde, sondern weil sie sich darüber ärgert, dass Udo nun auch noch versucht, jeden Cent aus ihr herauszupressen.

Sarah konzentriert sich auf ihre Atmung, sucht einen Rhythmus, der sie beruhigt. Sie will nur noch schlafen. Doch ein Geräusch vereitelt ihren Plan. Es kommt von der Zimmertür. Sarahs Augen schnappen auf. Erst ist es ein Klacken, dann ein leises Schaben. Als würde jemand mit der flachen Hand über Holz wischen. Unmöglich. Sie muss schon im Halbschlaf sein, das Geräusch träumen. Doch da hört sie es abermals.

Sie setzt sich auf, schiebt die Decke von sich und schwingt die Beine über die Bettkante. Jemand ist vor ihrer Zimmertür und bewegt sachte die Klinke. Ist das Ilvi? Auf Zehenspitzen eilt sie zur Tür und drückt ein Ohr gegen das Holz. Auf dem Gang sind leise Schritte zu hören.

Sie will sich umdrehen, da hört sie es erneut. Schritte auf dem Hotelgang. Kurz entschlossen zieht sie die Zimmertür auf und blickt hinaus. »Ilmari!«

Der Hotelmitarbeiter zuckt zusammen. Er steht keine drei Meter entfernt, den Rücken an die Wand gepresst. »Meine Güte, haben Sie mich erschreckt!«, ächzt er und presst eine Hand auf sein Herz. Mit der anderen umfasst er ein Handy.

»Waren Sie gerade an meiner Tür?«

»Ich … Nein! Ich war im Nebenzimmer.« Er deutet auf die Tür von Zimmer 438. »Es gibt dort ein Problem mit der Dusche.«

»Es ist Mitternacht, und Sie kontrollieren die Duschen?«

Ilmari lacht gequält. »Es gibt keine falsche Uhrzeit, wenn man etwas für die Gäste in Ordnung bringen möchte.«

Sarah verschränkt die Arme vor der Brust. »Arbeiten Sie denn immer noch? Ich habe Sie doch schon heute Mittag unten an der Rezeption gesehen? Sie machen viel zu viele Überstunden, so blass und übernächtigt, wie Sie sind! Ich glaube, ich sollte mal mit Ihrer Vorgesetzten sprechen. Livia heißt sie, oder?«

Abwehrend hebt Ilmari eine Hand. »Nein, bitte tun Sie das nicht! Das … äh … das würde alles nur schlimmer machen.«

»Dann versprechen Sie mir, nach Hause zu gehen und sich ins Bett zu legen? Und morgen sind *Sie* es, der sich krankmeldet. Egal, was mit dieser Livia ist.«

Ilmari nickt. Tief holt er Atem, wirkt plötzlich seltsam erleichtert. »I-ich … Ja …«, stottert er.

Sarah seufzt. »Wissen Sie, ob wir Vollmond haben?«

Ilmari schüttelt den Kopf. »Ich glaube nicht. Wieso fragen Sie?«

»Weil ich nicht schlafen kann. Das habe ich normalerweise nur bei Vollmond. Ich glaube, ich drehe eine Runde durch den

Park. Ein kleiner Spaziergang an der frischen Luft wird mir guttun. Und Sie tun, was Sie mir versprochen haben, Ilmari!« Sarah hebt in gespielter Strenge einen Zeigefinger. »Auf nach Hause und ins Bett!«

Ilmari zögert, legt das Handy von der einen Hand in die andere, dann geht er langsam rückwärts. »Okay, Sie haben recht. Schlafen Sie nachher gut. Nach Ihrem Spaziergang, meine ich.« Er dreht sich um und hastet davon. Plötzlich scheint er es eilig zu haben.

Für den Spaziergang wählt Sarah dasselbe Outfit wie beim Essen mit der Bürgermeisterin. Über die weit geschnittene Chanel-Bluse und die graue Jogginghose wirft sie sich einen warmen Mantel, schlüpft in die Sneaker. Die Kleidung ist bequem, vor allem aber ein Zeichen ihres neuen Selbstbewusstseins. Zufrieden nickt sie ihrem Spiegelbild zu. Dann schnappt sie sich die Zimmerkarte und verlässt den Raum.

Im Foyer fällt ihr ein, dass das Handy neben dem Bett liegt. Soll sie noch einmal zurück und es holen? »Unsinn«, sagt sie zu sich selbst. »Für zehn Minuten werde ich auch ohne das Ding auskommen.« Sie vergräbt die Hände in den Manteltaschen und geht an der Rezeption vorbei. Der Schalter ist nicht besetzt, doch die Tür dahinter ist nur angelehnt. Hoffentlich hat Ilmari sich wirklich auf den Heimweg gemacht.

Ein leichter Wind weht über das Parkgelände und trägt den Geruch von Feuchtigkeit und Herbst. Die Wasseroberfläche auf dem Ententeich kräuselt sich. Von den Vögeln keine Spur – Sarah nimmt an, dass sie in den Holzhäuschen auf der kleinen Steininsel in der Teichmitte schlafen. Gut geschützt vor Katzen oder anderen Raubtieren. Was auch immer die Nacht durchstreift.

In regelmäßigen Abständen beleuchten Straßenlaternen den Weg. Tief saugt Sarah die frische Nachtluft in ihre Lunge, während sie den Teich umrundet. Zwischen den dichten Wolken zeigt sich gelegentlich der Mond. »Kein Vollmond«, murmelt sie ein wenig enttäuscht. Sie wirft der Person, die zusammengerollt auf einer Parkbank schläft, einen mitleidigen Blick zu. In München hat sie in der Vergangenheit immer wieder die Obdachlosenhilfe unterstützt. Finanziell, aber auch mit Arbeitsstunden.

Der Kinderspielplatz am Rand des Parks liegt im Schatten. In der Finsternis und ohne das Gewusel der Kleinen hat er etwas Gespenstisches. Um nicht zu lange auf dem düsteren Anblick zu verweilen, betrachtet Sarah die Wohnhäuser, welche die Grünanlage auf dieser Seite einfassen. Ein paar Fenster sind erleuchtet, doch hinter den meisten Scheiben ist es dunkel. Es wird Zeit, zurück ins Hotel zu gehen, findet sie. Sie hat sich mehr als ausreichend die Beine vertreten.

Kaum ist sie am Wohnblock vorbeigegangen, führt der Weg für ein paar Meter an der Straße entlang. Hier parken Autos, Stoßstange an Stoßstange. Ein Frösteln durchfährt Sarah. Der Wind hat aufgefrischt. Sie freut sich auf ihr warmes Bett.

Dass etwas nicht stimmt, weiß ihr Körper, bevor ihr Verstand Alarm schlägt. Sie will sich umdrehen, ahnt, dass sie nicht allein ist. Ihre abwehrende Armbewegung geht ins Leere. Etwas legt sich auf ihren Mund und lässt sie erschrocken einatmen. Als Letztes nimmt sie einen merkwürdig süßlich-alkoholischen Geruch wahr. Dann greift Dunkelheit nach ihr.

SECHSUNDZWANZIGSTES KAPITEL

Das Gefühl, ausgeliefert zu sein, will nicht verschwinden. Ein wenig behäbig, ihre Taschen und Tüten balancierend, klettert Tarja aus dem Bus. Sie bleibt an der Haltestelle stehen, will warten, bis der Bus weitergefahren ist. Niemand sonst ist ausgestiegen, kein anderes Fahrzeug auf der Straße zu sehen. Also kann sie niemand verfolgt haben.

Erst als der Bus hinter der nächsten Straßenecke verschwunden ist, setzt sie sich in Bewegung. Doch das drückende Gefühl von Bedrohung rumort weiter in ihr. Niemand kann wissen, dass du hier bist, spricht sie sich Mut zu.

Die Häuser sehen aus wie Kaninchenställe. In Reih und Glied ziehen sie sich an beiden Seiten der Lupiinikatu entlang. Braun gestrichene Holzgebäude, ein paar auch aus kaminrotem Backstein gemauert und mit weißen Fensterrahmen. In den Einfahrten parken Mittelklassewagen, in manchen Vorgärten liegt Kinderspielzeug herum. Die handtuchgroßen Rasenflächen vor den Häusern sind akkurat gemäht. Ein kleines Mädchen fährt auf einem Fahrrad mit Stützrädern über den Gehweg und bedenkt Tarja mit einem neugierigen Blick.

Tarja senkt das Kinn und geht schnell an dem Kind vorbei.

Zu dem Gefühl der Bedrohung hat sich Angst gesellt. Tut sie das Richtige? Was, wenn sie abgewiesen wird? Doch sie hat keine Wahl. Sie weiß nicht, wo sie sonst Zuflucht suchen kann.

Sie biegt in eine Sackgasse ein. Auch hier eng aneinandergereihte Häuschen, ein Bild adretter Ordnung, das eine Illusion von Sicherheit gibt. Tarja hält inne, setzt ihr Gepäck auf dem Asphalt ab und blickt auf das Haus mit der Nummer zweiundvierzig. Es ist das letzte in der Gasse und grenzt an ein Birkengehölz. Die Einfahrt ist leer, doch aus dem Schornstein steigt eine feine Rauchsäule auf. Tarja schluckt. Dann schultert sie die Taschen und Tüten und zwingt ihre Beine, das Reihenendhaus anzusteuern. Mit jedem Schritt wächst die Angst, knabbert wie ein gefräßiges Raubtier an ihrer Seele.

Senja öffnet die Haustür und zuckt zurück. »Du?« Für einen Moment sieht es so aus, als wollte sie die Tür zuschlagen, doch dann lässt sie sie einen Spaltbreit offen. Nicht viel mehr als ihre Nasenspitze und die aufgerissenen funkelnden Augen sind zu sehen. »Was willst du?«

»Ich …« Tarja versagt die Stimme. Sie stellt die Taschen ab, atmet gegen den Schwindel an.

»Was?«, bellt Senja.

»Ich brauche deine Hilfe.«

Die Tür bewegt sich keinen Millimeter. Senja stößt einen Laut aus, der an ein heiseres Lachen erinnert. »Du hättest Hilfe haben können. Damals. Dafür ist es nun zu spät.«

Tarja hebt in einer flehenden Geste die Hände. »Es ist anders als damals, Senja. Bitte! Ich muss für ein paar Tage irgendwo unterkommen. Nur für ein paar Tage, dann verschwinde ich. Für immer! Ich verspreche es.«

Schweigen.

»Ich komme nicht wegen Lelle.« Tarjas Stimme ist ein Flüstern.

Lautstark saugt Senja Luft ein.

Tarja erwartet, dass die Tür zugeschlagen wird, doch nach einigen Herzschlägen weitet sich der Spalt, bis Senjas Körper ihn ausfüllt.

»Was genau willst du?« Skeptisch runzelt Senja die Stirn.

»Ich brauche einen Schlafplatz. Für drei, vier Tage. Danach gehe ich. Vielleicht in den Norden, ich weiß noch nicht.« Tarja macht einen kleinen Schritt auf die Tür zu. »Ihr habt hinten im Garten doch die Laube. Bitte lass mich da unterkommen.«

»Da steht lauter Gerümpel drin«, erwidert Senja. Ihre Stimme hat etwas an Schärfe verloren. »Der kaputte Gasgrill, Werkzeuge, so Zeugs.«

»Umso besser!« Tarja zwingt sich zu lächeln. »Dort störe ich keinen. Ich verspreche dir, ich bin mucksmäuschenstill. Niemand merkt, dass ich da bin.«

In Senja arbeitet es. »Und wo willst du auf die Toilette gehen, wenn dich niemand sehen soll?«

»Dein Mann arbeitet tagsüber im Büro? Und Lelle besucht die Schule?«

Senja zögert, nickt dann.

»Wenn du mich einmal am Tag ins Haus lässt, während die beiden weg sind, wäre das wunderbar.«

»Nimmst du noch Drogen?« Die Härte ist in Senjas Stimme zurückgekehrt.

»Nein! Ich schwöre dir, dass ich seit Jahren nichts mehr angerührt habe.«

Senjas skeptischer Blick spricht Bände.

Tarja räuspert sich. »Ich schwör's beim Leben meiner Tochter.«

»Nenn sie nicht so!«, ruft Senja. »Sie ist nicht mehr deine

Tochter. Schon lange nicht mehr. Es steht dir nicht zu, sie so zu nennen!«

Abwehrend hebt Tarja die Hände. »Ich weiß. Ich weiß. Du hast recht. Bitte entschuldige.« Ängstlich blickt sie Senja an. »Wirklich, es tut mir leid. Doch bitte glaub mir. Ich nehme keine Drogen. Und ich trinke auch keinen Alkohol.«

Aus Senjas Miene ist nicht abzulesen, ob sie Tarja glaubt, doch schließlich nickt sie. »Du kannst außen rumgehen«, erklärt sie. »Zwischen den Birken durch. Ich warte im Garten auf dich.« Damit wirft sie die Tür ins Schloss.

»Danke«, haucht Tarja.

Das Gartenhäuschen steht unmittelbar an der Grundstücksgrenze neben den Birken. Senja wartet ungeduldig davor. »Beeil dich!«, raunzt sie und zieht die Tür auf. »Nicht dass dich einer der Nachbarn sieht.« Die Gefahr ist allerdings nicht groß, da das Grundstück gegenüber von einem hohen Zaun eingefasst ist. Einzig von der Dachluke des Nachbarhauses aus hat man einen Blick auf den Verschlag.

In der Hütte ist es dunkel, es gibt kein elektrisches Licht. In einer Ecke des vollgepackten Raums steht eine Gartenliege. Darauf stapeln sich ein paar Stoffauflagen, fleckig, aber trocken. Tarjas Miene hellt sich auf. Ihre Schlafgelegenheit ist gesichert. Sie hievt die Taschen und Tüten auf eine Werkbank, die sich über eine Schmalseite der Hütte erstreckt. »Wäre es möglich, dass ich kurz eure Toilette benutze?«, fragt sie leise.

Senja, die im Türrahmen steht, wirft einen Blick auf ihre Armbanduhr und zögert. Dann nickt sie. »Aber mach schnell! Das Kind ist bald zu Hause.«

Durch die Terrassentür betritt Tarja das Haus, nicht ohne zuvor die Schuhe auszuziehen. Auf löchrigen Socken folgt sie Senja ins Wohnzimmer. Der Raum sieht ganz anders aus, als sie ihn in Erinnerung hatte. Viel kleiner, vollgestellter. Die Luft riecht nach Kiefernzapfen, ein Duftspray wahrscheinlich. Es ist über zehn Jahre her, dass sie hier war. Hier also wächst Lelle auf. Auf diesem Sofa sitzt sie, wenn sie fernsieht. Im Regal steht eine Fotografie, die ihre Tochter bei der Einschulung zeigt. Am Kleiderhaken im Flur hängt ihr Regenmantel. Tarja streift ihn wie zufällig.

»Hier«, sagt Senja knapp und deutet auf eine Tür. »Beeil dich.«

Tarja beeilt sich, wäscht schnell ihr Gesicht, spült den Mund mit Wasser aus. Dann verlässt sie den kleinen Raum, schlüpft auf der Terrasse in ihre Schuhe und geht über den Rasen zur Laube.

Senja ist ihr gefolgt, eine Plastikflasche mit Wasser unter dem Arm. Sie reicht sie Tarja wortlos.

»Danke. Ich danke dir für alles«, sagt Tarja leise und tritt in die dunkle Hütte.

Für einen Moment zögert Senja, und es wirkt, als wollte sie etwas sagen. Doch sie schnaubt nur und dreht sich um. Nach wenigen Schritten ist sie im Haus und zieht die gläserne Terrassentür zu.

Tarja richtet sich in ihrem neuen Zuhause so gut wie möglich ein. Die Gartenliege ist ein Glücksfall, ihre luxuriöseste Schlafstätte seit Langem – das Bett in der Obdachlosenunterkunft ausgenommen. Doch als sie an die Begegnung mit Rauni zurückdenkt, läuft ihr ein Schauer den Rücken hinunter. Die verstörende Erinnerung bestärkt sie in dem Entschluss, der Stadt den Rücken zu kehren. Jemand hat es auf sie abgesehen, und mit diesem Jemand ist nicht zu spaßen. Hätte sie sich doch nur nicht eingemischt!

Nachdem sie ein paar ihrer Sachen aus den Taschen geholt hat, macht sie es sich auf ihrem neuen Lager bequem. Ein winziges Fenster lässt nur wenig Licht einfallen, sodass es an diesem trüben Nachmittag bei geschlossener Tür in der Hütte nahezu finster ist. Doch das stört Tarja nicht. Sie hat ihre Erinnerungen, ihre schönen Erinnerungen. Sie ertappt sich bei einem Lächeln. »Lelle«, murmelt sie. »Für dich tue ich alles. Selbst wenn es bedeutet, für immer auf dich zu verzichten.«

Sie muss eingenickt sein. Auf einmal schreckt Tarja hoch und benötigt ein paar Atemzüge, um sich zu orientieren. Dann fällt ihr ein, wo sie ist. Sie erhebt sich von der Gartenliege und tapst auf das kleine graue Viereck im Dunkeln zu, durch das ein silberner Lichthauch fällt.

Es ist Nacht geworden. Zwischen den dichten Wolken zeigt sich ab und zu der Mond. Der Garten liegt im Dunkeln, nur aus dem Haus wird er ein wenig erhellt. Im Wohnzimmer brennt Licht, das sich durch die Glasfront auf die Terrasse ergießt und in der Nacht verliert.

Ihr Herz setzt für einen Schlag aus, als sie ins Haus blickt. Lelle. Ihre Tochter sitzt an dem Esstisch in der linken Zimmerhälfte. Der Tisch ist zum Abendbrot gedeckt. Gerade greift Lelle nach einer Brotscheibe, um sie mit Butter zu bestreichen. Senja, die dem Kind gegenübersitzt, sagt etwas und lacht. Neben ihr fällt Lelles Vater Kalle in das Lachen ein.

Eifersucht trifft Tarja wie ein Stich und lässt sie das Gesicht verziehen. Wie gerne würde sie mit Senja oder Kalle tauschen. Wie gerne säße sie anstelle ihrer jüngeren Schwester und ihres Ex-Mannes mit Lelle am Tisch.

SIEBENUNDZWANZIGSTES KAPITEL

Eddi lässt die Seitenscheibe herunter und grinst breit. »Jussi! Was für eine Überraschung! Was machst du denn hier? Das trifft sich wunderbar. Du kannst mir sicher helfen.« Angriff ist die beste Verteidigung.

Für einen Moment ist Jussi Uddström aus dem Konzept gebracht. Er runzelt die Stirn, räuspert sich. Dann findet er zurück in seine alte Körperhaltung, eine Mischung aus Drohgebärde und Aufgebrachtheit. »Was willst du hier, Mann?«

»Ich parke«, erklärt Eddi so unschuldig wie möglich.

»Du beobachtest mein Haus?«

»Dein Haus?« Eddi reißt die Augen auf. »Jussi, keine Ahnung, dass du hier wohnst. Als ich hier entlangfuhr, hat der Motor den Geist aufgegeben. Deshalb bin ich an den Rand gerollt. Ich bekomme die Karre nicht mehr an. Kein Schimmer, was los ist. Oder wo ich bin.« Er zuckt mit den Schultern.

Unschlüssig blickt Jussi die nächtliche Straße hinauf und hinab.

»Warum sollte ich dein Haus beobachten, Jussi?«

Sein Chef gibt ein Grummeln von sich. Offensichtlich wägt er ab, wie er auf Eddis Anwesenheit reagieren soll.

»Ich hab einen Kumpel angerufen, damit er vorbeikommt und mir hilft. Doch der Gute schafft es frühestens in einer Stunde hierher. Dass du auftauchst, ist ein Wink des Schicksals.« Eddi redet einfach weiter, um Jussi den Wind aus den Segeln zu nehmen. »Hast du mein Auto erkannt und bist deshalb rausgekommen? Wo wohnst du eigentlich? Sag nicht, in dem noblen Kasten da. Mensch, ich bin baff!«

Jussi hebt eine Hand, um Eddis Redefluss zu stoppen. »Sami hat mich angerufen. Du warst neulich im Vereinsheim. Hast rumgefragt.«

Mit gespielter Überraschung beugt Eddi sich zum Seitenfenster hinüber. »Deswegen hat Sami dich angerufen? Erstattet er dir etwa Bericht über meine Freizeitaktivitäten? Aki hatte mir vom Ruderverein erzählt, deshalb war ich da. Nächste Woche will ich mich anmelden, scheint eine nette Truppe zu sein. Höchste Zeit, dass ich das Rudern wiederaufnehme. In Rovaniemi war ich mindestens zweimal in der Woche auf dem Wasser. Manchmal dreimal.«

Jussi reibt sich die Stirn.

Eddi weiß, dass er gewonnen hat. Vorerst. »Du könntest den Wagen anschieben, Jussi«, sagt er. »Vielleicht bekomme ich ihn so ins Laufen.«

Jussis Zähneknirschen ist beinahe hörbar. »Versuch's erst noch mal«, quetscht er hervor und deutet auf das Zündschloss.

Schulterzuckend dreht Eddi am Schlüssel. Mit einem Stottern springt der Motor an. »Mann, du hast mir Glück gebracht!«, ruft Eddi aus. »Ich danke dir. Sei mir nicht böse, Jussi, aber ich dampfe sofort ab. Solang das Schätzchen läuft. Ich komme nicht noch auf ein Bier rein. Wir quatschen beim nächsten Mal weiter. Spätestens, wenn du meine Beurlaubung widerrufst.« Er zwinkert, hebt zum Abschied die Hand, dann fährt er die Fensterscheibe hoch und gibt Gas. Im Rückspiegel beobachtet Eddi Jussis kleiner werdende Gestalt.

Sein Vorgesetzter steht unbewegt am Bordstein und gafft Eddi hinterher.

»Scheiße!«, stößt Eddi aus. Zwar hat er noch mal Glück gehabt, doch Jussi ist nicht dämlich. Natürlich vermutet er, dass Eddi nicht zufällig vor dem Haus stand. Darauf zielte die Frage nach dem Besuch im Ruderclub ab.

Für eine halbe Stunde kurvt Eddi ohne Ziel durch die schlafende Stadt. Er muss nachdenken, und beim Autofahren gelingt ihm das besonders gut. Was wollte die Bürgermeisterin bei Jussi? Was für ein schmutziges Spiel treibt Jussi? Eine innere Stimme sagt ihm, dass beide Fragen ihn zum Kern seiner Nachforschungen führen: dem verschwundenen Mann auf dem Eis. Damit begann die ganze Geschichte. Es stinkt zum Himmel, dass Jussi den Fall so schnell zu den Akten gelegt hat, obwohl es weitere Ermittlungsansätze gab, und sogar die Beurlaubung des widerspenstigen Eddi durchgedrückt hat.

Die Bürgermeisterin und Jussis krumme Geschäfte, denkt Eddi. Darum muss ich mich kümmern. Er weiß auch, wer ihm dabei weiterhelfen kann: Birke und Meeri. Unabhängig voneinander muss er beiden das Gefühl geben, sie seien seine große Liebe. Und er weiß ja, welche Knöpfe er drücken muss, um gut bei Frauen anzukommen. Er greift zu seinem Handy.

Meeri nimmt das Gespräch beim ersten Klingeln an. »Grad hab ich an dich gedacht, Eddi.«

»Das ist Gedankenübertragung«, antwortet Eddi. »Du hast mir gefehlt. Ich weiß, es ist schon spät, aber ich musste einfach deine Stimme hören.«

»Nur meine Stimme hören?« In Meeris Stimme schwingt ein lasziver Unterton mit. »Was hältst du davon, auch den Rest zu sehen?«

»Gute Idee, Süße. Ich sitze sowieso grad im Auto.« Er sucht nach einem Straßenschild. »Ah, ich könnte in zehn Minuten bei dir sein.«

»Wunderbar, der Weißwein steht schon kalt.«

In Eddi rattert es sofort. Wenn er Meeri dazu kriegt, ordentlich zu bechern, kann er vielleicht aus ihr herauskitzeln, was sie über Jussis dunkle Machenschaften weiß.

»Eddi? Bist du noch da?«

»Ja, entschuldige. Ich freu mich. Bis gleich.«

»Bis gleich«, flötet Meeri und legt auf.

Eddi hat sein Handy kaum auf dem Beifahrersitz abgelegt, da klingelt es. Er wirft einen schnellen Blick auf das Display, stöhnt kurz und räuspert sich, dann nimmt er den Anruf an. »Hallo, Schatz.«

Birkes Stimme ist schlecht zu verstehen. Im Hintergrund läuft laute Musik. »Eddi, wie sieht's bei dir aus? Du wolltest mich heute noch sehen, oder? Ich bin gerade mit Eeva was trinken. Wir sind in einer netten Bar gelandet, unten am Theaterplatz. Ich würde das jetzt abbrechen, wenn du möchtest. Dann können wir uns bei dir treffen.«

»Ich bin ziemlich müde, Schatz«, erwidert Eddi. »Was hältst du davon, wenn du dir einen netten Abend mit Eeva machst? Wir sehen uns dann morgen, okay? Ich will dich da jetzt nicht rausreißen.«

»Wie du magst, ich …« Birkes Stimme geht in der Musik unter.

»Schatz?« Eddi drückt das Handy fester ans Ohr. »Ich verstehe dich nur schlecht.«

»… wir sprechen …«

»Wir sprechen uns morgen?« Eddi lauscht ins Handy. Dann legt er auf. Keine Sekunde zu früh, denn er ist am Ziel und muss die zweite Hand zu Hilfe nehmen, um den Golf in eine freie Parklücke zu manövrieren. Ob der Wagen, wenn der Motor einmal ausgeschaltet ist, erneut anspringt, interessiert ihn im Moment wenig. Er möchte nicht allzu bald wieder ins Auto steigen, nun, da er bei Meeri ist.

Das hohe Mietshaus mit ihrer Wohnung liegt im Dunkeln. Nur ein Fenster ist erleuchtet. Eddi zählt die Stockwerke und ist sicher, dass das helle Rechteck zu Meeris Wohnung gehört. Im selben Augenblick, in dem er die Türklingel betätigt, wird auch schon geöffnet. Eddi fährt sich mit der Zunge über die Lippen und sprintet in die sechste Etage hinauf. Die Wohnungstür ist angelehnt.

»Komm rein.« Eddi hört Meeris Stimme, noch bevor er gegen die Tür klopfen kann. »Ich bin in der Küche.«

Meeri steht am Küchentisch und gießt Weißwein in zwei Gläser. Sie hebt den Kopf, als Eddi den Raum betritt, und zwinkert ihm zu. »Da ist ja mein Wikinger.«

Er tritt mit einem großen Schritt an sie heran und schlingt seine Arme um ihre Taille, drückt ihr einen Kuss auf den Mund. »Ich hab dich vermisst«, sagt er.

Sanft löst sie sich aus der Umarmung und deutet mit einem Augenaufschlag auf die Weingläser. »Wollen wir anstoßen? Auf uns?«

Eddi verkneift sich ein Schmunzeln. Meeri macht auf distanziert, konnte ihn aber nicht schnell genug in der Wohnung haben. Er kennt dieses Spiel. Mit einem Nicken reicht er ihr eines der Gläser, hebt dann sein eigenes. »Auf dich. Und darauf, dass wir uns kennengelernt haben. Eine Fügung des Schicksals. Denn du bist einzigartig. Ja, du haust mich echt um, Meeri.«

Sie stoßen an, bevor Meeri sich abwendet und etwas auf der nahen Anrichte herumschiebt.

Eddi ist nicht entgangen, dass in ihrer Miene zwei Veränderungen eingetreten sind, die sie anscheinend vor ihm verbergen will: Zum einen ist ihr eine tiefe Röte auf die Wangen geschossen, zum anderen ist ein Glitzern in ihre Augen getreten. Eddi stellt sein Glas ab und tritt hinter Meeri, schlingt seine Arme um sie und küsst ihre Ohrläppchen.

Kichernd lässt sie ihn gewähren, dann trinkt sie den Weißwein aus.

»Warte, ich schenk dir nach«, erklärt er und füllt das Glas großzügig.

»Hast du Hunger?«, fragt Meeri und nippt am Wein.

»Du meinst, außer auf dich?« Er zwinkert und registriert abermals eine anschwellende Röte in ihrem Gesicht. »Von mir aus müssen wir nichts essen. Aber vielleicht sollten wir uns einen richtigen Drink genehmigen. Das könnte uns so richtig in Stimmung bringen.« Vielsagend hebt er die Augenbrauen.

Meeri lacht auf, plötzlich von jeglicher Verlegenheit befreit. Sie deutet auf einen Schrank. »Der Alkohol ist da drin. Ein paar Flaschen sind auch im Kühlschrank. Such was aus. Ich geh mal eben ins Bad.«

Er fragt sich, ob Meeri eine bessere Schauspielerin ist, als er ihr zugetraut hat. Führt sie ihn mit einer vorgeschobenen Schüchternheit an der Nase herum? Nun, sie hat jedenfalls Erfolg damit. Er wird sich an seinen Plan erinnern müssen, wenn er gleich mit ihr ins Schlafzimmer geht. Ansonsten vergisst er noch, dass er gekommen ist, um ihre Zunge zu lockern.

Aus dem Kühlschrank schnappt er sich eine Wodkaflasche und Orangensaft, aus dem Schrank holt er eine Flasche Grenadine, findet dort auch einen Shaker und ein Barsieb. Er schüttelt den Wodka, den Saft und das Eis, gießt die Flüssigkeit über das Sieb in zwei Longdrink-Gläser und fügt schließlich Grenadine hinzu. Fertig sind die Wodka Sunrise. Wobei er sein eigenes Glas nur bis zur Hälfte füllt und mit Orangensaft ergänzt. Meeris Getränk erhält einen zusätzlichen Schuss Wodka. »Für einen strahlenden Sonnenaufgang«, murmelt er.

»Oh, das sieht gut aus!«, ruft Meeri, als sie wieder in die Küche tritt.

»Auf uns. Und diese Nacht«, sagt Eddi und reicht ihr das für sie bestimmte Glas.

Sie nimmt einen Schluck. »Uh, da ist aber ordentlich Alkohol drin.«

Auch er nimmt einen Schluck, runzelt die Stirn. »Meinst du? Ich finde es genau richtig. Schmeckt dir der Drink nicht?«

»Doch, doch! Er ist super.« Sie nimmt einen tiefen Schluck. »Sehr gut sogar.«

»Dann ist gut.« Eddi grinst. »Ich dachte schon, meine Ehre als ehemaliger Barkeeper steht auf dem Spiel. Ich hab früher mal in einer Cocktailbar gejobbt.«

Meeri fährt mit ihrer flachen Hand über seine Brust. »Du warst sicher ein gefragter Mann hinter dem Tresen.«

»Ich konnte mich über Aufmerksamkeit nicht beklagen.« Er lacht. »Vor allem von deutschen Touristinnen. Für sie musste ich immer die Wikinger-Show abziehen.« Zwinkernd stößt er sein Glas gegen das von Meeri.

»Auf deine Wikinger-Nummer bin ich gespannt. Die möchte ich auch sehen.« Durch den Pullover hindurch streichelt sie seinen Bizeps.

»Wirst du, versprochen!« Er deutet auf ihr Glas. »Trink aus, ich mach uns noch einen neuen Drink. Und dann gehen wir ins Schlafzimmer.«

»Aber nicht ganz so stark«, sagt Meeri. »Ich hab das Gefühl, der Alkohol steigt mir schon in den Kopf.«

Es gelingt ihm, Meeri auch für die Dauer des zweiten Getränks in der Küche zu halten. Wieder hat ihr Glas einen Extraschuss Wodka erhalten, seines stattdessen Orangensaft. Mit dem Rücken zu ihr hat er die Drinks zubereitet, sodass sie dem Prozedere nicht folgen konnte. Nach mehrmaligem Anstoßen und zwei Trinksprüchen sind ihre Gläser abermals geleert. »Wollen wir's uns gemütlich machen?«, fragt er und nimmt Meeri das Glas aus der Hand.

Im Schlafzimmer lässt sie sich auf das Bett fallen. »Meine Güte, mir ist ganz schwindelig. Sonst habe ich das nach zwei Drinks nicht.« Sie presst eine Hand auf ihren Mund und gluckst. »Da fällt mir ein, dass ich, bevor du angerufen hast, auch schon was getrunken habe. Ein paar Gläser Wein und zwei Kurze. Oder drei.«

Eddi beugt sich über sie und öffnet mit seiner Zunge ihren Mund. Er kann den Alkohol schmecken. Gut so, denkt er. Seine Hände gleiten unter ihr Shirt und greifen nach ihren Brüsten.

Meeri stöhnt auf und fährt mit ihrer Zunge an seinen Zahnreihen entlang.

Er löst sich langsam von ihr, rollt sich zur Seite.

»Was ist, Eddi?«, fragt sie atemlos.

»Es ist ... Ich mach mir da so meine Gedanken.«

»Gedanken?«

Er fährt mit dem Zeigefinger über ihr Shirt, umkreist eine Brustwarze. »Ob das mit uns beiden eine gute Sache ist. Wenn man die Umstände bedenkt.«

»Die Umstände?«

»Dass dein Ex mein Chef ist.«

Sie stöhnt auf.

»Nach deinen Andeutungen mache ich mir halt Gedanken. Ich weiß gerne, worauf ich mich einlasse. Im Moment ist mir das nicht so klar.« Er fasst ihre Brustwarze zwischen Daumen und Zeigefinger und drückt zu.

Meeri schnappt nach Luft, saugt an ihrer Unterlippe. »Vergiss Jussi«, sagt sie nach einem Moment und legt eine Hand auf seinen Oberschenkel. »Er ist es nicht wert, dass wir überhaupt über ihn reden.«

»Wenn ich wüsste, was er so am Laufen hat«, sagt Eddi beiläufig, »könnte ich ihn auf Abstand halten. Ihn *uns* auf Abstand halten.« Seine Finger wandern zur anderen Brustwarze hinüber.

»Du willst wissen, wo Jussi seine Finger im Spiel hat?« Meeri streichelt über seinen Schritt. »Wenn ich dir das sage und er davon erfährt, schneidet er dir die Eier ab. Wenn du Glück hast.«

ACHTUNDZWANZIGSTES KAPITEL

Die Dunkelheit weicht nicht, doch etwas anderes verändert sich. Sarah nimmt einen Geruch wahr. Den Geruch von Holz und feuchter Erde. Erst leicht, dann steigt er ihr Atemzug für Atemzug immer stärker in die Nase. Dazu gesellt sich etwas anderes. Übelkeit. Sarahs Magen dreht sich wie eine Waschmaschine im Schleudergang. Sie würgt. Dann explodiert der Kopfschmerz. Ein Feuerwerk von Blitzen und Sternen zuckt hinter ihren geschlossenen Lidern.

Sie liegt auf dem Boden. Es kostet sie unfassbare Kraft, die Augen zu öffnen. Doch die Dunkelheit bleibt. »Was …?« Röchelnd müht sie sich, ihre Knie anzuziehen. Der Untergrund ist schlüpfrig, nun spürt sie an ihren Beinen die Feuchtigkeit, die sie vorher gerochen hat. »Scheißdreck!«

Nach einer gefühlten Ewigkeit schafft sie es, sich aufzusetzen. Zögerlich weicht die Dunkelheit einem tiefen Grau, in dem Schemen erkennbar werden. Wände. Sarah befindet sich in einem Raum. Langsam dreht sie den Kopf, doch auch diese vorsichtige Bewegung ruft eine neuerliche Salve von Kopfschmerzen hervor. Als der Schmerz abgeebbt ist, lauscht sie. Hört Blätterrauschen. Den Ruf eines Vogels. Verwundert kriecht sie auf allen vieren auf eine der Wände zu. Sie ertastet grobes Holz. Stemmt sich daran empor. »Was ist das für ein Drecksloch?«, krächzt sie. Vorsichtig schiebt sie sich an der Wand entlang, bis sie auf die nächste trifft. Das muss eine kleine Hütte sein. Hütten haben normalerweise eine Tür, also tastet sie sich weiter. Umrundet etwas, das wie eine Bank wirkt. Als sie die Klinke ertastet, macht ihr Herz einen Satz.

Aus Angst, die Tür könnte verschlossen sein, traut sich Sarah eine ganze Weile nicht, die Klinke zu drücken. »Sei kein Hühnchen«, macht sie sich Mut. »Den Kopf in den Sand zu stecken, hilft dir nicht weiter.« Sie stößt ein erleichtertes Lachen aus, als die Tür nach außen aufschwingt. Ein kühler Lufthauch schlägt ihr entgegen, und mit ihm der intensive Geruch von Bäumen und feuchtem Waldboden. Das Blätterrascheln ertönt lauter. Es wirkt beunruhigt, als hätte das Türöffnen in den Wipfeln für unerwartete Aufregung gesorgt.

Sarah wankt nach draußen, bleibt aber nach wenigen Schritten stehen. Blickt sich um. Wald, wohin sie sich auch dreht. Überall die dunklen Umrisse von Kiefern und Birken. Wie Zuschauer in einer Arena, in deren Mitte Sarah steht. In diesem Augenblick lugt der Mond hinter einer Wolke hervor und spendet einen silbrigen Schein, der dem Wald einen mystischen Anstrich gibt.

Sie befindet sich auf einer Lichtung, hinter ihr die fensterlose Hütte, nicht mehr als ein Verschlag aus grob zusammengezimmerten Brettern. Ein besserer Unterstand, vielleicht für Waldarbeiter. Oder eine Schutzhütte für Wanderer? Fröstelnd zieht Sarah den Mantel enger um sich. Die Nacht ist kühl, in der Luft liegt Feuchtigkeit. Vom durchtränkten Boden ganz zu schweigen: Im Gras der Lichtung reflektieren mehrere Pfützen das Mondlicht.

Vom Kauern auf dem Boden des Verschlags sind auch ihre Kleidungsstücke feucht und klamm. Sie zittert vor Kälte. Eigentlich müsste sie sofort trockene Sachen anziehen, doch das ist noch ihre kleinste Sorge. Sie ist mutterseelenallein in der finnischen Einsamkeit. Sie tastet in ihrem Mantel nach dem Handy, bis ihr einfällt, dass sie es im Hotelzimmer auf dem Nachttisch liegen gelassen hat. Absurderweise schießt ihr das Bedauern in den Kopf, nicht gleich mitzubekommen, wenn Moritz sich mit ihr zum Essen verabreden möchte.

»Bleib ruhig«, ermahnt sie sich und tritt von einem Bein aufs andere. Woran kann sie sich erinnern? Im Park, unweit ihres Hotels, wurde sie überfallen. Jemand hat sie betäubt und hierhergeschafft, um sie wie einen Sack Abfall in einem Holzverschlag abzulegen. »Schweine, dreckige!«

Pfützen umkurvend, stakst sie über die Lichtung und stößt auf einen überwachsenen Pfad. Es ist nicht mehr als eine schmale Schneise, die zwischen die Bäume führt und sich in der Dunkelheit verliert. Ungelenk geht Sarah in die Hocke und begutachtet den Boden. Reifenspuren, erstaunlich eng beieinanderliegend. Von einem Quad? »Natürlich!«, murmelt sie und richtet sich wieder auf. »Die Schweine müssen mich ja irgendwie hergekarrt haben.« Sie zuckt zusammen, als ein Schatten pfeilschnell an ihr vorbeischießt. Ein zweiter folgt. Fledermäuse. Hastig schlägt sie den Mantelkragen hoch und folgt für ein paar Meter der Schneise, bleibt dann stehen. Ist es klug, sich von dem Verschlag zu entfernen? Skeptisch beäugt sie den Wald zu beiden Seiten des Weges. In der Nacht wirken die Findlinge wie lauernde Trolle, die sich im Wind wiegenden Farne wie winkende Gnome. Sie beißt die Zähne zusammen und geht weiter. Irgendwann muss dieser Weg zu einer Straße führen, irgendwo muss das Fahrzeug, das sie hergebracht hat, hergekommen sein. Vielleicht stößt sie auch auf ein *mökki* mit einem Telefon. Im Wald herumzustehen und auf Rettung zu hoffen, ist auch keine Option. Und wer weiß, was ihre Entführer bezwecken?

Dies ist womöglich ein *Mordversuch*, denkt sie. Man hat sie betäubt und in der Wildnis ausgesetzt, damit sie hier zugrunde geht. Wenn man ihre Leiche findet, vermodert und von Wildtieren angenagt, dann heißt es bestimmt, eine unvorsichtige Touristin habe sich im Wald verlaufen. Sie schnaubt, halb verängstigt, halb wütend. *Verlaufen*, mit Jogginghose und Chanel-Bluse bekleidet? Leider wäre das bei ihr nicht einmal abwegig.

Während Sarah weiterstakst, über Äste steigt und Schlammlöchern ausweicht, überschlagen sich ihre Gedanken. Man versucht, sie aus dem Weg zu schaffen. Das kann nur eines bedeuten: Mit ihren Nachforschungen zu Arttus Tod müssen Ilvi und sie jemandem gehörig auf die Füße getreten haben. »Mit unseren Nachforschungen zum *Mord* an Arttu«, spricht sie mit fester Stimme in die Nacht hinein. Denn dass es ein Mord war, ist spätestens jetzt klar. Jemandem ist sehr daran gelegen, Arttus Tod – und wohl auch den ihren – unverdächtig erscheinen zu lassen. Aber wer? Tuula kommt ihr in den Sinn. Die Bürgermeisterin. Selbst Arttus Tochter Lyyli ist verdächtig.

Grübelnd wandert Sarah durch die Nacht. Steckt wirklich eine Frau hinter dem Mord? Ehrlicherweise traut Sarah es eher einem Mann zu, sich derart skrupellos zu verhalten. Außerdem muss die Person, die sie hergeschafft hat, über ein gewisses Maß an Körperkraft verfügen. Lyyli kann sie sich da nur schwer vorstellen. Es sei denn, diese Haushälterin, Agneta Löfgren, hat Lyyli geholfen … Ja, was, wenn Frau Löfgren als Lyylis Vertraute in die Angelegenheit verwickelt ist?

Auch der ominöse Polizist kommt Sarah in den Sinn. Jussi Uddström. Sein Name fiel in den letzten Tagen immer wieder, vor allem, weil Uddström so strikt gegen eine Obduktion ist. Kann er bei dem Mord seine Finger im Spiel gehabt haben? Ilvi jedenfalls scheint der hiesigen Polizei alles zuzutrauen.

Verbissen stapft Sarah weiter. Einmal bleibt sie stehen, um sich umzuschauen, doch nicht für lange. Sobald sie still steht, greift die Kälte mit klammen Fingern nach ihr. Im Gehen ist es erträglicher. Nicht angenehm, aber erträglicher.

Zum Halt gezwungen wird sie, als die Schneise sich vor ihr gabelt. In der Nacht sehen beide Pfade identisch aus. Identisch überwachsen, identisch verlassen. Sarah fragt sich, wie hier ein Fahrzeug entlangfahren konnte. Sie sucht nach Spuren, Hinweisen darauf, welche Richtung sie einschlagen soll. Nichts verrät ihr, über welchen Weg ihr Entführer gekommen ist. Sollte sie lieber zum Verschlag zurückkehren und auf Rettung hoffen? Irgendwann muss Ilvi oder Toivo auffallen, dass sie verschwunden ist.

Ein Rascheln im Unterholz lässt sie zusammenfahren. Alarmiert sucht ihr Blick die Umgebung ab. Nichts. Das Geräusch – es klingt nach einem größeren Lebewesen – endet so abrupt, wie es an Sarah Ohr gedrungen ist. Auf einmal wirkt die Stille bedrohlich, der Wald selbst schreckstarr. Das fehlt mir jetzt noch, denkt sie und eilt weiter, in eine der Schneisen hinein. Welche, ist ihr egal. Einem großen Wildtier, gar einem Bären, möchte sie nicht begegnen. Voller Schrecken erinnert sie sich an die Tipps, die sie vor wenigen Wochen in Sysmä bekommen hat, falls ihr im Wald ein Bär begegnet. Von eins auf die Nase geben bis sich auf den Boden legen und tot stellen war alles dabei.

Während sie den Pfad entlangstolpert, pfeift sie mehr schlecht als recht vor sich hin. Wenn Bären Menschen hören, nehmen sie in der Regel Reißaus, hat sie gelernt. Immer wieder dreht sie sich um, kann aber keinen Meister Petz hinter sich ausmachen. Was aber nichts heißt. In der Dunkelheit könnte das Biest ihr unbemerkt zwischen den Bäumen folgen.

Zur Abwechslung beginnt sie ein Lied zu singen. Selbst ihren eigenen Ohren tut der schräge Katzenjammer weh. Dann muss der Gesang erst recht ein empfindliches Bärengehör abschrecken, denkt sie. Doch sie verstummt, als ihr aufgeht, was für ein Lied sie da trällert. Ramonas Hit *Außer Puste*. Den Schlager von Udos neuer Freundin will sie nicht einmal einem Braunbären antun.

Sarah hat keine Ahnung, in welche Himmelsrichtung sie sich bewegt oder wie lange sie bereits unterwegs ist. Sie weiß nur, dass sie eine Pause einlegen muss. Die Schneise ist mittlerweile zu einem schmalen Pfad zusammengeschrumpft. Büsche wachsen in den Weg, Sarah kommt nur langsam voran. Ein Fahrzeug kann unmöglich hier entlanggefahren sein. Doch sie scheut den Rückweg. Sie hat das Gefühl, hinter ihr lauert etwas und wartet nur darauf, dass sie umdreht.

Ihre Blase meldet sich mit solchem Nachdruck, dass sie sie nicht länger ignorieren kann. Sie bleibt stehen, wirft einen prüfenden Blick hinter sich, dann entfernt sie sich ein paar Schritte vom Pfad und geht hinter eine Kiefer. Während sie dort in der Hocke balanciert und vor sich hin starrt, bemerkt sie ein paar Schritte entfernt ein Funkeln, knapp über dem Waldboden. Ein Augenpaar ist auf sie gerichtet. Erschrocken schreit sie auf, kann gerade noch verhindern, dass sie das Gleichgewicht verliert.

Ein hundegroßer Schatten verschwindet zwischen den Bäumen.

Ein Fuchs, denkt sie erleichtert. Das muss ein gutes Zeichen sein. Der Anblick des Tieres, das sie im Nachnamen trägt, kann nur etwas Positives bedeuten. Aufatmend zieht sie die schlammbeschmierte Jogginghose hoch.

Am Himmel zeigt sich eine Veränderung. Zwischen den Baumwipfeln ziehen erste Anzeichen der Dämmerung herauf. Auch Sarahs Magen gibt ihr zu verstehen, dass es bald Frühstückszeit ist. Ob sie in Tampere schon jemand vermisst?

Mit zunehmender Helligkeit kehrt auch Sarahs Zuversicht zurück. Auf einmal erkennt sie, dass die Büsche rings um sie mit Blaubeeren behangen sind. Sie bleibt stehen und geht in die Hocke. Es muss das Ende der Saison sein, denn viele Beeren hängen wie vertrocknete Schrumpfköpfe unter den Blättern, doch nach wie vor glänzt eine stattliche Menge prall an den Stängeln. Ihr fällt sogar das finnische Wort für Blaubeeren ein. *Mustikka.*

Die erste Beere schmeckt herrlich. Süß, wie eine Erinnerung an vergangene Sonnentage. Die nächste macht Appetit auf mehr, und erst Minuten später, als Sarah alle Beeren in greifbarer Nähe gepflückt hat, erhebt sie sich. Nach drei Schritten geht sie abermals in die Hocke. »So lecker«, murmelt sie und wischt sich mit dem Mantelärmel Blaubeersaft von den Mundwinkeln.

Als sie weiter dem Pfad folgt und sich erste Sonnenstrahlen durch die Wolken kämpfen, fällt ihr auf, wie wunderschön die Birkenblätter leuchten, überwiegend in herbstlichen Gelb- und Rottönen. »Das sieht magisch aus«, flüstert sie. Da sie den Weg inzwischen gut erkennen kann und sich von dem Blaubeermahl gestärkt fühlt, erhöht sie das Tempo ihrer Schritte.

Das Grummeln in ihren Gedärmen kündigt sich als leises Ziehen an, entwickelt sich jedoch schnell zu einem ausgewachsenen Drücken, das in stechenden Schmerz übergeht. Stöhnend drückt

Sarah beide Hände auf ihren Bauch. Sehnsuchtsvoll schießt ihr das Bild jener Trockentoilette in den Sinn, die sie im Sommer in einem Supermarkt in Sysmä begutachtet hat. Vom derzeitigen Standpunkt aus ein absolutes Luxusobjekt, nach dem sie im Wald lange suchen kann.

Fluchend klaubt Sarah eine Handvoll feuchter Blätter vom Waldboden auf, schüttelt sie aus, um etwaige Insekten loszuwerden, und eilt mit dem Papierersatz zu einem umgefallenen Baumstamm – dem einzigen Gegenstand weit und breit, der einem Toilettensitz ansatzweise ähnelt. Als sie verkrampft und doch erleichtert auf dem rauen Balken hockt, fällt ihr Blick auf die Blaubeerbüsche zu ihren Füßen. Sofort geben ihre Innereien ein neuerliches Aufstöhnen von sich. Natürlich! Zu viele Beeren, denkt Sarah und schüttelt den Kopf über ihre Dummheit.

Als sie einige Minuten später zurück auf dem Pfad ist, schlägt Sarahs Herz höher. Zwischen den Bäumen wird es merklich heller. Kurz darauf meint sie sogar ein Glitzern wahrzunehmen. Außerdem ergänzt ein neuer Geruch den Duft von Waldboden und Kiefernharz. Der Geruch von Wasser. Sie beschleunigt ihre Schritte.

Die Bäume reichen fast bis ans Seeufer. Wieder kämpft sich die Sonne durch die dichten Wolken. Sarah tritt hinter den letzten Stämmen hervor und starrt auf eine riesige, funkelnde Wasserfläche. Das andere Seeufer liegt hinter einer Nebelwand verborgen, es muss kilometerweit entfernt sein. Ein Dutzend kleine Inseln, allesamt mit Bäumen bewachsen, liegen im Wasser verstreut. Für einen Herzschlag fühlt Sarah sich an den Päijänne zurückversetzt. An jene Bucht, an der im Sommer ihr *mökki* lag. Nur, dass sie hier weit und breit kein Landhaus erblicken kann. Bloß Wasser und Bäume, egal, wohin sie schaut.

»Wo bin ich, zum Teufel?«, stößt sie aus. Sie geht das sanft abfallende Ufer bis zum Wasserrand hinab und sinkt erschöpft auf die Knie. Viel schmutziger und nasser kann ihre Hose kaum werden. Im kalten Wasser schwenkt sie ihre Hände, versucht, Blaubeersaft und Schmutz abzuwaschen, und fährt sich schließlich mit tropfenden Handflächen mehrmals übers Gesicht. Sie staunt, wie belebend sich der nasskalte Film auf ihrer Haut anfühlt. »Wenn ich jetzt noch …«, beginnt sie ein Selbstgespräch, bricht den Satz aber ab. Eine Bewegung in ihrem Augenwinkel lässt sie den Kopf drehen. »Scheiße!«

Der Braunbär hebt witternd die Schnauze, dann setzt er seinen massigen Körper in Bewegung. Geradewegs auf Sarah zu.

NEUNUNDZWANZIGSTES KAPITEL

Den ganzen Morgen hat Tarja an dem kleinen Fenster gehockt. Der Rasenmäher klemmt quer unter der Werkbank, so hat sie Platz geschaffen, um einigermaßen bequem in den Garten schauen zu können. Und in das Haus. Vor allem ins Haus.

Gebannt hat sie drüben das Frühstück der Familie verfolgt. Alle saßen um den Tisch, Lelle, Senja und Kalle. Die ganze Familie, zu der auch sie gehört. Und doch nicht. Lelle hat sich irgendwann ihre Schultasche geschnappt, und Kalle hat mit ihr das Zimmer verlassen. Zum Abschied haben die beiden Senja einen Kuss gegeben. Kurz darauf hat Tarja erst Lelles Stimme vernommen, dann das Schlagen einer Autotür, schließlich das Starten eines Motors. Sie ist froh, dass der Schuppen keine Dämmung besitzt. Ihre Tochter gehört zu haben, fühlt sich an wie ein Geschenk.

Sicherlich setzt Kalle das Mädchen auf dem Weg zur Arbeit an der Schule ab. Ob er noch diesen drögen Job im Amt hat? Früher hat er immer gewitzelt, irgendwann vor Langeweile umzukommen, und wollte sich etwas anderes suchen. In der freien Wirtschaft, da werde auch besser gezahlt. Tarja bezweifelt, dass er auch nur eine Bewerbung geschrieben hat. Er ist ein Gewohnheitstier, bleibt bei dem, was er kennt. Nur bei ihr hat er eine Ausnahme gemacht und sich anderweitig orientiert.

Plötzlich merkt Tarja, dass ihre krampfhaft geballten Fäuste schmerzen. Sie öffnet ihre Hände, deren Fingerknöchel weiß hervorstehen, und schüttelt sie aus. »Es ist vorbei«, flüstert sie. »Es hat keinen Sinn, über vergossene Milch zu weinen.« Eine Zeit lang starrt sie durch die Fensterscheibe ins Nirgendwo, dann fokussieren ihre Augen auf eine Bewegung. Die Terrassentür wird aufgeschoben, und Senja tritt aus dem Haus. Ihr verkniffenes Gesicht ist selbst aus dieser Entfernung gut zu erkennen. Eilig verlässt Tarja ihren Beobachtungsposten.

Kurz darauf klopft es gegen die Schuppentür. »Tarja, ich bin's.«

Sie öffnet die Tür einen Spaltbreit. »Guten Morgen.«

Ihre Schwester nickt knapp. »Wenn du ins Bad musst, dann jetzt. Ich muss gleich in die Stadt, ein paar Besorgungen machen.« Sie dreht sich bereits um.

Schnell schnappt Tarja sich ihren kleinen Kulturbeutel, dann folgt sie ihrer Schwester mit gesenktem Kopf. Schon immer hat sie sich neben Senja wie eine Versagerin gefühlt. Senja ist schlau, war gut in der Schule, hatte viele Freunde. Tarja hingegen hat den Abschluss nur mit Mühe und Not geschafft, war immer eine Einzelgängerin. Bis sie Kalle kennenlernte. Doch selbst ihn hat sie an die jüngere Schwester, den Liebling der Familie, verloren. Jetzt Senja um Hilfe anzubetteln, ist ein Tiefpunkt in Tarjas Leben. Und Tarjas Leben hat bereits viele Tiefpunkte gesehen.

»Die Schuhe!«, blafft Senja.

Hastig schlüpft Tarja aus den Schuhen und geht auf Socken ins Hausinnere. Es duftet nach Rühreiern mit Speck. Kalles Lieblingsessen. Auf dem Tisch steht noch das Frühstücksgeschirr. Tarjas Blick schnellt zu Lelles Teller. An diesem Platz hat ihre

Tochter gesessen und eine Brötchenhälfte mit Marmelade bestrichen. Reste der Mahlzeit liegen auf dem Teller. Tarjas Magen gibt ein hungriges Knurren von sich.

»Komm«, sagt Senja und deutet auf das Gäste-WC, in dem Tarja bereits gestern war. »Beeil dich.«

Tarja nickt und betritt den kleinen Raum. Darin ist es so eng, dass sie sich kaum drehen kann. Vage erinnert sie sich an das große Badezimmer im ersten Stockwerk. Dort wird Lelle ihre Sachen haben. Nachdem sie die Toilettenspülung betätigt hat, wäscht Tarja erst ihre Hände, dann das Gesicht. Es gibt an dem kleinen Waschbecken nur Kaltwasser, doch das ist ihr egal. Hauptsache Wasser. Sie öffnet den Kulturbeutel, putzt sich die Zähne, kämmt ihre Haare. Schaut in den schmalen Spiegel. Sieht eine Frau, die sie kaum wiedererkennt. Tiefe Linien graben sich in das fahle Gesicht. Das Haar ist von grauen Strähnen durchzogen. Unter dem linken Auge blüht ein roter Ausschlag. »Das ist ein anderes Ich, ein anderes Leben als früher.«

Es klopft gegen die Tür. »Warum brauchst du so lange?«, ruft Senja. »Beeil dich, ich hab dir doch gesagt, dass ich wichtige Sachen zu erledigen habe!«

Für einen Moment schließt Tarja die Augen. Wischt mit dem Handrücken die Feuchtigkeit aus den Augenwinkeln. Dann zwingt sie ein Lächeln auf ihr Gesicht und öffnet die Tür. »Bitte entschuldige. Ich bin fertig. Danke, dass ich die Toilette benutzen durfte.«

Senja deutet auf die Terrassentür. »Du kennst den Weg.«

Kaum ist Tarja draußen, fällt hinter ihr die Glastür ins Schloss. Sie zieht ihre Schuhe an und kehrt in die Gartenhütte zurück. Sofort hastet sie zum Fenster und bezieht ihren Beobachtungsposten. Ihr ist ein Gedanke gekommen.

Senja geht durchs Wohnzimmer, räumt den Frühstückstisch ab. Dann ist zu sehen, wie sie eine Jacke überwirft und aus dem Raum verschwindet.

Tarja öffnet die Schuppentür einen Spaltbreit und spitzt die Ohren. Sie braucht nicht lange zu warten. Von der Vorderseite ist zu hören, wie eine Tür ins Schloss fällt. Ihre Schwester ist auf dem Weg in die Stadt. Wahrscheinlich nimmt sie den Bus. Also wird sie für die nächsten zwei, drei Stunden unterwegs sein. Tarja wischt ihre mit einem Mal feuchten Handflächen am Hosenbein ab.

Sie kann nicht sagen, wie lange sie an der Tür wartet. Zehn Minuten? Fünfzehn? Irgendwann regt sie sich, packt ihre Siebensachen zusammen und reiht die Taschen und Tüten auf der Gartenliege auf. »Es war keine gute Idee, hierherzukommen«, sagt sie in die Stille des kleinen Raums hinein. Der Schmerz in ihrem Herzen ist größer, als sie es nach all den Jahren erwartet hat. Sie steckt ihr Handy in die Hosentasche, verlässt den Schuppen und schlängelt sich durch den Birkenhain. Ohne das ganze Gepäck ist es ein Spaziergang.

Vor dem Wohnhaus schaut sie sich unauffällig um. Niemand zu sehen. Die Nachbarschaft ist wie ausgestorben. Mit wenigen Schritten tritt Tarja zum Blumenkübel neben der Eingangstür, hebt ihn an. Ihre Finger ertasten den Schlüssel sofort. »Zum Glück ist Senja vieles, aber nicht einfallsreich«, murmelt sie und schließt die Haustür auf. Schon vor über zehn Jahren, als sie das letzte Mal hier war, lag ein Ersatzschlüssel unter diesem Kübel.

Zuerst zieht es Tarja in die Küche. Dem Geruch nach. Auf dem Herd steht noch die Pfanne, in der der Speck gebraten wurde. Drei Streifen liegen in einer Lache Fett. Ob es Senja auffällt, wenn etwas fehlt? Tarja zuckt mit den Schultern und greift mit spitzen Fingern einen Speckstreifen. Er ist kross und riecht köstlich. Genüsslich führt sie ihn zum Mund, stöhnt vor Wonne auf, als sie das Fleisch kaut.

Tarja wendet sich dem Kühlschrank zu, da hält sie inne und schüttelt den Kopf. Sie ist wegen etwas anderem hergekommen. Essen ist nicht so wichtig. Wichtig ist, dass sie Abschied nehmen kann. Doch bevor sie die Küche verlässt, schnappt sie sich einen weiteren Speckstreifen aus der Pfanne.

Im Wohnzimmer betrachtet sie die Fotografien. Das gerahmte Bild von Lelles Einschulung nimmt sie vorsichtig in die Hand und drückt dem Mädchen einen Kuss aufs Gesicht. »Wie gerne wäre ich dabei gewesen«, flüstert sie.

Als sie ins obere Stockwerk hinaufgeht, beginnt ihr Herz schneller zu schlagen. Am Treppenkopf muss sie tief durchatmen. Dann macht sie einen Schritt in den Flur, von dem vier Zimmer abgehen. Sie hat das Gefühl, eine Kirche zu betreten, einen heiligen Bezirk. Vor allem *ein* Zimmer zieht sie magisch an. Hinter der geöffneten Tür kann sie ein Bett mit rosafarbener Bettwäsche erkennen, ein Paar Turnschuhe auf dem Teppich davor. Lelles Zimmer.

Weiter als zum Türrahmen getraut sie sich nicht. Mit beiden Händen muss sie sich am Holm festhalten. In Lelles Zimmer versammelt sich alles, was so furchtbar schmerzt. Die Vergangenheit ihrer Tochter, ihre Zukunft. Hier findet alles statt. Ohne Tarja. »Es tut mir so leid!«, schluchzt sie. Dann gleitet sie an der Tür hinab und krümmt sich auf dem Boden zusammen. Weint.

Sie muss gehen, das weiß sie. Auf keinen Fall möchte sie von ihrer Schwester im Haus erwischt werden. Senja ist zuzutrauen, dass sie die Polizei ruft. Und gerade mit der will Tarja nichts zu tun haben. Der Polizei kann sie nicht trauen. Sie wendet sich zur Treppe, schleppt sich durch den Flur. Blickt im Vorbeigehen durch eine offene Tür in das Arbeitszimmer. Sie bleibt stehen. »Mutters alter Sekretär«, flüstert sie. Es ist viele Jahre her, dass sie das Möbelstück aus Nussbaum gesehen hat. Sie hat es ganz vergessen. Nach Mamas Tod muss Senja es an sich genommen haben. Als Kind hat Tarja manchmal an dem Sekretär gesessen und gespielt, sie sei eine wichtige Persönlichkeit, die wichtige Briefe verfasst. Bei der Erinnerung lächelt sie wehmütig. Mama hat immer gesagt, Tarja werde sicher eine berühmte Schriftstellerin.

Zögernd betritt sie das Arbeitszimmer. Es wirkt nicht so, als würde es regelmäßig genutzt. In einer Zimmerecke stapeln sich Umzugskartons, in einer anderen steht ein Bügelbrett. Sanft streichelt Tarja über das Holz des Sekretärs. Für einen klitzekleinen Moment ist sie zurück in ihrer Kindheit, bewundert den Schreibtisch, der mit seinen unzähligen kleinen Schubladen und Verschlägen geheimnisvoll wirkt. »Die Geheimnisse!«, stößt Tarja aus. Ihr ist etwas eingefallen.

Sie zieht eine der Schubladen auf, greift mit der Hand hinein und drückt den an der Oberseite verborgenen Hebel. Ein leises Klicken ertönt. Dann öffnet sie eine mit Schnitzereien verzierte Klappe. Sie weiß, dass ein Geheimfach aufgegangen ist. Darin haben Senja und sie früher ihre Geheimnisse aufbewahrt. Tagebücher. Liebesbriefe. Natürlich hat Mama von dem Versteck gewusst, schließlich hat sie es ihren Töchtern gezeigt. »Ob Lelle auch davon weiß?«

Hinter der Klappe, in dem geheimen Fach, liegt eine Aktenmappe. Sofort muss Tarja an Kalle denken. Bewahrt er hier Arbeitsunterlagen auf? Sie zieht die Mappe aus grüner Kartonage hervor. Stockt. Auf dem Deckel steht ein Name, fein säuberlich in Senjas geschwungener Schrift. Lelle.

Drei Blätter befinden sich in der Mappe. Auf dem obersten klebt ein Post-it mit einem handschriftlichen Vermerk. Stirnrunzelnd liest Tarja zuerst diese Notiz, dann das ganze Blatt. Ein Schwindel erfasst sie. Mit jeder Zeile wächst die Übelkeit. Sie schnappt nach Luft. Blättert um und studiert die übrigen Dokumente. Sie hat das Gefühl, kurz vor der Ohnmacht zu stehen, zwingt sich aber, weiterzulesen. Schließlich kehrt sie zum ersten Blatt zurück und liest es erneut. »Herr im Himmel!«, quetscht sie hervor. Ihre Hände zittern. Für einige bleierne Sekunden versucht sie zu verstehen, auf was sie gerade gestoßen ist. Es wäre zu furchtbar, würden diese Worte, würden diese Sätze wirklich das besagen, was sie besagen.

Sie holt ihr Handy hervor und fotografiert jede Seite, dann macht sie eine Aufnahme des Post-its. Als ein Tropfen Feuchtigkeit auf das oberste Blatt fällt, merkt sie, dass sie weint. Hastig schiebt sie die Unterlagen zusammen, verstaut die Aktenmappe im Fach und verschließt es wieder. Nun wird niemandem auffallen, dass sie an dem Sekretär gewesen ist. »Ich muss gehen«, krächzt sie und verlässt beinahe panisch das Arbeitszimmer, das Haus.

In der Gartenhütte schultert sie ihre Habseligkeiten. Ja, sie muss gehen. Doch die Stadt wird sie nicht verlassen. Alles hat sich geändert. Alles! Auf dem Weg durch den Birkenhain ergibt Tarja sich der Wut, die wie eine Welle durch ihre Körperbahnen rauscht.

DREISSIGSTES KAPITEL

Sarah blinzelt. Der Bär verschwindet nicht. Im Gegenteil, er kommt näher. Am Seeufer entlang, gemächlich, wie auf einem Spaziergang. Er ist etwa dreißig Meter entfernt. Das schätzt zumindest jener Teil von ihr, der noch rational denken kann. Sie blinzelt noch einmal. Es ändert nichts. Nun sind es noch fünfundzwanzig Meter. Die Vernunft sagt ihr, dass sie etwas tun muss. Irgendwas. Doch Sarah ist erstarrt. Sie kann nicht glauben, was sie sieht. Sie will es nicht glauben. Sie kann nur blinzeln.

Die aberwitzige Begegnung mit Hilla, diesen Sommer im Supermarkt in Sysmä, schießt ihr in den Kopf. Hillas eindrückliche Anleitung, was bei der Begegnung mit einem Bären zu tun sei: sich tot stellen. Sarah möchte den Kopf schütteln, vermag aber nicht einen Halsmuskel zu bewegen. *Die dümmste aller Methoden, Hilla,* will sie rufen. Wer legt sich beim Anblick dieses gewaltigen Tieres auf den Boden und spielt tot? Niemand, der bei Verstand ist, will sie schreien. Blinzelt stattdessen. Noch zwanzig Meter.

Hätte sie nur das Pfefferspray von damals dabei. Die kleine Dose, die sie in der Tasche mitführte. Jetzt könnte sie sie gebrauchen. Doch Sarah hat kein Spray dabei. Kein Bärenspray, kein

Haarspray, nicht mal Deo. Außerdem registriert ihr Verstand, der trotz der Angststarre erstaunlich analytisch arbeitet, dass ihr der Wind ins Gesicht bläst. Eine denkbar schlechte Voraussetzung, um was auch immer in die Luft zu sprühen. Da könnte sie das Zeug gleich inhalieren. Sie blinzelt. Noch fünfzehn Meter.

Die Schnauze des Bären ist leicht geöffnet, als grinse er. Für einen Moment bleibt er stehen, reißt stumm das Maul auf. Es sieht aus wie ein Gähnen. Dann setzt er seinen Weg fort. Immer am Wasser entlang. Auf Sarah zu.

Toivo. Warum, um Himmels willen, muss sie jetzt an Toivo Aalto denken? Ausgerechnet an Aalto! Sie sieht ihn vor sich, wie er eine Tüte Lakritz aus seiner Hosentasche hervorzieht und sich ein Bonbon nach dem anderen in den Mund steckt. Warum Aalto? Wenn sie wenigstens an Franziska denken würde in diesen letzten Augenblicken. Während ihrer letzten Atemzüge. Sie wird ihre Tochter vermissen. Aber den Kommissar? Wobei sie bald kaum mehr in der Lage sein wird, *irgendetwas* oder *irgendwen* zu vermissen. Mausetot wird sie sein. Warum also denkt sie ausgerechnet jetzt an Toivo Aalto? Sie blinzelt. Noch zehn Meter. Sie kann das Schnaufen des schweren Tieres hören.

»Es reicht«, sagt sie. Und erwacht aus der Starre. Holt tief Luft. »Es reicht!«, schreit sie, so laut sie kann.

Der Bär hält inne. Bewegt nur den Kopf pendelnd von links nach rechts. Als würde er den Kopf schütteln. Sich wundern, nicht mit offenen Armen empfangen zu werden.

Langsam erhebt Sarah sich, ohne das Tier für einen Wimpernschlag aus den Augen zu lassen. In ihr brodelt es. Wie in einem Topf, dessen Deckel wegen des anschwellenden Dampfes zu zittern beginnt. »Was willst du?«, brüllt sie dem braunen Koloss entgegen. Ihr Ruf schallt über den See.

Das Tier setzt sich auf seine Hinterläufe. Beobachtet Sarah aus kleinen, glitzernden Augen, mit leicht geöffnetem Maul. Es sieht so aus, als würde er sich köstlich amüsieren. Als wäre er Zuschauer in einem Theaterstück auf einer Freilichtbühne.

»Du sollst verschwinden!«, schreit sie aus vollem Hals. »Warum machst du nicht das, was von einem normalen Bären erwartet wird? Weglaufen, wenn du einen Menschen hörst! Wie viel lauter soll ich im Wald unterwegs sein? Wie viel mehr soll ich pfeifen und singen? WIE VIEL?« Ihre Stimme überschlägt sich fast.

Der Bär schwingt den Kopf zur Seite, schaut hinter sich. Fast wirkt die Geste verlegen. Dann blinzelt er Sarah erneut an, hebt witternd die Schnauze. Das Lächeln ist verschwunden. Jetzt wirkt er nachgerade verstimmt.

»Ich bin es leid!« Sarah schreit sich in Rage. Es fühlt sich an, als hätte sich in ihr ein Ventil geöffnet. Was immer da aus ihr herausbricht – aufgestaute Wut, Enttäuschungen, verdrängte Ängste –, sie kann es nicht stoppen. »Bin ich nur von Idioten umgeben? Erst Rüdiger, das koksende Dreckschwein. Jetzt Udo mit seiner lächerlichen Midlife-Krise. Dann der Typ, der mich kaltblütig umbringen wollte. Und nun irgendein IRRER, der mich betäubt und in der Wildnis aussetzt. Damit ich krepiere und von Bären zerfleischt werde! SIND DENN ALLE BESCHEUERT?«

»SCHEUERT«, hallt es über den See.

Schimpfend erhebt sich eine Amsel aus einem nahe gelegenen Baum. Ein Entenpaar steigt laut schnatternd vom Ufer auf. Der Bär japst, dann gibt er ein schlecht gelauntes Brummen von sich.

»Es reicht«, krächzt Sarah. Schwindel erfasst sie. Doch die Rage ist noch nicht verklungen. In einer letzten Kraftanstrengung brüllt sie: »Verschwinde! Mach wenigstens du, was von dir erwartet wird! HAU AB!«

Der Kopf des Bären schwankt abermals hin und her. Ruckartig erhebt sich das Tier auf alle viere. Für eine Sekunde wirkt er unentschlossen. Dann kommt ein tiefes Brummen aus seiner Kehle, und er dreht sich um, wirft noch einen Blick zurück auf Sarah und setzt sich in Bewegung. Erst gemächlich, doch nach wenigen Metern verfällt er in einen schnellen Trott, immer am Seeufer entlang. Bis er jäh in den Wald abdreht. Im nächsten Augenblick ist er zwischen den Bäumen verschwunden. Als hätte es ihn nie gegeben.

Zitternd sinkt Sarah auf die Knie. Ihre Brust hebt und senkt sich im Stakkato. »Ja, hau nur ab!«, flüstert sie heiser. Mehrmals räuspert sie sich, doch es bleibt ein Gefühl, als wäre in ihrem Hals ein Reibeisen. Nur langsam beruhigt sich ihr Atem.

Irgendwann steht Sarah auf. Sie weiß nicht, wie viel Zeit vergangen ist. Wenige Minuten? Mehrere Stunden? Tief holt sie Atem. Macht sich auf den Weg. Sie folgt dem Ufer in der dem Bären entgegengesetzten Richtung, dreht sich aber nach wenigen Metern noch einmal um. Von dem braunen Riesen keine Spur.

Ein Gefühl von Leichtigkeit stellt sich bei Sarah ein. Als würde sie schweben und von oben auf sich herabblicken. Kein schlechtes Gefühl, denkt sie und stakst über angespülte Schilfreste. Sie beginnt, Ramonas Schlager *Außer Puste* zu summen. Diesmal hat sie das Lied nicht angestimmt, um etwas zu verjagen. Sie fühlt sich einfach danach. So schlecht gefällt es ihr gar nicht mehr. Es passt gut zu ihrer momentanen Situation, findet sie.

Gelegentlich bleibt Sarah stehen und dreht sich zum Wasser. Hofft auf ein Boot. Oder wenigstens eine Rauchsäule am gegenüberliegenden Ufer, das aus dem Nebel hervorgetreten ist. Doch da ist nichts. »Wer immer mich hergebracht hat«, sagt sie zu sich, »wusste, was er tat. In dieser Gegend gibt es keine Menschenseele.«

Zwischen den Bäumen zeigt sich ein schmaler Pfad. Sie hält auf ihn zu. Geht zurück in den Wald. Eine innere Stimme sagt ihr, dass dies am ehesten die Richtung ist, in der eine Straße liegt. Vielleicht sagt die Stimme das aber auch nur, weil der Weg zwischen den Bäumen mit Sarahs lädiertem Schuhwerk einfacher zu begehen ist als das Seeufer, wo sie mit jedem Schritt Gefahr läuft, einzusacken.

Sie hat mit dem Summen aufgehört. Die Fronten sind geklärt, scheint ihr, zwischen ihr und dem Bär ist alles klar. Ein kleines Grinsen stiehlt sich auf ihr Gesicht, während sie im Schatten der Bäume über Blaubeerbüsche steigt und zwischen Kiefern wandert. Sie fühlt sich wie ein Teil des Waldes. Als gehöre sie hierher. Das hat sich mein Entführer so sicherlich nicht vorgestellt, denkt sie und verspürt einen Hauch von Genugtuung.

Leise klopfen Hunger und Durst an. Sarah ist nun vorsichtiger und pflückt nur eine Handvoll Beeren. Sie kann ja jederzeit Nachschub einsammeln. Kein Grund, sich gleich wieder den Magen zu verderben. Ob sie auch einen der Pilze, die überall wachsen, probieren soll? Sie ist sich sicher, diese Sorte bereits auf dem Münchner Viktualienmarkt gekauft zu haben. Ziemlich sicher. Doch irgendetwas hält sie davon ab.

Je länger sie durch den Wald streift, umso empfänglicher wird sie für seine Geräusche. Was sie anfangs für völlige Stille gehalten hat, entpuppt sich nach und nach als ein feines Konzert. Blätter streichen sanft über raue Rinde. Ein Specht gibt klopfend den Takt vor. Eine Maus huscht zwischen Blaubeerbüschen hindurch, bringt kleine Ästchen zum Sirren.

Dass es Abend geworden ist, fällt Sarah erst am Ruf einer Eule auf. Die Dunkelheit hat sich unter den Bäumen so sanft verstärkt, dass ihr Kommen gar nicht aufgefallen ist. Wie lange wandert sie schon durch die schemenhafte Düsternis? Ein wenig ungläubig blickt sie sich um. Gähnt. Sie ist plötzlich todmüde.

Ein Fuchs ist neben ihr. Von einer Sekunde auf die nächste ist er einfach da. Nur ein paar Meter entfernt läuft er durchs Unterholz. Sie sieht seine Augen leuchten, seine Silhouette zwischen den Bäumen auftauchen und verschwinden. Ob es dasselbe Tier ist, dem sie schon beim Pinkeln begegnet ist? »Hallo, Herr Fuchs«, murmelt sie. Es fühlt sich nicht ungewöhnlich an, dass er hier ist, so vertraut ist sie mit dem Wald geworden.

Als sie in der Dunkelheit ins Straucheln gerät, huscht der Fuchs ins Unterholz, kehrt jedoch kurz darauf zurück. Lautlos begleitet er ihren Weg, ein Schatten in tieferen Schatten. Sie nickt ihm freudig zu. Hat abermals das Gefühl, sich von oben zu betrachten. Für einige Sekunden schwebt sie in den Baumwipfeln und beobachtet sich dabei, wie sie den Pfad, der nicht mehr als ein Wildwechsel ist, entlangstolpert. Neben sich ein Fuchs, der von Zeit zu Zeit zu ihr herüberblickt. »Eine wirklich interessante Perspektive«, sagt sie und kehrt in ihren Körper zurück.

Der Pfad macht einen Bogen und vereint sich mit einem zweiten Wildwechsel, der aus der Dunkelheit dazustößt. Von nun an ist der Weg ein wenig breiter, der Untergrund nicht länger von Blaubeerbüschen überwachsen.

Der Fuchs begleitet sie unbeirrt. Sarah muss nicht einmal mehr zur Seite schauen, um sich seiner Gegenwart zu vergewissern. Sie weiß schlicht, dass er da ist.

Als sie auf die Lichtung kommt, fühlt sie sich überrumpelt. Ihre Schritte werden langsamer, schließlich bleibt sie stehen.

Mit großen Augen dreht sie sich um die eigene Achse. Ungläubig macht sie einen Schritt nach vorne, tritt dabei in eine tiefe Pfütze. Fluchend zieht sie den Fuß heraus, stolpert dann auf die Holzhütte zu. Bleibt auf halbem Weg stehen und wendet den Kopf. Wo ist der Fuchs? Er ist verschwunden. Ein Gefühl von Verlust schlägt über ihr zusammen.

Stöhnend presst sie eine Hand auf ihre Stirn, zuckt zusammen. Die Haut ist glühend heiß, aber feucht vor Schweiß. Abermals hat sie den Eindruck, aus dem Körper zu treten und zu schweben, doch diesmal ist es kein angenehmes, sondern ein fiebriges Gefühl. Sie sieht sich selbst, wie sie auf den fensterlosen Verschlag zustolpert. Wie sich auf ihrem Gesicht Tränen mit dem Schweiß mischen. »Ich bin im Kreis gelaufen«, presst sie hervor.

EINUNDDREISSIGSTES KAPITEL

Harte Rockmusik dröhnt aus den Lautsprechern. Unterhalten kann man sich nur, wenn man seinem Gesprächspartner ins Ohr brüllt. Ilmari beugt sich über die Tischplatte und schreit fast. »Sorry, dass ich gestern keine Zeit hatte. In der Arbeit war viel los.«

Mit einer wegwerfenden Handbewegung fegt Leo beinahe sein Bierglas vom Tisch. »Kein Problem, Junge, ich war gestern sowieso beschäftigt.« Er nestelt an seinem Tappara-Vereinsschal herum, zupft ihn am Nacken zurecht. Ohne das Ding verlässt Leo niemals die Wohnung. Egal ob im Sommer oder Winter. Unter dem Schal lugen die Vorderbeine einer Spinne hervor, die Leo sich auf den Hals hat tätowieren lassen. In seinem Nacken grinst ein Totenkopf. »Sag mal, Ilmari – was ist eigentlich los mit dir?«

»Ich …«, setzt Ilmari an, schüttelt aber den Kopf.

»Komm mit!«, ruft Leo und zieht ihn am Ärmel bis vor die Kneipe. Dort zündet er sich eine Zigarette an und lehnt sich gegen die Hauswand. Tief inhaliert er den Rauch, dann streicht er mit einer Pranke über seine rasierte Glatze. »Schieß los.«

Ilmari stellt sich neben Leo an die Wand, blickt zu seinem Kumpel auf. Sie sind ein ungleiches Paar. Leo geht auf die zwei Meter zu, ein muskelbepackter Hüne. Neben ihm fühlt Ilmari sich wie ein Hobbit. Doch die beiden verbindet die Liebe zum Eishockeymeister. Und auch wenn Leo wegen seiner unkontrollierten Wutausbrüche mit Vorsicht zu genießen ist, hält er auf seine schroffe Art eine schützende Hand über Ilmari. Als Ilmari einmal in einen Disput mit gegnerischen Fans geriet, hat Leo die Diskussion beendet, indem er Ilmaris Gegenüber kurzerhand eine blutige Nase verpasste. Seitdem besuchen die beiden alle Spiele von Tappara gemeinsam und treffen sich dann und wann auf ein Bier. Wenn Ilmari ehrlich ist, bewundert er seinen Kumpel. Mit Leo legt sich niemand an, der ganz bei Trost ist.

»Stress im Hotel«, beantwortet er Leos Frage ausweichend.

Leo zieht mehrmals an seiner Zigarette und mustert Ilmari aus schmalen Augen.

Die Leute halten Leo meist für ein bisschen blöd, doch Ilmari sieht das nicht so. Leos Hirn arbeitet einfach anders als das anderer Menschen. Manchmal beginnt er erst mit dem Denken, nachdem er etwas gemacht hat. Und er zieht sein Ding immer konsequent durch, egal, was andere davon halten. Auch wenn das bedeutet, offenen Auges in ein Messer zu rennen und etwas abzubekommen. Dafür bewundert Ilmari ihn ein wenig.

»Viel zu tun, dieser Tangokram macht zusätzliche Arbeit.«

»Du siehst richtig scheiße aus«, sagt Leo, ohne seine Position zu verändern. »Kannst mir nicht verkaufen, dass das nur vom Job kommt.«

»Hast du eine Zigarette für mich?«, fragt Ilmari. Er zündet den Glimmstängel mit Leos Feuerzeug an und pafft ein paar Züge. Sein Gehirn arbeitet auf Hochtouren.

»Und?«

Natürlich gibt Leo nicht auf. Ilmari unterdrückt einen Fluch. »Es ist wegen diesem Mädchen. Nadja heißt sie«, stößt er aus.

»Die Kleine, mit der du dich ab und an mal triffst?« Leo runzelt die Stirn, schnippt die Kippe auf den Gehsteig und zündet sich die nächste Zigarette an.

»Ich … Sie … Ich bezahle sie dafür.«

Leo zieht an der Zigarette, dann nickt er. »Eine Nutte.«

Ilmari stößt die Luft aus. Es war ihm gar nicht aufgefallen, dass er sie angehalten hatte. »Ja, aber wir kommen echt gut miteinander klar.« Er stockt. »Dachte ich eigentlich. Doch jetzt glaub ich, sie erpresst mich.«

»Was?« Leo löst sich von der Wand und kratzt an seiner Stirn.

»Es gibt Fotos. Sie zeigen, wie wir … also …«

»Wie ihr fickt?«

Ilmari schluckt. »Mir wird gedroht, die Aufnahmen zu veröffentlichen. Meine Eltern würden durchdrehen. Und meinen Job wäre ich auch los.«

Schwungvoll wirft Leo die brennende Zigarette auf den Boden und tritt sie mit seinen Springerstiefeln aus. »Will sie Geld?«

Ilmari nickt. Er kann sich nicht durchringen, von dem Deal zu berichten, nach dem die Aufnahmen sicher sind, solange er Sarah Fuchs beschattet. Sarah Fuchs, die seit gestern Nacht verschwunden ist. Dieser Toivo Aalto und die Tänzerin vom *Duo Kettu* sind heute mehrmals an der Rezeption aufgetaucht und haben nach Sarah gefragt. Doch er weiß auch nichts. Das letzte Mal hat er sie gesehen, als sie nachts einen Spaziergang machen wollte. Das hat er den beiden auch gesagt, mehr aber nicht. Vor allem nicht, dass er diese Information bereits an *Arttu.Maekelae* gemailt hatte. Da war Sarah noch im Hotel gewesen. Nun macht er sich Vorwürfe. Ist ihr etwas geschehen, *weil* er diese E-Mail abgesetzt hat?

»Wie viel will sie?«

»Was?«

»Diese Nadja, wie viel Geld will sie von dir?« Leo zieht seinen Schal stramm.

»Äh, ein paar Tausender«, stößt Ilmari aus und ringt die Hände. Er beginnt zu bereuen, Leo von Nadja erzählt zu haben. Nun verstrickt er sich nur in weitere Lügen.

»Du darfst dir das auf keinen Fall gefallen lassen«, sagt Leo mit strenger Miene.

»Was soll ich denn tun?«

»Hast du dem Mädchen schon Geld gegeben?« Auf Ilmaris Kopfschütteln reagiert Leo mit einem zufriedenen Schnauben. »Wenn du auf die Erpressung eingehst, hört die Sache nie auf, Junge.«

Erschrocken schnappt Ilmari nach Luft. »Wie meinst du das?«

»Ist doch logisch, oder? Solange das Druckmittel wirkt, wird sie Kohle aus dir rauspressen. Heute, morgen, in drei Jahren.«

»In drei Jahren?«, röchelt Ilmari.

»Bis das letzte bisschen Saft aus dir rausgequetscht ist. So würde ich's machen. Wahrscheinlich zieht die Kleine diese Nummer bei mehreren Freiern ab. Schöner Nebenverdienst.«

»Oh Gott! Was soll ich nur tun?«

Leo streicht mit beiden Händen über seine Glatze, dann spuckt er aus. »Wenn du zu der Nutte willst, für eine Nummer, wie vereinbarst du mit ihr ein Treffen?«

»Ich schreib ihr eine SMS und sag ihr, wann ich kommen will. Sie antwortet dann, ob es passt. Manchmal geh ich auch einfach so vorbei.«

»Hm.« Leo kaut auf seiner Lippe. »Schreib ihr. Sag, du willst jetzt vorbeikommen und eine Nummer schieben.«

Mit großen Augen starrt Ilmari seinen Kumpel an.

»Guck nicht wie ein Auto!«, fährt Leo ihn an. »Schreib ihr! Los! Du musst die Sache regeln, Mann.«

»Aber was soll ich …?« Ilmari versagt die Stimme.

»Du sagst ihr klipp und klar, dass du auf keinen Fall zahlst und sie sich ihre Erpressung sonst wo hinschieben kann.« Leo schlägt mit der Faust in seine Hand. »Du musst Stärke zeigen. Sonst saugt dich das Miststück bis auf den letzten Cent aus.«

»Sie wird meinen Eltern die Aufnahmen zeigen«, krächzt Ilmari.

»Unsinn. Die blufft nur. Die Mühe macht sie sich nicht. Wozu auch? Du bist nur interessant, solange du der Goldesel bist. Sobald du ihr sagst, dass du bei diesem Spielchen nicht mitmachst, ist die Sache abgehakt. Sie will sich garantiert keinen Ärger einhandeln, das kannst du mir glauben. Wenn du als Einnahmequelle wegfällst, macht sie einfach beim nächsten Freier weiter, das miese Dreckstück.«

»Meinst du?« In Ilmari glimmt ein Funken Hoffnung auf. Könnte Leo recht haben? Ist es vielleicht alles ganz einfach? Muss er nur laut Nein sagen, und die ganze Erpressung fällt in sich zusammen?

»Hol dein Handy raus und schreib!«

Wie benommen fischt er das Handy hervor und tippt eine Nachricht an Nadja. Es dauert keine dreißig Sekunden, und er erhält eine Antwort. »Okay«, liest er vor. »Sie … also, Nadja hat Zeit.«

»Siehst du.« Leo grinst zufrieden. »Komm, Junge, ich begleite dich, damit du unterwegs nicht noch Muffensausen kriegst.

Dann sagst du dem Mädchen, dass sie dich kreuzweise kann, und die Sache ist durch. Natürlich will sie weiterhin deine Kohle als Freier einsacken. Kannst also auch in Zukunft ihre Dienste in Anspruch nehmen, wenn du so sehr auf sie stehst.« Er zuckt mit den Schultern.

Es klingt alles so verdammt einfach. Verlockend einfach. Die Erpressung beenden, aber trotzdem weiter mit Nadja Spaß haben, einschließlich der Drogen. Ilmari holt tief Luft. »Okay, Mann. Okay. Ich sag's ihr.« Er zuckt zusammen, als Leos Pranke aufmunternd auf seine Schulter schlägt.

Schweigend gehen sie durch das nächtliche Tampere bis zu dem heruntergekommenen Haus unweit der Puuturhakatu. Aufgeregt tritt Ilmari von einem Bein auf das andere. »Also gut, ich geh da jetzt rein und sag ihr, dass ich mich nicht erpressen lasse. Ich muss in den dritten Stock rauf. Wenn ich zurück bin, gehen wir noch ein Bier trinken, okay?«

Leo nickt und hält Ilmari die Hand zum Einschlagen hin. Dann lehnt er sich gegen die Hauswand und zündet sich eine Zigarette an. »Lass dir Zeit. Wenn diese Nadja bereit sein sollte, die Beine breit zu machen, dann nimm das mit.«

Ilmari nickt und geht mit weichen Knien die Stufen zum Eingang hinauf, stellt sich unter die Kamera und drückt die Klingel. Als der Summer ertönt, drückt er die Tür auf.

»Warte noch!«, ertönt Leos Stimme.

»Was denn?« Verdutzt bleibt Ilmari in der Tür stehen und dreht sich um.

Mit federnden Schritten drängt sich Leo an ihm vorbei in den Hausflur. »Jetzt regeln wir die Sache mal ordentlich«, stößt er im Vorbeigehen aus.

»Nein, du darfst nicht …«, presst Ilmari hervor, doch sein

Kumpel ist bereits auf der Treppe. Hinter ihm weht der Eishockeyschal in der Luft.

»Dritter Stock, hast du gesagt?«, ruft Leo zurück.

»Scheiße!«, keucht Ilmari. Er spurtet hinter seinem Kumpel her, hört ihn über sich die Treppe hinaufpoltern. »Warte! Bitte!«

Ein überraschter Ruf Nadjas, der jedoch jäh abbricht, dann das Schlagen einer Tür.

Schweißperlen stehen auf Ilmaris Stirn, als er vor der Wohnungstür steht. Aus dem Inneren hört er ein dumpfes Poltern. »Oh mein Gott!« Er rüttelt an der Klinke. Die Tür schwingt auf. Hastig schlüpft er in die Wohnung und schließt die Tür.

»… nur einen Moment unterhalten«, ertönt Leos schneidende Stimme.

Ilmari hastet ins Schlafzimmer, bleibt schnaufend im Türrahmen stehen. »Warte!«, krächzt er. Doch weder Nadja, die auf der Bettkante sitzt, noch Leo, der sich vor ihr aufgebaut hat, reagieren auf ihn. In einer Ecke des Zimmers liegt ein umgeworfener Stuhl. Von dem Tischchen neben dem Bett ist eine Schachtel mit Kondomen heruntergefallen. Ihr Inhalt liegt auf dem Boden verteilt.

»Ich mach dir jetzt mal was klar, Mädchen«, dröhnt Leo. »Hör mir also gut zu!«

Nadja zuckt zusammen, wirft Leo aber einen hasserfüllten Blick zu.

»Du wirst meinen Kumpel Ilmari ab sofort in Ruhe lassen! Hörst du? Wenn du noch ein Mal versuchst, ihn zu erpressen, bin ich bei meinem nächsten Besuch weniger freundlich!« Drohend hebt er beide Arme. »Hast du mich verstanden, Püppchen? Ich leg dein kleines Bumsparadies in Schutt und Asche, wenn es sein muss. Und du löschst die Fotos, die du von euch beim Ficken gemacht hast.«

Nadja holt Luft, dann spuckt sie aus und trifft Leo am Hosenbein.

»Dreckschlampe!«, brüllt Leo und macht einen Schritt aufs Bett zu.

Da hört Ilmari, wie die Wohnungstür geöffnet wird. »Leo!«, ruft er warnend. »Sei vorsichtig, da …!«

Der Satz geht in Nadjas Geschrei unter. »Boris!«, kreischt sie und schiebt etwas auf Russisch hinterher.

Geistesgegenwärtig tritt Ilmari ins Schlafzimmer und drückt sich neben der Tür an die Wand. Keine Sekunde zu früh, denn ein Mann stürzt gleich darauf ins Zimmer und schmeißt sich brüllend auf Leo.

Leo brüllt ebenfalls und dreht sich wie wild im Kreis, um den Kerl, der an ihm klebt, abzuschütteln. Der Angreifer ist kleiner, dafür bulliger und nicht weniger glatzköpfig. Mit einem Sprung gegen die Wand gelingt es Leo, sich aus der Umklammerung zu befreien. Doch Boris setzt gleich wieder zum Angriff an.

»Scheiße, der Kerl hat ein Messer!«, ruft Ilmari. Er schiebt sich zurück in den Durchgang zum Flur. »Pass auf, Leo!«

Boris sticht bereits zu, doch Leo weicht mit einem Sprung zur Seite aus. Er erwischt Boris am Arm und zieht ihn mit sich.

Boris stößt einen russischen Fluch aus, als er mit Leo zu Boden geht.

Das Messer fliegt in hohem Bogen durch die Luft und fällt Ilmari vor die Füße. Hastig tritt er es hinter sich in den Flur.

Die beiden Männer ringen miteinander, umgeben von glänzenden Kondompackungen. Boris versucht, Leo mithilfe von dessen Fanschal zu würgen, doch Leo wehrt ihn mit einer

Kopfnuss ab. Blut spritzt, augenscheinlich hat Boris' Nase etwas abbekommen. In seinem Schmerzensgeheul gehen Nadjas Rufe unter.

Leo gelingt es, sich auf den Brustkorb seines Gegners zu setzen, und er verpasst ihm mit der Faust einen Schlag gegen die Schläfe. Dann einen zweiten. Das Geheul des Russen wird lauter.

Nadja vollführt auf ihrem Bett Verrenkungen.

Ilmari tritt unschlüssig von einem Bein auf das andere. Nur eins weiß er genau: Diese Aktion ist gehörig in die Hose gegangen. Hätte er Leo gegenüber nur den Mund gehalten!

Leos nächster Schlag trifft Boris auf den Mund. Abermals spritzt Blut. Das Geheul geht in ein Wimmern über.

Der nächste Schmerzenslaut kommt von Leo. Er rutscht von Boris herunter und hält sich den Hinterkopf. Überrascht schaut er sich um und starrt auf Nadja, die mit ihrer Beinprothese in der Hand auf der Bettkante hockt.

Drohend hebt Nadja das Bein und macht Anstalten, ein weiteres Mal zuzuschlagen.

Im Hausflur werden Stimmen laut.

Ilmari hört, wie draußen jemand Nadjas Namen ruft. »Leo!«, blafft er. »Steh auf! Zeit, abzuhauen.« Er staunt, dass sein Kumpel nickt und aufspringt.

Leo wirft einen letzten verwunderten Blick auf die ihr Bein schwingende Nadja und tritt Boris noch einmal mit Schwung in die Rippen. »Merkt euch, das war's mit der dreckigen Erpressung!«, zischt er. Dann zieht er Ilmari hinter sich aus der Wohnung.

Drei Frauen, alle leicht bekleidet und in High Heels, stehen aufgeregt tuschelnd auf dem Treppenabsatz vor der Wohnungstür.

»Ladies«, sagt Leo und quetscht sich an den Frauen vorbei, Ilmari hinter sich herziehend. Erst auf der Straße lässt er ihn los. Rückt seinen mit Blut besprenkelten Tappara-Schal zurecht. »Junge, da musst du mir aber einiges erklären.«

ZWEIUNDDREISSIGSTES KAPITEL

Als Sarah erwacht, zusammengerollt auf der schmalen Holzbank, tastet ihre Hand zu ihrer Stirn. Warm, aber nicht heiß. Wenigstens etwas, denkt sie, wickelt sich aus ihrem Mantel und schiebt die Beine über den Rand der Bank. Durch Ritzen fällt Licht in den Verschlag. Es beleuchtet die Trostlosigkeit ihrer Situation.

Draußen ist es ein paar Grad wärmer als gestern. Immer wieder kämpft sich die Sonne durch eine dünne Wolkendecke. »Ein schöner Herbsttag«, murmelt Sarah und verzieht das Gesicht. Hinter ihrer Stirn lauert Kopfschmerz. Auch der Hals tut ihr beim Schlucken weh. Sie muss dringend aus ihren klammen, schlammgetränkten Klamotten heraus. Der Schlaf hat sie gestärkt, doch eine weitere Nacht hier wird sie nicht überstehen, ohne sich zumindest eine Lungenentzündung einzufangen.

Sie schleppt sich den schmalen Weg zwischen den Bäumen entlang, kraftloser als am Tag zuvor. Auch ihr Gemütszustand lastet schwerer auf ihren Schritten. Gestern hat sie wertvolle Zeit verschwendet. Da fällt ihr der Bär ein, und sie denkt: Ganz verschwendet war der Tag vielleicht doch nicht.

An der Gabelung folgt sie diesmal dem anderen Weg. Ein paarmal bleibt sie stehen, um Blaubeeren zu pflücken. Dabei blickt sie sich immer wieder um. Ob der Fuchs in der Nähe ist? Sie kann keine Spur von ihm entdecken.

Sie ist müde. Ihr Verstand ist müde. Ohne nachzudenken, folgt sie dem Pfad. An großen Findlingen vorbei, an Ansammlungen von Birken, an hohen Ameisenhaufen. Eine sumpfige Stelle ist von hufförmigen Tierspuren gesäumt. Ein Elch, vermutet sie, bleibt aber nicht stehen. Sie hat die unheilvolle Ahnung, nicht mehr weiterzukönnen, wenn sie einmal haltmacht. Ihre Beine schmerzen, ihre Füße schmerzen. Von ihrem Kopf gar nicht zu reden. Am liebsten würde sie sich auf den Boden legen und schlafen. Von etwas Angenehmem träumen. Auf den Fuchs warten. Doch die Befürchtung, dann nicht mehr aufzustehen, treibt sie voran.

Zuerst hält sie das Geräusch für eine Illusion. Es huscht am Rand ihrer Wahrnehmung dahin, doch sie bekommt es nicht zu fassen. Es verschwindet, taucht wieder auf. Klingelt es wirklich? Oder spielt ihr der Verstand einen Streich? Soll dieses engelsgleiche Klingeln ihren baldigen Eintritt ins Himmelsreich ankündigen? Sie verschließt ihre Ohren vor dem kaum wahrnehmbaren Geräusch und stolpert weiter den Pfad entlang.

Ein anderes Geräusch. Diesmal bleibt Sarah stehen, lauscht in den Wald hinein. Das Klingeln wird lauter. Und da! Eine Stimme? Kann es sein, dass sie eine Stimme gehört hat? Sie ist doch mutterseelenallein im Wald. Und jetzt ist es wieder still. Nichts zu vernehmen, bis auf den Wind, der leise durch die Baumwipfel fährt.

Das Klingeln ist unüberhörbar. Sarah reißt die Augen auf. Eine Frauenstimme, gefolgt von einem Lachen. Sarahs Puls beschleunigt sich. »Bitte, lass es keine Wahnvorstellung sein!«, flüstert sie fieberhaft. Sie verlässt den Pfad und steuert auf das

Geräusch zu. Zwischen Baumstämmen hindurch, an Findlingen vorbei, läuft sie dem Geräusch entgegen. Einem Klingeln, das lauter und lauter wird. Um plötzlich abzubrechen.

»Was ist da?«, fragt eine Stimme. »Seid mal leise!«

Das Läuten verstummt, doch Sarah setzt ihren Weg fort. Peilt die Richtung an, aus der die Stimme kam. Sie gelangt zu einer Senke. Ungläubig starrt sie von ihrer erhöhten Position hinab.

»Ist das ein Bär?«, ruft ein kleiner Junge und deutet auf Sarah. Mit der anderen Hand klammert er sich an das Bein einer Frau, augenscheinlich seine Mutter. Beide haben die gleiche spitze Nase, das gleiche dunkelbraune Haar.

»Das ist die Morra!«, brüllt ein Mädchen, kaum älter als der Junge. Es umfasst die Hand eines blonden Mannes. »In den Geschichten, die Mama uns vorliest, sieht sie genauso aus! Sie ist scheußlich!«

Sarah macht einen Schritt die Senke hinab, öffnet den Mund, doch die Frau kommt ihr zuvor.

»Katharina und Samuel, hinter uns!«, schreit sie. Ihre Stimme überschlägt sich. Mit zitternder Hand deutet sie auf Sarah. »Sie! Bleiben Sie, wo Sie sind!«

Überrascht verharrt Sarah, stützt sich an einer Birke ab.

»Monika, bitte bleib ruhig«, sagt der blonde Mann und hebt beschwichtigend eine Hand.

Scharf atmet Sarah ein. Die Leute sprechen Deutsch. Sie unterdrückt ein Stöhnen. Hoffentlich kommen sie nicht aus München.

»Sag mir nicht, was ich tun soll!«, kreischt Monika. »Diese Person könnte gefährlich sein! Guck nur, wie irre sie aussieht!« Während sie mit dem Arm herumwedelt, erklingt ein Chor kleiner Glöckchen. Die Kette mit unzähligen Reifen am Arm lässt Monika wie eine Gauklerin auf einem Mittelalterfest erscheinen.

Auch der Rest der Familie ist mit Glöckchen ausgestattet, bemerkt Sarah. Bärenabwehr. Dann sieht sie die Eimer in der Mitte der Senke. Die Leute sammeln Blaubeeren. »Oh Mann!«, krächzt sie. »Touristen beim Blaubeersammeln.«

»Sie sprechen Deutsch?« Der Mann löst seine Hand von der seiner Tochter und macht einen Schritt auf Sarah zu. »Geht es Ihnen gut?«

»Carsten!«, kreischt Monika. »Sei vorsichtig! Sie ist irre!«

Kein Bär wird sich dieser Furie freiwillig nähern, schießt es Sarah in den Kopf. Sie muss abermals auflachen. Verspürt jäh eine große Erleichterung in sich aufwallen. Wie es aussieht, ist sie gerettet.

»Das ist die Morra«, beharrt Katharina altklug und linst hinter den Beinen ihres Vaters hervor. »Ich weiß genau, wie sie aussieht.«

Sarah räuspert sich. »Was für ein Glück, dass ich auf Sie treffe. Ich habe mich verlaufen und irre seit einem Tag und einer Nacht durch den Wald. Mein Name ist Sarah.«

»Meine Güte!« Carsten schüttelt den Kopf. »Hast du Durst, Sarah? Hunger? Wir haben was dabei.« Er deutet auf einen Rucksack neben den Eimern.

»Carsten!« Monikas Stimme ist schrill. »Du kannst doch nicht unsere …«

»Jetzt halt mal den Mund!«, fährt Carsten seine Frau an. Dann wendet er sich wieder an Sarah. »Komm, setz dich.«

Sarah taumelt in die Senke, an Monika vorbei, die hastig zurückweicht. Neben den Eimern setzt sie sich auf einen Baumstumpf.

Das Mädchen beäugt Sarah skeptisch. »Das ist vielleicht doch die Morra. Sie spielt nur, sich verlaufen zu haben, und will uns in eine Falle locken.«

Carsten fährt seiner Tochter durchs Haar, dann geht er zum Rucksack, öffnet ihn und reicht Sarah eine Flasche Wasser und zwei Müsliriegel.

»Wo bin ich?«, fragt Sarah zwischen zwei Schlucken. Dann schiebt sie einen Riegel in einem Stück in den Mund und zerkaut ihn gierig.

»Etwa fünfzig Kilometer nördlich von Tampere«, erklärt Carsten und geht vor Sarah in die Hocke. »Am Näsijärvi, dem großen See.«

»Hm.« Sarah nickt und schiebt den zweiten Riegel nach.

»Wie bist du hergekommen?«

»Das ist eine lange Geschichte«, antwortet Sarah nach kurzem Kauen. »Ich möchte zurück nach Tampere. Ich wohne im Hotel *Kruunu.*«

»Wir haben einen Camper in der Nähe, etwa fünfzehn Minuten zu Fuß von hier. Natürlich fahren wir dich nach Tampere. Das ist kein Problem.«

»Aber Car–«, setzt Monika an, verstummt jedoch, als sich ihr Blick mit dem ihres Mannes kreuzt.

»Wir brechen sofort auf«, sagt Carsten. »Kannst du laufen?«

Sarah nickt und steht auf.

»Oder sollen wir dich in ein Krankenhaus fahren? Du siehst mitgenommen aus.« Skeptisch beäugt Carsten ihre Bewegungen.

»Nein, nein«, wehrt Sarah ab. »Tampere, bitte.«

Mit dem Rucksack auf dem Rücken und den Eimern in Händen geht Carsten voraus, dicht gefolgt von Sarah. Monika und die Kinder bilden die Nachhut, mit merklichem Abstand zu Sarah. Mehrmals dringen die Worte »Bär« und »Morra« an Sarahs Ohr, untermalt von Monikas leisem Gemurre.

Der Fußmarsch zum Wohnmobil dauert länger als eine Viertelstunde, doch Sarah lacht vor Erleichterung auf, als sie das Gefährt auf einer Waldlichtung sieht. »Bevor wir losfahren«, wendet sie sich an Carsten, »kann ich da vielleicht das WC benutzen?«

»Selbstverständlich. Wir haben im Wagen auch eine Dusche. Die kannst du ebenfalls benutzen, wenn du möchtest.«

Sarah jauchzt auf.

Monika unterdrückt einen Aufschrei.

Fünf Minuten später steht Sarah unter einem warmen Wasserstrahl, shampooniert sich die Haare und schlüpft nach dem Abtrocknen in die Sachen, die Carsten ihr herausgelegt hat. Eine Zusammenstellung aus viel zu weiten, abgetragenen Freizeitklamotten. Eine Jogginghose von Monika, ein T-Shirt von Carsten. Zu große Badelatschen. Eine ausgeleierte Kapuzenjacke. Doch für Sarah die beste Kleidung, die sie seit Jahren getragen hat.

Etwas mehr als eine Stunde später, die Nacht ist bereits hereingebrochen, fährt das Wohnmobil vor dem *Kruunu* vor.

»Ich danke euch von Herzen«, sagt Sarah, als der Camper zum Stehen kommt. »Wie kann ich mich erkenntlich zeigen? Ich frage gerne im Hotel, ob Zimmer für euch frei sind. Auf meine Kosten natürlich. Wir könnten gemeinsam im Restaurant essen.«

Doch Carsten schüttelt den Kopf. »Wir müssen noch heute Nacht nach Helsinki. Morgen geht unsere Fähre nach Travemünde. Wir sind froh, wenn wir dir helfen konnten. Du hast meine Telefonnummer, Sarah. Falls noch was zu klären ist.«

»Lasst mich wenigstens Geld für die Anziehsachen aus meinem Zimmer holen.«

Carsten schüttelt den Kopf. »Das wär ja noch schöner. Für die alten Lumpen nehmen wir doch kein Geld.«

Für Sarah fühlen sich die Kleidungsstücke wertvoller an als ihr teuerstes Designerkleid. Mit Tränen in den Augen verabschiedet sie sich von der Familie. Selbst Monika wirkt nun weniger sauertöpfisch. Und seit Sarah geduscht ist, nennt Katharina sie auch nicht mehr Morra.

Vom Hoteleingang winkt Sarah dem Wohnmobil nach. Dann kehrt sie ins Foyer zurück. »So, jetzt kann sich jemand warm anziehen!«

DREIUNDDREISSIGSTES KAPITEL

Eddi presst das Handy an sein Ohr und blickt an der Hausfassade empor. Dieser historische Kasten sieht prächtig aus, muss er zugeben. Am Rand des Hauptplatzes erstreckt sich das Gebäude mit vielen Säulen, Rundbögen und großen Fenstern über zwei Etagen, auf dem Dach weht die Flagge mit dem rot-goldenen Stadtwappen. Ein breiter, blumengeschmückter Balkon, genau im Zentrum der Frontseite und unter der Flagge, gibt dem Rathaus etwas Staatsmännisches.

»Schatz?«

»Hallo, Eddi«, antwortet Birke. Es hört sich an, als würde sie kauen.

»Was machst du?«

»Was ich mache? Ich sitze im Büro, du Schlaumeier.« Sie lacht. »Nicht jedermann hat so viel Freizeit wie du.«

Er weicht einem Jungen aus, der mit seinem Skateboard auf ihn zuhält. »Und deine Chefin, wo ist die?«

»Asta?« Das Stirnrunzeln ist durch das Telefon zu hören.

»Wer sonst, Schatz?«

»Was hast du in letzter Zeit immer mit Asta?«

»Ist sie da?« Er bemüht sich, nicht genervt zu klingen.

»Nein, ist sie nicht. Sie hat für heute im Büro Schluss gemacht. Gleich hat sie einen Außentermin. Und dann bereitet sie bei sich zu Hause eine Feier vor. Hat mit dem Tangofestival zu tun.«

Außentermin? Wieder mit Jussi? Eddi verzieht das Gesicht zu einem schiefen Grinsen.

»Eddi? Bist du noch da?«

»Ja, klar. Entschuldige, dass ich so blöde Fragen stelle. Aber ich wollte sichergehen, dass Asta uns nicht stört.«

»Stört?«

»Bis gleich, Schatz«, sagt Eddi und legt auf. Er betritt das Rathaus, nickt dem Mann hinter dem Informationstresen zu und steigt die breite Treppe zum oberen Stockwerk hinauf. An seiner Hand baumelt eine Einkaufstüte. Auf dem Weg hierher hat er beim Supermarkt und dem Alkoholverkauf haltgemacht. Er weiß genau, wo er hinmuss. Vor zwei Wochen war er schon einmal hier. Nur, dass er damals nicht geahnt hat, mit welchem Plan er wiederkehren würde.

Der lange Gang ist menschenleer. Die meisten Angestellten haben sich in den Feierabend verabschiedet. Eddi bleibt vor einer Tür stehen und klopft an. Ohne auf eine Antwort zu warten, betritt er den Raum.

Mit verschränkten Armen sitzt Birke hinter ihrem Schreibtisch und blickt ihm entgegen. »Du machst Sachen.« Sie schüttelt den Kopf, grinst, mustert die Einkaufstüte.

»Du arbeitest immer so viel, Schatz«, erklärt Eddi und tritt an den Schreibtisch, drückt Birke einen Kuss auf den Mund. »Da dachte ich, ich bringe dir ein bisschen Abwechslung mit.« Er hebt die Tüte an. Glas klirrt.

Birke blinzelt überrascht.

»Und Asta ist wirklich nicht da?« Er deutet auf die breite Tür, die ins Büro der Bürgermeisterin führt.

»Nein, sie kommt heute auch nicht mehr rein.« Birke schlägt ein Bein über das andere, dreht sich mit dem Stuhl hin und her.

Er stellt die Tüte neben dem Schreibtisch auf den Boden. »Wie war dein Abend mit Eeva?« Wie zufällig macht er eine Runde durch den Raum.

»Super! Nach der Bar waren wir noch was essen. Haben die ganze Zeit gequatscht. Das war wieder mal nötig. Tut mir leid, dass wir uns deshalb nicht mehr gesehen haben.«

Er stützt sich auf der Fensterbank ab, schaut auf den Hauptplatz hinunter. Auf den Springbrunnen vor dem Rathaus. »Kein Problem«, sagt er. »Hauptsache, du hattest eine gute Zeit.«

»Was hast du gemacht? Gestern.«

»Ich?« Er dreht sich um, lehnt sich gegen das Fensterbrett und verschränkt die Arme vor der Brust. »Dich vermisst, natürlich.«

Birke wirft ihm einen Kuss zu und dreht sich weiter im Stuhl hin und her. »Jetzt mal ehrlich, Eddi. Was hast du gemacht? Du siehst übernächtigt aus. Bist du noch unterwegs gewesen?«

Er war bei Meeri, doch das wird er Birke nicht auf die Nase binden. »Ich war zu Hause vorm Fernseher. Ich hab nur schlecht geschlafen. Wahrscheinlich, weil du nicht bei mir warst.« Er zieht einen Schmollmund.

Birke lacht laut auf. »Du Schauspieler! Gib doch zu, dass du gestern vor der Glotze versackt bist und es genossen hast.«

Eddi zwinkert ihr zu. Er stößt sich vom Fensterbrett ab, schlendert durch den Raum. Steuert beiläufig die Tür zum Büro der Bürgermeisterin an.

»Eeva ist jetzt übrigens verlobt«, berichtet Birke. »Ihr Freund heißt Torben. Sieht nett aus, ich hab ein Foto von ihm gesehen.

Die beiden wollen nächsten Sommer heiraten. Wahrscheinlich in Helsinki, weil Torbens Eltern da ein Restaurant besitzen. Eeva meinte, wir wären auch eingeladen.«

Er greift nach der Klinke. Die Tür zu Astas Büro ist verschlossen. Nur mühsam unterdrückt er einen Fluch. »Was hast du gesagt?«

Birke runzelt die Stirn. »Die Hochzeit, Eddi.«

»Wessen Hochzeit?« Sicher besitzt Birke einen Schlüssel, schließlich ist sie Astas Assistentin. Es wird Zeit für Plan B, denkt er.

»Hast du mir nicht zugehört?« Birke steht auf und tritt hinter dem Schreibtisch hervor. »Eevas und Torbens Hochzeit. Nächstes Jahr im Sommer. Wir sind eingeladen.«

»Ah!« Jetzt geht ihm ein Licht auf. Er geht zu ihr und umarmt sie, auch wenn sie sich anfangs sträubt. »Freut mich. Klar gehen wir zu der Hochzeit.«

Birke entspannt sich. »Ich freu mich schon«, sagt sie. Dann löst sie sich aus der Umarmung und deutet auf die Tüte. »Was hast du eigentlich mitgebracht?«

Eddi fasst sich an die Stirn. »Ach, natürlich!« Er schnappt sich die Tüte und zieht eine Flasche hervor. »Ich habe uns bei ALKO ein gutes Tröpfchen besorgt. Und im Supermarkt ein paar Snacks.«

Anerkennend zieht Birke die Augenbrauen hoch. »Champagner. Mein lieber Schwan. Gibt es was zu feiern?«

»Uns«, antwortet er und zwinkert ihr zu. Dann sieht er sich um. »Du hast sicherlich irgendwo zwei Gläser.«

»Jetzt? Ich darf bei der Arbeit keinen Alkohol trinken, Schatz. Lass uns die Flasche mit zu dir nehmen. Dann machen wir es uns gemütlich.«

»Ich möchte aber jetzt anstoßen«, sagt er und gibt ihr einen langen Kuss. »Deine Kollegen haben doch alle schon Feierabend gemacht. Auf dem Gang war Totenstille. Und Asta ist auch weg. Da kannst selbst du den Griffel fallen lassen, Süße.«

»Selbst ich?«, erwidert Birke schroff, beugt sich aber vor und gibt ihm einen Kuss. Dann geht sie zu einem Schrank und holt zwei Wassergläser heraus. »Die müssen reichen.«

Er öffnet die Flasche und schenkt großzügig ein. »Kippis«, sagt er. *Prost.*

Birke nimmt einen Schluck, kichert. »Du bist ziemlich verwegen, Eddi.«

»Weißt du, worauf ich richtig Bock hätte«, flüstert er in ihr Ohr und leckt an Birkes Ohrläppchen.

Sie stöhnt.

Er deutet auf die Tür zu Astas Büro. »Wenn wir es dort drinnen machen würden.«

Birke fährt zusammen. »Aber ...«

Eilig legt er ihr einen Zeigefinger auf die Lippen. »Das wäre aufregend, Süße. Komm, lass uns mal was wagen.«

Sie denkt nach, zuckt mit den Schultern. »Wenn du meinst.« Ihre Stimme ist heiser. »Ich geh aber noch mal eben aufs Klo.«

»Schließ schon mal auf«, stößt er aus. »Ich warte drinnen auf dich.«

Birke zögert einen Augenblick, doch dann holt sie einen Schlüssel aus der Schreibtischschublade. »Aber das darf niemals rauskommen«, flüstert sie. »Niemals, hörst du!«

Er nickt. Verfolgt, wie Birke die Tür aufschließt und den Schlüssel wieder in die Schublade legt.

»Bis gleich«, flüstert sie und verlässt das Vorzimmer.

Kaum hat sie die Tür zugezogen, eilt Eddi in Astas Büro. Er ist überrascht, wie groß der Raum ist. Neben einer Besprechungsecke steht ein riesiger Schreibtisch mit gläserner Arbeitsplatte. An den Computer verschwendet Eddi keine Energie. Was auch immer Jussi und Asta aushecken, die Bürgermeisterin wird nicht so dumm sein, auf ihrem Arbeitsrechner elektronische Spuren zu hinterlassen. Sie wird ein Notizbuch besitzen, in dem sie wichtige Dinge festhält. Wenn er Glück hat, auch etwas über Jussi. Er muss das Ding finden!

Er widmet sich den Schreibtischschubladen. In der obersten befinden sich eine Tüte Bonbons und eine Tasche mit Schminkutensilien sowie eine Brille. In der darunter liegen Papiere, meist Computerausdrucke von Grafiken und Zahlen, doch nichts davon erscheint ihm verdächtig. Die unterste Schublade ist verschlossen. Fluchend wendet sich Eddi der Regalwand hinter dem Schreibtisch zu. Eine hastige Durchsuchung fördert ebenfalls nichts zutage. Er rüttelt abermals an dem verschlossenen Schubfach. »Ob Birke auch hierfür einen Schlüssel hat?«, murmelt er und rennt in den Vorraum zurück. Doch er findet nur den Schlüssel, mit dem sie das Büro ihrer Chefin aufgeschlossen hat.

Als er wieder vor Astas Schreibtisch steht, rauft Eddi sich die Haare. Er benötigt dringend eine Handhabe gegen Jussi. Und Asta hat offensichtlich etwas mit Jussis schmutzigen Geschäften zu tun. Sonst wäre sie nicht mitten in der Nacht bei Jussi aufgetaucht. Eddi läuft die Zeit davon.

Vom Vorzimmer her ertönt das Geräusch einer zuschlagenden Tür.

Hastig lehnt Eddi sich gegen den gläsernen Schreibtisch, setzt ein möglichst geheimnisvolles Lächeln auf und verfolgt, wie Birke ein wenig zögerlich ins Büro tritt.

»Meinst du wirklich, das ist eine gute Idee?«, fragt sie.

»Wie du willst, Schatz«, stößt er aus und richtet sich auf. Er macht einen großen Schritt auf sie zu. »Vielleicht hast du recht, und wir sollten vorsichtig sein.« Er hat sein Ziel erreicht, auch wenn er nichts Brauchbares gefunden hat. Es besteht kein Grund, in Astas Büro zu bleiben.

Doch Birke schlendert zu ihm und beginnt, sein Hemd aufzuknöpfen. »Hat dich plötzlich der Mut verlassen?« Sie reckt sich und beißt sacht in seine Unterlippe.

Er dringt mit der Zunge in ihren Mund, vergräbt seine Hände in ihren Haaren. Seine Gedanken sind jedoch noch bei Asta und Jussi. Er seufzt, zieht seinen Kopf zurück.

»Was ist los?«

»Wahrscheinlich liegt es an Astas schlechter Aura. Ich hab's mir im Schaltzentrum der Macht anders vorgestellt. Aufregender.«

Birke bricht in ein lautes Lachen aus. »Schaltzentrum der Macht? Da hast du völlig falsche Vorstellungen. Wobei Asta dir sicherlich zustimmen würde, dass das der ihr gebührende Platz ist. Aber sie verzweifelt ja bereits an dieser Touristin.«

»Wie meinst du das?«

»Diese Sarah Fuchs. Ich hab dir doch erzählt, dass Asta sich mit ihr getroffen hat. Wegen Arttu Mäkeläs Tod. Nun, diese Deutsche hat sie wohl auflaufen lassen. Du hättest hören müssen, wie Asta getobt hat. Sie ist durch ihr Büro gestapft und hat minutenlang wie ein Kesselflicker geschimpft und geflucht.«

»Was hat Sarah Fuchs denn zu ihr gesagt, dass sie sich derart aufgeregt hat?« Eddi spürt, wie sich sein Puls beschleunigt.

»Was sie *nicht* gesagt hat, war wohl eher das Problem.« Lachend schüttelt Birke den Kopf.

»Ach!« Eddi beugt sich vor.

»Sie wollte Asta nicht verraten, was Arttu kurz vor seinem Tod gesagt hat. Es sei eine wichtige Nachricht an jemand Bestimmten gewesen, mehr nicht.«

»Das hat unserer Bürgermeisterin nicht gefallen, verstehe.« In Eddis Kopf rattert es. »Und wann hat sich die gute Asta wieder beruhigt?«

»Das hat echt gedauert.« Birke öffnet den letzten Knopf von Eddis Hemd und streicht mit der Hand über seine Brust. »Erst, als sie Jussi Uddström an die Strippe bekommen hat.«

VIERUNDDREISSIGSTES KAPITEL

»Ich fühle mich nicht gut dabei, Sie allein zu lassen, Sarah«, sagt Toivo Aalto. Für einen Moment ist er stehen geblieben, doch nun nimmt er seine Runde durch Sarahs Hotelzimmer wieder auf.

Ilvi, die es sich in einem Sessel bequem gemacht hat und eine Schale mit Weintrauben auf dem Schoß balanciert, gibt ein Schnauben von sich. »Sie ist ja nicht allein.«

»Aber …« Bevor Aalto etwas einwenden kann, wird er von Sarah unterbrochen.

»Es wird nicht noch einmal passieren, dass ich mich verlaufe.« Sie rutscht auf dem Bett hin und her, sucht nach einer angenehmen Sitzposition. Ihr Blick streift das Handy auf dem Nachttisch. Sie beißt die Zähne zusammen, um ihre Enttäuschung zu verbergen. Immer noch keine Nachricht von Moritz.

»Hm«, grummelt der Kommissar.

Sarah wirft ihrer Freundin einen kurzen Blick zu, doch Ilvi ist mit ihren Weintrauben beschäftigt. »Ich weiß auch nicht, welcher Teufel mich geritten hat, mitten in der Nacht ein Taxi aufs Land zu nehmen, um frische Waldluft zu schnuppern. Die Stadt hat mir plötzlich aufs Gemüt geschlagen, glaube ich. Es war dumm von mir. Vor allem, mein Handy im Zimmer zu vergessen. Doch nun müssen wir uns wichtigeren Dingen widmen. Ich bin ja zum Glück zurück. Machen Sie sich bitte keine Sorgen, Toivo. Ich lerne aus meinen Fehlern.«

Ilvi nickt und wirft Aalto einen triumphierenden Blick zu.

»Es hätte schlimm ausgehen können«, entgegnet Aalto unbeirrt. »Das Wetter ist im September bereits unberechenbar. Sie hätten im Sumpf stecken bleiben können.« Er fischt in seiner Hosentasche herum und wirft ein Lakritzbonbon in seinen Mund.

»Mir ist nichts passiert. Der Arzt hat mich vorhin untersucht. Vorsorglich nehme ich ein Antibiotikum, das ist alles. Was Sie von Arttus Obduktion berichtet haben, ist viel wichtiger. Das wirft ein neues Licht auf den Umstand, dass Ihr Kollege Jussi einer Untersuchung des Leichnams so lange im Weg stand.«

Aalto schluckt das Bonbon hinunter. »Es wird schwer, ihm daraus einen Strick zu drehen. Auch wenn das Ergebnis der gerichtsmedizinischen Untersuchung besagt, dass Arttu Mäkelä wirklich an einem allergischen Schock verstorben ist. Ausgelöst von einer oral eingenommenen Kapsel, die Bienengift enthielt. Im Magen fand man Reste davon. So kam es zu einer verzögerten Reaktion des Körpers. Zum tödlichen Schock.«

»Also war es Mord!«, ruft Ilvi aus. »Jemand hat ihm das Gift vorher verabreicht. Der Stich einer verirrten Honigbiene war jedenfalls nicht schuld.«

»Er könnte die Kapsel auch selbst und im Bewusstsein ihrer Wirkung genommen haben«, gibt Aalto zu bedenken. Gleich darauf hebt er eine Hand, um Ilvis Einwand zuvorzukommen. »Was natürlich sehr unwahrscheinlich ist. Jussi ist nun jedenfalls gezwungen, zu ermitteln. Das wollten Sie doch, Sarah.

Leider habe ich keine Handhabe, mich offiziell in den Fall einzumischen. Angeblich haben die Kollegen in Tampere schon protestiert, weil der Fingerzeig bezüglich einer Obduktion aus Helsinki kam. Wenn Jussi rausfindet, dass ich dahinterstecke, wird es ungemütlich. Wir sind nicht die besten Freunde. Eine alte Geschichte. Noch hat Jussi nicht mitbekommen, dass ich überhaupt in Tampere bin. Belassen wir es dabei.«

»Und nun fahren Sie ja auch wieder.« Ilvi wirft sich eine Traube in den Mund.

Ein Anflug von Irritation zeigt sich auf Aaltos Miene. »Ich bin einem wichtigen Fall in Helsinki zugeteilt worden. Eigentlich hatte ich gehofft, länger zu bleiben.«

»Wir kommen klar«, sagt Ilvi bestimmt.

»Wenn sich etwas Neues ergeben sollte, informieren wir Sie sofort. Sie können beruhigt nach Helsinki zurückfahren.« Sarah nickt Aalto aufmunternd zu. »Sicherlich haben Sie recht, und es steckt nichts weiter hinter dem merkwürdigen Verhalten Ihres Kollegen.«

Ilvi gibt ein belustigtes Schnauben von sich und zieht eine Grimasse.

Aalto ist bemüht, Ilvis Reaktion keine Beachtung zu schenken. »Wie lange wollen Sie in Tampere bleiben, Sarah? Das Tangofestival endet morgen. Hatten Sie nicht überlegt, auf dem Heimweg in Helsinki Station zu machen?«

»Ich habe eben in der Lobby angerufen und mit Livia gesprochen.« Sarah wirft Ilvi einen schnellen Blick zu. »Mir gefällt es hier. Mein Zimmer ist erst einmal um vier Tage verlängert.«

»Meins auch«, erklärt Ilvi breit lächelnd.

»Mir liegt natürlich viel daran, dass diese merkwürdigen Todesumstände meines Tanzpartners aufgeklärt werden«, fährt

Sarah fort. »Eine Kapsel mit Bienengift – was für eine perfide Methode, jemanden umzubringen. Doch nun ermitteln Ihre Kollegen ja zum Glück.« Sie verschränkt die Arme, ein Zeichen an Toivo, dass alles gesagt ist.

Wieder schnaubt Ilvi belustigt.

Aalto setzt eine ernste Miene auf. »Lassen Sie die Kollegen ihre Arbeit machen, Sarah. Mischen Sie sich bitte nicht in polizeiliche Angelegenheiten. Mit Ihnen persönlich hat das ja nichts zu tun. Und keine abendlichen Spaziergänge allein im Wald!«, fügt er mit Nachdruck hinzu. »Es führt zu nichts, wenn Sie sich in Gefahr begeben.«

Sarah macht eine unverbindliche Kopfbewegung, die alles oder nichts besagen könnte. Es ist ihr nicht klar, ob Aalto mit seiner Warnung auf die Ermittlungen oder ihre Spaziergänge anspielt.

Von Ilvi kommt diesmal ein heiteres Glucksen.

Irritiert blickt Aalto von Ilvi zu Sarah. »Ich werde über meine Kontakte versuchen, die Arbeit der Kollegen vor Ort ein wenig im Auge zu behalten. Ehrlich gesagt glaube ich immer noch nicht, dass einer der hiesigen Beamten Dreck am Stecken hat und deshalb keine Obduktion vornehmen wollte. Schlampige Arbeit mag es gegeben haben. Doch selbst Jussi traue ich keine Unregelmäßigkeiten zu. Seine Karriere ist ihm unfassbar wichtig, die setzt er nicht einfach so aufs Spiel. Zumal allen Kollegen klar ist, dass Helsinki ab sofort ein Auge auf die Ermittlungen hat.« Er wirft sich ein wenig in die Brust.

»Na dann«, bemerkt Ilvi wegwerfend.

»Sobald ich kann, komme ich nach Tampere zurück.« Aalto blickt Sarah an. »Falls Sie dann noch hier sind, meine ich. Sie haben meine Nummer. Rufen Sie an, sollte sich etwas ereignen.

Tag und Nacht. Hören Sie? Und denken Sie daran, dass Sie auf dem Rückweg in Helsinki Halt machen wollten.«

Sarah nickt. »Ich verspreche, mich zu melden, sollte ich mich auf dem Rückweg länger als ein paar Stunden in Helsinki aufhalten. Mein Flugticket ist flexibel, daher kann ich wirklich noch nicht sagen, wann ich von hier aufbreche.«

»Gut. Dann ...« Aalto tritt von einem Bein auf das andere. »Auf Wiedersehen.« Er pult ein weiteres Lakritz aus der Tüte und schiebt es in den Mund.

»Auf Wiedersehen!«, ruft Ilvi, springt auf und stürzt zur Zimmertür, um sie schwungvoll aufzuziehen. Mit einem Knicks begleitet sie Aaltos Abgang.

»Du bist fies«, sagt Sarah, als sie allein sind und Ilvi wieder im Sessel Platz genommen hat.

»Du bist die Fiese!«, entfährt es Ilvi. »Lässt den Kerl zappeln wie einen Fisch am Haken. Der Kommissar kommt nicht einfach für eine Runde Tango aus Helsinki angebraust, Liebes! Da hatte er schon auf was anderes gehofft.«

Sarah schüttelt den Kopf. Sie spürt, wie ihr Wärme ins Gesicht steigt. »Du täuschst dich, Ilvi. Toivo und ich sind einfach gute Bekannte.«

Ilvis Lachen hört sich an wie eine Explosion.

»Wirklich, Ilvi. Ich weiß nicht, was du hast.«

»Rakkaus ei ole mikään potaatti.« Ilvi schüttelt sich vor Lachen.

»Die Liebe ist keine Kartoffel? Was meinst du denn damit?« Sarah weiß nicht, ob sie auflachen oder den Kopf schütteln soll.

»Irgendwas geht in dir vor, Liebes. Und wenn es nichts mit Aalto zu tun hat, dann frage ich mich, mit wem?« Neugierig beugt Ilvi sich vor. »Du hast jemanden kennengelernt, oder?

Gib's zu! Du bist doch über beide Ohren verknallt. Ich spüre das!«

»Du täuschst dich«, stößt Sarah aus. Warum bleibt ihr Handy stumm? Verdammt! Warum meldet sich Doktor Moritz nicht bei ihr? »Da ist … also … nein!«

Doch Ilvi lacht nur. Als sie sich wieder beruhigt hat, räuspert sie sich und macht ein ernstes Gesicht. »So, nun, da dein guter *Bekannter* Toivo Aalto gegangen ist, können wir offen reden. Mir ist schon aufgefallen, dass du ihm nur das Nötigste erzählst. Kein Wort von dem, was Arttu vor seinem Tod zu dir gesagt hat, kein Ton über das merkwürdige Verhalten der Bürgermeisterin. Und im Wald ist auch mehr vorgefallen, als du berichtet hast. Mir kannst du nichts vormachen, Schätzchen.«

Sarah räuspert sich, schweigt aber.

»Von wegen in ein Taxi gestiegen und in den Wald gefahren. So ein Unsinn!« Ilvi wechselt vom Sessel auf das Bett.

Sarah ergreift Ilvis Hand und drückt sie. »Ich habe Toivo nicht alles gesagt, weil er dann Himmel und Hölle in Bewegung setzen würde, um Arttus Mörder zu finden. Doch das hätte nur für ein großes Durcheinander gesorgt, fürchte ich. Ganz sicher hätte er sich mit seinen hiesigen Kollegen angelegt. Und der Mörder wäre gewarnt, würde sich zurückziehen und ins Fäustchen lachen.«

»Was ist passiert?«

Stockend berichtet Sarah von ihrem nächtlichen Spaziergang im Park, der Betäubung, dem Erwachen in der Wildnis.

Mit immer größeren Augen lauscht Ilvi der Geschichte. Als Sarah zu ihrer Begegnung mit dem Bären gelangt, springt Ilvi auf und hüpft auf der Matratze herum wie ein Kind auf einer Hüpfburg. »Ein Bär! Unfassbar! Du Glückskind!«

»Es hat sich erst mal nicht nach Glück angefühlt«, brummt Sarah, kann sich jedoch beim Anblick ihrer aufgeregten Freundin ein Lachen nicht verkneifen.

»Die Gottheit des Waldes«, haucht Ilvi und hebt theatralisch die Hände zur Zimmerdecke. »Meine Güte, du bist vom Glück geküsst worden!«

»Ich muss gestehen, dass die Begegnung in mir etwas verändert hat«, sagt Sarah leise. »Alles hat plötzlich eine andere Gewichtung bekommen. Ein wenig fühle ich mich …« Sie sucht nach dem richtigen Wort. »… entrückt. Losgelöst.«

»Befreit?« Ilvi jauchzt. »Du fühlst dich befreit. Das ist wunderbar!«

Sarah zuckt mit den Schultern. »Ich weiß nicht, *was* es ist. Nur, dass es anders ist. Ich habe jedenfalls nicht vor, mich von Arttus Mörder ins Bockshorn jagen zu lassen. Im Gegenteil. Ich will ihn zur Strecke bringen. Er wird sich noch wünschen, mich niemals angefasst zu haben. Es war ein Fehler, mich am See zurückzulassen und mir nicht gleich ein Messer ins Herz zu stoßen. Nun kann er sich warm anziehen.«

»*Deshalb* hast du die Geschichte um dein Verschwinden heruntergespielt! Wüsste Aalto, was wirklich geschehen ist, hätten wir gar keine Chance mehr, den Mörder dingfest zu machen. Dann wäre hier der Teufel los.«

»So ist es. Für mich ist die Angelegenheit etwas sehr Persönliches geworden, Ilvi. Erst stirbt Arttu in meinen Armen, nun versucht sein Mörder, auch *mich* aus dem Weg zu schaffen.« Heiser lacht sie auf. »Da hat sich jemand heftig verkalkuliert! Er weiß es nur noch nicht.«

Ilvi klatscht in die Hände. »Der Obduktionsbericht beweist jedenfalls, dass du die ganze Zeit über richtiggelegen hast. Arttu *wurde* umgebracht. Jemand hat ihm die Pille untergeschoben. Wahrscheinlich nicht allzu lange vor eurem Tänzchen.«

Sarah nickt nachdenklich. »Soll Toivo darauf vertrauen, dass seine Kollegen sich der Sache nun ernsthaft annehmen? Ich habe da meine Zweifel.«

»Der Polizei kannst du niemals trauen!«, ruft Ilvi aus, als wäre sie begeistert.

»Aus irgendeinem Grund hängen sie alle mit drin«, sinniert Sarah. »Die Bürgermeisterin. Jussi Uddström. Tuula. Vielleicht sogar Lyyli und diese Agneta Löfgren. Wir dürfen niemandem trauen. Auch der Polizei nicht. Und alles scheint auf den Mann zurückzuführen, der auf dem See verschwunden ist. Was ist mit ihm geschehen? Wer war er? Wenn wir diese Fragen klären, finden wir auch den Mörder. Da bin ich sicher.«

»Da du Tuula erwähnst«, sagt Ilvi. »Ich war gestern bei ihr. Das Gespräch ist schnell erzählt, daher unterbreche ich hier kurz, Liebes. Tuula tut völlig unwissend. Zu dem Mann auf dem Eis wollte sie nichts sagen, von dem verschwundenen Notfall-Pen hat sie nichts mitbekommen. Dass es zwischen Arttu und ihr nicht gut lief, hat sie bestritten. Im Gegenteil, sie hat immer wieder betont, wie sehr die beiden Turteltauben sich auf ihre Hochzeit gefreut hätten. Wärst du nicht beim Tango aufgetaucht und hättest ihren heiß geliebten Arttu zu Tode getanzt, stünden die beiden bereits vor dem Altar. Sagt Tuula. Sie hat dich in den düstersten Farben gemalt und angedeutet, dass du nur nach Tampere gekommen seist, um dich an den reichen Arttu ranzuschmeißen.«

Sarah verdreht die Augen und macht eine abfällige Handbewegung. »Nichts anderes habe ich von ihr erwartet.«

»An Lyyli hat sie auch kein gutes Haar gelassen, wenn dich das beruhigt. Arttus Tochter habe ihr Hausverbot erteilt, klagte sie. Dabei sei Tuula für Lyyli immer wie eine große Schwester gewesen.« Sie kichert und dreht mit dem Zeigefinger kleine Kreise neben ihrer Schläfe.

»Diese Frau leidet in einem gehörigen Ausmaß an Realitätsverlust«, murmelt Sarah.

»Mein Eindruck ist, dass sie nicht die Hellste ist. Doch dann frage ich mich, ob sie das Dummchen nur sehr geschickt spielt. Manche Männer stehen auf so was.« Ilvi zuckt mit den Schultern. »Für einen Moment dachte ich, Tuula war auf meine Befragung genauestens vorbereitet.«

»Natürlich war sie das. Sie ist eine Freundin der Bürgermeisterin. Asta hat sie sicherlich gewarnt, dass jemand neugierige Fragen stellen könnte. Wie hast du es überhaupt bewerkstelligt, dass Tuula sich mit dir unterhalten hat?«

Ilvi grinst. »Oh, bloß eine klitzekleine Lüge.« Sie reibt in gespielter Scham an ihrem Hosenbein herum.

Sarah muss an ihren Besuch auf Arttus Anwesen zurückdenken, an Ilvis forschen Auftritt vor Agneta Löfgren. Sie schmunzelt. »Anscheinend warst du wieder mal erfolgreich.«

»Wieder?«, stößt Ilvi aus und klimpert mit den Wimpern.

»Jedenfalls sind wir auf der richtigen Spur. Die Entführung beweist es. Der Mörder bekommt kalte Füße. Wer immer Arttu auf dem Gewissen hat, er ist in unserer Nähe. Wahrscheinlich haben wir sogar schon mit ihm gesprochen. Ihm gefällt nicht, dass wir die unbequemen Fragen stellen, die eigentlich von der Polizei kommen sollten. Ich bin gespannt, ob der Mörder nach dem Versuch, mich aus dem Weg zu schaffen, nun zu einer Kurzschlusshandlung getrieben wird.«

Ilvi stößt einen Pfiff aus. »Du meinst, er wird einen weiteren

Versuch unternehmen, dich mundtot zu machen? Dich erneut attackieren?«

Das Zimmertelefon klingelt, bevor Sarah antworten kann. Mit hochgezogenen Brauen sieht sie Ilvi an, die mit den Schultern zuckt. Also robbt Sarah sich vom Bett und greift nach dem Hörer. »Hallo?«

»Sarah? Ich bin es. Ilmari. Von der Rezeption.«

»Oh, Ilmari. Wie geht es Ihnen?«

»Danke, gut. Aber lassen Sie mich zuerst sagen, wie froh wir alle sind, dass Sie wohlbehalten zurückgekehrt …« Seine Stimme bricht, er räuspert sich.

»Das ist lieb von Ihnen.«

»Ich … Ich rufe Sie an, weil bei mir an der Rezeption ein Herr steht, der Sie sprechen möchte.«

Moritz! Endlich! Sarahs Herz macht einen Satz. Moritz muss sein Notizbuch mit ihrer Nummer verloren haben. Zumindest hat er es verlegt. Der süße Schussel! Er hat etwas von einem Nerd, denkt sie. Auf eine charmante Art natürlich. Eine Brille würde ihm auch gut stehen, findet sie. Ja, eine Brille würde sein markantes Kinn betonen. Aber ein bisschen weltfremd ist er schon, der gute Herr Doktor, der ihre Telefonnummer verschludert hat. Ein nachsichtiges Lächeln spielt um ihre Lippen. Der weltfremde Moritz. Wie könnte es auch anders sein, arbeitet der Gute doch für ein *Museum*. Bestimmt hat er gestern den ganzen Tag über versucht, sie zu erreichen – die Grübchen ganz aus seinem betrübten Gesicht verschwunden. Denn sie, Sarah, hatte leider ein Rendezvous mit einer Waldgottheit.

»Eddi Laakso«, schiebt Ilmari geschäftig hinterher. »Er sagt, er hat bereits mit Ihnen gesprochen. Hallo? Sind Sie noch am Apparat?«

Sarah schluckt. Sie hat das Gefühl, ihr würde der Boden unter den Füßen weggezogen. Sie war so *sicher*, dass Moritz an der Rezeption steht! Warum ist da unten nicht Moritz? würde sie am liebsten ins Telefon rufen. Vielleicht kann Ilmari ihr das erklären? Doch nach zwei tiefen Atemzügen hält sie ihre leicht zitternde Hand auf die Sprechmuschel. »Eddi Laakso ist unten an der Rezeption und möchte mit mir sprechen«, flüstert sie. »Das ist der Polizist, der mich am Morgen nach Arttus Tod im Frühstücksraum verhört hat. Der Wikinger. Ich habe dir von ihm erzählt.« Und kurz nach diesem Eddi ist Moritz an ihrem Tisch aufgetaucht. Doch davon mag sie nichts berichten. Nicht, nachdem Moritz sie gerade so enttäuscht hat, weil nicht *er* unten an der Rezeption nach ihr verlangt.

Nachdenklich reibt Ilvi sich die Nase. »Wenn man vom Teufel spricht …«

»Du meinst …?« Sarah reißt die Augen auf. Das Bild eines bebrillten Moritz mit schrecklich markantem Kinn löst sich endgültig in Luft auf. »… Laakso?«

»Sarah?«, ist Ilmaris besorgte Stimme zu hören. »Hallo? Hallo?«

»Ja, ich bin noch da, Ilmari. Bitte entschuldigen Sie. Ich war für einen Moment abgelenkt.« Sie wirft Ilvi einen fragenden Blick zu.

Ilvi nickt.

»Schicken Sie Eddi Laakso doch herauf«, sagt Sarah mit fester Stimme.

Ilvi schüttelt heftig den Kopf und deutet mit den Fingern nach unten.

»Ach, nein!«, ruft Sarah. »Ilmari, sagen Sie Herrn Laakso bitte, dass ich *herunterkomme*. Er soll bei Ihnen auf mich warten. Nur einen Moment, ich bin gleich da. Ich … äh … ziehe mir nur eben etwas über.«

»Ich richte es ihm aus«, antwortet Ilmari heiser. »Und … und noch mal: Schön, dass Sie zurück sind.« Er legt auf.

Für einen Augenblick sehen Ilvi und Sarah sich an. Dann zieht ein breites Grinsen auf Ilvis Gesicht. »Eddi Laakso? Wir lassen ihn ein paar Minuten warten, damit er nicht glaubt, wir tanzen nach seiner Pfeife. Aber dann will ich mir den Wikinger aus der Nähe anschauen.«

FÜNFUNDDREISSIGSTES KAPITEL

Aus dem Saal dringt Musik ins Foyer. Das Tangofestival ist in vollem Gange. Vor der Saaltür steht eine Handvoll Leute, einige deuten immer wieder Tanzschritte an. Wie um sich für den großen Auftritt aufzuwärmen. Öffnet sich die Tür, schwappt melancholischer Gesang über die Paare hinweg. Schließt sich die Tür, bleibt als stetes Hintergrundgeräusch die dumpfe Musik in Moll.

Ungeduldig trommelt Eddi mit den Fingerkuppen auf den Tresen. Dabei beäugt er die in die Holztäfelung eingelassene Tür, von der er weiß, dass sie in einen Büroraum führt. Er räuspert sich. »Ich setze mich dort drüben hin. Du meintest, sie kommt gleich runter?«

Ilmari nickt. »Ein paar Minuten, sagte sie.«

Der Typ sieht fertig aus, findet Eddi, als er zu einer Sitzgruppe schlendert. Ein komischer Vogel. Eines der wenigen Male, dass Livia recht behalten hat. Doch dass Ilmari ein Freak ist, ist dessen private Angelegenheit. Ihm fällt ein, wie Livia sich damals reingesteigert hat. Eddi gewann den Eindruck, dass sie ihren Mitarbeiter unbedingt loswerden wollte. Zum Glück hat er sie davon abhalten können. Die Sache wäre im Zweifel auf Eddi zurückgefallen.

Kopfschüttelnd nimmt er in einem breiten Sessel Platz, richtet ihn so aus, dass er die Aufzüge sehen kann. Seine Laune ist im Keller. Er ist am Ende seiner Weisheit angelangt. Meeri gibt sich verschlossener als ein schweizerischer Banksafe, Birke schmiedet Hochzeitspläne und ist keine wirkliche Hilfe dabei, Informationen über das merkwürdige Verhältnis ihrer Chefin zu Jussi zu beschaffen. Jetzt bleibt ihm nur noch diese Sarah Fuchs. Doch bei ihr hat Eddi das beunruhigende Gefühl, lediglich nach einem Strohhalm zu greifen. Wie soll diese Deutsche ihm helfen, Material gegen Jussi zu beschaffen? Sie ist seinem Chef nicht einmal persönlich begegnet, soweit er weiß. Andererseits hat sie Eddi auffallend direkt nach dem Mann auf dem Eis gefragt. Als wüsste sie um eine Verbindung zwischen Jussi und dem Fall. Jedenfalls steht er, Eddi, mit dem Rücken zur Wand. Wenn er nicht bald etwas gegen Jussi ausgräbt, ist er seinen Job los.

Ein Vibrieren in seiner Jackentasche reißt ihn aus seinen Gedanken. Das Handydisplay zeigt an, dass Meeri anruft. Erst will er den Anruf wegdrücken, dann überlegt er es sich anders. »Meeri? Hör mal, ich habe wirklich nur eine Sekunde.«

»Scheiße, Eddi!«, stöhnt Meeri am anderen Ende.

Es ist weniger das Schimpfwort als ihr Tonfall, der ihm einen Schauer den Rücken hinunterlaufen lässt. »Was ist passiert?«

»Jussi«, flüstert sie.

»Was ist mit ihm?« Er drückt das Handy fester ans Ohr.

»Er ist bei mir aufgetaucht.« Sie schnieft. »Scheiße!«

»Was ist passiert?«

»Er ist völlig ausgeflippt. Du würdest hinter ihm herspionieren, hat er geschrien. Du hättest mir nur deshalb im Ruderclub aufgelauert, damit du an ihn rankommst.«

»Unsinn!«, stößt Eddi hastig aus.

»Ich weiß, Schatz. Aber Jussi glaubt es. Er hat gesagt, dass er dich fertigmacht. Dass du es bereuen wirst, von Rovaniemi hergekommen zu sein. Es war furchtbar, wie er sich aufgeregt hat. Was er gesagt hat.« Sie schluchzt auf.

»Hat er … Hat er dir etwas angetan? Dich geschlagen?«

»Nein. Gedroht hat er mir. Mich beschimpft. Wenn ich nicht den Mund halte, wenn du mir noch mal auflauerst und mich ausquetschst, könnte ich was erleben.«

»Auflauern …«, murmelt Eddi. Fast bedauert er, dass er Jussi nicht wenigstens wegen Körperverletzung drankriegen kann. »Er weiß also nicht, dass wir uns sehen?«

»Nein, davon hat er zum Glück keine Ahnung. Er sprach immer nur vom Ruderclub. Dass du nur deshalb hin bist, um Informationen über ihn zu sammeln. Wenn er rausfindet, dass wir zusammen sind, tickt er völlig aus.«

»Hat er gesagt, was er will?«

»Ich fürchte, er will dich absägen. Dich rausschmeißen. Er hat Angst, glaube ich. Deshalb verhält er sich wie ein in die Ecke getriebenes Tier. So hab ich ihn noch nicht erlebt. Du musst dich vor ihm in Acht nehmen, Eddi!«

»Ich … Okay.«

»Das ist doch Unsinn, was er sagt? Oder, Eddi? Du spionierst doch nicht hinter Jussi her? Ich hab dir gesagt, wie gefährlich er ist. Du … Du willst dich doch nicht mit ihm anlegen?«

»Natürlich nicht«, presst er hervor. »Das ist alles ein großes Missverständnis.«

Stille in der Leitung.

»Scheiße, Eddi«, flüstert Meeri schließlich.

»Ich melde mich nachher bei dir«, sagt Eddi. »Ich muss jetzt auflegen. Schließ die Wohnungstür ab, mach niemandem auf. Ich ruf dich an.«

»Okay, Eddi. Okay.«

Er legt auf und schiebt das Handy zurück in die Tasche. Auf seiner Stirn steht Schweiß. Mit dem Jackenärmel fährt er sich übers Gesicht. Jussi hat den Kampf aufgenommen. Jetzt droht Eddi wirklich der Rauswurf. Gleichzeitig ist es die Bestätigung, dass sein Verdacht die ganze Zeit berechtigt war: Jussi hat Dreck am Stecken und fürchtet, aufzufliegen. Doch was hilft Eddi diese Erkenntnis? Er hat nichts gegen Jussi in der Hand. Und der sorgt anscheinend gerade dafür, dass das auch so bleibt.

Als das Handy abermals in der Jacke vibriert, vermutet Eddi einen erneuten Anruf von Meeri. »Jetzt gehen ihr die Nerven durch«, murmelt er. Umso erstaunter ist er, als er auf das Display blickt. Es ist Birke. Vor etwa einer Stunde hat er sich im Büro von ihr verabschiedet. Direkt nach der Nummer auf dem Schreibtisch der Bürgermeisterin. Sie wollte noch dableiben, um etwas zu erledigen. »Birke?«, fragt er. »Was ist los?«

»Gerade hatte ich ein äußerst ungewöhnliches Gespräch«, antwortet sie. Ihre Stimme klingt aufgebracht.

Eddi schwant Böses. »Was war los?«

»Asta kam ins Büro und hat versucht, mich nach dir auszufragen. Ich war ganz baff, denn sie hatte eigentlich nicht vorgehabt, noch einmal ins Rathaus zu kommen. Stell dir vor, Eddi, sie wäre reingekommen, während wir … Sie wollte wissen, wie lange wir uns kennen, was wir gemeinsam unternehmen. Und dann wurde es richtig bizarr – Asta hat gefragt, ob du mir gegenüber von deinem Chef sprichst. Die ganze Zeit über war sie ziemlich rüde.«

»Sie wollte wissen, ob ich von Jussi spreche?« Er unterdrückt ein Aufstöhnen.

»Ja, genau. Vor allem was du von Jussi erzählst.«

Eddis Gedanken überschlagen sich. »Wirklich merkwürdig. Was hast du geantwortet?«

»Dass wir in unserer Freizeit nicht über die Arbeit reden.«

Eddi atmet hörbar aus.

»Wobei mir schon auffällt, dass du mich in der letzten Zeit ständig nach der Verbindung zwischen Asta und Jussi fragst. Das habe ich Asta aber nicht auf die Nase gebunden.«

»Ich habe darüber gesprochen, weil ich die enge Zusammenarbeit zwischen den beiden sonderbar finde. Das beschäftigt mich, zugegeben. Aber das war's dann auch.«

»Hast du irgendwelche Probleme, Eddi? Irgendwas, wovon ich nichts weiß? Du kannst mit mir über alles reden.«

Er zuckt, will patzig reagieren, kämpft die Aufgebrachtheit aber nieder. »Nein, alles ist gut. Wie kommst du darauf?«

»Asta hat da so Andeutungen gemacht.«

»Andeutungen?«, wiederholt er.

»Sie meinte allen Ernstes, du seist mit Vorsicht zu genießen. Sie habe läuten hören, dass deine Bewerbungsunterlagen für die Stelle im Kommissariat noch mal geprüft würden. In Rovaniemi sei wohl was vorgefallen. Etwas, von dem man bei deiner Einstellung in Tampere keine Kenntnis hatte. Was jetzt aber ein neues Licht auf die Frage werfe, ob du überhaupt für den Dienst geeignet seist.«

Er lacht auf. »Unsinn. Nichts ist vorgefallen. Das ist absoluter Blödsinn!«

Birke räuspert sich.

»Wirklich, Schatz! Ich verstehe nicht, wovon Asta redet. Und auch nicht, warum sie dir so was erzählt.« Weil sie mit Jussi unter einer Decke steckt, denkt er. Und weil sie mit Jussi daran arbeitet, ihn aus dem Polizeidienst zu entfernen.

»Ich war ziemlich schockiert. Es war ein regelrechter Überfall.«

»Es … Es tut mir leid, dass sie dich wegen mir in die Mangel genommen hat.«

»Gibt es etwas, das ich wissen sollte, Eddi?«

Er stöhnt auf. »Es ist absoluter Blödsinn. Mehr gibt's dazu nicht zu sagen.« Diesmal gelingt es ihm nicht, die Wut zu schlucken.

»Okay«, sagt Birke leise.

»Schatz, ich schwör dir …«

»Ich wollte dir das nur kurz berichten«, unterbricht sie ihn. »Lass uns später sprechen. Ich muss noch ein bisschen was erledigen. Ach, jetzt klopft es auch noch an der Tür. Um diese Zeit? Was für ein Tag.«

Er überlegt noch, was er Birke antworten soll, da hat sie das Gespräch bereits beendet. Wütend starrt er auf das Handy, als wäre es schuld an den Anrufen. Aber eigentlich gilt sein Ärger Jussi und Asta, die es eindeutig auf ihn abgesehen haben. Ja, der Kampf wird ab sofort offen ausgetragen. Offensichtlich hat er es mit zwei Gegnern zu tun.

Als sich die Fahrstuhltür öffnet, blinzelt er. Ist das die Deutsche? Eddi zwingt sich, die Telefongespräche einstweilen zu vergessen. Hier kommt seine letzte Chance, das Blatt zu wenden. Darauf muss er sich jetzt konzentrieren. Er mustert die schlanke Blondine, die an der Seite einer kleinen Brünetten ins Foyer tritt und sich suchend umsieht. Ja, das ist Sarah Fuchs. »Aber was hat sie an?«, entfährt es Eddi. Eine gammelige Jogginghose und ein labberiges T-Shirt, dazu aber rote Stilettos, die als Stichwaffe durchgehen könnten. Vor allem, stellt er mit einer Spur Aufregung fest, trägt sie keinen BH. Sein Blick schnellt zu der kleinen

Frau, die nun mit Sarah auf ihn zusteuert. »Schau an«, murmelt er und mustert die schmale, drahtige Figur, die tätowierten Arme und den selbstsicheren, geradezu forschen Gang. Verdammt!, ruft eine innere Stimme. Die Kleine ist genau nach seinem Geschmack. Aber was will sie hier? Er erhebt sich aus dem Sessel. Räuspert sich. »Vielen Dank, dass Sie Zeit für mich haben, Sarah. Bitte entschuldigen Sie den späten Überfall. Hoffentlich halte ich Sie nicht vom Besuch der Tangoveranstaltung ab.«

»Heute lege ich eine Pause ein, was das Tanzen angeht.« Sarah Fuchs trägt einen merkwürdigen Gesichtsausdruck zur Schau. Prüfend betrachtet sie Eddi, als sehe sie ihn zum ersten Mal. Sie wirkt nicht unfreundlich, aber äußerst reserviert. »Das ist Ilvi, eine gute Freundin von mir.«

»Die beste«, sagt Ilvi, ohne die Miene zu verziehen. Doch in ihren Augen funkelt etwas. Eine Energie, die Eddis Seele wie ein Lasso umschlingt. »Schön, dich kennenzulernen.«

»Hallo. Ich bin Eddi. Wollen wir uns setzen?«, schlägt er vor, plötzlich heiser. Es gelingt ihm kaum, den Blick von Ilvi zu lösen.

Auf Ilvis Gesicht liegt ein angedeutetes Lächeln, als wüsste sie, was in Eddi vor sich geht. »Ja, setzen wir uns doch«, schnurrt sie.

»Darf ich etwas von der Bar bringen?« Ilmari ist neben der Sitzgruppe aufgetaucht. Nervös hüpft sein Blick immer wieder zu Sarah Fuchs.

»Ach, ich nehme einen Old Fashioned«, sagt Ilvi in einem Tonfall, als gönne man sich ja sonst nichts.

»Ich schließe mich an«, entschlüpft es Eddi, noch bevor er nachgedacht hat.

»Ein stilles Wasser. Vielen Dank, Ilmari«, sagt Sarah. »Schreiben Sie die Getränke bitte auf mein Zimmer. Schön, Sie wiederzusehen.«

Ilmari strahlt über beide Ohren, springt dann beflissen in Richtung Bar davon.

»Freak«, murmelt Eddi.

»Was meinen Sie?« Sarah schlägt die Beine übereinander.

Eddi räuspert sich. »Ich möchte Ihnen noch mal danken, dass Sie Zeit für mich haben, Sarah. Es geht erneut um den Vorfall mit Arttu Mäkelä. Ich frage mich nur, ob wir nicht lieber unter vier Augen …«

»Ilvi weiß über alles Bescheid, Eddi. Alles, was Sie mit mir besprechen möchten, ist auch für ihre Ohren geeignet. Wirklich alles.«

Ilvi rückt sich im Sessel zurecht, immer noch das angedeutete Lächeln auf den Lippen.

»Weshalb ich mit Ihnen sprechen …« Eddi stockt. Er wird an der Rezeption von einer Bewegung abgelenkt. Dieser Bewegung folgt ein gedämpfter, aber äußerst rüder Ausruf. Er stöhnt auf. Die Tür zum Büro steht offen, hinter dem Tresen lungert nun Livia herum und beobachtet ihn.

Sarah und Ilvi folgen Eddis Blick.

Selbst auf die Entfernung hin ist erkennbar, dass Livia mit einer wütenden Fratze zu Eddi herüberstarrt.

»Was hat die denn?«, fragt Ilvi.

Sarah zuckt mit den Schultern. »Das ist Livia, Ilmaris Vorgesetzte. Nicht die angenehmste Zeitgenossin, fürchte ich. Sie drangsaliert den armen Jungen, wo sie nur kann.«

Eddi schnaubt. Was soll's, denkt er. Vielleicht wird das Gespräch einfacher, wenn er offen und ehrlich ist. »Livia ist meine Ex. Sie kann mich nicht ausstehen.«

»Das erklärt die Mimik«, nickt Ilvi. »Sie sieht aus, als würde sie dich am liebsten erwürgen.«

»Eine Ex-Freundin? Livia?« Sarah blickt ihn überrascht an.

Eddi winkt ab. »Die Sache ist Monate her. Doch Livia nimmt mir die Trennung immer noch übel. Sie ist wohl das, was man nachtragend nennt.«

Sarah beugt sich vor und mustert die Frau hinter der Rezeption. »Sie sieht aus, als würde sie Sie wirklich hassen, Eddi.«

»Das tut sie auch.«

»Das sieht selbst eine Blinde«, sagt Ilvi nüchtern. Doch dann zwinkert sie Eddi zu.

Eine angenehme Wärme breitet sich in ihm aus. Er seufzt, senkt die Stimme. »Livia sitzt manchmal stundenlang in ihrem Wagen vor meinem Haus. Dann starrt sie mit einem Fernglas zu meinen Fenstern rauf. In den sozialen Medien musste ich sie bereits kurz nach der Trennung sperren, weil sie mich wüst beschimpft hat. Doch ich habe den Verdacht, dass sie mich mit Fake-Accounts weiterhin stalkt. Letzte Woche war eine tiefe Schramme im Lack meines Wagens. Zum wiederholten Male, übrigens. Ich lasse das schon nicht mehr reparieren. Ziemlich sicher geht das auf ihr Konto. Einmal steckten gleich drei Nägel in einem meiner Autoreifen.«

»Da fährt sie aber schwere Geschütze auf. Was haben Sie ihr angetan, Eddi?« Sarah macht große Augen.

Er zuckt mit den Schultern. »Angetan? Ich habe ihr gesagt, dass ich sie nicht liebe und wir uns besser trennen sollten.«

»Ja, so was reicht oft schon«, stellt Ilvi sachlich fest. »Doch ganz kann das die unbändige Wut in Livias Gesicht nicht erklären, meine ich.«

»Sie hat mir vorgeworfen, sie zu betrügen.« Hastig hebt er eine Hand. »Was nicht der Wahrheit entspricht.«

»Sie wären in dieser Frage nicht der erste Lügner, Eddi«, bemerkt Sarah.

»Wie gesagt, ich habe nicht gelogen.«

»Und nun bist du Single?«, fragt Ilvi und blickt Eddi mit entwaffnender Direktheit an.

»Das ist richtig.« Und nicht einmal gelogen, beruhigt er sich. Wenn er es nüchtern betrachtet, ist er weder mit Birke noch mit Meeri in einer *festen* Beziehung. Aus seiner Sicht.

»Gut«, erwidert Ilvi. Das Funkeln in ihrem Blick gewinnt an Intensität.

Von Sarah kommt ein leises Aufstöhnen. Sie beugt sich vor, gibt Ilvi einen Klaps aufs Knie, dann wendet sie sich wieder Eddi zu. »Wollen wir auf den Grund Ihres Besuchs zurückkommen? Sie sagten …?« Sie hebt eine Augenbraue.

»Weshalb ich mit Ihnen sprechen wollte, Sarah, hat einmal mehr mit dem Ableben von Arttu Mäkelä zu tun.«

»Mit dem Mord«, wirft Ilvi ein.

»Dem Mord?«, entfährt es Eddi. »Man weiß nicht …«

»Die Obduktion hat bewiesen, dass Arttu ermordet wurde«, fällt Sarah ihm ins Wort.

Eddis Versuch, seine Verblüffung mit einem Husten zu überspielen, gelingt ihm augenscheinlich nicht. Sarah und Ilvi drehen sich einander zu und tauschen vielsagende Blicke aus. Dann nehmen sie ihn ins Visier. Wie zwei Raubvögel, die eine Maus in Augenschein nehmen.

Eddi bemüht sich um Schadensbegrenzung. »Wenn man die Obduktion als einziges Indiz …«

Diesmal wird er von Ilvi unterbrochen. »Du wusstest bis gerade eben nicht mal, dass es eine Obduktion gab. Wie kann das sein, wenn du an dem Fall arbeitest?«

»Ihr habt mich falsch verstanden«, versucht Eddi die Kurve zu kriegen.

»Das denke ich nicht«, sagt Sarah. »Arbeiten Sie in Wahrheit gar nicht bei der Polizei, Eddi?«

Abwehrend hebt er eine Hand. »Ich bin Kommissar unter Hauptkommissar Jussi Uddström. Meine Partnerin ist Kirsti, die Sie bereits kennengelernt haben, Sarah. Das ist die Wahrheit.« Er will sein Portemonnaie zücken. »Ich zeige Ihnen meinen Dienstausweis.«

»Ich glaube dir.« Ilvi winkt ab. »Doch etwas verschweigst du. Das ist noch nicht die ganze Wahrheit.«

Innerlich windet er sich. Das Gespräch hat er sich anders vorgestellt. Doch was soll er tun? Ein Anruf auf seiner Dienststelle, und die Frauen wüssten nicht nur über seine aktuelle Beurlaubung Bescheid, er käme auch bei seinem Chef in noch größere Schwierigkeiten. Falls das noch möglich ist. »Ich bin derzeit beurlaubt«, stößt er aus.

»Sie sind nicht im Dienst?« Sarah blickt ihn erstaunt an.

Er schüttelt den Kopf.

»Waren Sie bei unserem letzten Gespräch im Dienst?«

Abermals schüttelt er den Kopf. »Ich habe nie behauptet, meine Fragen in der Funktion eines Kommissars zu stellen.«

Sarah legt die Stirn in Falten. Nach einem Moment deutet sie ein Nicken an. »Das stimmt. Das haben Sie nicht behauptet. Ich hatte von mir aus angenommen, Sie seien Polizist und befragten mich offiziell wegen des Todesfalls.«

»Warum hast du überhaupt mit Sarah gesprochen, wenn es gar nicht dein Fall ist?«, fragt Ilvi, noch bevor Eddi antworten kann. »Worum ging es dir?«

Sarah beugt sich vor. »Er hat mich hauptsächlich zur Arbeit seiner Kollegen befragt. Jetzt fällt es mir wieder ein. Es ging ihm kaum um Arttu, vielmehr um Kirsti und diesen Uddström.« Ihre

Miene hat etwas Triumphierendes. »Er durchleuchtet seine Kollegen.«

»Oh!« Ilvi klatscht in die Hände. Dann deutet sie mit ausgestrecktem Zeigefinger auf Eddi. »Er traut seinen Kollegen nicht über den Weg. Vermutet, dass sie etwas vertuschen.« Abrupt lehnt sie sich zurück, ein zufriedenes Lächeln im Gesicht. »Was mich nicht verwundert. So ist die Polizei.«

»Das muss unter uns …!«, entfährt es Eddi.

Ilvi wendet sich Sarah zu. »Ich hab's dir gesagt, oder? Der Polizei kannst du nicht trauen. Die kocht immer ihr eigenes Süppchen. Jetzt hast du den Beweis. Du brauchst nur Eddi zuzuhören, dann weißt du, dass sie alle schwarze Schafe sind.«

»Ich habe doch gar nicht gesagt …«, stößt er heiser aus, kommt jedoch abermals nicht dazu, den Satz zu Ende zu bringen.

»Hat es etwas mit Ihrer Beurlaubung zu tun?«, will Sarah wissen. »Spionieren Sie deshalb hinter Ihren Kollegen her? Ich hatte gleich das Gefühl, dass Sie merkwürdige Fragen stellen. Jussi hier, Jussi da. Aber warum gehen Sie damit nicht zu der internen Stelle, die sich mit möglichem Fehlverhalten von Kollegen beschäftigt? Ich bin mir sicher, dass es so etwas auch in Finnland gibt.«

Eddi schnaubt. »Zu Jussis Kumpel soll ich gehen?« Er schüttelt den Kopf.

»Wenn ich diesen Jussi Uddström anrufen würde, wie würde er auf die Information reagieren, dass du hier mit uns zusammensitzt?« Ilvi beobachtet Eddi gebannt. Fast könnte man meinen, sie empfinde großen Spaß an seiner vertrackten Situation.

»Er wäre nicht erfreut«, murmelt Eddi und lässt sich gegen die Rückenlehne fallen. Er atmet tief ein und reibt die Handflächen über sein Gesicht.

Ilvi und Sarah tauschen vielsagende Blicke. Schließlich nickt Ilvi.

»Worum geht es also wirklich?« Sarahs Stimme klingt forsch und bestimmt.

Eddi kaut auf seiner Unterlippe. Jetzt hat er sich endgültig ins Aus manövriert. Sein Rauswurf ist kaum noch abzuwenden. Dann hat Jussi gewonnen. Jussi, von dem Eddi glaubt, dass er ihn von Anfang an hat loswerden wollen. Weil er zu eigensinnig ist, zu oft Anweisungen hinterfragt. Klar, dass das einem korrupten Bullen nicht schmeckt. Jetzt muss sein Chef nur noch eine kleine Verfehlung konstruieren und kann sich seiner entledigen. Was Eddi dabei am meisten ärgert – mit seinem Starrsinn hat er es Jussi viel zu leicht gemacht. Er hat Jussi den Grund für eine Beurlaubung auf dem Silbertablett serviert. Wäre er doch vorsichtiger gewesen, unauffälliger in seinen Nachforschungen. Aber er musste sich direkt vor dem Haus des Chefs postieren. Musste Kirsti gegenüber Andeutungen machen, die sie zweifelsohne zu Jussi weitergetragen hat. Und jetzt hat Eddi obendrein noch die Bürgermeisterin am Hals.

»Die reine Wahrheit«, sagt Ilvi und lächelt wie ein Raubtier.

Er atmet tief ein. Und fasst einen Entschluss.

SECHSUNDDREISSIGSTES KAPITEL

Tarja zieht ihre Jacke zurecht und schultert den Jutebeutel. Die übrigen Taschen und Tüten hat sie an einem sicheren Ort versteckt. Zu groß war ihre Sorge, gleich am Eingang abgewiesen zu werden. Doch der Typ hinter dem Informationsschalter hat nicht einmal aufgesehen, als sie das Rathaus betrat. Auf dem Wegweiser fand sie schnell, wonach sie suchte. Die menschenleeren Gänge erinnerten sie für eine Sekunde an ihr altes Versteck im Keller des ehemaligen Fabrikgebäudes. Doch die Wut in ihrem Bauch drängte sie weiter.

Sie ist sich bewusst, dass zu dieser Uhrzeit die Chance, jemanden in einem der Büros anzutreffen, gering ist. Sie weiß ja, wie es ist, in einer Behörde zu arbeiten. Doch wenn sie an der tief sitzenden Wut nicht ersticken will, muss sie jetzt etwas unternehmen, nicht erst später. Sie klopft entschlossen gegen die Tür, vor der sie seit ein paar Sekunden verharrt. Ohne abzuwarten, drückt sie die Klinke hinunter und betritt den Raum, in dem zu ihrem Erstaunen noch jemand sitzt.

Die junge Frau am Schreibtisch blickt überrascht von ihrem Handy auf. Sie ist blond und hübsch, wirkt sympathisch. »Hei!«, sagt sie.

Sogleich meldet Tarjas innere Stimme Zweifel an, ob sie wirklich einfach so hereinstürmen darf, doch die heiße Wut radiert den Gedanken aus. »Hei«, antwortet sie kühl.

»Haben Sie sich verlaufen?«, fragt die Frau und steht auf. Sie mustert Tarja, verhaltene Skepsis im Blick.

»Wenn das das Büro von Asta Helläkoski ist, dann bin ich richtig«, stößt Tarja aus.

»Ich bin Birke Nieminen, die Assistentin der Bürgermeisterin.« Die Reserviertheit wird offensichtlicher.

Tarja macht einen Schritt auf die breite Tür am Ende des Raums zu. »Ich muss mit ihr sprechen.«

»Mit der Bürgermeisterin sprechen? Haben Sie einen Termin?«

Sie schüttelt den Kopf. »Es ist wichtig.«

Birke deutet auf den Bildschirm auf ihrem Schreibtisch. »Die Termine der Bürgermeisterin sind alle in ihrem elektronischen Kalender vermerkt. Sie hat sehr viel zu tun. Ohne einen Termin können Sie nicht mit ihr sprechen. Es tut mir leid.«

»Ich …« Für einen Herzschlag ist Tarja aus dem Konzept gebracht. Dann verdrängt die Wut jegliche Unsicherheit. »Ich muss mit ihr sprechen. Jetzt sofort.«

»Wie ist denn Ihr Name?«

Tarja zuckt mit den Schultern. Ihren Namen wird sie nicht preisgeben. Ungeduldig macht sie einen weiteren Schritt auf die Tür zu. Dahinter, so nimmt sie an, befinden sich die Räumlichkeiten der Bürgermeisterin.

Birke runzelt die Stirn und wirft einen Blick zum Diensttelefon, das neben dem Bildschirm auf dem Schreibtisch steht. Ein großes Ding mit unzähligen Knöpfen.

Wahrscheinlich reicht der Druck auf einen dieser Knöpfe, um jemanden von der Information oder vom Sicherheitsdienst herbeizurufen, vermutet Tarja. Sie zwingt sich zu lächeln. »Bitte sagen Sie Asta Helläkoski, dass es sehr wichtig ist.«

Birke seufzt. »Asta ist nicht hier. Wenn Sie mir Ihren Namen nennen und den Grund, warum Sie sie sprechen möchten, kann ich gerne nachsehen, wann das möglich wäre. Doch ich vermute, dass Sie sich mindestens drei Wochen gedulden müssen. Meine Chefin hat zurzeit zahlreiche Verpflichtungen.«

Tarja lacht heiser. In drei langen Schritten ist sie an der Tür zum Büro der Bürgermeisterin und will hineinstürmen. Erfolglos rüttelt sie am Türgriff. Die Tür ist abgesperrt.

»Ich habe Ihnen doch gesagt, dass sie nicht da ist.« Die Assistentin klingt traurig, als bemitleide sie Tarja.

Das angedeutete Mitleid stößt Tarja sauer auf. Mitleid mag sie nicht. Die Wut in ihrem Bauch kriecht ein wenig weiter hervor. »Und ich habe Ihnen gesagt, dass ich mit ihr sprechen muss! Asta Helläkoski wird ein Gespräch mit mir führen wollen, wenn sie mich sieht. Glauben Sie mir. Alles wird sie stehen und liegen lassen, wenn sie erfährt, was ich zu sagen habe.«

Birke zuckt mit den Schultern. »Sie wollen nicht einmal Ihren Namen nennen, fordern aber umgehend ein Gespräch mit Asta? Das muss doch selbst in Ihren Ohren merkwürdig klingen.« Abermals linst sie zum Telefonapparat.

Tarjas Wut beginnt zu verebben. Sie weiß, dass es nichts bringt, sich mit Astas Assistentin zu streiten. »Ich kann Ihnen nicht sagen, worum es geht. Das kann ich nur mit der Bürgermeisterin besprechen. Es ist dringend.«

»Ich genieße das volle Vertrauen meiner Chefin«, erklärt Birke und macht einen Schritt auf Tarja zu.

»Es … Es geht um eine persönliche Angelegenheit«, stößt Tarja aus. Allmählich macht sich Verzweiflung in ihr breit. Obwohl sie wusste, dass ein Treffen mit Asta Helläkoski um diese Uhrzeit wenig wahrscheinlich war, verlangt ihr Herz dringend nach einem Gespräch. Ohne Aufschub.

»Das dachte ich mir bereits«, sagt Birke leise. »Eine persönliche Angelegenheit.«

»Wo ist sie? Ich gehe zu ihr!«

»Asta? Selbst wenn ich Ihnen das sagen dürfte – ich weiß es nicht genau.«

»Ich muss … ich muss …«, stammelt Tarja. Was muss sie? Was kann sie tun? »Telefon! Rufen Sie sie an. Sagen Sie ihr, dass ich jetzt mit ihr reden muss! Besser noch – lassen Sie mich gleich mit ihr am Telefon sprechen.«

Für einen Moment schweigt Birke, dann schüttelt sie den Kopf.

Tarja stöhnt auf.

»Möchten Sie ein Glas Wasser?«

Mit einem leisen Schluchzen wendet Tarja sich zu der Tür, durch die sie das Vorzimmer betreten hat. »Dann muss ich einen anderen Weg finden«, flüstert sie.

»Ich weiß wirklich nicht, wo Asta gerade ist«, sagt Birke zögernd.

Tarja bleibt stehen, die Hand bereits am Türgriff. Der Tonfall der Assistentin lässt sie innehalten.

»Sicherlich ist sie mit den Vorbereitungen für ihre Feier beschäftigt.«

»Feier?«, haucht Tarja tonlos.

»Am Abend vor dem letzten Tag des Tangofestivals feiert sie jedes Jahr mit dem Festkomitee und weiteren Gästen ein privates Fest. Das steht auch in der Zeitung, es ist allgemein bekannt, möchte ich meinen.« Birke verschränkt die Arme vor der Brust.

»Ein Fest …«, wiederholt Tarja. Ihre Augen werden zu schmalen Schlitzen. »Ich verstehe. Ja, das weiß man wohl. Es … Es steht immer in der Zeitung.« Sie nickt Birke zu und geht hinaus auf den Flur, verlässt gedankenverloren das Rathaus. »Ein Fest«, murmelt sie hämisch.

Auf dem Platz vor dem historischen Rathaus zückt sie ihr Handy. Schnell spuckt die Internetsuchmaschine alte Presseartikel über die vergangenen Tangofeiern der Bürgermeisterin aus. In einem ist sie auf einem Foto vor ihrem Haus abgebildet. Der Bildunterschrift zufolge bedankt Asta sich bei den Unterstützern des Festivals mit einer privaten Feier in ihrem wunderschönen Haus direkt am Näsijärvi-See. Tarja stößt ein Schnauben aus.

Der Bus bringt Tarja in den Randbezirk Tamperes. Während der Fahrt überlegt sie, wie sie vorgehen soll. Sie kann ja nicht einfach zur Haustür spazieren und klingeln. »Warum denn nicht?«, murmelt sie und betrachtet durch die Busscheibe die prächtigen Villen des noblen Vororts. Tarja ist in diesem Stadtteil selten unterwegs, doch eigentlich hätte sie sich denken können, dass Asta hier wohnt.

Es ist dunkel, als sie aussteigt. Straßenlaternen beleuchten die breite Straße, warmes Licht fällt aus den weit auseinander liegenden Villen in die Nacht. In der Luft liegt ein feiner Regenschleier. Unter den Laternen flirren die Tropfen wie aufgeregte Mückenschwärme.

Wo genau sich Astas Haus befindet, weiß Tarja nicht, doch sie hat eine Idee. Und richtig – sie muss nicht lange warten, bis der erste Lieferwagen an ihr vorbeirollt. Rasch folgt sie den Rücklichtern und biegt an der nächsten Straßenkreuzung rechts ab. In der Sackgasse parken vor einem der größten Häuser der Umgebung mehrere Lieferfahrzeuge. Caterer, ein Florist, ein Elektriker. Natürlich stehen selbst zu dieser vorgerückten Stunde für die Bürgermeisterin Handwerker bereit.

»Soso, eine kleine, private Feier«, sagt Tarja. Sie erkennt das Gebäude von dem Zeitungsfoto wieder. Ja, das ist das traute Heim der Bürgermeisterin.

Der feine Regen hat Tarja bis auf die Haut durchnässt, doch in ihren Eingeweiden lodert die Wut, die sie Kälte und Anstrengung vergessen lässt. Reglos verharrt sie im tiefen Schatten einer Buchsbaumhecke und starrt auf Astas Haus.

Seit mehr als einer Stunde ist Tarja auf ihrem Posten. Die Lieferwagen sind einer nach dem anderen abgefahren, einzig der Caterer parkt noch am Straßenrand. Alle Fenster des Gebäudes sind hell erleuchtet. Einladend lächeln sie in die Nacht.

Die ersten Gäste lassen sich mit einem Taxi herbringen: Ein älteres Ehepaar steigt ein wenig schwerfällig aus dem Wagen und begibt sich zur Haustür, wo es von einer jungen Frau in Servierschürze eingelassen wird. Die Bürgermeisterin öffnet die Tür nicht selbst.

Tarja beißt sich auf die Lippe. Sie hat gehofft, Asta gleich an der Tür sprechen zu können. Wenn sie sie erst im Haus ausfindig machen muss, wird die Sache deutlich komplizierter.

In kurzer Abfolge fahren mehrere Autos vor das Anwesen. Sie parken am Straßenrand, die Insassen gehen schnellen Schrittes, um nicht nass zu werden, zum Eingangsportal hinauf. Das Haus nimmt sie auf wie das Maul eines riesigen Fisches. Nun kann Tarja leise Musik durch die Luft wabern hören. Jemand spielt auf einem Klavier. Offenbar hat Astas Feier begonnen.

Sie zählt mittlerweile ein gutes Dutzend Autos, mehrmals entlassen Taxis ihre Fahrgäste. Je größer die Gruppe der Feiernden, denkt Tarja, umso einfacher wird es für sie, sich bis zu Asta durchzuschlängeln. Ob Asta für die Feier extra Sicherheitsleute engagiert hat? Hoffentlich nicht.

Nach einer Viertelstunde sind alle Parkplätze in unmittelbarer Nähe der Villa besetzt. Tarjas Entschlossenheit bricht in sich zusammen, als der nächste Wagen etwa acht Meter von ihr entfernt am Bordstein hält und der Motor ausgestellt wird. Sie meint, ihren Augen nicht zu trauen. Lachend steigen Senja und Kalle aus. Ihre Schwester und ihr Ex-Mann. Ein Würgereiz schießt ihr in die Kehle. Sie drückt sich noch tiefer in den Schatten und betet darum, dass niemand in ihre Richtung blickt. Doch diese Gefahr besteht nicht, denn die beiden eilen, wie zwei ineinander verschlungene Turteltauben, durch die regnerische Nacht auf Asta Helläkoskis Haus zu. »Ausgerechnet!«, haucht Tarja. »Warum ausgerechnet die beiden?«

Die Tränen, die ihre Wangen hinablaufen, speisen sich aus Wut und Trauer. »Ausgerechnet!«, schluchzt sie zum wiederholten Male. Und beschließt, es als Wink des Schicksals zu sehen, dass Senja und Kalle ebenfalls hier sind. An diesem Abend. Bei Asta Helläkoski.

Tarja tritt aus dem Schatten heraus, schultert den triefend nassen Jutebeutel und geht mit wackeligen Schritten auf das Haus zu. Seine hell erleuchteten Fenster haben plötzlich etwas von den Augen eines lauernden Raubtieres.

SIEBENUNDDREISSIGSTES KAPITEL

Gespannt wartet Sarah darauf, dass Eddi den Mund aufmacht. Das Eingeständnis seiner Beurlaubung hat dem Besuch eine interessante Wendung gegeben. Sie bemerkt, dass auch Ilvi ihn mit neuem Interesse mustert. »Nun?«, sagt sie zu Eddi. »Etwas anderes als die Wahrheit akzeptieren wir nicht.«

Eddi öffnet den Mund, schließt ihn wieder, räuspert sich. »Okay. Ich will offen sein.« Er schaut sich um, um sich zu versichern, dass kein anderer seine Worte hören kann.

Ilvi beugt sich vor.

»Ich bin abserviert worden, weil ich unbequeme Fragen gestellt habe. Mein Chef ist in irgendwelche Machenschaften verwickelt, hinter die ich zu kommen versuche. Was mich bei ihm und seinem engeren Kreis nicht gerade beliebt macht. Ich habe mich nämlich nicht unbedingt geschickt angestellt.«

Sarah und Ilvi sehen ihn erwartungsvoll an.

»Jussi will mich aufs Abstellgleis schieben. Er ist dicke mit der Bürgermeisterin, die stecken irgendwie unter einer Decke. Das hat anscheinend mit einem alten Fall zu tun, den Jussi zu den Akten gelegt hat, obwohl wir hätten weiterermitteln können.«

»Der Mann auf dem Eis.« Sarah spürt, wie sich ihr Puls beschleunigt.

Eddi wirft ihr einen Blick zu, in dem Wachsamkeit und Aufregung mitschwingen. »Genau. Aus einem für mich unerklärlichen Grund hat Jussi die Akte geschlossen. Als ich auf eigene Faust einem Hinweis nachgegangen bin, hat er mir daraus einen Strick gedreht und mich beurlaubt.«

»Der Mann auf dem Eis. Sieh einer an«, murmelt Ilvi. Sie spitzt die Lippen.

Tief holt Eddi Luft. »Ich stehe auf der Abschussliste, ganz klar. Dass ich zu Ihnen gekommen bin, Sarah, entspringt meinem verzweifelten Bemühen, das Blatt noch zu wenden. Wenn ich Jussis wahres Motiv herauskriege, kann ich ihn vielleicht aus dem Verkehr ziehen. Bevor er's mit mir tut.«

»Eine verzwickte Situation«, kommentiert Ilvi. Sie nippt an ihrem Drink und verzieht das Gesicht. »Oh, sehr gut.«

»Dieser Mann auf dem See …«, überlegt Sarah laut. »Was haben Sie über ihn herausgefunden, bevor Jussi Sie aus dem Spiel genommen hat?«

Für einen Moment scheint Eddi nachzudenken, dann zuckt er mit den Schultern. »Es gab einen anonymen Hinweis. Eine Frau hat mit verstellter Stimme bei einer Dienststelle angerufen und gesagt, sie habe gesehen, wie der Mann den gefrorenen See betrat. Und mit wem er kurz zuvor einen heftigen Streit gehabt habe.«

»Einen Streit?« Sarah runzelt die Stirn.

Eddi nickt. »Die Kollegin am Telefon wollte mehr aus der Frau herausbekommen, doch sie hat aufgelegt. Die Mobilfunknummer stammt noch von einer uralten SIM-Karte, die anonym erworben werden konnte. Seit jenem Anruf wurde die Karte nicht mehr verwendet – zumindest nicht bis zu dem Zeitpunkt, an dem ich es das letzte Mal überprüfen konnte.« Er gibt ein spöttisches Schnauben von sich.

»Und du glaubst der Anruferin?« Ilvi stellt den Drink ab. »Sie hat den Mann auf den See gehen sehen?«

»Sie hat das Datum und die Uhrzeit korrekt benannt. Natürlich könnte sie sich lediglich wichtigtun wollen, doch etwas anderes ist fast bedeutender: Als ich die Frau ausfindig machen wollte, hat Jussi dem sofort einen Riegel vorgeschoben. Das ist mir Beweis genug, dass an der anonymen Aussage etwas dran ist.«

»Du hast dich der Anweisung deines Chefs widersetzt und dich trotzdem auf die Suche begeben?«, fragt Ilvi.

»Genau. Als er das spitzbekam, hat er mich beurlaubt und mir disziplinarische Maßnahmen angedroht, sollte ich seinen Arbeitsanweisungen nicht folgen.«

Ilvis Augen leuchten. »Was dich nicht davon abhält, weiterzugraben.«

Eddi räuspert sich. »Wobei sich die Situation geändert hat. Ich versuche jetzt in erster Linie, hinter die Geschichte des Typen auf dem See zu kommen, da ich mir sicher bin, dass Jussi irgendwie darin verwickelt ist. Ich benötige dringend etwas, um ihm das Handwerk zu legen. Sonst bin ich abserviert.«

»Wie viel Zeit bleibt Ihnen noch, was denken Sie?« Sarah greift nach ihrem Mineralwasser. Während sie trinkt, blickt sie Eddi über den Rand des Glases an.

»Ein paar Minuten.« Er lacht auf. »Ein paar Stunden, wenn ich Glück habe. Ich weiß, dass Jussi und Asta Helläkoski bereits in meinem privaten Umfeld herumstochern. Sie überlegen, wie sie mir am besten schaden können.«

»Also drängt die Zeit«, bemerkt Ilvi. Sie wendet sich an Sarah. »Ich glaube ihm.«

Sarah runzelt die Stirn. Es wundert sie nicht, dass Ilvi Eddi Glauben schenkt. Ihre Freundin ist scharf auf diesen Wikinger-Verschnitt, das ist offensichtlich. Es wäre nicht das erste Mal, dass Ilvis Emotionen ihren Verstand trüben. Doch Sarah muss zugeben, dass auch sie keinen Zweifel an seiner Darstellung hegt. Jetzt ergibt das Gespräch mit Eddi vor ein paar Tagen im Frühstücksraum einen Sinn. Er wollte herausfinden, was sein Vorgesetzter mit Arttus Tod zu tun hat. »Arttu …«, denkt sie laut. »Was aber hat Arttus Tod mit Jussi zu tun?«

»Genau diese Frage stelle ich mir auch«, antwortet Eddi eilig. »Ich habe mitbekommen, dass Jussi eine Obduktion abgelehnt hat. Was ungewöhnlich ist. Arttu Mäkelä war einer der reichsten Männer Finnlands, ein prominentes Gesicht. Wenn man seinen plötzlichen Tod nicht richtig untersucht, ist da etwas faul. Und dann ist da noch Asta. Auf merkwürdige Weise mit Jussi verbunden. Und gleichzeitig eine langjährige Freundin von Arttus Familie.«

Fragend sieht Sarah Ilvi an.

Ilvi nickt. »Erzähl es ihm.« Lautlos formen ihre Lippen die Worte.

Sarah fasst sich ein Herz. »Kurz bevor Arttu auf der Tanzfläche starb, sprach er von dem Mann auf dem Eis.«

»Er tat *was*?« Aufgeregt beugt Eddi sich vor. »Was genau hat er gesagt?«

»Nicht viel, leider. Es waren die allerletzten Worte, bevor er starb. Er erwähnte einen Mann auf dem See. Etwas sei blau, sagte er noch. Eisblau.« Sie zuckt mit den Schultern.

»Mehr nicht?« Enttäuschung spiegelt sich auf Eddis Gesicht.

»Leider. Doch als wir bei seiner Tochter Lyyli waren und ihr kondoliert haben, bin ich zufällig über einen Aktenordner gestolpert, in dem Arttu Dutzende Presseartikel zu dem Verschwundenen gesammelt hat. Wir denken, dass er etwas über den Fall wusste. Etwas, das so wichtig war, dass er es nicht mit in den Tod nehmen wollte. Asta Helläkoski hat versucht, Arttus letzte Worte aus mir herauszukitzeln. Erfolglos, wie ich hinzufügen möchte.«

Eddi richtet sich kerzengerade auf. »Vielleicht ist weniger wichtig, *was* Arttu gesagt hat. *Dass* er von dem Mann sprach, ist es, worüber wir nachdenken sollten. Arttu war seit Jahrzehnten mit der Bürgermeisterin befreundet, die wiederum mit Jussi engen Kontakt pflegt. Also mit dem Hauptkommissar, der die Ermittlungen zu dem Fall verantwortete. Die drei hängen da gemeinsam drin.«

»Hingen«, korrigiert Ilvi. »Zumindest, was den guten Arttu angeht.«

Unbeirrt verfolgt Eddi seinen Gedankengang. »Demnach gibt es eine Verbindung zwischen dem mysteriösen Mann und Arttus Tod. Jussi wollte die Leiche auf Teufel komm raus nicht obduzieren lassen. Wenn wir nur wüssten, was bei der Obduktion herausgekommen ist!«

»Nichts leichter als das«, erklärt Ilvi und berichtet von der Kapsel mit Bienengift, dessen Rückstände in Arttus Magen gefunden wurden.

Eddi schlägt eine Faust in seine hohle Hand. »Das klingt wirklich nach Mord. Arttu war Allergiker? Plötzlich erscheint Jussis Verhalten in einem völlig neuen Licht. Klar, dass er die Ermittlungen eingestellt hat. Sein Versuch, Arttus Obduktion abzuwenden.« Eddis Augen glänzen.

»Und immer ist Asta Helläkoski nicht weit«, murmelt Ilvi.

»Was sollen wir tun?« Sarah reibt sich die Stirn. »Die Zeit läuft uns davon.«

»Wir?«, entfährt es Eddi. Er blickt zwischen Ilvi und Sarah hin und her.

Ilvi rekelt sich wie eine Raubkatze. »Wir haben gleich geahnt, dass bei Arttus Tod etwas nicht mit rechten Dingen zugegangen ist. Ganz oben auf unserer Liste der Verdächtigen rangieren Asta und Jussi. Vielleicht hängt auch Tuula mit drin. Vor allem die Bürgermeisterin reagiert verhalten auf jegliche kritische Rückfrage zu ihrer Freundschaft mit dem Toten.« Ilvi berichtet von Sarahs Gespräch mit Asta, von Tuulas augenscheinlicher Vorbereitung auf Ilvis Fragen. »Sie alle wissen mehr, als sie zugeben wollen. Doch *warum* musste Arttu sterben? Wenn wir diese Frage klären können, haben wir sicherlich auch den Täter.«

»Was hat das alles mit dem Mann auf dem Eis zu tun?«, ergänzt Sarah und spreizt die Hände. »Das *Warum* könnte genau damit zusammenhängen.«

»Ihr seid bereits auf der Suche nach dem Mörder!« Eddi wirkt baff.

»Na, einer muss es ja tun«, sagt Ilvi und rollt mit den Augen. »Der Polizei ist bei den Ermittlungen am allerwenigsten zu trauen, wie wieder einmal eindrucksvoll bewiesen wird. Anwesende ausgenommen.«

»Was also ist zu tun?«, wiederholt Sarah ungeduldig.

»Asta Helläkoski. Wir müssen ihr auf den Zahn fühlen.« Ilvi verengt die Augen zu schmalen Schlitzen. »Bei ihr laufen alle Fäden zusammen.«

»Dann ist da noch die mögliche Augenzeugin«, fügt Eddi hinzu. »Es wäre interessant zu erfahren, wen sie mit dem Mann, der mitten in der Nacht auf den See gegangen ist, gesehen hat. Streitend.«

»Asta und die Zeugin. Kümmern wir uns zuerst um sie. Bei allem, was wir tun, müssen wir Jussi Uddström aus dem Weg gehen«, gibt Ilvi zu bedenken.

Sarah und Eddi nicken im Einklang.

»Ich sollte ihm möglichst gar nicht begegnen.« Eddi kratzt sich am Bart.

»Ob Aalto etwas in der Sache unternehmen kann?«, überlegt Ilvi laut.

»Toivo Aalto?« Eddi runzelt die Stirn. »Wie kommt ihr gerade auf Aalto?«

Ilvi berichtet von Sarahs und ihrer Verbindung zu dem Kommissar aus Helsinki. »Durch Aalto wissen wir von dem Obduktionsergebnis.«

»Ich verstehe«, sagt Eddi nachdenklich. »Vielleicht ist es keine schlechte Sache, Aalto auf unserer Seite zu haben. Es ist ein offenes Geheimnis, dass Jussi und er keine guten Freunde sind. Sie kennen sich seit der Polizeiausbildung, glaube ich. Doch vielleicht solltet ihr Aalto erst einmal nicht wegen meiner Person kontaktieren. Ich hoffe immer noch, dass ich selbst genügend Beweise finde, um Jussi das Handwerk zu legen. Je weniger Staub unsere Nachforschungen aufwirbeln, desto besser. Die Kollegen hier sehen eine Einmischung aus Helsinki nicht gerne.«

»Dafür ist es zu spät«, erwidert Ilvi. »Die Obduktion geht auf Aaltos Kappe.«

Eddi nickt verhalten.

»Asta ist unser vielversprechendster Ansatz«, erklärt Sarah nach einer Pause. »Sie ist die Spinne im Netz. Ob sie eine Gelegenheit hatte, Arttu die Kapsel mit dem Bienengift unterzuschieben?

Was hat sie mit Jussi zu schaffen? Und ist sie über ihren Freund Arttu in diese Geschichte um den Mann auf dem Eis verwickelt? Wir werden uns Asta vorknöpfen müssen.«

»Es wird nicht einfach, an sie ranzukommen«, gibt Ilvi zu bedenken. »Jetzt ist sie ja vorgewarnt. Wahrscheinlich hat sie keine Lust, mit uns zu reden.«

»Als ob dich solche Schwierigkeiten von irgendwas abhalten könnten.« Sarah lacht in sich hinein.

»Natürlich lasse ich mich von nichts abhalten. Aber die Schwierigkeiten werde ich wohl noch benennen dürfen. Damit du mir hinterher umso mehr Applaus spenden kannst, wenn wir erfolgreich waren. Jedenfalls sollten wir uns mal in Astas Büro und ihrem Haus umschauen. Sicherlich gibt es irgendwo Notizen. Dokumente. Irgendwas, das uns weiterhilft.«

»Da kann ich vielleicht behilflich sein«, schaltet sich Eddi ein. »Astas Büro im Rathaus habe ich bereits unter die Lupe genommen. Dort habe ich nichts gefunden. Sie scheint nicht so dumm zu sein, Hinweise auf ihre Verbindung zu Jussi am Arbeitsplatz aufzubewahren. Zumindest nicht offen.«

»Wie bist du ins Büro gekommen?«, fragt Ilvi neugierig.

»Ich kenne Astas Assistentin«, antwortet Eddi.

»Birke Nieminen? Ich habe neulich mit ihr telefoniert.« Sarah wirft einen Blick zur Rezeption, wo Livia unablässig zu ihnen herüberstarrt. Dann mustert sie Eddi. Ob diese Birke ebenfalls zu Eddis Verflossenen zählt? Sie hat die Vermutung, dass der Wikinger bei seinen Eroberungszügen nicht viel unangetastet lässt. Sarahs Blick springt zu Ilvi. Sie räuspert sich. »Ob Birke uns einen Hinweis geben kann, wie wir an Asta herankommen? Als ihre Assistentin wird sie bestens informiert sein.«

Eddi merkt auf. »Zufällig habe ich gehört, dass Asta heute Abend zu Hause ein Fest gibt. Es hat mit dem Tangofestival zu tun, glaub ich.«

Schwungvoll zückt Ilvi ihr Handy und tippt auf dem Display herum. »Hier hab ich was«, sagt sie nach einem Moment. »Die Bürgermeisterin scheint jedes Jahr eine Feier für das Festkomitee und die Förderer des Festivals bei sich abzuhalten. Warum sind wir da eigentlich nicht eingeladen?«

»Weil wir …«, setzt Sarah an, verschluckt aber den Rest des Satzes, als ihr aufgeht, worauf Ilvi hinauswill. »Ah! Verstehe.«

»Hier ist ein Bild des Hauses.« Ilvi hält ihr Handy hoch. »Wir sollten kein Problem haben, die Adresse rauszufinden.«

»Asta wohnt in einem Vorort direkt am Näsijärvi-See«, sagt Eddi. »Ich kann euch die Adresse aufschreiben, ich hab sie schon recherchiert.«

»Sehr gut.« Ilvi grinst. »Wir gehen allein dorthin. Sarah und ich. Vielleicht kannst du dir inzwischen noch mal Gedanken über diese anonyme Zeugin machen. Mit ihr sollten wir auch sprechen. Aber vielleicht nicht du, nicht dass du Jussi Uddström über den Weg läufst. Vielleicht ist es sogar besser, wenn du für ein paar Tage untertauchst.«

»Ich soll untertauchen?« Eddi blinzelt.

Verschwörerisch beugt Ilvi sich zu Sarah. »Wir schleusen Eddi in mein Hotelzimmer. Ohne dass diese Livia es mitbekommt. Dann kann Jussi ihn nicht abfangen. Vielleicht gewinnen wir dadurch etwas Zeit.«

»Und wo wohnst du solange?«

»Bei dir im Zimmer, Sarah. Ist doch klar! Ich denke wirklich, Eddi sollte eine Weile von der Bildfläche verschwinden. Zumindest dürfte es Jussi und Asta ordentlich irritieren. Es kann nur gut für uns sein, wenn sie mit etwas anderem beschäftigt sind, während wir zwei uns umsehen.«

Sarah hat eine andere Vermutung, warum Ilvi Eddi bei sich im Hotelzimmer einquartieren will, sagt aber nichts. »Er bräuchte aber ein paar Sachen«, gibt sie zu bedenken. »Kleidung. Eine Zahnbürste.«

»Ich hab eine Tasche mit Kleidung im Auto«, sagt Eddi. »Eigentlich ist sie fürs Sportstudio gedacht. Die Idee, mich für den Augenblick nicht zu zeigen, finde ich gut. Es wird Jussi beunruhigen, wenn er nicht weiß, wo ich bin und was ich treibe.«

Ilvi klatscht in die Hände. »Eine Zahnbürste organisiere ich. Dann ist es also abgemacht. Eddi hält in meinem Zimmer die Füße still. Wir beide fühlen derweil der Bürgermeisterin auf den Zahn.«

Sarah ist nicht ganz wohl bei dem Gedanken, Eddi in Ilvis Einflussbereich zu wissen. »Es ist wichtig, dass wir diese anonyme Zeugin aufspüren. Ja, denken Sie in Ilvis Zimmer noch mal in Ruhe über die Informationen nach, Eddi. Allein!« Sie bedenkt Ilvi mit einem mahnenden Blick.

Eddi überlegt kurz, dann stützt er sich mit beiden Händen am Sesselrand ab. »Ich werde mein Gehirn martern, okay. Vielleicht fällt mir ein, wie man die Frau ausfindig machen kann. Jedenfalls bin ich froh, dass wir zusammen an der Sache arbeiten. Vielleicht komme ich ja doch mit heiler Haut aus dieser Sache raus.«

Ilvi leckt sich über die Lippen. »So weit würde ich nicht gehen, mein Lieber. Von heiler Haut hat niemand etwas gesagt.«

Ein Hauch von Röte zeigt sich auf Eddis Wangen. Er steht eilig auf.

»Hier«, sagt Ilvi und reicht ihm ihr Handy. »Gib deine Nummer ein. Damit wir während unserer Ermittlungen in Kontakt bleiben.« Sie zwinkert ihm zu und nennt ihm ihre Zimmernummer. »Ich warte dort.«

Sarah rollt mit den Augen.

Nachdem er Ilvi das Telefon zurückgegeben hat, reibt Eddi sich die Hände. Er wirkt plötzlich wie ein Schuljunge. »Ich hol schnell die Tasche aus dem Auto. Es steht nur ein paar Straßen weiter.« Er nickt zu Livia hinüber. »Sie müsste gleich Dienstschluss haben, dann schnappe ich mir die Tasche und schleiche zurück ins Hotel. Vorher muss ich aber draußen eine rauchen.« Damit geht er hinaus.

Während Ilvi ihm hinterherstarrt, gleitet Sarahs Blick zu Livia. »Meine Güte«, flüstert sie. »Dass die Frau ihm kein Messer in den Rücken stößt, ist ein Wunder.«

»Was meinst du?«, fragt Ilvi und beugt sich zu dem Tisch neben Eddis Sessel hinüber. Von dort schnappt sie sich den unangetasteten Drink und führt ihn mit einem zufriedenen Seufzen zum Mund.

»Was soll man von der ganzen Sache halten, Ilvi?«

»Wir wissen jetzt, dass unsere Vermutungen richtig waren. Irgendwie hat Asta sowohl mit dem Mord als auch mit dem mysteriösen Mann auf dem Eis etwas zu tun. Und wir werden bald herausfinden, was.«

Sarah lehnt sich zurück. »Das meine ich nicht. Ich rede davon, dass du total scharf auf Eddi bist, nachdem du bei mir im Hotelzimmer noch meintest, er könnte der Entführer und Mörder sein. Kaum sitzt du ihm gegenüber, bist du seinem Wikinger-Charme verfallen. Ich habe da ein Déjà-vu, Ilvi. Deshalb weiß ich nicht, ob es eine gute Idee ist, dass der Mann in deinem Zimmer logiert. Selbst wenn du es räumst.«

»Als ich das mit dem Mörder gesagt habe, hatte ich ihn ja noch nicht gesehen.« Ilvi grinst breit. »Aber mal ehrlich, Süße. Ich glaub nicht, dass Eddi uns was vormacht. Seine Geschichte passt gut ins Gesamtbild. Er versucht, seinen Kopf aus der Schlinge zu ziehen, indem er seinem Vorgesetzten ein Beinchen stellt. Sonst würde er bald aus dem Polizeidienst geworfen werden – danach kannst du nur noch für eine Sicherheitsfirma arbeiten. Beim besten Willen kann ich mir nicht vorstellen, dass *er* dich entführt hat. Dann müsste er auch Arttus Mörder sein. Doch Eddi will seinem korrupten Chef einen Arschtritt verpassen. Was ich, unter uns gesagt, sehr sympathisch finde. Würde er dafür aber Arttu töten? Um Jussi einen Mord unterzuschieben? Nein, ich halte es für viel wahrscheinlicher, dass Asta im Zentrum von alldem steht. Zusammen mit ihrem Helferlein Jussi. Diese Feier heute Abend ist der ideale Anlass, um sich bei ihr umzusehen.«

»Dann sollten wir uns bald auf den Weg machen«, sagt Sarah entschlossen und steht auf. »Sobald Eddi sich in dein Zimmer geschlichen hat und du deine Sachen bei mir hast, müssen wir los. Das Fest ist bestimmt bereits in vollem Gange. Ich frage mich nur, wie wir dort uneingeladen reinkommen wollen. Asta wird uns kaum mit offenen Armen empfangen.«

Ilvi winkt ab. »Sarah, dass du es immer noch nicht kapiert hast.« Sie verzieht das Gesicht zu einer tadelnden Miene, muss aber gleich laut auflachen. »Du bist mit *mir* unterwegs. Wir können überallhin gehen, wo wir wollen.«

ACHTUNDDREISSIGSTES KAPITEL

Ilmari ist bester Laune. Sarah Fuchs ist ins Hotel zurückgekehrt, anscheinend unversehrt. Ihm ist ein Stein vom Herzen gefallen, als sie am späten Nachmittag in der Lobby auftauchte. Auch wenn sie äußerst ungewöhnlich gekleidet war. Fast wie eine Finnin, die in ihrem *mökki* die alten Klamotten aufträgt. Die Sorge, er habe mit seiner Bespitzelung zu Sarahs Verschwinden beigetragen, hat ihn vergangene Nacht keinen Schlaf finden lassen.

Als er das Hotel durch den Personaleingang verlässt, hat er ein furchtbar schlechtes Gewissen. Einen derart sympathischen Gast an Kriminelle zu verraten! Wahrscheinlich wollten dieser Boris und seine Gehilfin Nadja aus Sarah ordentlich Geld herauspressen. Betucht ist sie ja, das sieht ein Blinder. Gut, dass sie wiederaufgetaucht ist – er hatte schon eine Entführung befürchtet. »Russenmafia! Wie gut, dass Leo sich um die Sache gekümmert hat.«

Beschwingt schreitet Ilmari über den beleuchteten Mitarbeiterparkplatz – eine Abkürzung, um zur Bushaltestelle zu gelangen. Dass Sarah Fuchs ihren Aufenthalt im Hotel verlängert hat, ist nun nicht mehr wichtig. Die E-Mails von *Arttu.Maekelae* – also von diesem Schwein Boris – hat er allesamt gelöscht und den Absender im Handy blockiert. Nie wieder möchte er an diese unrühmliche Episode erinnert werden. Auch Nadja wird er nicht wiedersehen. Das hat er sich fest vorgenommen. Schließlich hat sie sein Vertrauen missbraucht. Während ihrer Treffen hat er ihr auch von sich erzählt, von seiner Arbeit, seinen Problemen. Das hat sie schamlos ausgenutzt, um wohlhabende Gäste des *Kruunu* auszukundschaften. Nächste Woche plant er, an seinem freien Tag den Zug nach Helsinki zu nehmen und sich dort umzusehen. Das ist allemal besser, als in Nadjas Drecksloch diesem Boris über den Weg zu laufen. Falls der Kerl schon wieder laufen kann. Leo hat ganze Arbeit geleistet. Ilmari muss breit grinsen.

Ja, er fühlt sich so befreit wie lange nicht. Einzig dem ausstehenden Gespräch mit seinem Kumpel sieht er mit gemischten Gefühlen entgegen. Leo besteht darauf, sich mit ihm zu treffen, um zu quatschen. Das hat er eben noch mal in einer SMS mitgeteilt. Worüber sie sich unterhalten werden, ist ziemlich klar. Nadjas besondere körperliche Merkmale sind Leo unschwer entgangen. Doch lieber spricht er mit Leo über seine ungewöhnliche Vorliebe als mit seinen strenggläubigen Eltern.

Als er sich Livias Auto nähert, das wie immer auf dem allerersten – weil größten – Parkplatz abgestellt ist, stutzt er. Vor fünf Minuten ist Livia aus dem Büro gestürzt. Wieso steht ihr Wagen noch auf dem Hotelparkplatz?

Eine Bewegung lässt ihn kurz erstarren, dann leise in den Schatten eines Lieferwagens treten. »Livia?«, sagt er verdutzt. Seine Vorgesetzte hockt hinter ihrem Wagen auf dem Asphalt und äugt um das Heck herum. Geht es ihr nicht gut?

Nun beugt Livia sich noch weiter vor und stützt die Hände auf den Boden. Auf allen vieren robbt sie nach vorne, am Wagen entlang. Ihr Blick ist wie hypnotisiert auf den Gehsteig gerichtet, der am Parkplatz entlangführt.

Ilmari presst eine Hand auf seinen Mund, um nicht loszuprusten. Auf dem Gehsteig schlendert Eddi vorbei. Livias Ex-Freund, über den sie täglich schimpft und den sie, wie alle Hotelmitarbeiter wissen, im Internet stalkt. Anscheinend will Livia ihm nach dem Gespräch mit Sarah Fuchs auf den Fersen bleiben, denn kaum biegt er um die Straßenecke, richtet sie sich auf und schleicht hinter ihm her. An der Ecke bleibt sie stehen und beugt sich vor, verschwindet dann mit einem Satz aus Ilmaris Blickfeld.

Zuerst setzt Ilmari kopfschüttelnd seinen Weg zur Haltestelle fort, dann überlegt er es sich anders und folgt Livia. So, wie seine Chefin sich immer über Eddi aufregt, muss sie nicht weniger vorhaben, als sich im Schutz der Dunkelheit auf ihn zu stürzen, um ihn mit bloßen Händen zu kastrieren. Dieses Spektakel will Ilmari sich nicht entgehen lassen.

Hinter der Straßenecke offenbart sich ihm ein Bild wie aus einem schlechten Spionagefilm: Livia presst sich bäuchlings gegen eine Hauswand, während sie argwöhnisch verfolgt, wie ihr Ex-Lover nichts ahnend durch die Nacht flaniert.

Eddi scheint guter Laune zu sein. Die Hände in den Hosentaschen, pfeift er ein fröhliches Liedchen, das durch die Nacht hallt. Kaum hat er die menschenleere Straße überquert, sprintet Livia auf leisen Sohlen und im Schatten der Häuserzeile hinter ihm her.

Ilmari will sie nicht aus den Augen verlieren. Dabei stürmt er etwas zu schnell um die nächste Hausecke und wäre beinahe mit Livia zusammengeprallt. Keine zwei Schritte vor ihm verharrt sie an einer finsteren Stelle am Gehsteigrand. Nur ihre verbissene Konzentration auf Eddi auf der anderen Straßenseite verhindert, dass Ilmari von ihr entdeckt wird. Hastig zieht er sich zurück, lugt nach einem Moment des Durchatmens vorsichtig um die Ecke.

Livia ist bereits weitergezogen und folgt Eddi in gebückter Haltung auf der Fahrbahn, entlang der Reihe parkender Autos. »Die spinnt«, murmelt Ilmari fasziniert und folgt den beiden.

Zwei Straßen weiter bleibt Eddi neben einem VW Golf stehen, holt einen Schlüssel hervor und schließt den Kofferraum auf. Drei Fahrzeuge hinter ihm quetscht Livia sich zwischen zwei parkende Autos und geht in die Hocke.

Ilmari tritt in den Schatten eines Hauseingangs und verfolgt gebannt, was sich keine zwanzig Meter von ihm entfernt abspielt. Ob Livia gleich hervorspringt, um Eddi zur Rede zu stellen? Doch sie kauert reglos auf dem Asphalt, während Eddi am Kofferraum herumhantiert. Worauf wartet sie nur?

Schwungvoll wirft Eddi den Kofferraumdeckel zu, schultert eine Sporttasche und schließt den Volkswagen wieder ab. Dann überquert er mit großen Schritten die Straße und beginnt abermals vergnügt zu pfeifen.

Livia duckt sich noch tiefer in die Lücke zwischen den beiden Autos.

Ilmaris Herz setzt für einen Schlag aus, als er versteht, was geschieht. Eddi geht in die Richtung zurück, aus der sie gekommen sind. »Verdammt!«, haucht er, während der Polizist, nun auf seiner Straßenseite, direkt auf ihn zuhält.

Geduckt löst Livia sich aus dem Schatten der geparkten Autos und nimmt abermals die Verfolgung auf.

Es rattert in Ilmaris Gehirn. Noch scheint Eddi ihn nicht bemerkt zu haben, doch jeden Moment wird er ihn im Hauseingang stehen sehen. Es ist unwahrscheinlich, dass der Kommissar ihn im Vorbeigehen nicht bemerkt. Mit einem ausladenden Schritt tritt Ilmari auf den Bürgersteig und schlendert Eddi entgegen.

Eddi hebt den Kopf, gleichzeitig erstirbt das Pfeifen.

»Hei!«, sagt Ilmari im Vorbeigehen. *Hallo.*

»Hei«, entgegnet Eddi. Doch er bleibt nicht stehen, vermindert nicht einmal sein Tempo.

Ilmari meint, Geringschätzung in Eddis Miene aufflackern zu sehen. Dann sind sie auch schon aneinander vorübergegangen. Mit starrem Blick läuft Ilmari weiter. Doch er spürt, wie Livia ihn von der Fahrbahn aus taxiert, bevor sie ihrem Ex-Liebhaber weiter nachschleicht. »Blöde Kuh«, murmelt er in die Nacht.

Er muss lange auf den nächsten Bus warten, der um diese Uhrzeit nur noch stündlich fährt. Doch das nimmt er gerne in Kauf. Livia auf dem Asphalt zwischen den Autos hocken zu sehen, war ein Bild für die Götter.

Leise schließt er die Haustür auf. Seine Eltern schlafen längst, das Haus liegt in völliger Dunkelheit. Im Flur streift er die Schuhe ab, unterdrückt ein Gähnen, dann schleicht er auf Socken zur Treppe ins Obergeschoss. Gerade als er die erste Stufe erklommen hat, erstrahlt die Flurbeleuchtung in gleißendem Licht.

»Ilmari«, sagt sein Vater in strengem Tonfall. Er steht neben der Tür zum Wohnzimmer, die Hand auf dem Lichtschalter. »Du kommst spät nach Hause.«

Im ersten Moment ist Ilmari sprachlos. Stand sein Vater die ganze Zeit über in der Dunkelheit neben dem Schalter? Wie festgefroren steht Ilmari auf der Treppe, unfähig, ein einziges Glied zu rühren. Dann durchfährt ihn ein Zittern und löst die Steife auf. »Vater«, sagt er mit belegter Stimme.

Sein Vater deutet auffordernd auf das Wohnzimmer, in dem nun ebenfalls Licht brennt, dreht sich wortlos um und geht voraus.

Mit wackeligen Knien macht Ilmari den einen Schritt die Treppe hinab. Es fühlt sich an, als stiege er von einem Berg in ein tiefes Tal hinunter. Er folgt seinem Vater, bleibt im Türrahmen stehen.

Vater und Mama sitzen nebeneinander auf dem Sofa und blicken ihm entgegen. Mama presst ein Taschentuch auf ihren Mund, reibt Sekunden später damit an ihren Augen herum. Vater hat eine steinerne Miene aufgesetzt.

»Ihr seid noch wach?«

»Komm rein«, sagt Vater streng und deutet auf einen Punkt auf dem Teppich, etwa drei Schritte vom Sofa entfernt.

Ilmari schleppt sich zu der angewiesenen Stelle. Er kann sich gar nicht vorstellen, seinem Vater nicht zu gehorchen. Dann würde die Hölle losbrechen. Als er ein Kind war, gab es bei Ungehorsam immer etwas mit dem Gürtel. Auch wenn die Züchtigungen vor ein paar Jahren aufgehört haben, traut Ilmari Vater zu, sich in einem Moment der Wut zu vergessen. Wobei es schlimmere Strafen als Prügel gibt, wie er weiß.

»Junge!«, schluchzt seine Mutter auf. Das Taschentuch fährt über ihr Gesicht.

»Still!«, fährt Vater sie an. Er richtet seinen eisigen Blick auf Ilmari. »Da bist du also.«

Ilmari weiß nicht, was er entgegnen soll. Nach seiner langjährigen Erfahrung ist Schweigen das Beste, was er tun kann. Mit ineinander verknoteten Händen tritt er von einem Bein auf das andere, windet sich unter dem Blick seines Vaters. Schwindel steigt ihm in den Kopf.

»Gibt es etwas, das du uns sagen möchtest?« Vaters Stimme ist so hart wie sein Blick.

Er schüttelt den Kopf. Selbst wenn er es gewollt hätte, er bekäme die Zähne nicht auseinander.

Mamas Schluchzen geht in ein leises Weinen über.

»Siehst du, was du uns antust? Deine Mutter ist am Boden zerstört.« Ungeduldig wedelt Vater mit der Hand in Mamas Richtung, bis das Weinen abebbt. »Also?«

Ilmari schüttelt den Kopf. Nur nichts sagen, ermahnt er sich. Was immer er auch sagt, jedes seiner Worte wird ihm im Mund umgedreht werden.

»Das habe ich mir gedacht«, sagt sein Vater im Tonfall kalten Zorns. Er drückt seinen Rücken durch. »Lügenmäuler sind dem Herrn ein Gräuel; doch wer zuverlässig ist in seinem Tun, der gefällt ihm.«

»Sprüche 12, Vers 22«, murmelt Ilmari aus einem alten Automatismus heraus. Dieses Bibelzitat ist eines der liebsten seines Vaters. Hunderte Male hat er es zu hören bekommen.

»Mit Aufopferung und Anstand haben wir dich aufgezogen!«, schmettert sein Vater. »Und wie zahlst du es uns zurück? Wie?«

Betreten hebt Ilmari den Kopf, mustert seine Eltern verwirrt. Erwarten sie eine Antwort? Oder ist das eine der rhetorischen Fragen seines Vaters, auf die zu antworten ein ganz anderes Wagnis wäre. Er senkt den Blick wieder und schweigt.

»Eine Schande bist du für unsere Familie, Ilmari! Ein undankbarer Sünder, der es nicht verdient hat, die Füße unter unseren Tisch zu stellen.«

Heiß brennen die Worte in Ilmaris Eingeweiden, bereiten ihm Übelkeit. Doch er ermahnt sich, ruhig stehen zu bleiben. So unsichtbar, wie es irgend geht. Er hat eine furchtbare Ahnung, worauf sein Vater hinauswill. Sie wächst wie ein Wackerstein in seinem Magen an, trachtet danach, ihn zu Boden zu ziehen. Er hat das Gefühl, sich kaum mehr auf den Beinen halten zu können.

»Ich habe heute eine E-Mail erhalten«, stößt Vater aus. »Von jemandem, der sich Arttu Mäkelä nennt.«

Ilmari tastet mit der Hand nach etwas, um sich abzustützen.

NEUNUNDDREISSIGSTES KAPITEL

»Soll ich dir helfen?« Im aufkommenden Wind reibt sich Ilvi die Hände. Dann zieht sie die Jacke enger um sich. »Etwas mehr Steuerbord.«

»Steuerbord!«, stößt Sarah zwischen zusammengepressten Zähnen hervor. Doch sie bemüht sich, das schwankende Ruderboot auf den gewiesenen Kurs auszurichten. Wenigstens regnet es nicht, denkt sie. An den Rudern schwitzen *und* vom Regen durchweicht werden wäre eine wahrlich unschöne Kombination.

»Ich übernehme gerne, wenn's dir zu viel wird«, bietet Ilvi erneut an.

»Alles gut«, ächzt Sarah und stemmt ihre Absätze in die Planken. Natürlich wird sie sich vor Ilvi keine Blöße geben. Schließlich ist sie es, Sarah, die die finnische Wildnis nicht nur überlebt hat, sondern durch die Begegnung mit einem Bären von ihr geadelt wurde. Als sie im vergangenen Sommer auf dem Päijänne-See gerudert ist, das muss sie sich allerdings eingestehen, erschien ihr das weniger anstrengend. Da war das Wasser aber auch spiegelglatt gewesen, das Wetter nicht so rau. Der Näsijärvi zeigt sich heute von einer weniger einladenden Seite. »Stimmt die Richtung?«

»Ja, wunderbar.« Ilvi reckt sich. »Eine schöne Nacht, findest du nicht?«

Sarah erspart sich eine Antwort. Sie könnte sich diese Nacht angenehmer vorstellen. Etwa bei einem Abendessen mit Moritz Bacher im Kerzenlicht. Der Gedanke versetzt ihr einen Stich. Noch immer hat sie von ihm nichts gehört. Ob er ihre Handynummer falsch notiert hat?

»Ich kann das Haus bereits sehen, Sarah. Nicht mehr lange, und wir sind da.«

Das Boot gibt ein schleifendes Geräusch von sich und wird ein Stück nach Backbord gedrückt.

Sarah hebt die Ruderblätter aus dem Wasser und lässt das schaukelnde Boot treiben. »Wir haben einen Felsen gestreift, denke ich.«

»Das Ding hat sich unter der Wasseroberfläche versteckt.« Ilvi nickt. »Aber es ist nichts passiert. Kein Grund, sich Vorwürfe zu machen.«

»Ich mache mir keine …« Sarah presst die Lippen aufeinander. Es ist verschwendeter Atem, auf Ilvis Sticheleien einzugehen. Sie lässt die Ruderblätter wieder ins Wasser und stemmt sich mit den Stilettos gegen den Boden. Ächzend setzt sie ihre Arbeit fort.

»Gut so«, lobt Ilvi.

»Hchächz!«, faucht Sarah.

»Einer meiner Brüder ist mal beim Rudern in den See gefallen«, erzählt Ilvi im Plauderton. »Er wurde erst eine Stunde später aus dem Wasser gefischt, verfangen in einem Gestrüpp an der Uferböschung. Das Gestrüpp hat ihm das Leben gerettet, denn er war bewusstlos. Hatte sich den Kopf an einem Stein gestoßen. Nur das Grünzeug hat ihn über Wasser gehalten. Sachen gibt's.«

Sie starrt auf den unruhigen See. Räuspert sich. »Etwas Backbord. Fertigmachen zum Anlegen.«

Sarah ist sich über die verstörende Anekdote unschlüssig. Was will Ilvi ihr damit sagen? Sie dreht den Kopf und linst prüfend über die Schulter. Sie halten auf einen langgestreckten Steg vor einer weiten Rasenfläche zu. Im Garten brennen vereinzelt Laternen, das Haus dahinter ist hell erleuchtet. Auf einer Terrasse gehen Menschen hin und her, Lachen schallt über die Wasserfläche.

»Langsam jetzt, ein wenig beidrehen. Gut so.« Behände klettert Ilvi auf den Steg und vertäut das Boot. »Mylady …« Sie reicht Sarah eine Hand, um ihr an Land zu helfen.

Mit dem Mantel unter dem Arm steigt Sarah auf den Steg. »Puh, das war anstrengend. Aber es war nett von deinem Bekannten drei Häuser weiter, uns sein Ruderboot auszuleihen.«

»Bekannter? Der alte Herr?« Ilvi lacht auf. »Ich kenne den Mann nicht.«

»Aber warum hat er uns …?«

»Weil wir freundlich gefragt haben«, fällt Ilvi ihr ins Wort. Dann hilft sie Sarah in den Mantel. »Und das Praktische ist, dass wir das Boot nicht zurückbringen müssen. Er sagte, er holt es die Tage bei Asta ab.«

»Dann hast du auf gut Glück an der Haustür geklingelt? Einfach so? Ich dachte, du hättest einen Plan.«

Ilvi grinst, während sie über den Rasen auf das Haus zuschlendern. Sarah bemüht sich, das Gras mit ihren Absätzen nicht zu sehr zu vertikutieren.

»Der Plan sah vor, bei einem Nachbarn von Asta ein Boot zu borgen, damit wir durch den Hintereingang auf die Party kommen. Ohne Einladung. Und der Plan ist aufgegangen. Also, herzlich willkommen auf dem Fest der Bürgermeisterin. Zu dem wir sowieso hätten eingeladen werden müssen, wenn man mal ehrlich ist.« Gespielt eingeschnappt wirft Ilvi das Haar nach hinten.

Sie betreten die Terrasse, auf der ein gutes Dutzend Gäste trinkt, raucht, sich angeregt unterhält. Aus der offenen Terrassentür tönt Klaviermusik. Niemand scheint sich zu wundern, dass zwei Neuankömmlinge vom See her dazustoßen. Sarah blickt aufs Wasser. Von der Lichtinsel, auf der sie stehen, ist der See in der Dunkelheit kaum auszumachen. Wahrscheinlich hat niemand mitbekommen, wie sie am Steg anlegten.

»Ein Glas Champagner?«, fragt eine junge Frau in Servierschürze. Sie balanciert einige hohe Gläser auf einem Tablett.

Sowohl Ilvi als auch Sarah greifen dankend zu.

Als sie durch die Terrassentür ins Haus schlendern, fasst Ilvi Sarah am Arm. »Denk daran, sobald sich die Gelegenheit bietet, suchst du nach dem Arbeitszimmer«, raunt sie. »Es sind immer die Arbeitszimmer, in denen belastende Unterlagen versteckt sind.«

»Ich? Willst nicht diesmal du …?«

Ilvi schüttelt den Kopf. »Du suchst, ich lenke die Leute ab. Das hat schon bei Lyyli super funktioniert. Ich bin immer noch beeindruckt von deiner Idee mit dem Hund.«

Der Salon hat die Dimension eines kleinen Festsaals. Viele Gäste drängen sich darin, unterhalten sich, nippen am Champagner und lachen. Ein junger Mann sitzt an einem Flügel und haut selbstvergessen eine dramatische Melodie in die Tasten. Mehrere Kellnerinnen wandern mit Tabletts voller Champagner und Hors d'œuvre zwischen den Gästen herum.

»Von wegen kleine Feier«, murmelt Sarah. Astas Party kann es mit jeder Feierlichkeit der Münchner Schickeria aufnehmen. Selbst die Garderobe der Anwesenden lässt nichts zu wünschen übrig. Anders als auf dem Tangofestival haben sich die meisten Gäste heute Abend in Schale geworfen. Sogar der ein oder andere Smoking ist zu sehen. Sarah selbst trägt ein tiefblaues Longuette-Wickelkleid von Moschino. Es einzupacken, war eine Entscheidung der letzten Sekunde gewesen. Auch wenn das Kleid nach der Ruderpartie an ein paar Stellen schweißdurchtränkt ist, ist es für diesen Anlass ideal. Sarah schält sich aus ihrem Mantel, was mit dem Glas in der Hand kein leichtes Unterfangen ist, doch in der Vergangenheit bereits mehrfach geübt wurde. Dann drückt sie den Mantel einer Bedienung in die Hand und richtet die große Schleife an ihrem Ausschnitt. »So«, erklärt sie. »Nun bin ich bereit.«

Ilvi grinst in sich hinein. Sie trägt eines ihrer typischen Outfits, das mehr an die Grunge-Ära der Neunziger als an eine Abendveranstaltung erinnert. Diesmal ist die Hose gelb-schwarz kariert, das Top steckt unter einem schwarzen Flanellhemd, das einen Großteil der tätowierten Haut verdeckt. Schnürstiefel im Combat-Stil runden die Erscheinung ab. »Auf in den Kampf«, schnurrt sie.

Nach ein paar Metern legt Sarah eine Hand auf Ilvis Unterarm. »Schau!« Sie nickt zu einer kleinen Menschentraube nahe der breiten Tür, die augenscheinlich in eine Eingangshalle führt. »Asta.«

Die Bürgermeisterin lächelt breit, während sie sich mit einer Frau unterhält und aus einem Champagnerglas trinkt. Sie scheint die ungeteilte Aufmerksamkeit des halben Dutzends Zuhörer um sie zu genießen.

»Ah, unsere verehrte Gastgeberin«, raunt Ilvi.

In diesem Moment zieht eine der Zuhörerinnen Asta aufgeregt am Arm.

Sarah stöhnt auf. »Tuula, ausgerechnet!« Sie verfolgt, wie Arttus hinterbliebene Verlobte mit spitzem Finger auf Ilvi und sie deutet. Dabei sind die roten Flecken in ihrem Gesicht nicht zu übersehen.

Astas Blick kreuzt den von Sarah. Ihre Miene gefriert, dann dreht sie sich zu ihrem Gefolge und macht eine Bemerkung, die alle zum Lachen bringt.

Nur Tuula zeigt nicht den Ansatz eines Lächelns. Regungslos starrt sie Sarah an. Ihre Augen glühen.

Asta löst sich aus der Gruppe und steuert auf Ilvi und Sarah zu. Dass sie von deren Anwesenheit überrascht ist, ist ihr nicht mehr anzumerken. Während sie einzelnen Gästen, an denen sie vorübergeht, freudig zulächelt oder zunickt, nippt sie am Champagner. In ihrem Windschatten folgt Tuula.

»Auftritt der Bürgermeisterin«, flüstert Ilvi.

»Sarah!«, ruft Asta aus. »Was für eine Überraschung, Sie wiederzusehen.« Sie bleibt zwei Schritte vor ihr stehen. Hinter den Brillengläsern funkelt es. »Und Sie sind …?«

Ilvi lacht auf. »Ich bin der Fuchs, der sich überall ungesehen reinschleicht.«

Für einen Moment entgleisen Asta die Gesichtszüge, doch nach einem tiefen Atemzug steht das Lächeln wieder in ihre Miene gemeißelt.

»Der Fuchs aus dem *Duo Kettu*!«, ruft Ilvi, dreht eine Pirouette und lacht, als hätte sie einen vortrefflichen Witz gemacht. »Ilvi.«

Neugierig drehen sich die Gäste in der Nähe zu der Bürgermeisterin und ihren Gesprächspartnerinnen. Tuula bleibt im

Hintergrund und durchbohrt Sarah aus sicherer Entfernung mit einem frostigen Blick.

»Ah, ich verstehe«, entgegnet Asta. »Der Überraschungsgast. Auf dem Festival wie auch heute Abend.«

»So ist es.« Ilvi deutet eine Verbeugung an. »Als ich gehört habe, dass Sie diese Feier als Dankeschön für die Helfer und Unterstützer des Tangofestivals ausrichten, ging mir das Herz auf. Natürlich *musste* ich herkommen.«

Asta nimmt einen Schluck Champagner, dann presst sie die Lippen aufeinander.

»Ich muss Sie zu diesem traumhaften Anwesen beglückwünschen, Asta«, fährt Ilvi ungerührt fort. »Sie haben hier sicher viele glückliche Stunden mit Ihrem Freund Arttu verbracht.«

Die Bürgermeisterin zuckt zusammen.

Tuula ringt um Atem.

»So viele Erinnerungen!« Ilvi seufzt theatralisch. »Erinnerungen, die Ihnen niemand nehmen kann. Der gute Arttu. Wer hätte ahnen können, dass er einer hinterhältigen Goldsucherin zum Opfer fallen würde?«

Tuula wird leichenblass.

»Goldsucherin?«, stößt Asta heiser aus.

Ilvi klimpert mit den Wimpern. »Genau. Einer hinterhältigen Biene, die auf der Suche nach dem Gold des Waldes ihren todbringenden Stachel in Arttu versenkt hat. Ist er nicht an einer allergischen Reaktion auf Bienengift gestorben? Während Ihres Festivals, Asta?«

Astas Lippen sind nunmehr zwei dünne Striche.

Sarah starrt ihre Freundin in einer Mischung aus Entgeisterung und Bewunderung an. Möchte Ilvi die Gastgeberin unbedingt zur Weißglut treiben?

»Tödlicher Tango quasi«, sagt Ilvi leichthin.

Sie *will* Asta zur Weißglut treiben, versteht Sarah.

Hinter den Brillengläsern flackern Astas Augen wie zwei von Fackeln beschienene Dolche. »Es muss mit der Einladung an Sie zu einer bedauerlichen Verwechslung gekommen sein, befürchte ich.«

»Ach?«, stößt Ilvi aus und legt den Kopf schief.

»Weder Frau Fuchs noch Sie, Ilvi, stehen auf meiner Gästeliste. Es tut mir unsäglich leid, wenn ich Sie daher bitten muss, mein Haus zu verlassen. Wir sind auf eine feste Anzahl an Gästen vorbereitet, wissen Sie. Das Catering ist genau auf diese Zahl abgestimmt. Es wäre doch ungerecht den *geladenen* Gästen gegenüber, sollten wir dem nicht Rechnung tragen.«

»Oh, natürlich«, sagt Ilvi lächelnd und streckt Asta ihr leeres Glas entgegen.

Perplex nimmt die Bürgermeisterin das Glas.

Lächelnd winkt Ilvi eine junge Kellnerin heran und lässt sich ein neues Champagnerglas geben. »Vielen Dank.«

Asta schäumt vor Wut. Ihr Gesicht wechselt in Sekundenschnelle die Farbe. Von Rot zu Weiß, dann nahtlos ins Violette.

»Ist alles in Ordnung?«, fragt ein Mann mit dräuender Stimme und tritt neben die Bürgermeisterin.

Der schlanke Typ ist Sarah sogleich unsympathisch. Auf eine unangenehme Weise erinnert er sie an Udo – die gleiche aufgesetzte Ruhe, unter der Aggression brodelt, das gleiche wissende Lächeln, als wären alle Menschen um ihn herum zu blöd, um geradeaus zu gehen. Überheblich und ein Narzisst, lautet ihr Urteil. Sie bedenkt den Kerl mit einem abschätzigen Blick.

Mittlerweile sind einige Gäste näher herangerückt. Erwartungsvoll blicken sie auf die kleine Gruppe um die Bürgermeisterin.

»Oh, alles ist gut. Die beiden Damen wollen nur gehen«, erklärt Asta bestimmt. »Sie verabschieden sich gerade. Aber danke, dass du nachfragst, Jussi.«

Sarah und Ilvi wechseln einen Blick. Das also ist Jussi!

»Wenn Sie dann jetzt …«, setzt Asta an, untermalt von einem heftigen Kopfnicken Tuulas.

Doch Ilvi hebt ruckartig eine Hand, legt den Zeigefinger an ihre Lippen und zieht ihr vibrierendes Handy aus der Hosentasche. »Hallo? Ja, wir sind da. Im Salon. Du kannst ihn nicht verfehlen, einfach immer dem Geklimper nach. Genau. Du kannst … Wir plauschen gerade mit der lieben Asta.« Sie wirft einen unergründlichen Blick zu dem Polizisten. »Und mit Jussi.« Damit beendet sie das Gespräch und schiebt das Handy zurück in die Tasche.

Sarah hebt fragend die Augenbrauen, erhält von Ilvi aber nur ein zufriedenes Grinsen.

»Wie gesagt«, erhebt Asta die Stimme. »Wenn Sie beide nun …«

Ein lauter Ausruf unterbricht die Bürgermeisterin. »Ilvi!« Wie ein Tornado stürmt Lyyli Mäkelä auf die Gruppe zu und umarmt Ilvi überschwänglich. »Da bin ich!«

Reflexartig macht Tuula zwei große Schritte nach hinten, als wollte sie in der Kulisse verschwinden.

»Liebste Lyyli!« Über Lyylis Schulter hinweg wirft Ilvi der Bürgermeisterin einen triumphierenden Blick zu.

Lyyli löst sich von Ilvi, nur um die stürmische Begrüßung bei Sarah zu wiederholen. »Ich freue mich riesig, euch beide wiederzusehen!«

Sarah bleibt die Luft weg, so fest umarmt Arttus Tochter sie.

Alle Aufmerksamkeit liegt nun auf dem, was um die Bürgermeisterin herum geschieht. Sämtliche Gespräche sind verstummt, selbst der Flügel schweigt.

»Was für ein Glück, dass wir uns noch begegnet sind!«, ruft Ilvi mit tragender Stimme, damit auch der letzte Gast sie verstehen kann. »Asta wollte uns gerade die Tür weisen.«

»Ich …«, krächzt Asta.

»Asta?« Lyyli fährt zu der Bürgermeisterin herum, Unverständnis im Gesicht. »Wir sollen schon wieder gehen?«

»Nicht ihr – nein … Du kannst … Ich …«, haspelt Asta und schaut Hilfe suchend zu Jussi, der sich in diesem Moment jedoch abwendet und einen Punkt an der Wand anstarrt.

»Ich bin nur wegen Ilvi und Sarah zur Party gekommen«, erklärt Lyyli. »Eigentlich war mir so kurz nach Papas Tod nicht danach, unter Menschen zu gehen. Doch Ilvi meinte, dass du als langjährige Freundin von Papa …« Ihre Stimme bricht, und sie schluchzt auf.

»Natürlich seid ihr herzlich eingeladen«, stößt Asta atemlos aus. Der gehetzte Blick, den sie durch den Raum wirft, verdeutlicht, dass sie sich der Aufmerksamkeit der Leute auf unangenehme Weise bewusst ist. »Ich freue mich, dass du zu meiner Feier kommst, Liebes. Arttu wäre schließlich heute ebenfalls mein Gast gewesen.«

»Wäre das mit der Goldsucherin nicht passiert«, ergänzt Ilvi und nickt traurig.

Sarah beobachtet, wie Tuula ins Wanken gerät und sich an einer Tischplatte festhalten muss.

»Wir wollen keine Umstände machen.« Ilvi lächelt die Bürgermeisterin an. »Vielleicht ist es besser, wenn Lyyli mit uns in die Stadt fährt. Auf keinen Fall möchten wir für Versorgungsengpässe im Catering verantwortlich sein. Diese Party ist schließlich für ihre opulente Verköstigung berühmt.« Sie hebt das Glas und nimmt einen tiefen Schluck.

»Bosse, mein Fahrer, wartet mit dem Wagen vor dem Haus«, sagt Lyyli mit verwundertem Gesichtsausdruck. »Wir können auch zu mir fahren, Ilvi. Eine Pizza bestellen.«

Arttu schien ein Faible für schwedische Bedienstete zu haben, schießt es Sarah durch den Kopf. Bosse, der Fahrer. Agneta, die Haushälterin.

Die ersten Gäste richten kritische Blicke auf die Hausherrin, die mit hochrotem Kopf die Hände ringt.

»Ach, Liebes«, säuselt sie. »Du bist natürlich mein Ehrengast. Ich bestehe darauf, dass du bleibst. Du … Du bist doch Familie.«

»Liebe Asta«, säuselt nun auch Ilvi. »Wenn Sie so darauf bestehen, dann bleiben *wir* natürlich gerne.« Sie deutet ein Nicken an. Es hat etwas von royaler Beiläufigkeit.

»Wunderbar, ich … freue mich«, haucht Asta, während ihre Augen vor Zorn glimmen.

Ilvi reicht Sarah ihr halb leeres Glas, dabei zwinkert sie ihr verschwörerisch zu. Dann klatscht sie in die Hände. »Liebe Gäste!«, ruft sie so laut, dass man sie bis auf die Terrasse hören kann. »Wir haben etwas für Sie vorbereitet.«

VIERZIGSTES KAPITEL

Eddi hat ausgiebig geduscht, dann die frische Sportkleidung, die er in der Tasche hatte, angezogen. Nun liegt er auf dem Hotelbett, die Arme hinter dem Kopf verschränkt, und starrt an die Decke. Eigentlich möchte er an Ilvi denken, zwingt sich jedoch, sich auf den anonymen Anruf dieser Frau zu konzentrieren, die den Mann aufs Eis gehen sah. Während Ilvi und Sarah der Bürgermeisterin auf den Zahn fühlen, soll er sich überlegen, wie man die potenzielle Zeugin ausfindig machen kann.

»Ziemlich ausgebufft, diese Ilvi«, murmelt er. Ihn hier im Hotel zu verstecken, verschafft ihm eine willkommene Verschnaufpause.

Er greift zu dem T-Shirt, das er im Bad unter einem Handtuch gefunden hat. Es sieht zu groß für Ilvi aus, doch er vermutet, dass sie es zum Schlafen anzieht. Nun hat sie es vergessen, wohl schlicht übersehen, als sie vorhin ihre Siebensachen in einen großen Rucksack gestopft hat. Er drückt den Stoff an sein Gesicht und atmet ein. So also riecht Ilvi. Ein bisschen herb, verschwitzt. Aber auch samtig. Er grinst. Ilvi ist ihm nicht abgeneigt, das hat er gleich bemerkt. Wie sie ihn angesehen hat, diesen Blick kennt er. Dieses Taxieren und Abklopfen, was er für einer ist. Dahinter steckt Interesse, ganz klar. Allein, dass sie ihn in ihr Zimmer geschleust hat, lässt ihn hoffen. Er wird sie jedenfalls nicht abweisen, wenn sie vor der Tür steht. Im Gegenteil.

Erneut saugt er den Duft von Ilvis Shirt in seine Nase. Seine Hand fährt unter den Bund der Sporthose, da lässt ihn ein Vibrieren auf dem Nachttisch aufstöhnen: »Scheiße!« Er greift nach dem Handy, drückt Meeris Anruf weg, legt das Telefon beiseite. Um wieder in Stimmung zu kommen, reibt er über die Beule in seiner Shorts. Doch auf den ersten Anruf folgt sogleich ein zweiter. Fluchend blockt er ihn erneut, doch keine halbe Minute später signalisiert das Handy eine Sprachnachricht. Er presst die Hände auf die Ohren, unterdrückt einen weiteren Fluch, hört die Nachricht dann aber ab.

Meeri will wissen, wo er bleibt. Sie wechselt zwischen Anklage und Schmeichelei, wirft ihm vor, er sei ein Arschloch, sie mit Jussis Drohung allein zu lassen. Dann wieder gurrt sie, er könne jederzeit bei ihr vorbeikommen. Jederzeit.

Er löscht die Sprachnachricht. »Das war's«, murmelt er und schüttelt den Kopf. Es war nett mit Meeri, mehr aber auch nicht. Vor allem ist nicht abzusehen, dass sie etwas Belastbares über Jussi ausplaudern wird. »Macht alles keinen Sinn.« Er zuckt mit den Schultern, blockiert nach einem Moment des Nachdenkens ihre Nummer. Damit schützt er sie nur, sagt er sich und hat gleich ein besseres Gewissen. Schließlich hat Jussi ihr gedroht, er werde es nicht auf die leichte Schulter nehmen, sollte sie noch mal Kontakt zu Eddi aufnehmen. Den Kontakt ganz abzubrechen, ist der einzig vernünftige Schritt. Um sie zu schützen! Erleichtert schnippt Eddi das Handy auf den Nachttisch. Er hat das Gefühl, Ballast von sich geworfen zu haben.

Im Schneidersitz setzt er sich aufs Bett und schaltet den Fernseher ein. Während die Lokalnachrichten laufen, hüpfen seine Gedanken hin und her. Von Ilvi, deren Rückkehr ins Hotel er kaum erwarten kann, zu Birke, die ihm langsam auf den Nerv geht. Ihm läuft das mit ihr einfach zu schnell. Sich ab und an zu treffen und in die Kiste gehen, ist klasse, doch Birke macht immer öfter deutlich, dass sie etwas Festes mit ihm möchte. Etwas sehr Festes, wenn er an ihren Plan denkt, im nächsten Jahr mit ihm die Hochzeit einer Freundin zu besuchen. Im *nächsten* Jahr! »Was weiß denn ich, was nächstes Jahr ist? Ich bin nicht für lange Beziehungen gemacht«, brummt er.

Wieder erscheint Ilvi vor seinem inneren Auge. Er grinst. Wenn er auf diesem Wege mit Ilvi zusammenkommt, hat das ganze Theater mit Jussi doch was Gutes. Ilvi ist völlig anders als seine bisherigen Freundinnen. Aufregender irgendwie. Vielleicht könnte es mit ihr sogar was Längeres werden. Vielleicht. Sie müssten es wohl mal ausprobieren.

Etwas auf dem Fernsehbildschirm erregt seine Aufmerksamkeit. Überrascht blinzelt er. Es läuft ein Feature über Arttu Mäkelä. Der Einspieler zeigt das Gebäude des Pharmaunternehmens, das Arttu an ein amerikanisches Großunternehmen verkauft hat. Dann sieht man Arttu im letzten Jahr bei einer gesellschaftlichen Veranstaltung in Helsinki. Untermalt werden die Bilder von einer Sprecherstimme, die erklärt, der beliebte Wirtschaftsmagnat sei neuesten Erkenntnissen zufolge an einer gesundheitlichen Komplikation verstorben. Zuletzt schwenkt der Beitrag zu einer Polizeisprecherin, die in blumigen, aber inhaltsleeren Worten Arttus Ableben als bedauerliche Verkettung unglücklicher gesundheitlicher Umstände darstellt. Aus Rücksicht auf die Familie erteile die Polizei keine weitergehenden

Auskünfte. Damit endet der Beitrag, als Nächstes wird über die lokale Kandidatin eines landesweiten TV-Gesangswettbewerbs berichtet.

»Diese Heuchler!«, schimpft Eddi. »Gesundheitliche Komplikationen, dass ich nicht lache!« Er springt vom Bett und geht im Zimmer auf und ab. Die Polizei hält trotz der Obduktion an der Darstellung fest, Arttus Tod sei unverdächtig. »Da muss Jussi ordentlich Strippen gezogen haben.«

Bäuchlings wirft Eddi sich aufs Bett, während auf dem Bildschirm ein pickeliges Mädchen ein Lied von Celine Dion schmettert. »Hoffentlich finden Sarah und Ilvi bei der Bürgermeisterin etwas heraus.« Er spürt Verzweiflung in sich aufsteigen, doch er weigert sich, ihr Raum zu geben. Es darf schlicht nicht sein, dass Jussi ungeschoren davonkommt, während er, Eddi, dafür bestraft wird, dass er Unrecht aufdeckt. Dieser Gedanke bringt ihn wieder zurück zu der anonymen Zeugin. Er muss sie unbedingt ausfindig machen. Aber die Datenlage zu der Frau ist furchtbar dünn. Zumal er keinen Zugriff mehr auf die gespeicherte Aufnahme ihres Anrufs hat. Er seufzt. Was soll er sich jetzt nur aus den Fingern saugen?

Als wäre es ein göttliches Zeichen, beginnt der nächste Beitrag des Lokalsenders. Die fallenden Schneeflocken, aufgenommen vom Aussichtsturm am Ufer des Näsijärvi-Sees, erregen sofort Eddis Aufmerksamkeit. Hastig stellt er den Ton, den er bei der Gesangseinlage des Celine-Dion-Verschnitts heruntergedreht hat, wieder lauter.

»… meint Tero Aho, ein Schreiner aus dem Ort Elovainio, das Rätsel um den verschwundenen Mann gelöst zu haben«, spricht eine Männerstimme aus dem Off. Dann ist Tero zu sehen, ein mittelalter Brillenträger mit schütterem, aber umso fettigerem

Haupthaar. Er steht am Ufer des Näsijärvi und deutet mit stolzgeschwellter Brust aufs Wasser hinaus. Die folgende Einstellung wechselt zu einer Nahaufnahme von Teros Gesicht. Die Kulisse ist nun ein Café, irgendwo am Seeufer.

»Es handelt sich bei dem Schatten auf dem Eis gar nicht um einen Mann«, sagt Tero. Sein leichtes Lispeln fällt kaum auf. »Ich bin sicher, dass es ein Kranich ist, den man in dem Video sieht. Er muss zu früh von seiner Überwinterung in Nordafrika zurückgekehrt sein und läuft orientierungslos über das Eis, bis er dann wegfliegt. Man erkennt den Vogel an seinem ruckeligen Gang, ganz eindeutig.«

»Wie erklären Sie sich, dass auf der Aufnahme nicht zu sehen ist, wie das Tier wegfliegt?«, fragt eine Reporterstimme.

Tero nickt hektisch und blickt direkt in die Kamera. »Er ist seewärts geflogen. Weg von der Kamera. Das macht es schwer, ihn zu verfolgen. Außerdem fliegt diese Vogelart nicht unbedingt immer ganz gerade, das Flugbild entspricht keiner direkten Linie. Also geht der Vogel zwischen den dichten Schneeflocken unter.«

»Wie kamen Sie auf diese Erklärung für die geheimnisvolle Aufnahme?«

Tero fährt sich mit der Zunge über die Lippen und blinzelt. »Vögel beobachten ist meine Leidenschaft«, erklärt er. »Als ich neulich einen Kranich sah, traf es mich wie ein Blitzschlag.«

Eddi schüttelt den Kopf. Was der Hobbyornithologe da auftischt, ergibt überhaupt keinen Sinn. Schon von der Größe her ist ein Kranich nicht mit einem Mann zu vergleichen. »Keine direkte Linie im Flugbild«, äfft er Tero nach. Hält abrupt inne. Schnappt sich sein Handy und ruft eine Karte des Näsijärvi auf. Fährt mit dem Finger über die Wasserfläche und am Ufer entlang. Bleibt an einer Stelle hängen.

Auf dem Fernsehbildschirm läuft bereits Werbung für einen Autoversicherer, als Eddi aufspringt und einen Freudentanz aufführt. Er hüpft durch das Hotelzimmer, schnappt sich Ilvis Schlafshirt und drückt es bei zuckenden Hüftbewegungen auf seinen Schritt.

Schließlich lässt er sich rücklings aufs Bett fallen. Das Shirt legt er über sein schweißnasses Gesicht. Jetzt hat er eine Vorstellung davon, wo die unbekannte Frau dem vermissten Mann begegnet ist. Und warum.

EINUNDVIERZIGSTES KAPITEL

Sarah tritt einen Schritt zur Seite, als Ilvi mit einer ausladenden Geste einen Halbkreis in die Luft zeichnet. Die Freundin hat etwas vor, ganz klar.

»Wir danken Asta Helläkoski«, ruft Ilvi in den Raum, »dass sie dem finnischen Tango in Tampere eine über die Stadtgrenzen hinaus angesehene Bühne bietet!«

Applaus brandet auf.

Die Bürgermeisterin blickt sich um, unsicher, wie sie auf Ilvis Ansprache reagieren soll. Doch ihr bleibt nichts anderes übrig, als zu lächeln und den Applaus einigermaßen huldvoll entgegenzunehmen.

»Du, am Flügel«, ruft Ilvi dem jungen Pianisten zu. »Kannst du *Satumaa* spielen?«

Der Mann nickt.

»Dann leg los!« Ilvi gibt den Umstehenden ein Zeichen, zur Seite zu rücken, und zu den ersten Klängen des alten Tangolieds tritt sie neben Jussi. »Ein Dankeschön an die wunderbare Asta. Dargeboten von meiner Wenigkeit und Jussi Uddström.«

Schlagartig weicht dem Hauptkommissar alle Farbe aus dem Gesicht. Er will sich zu Asta drehen, die nicht weniger verdutzt wirkt, doch Ilvi hat ihn bereits umschlungen und zieht ihn in die Mitte des Kreises, den das Publikum gebildet hat. Zwei langsame Schritte, eine halbe Drehung. Jussi Uddström stolpert mehr, als dass man seine Bewegung einen Tanz nennen könnte.

Jussi sieht aus wie ein Lamm, das zur Schlachtbank geführt wird. Ilvi lenkt ihn gnadenlos über die improvisierte Tanzfläche, während der Pianist immer schwungvoller in die Tasten greift. Ihm scheint seine Aufgabe mehr und mehr zu gefallen.

Für einen Moment sieht es so aus, als wolle Asta Jussi zu Hilfe eilen, doch ein Blick auf das im Takt klatschende und sich zur Musik wiegende Publikum lässt sie innehalten. Mit großen Augen verfolgt sie das ungleiche Tanzpaar, beobachtet, wie die kleine Ilvi den groß gewachsenen Jussi führt und hier und da in eine ungelenke Figur zwingt.

Das Lied endet, und Jussi will sich aus Ilvis Umarmung befreien, doch die hält ihn fest.

»Noch einmal!«, ruft Ilvi dem Pianisten zu. Und dann, lauter noch: »Damenwahl!«

Ein Johlen geht durch das Publikum. Alle Anwesenden versuchen gleichzeitig, ihre Gläser bei den Servierkräften loszuwerden. Nach und nach wird ein Herr nach dem anderen in Beschlag genommen, und ein ausgelassenes Wiegen und Schreiten setzt ein. Zwei langsame Schritte, eine halbe Drehung.

Jussi, der sehnsüchtig zur Terrassentür linst und augenscheinlich Fluchtpläne schmiedet, wird von Ilvi an Lyyli weitergereicht. Die Tochter von Arttu Mäkelä kann er natürlich kaum abweisen. Was ihn nicht davon abhält, einen Flunsch zu ziehen, während er Lyyli unbeholfen herumschwenkt.

Asta erwacht aus ihrer Starre und will sich stirnrunzelnd einen Weg zwischen den Tanzpaaren suchen, wird aber von Ilvi gestoppt.

»Liebe Bürgermeisterin!«, ruft Ilvi. Sie nimmt Astas leeres Glas an sich und reicht es an Sarah weiter. »Geben Sie mir die Ehre!« Bevor sie die verdutzte Gastgeberin umschlingt, wirft sie Sarah einen vielsagenden Blick zu und formt mit den Lippen ein Wort, das nach *Arbeitszimmer* aussieht. Dann führt sie Asta, die nicht fassen kann, wie ihr geschieht, in die Mitte des Geschehens.

Sarah schlängelt sich auf die breite Tür zu, stellt unterwegs die Gläser ab und schlüpft in die Eingangshalle. Hinter ihr beginnt der Pianist zum dritten Mal *Satumaa*. Diesmal jedoch fühlt sich jemand dazu berufen, laut und ein wenig schief den Text zur Melodie zu schmettern. »Gut so«, murmelt Sarah.

Die Halle, die von einem breiten Kronleuchter erhellt wird, ist menschenleer. Anscheinend will sich niemand das Spektakel im Salon entgehen lassen. Eilig taxiert Sarah die Umgebung. Eine geschwungene Holztreppe führt in ein höheres Stockwerk. Direkt neben dem Salon liegt ein geräumiges WC. Ein Durchgang führt in die Küche, aus der Sarah hochmoderne Apparaturen entgegenblitzen. Hinter der nächsten Tür stapeln sich Weinflaschen in hohen Regalen. Daneben liegt ein sehr förmlich wirkendes Esszimmer. Wie gemacht für Staatsbesuche, denkt Sarah und linst in den letzten Raum. Eine Art Empfangszimmer, in dem mehrere rollbare Garderobenständer stehen. Hier lagern die Mäntel und Jacken der Gäste.

Gerade will sie die Treppe betreten, da lässt ein Geräusch sie innehalten. Es klopft an der Haustür.

Ist es Höflichkeit, die Sarah zur Tür eilen und sie öffnen lässt? Jedenfalls ist niemand sonst in der Nähe, der diese Aufgabe erfüllen könnte. Sie zögert einen Moment, dann drückt sie die Klinke und winkt die Frau, die vor der Tür steht, herein. »Ich war nur gerade in der Nähe«, erklärt sie und deutet hinter sich. »Alle sind dort drin. Folgen Sie einfach der Tangomusik.«

Die Frau nickt, bleibt aber wie angewurzelt stehen. Sie ist Ende vierzig, wirkt wegen ihres strähnigen grauen Haares jedoch älter. Im Gegensatz zu den anderen Gästen hat sie sich nicht in Schale geworfen, sondern trägt den typischen Sommerhaus-Chic aus Kleidungsstücken, die ihre besten Zeiten längst hinter sich haben.

»Kommen Sie«, sagt Sarah und tritt ungeduldig von einem Bein auf das andere. Schon bereut sie es, ihre kostbare Zeit für einen Akt der Höflichkeit geopfert zu haben. Irgendetwas an dem Neuankömmling kann sie nicht einordnen. Und das hat nichts mit der Kleidung zu tun, denn Sarah hat gelernt, dass sich hinter einem Aufzug wie diesem eine Bankdirektorin im Freizeitlook verbergen kann. Vielleicht ist es der Umstand, dass die Frau von Kopf bis Fuß klatschnass ist. Als hätte sie stundenlang draußen im Regen gestanden.

Die Frau tritt in die Halle, blickt sich um. »Asta Helläkoski?«

Sarah gibt der Eingangstür einen Stoß, woraufhin diese ins Schloss fällt. »Die Bürgermeisterin ist auch dort drin. Immer der Musik nach, wie gesagt.«

Die Frau nickt verhalten und geht auf den Salon zu.

»Wenn Sie sich beeilen, können Sie sogar noch eine Runde Tango mit Asta drehen!«, ruft Sarah ihr grinsend hinterher, bevor sie endlich die Treppe hinaufsteigt. Sie hat die oberste Stufe noch nicht erreicht, da hat sie die Besucherin bereits vergessen.

»Meine Güte«, entfährt es Sarah, als sie das obere Stockwerk betritt. Luxus pur, wohin man schaut. In einer Art Vorraum, von dem ein langer Flur abzweigt, stehen zwei elegante antike Stühle auf einem plüschigen Teppich. Die Statue auf dem Glastisch daneben muss ein Vermögen gekostet haben. Ebenso das Gemälde an der Wand. Alte Meister, schießt es Sarah in den Kopf. Die Bürgermeisterin lässt es sich gut gehen. Sarah vergewissert sich, dass unten immer noch Tangomusik zu hören ist, dann begibt sie sich in den Flur, von dem mehrere Türen abgehen. Falls sie jemandem über den Weg laufen sollte, wird sie einfach sagen, sie habe sich auf der Suche nach einer Toilette verlaufen.

Hinter der ersten Tür verbirgt sich ein minimalistisch eingerichtetes Schlafzimmer. Die ägyptische Baumwolle der Designerbettwäsche fällt Sarah gleich ins Auge. Das Bett und der breite Kleiderschrank sind so skandinavisch schlicht gehalten, dass sie ihren exorbitant hohen Preis förmlich herausschreien. Wahrlich, Asta müsste sich vor der Münchner Schickeria nicht verstecken.

Das nächste Zimmer lässt Sarahs Herz für einen Moment höherschlagen. Das Arbeitszimmer. Und es ist sehr geschmackvoll eingerichtet, mit einem Chippendale-Schreibtisch und dazugehörigem Stuhl, einem alten Wandkabinett und einer Chaiselongue, die wie für Marie Antoinette gemacht scheint. Ein anderer Stil als im Schlafzimmer, doch nicht weniger kostbar. Von hier aus spinnt die Bürgermeisterin also ihre Fäden. Ohne zu zögern, beginnt Sarah mit der Suche. Nach Papieren. Notizen. Verträgen. Irgendetwas, das Asta und möglichst auch Jussi belastet. Irgendetwas, das erklärt, was die beiden mit dem verschwundenen Mann auf dem Eis und mit Arttus Tod zu tun haben.

Der Schreibtisch ist schnell durchsucht. Eine Handvoll zusammengebundener Briefe ist alles, was Sarahs Aufmerksamkeit erregt. Die handschriftlichen Briefe sind an Asta adressiert, es gelingt Sarah jedoch nicht, den Knoten zu lösen, um in die Umschläge hineinzuschauen. Enttäuscht schiebt sie das Päckchen zurück in die Schublade, in der sie es gefunden hat. Dabei fällt ihr Blick auf den Boden neben dem Schreibtisch. Sie greift nach einer eleganten Handtasche, öffnet sie flink.

Das Notizbuch kommt ihr bekannt vor. Sie erinnert sich, es im Restaurant in Astas Hand gesehen zu haben, als sie zum Tisch geführt wurde. Da hat Asta es schnell in ihre Handtasche gesteckt.

Sie hat Schwierigkeiten, die Klaue der Bürgermeisterin zu entziffern. Die Frau schreibt in einer Mischung aus Finnisch und Englisch, so viel kann Sarah erkennen. Wahllos blättert sie durch die Seiten, versucht mal hier, mal dort etwas zu verstehen. *Birke erinnern, Tuula einzuladen*, steht da. *Verkauf des O.C.G. schnell* woanders. Eher alibimäßig macht Sarah von ein paar Seiten Aufnahmen mit ihrem Handy. Sie möchte nicht mit leeren Händen vor Ilvi und Eddi stehen.

Ein letzter Blick in die Notizen, bevor sie das Büchlein zurück in die Handtasche steckt. Ein Name erregt ihre Aufmerksamkeit. *Ihr* Name. Sarah Fuchs. »Schau an«, murmelt sie, während ihr Puls sich beschleunigt. Schnell schießt sie von der Seite ein Foto, dann legt sie das Buch an seinen Fundort zurück. Suchend dreht sie den Kopf. »Für ein Arbeitszimmer fehlt das Arbeitsmaterial«, murmelt sie.

In einer Nische wird sie fündig. Der hohe Aktenschrank war von der Zimmertür aus nicht sichtbar. Sarah rechnet damit, dass er abgesperrt ist, doch die Lade lässt sich herunterschieben und gibt den Blick auf säuberlich aufgereihte Ordner frei. Sarah inspiziert die Beschriftungen, hofft auf etwas Offensichtliches – wie »Mordplanung« oder »Betrügereien, ausgeführt mit Jussi«. Doch die Titel beziehen sich meist auf Rechnungsnummern oder Versicherungsfälle. Sie rollt mit den Augen, zieht zwei, drei Ordner heraus und besieht sich deren Inhalte.

Astas Ablage wirkt strukturiert, die Dokumente – Rechnungen, Verträge, Bauskizzen – erscheinen wenig aufregend, sind alphabetisch geordnet und sauber abgeheftet. »Diese Frau weiß, was sie tut, und will den Überblick behalten«, murmelt Sarah, als sie einen Ordner zurückstellt. Ihre Aufmerksamkeit bleibt am nächsten Ordner hängen. Er trägt die Beschriftung »Mäkelä«. Enttäuscht muss sie feststellen, dass er leer ist. »Ungewöhnlich.«

Auf dem Weg zur Tür kommt Sarah an einer Bildergalerie vorbei, die eine seitliche Wand ausfüllt. Auf den meisten Aufnahmen ist Asta zu sehen. Mit Menschen, denen sie staatsmännisch die Hand schüttelt. Menschen, neben denen sie wie ein Honigkuchenpferd strahlt. Nur wenige der Fotos zeigen die Bürgermeisterin im privaten Umfeld. Einmal posiert sie mit einem Fisch in den Händen vor einem *mökki*. Nirgends taucht Arttu Mäkelä auf. »Auch ungewöhnlich.«

Zurück auf dem Flur, überlegt Sarah, was sie als Nächstes unternehmen soll. Hat sie ihr Glück, unentdeckt herumschnüffeln zu können, bereits ausgereizt und sollte zur Party zurückkehren? Oder soll sie sich weiter umsehen? Wirklich erfolgreich war ihre Detektivarbeit bisher nicht.

Ein Schrei lässt sie zusammenfahren. Er kam aus dem Erdgeschoss. Dem Laut folgen tumultartige Geräusche, aufgeregte Rufe. Eilig kehrt Sarah zur Treppe zurück. Sie hört, wie unten die Eingangstür ins Schloss fällt, kann aber nicht erkennen, wer das Haus verlässt. Während sie die Stufen hinabhastet, wächst in ihr das ungute Gefühl, etwas Unangenehmes braue sich zusammen. Sie spitzt die Ohren. Die Klaviermusik ist verstummt, dafür schallen aufgeregte Rufe durch den Salon. Jemand schreit nach einem Krankenwagen. Für den Bruchteil einer Sekunde befindet Sarah sich wieder auf dem Tanzparkett neben Arttu, der seinen letzten Atemzug tut.

Als sie die letzte Stufe erreicht, hastet ein Paar durch die Eingangshalle auf die Eingangstür zu. Der Mann, ein langweiliger Beamtentyp um die fünfzig, zieht seine Begleitung, eine etwa zehn Jahre jüngere Frau mit verhärmten Mundwinkeln, hinter sich her. »Kein Wort! Du darfst kein Wort sagen, Senja.«

Die Frau nickt panisch.

»Wir waren bereits gegangen, verstehst du!« Der Mann reißt die Tür auf, wirft einen überraschten Blick auf Sarah, dann sind seine Begleitung und er in der Nacht verschwunden.

Sarah eilt auf den Salon zu, kommt aber nicht weit, da ihr eine Traube von Gästen entgegenströmt. Sie wirken aufgebracht, schütteln die Köpfe, tuscheln miteinander. Sie muss sich durch sie hindurchkämpfen wie durch eine Brandung.

Im Salon fällt ihr erster Blick auf Asta. Die Bürgermeisterin steht in der Mitte des Raumes, auf Jussi gestützt. Sie schüttelt den Kopf und macht eine abweisende Handbewegung. An ihrem linken Arm läuft rote Farbe herab. Blut, schießt es Sarah in den Kopf. Das ist Blut!

Plötzlich taucht Ilvi neben Sarah auf, eine leichenblasse Lyyli im Schlepptau. »Wir gehen«, sagt sie und hakt sich bei Sarah unter, während sie Lyyli an der anderen Hand hält. *»Lähdettiin, sanoi täi löylyssä.«* Auf geht's, sprach die Laus in der Sauna.

Zu dritt eilen sie aus dem Haus. Erst im letzten Moment fällt Sarah ihr Mantel ein. Sie kehrt um und schnappt sich das Kleidungsstück von einem der Garderobenständer. Dann folgt sie Ilvi und Lyyli, die vor dem Haus bereits in einer schweren Limousine mit laufendem Motor sitzen.

Der Fahrer blickt fragend zu Lyyli.

»Wir fahren zu mir nach Hause, Bosse«, stößt Lyyli aus. Dann wendet sie sich an Ilvi und Sarah. »Ihr müsst mitkommen. Ich kann jetzt nicht allein sein.«

Während der Wagen durch den noblen Vorort rollt, herrscht tiefes Schweigen. Doch irgendwann bricht es aus Sarah heraus. »Meine Güte, was ist geschehen?«

Lyyli schluchzt auf, sagt aber nichts.

Ilvi lehnt sich zurück und streicht ihre Haare glatt. »Es war merkwürdig. Eine Frau ist auf Asta zugegangen und hat sich mit ihr unterhalten. Dann hat Asta aufgeschrien, und die Frau hat sich davongemacht.«

»Sie hat Asta mit einem Messer verletzt«, flüstert Lyyli.

»Diese Frau, wie sah sie aus?«, stößt Sarah aus. Ihr schwant Böses.

»Sie hatte graue Haare und sah aus, als würde sie nicht zur Party gehören«, erwidert Lyyli. »Sie war merkwürdig.«

»Oh du meine Güte!«, sagt Sarah.

»Das wirklich Merkwürdige«, sagt Ilvi und beugt sich vor, »war Astas Reaktion.«

Sarah merkt auf. »Wie meinst du das?«

»Jussi wollte hinter der Frau her, doch Asta hat ihn abgehalten. Sie hat für alle hörbar gerufen, dass nichts passiert sei. Sie habe sich lediglich an ihrem Glas geschnitten. Ein dummer Unfall.«

Lyyli schüttelt den Kopf. »Ich habe das Messer gesehen.«

Sarah schnappt nach Luft. »Warum hat Asta behauptet, sie sei nicht angegriffen worden? Die Frau hat anscheinend versucht, sie *umzubringen*!«

Langsam richtet Ilvi sich wieder auf. Draußen zieht ein finsterer Waldstrich vorbei. Erste Regentropfen streifen die Scheibe, dann werden sie schnell mehr, und bald prasselt es auf den Wagen ein.

Ilvi räuspert sich. »Merkwürdig. Sag ich ja.« Ihr Atem beschlägt die Scheibe.

ZWEIUNDVIERZIGSTES KAPITEL

Tarja friert erbärmlich. Nicht wegen des Regens, der wieder auf sie herabprasselt. Das Frösteln kommt aus ihrem Inneren. Mit gesenktem Kopf hastet sie die menschenleere Straße entlang und biegt ein paar Meter weiter in einen Pfad ein, der zu einem Waldstück führt. Erleichtert atmet sie auf. Hier muss sie langsamer gehen, um nicht über Wurzeln oder Steine zu stolpern. Doch die Bäume bieten ihr Schutz vor neugierigen Blicken. Und ein wenig Schutz vor dem Regen. Wobei Tarja ohnehin fast bis auf die Knochen durchnässt ist.

Rechts hört sie den See mehr, als dass sie ihn hinter den dunklen Bäumen sieht. Regentropfen prasseln auf die Wasseroberfläche und geben ein lautstarkes Konzert, das Tarjas Gedanken für einen Moment übertönt. Dafür ist sie dankbar.

Einer Eingebung folgend, kämpft sie sich zwischen den Birken hindurch, auf das Gewässer zu. Unter ihren Schuhen wird der Untergrund immer weicher, bis er so morastig ist, dass sie nach jedem Schritt alle Kraft aufbringen muss, um ihre Füße wieder zu befreien. Doch sie hält unbeirrt auf den Näsijärvi zu.

Die Wellenausläufer schwappen bereits unter die vordere Reihe Birken, als sie stehen bleibt und sich mit ihrer freien Hand an einem feuchten Stamm festhält. Ab hier ist nur noch Wasser. In der wolkenverhangenen Nacht schimmert der vom Regen aufgepeitschte Seespiegel wie ein dunkler Teppich aus Samt. Er scheint in die Unendlichkeit zu führen, denn sein Ende löst sich in der Nacht auf.

»Ich bin zu schwach«, flüstert sie, die Mundwinkel vor kalter Wut verzogen. Wut auf sich selbst. Warum hat sie im letzten Moment gezögert? Nun ist alles verdorben. Sie hebt die Hand, in der sie noch immer das Messer hält. Die Klinge ist dunkel. Das Blut gerinnt bereits. »Du hast es vermasselt, weil du zu schwach bist!« Sie schreit die Worte in die Nacht. Über den See hinweg, auf dem die Regentropfen tanzen. Sie wirft das Messer mit aller Kraft von sich. Ihr Blick folgt seiner Flugbahn, dann verschmilzt das kurze Flirren der Klinge mit der Dunkelheit. Sie spitzt die Ohren, doch sie hört nicht, wie das Messer die Wasseroberfläche durchbricht. Da ist nur das Regentrommeln, das jedes andere Geräusch auslöscht.

Sie kehrt zurück auf den Pfad. Das Tatwerkzeug ist sie losgeworden. Es liegt auf dem Grund des Sees. Nun muss sie einen Platz für sich selbst finden. Sie, die Täterin. Sie weiß noch nicht, was sie als Nächstes tun wird, doch um darüber nachzudenken, muss sie einen Unterschlupf finden. Sich trocknen. »Warum war ich schwach?«, stöhnt sie. »Warum habe ich meine Chance vertan?« Als sie in Astas höhnisches Gesicht blickte, als sie die leugnenden Worte aus ihrem Mund hörte, hat sie gewusst, dass es für diese Person nur eine Strafe geben kann. »Warum habe ich meine Chance vertan?«

Entlang des Seeufers schlägt sie sich in Richtung Innenstadt durch. Sie wagt es nicht, einen Bus zu nehmen. Sie möchte niemandem begegnen. Ob sie schon nach ihr suchen? Asta hat sicher die Polizei gerufen und Anzeige erstattet. Hätte sie nur den Mumm gehabt, das Maul dieser falschen Schlange für immer zu stopfen. Doch irgendetwas hat sie in allerletzter Sekunde, im Moment des Zustechens, davon abgehalten. In den Bauch wollte sie Asta die Klinge rammen. Tief hinein, dann gleich herausziehen und abermals zustechen. Stattdessen ist Tarjas Hand zur Seite gewichen. Als hätte das Körperglied ein Eigenleben geführt, losgelöst von ihrem Verstand und Willen. Eigenständig hat die Hand entschieden, dass die Klinge lediglich Astas Arm streifen soll. Also erlitt Asta statt der tiefen Bauchwunde einen Kratzer am Arm. Einen Ritzer in der Haut, der den Aufwand nicht wert war. Im Gegenteil.

Vielleicht sollte sie ihrem eigenen Leben ein Ende bereiten, überlegt Tarja. Bevor die Polizei sie schnappt und wegsperrt. Was hat sie denn noch? Warum sollte sie weiter am Leben bleiben? Ihre Tochter hat sie für alle Zeiten verloren, dieser Realität muss sie sich stellen. Für nichts anderes hätte es sich gelohnt weiterzuleben.

Aus den Augenwinkeln hat sie ihre Schwester und Kalle bemerkt. Soeben, im Haus der Bürgermeisterin. Mit offenem Mund haben die beiden Tarjas Weg durch den Raum verfolgt. Sie hätten etwas sagen können, hätten auf sie zugehen können, doch sie wirkten wie erstarrt. Verschreckt. Als hätten sie ein Gespenst gesehen. Ob sie wussten, warum Tarja bei der Party aufgetaucht ist? Ob sie so etwas wie ein schlechtes Gewissen haben? Tarja bezweifelt es.

Über Umwege und dunkle Straßen schleicht sie sich in die Stadt zurück. Ihre Taschen und Tüten befinden sich noch im Versteck, fällt ihr ein. Sie weiß nicht, ob sie sich dorthin trauen soll. Vielleicht hat sie an dem Abrisshaus jemand beobachtet, und jetzt wartet die Polizei schon auf sie. Es ist besser, erst einmal stillzuhalten. Bis sie sich im Klaren darüber ist, wie es nach dieser Nacht weitergehen soll. »Diese gemeine Schlange!«, zischt sie in die Nacht. Warum nur hat sie ihre Chance vertan?

Es hat aufgehört zu regnen, als sie endlich stehen bleibt. Die Nässe auf ihrer Haut ist mittlerweile eine Mischung aus Regen und Schweiß. Sie niest. »Das fehlt mir noch«, murmelt sie. Eine Erkältung oder Schlimmeres kann sie nicht gebrauchen. Forschend sieht sie sich um. »Ach!«, entfährt es ihr.

Sie kennt diesen Ort gut. Hinter ihr stehen mehrere Bürogebäude, vor ihr erstreckt sich das Ufer des Näsijärvi. Sie ist an der nordöstlichen Seite jener Bucht, in deren Süden der Näsinneula liegt. Der Turm, auf den die feinen Leute hinauffahren, um bei Kaffee und Zimtschnecken die Aussicht auf die Seen und das Umland zu genießen. Sie war selbst dort oben. Früher, im anderen Leben. Einen Moment muss sie suchen, dann sieht sie die blinkenden Lichter des Aussichtsturms. Sie sollen wohl Flugzeuge und Helikopter, oder was sonst in der Luft herumfliegt, vor dem hohen Gebäude warnen. »Ob sie ihn auch gewarnt haben?«, flüstert sie und presst dann eine Hand auf ihren Mund. Sie möchte nicht an ihn denken.

Langsam dreht sie sich um, den Gebäuden zu. Sie mag den See nicht mehr sehen. Er erinnert sie an jene Nacht, in der sie ihn auf das Eis gehen sah. Also betrachtet sie stattdessen die Bauten aus Beton und Stahl, Klinker und Glas. Vereinzelte Laternen und erleuchtete Foyers, in denen sich keine Menschenseele befindet, erhellen die Nacht ein wenig.

Früher hat sie in einem ähnlichen Gebäude gearbeitet, weiter Richtung Stadtzentrum. In einem Großraumbüro, an einem eigenen Schreibtisch. »Früher«, haucht sie und verzieht das Gesicht. Es war in einem anderen Leben. Als Kalle mit ihr verheiratet war, nicht mit ihrer Schwester. Als sie gemeinsame Träume hatten. Ein Häuschen in der Stadt. Ein Kind. Sie hat nichts davon erreicht. Er alles. Sie war so glücklich gewesen, als sie schwanger wurde. Niemals, nicht in ihrem schlimmsten Albtraum hat sie sich vorstellen können, das Kind könne ihr weggenommen werden. Wegen eines Fehlers. Eines Fehltritts. Den man gegen sie verwendet hat, wie sie jetzt weiß.

Die Wut meldet sich mit Wucht zurück. Tarja bereut es, das Messer in den See geworfen zu haben. Sie muss sich ein neues beschaffen. Noch einmal wird sie nicht schwach sein.

Eine Bewegung lässt sie zusammenfahren.

Jemand tritt aus dem Schatten eines Hauseingangs und schlendert auf Tarja zu.

Sie erwägt, wegzurennen, zwingt sich aber zur Ruhe. Gewiss ist das nicht die Polizei, dazu tritt die Gestalt nicht forsch genug auf. Doch unabhängig davon möchte sie niemandem begegnen. Niemandem außer Asta. Und der auch nur, wenn sie ein neues Messer hat.

Die Person nähert sich. Sie trägt Jeans und einen Kapuzenpullover, die Kapuze hat sie über den Kopf gezogen. Mit hochgezogenen Schultern flaniert sie auf Tarja zu, als würde sie einen Ausflug machen. Oder Gassi gehen. Ohne Hund. Stirnrunzelnd tritt Tarja einen großen Schritt zur Seite.

Drei Meter vor Tarja bleibt der Kapuzenpulli stehen. Hebt das Kinn. »Tarja, wir müssen uns unterhalten.«

DREIUNDVIERZIGSTES KAPITEL

»Champagner ist das Einzige, was mich jetzt beruhigen kann«, sagt Lyyli mit einem leichten Lallen und schenkt sich nach. »Noch jemand?« Sie hebt die Flasche hoch.

Ilvi und Sarah schütteln den Kopf.

»Ich bin es leid«, seufzt Lyyli zwischen zwei Schlucken.

»Was denn, Liebes?«, fragt Sarah mitfühlend. Die junge Frau tut ihr leid. Sie ist nicht viel älter als ihre Tochter Franzi und nun völlig auf sich allein gestellt. Soeben hat sie erfahren, dass Lyylis Mutter trotz des Todes ihres Ex-Mannes nicht nach Finnland zurückkehren will.

»Die Show der Leute bin ich leid«, erklärt Lyyli und lässt sich in das weiße Sofa zurückfallen. Champagner schwappt auf den Überzug. »Alle interessiert nur das Geld. Diese gierigen Geier. Je mehr Geld Papa hatte, umso zudringlicher wurden sie. Und jetzt gehört mir die ganze Kohle. Zumindest hat unser Notar gesagt, dass das so ist, sobald alle Formalitäten geregelt sind. Schon jetzt melden sich Leute bei mir, die ich vorher kaum gesehen oder gekannt habe. Und dann Asta. Ich weiß, sie macht einen auf Familie. Betont, wie gut sie mit Papa befreundet war. Dass ich nicht lache! In Wahrheit hatte sie mit Papa nur Zoff, wenn die beiden sich in den letzten Monaten überhaupt gesehen haben. Mich ruft sie jetzt aber jeden Tag an und redet auf mich ein. Ohne euch hätte ich diese blöde Party von ihr nicht besucht. Und habt ihr Tuula gesehen? Sie wirkt schon wie eine Miniversion von Asta. Es ist erbärmlich.«

Ilvi wirft Sarah einen bedeutungsschwangeren Blick zu, dann wendet sie sich an Lyyli. »Ich verstehe, dass du von den Leuten genervt bist. Da draußen sind gewiss viele Hyänen unterwegs, die es auf dein Vermögen abgesehen haben. Aber vergiss nie, Lyyli, dass du sehr stark bist. Mach nur das, was du selber willst. Und nur mit den Menschen, die du um dich haben möchtest.«

»Es gibt aber kaum noch jemanden, dem ich vertrauen kann. Alles war einfacher, als ich noch nicht so viel Geld hatte. Oder ich war nur naiver. Jedenfalls habe ich riesige Angst, bald völlig allein zu sein.« Lyyli trinkt den Champagner in einem Zug aus. Dann füllt sie das Glas aufs Neue. »Noch jemand?«

Seufzend stemmt sich Sarah aus dem Sessel, setzt sich neben Lyyli und legt ihr einen Arm um die Schulter. »Du kannst dich jederzeit bei uns melden. Jederzeit!«

Lyyli schnieft, dann nickt sie.

»Um noch mal auf Asta zurückzukommen«, fährt Ilvi mit gespielter Beiläufigkeit fort. »Was möchte sie mit ihren Anrufen erreichen?«

»Sie möchte sich mit mir treffen.« Lyyli nippt am Glas und verdreht die Augen. »Sie sagt, es seien dringende geschäftliche Dinge zu klären. Es geht um eine von Papas Beteiligungen oder so.«

»Sollten das nicht die Anwälte übernehmen?«, fragt Sarah und streichelt Lyylis Schulter. »Damit musst du dich doch wirklich nicht belasten.«

»Asta meint, sie muss es unbedingt mit mir persönlich besprechen. Ich will das aber nicht.« Lyyli zieht die Mundwinkel nach unten, als könnte sie jeden Moment losheulen.

»Natürlich nicht«, sagt Ilvi schnell.

»Sag mal, ich habe eine andere Frage«, ergreift Sarah wieder das Wort. »Hat dein Vater eigentlich regelmäßig Medikamente genommen?«

»Medikamente?« Lyyli schüttelt den Kopf. »Bis auf den Notfall-Pen wegen der Allergie gab es keine, glaube ich. Er war immer so stolz, fantastische Blutwerte zu haben, obwohl er doch ein wenig viel auf den Rippen hatte.« Sie klopft sich auf den Bauch und lächelt versonnen.

»Keine Tabletten also. Keine Kapseln.« Sarah kaut auf ihrer Unterlippe.

»Oh, Tabletten hatte er immer dabei!«, ruft Lyyli aus. »Das waren aber keine Medikamente. Nahrungsergänzungsmittel. Vitamine. So was. Er schwor Stein und Bein, dass ihn das Zeug gesund hält. Jeden Tag hat er die kleinen Kapseln geschluckt, mehrmals. Zu genau festgelegten Zeiten. Er meinte, er müsse die Vitamine und Mineralstoffe immer auf dem gleichen Level halten.«

Aufregung breitet sich in Sarahs Magen aus. »Er nahm sie regelmäßig?«

»Ja, er hatte so eine hübsche Dose, darin waren sie aufbewahrt.« Lyyli schluckt und wischt sich mit dem Handrücken über die Augenlider. »Die Dose war bei den Sachen, die ich nach Papas Tod erhalten habe. Er hatte sie an dem Tag wie immer dabei.«

Ilvi schaltet sich ein. »Sind in der Dose die Tabletten von jenem Tag?«

»Nein. Sie war leer.« Lyyli runzelt die Stirn. »Ich wollte auch nur die Dose als Andenken behalten.«

»Ich verstehe«, sagt Sarah. »Hast du vielleicht eine Ahnung, wann dein Vater vor dem Tangofestival zu den Tabletten gegriffen hat?«

Lyyli schüttelt den Kopf. »Falls das wichtig ist, weiß Tuula sicher mehr. Sie hat die Dose meist für Papa befüllt und dafür gesorgt, dass von allem ausreichend da war.«

»Waren Tuula und Arttu vor dem Tanzen gemeinsam unterwegs?«, fragt Sarah. »In der Stadt? Bei Freunden?«

Gähnend legt Lyyli eine Hand auf den Mund, schüttelt sich. »Ich weiß es nicht genau, doch wahrscheinlich war er wie jedes Jahr bei diesem Essen, das Asta zum Start des Tangofestivals gibt. Da sind immer Dutzende Leute.«

»Asta war aber beim Eröffnungstanz nicht dabei?« Diesmal wendet Ilvi sich an Sarah.

»Ich habe sie nicht gesehen.« Sarah überlegt. »Ich war aber auch nicht von Beginn an dabei. Die allerersten Tänze werde ich verpasst haben.«

»Asta ging es an dem Nachmittag nicht gut. Sie hat die Eröffnung ausfallen lassen.« Lyyli lacht auf. »Ich habe Tuula am Telefon mit ihr reden hören. Ich dachte gleich, dass das eine billige Ausrede von Asta ist. Sie hatte keinen Bock auf ihr eigenes Festival und was Besseres vor.« Sie kichert in sich hinein.

»Ein merkwürdiges Verhalten«, sinniert Ilvi.

»Ich hoffe, dass Tjark bald zurück ist. Asta ist ganz anders, wenn er in der Nähe ist.«

»Wer?«, fragen Ilvi und Sarah wie aus einem Mund.

»Tjark, Astas Mann. Er arbeitet bei einer NGO und ist die meiste Zeit des Jahres irgendwo in der Welt unterwegs. Afrika. Mittlerer Osten. In ganz verschiedenen Ländern.«

»Astas Ehemann?«, stutzt Sarah. Die Vorstellung, dass Asta verheiratet ist, kommt ihr so befremdlich vor, dass sie den Kopf schüttelt. »Ich höre zum ersten Mal, dass die Bürgermeisterin einen Ehemann hat.«

»Tjark ist toll«, sagt Lyyli mit einem dünnen Lächeln. »Wenn er daheim ist, ist Asta immer wie ausgewechselt. So … so weich, wenn ihr versteht. Irgendwie freundlicher.« Sie zuckt mit den Schultern und verschüttet Champagner auf Sarahs Kleid.

Sarah seufzt, tut aber so, als hätte sie nichts bemerkt.

»Er kommt also bald zurück, dieser Tjark?« Ilvi runzelt die Stirn.

»Soweit ich weiß.« Lyyli entschlüpft ein Rülpser. Sie verfällt in ein beschwipstes Kichern.

»Tjark«, murmelt Sarah und hebt eine Augenbraue. »Der *Ehemann* von Asta Helläkoski. Sieh mal einer an.«

»Wisst ihr, was witzig ist?« Lyyli gleicht den verschütteten Champagner mit einem ordentlichen Schuss aus der Flasche aus. »Irgendwer hat mir erzählt, Tjark ist bereits zurück. Angeblich wurde er in der Stadt gesehen, beim Einkaufen oder so. Aber das kann ja nicht sein.« Sie nimmt einen kräftigen Schluck.

»Warum kann das nicht sein?« Sarah rückt wie beiläufig an das andere Ende des Sofas.

»Na, weil er nicht auf der Party war. Ist doch offensichtlich.«

Ilvi beugt sich vor. »Er wohnt also in der Villa?«

Lyyli nickt und lacht auf, als Champagner auf ihre Jeans tropft. »Ach, wie ungeschickt von mir!« Abermals bricht sie in das beschwipste Kichern aus und scheint sich nicht mehr einzukriegen.

Ilvi will etwas sagen, da klingelt ihr Handy. Sie führt ein kurzes Gespräch, das von ihrer Seite aus nicht mehr als ein paar knappen Lauten besteht, dann springt sie auf. »Es tut mir leid, Lyyli, aber wir müssen gehen. Doch ich denke, jetzt ist sowieso der richtige Zeitpunkt für dich, ins Bett zu hüpfen, Liebes. Schlaf dich richtig aus. Morgen sieht die Welt schon besser aus.«

Sarah erwartet den Protest eines eingeschnappten Teenagers, doch Lyyli nickt nur.

Ilvi räuspert sich.

Lyyli richtet sich auf. »Agneta!«, ruft sie heiser, aber bestimmt.

Es dauert keine zwei Herzschläge, und die Haushälterin erscheint im Türrahmen.

Sarah fährt zusammen. Hat Agneta die ganze Zeit an der Tür gestanden? Was hat sie von dem Gespräch mitbekommen? Misstrauisch mustert sie die Hausangestellte. Sie wirkt ausgesprochen steif und kontrolliert. Ihre Miene ist undurchschaubar.

»Agneta, bitte gib Bosse Bescheid. Er soll meine Freundinnen in die Stadt fahren.«

Agneta nickt knapp und verschwindet so geisterhaft, wie sie aufgetaucht ist.

Schwankend erhebt sich Lyyli vom Sofa.

»Das ist doch nicht nötig«, protestiert Sarah. »Wir können auch ein Taxi …«

»Unsinn!«, ruft Lyyli und trinkt ihr Glas leer, um es klirrend auf einem Beistelltisch abzustellen. »Natürlich fährt Bosse euch. Er ist froh, wenn er mal was zu tun bekommt. Ich lass mich selten irgendwo hinbringen. Vielleicht sollte ich dem Mann kündigen. Seit Papas Tod langweilt er sich vermutlich den halben Tag. Früher hat Tuula ihn immer in Beschlag genommen und herumgescheucht, doch ich habe ihm gesagt, dass sie seine Dienste nicht mehr in Anspruch nehmen darf. Sie hat doch wahrhaftig in den letzten Tagen mehrmals versucht, ihn für sich einzuspannen. Hat ihn angerufen und wollte sich herumkutschieren lassen.

Was glaubt sie eigentlich, diese Hexe? Dass ihr *irgendwas* zusteht? Nichts bekommt sie! Keinen Cent. Und wiedersehen möchte ich sie auch nicht! Ihre gierige Visage eben bei der Party war schon zu viel. Jeder im Raum konnte ihre Feindseligkeit gegen Sarah spüren. Diese Schlange!« Sie zuckt mit den Schultern, stützt sich mit einer Hand am Polster ab.

»Können wir dich wirklich allein lassen?«, fragt Sarah besorgt.

»Klar doch!« Lyyli macht einen ungelenken Schritt, schwankt wie ein Boot bei Wellengang. »Uh«, flüstert sie und drückt eine Hand auf ihre Stirn.

»Ich bringe Sie nach oben, Lyyli.« Plötzlich steht Agneta neben Lyyli und stützt ihren Arm.

»Bis … Bis bald«, stammelt Lyyli, als sie die Haushälterin aus dem Raum führt.

»Wir telefonieren, Schätzchen!«, ruft Ilvi. Dann senkt sie die Stimme. »Sarah, am Telefon eben, das war Eddi.«

»Das habe ich mir gedacht. Das Blitzen in deinen Augen, als du auf das Handy geschaut hast, war nicht zu übersehen.«

Ilvi macht eine wegwerfende Handbewegung. »Er meinte, er hätte was Wichtiges rausgefunden. Wollte am Telefon aber nicht darüber sprechen.«

»Hoffentlich hat er diese anonyme Anruferin ausfindig gemacht.« Sarah stemmt die Hände in die Hüften. »So viel Arbeitseifer habe ich dem Kerl gar nicht zugetraut. Ich hatte erwartet, er würde den Abend im Hotel vor dem Fernseher verbringen und sich vom Room-Service bedienen lassen.«

»Kann es sein, dass du Eddi nicht leiden kannst?« Ilvi gibt Sarah einen spielerischen Klaps auf den Unterarm, als die beiden den Salon verlassen und auf die Eingangstür zuhalten.

»Wie kommst du auf solch einen Unsinn? Ich kann ihn leiden

wie jeden anderen … anderen … Polizisten auch. Oder jeden Fremden, den ich gerade erst kennengelernt habe.« Sie wirft Ilvi einen Blick zu, doch ihre Freundin starrt stur geradeaus.

»Hm«, ist alles, was Ilvi von sich gibt.

»Es tut mir leid, ich will dir den Spaß nicht verderben. Aber als deine Freundin sehe ich es als meine Aufgabe an, dich vor einem Schritt zu bewahren, der in die Katastrophe führen könnte.«

»In die Katastrophe?« Ilvi bleibt stehen, die Hand auf der Klinke der Eingangstür.

»Machen wir uns nichts vor. Du stehst auf diesen Wikinger-Typen. Du bist kurz davor, dich mit ihm einzulassen. Ich habe genau gesehen, wie du ihn angeschaut hast, Ilvi. Ich habe gesehen, wie ihr *beide* euch angeschaut habt.«

Ilvi nickt heftig. »Du hast es also auch bemerkt! Er findet mich gut.«

»Du machst mich wahninnig!«, stößt Sarah aus, kann sich ein Grinsen aber nicht verkneifen.

Beschwingt öffnet Ilvi die Haustür. Kühle Luft drückt in die Eingangshalle.

Sarah legt Ilvi eine Hand auf die Schulter und bringt sie zum Innehalten. »Ich meine es ernst. Sei vorsichtig. Du kennst den Kerl kaum, weißt nicht, was er wirklich vorhat. Außerdem ist er Polizist. Und die gehören bekanntlich nicht zu deiner favorisierten Berufsgruppe.«

»Aber ich …«, setzt Ilvi an.

»Bis zu seinem Auftauchen im Hotel stand Eddi auf unserer Liste der Verdächtigen ganz oben«, unterbricht Sarah. »Als möglicher Täter bei einem heimtückischen Mord. Doch kaum macht dieser Wikinger-Verschnitt dir schöne Augen, sind alle Bedenken vergessen.«

»Hast du seine großen Hände nicht gesehen?« Ilvi blinzelt, dann bricht sie in lautes Lachen aus und zieht Sarah in eine Umarmung. »Natürlich hast du recht. Zu Eddis Verteidigung kann ich anführen, dass er zwar Polizist ist, aber korrupte Machenschaften innerhalb der eigenen Reihen aufdecken will. Das beeindruckt mich, wenn ich ehrlich bin. Er tritt für seine Überzeugungen ein, ohne Rücksicht auf Repressalien, die dadurch zwangsläufig auf ihn zukommen. Ja, ich mag ihn – davon ausgehend, dass er uns nichts vormacht und *nicht* der Mörder von Arttu ist. Natürlich finde ich ihn scharf! Ich weiß, dass ich manchmal zu stürmisch in solchen Sachen bin. Aber ich kann nichts dagegen tun. Es geschieht von allein. Gut, dass ich dich als Wachhund an meiner Seite habe.« Sie reckt sich und drückt Sarah einen schmatzenden Kuss auf die Wange.

»Wachhund!«, schnaubt Sarah und schüttelt in gespielter Entrüstung den Kopf. Dann deutet sie auf den Wagen, der in diesem Moment vorfährt. »Unsere Mitfahrgelegenheit.«

Während sie in den Fond der Limousine klettert, wirft Sarah einen beiläufigen Blick auf ihr Handy. Sie runzelt die Stirn. Ein Anruf in Abwesenheit, von einer anonymen Nummer. Keine Nachricht auf dem Anrufbeantworter. Ob das Moritz war? Sie schnallt sich an und steckt das Telefon weg. Verbannt Moritz aus ihrem Kopf. Langsam ärgert sie sich, nichts von ihm zu hören. »Soll er doch bleiben, wo der Pfeffer wächst!«, flüstert sie und starrt aus dem Fenster. Ihre Laune ist an einem Tiefpunkt.

Bis der Wagen das Gelände des Anwesens verlassen hat, herrscht tiefes Schweigen. Da kommt Sarah ein Gedanke. »Ilvi, etwas ist merkwürdig.«

»Merkwürdig? Mit Eddi?«

Natürlich kreisen Ilvis Gedanken weiterhin nur um ihre anstehende Eroberung, denkt Sarah und verdreht im Halbdunkel die Augen. »Nein, es geht nicht immer um Eddi«, sagt sie trocken. »Ich komme nicht darüber hinweg, dass Asta verheiratet ist. Mit diesem Tjark.«

»Hm.« Ilvi ist augenscheinlich in Gedanken wieder bei ihrem Wikinger.

»Die Fotos, weißt du.«

»Welche Fotos?« Ilvi dreht sich zu Sarah, zieht den Gurt zurecht.

»Im Arbeitszimmer hing eine Wand voller Fotografien. Hauptsächlich Bilder von Asta mit irgendwelchen Würdenträgern, ein paar private Aufnahmen waren aber auch darunter. Doch nicht nur Arttu, den ach so guten Familienfreund, sucht man da vergeblich, auch Tjark findest du nirgends.« Sarah räuspert sich. »Es sei denn, Asta schüttelt ihm förmlich die Hand. Kein Hochzeitsfoto jedenfalls. Keine Aufnahme, die sie in den Armen eines Mannes zeigt. Das finde ich merkwürdig.«

»Vielleicht hängen im Arbeitszimmer hauptsächlich Bilder, die mit Astas Job zu tun haben«, gibt Ilvi zu bedenken. Doch aus dem Tonfall ist herauszuhören, dass auch sie Sarahs Beobachtung bemerkenswert findet.

Sarah nickt. »Das habe ich auch gedacht. Doch dann sollte man woanders im Haus solche Aufnahmen finden. Die hat doch jedes Ehepaar. Ich habe mich in der unteren Etage umgesehen, Ilvi. Keine Hochzeitsfotos oder sonst etwas, das an eine Ehe erinnern würde. Völlige Fehlanzeige. Ich achte auf solche Dinge, weißt du. Fotos sagen viel über die Leute aus.«

»Deshalb ist dir bei Lyyli auch das Foto mit dem Hund aufgefallen«, sinniert Ilvi.

Sarah nickt und wirft einen warnenden Blick in Richtung des Fahrersitzes. »Jedenfalls stimmt da was nicht. Bei Asta und Tjark, meine ich. Hat Lyyli nicht gesagt, man hat ihn bereits in der Stadt gesehen? Warum war er dann nicht auf der Party?«

»Vielleicht war das nur Gerede, ich meine, dass er gesehen wurde. Unsinn, der Lyyli zugetragen wurde«, überlegt Ilvi laut. »Wie oft man *mich* schon irgendwo gesehen haben will, obwohl ich die betreffenden Orte nicht mal kenne.« Sie schnaubt. »Da machst du dir keine Vorstellung von, Sarah. Ich scheine gleich mehrere Doppelgängerinnen zu haben.«

»Es war kein Gerede.«

»Bitte?« Sarah fährt zusammen und blickt nach vorne. Aus dem Rückspiegel schauen ihr Bosses Augen entgegen.

»Entschuldigen Sie, dass ich mich einmische«, sagt Bosse ruhig. »Aber es war kein Gerede, das Frau Mäkelä zugetragen wurde. Tjark war in der Stadt.«

»Woher wissen Sie das, Bosse?« Ilvi beugt sich so weit vor, wie es der Sicherheitsgurt erlaubt.

»Weil ich es ihr gesagt habe. Ich habe Tjark in der Stadt gesehen.«

»Sie?« Ilvis Stimme vibriert. »Wissen Sie noch, wann das war?«

»Vor zwei Tagen. Ich habe etwas in der Innenstadt abgeholt, da bemerkte ich Tjark. Ich kenne ihn, da die Bürgermeisterin und er früher gelegentlich Gäste von Herrn Mäkelä waren. Bei diesen Gelegenheiten habe ich die beiden gefahren.«

»Und wo genau haben Sie ihn gesehen?«, hakt Ilvi nach.

»Er kam aus einem Hotel. Dem *Kalastaja*.« Im Rückspiegel ist zu sehen, wie Bosse die Augenbrauen hebt. Er steuert den Wagen von der schmalen Privatstraße auf die Landstraße und beschleunigt sanft.

»*Kalastaja* bedeutet Fischer, nicht wahr?«, vergewissert sich Sarah.

Ilvi nickt, wendet sich aber sogleich wieder an den Fahrer. »Sie sagen es so, als wäre es ungewöhnlich, Tjark dort zu sehen.«

Bosse zögert, dann räuspert er sich. »Es ist kein renommiertes Hotel. Eher das, was man eine billige Absteige nennt.«

»Ich verstehe.« Ilvi lehnt sich wieder zurück. »Es ist ungewöhnlich, wenn der Gatte der verehrten Bürgermeisterin von Tampere aus einem solchen Etablissement kommt.«

»So könnte man es auch sagen«, bemerkt Bosse.

Für den Rest der Fahrt herrscht wieder tiefes Schweigen. Sarah überlegt, ob sie Ilvi von ihrer Durchsuchung des Arbeitszimmers berichten soll, hält es aber für besser, das nicht vor Bosse zu tun. Offensichtlich erstattet der Mann Bericht, wenn ihm Ungewöhnliches zu Ohren oder in den Blick kommt. Hoffentlich hat sie nicht bereits zu viel preisgegeben, als sie von den nicht vorhandenen Hochzeitsfotos in Astas Arbeitszimmer gesprochen hat. Sie ruft sich in Erinnerung, worüber Ilvi und sie sich bisher im Wagen unterhalten haben, kommt aber erleichtert zu dem Schluss, dass nichts dabei war, was nicht als das neugierige Geschwätz zweier Freundinnen gelten könnte. Dass sie in Astas Arbeitszimmer war, würde Sarah damit erklären, dass sie sich bedauerlicherweise auf der Suche nach dem WC verlaufen habe.

Als der Wagen vor dem Hotel *Kruunu* hält, zeigt die Uhr bereits einige Minuten nach Mitternacht. Ilvi und Sarah bleiben in der kalten Nachtluft stehen, während Lyylis Chauffeur davonfährt.

»Was für ein Abend«, seufzt Sarah und tritt von einem Bein auf das andere. Ihr Atem erzeugt eine kleine Wolke. Die Temperatur ist in dieser Nacht weiter gefallen.

»Mir tut die arme Lyyli leid.« Ilvi reckt und streckt sich katzengleich. »Aber ich bin natürlich gespannt, was du zu berichten hast. Es war gut, vor Bosse nicht weiter über unsere Nachforschungen zu sprechen. Wir müssen außerdem überlegen, was es mit diesem Angriff auf Asta auf sich hat. Dem Angriff, den sie schon leugnet, kaum dass er stattgefunden hat. Ich …« Sie hält inne, als sie eine Bewegung wahrnimmt.

Auch Sarah dreht sich dem Schatten zu, der in den Lichtkreis vor dem Hoteleingang tritt.

»Ach! Hallo!« Es ist Eddi. Er schnippt eine Zigarette weg.

»Schau an, was die Katze da aus der Nacht angeschleppt hat«, sagt Ilvi in einem Tonfall, der wie das gefährliche Schnurren eines Tigers klingt.

»Ich … äh … musste eine Runde an der frischen Luft drehen«, stößt Eddi aus und zaubert ein jungenhaftes Grinsen in sein Gesicht. »Um meinen rauchenden Kopf durchzulüften. Carlos und sein Team an der Rezeption sind in Ordnung. Von denen verrät keiner, dass ich im Hotel bin. Schon gar nicht Livia, die sowieso niemand leiden kann.«

Für Sarah wirkt Eddis Grinsen wie angeknipst. Sie deutet auf seine Shorts. »In kurzen Hosen und T-Shirt sind Sie raus? Bei diesen Temperaturen?«

Eddi zuckt mit den Schultern. »Für mich ist noch Sommer. Vom Polarkreis, wo ich herkomme, bin ich anderes gewöhnt. Außerdem hab ich im Moment nichts als die Trainingsklamotten. Meine Wohnung ist zwar nicht weit von hier, und ich wollte schon einen Abstecher dorthin machen. Aber ihr meintet ja, es wäre besser, wenn ich mich dort nicht blicken lasse. Falls Jussi und seine Leute mich beobachten.«

»Dann ist es sicher eine großartige Idee, das Hotelzimmer zu verlassen, um eine Runde zu drehen«, wendet Sarah kühl ein.

»Es ist stockdunkel«, erwidert Eddi. »Da sieht mich niemand, wenn ich nicht gesehen werden möchte.«

»Das hat mein Entführer vermutlich auch gesagt«, murmelt Sarah.

VIERUNDVIERZIGSTES KAPITEL

Eddi sucht eine bequeme Sitzposition auf der Bettkante. Aus dem Augenwinkel beobachtet er Sarah Fuchs. Sie behält ihn ihrerseits im Blick. Dabei strahlt sie eine gehörige Portion Skepsis aus. Vielleicht ist es auch pure Abneigung. Jedenfalls wirkt sie wenig glücklich über seine Gegenwart. Er holt tief Luft, richtet sein Augenmerk auf Ilvi, die im Sessel in der Zimmerecke sitzt. Sein Puls beschleunigt sich. Die Kleine ist die Versuchung in Person. Am liebsten wäre er mit ihr allein. Er räuspert sich. »Also gab es einen Anschlag auf Asta, den sie aber leugnet«, fasst er zusammen, was ihm die beiden Frauen während der letzten Minuten berichtet haben. »Im Arbeitszimmer der Bürgermeisterin gibt es keine Fotos von Arttu oder ihrem Mann, Tjark. Dafür einen Aktenschrank, in dem alle Unterlagen in einem Ordner mit der Beschriftung *Mäkelä* fehlen. Und Astas privates Notizbuch ist mit unlesbarem Zeugs vollgekritzelt, wobei sich mindestens eine Seite mit Sarah beschäftigt.« Er unterlässt es, Sarah einen Blick zuzuwerfen.

Ilvi klatscht in die Hände. »Das hast du wunderbar zusammengefasst.«

Sarahs Schnauben hat die Lautstärke eines Elefantentrötens.

Für Eddi wird immer offensichtlicher, dass diese Deutsche nichts von ihm hält. Ob sie etwas über ihn herausgefunden hat? Irgendwas aufgeschnappt? Es rattert in seinem Gehirn, dann durchfährt ihn eine heiße Welle. Es wäre Livia zuzutrauen, einem ihrer Hotelgäste eine obskure Warnung vor Eddi zuzuflüstern. Vor allem einer attraktiven Frau wie Sarah. Aus Eifersucht und Angst, er könne sich an sie ranmachen.

»Um wieder auf unser Thema zurückzukommen«, sagt Sarah mit kühler Stimme. »Morgen müssen wir diesen Tjark aufsuchen. Sicherlich kann er uns etwas zu Astas und Arttus Verhältnis sagen. Warum ist dieses Verhältnis in den letzten Monaten abgekühlt? Und es könnte sich lohnen herauszufinden, wie es um die Ehe von Asta und Tjark steht. Normal ist es nicht, dass sich der Ehemann in der Stadt versteckt und nicht mal auf der Party seiner Frau auftaucht. Hat das etwas mit dem Mord an Arttu zu tun? War Tjark bereits von seiner Arbeitsreise zurück, als Arttu beim Tangotanzen starb? Kann Tjark uns etwas zu Jussi sagen?«

Eddi merkt auf. »Ein guter Punkt. Ganz sicher kann er dazu was sagen. So eng, wie Asta und Jussi verbandelt sind, weiß er vielleicht, was gespielt wird. Wirklich, ein guter Punkt, Sarah.« Enttäuscht stellt er fest, dass sein Lob bei ihr nicht die Spur einer Regung auslöst. Sie ist ein zäher Knochen. Sonst baden Frauen doch gerne in seiner Aufmerksamkeit. Was macht er bei Sarah falsch?

Als könnte sie seine Gedanken lesen, erscheint ein leises und unmissverständlich zynisches Lächeln auf Sarahs Lippen.

Eilig wendet er den Blick ab, konzentriert sich wieder auf Ilvi. Die Deutsche ist ihm nicht geheuer. Doch sie scheint noch nicht fertig mit ihm zu sein.

»Sagten Sie nicht, dass Sie Birke Nieminen kennen?«

»Wen?«, stößt er perplex aus.

»Die Assistentin der Bürgermeisterin.« Aufmerksam beäugt Sarah ihn.

»Ach, Birke. Natürlich. Ich kenne sie, das ist richtig. Nicht gut, doch wir sprechen gelegentlich.«

»Das heißt, Sie könnten sie anrufen? Und zu Tjark befragen? Als rechte Hand der Bürgermeisterin sollte Birke Nieminen über so einige interessante Dinge informiert sein.« Sarah reibt sich die Hände.

»Ich könnte sie anrufen, klar.« Er bewegt sich auf dünnem Eis. Ilvi soll nicht herausfinden, dass die Beziehung zu Birke etwas enger ist, als er vorgibt. Enger *war*, korrigiert er sich.

»Dann tun Sie das doch«, sagt Sarah. In ihrer Stimme liegt eine alarmierende Ruhe.

»Was?«

»Sie anrufen. Birke.«

»Jetzt?«

»Natürlich jetzt! Ich dachte, wir haben keine Zeit zu verlieren.« Reglos mustert sie Eddi. Wie eine Gottesanbeterin, die jederzeit vorschnellen könnte, um ihm den Kopf abzubeißen.

Er bemüht sich um eine entspannte Körperhaltung. »Es ist zu spät. So gut kenne ich Birke auch wieder nicht, dass ich sie um diese Nachtzeit anrufen würde. Außerdem …«

»Außerdem?«, fällt Sarah ihm ins Wort.

»Außerdem hab ich bereits bei ihr nachgehorcht, ob sie was zur Bürgermeisterin berichten kann.« Das ist nicht einmal gelogen. »Sie ist jedoch sehr verschlossen und hat nichts gesagt, was wir nicht schon wüssten. Loyalität scheint Birke äußerst wichtig zu sein. Ich vermute, sie hat Sorge, ihren Job zu verlieren, wenn sie zu viel über Asta ausplaudert. Sie ist noch in der Probezeit.« Er spreizt die Hände. Eine entschuldigende Geste, die das Thema beenden soll.

»Schade.«

Er kann nicht sagen, ob Sarah damit die Loyalität Birkes meint oder sein Versagen, etwas herauszufinden.

Ilvi hebt den Kopf. »Leute, ich schau mir gerade Sarahs Aufnahmen von Astas Notizbuch an. Es ist ein furchtbares Gekrakel, das Asta da fabriziert. Auf der Seite mit deinem Namen, Sarah, steht was von *Scheidung*, glaube ich. Ja, und von deiner Ehe mit einem Fußballer.«

Sarah winkt ab. »Asta hat ihre Assistentin drangesetzt, meine Biografie zu durchforsten. Natürlich geht es wieder in erster Linie um meine Scheidung.«

Eddi lacht auf. »Da hat Asta die richtige Person beauftragt. Birke war früher selbst kurz verheiratet. Ihr Mädchenname lautet Hikipää, hat sie mir mal erzählt. Wir haben beide darüber gelacht, denn das bedeutet *Schwitzkopf.* Was so gar nicht zu Birke passt. Doch warum schreibt Asta in ihr Notizbuch, dass Sarah geschieden ist?«

Ilvi kratzt sich an der Stirn. »Wahrscheinlich hat es keine Bedeutung. Wie das übrige Gekritzel.«

Sarah schüttelt den Kopf. »Das wirkt fast wie ein Code. Aber ich muss dir recht geben, Ilvi. Das Notizbuch ist wenig aussagekräftig.«

Seufzend fährt Ilvi sich durchs Haar. »Dann kommen wir doch endlich zu deinem Anruf, Eddi. Was hast du so Wichtiges herausgefunden, dass du es am Telefon nicht sagen konntest? Ich bin gespannt.«

Aus Sarahs Richtung kommen mehrere unterdrückte Laute,

die so klingen, als würde sie Ilvis letzten Satz in einer übertrieben piepsigen Stimme wiederholen. Eddi unterdrückt den Reflex, zu Sarah zu schauen. Stattdessen räuspert er sich. »Ich habe eine Idee, wie wir die anonyme Zeugin aufspüren können. Mehr noch, ich glaube zu wissen, um wen es sich bei ihr handelt. Im weitesten Sinne. Und wie ihre Verbindung zu dem auf dem Eis verschwundenen Mann aussehen könnte.« Für einen Moment erwägt er, den albernen TV-Beitrag zu erwähnen, der ihn auf die Spur gebracht hat. Doch er entscheidet sich dagegen und reckt die Brust. »Es hat mich einiges an Gehirnschmalz gekostet.«

»Ich hoffe, es ist noch genug übrig, um auf den Punkt zu kommen«, bemerkt Sarah.

»Ich …« Er verschränkt die Arme, blickt zwischen den beiden Frauen hin und her. Seine Mitteilung wirkt ganz anders, als er sich ausgemalt hat. Er spürt Wut in sich aufsteigen. Was nimmt Sarah sich da eigentlich heraus? Mit einem Ausbruch kommt er jedoch nicht weiter, weiß er und atmet tief durch. Er benötigt die Hilfe der Frauen. Sie sind im Moment alles, was zwischen ihm und einer unehrenhaften Entlassung aus dem Polizeidienst steht. Er muss auf das Ziel hinarbeiten, Jussi fertigzumachen. Und natürlich mit Ilvi im Bett landen.

»Ich bin gespannt, Eddi«, wiederholt Ilvi. »Das könnte der Durchbruch sein.«

Er wirft ihr ein dankbares Lächeln zu, dann koppelt er sein Handy mit dem Fernseher und ruft eine Karte von Tampere auf. Er scrollt sie so, dass die Bucht, an welcher der Aussichtsturm steht, gut zu erkennen ist. »Hier steht der Näsinneula«, erklärt er geschäftig und deutet mit dem Zeigefinger auf den Bildschirm. Er vergewissert sich, dass er die volle Aufmerksamkeit der beiden

Frauen hat, dann deutet er auf eine Stelle unweit des Turms auf dem Wasser. »Und hier ist der Kerl auf dem Eis verschwunden.«

»Laut einem Hotelmitarbeiter haben ihn Aliens entführt«, bemerkt Sarah trocken.

Er übergeht den Kommentar und schnappt sich eine Zeitschrift von der Ablage unter dem Fernseher. An den gezeigten Punkt legt er die Zeitschrift waagerecht an wie ein Lineal. »Und nun kommen wir zu dem gedanklichen Fehler, den wir die ganze Zeit gemacht haben. Man kann auf der Videoaufnahme nicht ganz bis zum Ufer sehen, doch da der Mann erstmals hier auftaucht« – er deutet auf eine Stelle nahe dem östlichen Ufer –, »geht jeder davon aus, dass er hier auch das Eis betreten hat.«

»Weil es der direkte Weg ist«, nickt Ilvi.

»Alles andere ergibt keinen Sinn«, wirft Sarah ein.

Mit einer gewissen Erleichterung stellt Eddi fest, dass Sarah gebannt auf den Bildschirm starrt und ihren bohrenden Blick nicht auf ihn richtet.

»Wie weit ist es bis zum Ufer?«, will Sarah wissen. »Von dem Punkt, an dem der Mann das erste Mal auf dem Video auftaucht. Dreißig Meter?«

»Ich denke, das kommt hin.« Eddi nickt. »Doch die Sinnfrage ist hier falsch, glaube ich.«

»Wie meinst du das?« Ilvi rückt im Sessel zurecht.

»Wir wissen nicht, was der Unbekannte auf dem zugefrorenen See wollte, halten es aber für die einzig sinnvolle Möglichkeit, dass er vom nächstgelegenen Ufer gekommen sein muss. Nur, weil es der direkte Weg ist.«

»Stimmt«, gibt Sarah nach einem Augenblick des Nachdenkens zu.

»Wo kann er sonst hergekommen sein?«, fragt Ilvi.

Eddi fährt mit dem Finger die Linie der Bucht hinauf. »Von überallher. Ich habe mir das Video vom Aussichtsturm vorhin noch mal angesehen. Darauf kann man das Ostufer des Näsijärvi nicht sonderlich gut erkennen. Es ist nicht auszuschließen, dass der Unbekannte ein Stück von Norden runterkam. Er kann sich also ungesehen auf dem Eis bewegt haben, in unmittelbarer Ufernähe. Ohne dass die Kamera es festgehalten hätte.« Er fährt mit dem Finger abermals eine Linie auf dem Bildschirm hinab, diesmal auf dem Wasser.

»Aber was sollte das für einen Unterschied machen?« Sarah reibt sich über die Stirn. »Es würde bedeuten, dass der Mann irgendwo weiter nördlich auf den See gegangen und zuerst in südliche Richtung gelaufen ist, bis er nach Westen schwenkt und von der Kamera erfasst wird. Doch was ändert das?«

Ilvi hebt eine Hand, wie eine Schülerin im Unterricht. »Das Wichtige ist der Ort, an dem der Mann das Eis betreten hat.«

Eddi nickt. »So ist es. Dieser Ort verrät uns, wer ihn in jener Nacht gesehen und später den anonymen Anruf abgesetzt hat.« Er drückt den Rücken durch. »Außerdem vermute ich, dass dieser Ort uns etwas über den Mann selbst verrät.«

»Spann uns nicht auf die Folter!«, ruft Ilvi. Dabei wippt sie auf der Sitzfläche hin und her wie ein aufgeregtes Kind.

Er kann sich ein Grinsen nicht verkneifen. »Hier«, sagt er und deutet auf eine Stelle auf der Karte nördlich von jenem Punkt, den man bisher für die Stelle hielt, an welcher der Mann das Eis betrat. »Ich wette, er ist hier auf den See gegangen.«

Sarah ist näher an den Bildschirm getreten und beugt sich vor. »Was ist da? Sieht aus wie hohe Gebäude, die bis an die Uferstraße heranreichen.«

»Genauso ist es«, bestätigt Eddi und stellt im Handy die Karte auf eine Satellitenansicht um.

»Sehr hohe Gebäude«, sagt Ilvi. »Das könnten Bürogebäude sein.«

»Es *sind* Bürogebäude«, erklärt er zufrieden.

»Warum ausgerechnet diese Stelle?« Sarah tritt vom Fernsehbildschirm zurück und lässt den Blick die angezeigte Bucht entlangschweifen.

Eddi räuspert sich. Er genießt die ungeteilte Aufmerksamkeit, die ihm entgegenschlägt. »Es war ziemlich kalt in jener Nacht, mit Temperaturen knapp unter null. Es hat teilweise heftig geschneit. An diesen Bürogebäuden befinden sich einige Lüftungsschächte, die warme Abluft aus dem Inneren herausblasen. In diesem Abschnitt der Bucht sind es die einzigen Schächte dieser Art.«

»Oh!« Ilvi reißt die Augen auf. »Obdachlose!«

Sarah schlägt sich auf die Stirn. »Natürlich!«

»Ich war mal während eines Einsatzes dort«, beginnt Eddi und fährt sich zufrieden über den Bart. »Eine gewaltsame Auseinandersetzung zwischen zwei Obdachlosen. Sie hatten sich gestritten, wem der Platz auf dem besten Abluftgitter gehört. Es gab eine gebrochene Nase und viel Blut, aber letztlich keine ernsthaften Verletzungen. Ich wurde nur gerufen, weil ein Zeuge behauptet hatte, es wäre ein ausländerfeindlicher Angriff. Was nicht der Fall war. Ausschlaggebend waren wohl eher Alkohol und Drogen.«

Ilvi reibt sich die Hände. »Du vermutest demnach, unser Unbekannter auf dem Eis war ein Obdachloser. Und bei der Frau, die bei der Polizei anrief und von einem Streit berichtet hat, handelt es sich ebenfalls um eine Obdachlose.«

»Das würde erklären, warum keine Vermisstenanzeigen vorliegen«, nickt Eddi. »Normalerweise scheut man in der Szene den Kontakt mit der Polizei. Wenn eine Obdachlose bei der Polizei anruft, ist das schon ungewöhnlich.«

»Dann muss sie etwas Wichtiges mitbekommen haben«, sagt Sarah.

Eddi nickt. »Etwas, das sie bewogen hat, diesen Schritt zu gehen. Doch am Telefon hat sie dann der Mut verlassen.«

Für eine Weile starren sie alle wie gebannt auf den Bildschirm, als könnte er ihnen die Antworten auf ihre unzähligen Fragen liefern.

»Wir müssen dorthin«, sagt Ilvi schließlich. »Schauen, ob jemand vor Ort ist, der uns etwas mitteilen kann. Über die obdachlose Zeugin. Wenn wir sie ausfindig machen, sind wir einen beträchtlichen Schritt weiter. Alles läuft bei diesem Unbekannten auf dem Eis zusammen. Arttus Tod. Jussis und Astas Verwicklung in das Verbrechen. Wenn wir es nur endlich beweisen könnten!«

»Amen«, flüstert er.

»Wir müssen sofort los.« Sarah macht eine ruckartige Bewegung, als erwache sie aus einer Starre. »Von meiner Arbeit bei der Obdachlosenhilfe in München weiß ich, dass wir die Leute am ehesten nachts antreffen, wenn sie sich an den warmen Plätzen niedergelassen haben. Wie kommen wir an das Ufer? Sollen wir ein Taxi nehmen? Zu Fuß scheint mir der Weg zu weit. Wobei ich kein gutes Gefühl habe, wenn ein Taxifahrer mitbekommt, wie wir nach einer Obdachlosen suchen. Ich bin einigermaßen verunsichert und weiß nicht, wer in dieser Stadt wem berichtet. Und was.«

»Ein Taxi ist nicht nötig«, erklärt Eddi beflissen. »Mein Wagen steht drei Straßen von hier. Ich hole ihn, und wir fahren rüber.«

»Wir treffen uns unten.« Sarah verzieht das Gesicht und murmelt etwas, als sie das Zimmer verlässt.

Eddi runzelt die Stirn. Er meint, aus Sarahs Gemurmel die Worte *Entführer* und *Kofferraum* herausgehört zu haben. Er wartet, bis Sarah auf dem Flur ist, dann beugt er sich zu Ilvi hinüber. »Ich hab dein Shirt gefunden«, flüstert er und zieht das zusammengeknäulte Kleidungsstück unter dem Kopfkissen hervor.

»Mein Shirt?«

»Ich vermute, du trägst es nachts. Wenn du es bequem und luftig haben möchtest.« Er zwinkert Ilvi zu. »Ich habe es unter einem Handtuch gefunden. Es hat mich in den letzten Stunden ein wenig über die Einsamkeit hinweggetröstet.«

»Dieser Lappen?« Ilvi lacht auf. »Das Ding ist viel zu groß, wie kommst du auf die Idee, es könnte mir gehören? Es passt eher dir als mir.«

»Aber …?« Er starrt auf den Stoff in seinen Händen.

»Als ich das Zimmer bezogen habe, lag unter dem Bett schon eine dreckige Unterhose. Ich habe das Teil weggeworfen. Das Housekeeping muss es übersehen haben. Dieses Ding wohl auch.« Sie deutet auf das Shirt. »Ich habe nichts gesagt, die armen Putzfrauen schuften für wenig Geld. Da kann im Stress auch mal was übersehen werden, meine ich. Keine große Sache.«

»Aber ich …« Plötzlich brennt das Shirt in seinen Händen. Er kann sich gerade noch davon abhalten, es fallen zu lassen.

»Hoffentlich hatte der Kerl noch andere Sachen dabei, bevor er abgereist ist.« Ilvi lacht auf. »Sonst wird es ihm untenrum ziemlich kalt geworden sein.«

»Der Kerl?«

Ilvi hebt die Arme über den Kopf und streckt sich. Sie blinzelt ihn an. »Ja, der Kerl, der vor mir in diesem Zimmer gewohnt haben muss. Die Unterhose war so ein Tanga-Teil, weißt du. Vorne kaum Stoff, hinten gar keiner.« Sie grinst und deutet auf das Shirt. »Hast du es mal anprobiert? Vielleicht ist es ja eine luftige Nachtbekleidung für dich.«

FÜNFUNDVIERZIGSTES KAPITEL

Mit einem Ächzen quetscht Sarah sich auf die Rückbank des VW Golf. Der Wagen hat schon bessere Zeiten gesehen, denkt sie und schnippt die leere Verpackung eines Fitnessriegels weg. Solche Eiweißprodukte bringen gar nichts, hat sie einmal gelesen. Ein Löffel Joghurt hätte den gleichen Effekt für den Muskelaufbau. Außerdem würde man auf die furchtbaren Süßmittel und sonstigen Zusatzstoffe verzichten, die so ein Riegel enthält. Muskeln sind sowieso vor allem Genetik, denkt sie und beobachtet, wie Eddi sich mit seinem breiten Rücken auf den Fahrersitz plumpsen lässt. Na, die Genetik hat es durchaus gut mit ihm gemeint, muss sie gestehen.

Ilvi thront auf dem Beifahrersitz wie eine Königin. Gegen die Kälte hat sie eine weite Bomberjacke übergeworfen. Trotz ihres fast martialischen Auftretens versprüht sie die Eleganz einer jungen Audrey Hepburn.

»Wie ein Fabelwesen aus einer anderen Welt«, murmelt Sarah. Irgendwann muss sie Ilvi nach München einladen. Dann kann ihre Freundin die Schickeria aufmischen. Und Sarah verfolgt das Spektakel dann aus der ersten Reihe. Sie lacht glucksend in sich hinein.

Das Lachen wird von einem anderen, nicht weniger stotternden Geräusch übertönt. Der Volkswagen will nicht anspringen, auch ein weiterer Versuch Eddis scheitert.

»Ich muss dringend einen Werkstatttermin vereinbaren«, stöhnt Eddi. »Wahrscheinlich sind es die Zündkerzen, oder die Zündspule ist komplett hin.«

Sarah verdreht die Augen. Aus ihrer Erfahrung gibt es zwei Sorten von Männern. Die einen pflegen ihren fahrbaren Untersatz besser als die eigene Ehefrau. Die anderen lassen ihr Auto verkommen und reden immer nur davon, mal wieder in die Inspektion zu müssen. Augenscheinlich gehört Eddi zur zweiten Spezies.

»Ich schieb uns an«, sagt Ilvi und hat die Hand bereits am Türgriff. Doch bevor sie ihre Ankündigung in die Tat umsetzen kann, dreht Eddi den Schlüssel ein drittes Mal im Zündschloss. Diesmal springt der Motor an, wenn auch widerwillig.

»Aller guten Dinge sind drei!«, ruft Eddi erleichtert.

Sie hat zu diesem platten Spruch eine andere Meinung. Arttu zum Beispiel haben seine drei Hochzeiten kein besonderes Glück gebracht. Doch sie sagt nichts, unterdrückt nur ein Gähnen. Diese Aktionen zu nachtschlafender Zeit sind nichts mehr für sie.

Ruckelnd setzt sich der Wagen in Bewegung.

»Ist das Geräusch normal?«, fragt Sarah. »Irgendwas knirscht da.«

»Das ist erst seit gestern«, sagt Eddi und setzt den Blinker, um nach links abzubiegen. »Bestimmt nichts Ernstes.«

»Gut hört es sich nicht an.« Sarah blickt skeptisch drein. Eddi gehört definitiv zur Gruppe der schlunzigen Autofahrer. Ob sie es bis zu ihrem Ziel schaffen, bevor der Golf endgültig den Geist aufgibt?

»Cooles Auto«, bemerkt Ilvi.

Eddi grinst und nickt. »Ist mein absoluter Augenstern, dieser Golf. Ich bin mit ihm aus Rovaniemi hergekommen.«

Sarah stöhnt innerlich. Wenn Eddi so mit seinem Augenstern umgeht, dann schwant ihr für seine Beziehungen das Schlimmste. Am liebsten würde Sarah Ilvi von hinten packen und schütteln.

Eddi lenkt den Wagen in eine scharfe Kurve, ohne in nennenswertem Maße die Geschwindigkeit zu reduzieren.

Sarah kippt zur Seite und stützt sich auf dem Polster der Rückbank ab. Vor ihren Füßen kollern Gegenstände hin und her. Als sie sich wieder aufrichtet, hat sie etwas zwischen den Fingern. Im ersten Augenblick meint sie, es handele sich um das Papier des Eiweißriegels. Doch dafür ist das Ding zu quadratisch. »Uh!«, stößt sie aus, als sie die aufgerissene Kondomhülle erkennt. Ihr erster Impuls ist, das silbrige Etwas fallen zu lassen, doch stattdessen streckt sie die andere Hand aus und tippt Ilvi auf die Schulter. Soll ihre Freundin doch sehen, dass sie in Eddis Bums-Bomber unterwegs sind. Vielleicht öffnet ihr das die Augen.

Ilvi lässt sich in ihrem Gespräch mit Eddi nicht stören. Sie ignoriert Sarahs Zeichen und redet von einem Tattookünstler, den sie ganz wunderbar findet.

»Ilvi!«, zischt Sarah und hält die Kondomverpackung hoch. »Ilvi! Guck!«

Doch statt Ilvi wirft Eddi einen Blick in den Rückspiegel.

Hastig lässt Sarah die leere Hülle los, woraufhin sie in den Fußraum trudelt. Zu dem übrigen Müll, der da in einer ewigen Abfolge von Ebbe und Flut herumschwappt. Sarah dreht sich zum Fenster. Dann muss Ilvi ihre Erfahrung eben machen, denkt sie. Wobei sie sich nicht sicher ist, was sie von Eddi halten soll. Einerseits erweckt er den Eindruck, er wolle wirklich seinen korrupten Kollegen das Handwerk legen. Andererseits ist da etwas an ihm, das sie auf der Hut bleiben lässt. Könnte Eddi ihr Entführer sein? Kräftig genug ist er zweifelsohne. Die ganze Zeit versucht sie sich an irgendetwas zu erinnern. Sucht einen Gedächtnisfetzen, der ihr einen Hinweis gibt, ob sie in dem Auto sitzt, das sie aus Tampere herausgeschafft hat. Doch sosehr sie ihr Gehirn auch anstrengt, sie hat keine Erinnerung. Wenn sie auf ihre Eingebung horcht, schrillen immerhin keine Alarmglocken. Was nichts daran ändert, dass Eddi ein komischer Vogel ist. Was hat er vorhin, als sie von Lyyli zurückkamen, allein in der Nacht gemacht? In seinen Sportklamotten. Sie glaubt ihm nicht, dass er sich nur die Beine vertreten habe. Und auch sein Gerede, was diese Birke Nieminen angeht, hat sie stutzig gemacht. Eine innere Stimme sagt ihr, dass er nicht die ganze Wahrheit erzählt hat. Hat Birke ihm etwas über Asta verraten? Etwas, das er ihnen vorenthält? Aber vielleicht will er die Assistentin der Bürgermeisterin nur schützen, überlegt sie. Damit Birke als Informantin nicht in Gefahr gerät, ihren Job zu verlieren.

Sarah fasst einen Entschluss. Wenn sie am Ziel sind, wird sie einen Blick in den Kofferraum werfen. Falls Eddi der Entführer ist, hat er sie dort hineinverfrachtet. Dann findet sie vielleicht eine Spur. Oder eine Erinnerung. Sie seufzt. Und stellt einen Herzschlag später überrascht fest, dass sie keine Angst verspürt. Dass sie gerade mit einem Mörder unterwegs sein könnten, entlockt ihr lediglich ein müdes Lächeln. »Ob das der Bär macht?«, flüstert sie gegen die Fensterscheibe.

Sie kurven durch die dunkle Stadt. Vorbei an hohen Backsteinbauten, menschenleeren Parkanlagen und geschlossenen Geschäften. Eine Gruppe von Jugendlichen mit Bierdosen in der Hand ist am Straßenrand unterwegs. Als sie an einem Streifenwagen vorbeifahren, scheinen sich Eddis Finger am Lenkrad festzukrallen. Schließlich biegt der Golf in eine Uferstraße ein, von der man nach links auf den Näsijärvi blickt.

»Der Näsinneula!«, stößt Sarah aus und deutet auf einen hohen Schatten, der von blinkenden Lichtern gekrönt ist.

»Wir sind gleich da«, sagt Eddi. Keine halbe Minute später bremst er und parkt in einer Ladezone am Straßenrand. »Alle aussteigen!«

Auf dem Bürgersteig zieht Sarah ihren Mantel enger um sich. Ein kalter Wind drückt vom Wasser her landeinwärts. Sie ist froh, im Hotel noch die Kleidung gewechselt zu haben. In dem dunkelblauen Partykleid würde sie sich hier zweifellos den Tod holen. Doch in dem bequemen Outfit, das sie von der deutschen Familie erhalten hat, ist das Wetter erträglich. Wozu, wie sie zugeben muss, ihr Mantel von Jil Sander doch maßgeblich beiträgt. »Ich habe eine Frage«, sagt sie, einer plötzlichen Eingebung folgend. »Astas Haus. Wo liegt es von hier aus gesehen?«

Eddi deutet den See hinauf. »Theoretisch muss man nur dem Ufer folgen, um zu dem Vorort zu gelangen, in dem Asta wohnt. Doch das ist eine ordentliche Strecke. Und ich bin mir nicht sicher, ob es einen festen Weg gibt. Aber im Prinzip liegt das Haus nördlich von hier. Warum?«

Sarah kratzt sich an der Stirn. »Der Gedanke kam mir einfach. Keine Ahnung.«

Ilvi blickt von Sarah zu Eddi und wieder zurück. »Dann mal los.«

»Die Schächte sind dort drüben«, sagt Eddi und deutet zu einigen Bürogebäuden, deren menschenleere Lobbys hell erleuchtet sind. »Wollen wir uns aufteilen?«

»Wir bleiben zusammen«, erklärt Sarah, bevor Ilvi antworten kann. Dann fällt ihr ein, dass sie noch etwas zu erledigen hat, und stiefelt zum Kofferraum des Volkswagens.

»He!«, ruft Eddi. »Was machst du …?«

Der Kofferraum ist voller Krempel. Im dumpfen Licht der Kofferraumbeleuchtung sieht Sarah leere Konservendosen. Die Verpackung einer Bohrmaschine. Düngemittel für Pflanzen. »Sind das da schlammige Sportschuhe?«, stößt sie aus. »Was für ein Dreckhaufen!«

Eddi taucht neben ihr auf und schlägt den Kofferraumdeckel mit Schwung zu. »Was soll das?«

Er wirkt peinlich berührt. Das sollte er auch sein, findet Sarah. Der gute Eddi weist ungeahnte Messi-Qualitäten auf. »Viel Spaß mit dem Typen, Ilvi«, murmelt sie und lässt Eddi an seinem Wagen stehen. Zufrieden und auch erleichtert schreitet sie auf die Bürogebäude zu. In dem überfüllten Kofferraum wurde sie nicht aus der Stadt geschafft. Beim besten Willen hätte sie dort *nicht* hineingepasst. Trotz Size Zero. Na ja, vielleicht ist es auch eine 36. Sie wirft einen Blick über die Schulter. »Kommt ihr?«

Auf dem ersten Gitter steht ein halb aufgelöster, gammeliger Karton, doch von einem Menschen weit und breit keine Spur. Die Lüftung liegt an der Seite eines Betonklotzes und wird über einen gepflasterten Weg erreicht.

Mit der Lampe ihres Handys leuchtet Ilvi die Gegend ab. »Hier ist niemand«, sagt sie enttäuscht.

Sarah stellt sich auf das Gitter und riecht die muffige Luft, die durch die Öffnung heraufströmt. Sicherlich, die Abluft verbreitet eine gewisse Wärme, doch einladend wirkt dieser Ort nicht. Man bleibt den Elementen ausgesetzt. Sie weiß, dass sich viele Obdachlose aus Pappen und Decken einen Verschlag bauen, den sie auf die Lüftung stellen. Doch im Winter, noch dazu bei einem Schneesturm wie zu dem Zeitpunkt, als der unbekannte Mann auf dem See verschwand, kann man sich hier auch nicht trocken und warm halten. Sie schüttelt sich bei dem Gedanken, so leben zu müssen. »Es geht dir so gut, Sarah«, flüstert sie in die Nacht. »Erinnere dich bitte öfter daran.« Sie macht sich eine mentale Notiz, der hiesigen Obdachlosenhilfe eine großzügige Spende zukommen zu lassen.

Eddi leitet sie zum nächsten Lüftungsschacht. Diesmal haben sie mehr Glück. Eine vermummte Gestalt liegt zwischen Tüten und Kartons auf dem Gitter. »Lasst mich das machen«, sagt Eddi und bedeutet Sarah und Ilvi, ein paar Meter entfernt zu warten. Als er nach wenigen Minuten wieder zu ihnen stößt, schüttelt er den Kopf. »Der Kerl war zu betrunken, er hat kaum auf meine Ansprache reagiert. Aus ihm bekommen wir nichts heraus.«

»Mist!«, flucht Ilvi.

»Lasst uns weitergehen. Es gibt drei weitere Lüftungsschächte.« Eddi wedelt mit seiner Handytaschenlampe in die Richtung, die es einzuschlagen gilt.

Für einen Moment wundert Sarah sich, wie detailliert er über diese Gegend Bescheid weiß. Nach einem kurzen Einsatz vor Ort wüsste *sie* später nicht mehr, wie viele Lüftungsschächte sich hier befinden. Geschweige denn, wo genau sie sind. Und dazu noch in der Dunkelheit.

»Dort liegt jemand«, flüstert Ilvi aufgeregt und deutet zu einem Mauervorsprung neben einem Lüftungsschacht.

Eddi nickt. »Ihr wartet bitte wieder. Drückt mir die Daumen, dass wir endlich mehr Erfolg haben.« Damit nähert er sich dem Gitter.

Aller guten Dinge sind drei, schießt es Sarah durch den Kopf. Sie verdreht die Augen. Richtet ihre Gedanken auf die Frage, ob sie jemanden finden werden, der sich an eine Obdachlose erinnert, die vor einem halben Jahr hier war und sich anonym bei der Polizei meldete. Oder gar an einen Mann, der plötzlich verschwand – weil er auf dem Eis einbrach. Der vielleicht aber auch, glaubt man einigen besonders klugen Leuten, von Aliens entführt wurde. Sie stößt ein leises Schnauben aus und beobachtet, wie Eddi sich über die Person am Boden beugt. »Ilvi, komm mit«, sagt sie eindringlich. »Da stimmt was nicht.«

Als Sarah und Ilvi keine drei Schritte von Eddi entfernt sind, richtet er sich ruckartig auf und streckt ihnen eine Handfläche entgegen. »Wartet! Stopp!«, ruft er.

Ilvi und Sarah bleiben stehen, sehen sich an.

»Kommt nicht näher.«

»Was ist los?«, fragt Ilvi.

Mit ihrem Handy leuchtet Sarah auf Eddi, dann auf den am Boden liegenden Menschen. Sie schnappt nach Luft, als ihr auffällt, dass eine Unterlage aus Decken oder Kartons fehlt. Die Person liegt mit dem Rücken direkt auf dem Gitter. »Was ist los?«, wiederholt sie Ilvis Frage und tritt noch einen Schritt näher.

»Nicht …«, will Eddi sie abwehren.

Sie ignoriert ihn und tritt näher heran. Blickt auf die Frau, die vor ihr auf dem Boden liegt. Sie ist tot, versteht sie sofort. Ein Gedanke schießt ihr durch den Kopf: Die Tote wirkt traurig. Traurig und verletzlich. Dann verschränkt Sarah die Arme zitternd vor der Brust. »Ich kenne die Frau«, haucht sie.

SECHSUNDVIERZIGSTES KAPITEL

»Danke! Wirklich, vielen Dank!« Ilmari schluckt, um die anschwellenden Tränen zu unterdrücken. »Ich weiß nicht, was ich sonst … mitten in der Nacht …« Seine Stimme bricht.

Leo winkt ab, dreht aber den Kopf eilig in eine andere Richtung, als wolle er auf keinen Fall Zeuge von Ilmaris Heulkrampf werden. »Kein Problem, Kumpel. Du kannst erst mal hier pennen. Stress dich nicht. Das Sofa kann man zwar nicht ausziehen, aber für dich müsste es reichen. Bist ja eh ein abgebrochener Meter.« Er räuspert sich, schickt ein brummendes Auflachen hinterher.

Ilmari erwidert das Lachen halbherzig. Am liebsten würde er einfach losheulen. Doch diese Blöße will er sich vor Leo nicht geben.

»Ich hol uns mal ein Bier«, sagt Leo in einem Tonfall, als würde dieser Akt bereits alle Probleme lösen.

Es kostet Ilmari einiges an Kraft, seine verkrampften Finger zu lösen und die Sporttasche neben dem Sofa auf dem Boden abzustellen. Sie enthält ein paar Klamotten, ein paar wichtige Dokumente. Das, was er vorhin im Haus seiner Eltern hat zusammensuchen können. Zehn Minuten hatte sein Vater ihm gegeben, um zu verschwinden. Sollte Ilmari dann das Grundstück nicht verlassen haben, würde er die Polizei rufen. Ilmari wusste, dass jedes Wort seines Vaters ernst gemeint war.

»Hier, Junge.« Leo reicht ihm eine geöffnete Bierflasche, stößt seine eigene dagegen und setzt sich neben ihn. »Dann mal herzlich willkommen in meiner bescheidenen Behausung.«

Während er die Flasche an den Mund führt, sieht Ilmari sich in dem Apartment um. Außer diesem Raum, der ein Sofa, einen Fernseher, ein Bett und eine Küchenzeile enthält, gibt es noch einen kleinen Flur mit Einbauschrank und ein kaum größeres Badezimmer. Die Sozialwohnung wird vom Staat bezuschusst, weiß Ilmari. Mit seinem Teilzeitjob als Lagerarbeiter verdient Leo unterhalb irgendwelcher Einkommensgrenzen. Daher hat er Anspruch auf Unterstützung. Die Wohnung ist winzig und unordentlich, doch für Ilmari ist sie die Rettung. Er hätte nicht gewusst, wohin er sich sonst wenden sollte.

»Hast du Hunger?« Leo deutet mit seiner Bierflasche in Richtung Küchenzeile. »Ich kann Nudeln kochen. Mit Ketchup.«

Ilmari schüttelt den Kopf. Nach der Auseinandersetzung mit seinen Eltern ist ihm fürs Erste der Appetit vergangen.

»Okay, wenn sich das mit dem Hunger ändert, gib Bescheid. Komm erst mal an.«

»Ich bezahl natürlich«, stößt er aus. »Sag mir, wie viel, für Miete, Strom und so, und ich …«

»Willst du mich verarschen?«, fällt Leo ihm ins Wort und gibt Ilmaris Schulter mit der freien Faust einen Hieb. »Du zahlst doch nichts! Das macht man unter Freunden so, wenn der andere in der Scheiße sitzt. Man hilft.«

Nun muss Ilmari sein Gesicht abwenden, um die hervorschießenden Tränen der Rührung zu verbergen. »Da-danke«, schluchzt er. Und dann bricht es aus ihm heraus. Er heult los wie ein Schlosshund. Die gesamte Anspannung der letzten Tage ergießt sich in einem Wasserfall von Tränen. Selbst wenn er wollte, könnte er nicht aufhören zu heulen und zu schluchzen. Irgendwann merkt er, dass Leo ihn in eine Umarmung gezogen hat und ihn hin und her wiegt wie ein kleines Kind.

»Alles gut, Alter. Alles halb so schlimm«, murmelt der Hüne mit belegter Stimme.

Ilmari heult so lange, bis er keine Tränen mehr hat und das Schluchzen so schmerzt, dass sein Körper es von selbst einstellt. Er löst sich von Leo und fährt sich mit dem Unterarm über das tropfnasse Gesicht. »Scheiße, ich hab dich vollgeheult!«, stößt er aus und deutet auf den dunklen Fleck auf Leos Schulter.

Leo lacht auf und hebt die Bierflasche. »Prost!«

Sie stoßen an, nehmen einen Schluck, und dann brechen sie in ein atemloses Lachen aus, das erst nach Minuten abebbt.

»Scheiße, Mann!«, prustet Leo.

»Kacke, Mann!«, schnaubt Ilmari. »Meine Eltern können mich mal.«

»Kreuzweise«, pflichtet Leo ihm bei. »Du musst dein Ding machen.«

»Mein Ding«, flüstert Ilmari, mit einem Mal völlig ruhig.

Leo streckt sich, stellt die Bierflasche auf den Boden. »Das ist alles wegen der Kleinen, oder?«

Ilmari zögert, dann nickt er. »Ja, wegen Nadja.« Erstmals gesteht er sich ein, dass es so ist. Für ihn dreht sich alles um Nadja. Er stellt seine Bierflasche neben die von Leo.

»Deine Alten kommen damit null klar, oder?«

»Sie kommen mit vielem nicht klar, aber ganz besonders nicht mit Nadja.« Er holt tief Luft, dann berichtet er von dem nächtlichen Gespräch mit seinen Eltern. »Anscheinend hat dieser Boris ihnen das mit Nadja gesteckt. Vater hat an seine alte E-Mail-Adresse der Gemeinde ein Bild zugeschickt bekommen. Der Erpresser hat seine Drohung wahr gemacht. Weil … ich nicht gezahlt habe.« Dass es nicht um Geld, sondern um das Bespitzeln eines Hotelgasts ging, behält er weiterhin lieber für sich.

»Soll ich den Kerl noch mal auseinandernehmen? Er scheint seine Lektion nicht gelernt zu haben.«

Eilig schüttelt Ilmari den Kopf. »Nein, bitte tu das nicht. Es ist sowieso zu spät. Das Kind ist in den Brunnen gefallen. Ich säße auf der Straße, mitten in der Nacht, wenn du nicht wärst.« Er schluckt. »Außerdem möchte ich nicht, dass Nadja noch mehr Schwierigkeiten bekommt. Ich … Ich überlege die ganze Zeit, ob sie vielleicht gezwungen wurde, bei der Sache mitzumachen. Bestimmt hat sie mich nicht freiwillig ausspioniert. Dieser Boris muss sie unter Druck gesetzt haben.«

Leo gibt ein Schnauben von sich, sagt aber nichts.

»Ich hatte immer den Eindruck, dass sie sich freut, mich zu sehen.«

»Du weißt aber schon, dass sie eine Nutte ist?«

»Das ändert nichts. Wir hatten da so eine Verbindung, glaube ich.« Er kann Leos Kopfschütteln neben sich spüren. »Es ist halt so«, sagt er mit Nachdruck.

Leo seufzt. »Du magst sie.«

Ilmari überlegt, dann nickt er.

»Wegen ihrem … ihrem Bein?«, fragt Leo vorsichtig. »Du fährst darauf ab, oder?«

Ilmari schließt kurz die Augen. Dann dreht er sich und blickt Leo ins Gesicht. »Ja.«

Leo nickt. »Okay. Gibt Schlimmeres.«

Er zuckt zusammen. »Schlimmeres?«

Abwehrend hebt Leo die Hände. »Halt so Sachen wie Würgen. Oder in Windeln kacken.«

Ilmari bekommt einen Lachanfall. »Nein, das ist das nicht.«

»Deine Eltern sollten mal chillen.« Leo stützt die Ellenbogen auf die Rückenlehne. »Du gehst halt zu einer Nutte ohne Bein. Was soll's.«

»Auf dem Foto, das sie erhalten haben, ist auch zu sehen, wie ich eine Line Koks ziehe«, gibt Ilmari kleinlaut zu.

»Spinnst du, Alter?« Leos Gesicht ist plötzlich wutverzerrt. Er beugt sich vor, rammt Ilmari einen Ellenbogen in die Seite. »Haben sie dir ins Gehirn geschissen? Drogen?«

Vor Schmerz jault Ilmari auf und sackt zur Seite. »Aua! Scheiße, Mann!«

»Du kriegst noch mehr davon, wenn du damit nicht aufhörst!«, blafft Leo und baut sich drohend vor ihm auf. »Drogen sind für Schlaffis! Für Loser, die ihr Leben wegwerfen.«

»Ich … ich hab nur ab und zu gekokst«, röchelt Ilmari und hält sich die pulsierende Seite.

»Nur ab und zu gekokst«, äfft Leo ihn nach und holt mit der Faust aus, stoppt sie aber Zentimeter vor Ilmaris Nase. »Du dummer Arsch!«

»Ich …«, wimmert Ilmari.

»Meine Mutter hat erst gekokst, dann gespritzt, dann war sie tot!« Spucke spritzt Leo aus dem Mund. Er fasst Ilmari am Schlafittchen und schüttelt ihn. »Willst du das? Willst du das?«, brüllt er.

»Nei-nein«, stottert Ilmari.

Mit Schwung wirft Leo ihn gegen die Sofalehne. »Du versprichst es jetzt! Sonst fliegst du hier hochkant raus, Junge! Du nimmst nie wieder Drogen, hörst du! Alles oberhalb von Bier ist gestrichen. Keine harten Drinks, kein Koks, nicht mal Hasch.«

»Ich ... Ja, okay.« Ilmaris Stimme ist ein heiseres Krächzen.

»Schwör's!«, presst Leo zwischen den Zähnen hervor. Seine Halsschlagader pulsiert im Stakkato, unter dem T-Shirt flext sein Bizeps gefährlich. »Schwör's. Oder verschwinde.«

Mühsam richtet Ilmari sich auf. »Ich schwöre es, Mann! Ich schwöre es.«

Für einen langen Moment beäugen sich die beiden, dann stürzt Leo nach vorne.

Erschrocken zuckt Ilmari zusammen, erwartet die nächsten Prügel. Doch stattdessen wird er in eine harte Umarmung gezogen.

»Ich pass auf dich auf, Alter. Und wenn du noch ein Mal kokst, schlag ich dir die Fresse ein!« Leo schiebt ihn von sich und gräbt seine Pranken in Ilmaris Schultern. »Und jetzt vergisst du den Scheiß mit deinen Alten und machst, worauf du Bock hast. Es ist dein Leben, Junge. Wenn du diese Nadja scharf findest, dann ist das so.«

Mit schmerzverzerrtem Gesicht windet Ilmari sich aus dem Griff. Er kann die blauen Flecken an seinem Körper bereits spüren. »Meinst du, ich sollte sie mal ansprechen?«

»Nadja?« Leo sammelt die leeren Bierflaschen ein und bringt sie zur Küchenzeile hinüber. »Wie meinst du das?«

»Na, außerhalb ihres ... ihres Jobs, meine ich. Vielleicht sollte ich mich mal privat mit ihr treffen.«

»Privat?« Leo lehnt sich gegen die Spüle und zuckt mit den Schultern. »Klar, wenn du meinst, dass das was bringt.«

»Ich könnte mir halt vorstellen, dass Nadja aus dem Karussell mit Freiern und diesem Boris rauswill. Das ist so ein Gefühl.

Man liest doch immer wieder von Prostituierten, die aussteigen wollen. Ich … Ich könnte sie retten.«

Leo wirkt nicht überzeugt, sagt aber nichts.

»Ich weiß, dass Nadja immer am Mittwochmorgen ihre Nägel machen lässt. Das hat sie mir mal gesagt. Sie geht zu einem Salon in der Innenstadt. Da könnte ich sie abfangen, um mit ihr zu reden.«

Wieder zuckt Leo mit den Schultern. »Versuch's, Alter. Dann weißt du mehr. Hauptsache, du lässt dir nicht mehr auf der Nase rumtanzen. Nicht von Boris, deinen Alten oder dieser Schreckschraube Livia. Sei ein Mann!«

Ilmari nickt, atmet in einem pfeifenden Ton aus. »Einiges wird sich jetzt ändern! Und wenn ich Scheiße baue, Leo, dann polier mir ordentlich die Fresse.«

SIEBENUNDVIERZIGSTES KAPITEL

Müde rutscht Sarah auf dem Rücksitz des Taxis herum. Eine kurze Nacht mit wenig Schlaf liegt hinter ihr. Das Bild der toten Obdachlosen hat sie nicht mehr losgelassen, selbst im Traum nicht. Eddi hatte darauf bestanden, die Frau nicht anzurühren und sofort zu verschwinden, um nicht ins Fadenkreuz der Polizei zu geraten. Sosehr es Sarah widerstrebt, muss sie zugeben, dass sie selbst keine bessere Idee hatte. Im Moment könnte ihnen nichts Schlimmeres passieren, als dass Jussi Uddström sie alle drei gleichzeitig aus dem Verkehr zöge. Würden sie am Fundort einer Leiche angetroffen, sollte Uddström problemlos ein Vorwand einfallen. So viel Fantasie traut sie dem Kerl allemal zu.

Kaum saßen sie in Eddis Golf, waren aus der Ferne Polizeisirenen zu hören. Es kam Sarah beinahe so vor, als hätte jemand geplant, dass die Polizei sie am Fundort der Leiche antrifft. Glücklicherweise ließ Eddis Klapperkiste sie nicht im Stich. Sie startete sofort, und es gelang ihnen, rechtzeitig zu verschwinden.

Gähnend blickt Sarah in ihren Handspiegel und zieht die Lippen nach. Kurz überlegt sie, ihre geschwollenen Augenringe zu kaschieren, doch dann klappt sie die Handtasche zu. Vergebliche Liebesmüh. Sie blickt aus dem Seitenfenster, ohne etwas von der vorbeiziehenden Stadt wahrzunehmen. In ihr überschlagen sich die Gedanken. Alle Anzeichen deuten auf Asta als Täterin. Zu diesem Schluss sind sie noch in der Nacht während eines Kriegsrats in Eddis Hotelzimmer gekommen. Die Tote war tatsächlich die Frau, die Asta angegriffen hatte. Es kann kein Zufall sein, dass sie wenig später selbst tot auf einem Lüftungsschacht lag.

Schon auf der Fahrt zurück ins Hotel äußerte Eddi die Vermutung, dass es sich bei der Toten um die anonyme Anruferin handeln muss, die über einen Streit berichtet hat, bevor der unbekannte Mann auf dem zugefrorenen See verschwand.

Auf den ersten Blick waren ihnen an der Leiche keine Spuren von Gewalt aufgefallen. Die Frau lag einfach da, mit diesem verstörend traurigen Ausdruck im Gesicht. Doch Sarah ist überzeugt, dass sie es abermals mit einem Mord zu tun haben. Wie bei Arttu – da hat sie mit ihrer Einschätzung auch richtiggelegen. Natürlich muss nicht Asta selbst die Tat begangen haben. Auch Jussi wäre ein Kandidat für die Ausführung. Doch um das zu beurteilen, fehlen ihnen noch entscheidende Puzzleteile. Weil Eddi die Füße stillhalten sollte und Ilvi für den finalen Auftritt des *Duo Kettu* proben muss, ist Sarah an diesem Morgen auf sich allein gestellt.

Das Tangofestival. Sarah seufzt. Heute findet die Abschlussveranstaltung statt. Und es steht in den Sternen, ob sie die Zeit finden wird, am Abend den Tanz im Hotelsaal zu besuchen. Die Reise nach Tampere hat sie sich wirklich ganz anders vorgestellt. Zum Tangotanzen ist sie kaum gekommen. Lediglich zwei Mal war sie auf dem Parkett: das erste Mal mit tödlichem Ausgang, das zweite Mal, um Toivo Aalto für ihre Zwecke einzuspannen. Sie stößt abermals ein Seufzen aus. Es wird nicht das letzte Mal gewesen sein, dass sie bei dem Kommissar vorgesprochen hat. Sie darf nicht vergessen, ihn gleich anzurufen.

Ein Vibrieren in der Handtasche reißt sie aus den Gedanken. Sie holt das Handy hervor, sieht den anonymen Anruf. Mit hochgezogenen Brauen nimmt sie das Gespräch an. »Hallo?«, sagt sie in geschäftigem Tonfall, der dem Unbekannten die klare Botschaft vermitteln soll, er störe. Sie registriert den verwunderten Blick des Taxifahrers in den Rückspiegel.

»Oh, bitte entschuldigen Sie die Störung, Sarah. Passt es gerade nicht? Ich melde mich später wieder, wenn das besser ist. Hier ist … äh, Moritz.«

Moritz! Beinahe rutscht ihr das Telefon aus der Hand. »Moritz? Hallo! Nein, Sie stören nicht. Sie … Ach, hallo!«

»Hallo!«

»Sie … Ähm …« Sarah hat das Gefühl, kaum Luft zu bekommen. Sie presst das Telefon so fest an ihr Ohr, dass es schmerzt.

»Ich möchte mich zuerst bei Ihnen entschuldigen«, sagt Moritz. »Weil ich mich so lange nicht gemeldet habe. Ich …«

»Kein Grund, sich zu entschuldigen«, fällt sie ihm ins Wort. »Mir scheint es gar nicht so lange her, dass wir im *Harald* gesprochen haben.« Die Lüge rutscht ihr erstaunlich leicht über die Lippen.

»Oh, äh … dann ist gut. Ich hatte sehr viel zu tun. Im Museum. Doch nun bin ich mit meiner Arbeit nahezu fertig. Wenn Sie also heute Abend …?«

Ihr Herz macht einen Satz. Euphorie durchströmt sie. »Ich …«, setzt sie an, verzieht dann aber die Miene. Wie soll sie wissen, ob sie heute Abend Zeit haben wird? Auf erschreckende Weise hängt das von Asta Helläkoski ab. Einer ruchlosen Mörderin womöglich. »Ich kann es leider noch nicht sagen, Moritz.«

»Schade! Hätten Sie denn jetzt Zeit? Ich möchte gerade in den Frühstücksraum hinunter. Wir könnten uns dort treffen. Gemeinsam einen Kaffee trinken.«

Sie beißt sich in die Faust. »Es tut mir leid, ich bin schon in der Stadt unterwegs.«

»Oh.«

»Was … äh … halten Sie von morgen, Moritz? Ich denke, dass ich morgen Zeit hätte.« Morgen wird sie sich Zeit schaffen!, schwört sie bei allem, was ihr heilig ist.

»Ich fliege morgen früh zurück nach Frankfurt.«

»Wirklich?« Enttäuschung rollt wie eine Welle über sie hinweg.

In der Leitung herrscht Stille.

Das Taxi biegt an einem Park ab.

»Meine Arbeit in Tampere ist getan«, erklärt Moritz schließlich. »Heute Abend fliegt die Direktorin ein, nach der Vertragsunterzeichnung morgen früh geht es direkt nach Helsinki zum Flughafen. Und von dort zurück nach Frankfurt.«

»Ich verstehe.« Sarah kann die Bitterkeit in ihrer Stimme selbst hören. »Wissen Sie was?«, fährt sie mit einem Räuspern fort. »Vielleicht schaffe ich es heute Abend doch. Schicken Sie mir doch eine SMS mit Ihrer Telefonnummer, Moritz. Dann melde ich mich später bei Ihnen. Auf dem Display sehe ich leider keine Nummer.«

Er würgt einen Fluch ab. »Im Ausland habe ich immer diese Probleme mit dem Handy. Manchmal wird meine Nummer einfach unterdrückt. Ich steige da nicht dahinter. Aber ja, ich schicke Ihnen die Nummer gleich. Vielleicht bekommen wir es noch hin, uns am Abend zu sehen. Ich würde mich freuen.«

»Ich mich auch. Ach, noch etwas.« Sarah ist plötzlich heiser.

»Ja?«

Sie dreht an einer Haarlocke. »Wollen wir nicht der Einfachheit halber zum Du übergehen?«

»Ja, natürlich! Das ist eine gute Idee.« Moritz wirkt erleichtert.

»Bis später, Moritz. Ich melde mich bei dir. Versprochen!«

»Bis später. Ich … äh … wünsche dir einen schönen Tag.« Damit legt er auf.

Für einen Moment behält sie das Handy in der Hand und starrt gedankenverloren auf das erloschene Display. Doktor Moritz Bachem. Er möchte sie sehen! Am liebsten sofort! Doch bald verschwindet das Lächeln aus ihrem Gesicht. Es erstirbt, als sie an Asta denken muss. Auf perfide Weise hängt nun auch ihr Liebesglück von der Bürgermeisterin ab. »Warte nur, Asta«, stößt sie leise, aber mit Nachdruck aus. »Mit dir mache ich kurzen Prozess.«

Als das Taxi hält, wirft Sarah noch einen sehnsuchtsvollen Blick auf ihr Handy, bevor sie es in der Handtasche verstaut und aussteigt. Wo bleibt die SMS von Moritz? Hat er so große Schwierigkeiten mit seinem ausländischen Netzprovider, dass sich auch die Zustellung einer SMS mit seiner Nummer verzögert?

Gerade will sie das Hotel *Kalastaja*, einen heruntergekommenen Kasten, betreten, da kommt ihr am Hoteleingang ein Mann entgegen. Er ist schlank und hat das Haar auf wenige Millimeter abrasiert. Zu einer Jeans trägt er einen hellen Norwegerpullover und Wildlederschuhe. Es sind die Schuhe, die Sarah sofort verraten, dass der Mann eigentlich nicht in eine solche Absteige gehört. Die wie grob zusammengenäht wirkenden Lederlappen sehen zwar verschlissen aus, doch Sarah weiß, dass diese Schuhe Unsummen kosten. Udo besitzt ebenfalls ein solches Paar. »Tjark?«, sagt sie zu dem Mann und lächelt. »Tjark Helläkoski?«

Wie ertappt bleibt Tjark stehen. Verdutzt mustert er Sarah. »Hallo. Kennen wir uns?«

»Wir haben gemeinsame Freunde«, erwidert Sarah schnell. »Lyyli Mäkelä. Sie spricht in den höchsten Tönen von Ihnen.«

Tjarks Miene entspannt sich. »Ah, Lyyli. Es ist so furchtbar, was mit ihrem Vater geschehen ist. Das arme Mädchen!«

»Mein Name ist Sarah Fuchs. Wir sind uns noch nicht begegnet, Tjark. Aber ich muss dringend mit Ihnen sprechen.«

Sofort ist der misstrauische Gesichtsausdruck wieder da. Tjark verschränkt die Arme vor der Brust. »Worum geht es denn? Ich habe nicht viel Zeit.«

»Das würde ich Ihnen gerne an einem ruhigeren Ort erklären. Es ist … Ich brauche Ihre Hilfe, Tjark. Es geht um Arttu Mäkelä. Im weitesten Sinne. Es ist äußerst wichtig.«

Er legt die Stirn in Falten, dann wirft er einen Blick auf seine Armbanduhr. »Eine halbe Stunde könnte ich erübrigen«, sagt er zögernd.

»Wunderbar. Wo wollen wir hingehen?« Sarah deutet auf das Hotelgebäude. »Kann man dort einen Kaffee trinken?«

Tjark lacht auf, ein freudloser Laut. »Das möchte ich Ihnen nicht zumuten. Kommen Sie, ein Stück die Straße hinunter gibt es ein Café, in dem der Kaffee nicht nach Wischwasser schmeckt.«

Fünf Minuten später sitzen sie bei einem Milchkaffee einander gegenüber. Das Café ist ein kleiner Raum mit großer Fensterfront und Blick auf die belebte Straße. Sarah nimmt einen Schluck Kaffee. Wohlig stöhnt sie auf. »Oh, der ist gut!«

Ein Lächeln umspielt Tjarks Lippen, dann wird er wieder ernst. »Worüber möchten Sie mit mir sprechen? Und woher wissen Sie, dass Sie mich hier finden? Ich habe niemandem gesagt, dass ich im *Kalastaja* wohne.« Er rührt in seinem Kaffee, wobei der Löffel kleine Achten vollführt.

Kurz betrachtet Sarah den Mann ihr gegenüber. Sieht tiefe Augenringe, einen enttäuscht wirkenden Zug um die Mundwinkel, Erschöpfung. Ihr geht ein Licht auf. »Asta und Sie – Sie lassen sich scheiden«, sagt sie leise.

Tjark fährt zusammen. Er hat das gedankenverlorene Rühren abrupt eingestellt. »Was sagen Sie da?«, stößt er heiser aus und blinzelt.

»Ich kann es Ihrem Gesicht ablesen. Sie sehen genauso aus wie ich vor ein paar Wochen, Tjark. Als ich herausfand, dass mein Ehemann mich betrügt. Dass er sich bereits von mir getrennt hatte, ohne dass ich es wusste.« Sie schüttelt den Kopf und seufzt.

Für eine Weile schweigen sie.

Tjark nimmt das Rühren wieder auf, noch langsamer als zuvor. »Es soll noch niemand wissen«, flüstert er und schluckt.

»Hat Asta darum gebeten?«

Er nippt am Kaffee. Nachdem er die Tasse abgestellt hat, blickt er Sarah in die Augen. »Ihnen ging es auch so? Sie wurden in eine Scheidung gedrängt?«

Etwas in Tjarks Blick verrät ihr, dass er Asta immer noch liebt. Sie holt tief Luft. Überlegt, wie sie mit dieser Situation umgehen soll. Und entscheidet sich dafür, die Wahrheit zu sagen. »Es gibt kein Zurück, Tjark. Die gemeinsamen Zeiten sind vorbei und kommen nicht wieder. Es tut furchtbar weh, doch der Schmerz lässt nach. Langsam zwar, aber er wird nachlassen.«

Tjark schließt die Augen, dann nickt er. »Ich weiß.«

Wieder schweigen sie. Bis Tjark seinen Rücken durchdrückt. »Worüber wollten Sie mit mir sprechen, Sarah?«

Sie berichtet ihm von ihrer Begegnung mit Arttu, vom tödlichen Ende des Tangotanzes. Von dem seltsamen Mittagessen mit Asta. »Wegen der ungewöhnlichen Umstände von Arttus Tod, die mich persönlich betreffen, fühle ich mich verpflichtet, Klarheit in die Sache zu bringen. Das schulde ich Lyyli, denke ich. Sie ist innerhalb kürzester Zeit zu einer Freundin geworden und leidet unter dem Tod ihres Vaters mehr, als man vielleicht denken mag.«

Tjark denkt nach.

»Ich bin mir sicher, dass Asta mehr über das merkwürdige Ableben ihres langjährigen Freundes Arttu weiß«, fährt sie vorsichtig fort. »Erstaunlicherweise zeigt sie jedoch wenig Bestreben, dem nachzugehen. Genauso wenig wie Jussi Uddström, der zuständige Kommissar. Er unterdrückt die Ermittlungen, befindet sich aber ständig in Astas Dunstkreis.«

Tjark gibt einen Laut von sich, der wie ein Husten klingt. Oder wie ein Würgen. »Jussi«, presst er hervor, plötzlich bleich im Gesicht. »Er ist der Grund für die Trennung.«

»Jussi Uddström ist der Grund …?« Sarah reißt die Augen auf. »Oh!«

»Die beiden haben seit Monaten eine Affäre. Das hat Asta mir vor ein paar Tagen gestanden. Am Telefon. Da war ich noch in Malawi.«

»Oh«, haucht Sarah abermals. Jussi und Asta!

»Ich wollte nicht zurück ins Haus. Deshalb habe ich mir ein Hotel genommen. Ein günstiges, weil ich nicht weiß, was auf mich zukommt. Asta verdient um einiges mehr als ich. Außerdem gehören ihr mehrere Immobilien, Firmenbeteiligungen. Ich habe keine Ahnung, wie das bei einer Scheidung aufgeteilt wird. Also halte ich mein Geld lieber zusammen.« Er lacht auf. »In letzter Zeit scheint es Asta einzig ums liebe Geld zu gehen. Wirklich, sie hat sich in den letzten Monaten sehr verändert. Das ist mir aufgefallen, doch ich habe lange nicht verstanden, was los ist. Vielleicht habe ich es auch nicht verstehen wollen. Jedenfalls sprach sie von Anlagen, Gewinnen und finanziellen Möglichkeiten. Ich habe ihr kaum zugehört. Dieses Gerede, es muss mit Jussi zusammenhängen. Die beiden scheinen sich gegenseitig in dem Wunsch zu bestärken, möglichst viel Asche anzuhäufen.«

»Jussi!«, murmelt Sarah, die es immer noch nicht fassen kann. »Mit *ihm* betrügt Asta Sie? Ich habe den Kerl zwar nur ein einziges Mal gesehen. Für einen kurzen Moment. Doch ich kann bereits sagen, dass Jussi Uddström alles andere als ein Sympathieträger ist.«

»Als Asta mir gesagt hat, dass sie die Scheidung will, sagte sie, es gäbe eine tiefgreifende Verbindung zwischen Jussi und ihr. Sie seien Seelenverwandte.«

»*Das* hat Asta gesagt? Seelenverwandte?« Sarah kann sich gerade noch davon abhalten, loszulachen. »Ein bisschen kitschig, oder? Hätte ich nicht von Asta erwartet, eine solche Aussage.«

Diesmal wirkt Tjarks Lächeln gelöster. »Ja, absolut!« Seine Miene verfinstert sich jedoch gleich wieder, und ein hartes Funkeln nistet sich in seinen Augen ein. »Wie gesagt, meiner Meinung nach geht es den beiden in erster Linie darum, Geld zu scheffeln. Ich verachte Jussi Uddström von ganzem Herzen. Er war mir immer schon unsympathisch. Irgendetwas hat er mit Asta gemacht. Etwas … Etwas …« Fast schon hilflos zuckt er mit den Schultern. »Etwas Dunkles. Schlechtes. Mir fällt kein besseres Wort dafür ein. Ich erkenne meine Frau kaum wieder. Meine zukünftige Ex-Frau, sollte ich wohl sagen.«

»Wir glauben, dass Jussi etwas mit Arttus Tod zu tun haben

könnte«, entfährt es Sarah. »Meine Freundin Ilvi und ich, meine ich damit«, fügt sie erklärend hinzu. Eddis Mitmischen behält sie lieber für sich.

»Ich traue dem Kerl alles Schlechte zu«, sagt Tjark.

»Es könnte bei dem Mord um Geld gehen. Viel Geld. Der Verkauf von Arttus Unternehmen taucht während meiner Nachforschungen immer wieder auf.«

»Oh, verdammt!« Tjark drückt seinen Rücken durch. »Asta und Arttu lagen sich wegen des Verkaufs gehörig in den Haaren. Es ging um eine alte Beteiligung Astas. Ich habe mich aus der Sache rausgehalten, bekam die Auseinandersetzung mehr am Rande mit. Aber Asta war richtig sauer. Und als der Verkauf über die Bühne war, hat sie Arttu praktisch die Freundschaft aufgekündigt.«

»Sieh an«, sagt Sarah und beugt sich vor. »Ob Asta und Jussi zu jenem Zeitpunkt bereits ihre Affäre begonnen hatten?«

»Nach dem, was Asta mir bei unserem Telefonat gesagt hat, sind die beiden seit Anfang des Jahres ein Paar.« Tjark lacht böse auf. »Seelenverwandte, meine ich.«

»Irgendwas muss vorgefallen sein, dass Jussi Arttu zum Schweigen bringen wollte«, überlegt Sarah laut.

»Wenn dieses Schwein eingebuchtet würde, wäre ich überglücklich!«, zischt Tjark.

Da ist er nicht der Einzige, denkt Sarah, verkneift sich aber eine dahingehende Bemerkung. »Es wird mit Astas und Arttus Geschäften zu tun haben.«

»Ihnen gehören ein paar Immobilien gemeinsam«, überlegt Tjark und nimmt einen Schluck Kaffee. »Bürogebäude, die ihnen jeden Monat hohe Mieteinnahmen bescheren. Wahrscheinlich ist nun Lyyli Miteigentümerin.«

»Bürogebäude?« Sarah fährt halb aus ihrem Stuhl hoch, lässt sich aber gleich wieder auf den Sitz fallen. »Wissen Sie darüber mehr?«

»Es sind Immobilien in Tampere, direkt am Seeufer, mit einem großartigen Blick auf die Bucht und den Näsinneula. Das ist der Aussichtsturm.«

»Herr im Himmel!«, haucht Sarah. Die Tote lag auf einem Lüftungsgitter, das zu einer Immobilie gehört, die sich in Astas Besitz befindet. Die Gedanken in ihrem Kopf tanzen Tango.

»Diese Gewerbeimmobilien waren damals ein Schnäppchen, wenn ich es richtig mitbekommen habe.«

»Haben Sie von dem im März auf dem Näsijärvi verschwundenen Mann gehört, Tjark?« Sarahs Nerven sind zum Zerreißen gespannt. »Wir nehmen an, dass Jussi dabei ebenfalls seine Finger im Spiel hat. Jedenfalls scheint er die Ermittlungen bewusst zu behindern.«

»Ich habe von der Sache gehört, natürlich. Mehr aber auch nicht.« Bedauernd spreizt Tjark die Hände. »Mir kam die Sache immer aufgebauscht vor. Ich konnte auf der Videoaufnahme nicht mal einen Menschen erkennen, um ehrlich zu sein.«

»Haben Sie vielleicht mitbekommen, wie Arttu und Asta sich über den Verschwundenen unterhalten haben?«, fragt Sarah.

»Leider nein. Im März und April war ich in Ostafrika, wenn ich mich recht erinnere. Oder war ich im Jemen? Jedenfalls hatte ich wenig Kontakt zu daheim.« Er räuspert sich. »Was Jussi schamlos ausgenutzt hat. Ich würde Ihnen mit Freude helfen, das Arschloch fertigzumachen, glauben Sie mir.«

»Selbst wenn es bedeuten würde, Asta zu belasten?«

Tjark zögert, dann nickt er. »Wie Sie vorhin richtig gesagt haben, Sarah, gibt es kein Zurück. Sollte Asta etwas Kriminelles getan haben, muss sie sich dafür verantworten. Ich weiß aber nichts von solchen Vorgängen. In dieser Frage kann ich Ihnen nicht weiterhelfen.«

Sarah fährt sich durch die Haare. »Dann muss ich mich auf den Bruch in der Freundschaft zwischen Asta und Arttu konzentrieren«, sagt sie. »Wie schätzen Sie die Beziehung zwischen Asta und Tuula ein? Halten Sie es für wahrscheinlich, dass Tuula in Machenschaften verstrickt sein könnte, die zu Arttus Tod geführt haben? Asta und Tuula wirken eng verbunden.«

Tjark lacht auf. »Tuula? Sie ist nur ein Anhängsel meiner Frau. Ich glaube nicht, dass Asta sie ernst nimmt oder gar mag. Vor allem jetzt nicht, wo Arttu tot ist und Asta sich über Tuula keinen Einfluss mehr bei ihm sichern kann. Nein, Asta schaut auf Tuula herab. Das hat sie schon immer getan. Jussi und Asta würden die Frau kaum in ihre Pläne einbeziehen, da bin ich sehr sicher.«

»Hm«, macht Sarah nachdenklich.

»Etwas fällt mir ein«, sagt Tjark langsam. »Ich weiß nicht, ob es von Bedeutung ist, aber Asta hat vor ein paar Wochen den Ordner ihrer Geschäftsbeziehung mit Arttu aus dem Haus geräumt. Ich war für ein paar Tage zu Hause, da habe ich sie im Arbeitszimmer herumwerkeln sehen. Ich habe sie gefragt, an was sie da arbeite, doch sie hat mich nur angefahren, dass sie beschäftigt sei. Ich habe noch gesehen, dass sie dabei war, den *Mäkelä*-Ordner zu leeren. Und kurz darauf hat sie mit einer schweren Tasche unter dem Arm das Haus verlassen.«

»Sie hat Unterlagen weggeschafft? Wohin? Wissen Sie das?« Angespannt trommeln Sarahs Finger auf die Tischplatte.

»Ich kann es nur vermuten. Wahrscheinlich in unser *mökki*.« Er reibt sich über die Stirn. »Unser? Wem auch immer dieses Sommerhaus nach der Scheidung zufallen wird. Es liegt eine

Stunde von hier am Vohlinsalmi. Etwas nordöstlich von dem Örtchen Rönni. Nach etwas mehr als zwei Stunden war Asta wieder zurück, ohne die Tasche. Also nahm ich an, dass sie die Unterlagen ins Sommerhaus gefahren hat. Manchmal, vor allem im letzten halben Jahr, hat sie das gemacht, um dort in Ruhe zu arbeiten.« Er kratzt sich am Kinn. »Vielleicht hat sie im *mökki* auch nur heimlich mit Jussi gebumst.«

»Das *mökki*«, sagt Sarah nachdenklich und denkt an die Fotografie von Asta mit einem geangelten Fisch vor einem Sommerhaus. »Es wäre interessant zu wissen, was in diesen Unterlagen steht.«

Abwehrend hebt Tjark eine Hand. »Mich bekommen keine zehn Pferde in die Villa oder das Sommerhaus. Ich stelle mir immer nur vor, wie Asta und Jussi sich dort vergnügen. Das halte ich nicht aus.« Er blickt auf seine Uhr. »So spät? Ich muss los. Mein Scheidungsanwalt erwartet mich. Heute wollen wir unsere Strategie besprechen. Mir war bis vor Kurzem gar nicht bewusst, dass man so was braucht. Eine Scheidungsstrategie.«

»Ich gebe Ihnen meine Nummer, falls Ihnen noch was einfällt.« Sarah kramt ein Stück Papier und einen Stift aus der Handtasche und schreibt die Telefonnummer auf. »Oder wenn Sie mal reden wollen, Tjark. Ich weiß aus Erfahrung, dass der Sitzengelassene in den Auseinandersetzungen die größere Bürde trägt.« Sie reicht ihm den Zettel.

Tjark bedankt sich und steht auf.

Sarah erhebt sich ebenfalls. Vor dem Café verabschieden sie sich mit einer kurzen Umarmung.

Tjark ist bereits drei Schritte gegangen, da dreht er sich noch einmal um. »Sollte jemand im *mökki* nachsehen wollen, müsste er wissen, dass der Code für das elektrische Eingangsschloss 1606 lautet. Unser Hochzeitsdatum.« Er verzieht den Mund spöttisch. »Tippt er die Ziffern korrekt ein, ist auch der Alarm ausgeschaltet. Am Tresor im Arbeitszimmer müsste er die Zahlenfolge rückwärts eingeben. Doch der Besucher hätte wahrscheinlich nicht viel Zeit, sich umzusehen. Sobald der Eingangscode eingegeben wird, erhält Asta eine Benachrichtigung auf ihr Handy, dass jemand in das *mökki* will.«

Damit dreht Tjark sich um und eilt davon.

ACHTUNDVIERZIGSTES KAPITEL

Ein Klopfen an der Zimmertür weckt Eddi. Schläfrig blinzelt er an sich hinab, wundert sich eine Sekunde lang, dass er Trainingsklamotten trägt, dann erinnert er sich an alles. Jussi. Die Tote. Ilvi.

Das Klopfen wird dringlicher.

Ilvi? Plötzlich ist er hellwach, streicht sich die Haare nach hinten, springt vom Bett auf. Ob das Ilvi ist, die zu ihm möchte?

»Housekeeping«, ertönt es ein wenig schrill vom Flur.

Stöhnend lässt Eddi sich nach hinten auf das zerknautschte Bett fallen. Er blickt an die Zimmerdecke und steckt sich die Zeigefinger in die Ohren. »Niemand da«, murmelt er. Doch er kann den erneuten Ruf trotz der zugehaltenen Gehörgänge vernehmen. Fluchend erhebt er sich. Die Putzfrau kommt gleich sowieso herein, schließlich hat sie einen Schlüssel. Eigentlich erstaunlich, dass sie noch draußen steht und klopft.

Er stapft zur Tür. Sein knurrender Magen erinnert ihn daran, dass es Zeit ist zu frühstücken. Ob er sich etwas vom Zimmerservice bringen lassen soll? In den Frühstücksraum kann er ja nicht hinunter. Bemüht, nicht zu genervt zu wirken, zieht er die Tür auf.

»Du Schwein!«, ruft Livia aus und stößt ihn hart vor die Brust.

Er stolpert nach hinten, mehr vor Überraschung als wegen des Stoßes.

Livias Gesicht glüht vor Zorn, ihre Hände sind zu Fäusten geballt.

»Hey, mal langsam!«, ruft er aus.

»Du widerlicher Betrüger!« Livia folgt ihm und holt mit einer Faust aus. »Meine beste Zeit habe ich dir geschenkt.«

Er weicht dem Schlag aus, hebt abwehrend einen Arm. »Hör auf, Livia!«

Sie baut sich vor ihm auf, stemmt die Fäuste in die knochigen Hüften. »Du hast mich betrogen! Und jetzt bist du schon beim nächsten Flittchen im Zimmer.«

»Wir sind schon lange nicht mehr …«, sagt er betont ruhig, doch Livia unterbricht ihn lautstark.

»Meine allerbeste Zeit hab ich dir geschenkt, du dummer Sack!«

»Wir waren nur fünf Monate zusammen, Livia. Meine Güte, krieg dich ein. Das ist nicht normal, dass du …«

»Nicht normal?«, kreischt sie. Die Zornesröte intensiviert sich. »*Du* bist nicht normal! Machst mir vor, ich wäre deine große Liebe, planst deine Zukunft mit mir. Und die ganze Zeit gehst du mit einem billigen Flittchen ins Bett!«

»Ich habe nicht …« Er bricht ab, weil er weiß, dass es vergebliche Liebesmüh ist. Livia hört nicht zu. Das hat sie noch nie getan. Sie lebt in einer sonderbaren Welt, die sie aus ihren persönlichen Vorstellungen formt. Andere Meinungen oder Sichtweisen lässt sie nicht zu. Dass er sie betrogen hat, das kann sie gar nicht wissen. Schließlich war er immer vorsichtig. Sie steigert sich nur in ihre Einbildung hinein, die blöde Kuh. Er spürt Ärger in sich anschwellen, bemüht sich aber, ihn zu dämpfen. Er weiß, dass es in die Katastrophe führt, wenn er ihr seine eigene Wut entgegensetzt. Dann eskaliert der Streit, bis zu Handgreiflichkeiten. Ernsten Handgreiflichkeiten. Bis heute hat er sich immer zurückhalten können und nie zurückgeschlagen. Einmal musste er Livia an den Handgelenken packen und aus der Wohnung drängen, das war sein härtestes Vorgehen. Da hatte er bereits ein blaues Auge und eine blutende Nase. Vor der Tür wütete Livia weiter, bis eine Nachbarin drohte, die Polizei zu holen. Der Spott seiner Kollegen am nächsten Tag brennt immer noch wie ein Feuermal in ihm. Natürlich hat er versucht, sich rauszureden. Hat behauptet, in eine Hantelstange gelaufen zu sein. Daher die Blessuren. Doch geglaubt hat ihm das niemand.

»Du hast mich betrogen!« Livia schäumt. »Weil du nichts anderes kannst. Du bist ein Betrüger. Ein SCHWEIN!«

»Warum lässt du mich nicht einfach in Ruhe? Warum läufst du hinter mir her? Ich weiß, dass du nachts vor dem Haus stehst und zu mir hochstarrst. Dass du mich im Internet stalkst und dämliche Kommentare unter meinen Posts hinterlässt. Wenn ich so scheiße bin, was willst du dann hier? Außerdem hast du im Zimmer eines Gastes nichts zu suchen.«

Livia lacht heiser auf. »Du hast mich ins Zimmer gelassen, du Arsch! Außerdem bist du kein Gast. Das Zimmer ist auf jemand anderen gebucht. Auf eines deiner dreckigen Flittchen. Sofort, als ich dich in der Nacht ins Hotel hab zurückschleichen sehen, wusste ich, dass du wieder eine Neue hast. Vor meinen Augen treibst du es mit ihr – hier in MEINEM Hotel! Das machst du aus purer Absicht, das ist mir schon klar.« Abermals lacht sie auf. »Du willst mir unter die Nase reiben, was für ein Hengst du bist. Du willst mich demütigen, vor aller Augen. Meine Mitarbeiter spotten bestimmt schon über mich. Weiß Birke eigentlich, dass du sie im *Kruunu* betrügst? Sie heißt doch Birke, deine derzeitige Freundin? Bei dir weiß man schließlich nie, mit wem du gerade zusammen bist. Wahrscheinlich weißt du es selbst nicht.«

Er schüttelt nur den Kopf.

Livia funkelt ihn wütend an. Sie schnauft, als wäre sie gerade einen Marathon gelaufen. Völlig fertig und dennoch voller Adrenalin.

Zum ersten Mal tut sie ihm leid. Ein bisschen zumindest. Sie hat eindeutig zu viel in ihre kurze Beziehung hineininterpretiert. Er hat nie vorgehabt, sein Leben mit ihr zu verbringen. Natürlich nicht! Doch sie hat sich in etwas reingesteigert. Ob es an mir liegt? meldet sich eine verwunderte Stimme in seinem Kopf. Doch sie ist so leise, dass er sie mühelos zum Schweigen bringen kann. Er holt Luft. Schlägt einen sanften Ton an. »Livia, vielleicht ist es nicht so gut gelaufen …«

»Ach, halt die Fresse, Eddi!«, speit sie aus. »Verschwinde aus dem Hotel! Wie kannst du es wagen, mir deine Untreue derart ins Gesicht zu schreien? Für alle Welt sichtbar! Verpiss dich von hier, Eddi! Oder ich mach dich fertig!«

Livias Gesicht ist eine Fratze aus Hass und Wut. Instinktiv macht Eddi einen Schritt rückwärts. So hat er sie noch nie erlebt.

»Ich mach dich fertig, Eddi«, fährt sie mit erstickter Stimme fort. »Das verspreche ich dir.«

Beschwichtigend hebt er eine Hand, schüttelt ungläubig den Kopf. »Was meinst du damit?«

»Das wirst du sehen, Eddi. Das verspreche ich dir! Ich garantiere für nichts.« Damit dreht sie sich um, fährt erschrocken zusammen.

Auch Eddi zuckt zusammen. In der Tür steht Sarah Fuchs, die Schlüsselkarte in der Hand, Erstaunen im Gesicht. Doch da ist noch etwas, erkennt er, nur was? Ist es Sensationsgier? Häme? Wie lange steht sie schon dort? Wie viel von der unschönen Auseinandersetzung hat sie gehört?

»Ich habe mehrmals geklopft«, sagt Sarah. »Als nicht geöffnet wurde, habe ich Ilvis Zweitkarte aus meinem Zimmer geholt. Ich dachte, hier läuft der Fernseher und Sie schlafen, Eddi.«

Mit einem Schnauben stürzt Livia zur Tür.

Sarah presst sich an den Rahmen, während Livia an ihr vorbeidrängt.

»Ich … Äh …«, stammelt Eddi.

Sarah schüttelt fast unmerklich den Kopf, seufzt und macht einen Schritt auf ihn zu. Hinter ihr fällt die Tür ins Schloss. »Es hat sich was Interessantes ergeben«, sagt sie und berichtet von ihrem Gespräch mit Tjark Helläkoski.

Je länger Sarah erzählt, desto größer wird Eddis Aufregung. Asta und Jussi ein Liebespaar? »Ich hätte eigentlich von selbst darauf kommen müssen«, murmelt er.

»Wir sollten umgehend handeln«, meint Sarah. »Bevor Asta und Jussi ahnen, dass wir ihnen dicht auf den Fersen sind. Ich könnte mir vorstellen, dass sie dann umgehend jedes belastende Material im *mökki* in der dortigen Sauna verfeuern.«

»Ich fahre sofort los!«, ruft Eddi aus und sucht nach seinem Autoschlüssel. »Wo genau ist Astas Sommerhaus?«

Sarah schüttelt den Kopf. »Sie werden nicht fahren, Eddi.«

»Was?« Er erstarrt in der Bewegung. »Wieso?«

»Sie bleiben besser hier. Und zwar aus mehreren Gründen.«

Wie vor den Kopf geschlagen, setzt er sich auf die Bettkante.

»Ihr Auto – wer sagt, dass Sie es damit bis zum *mökki* schaffen? Oder stellen Sie sich vor, Sie wollen verschwinden, und die Karre springt nicht an. Ich habe Ilmari an der Rezeption gebeten, mir erneut den Wagen zu besorgen, den er bereits einmal organisiert hat. In einer halben Stunde wird das Fahrzeug bereitgestellt, dann mache ich mich auf den Weg.«

»Sie? Allein?«

Sarah nickt. »Nach dem, was ich mitbekommen habe, besteht das Risiko, dass Livia Ihnen folgt. Das wollen wir unbedingt vermeiden. Außerdem könnte ich mir vorstellen, dass, wenn es zu einer Gerichtsverhandlung kommt, meine Aussage zu dem Material im *mökki* schwerer wiegt als Ihre. Sie könnten ja aufgrund Ihrer persönlichen, beruflichen Verbindung zu Asta und Jussi versucht haben, den beiden etwas unterzuschieben.« Sie zuckt mit den Schultern. »Was Anwälte dann halt so zusammenstricken. Außerdem hat Tjark mich im Grunde eingeladen, das Sommerhaus aufzusuchen. Mich, nicht Sie, Eddi. *Sie* würden einen Einbruch begehen. *Ich* hingegen folge der Einladung eines Bekannten, der mir den Zugangscode zum Gebäude genannt hat.«

Verdammt, Sarah hat recht!, denkt Eddi. Die Frau ist clever. Plötzlich sieht er sie mit anderen Augen. Auf den ersten Blick unterschätzt man sie, hält sie für nichts weiter als ein hübsches Modepüppchen. Doch unter den aufwendig frisierten Locken arbeitet ein klarer Verstand. Überhaupt hat sie sich verändert seit ihrem ersten Gespräch. Er kann nicht genau sagen, warum, doch Sarah Fuchs wirkt kämpferischer.

»Und dann wäre da noch Ilvi, die für die Aufführung probt. Jemand muss sie über die neueste Entwicklung informieren, sobald sie zurückkommt. Und dieser Jemand sind Sie, Eddi.«

Er nickt. Gegen den letzten Punkt hat er am wenigsten einzuwenden. »Gut, ich verstehe. Übrigens, Sarah, was Sie da eben gehört …«

Sie lässt ihn nicht aussprechen. »Nicht jetzt, Eddi. Nicht jetzt. Sagen Sie, haben Sie eine Baseballkappe?«

Verdutzt nickt er und deutet auf den Sessel. Darauf liegt eine Kappe mit dem Emblem des Eishockeyclubs Ilves.

»Ich würde sie mir gerne ausleihen.« Sie schnappt sich die Kappe, wirft ihm einen Blick zu und dreht sich um. Dann fällt die Zimmertür ins Schloss.

Mit Vehemenz meldet sich das Magengrummeln zurück. Eddi greift zum Zimmertelefon. Die Auseinandersetzung mit Livia hat seinen Hunger nur noch größer werden lassen. Da Livia nun sowieso weiß, dass er hier hockt, kann er auch gleich ein Frühstück aufs Zimmer bestellen.

NEUNUNDVIERZIGSTES KAPITEL

Sarah beendet das Telefongespräch. Was Toivo ihr berichtet hat, empfindet sie als äußerst verstörend. Sie hat ihn gebeten, nachzusehen, ob es eine aktuelle Meldung zu einer verstorbenen Obdachlosen in Tampere gibt. Erst hat der Kommissar sich gesträubt, ihr dann das Versprechen abgerungen, sich nicht in die Ermittlungen einzumischen, um ihr schließlich mitzuteilen, dass vergangene Nacht nahe dem Näsijärvi-See eine unbekannte Frau tot aufgefunden wurde. Als Todesursache werde eine Überdosis an Rauschmitteln, wahrscheinlich Heroin, vermutet. Bei der Frau handele es sich augenscheinlich um eine Obdachlose, deren Identität jedoch erst festgestellt werden müsse. Sarahs Frage nach dem Ermittlungsleiter hat Toivo nach einer kurzen Pause ebenfalls beantwortet. Mit einem leisen Grollen in der Stimme. Jussi Uddström.

Jussi. Sarah überholt einen breiten Traktor und stellt danach den Radiosender, dem sie bis zu dem Telefongespräch gelauscht hat, etwas lauter. Wenn Jussi wollte, könnte er die Identität der toten Obdachlosen in Sekundenschnelle klären. Er müsste nur seine Geliebte Asta fragen, wie die Frau heißt, die ihr während der gestrigen Party ein Messer in den Leib rammen wollte. Die hiesige Polizei hat keinerlei Interesse, diesen Fall anzugehen, denkt sie, während ihre Finger im Takt eines Schlagers auf das Lenkrad klopfen. Genauso wenig wie Arttus Tod. Oder den Fall des Mannes auf dem Eis, von dem man gleichfalls annehmen darf, dass er das Zeitliche gesegnet hat – lässt man Erklärungsversuche, die Aliens oder Kraniche beinhalten, einmal außen vor.

In Rönni, der schmucklosen Ansammlung einer Handvoll Häuser, fragt sie eine alte Frau nach dem Sommerhaus der Helläkoskis. Die Frau wirkt zunächst wenig auskunftsfreudig, nach einem Blick auf Sarahs Nobelkarosse weist sie dann aber doch den Weg zum *mökki*. Keine zehn Minuten später rollt der BMW über einen Waldweg bis zu einem großen Holzhaus. Im Hintergrund ist eine weite Wasserfläche zu sehen. Sarah parkt den Wagen und stellt den Motor ab. Sie hat für einen Moment das Gefühl, wieder in Sysmä zu sein, wo sie im Sommer ein *mökki* gemietet hatte. Das Haus sah ähnlich aus, auch die Lage ist vergleichbar. Sarah bindet ihre Haare zusammen und versteckt sie unter der Baseballkappe, die sie sich von Eddi geliehen hat. Auf ihrem Handy prüft sie die Uhrzeit. Dann setzt sie eine große Sonnenbrille auf und steigt aus. Feuchte Waldluft schlägt ihr entgegen.

Neben der Eingangstür hängt eine Zahlentastatur an der Wand. Geschützt von ihrer Sonnenbrille, sieht Sarah sich um. Schnell wird sie fündig. Wie erwartet, hat eine Videokamera den Hauseingang im Blick. Sarah zieht den Schirm der viel zu großen Kappe noch ein wenig tiefer in die Stirn. Spätestens wenn sie den Code eintippt, schaltet sich die Kamera ein. Vielleicht filmt sie Sarah aber auch schon die ganze Zeit, ausgelöst von einem Bewegungssensor. Nicht dass die kleine Verkleidung viel bringen würde. Aber sie ist besser als nichts.

Mit leicht zitternden Fingern tippt Sarah den Code ins Zahlenfeld. Der Türsummer ertönt, und die Eingangstür springt einen Spaltbreit auf. Erleichtert atmet Sarah auf, nur um sich zu erinnern, dass die Zeit ab jetzt unerbittlich läuft. Tjark meinte, Asta erhalte mit Eingabe des Türcodes eine Nachricht. Sicherlich mit einem Bild der Person, die sich um Einlass bemüht. Wenn Asta nun nicht umgehend die Polizei alarmiert, bleibt Sarah weniger als eine Stunde, um wieder verschwunden zu sein. Dann nämlich taucht die Bürgermeisterin höchstselbst auf. Falls sie lieber die nächstgelegene Polizeistation anruft, bleibt wohl noch weniger Zeit.

Wie in der Villa in Tampere wirkt die Einrichtung erlesen und kostspielig. Das große Wohnzimmer, das man durch die Eingangstür betritt, öffnet sich über eine Fensterfront zum See. Ein Kamin erzeugt schon durch seine bloße Anwesenheit Behaglichkeit. Die Küche und der Essbereich sind vom Rest des Raums abgesetzt. Eine breite Holztreppe führt in ein oberes Stockwerk. Die Möbel bestehen aus skandinavischen Designklassikern, in der Küche herrschen neueste Apparaturen vor. Einen solchen Luxus kann sich die Bürgermeisterin Asta kaum leisten, überlegt Sarah. Anscheinend aber die Unternehmerin Asta.

Sie eilt die Treppe hinauf. Alles, wonach sie sucht, ist das Arbeitszimmer. Der Rest interessiert sie nicht. Die Beantwortung all ihrer Fragen liegt in einem Tresor hier im Haus. Davon ist sie mit jeder Treppenstufe mehr überzeugt. Sie darf nur nicht erwischt werden. Tjark mag sie eingeladen haben – was er nicht wirklich getan hat –, Sarah traut Asta und Jussi das Schlimmste zu, sollten die beiden sie hier stellen. Der Mann auf dem Eis,

Arttu, die Obdachlose. Was macht da eine weitere Leiche für einen Unterschied?

Bereits der erste Raum, in den sie im Obergeschoss hineinspäht, ist das Arbeitszimmer. Sarah stößt einen erleichterten Laut aus und betritt das helle Ambiente, das von einem gläsernen Schreibtisch dominiert wird. Ihr Blick sucht nach einem Tresor, bleibt dann an einem weiß lackierten Einbauschrank hängen. Ihr fällt ein, dass sich auch in Udos Münchner Büro der Tresor hinter einer normalen Schranktür verbirgt. »Dort verwahrt er vermutlich die Liebesbriefe seiner Ramona«, murmelt sie, während sie zu dem weißen Schrank geht.

Der Tresor hat die Größe eines Kühlschrankes und sieht aus, als könnte ihm auch ein Bombenangriff nichts anhaben. Drei Mal muss Sarah sich die Zahlenfolge, das umgedrehte Hochzeitsdatum von Asta und Tjark, aufsagen, bevor sie sich an die Tastatur herantraut. Mit feuchten Fingern gibt sie die vier Ziffern ein. Beinahe geräuschlos öffnet sich die Tresortür. Sarah sendet ein Stoßgebet des Dankes gen Himmel.

Bis auf einen losen Stapel Papiere ist der Tresor leer. »Mehr brauche ich nicht«, spricht Sarah sich Zuversicht zu. Irgendetwas in ihr hatte gehofft, gleich einen ganzen Satz kompromittierender Indizien vorzufinden. Eine Ampulle mit Bienengift zum Beispiel. Neben Medikamentenkapseln, die sich befüllen lassen. Doch nichts dergleichen. Einzig der Papierstapel, bestehend aus vielleicht fünfzig oder sechzig Seiten. Vorsichtig zieht Sarah ihn hervor.

Zahlen, Geldbeträge meist. Lange Listen kryptischer Buchstabenfolgen. Verträge, in denen Astas und Arttus Namen auftauchen. Sarah ist sich sicher, dass diese Blätter den Inhalt des leeren Ordners aus Astas Villa darstellen. Doch ansonsten ist sie genauso schlau wie zuvor. Sie kann auf den ersten Blick nichts erkennen, was Antworten auf ihre drängenden Fragen geben könnte. »Was übersehe ich?«, stöhnt sie. Dann zückt sie ihr Handy. Sie müssen sich die Unterlagen in Ruhe anschauen, Ilvi, Eddi und sie. Jede einzelne Seite will sie fotografieren. Und sich dann schleunigst aus dem Staub machen.

Akribisch achtet sie darauf, jeden Buchstaben, jede Zahl einer jeden Seite auf den Fotos festzuhalten. Die meisten Blätter sind beidseitig beschriftet, was die ganze Angelegenheit merklich verzögert. Gehetzt wirft Sarah einen Blick auf ihr Handydisplay. Sie ist seit beinahe einer halben Stunde im Haus. Viel Zeit bleibt ihr nicht mehr. Sie ermahnt sich, schneller zu arbeiten, im Zweifel eine wackelige Aufnahme zu riskieren.

Endlich nähert sie sich dem letzten Viertel des Stapels. Eine Überschrift fällt ihr ins Auge. *Mäkelä Medicals*. Arttus Pharmaunternehmen, das er vor wenigen Monaten äußerst gewinnbringend verkauft hat. Nach ein paar Seiten voller Paragrafen und Zahlenkolonnen erregt eine handschriftliche Notiz Sarahs Aufmerksamkeit. Sie erkennt die krakelige Schrift sofort. Es ist dieselbe Klaue wie im Notizbuch der Bürgermeisterin. Soweit sie es auf den ersten Blick sagen kann, handelt es sich um eine knappe Vereinbarung zwischen Asta und Arttu, die neu gegründete Firma *Mäkelä Medicals* betreffend. Arttus Unterschrift befindet sich am Seitenende, direkt neben der von Asta. Von diesem Dokument macht Sarah sicherheitshalber gleich zwei Aufnahmen.

Bei der nächsten Seite stockt Sarah abermals. Während die meisten Listen und Daten auf Englisch festgehalten sind, trägt diese Liste eine Überschrift und kurze Einleitung auf Finnisch, gefolgt von einer Namensliste mit Anmerkungen. Sarah versucht zu verstehen, was auf dem Seitenkopf geschrieben steht. Offenbar geht es um medizinische Vorgehensweisen. An einem Wort bleibt sie hängen. Sie meint, es schon einmal gehört zu haben. Heißt es nicht ...? Sie schüttelt den Kopf. Das würde keinen Sinn ergeben. Kurzerhand schlägt sie das Wort im Internet nach. Sie hat richtiggelegen. Sarah hält den Atem an. Dann zückt sie mit zitternden Fingern die Handykamera und fotografiert die Seite. Jäh wird ihr übel.

Ihre Aufmerksamkeit bleibt an einem Namen hängen. »Oh nein!«, stöhnt sie auf. »Das kann nicht sein.« Wie betäubt starrt sie auf die Seite, dann schüttelt sie sich. Sie muss verschwinden, sie hält sich bereits viel zu lange im Haus auf.

Fahrig fertigt Sarah auch von den übrigen Blättern Fotos an, dann legt sie den Stapel zurück in den Tresor. Im nächsten Moment hastet sie aus dem Haus und zieht die Tür hinter sich zu. Ein feines Piepen ertönt. Schnell tippt Sarah den Zugangscode in die Tastatur, und wirklich, das Signal der Alarmanlage verstummt. Eine heulende Sirene hätte ihren Nerven jetzt noch gefehlt.

Sie brettert über den Waldweg, so schnell es ihr möglich ist. Dabei rechnet sie nach. Sollte sich Asta sofort nach Eingang der Meldung, dass die Eingangstür des *mökki* geöffnet wurde, von Tampere aus auf den Weg gemacht haben, bleiben ihr noch fünf Minuten, bis sich ihre Wege kreuzen. Vielleicht zehn, je nachdem wie sehr sich die Bürgermeisterin beeilt. Sarah nimmt jedoch an, dass Asta sich sehr beeilt.

Ihr fällt ein Stein vom Herzen, als sie von dem Waldweg auf die Landstraße biegt. Einer Eingebung folgend, steuert sie den BMW ein paar Hundert Meter weiter auf einen kleinen Waldparkplatz. Sie stellt den Wagen so ab, dass sie die Landstraße zwischen den Bäumen sehen kann, der Wagen selbst sich aber vor einem beiläufigen Blick aus einem vorbeifahrenden Fahrzeug heraus verbirgt. Dann lässt sie alle Fenster herunter und spitzt die Ohren.

Sarah wartet keine zwei Minuten, da hört sie, wie sich ein Fahrzeug mit hoher Geschwindigkeit nähert. Sekunden später sieht sie es zwischen den Bäumen vorbeirauschen und hört kurz darauf, dass es abbremst und mit quietschenden Reifen in den Waldweg zum *mökki* einbiegt. Als der Wagen an ihr vorbeiraste, meinte sie, Jussi am Steuer erkannt zu haben.

Sie startet den BMW und lenkt ihn zurück auf die Landstraße. Dann tritt sie das Gaspedal durch. Ihre Finger umklammern das Lenkrad. Sie muss so schnell es geht zurück nach Tampere.

Während Sarah mithilfe des Navigationssystems das Hotel *Kruunu* ansteuert, wandert ihr Blick immer wieder zum Rückspiegel. Im Laufe der Fahrt lässt sich der furchtbare Verdacht nicht länger zurückdrängen. Die Erkenntnis, wie die drei Toten zusammenhängen, setzt sich Stück für Stück zusammen. Das Puzzle ist zwar noch nicht vollständig, aber das Bild klar genug, um sie aufstöhnen zu lassen.

Von allen Seiten betrachtet sie das furchtbare Bild. Und je genauer sie es sieht, umso mehr Sinn ergibt es. Sie steckt in einem unlösbaren Dilemma, geht ihr auf. Um auch die letzten Puzzleteile zu erhalten, muss sie etwas Gefährliches wagen. Sie weiß, dass sie es auch tun wird, obwohl sie noch keine Idee hat, wie sie vorgehen soll. Aber sie muss umgehend zur Tat schreiten. Sobald sie wieder im Hotel ist.

»Ich habe einen Bären überlebt. Das ziehe ich jetzt auch durch«, spricht sie sich Mut zu. Toivo Aalto zu alarmieren, bevor sie nicht die Antwort auf alle ihre Fragen hat, ergäbe keinen Sinn.

In diesem Moment formt sich in ihr eine Idee, wie ihr nächster Schritt aussehen könnte. Sie beugt sich über das Lenkrad wie ein Jockey über den Pferdehals und lässt den Plan wachsen. »Was hast du nur getan, Eddi? Warum, Eddi?«

FÜNFZIGSTES KAPITEL

»Jetzt nicht!«, raunzt Livia und quetscht sich hinter dem Rezeptionsschalter an Ilmari vorbei. Dabei rammt sie ihm wie zufällig den Ellenbogen in den Magen.

»Ich habe nichts gesagt!«, blafft Ilmari im gleichen Tonfall zurück und presst eine Hand auf seinen schmerzenden Bauch.

Mitten in der Bewegung hält Livia inne, Erstaunen im Gesicht. Für einen Moment sieht es aus, als wollte sie losbrüllen, doch dann zischt sie nur: »Wir sprechen uns später, Ilkko.« Sie verschwindet im Büro, die Tür in der Vertäfelung knallt hinter ihr ins Schloss.

»Wir sprechen uns später!«, äfft er sie nach. Soll die blöde Kuh doch Theater machen. Wahrscheinlich ist sie sauer, weil Ilmari ihr und Eddi bei der peinlichen Beschattungsaktion gestern Abend auf der Straße begegnet ist. Sie kann es nicht ertragen, dass Ilmari gesehen hat, wie sie ihrem Ex heimlich nachgestellt hat.

Er lässt sich jedenfalls nichts mehr von Livia gefallen. Nach einer kurzen Nacht in Leos Apartment fühlt er sich wie ausgewechselt. In der nächsten Woche will er Nadja abfangen und mit ihr sprechen. Vielleicht können sie sich auf einen Kaffee verabreden, um sich besser kennenzulernen. Abseits vom Sex. Er mag sie, und zwar nicht nur wegen des Beins. Sie ist eine großartige Frau, findet er, je länger er darüber nachdenkt. Er ist überzeugt, dass sie bei der Erpressung nicht mitgemacht hat, zumindest nicht freiwillig. Ob sie gemeinsam aus Tampere weggehen könnten, um sich ein Leben aufzubauen? Savonlinna wäre schön, oder Kuusamo. Irgendwo weit weg von Boris. Hotels gibt es schließlich überall, er wird schon eine Arbeit finden, um sie beide zu ernähren.

Eine Frau fragt nach Karten für die Abendveranstaltung. Ilmari muss sie enttäuschen, der Tangoabend ist ausverkauft. Seit er am Vormittag seinen Dienst angetreten ist, reißen die Anfragen dafür nicht ab. Warum wollen die Leute plötzlich alle zu den Tango-Torten? Am Rande hat er etwas von einem Vorfall gestern bei der Feier der Bürgermeisterin gehört. Wollen die Leute deshalb ständig wissen, ob Asta Helläkoski wie geplant die Abendveranstaltung eröffnen wird? Er schüttelt den Kopf und setzt sich auf den Hocker hinter dem Schalter. Seit drei Jahren arbeitet er im *Kruunu*, aber eine derart aufwühlende Zeit hat er bisher nicht erlebt. »Ich suche mir auf jeden Fall etwas anderes«, murmelt er.

Ein Stich in der Herzgegend erinnert ihn daran, dass der Wechsel in ein anderes Hotel oder sogar in eine andere Stadt – so Nadja denn will – bedeuten wird, dass er Leo nicht mehr regelmäßig sehen wird. Leo ist sein Freund. Leo ist der eine Mensch auf dieser Welt, auf den er sich absolut verlassen kann. Das ist ein wunderbares Gefühl. Deshalb wird es schmerzen, wegzugehen.

Aus dem Büro ertönt ein Rumpeln, gefolgt von einem frustrierten Ausruf Livias. Dann ein Knall, als würde sie etwas gegen die Wand werfen.

»Was für eine dämliche Ziege!« Ilmari verdreht die Augen. Als er in die Arbeit kam, war Livia bereits da. Was für sich genommen bereits ungewöhnlich ist. Sonst erscheint sie immer erst auf den letzten Drücker. Livia sieht heute völlig fertig aus, übermüdet. Als hätte sie nach ihrer Verfolgungsaktion der letzten Nacht kein Auge zugetan. Ilmari verzieht hämisch den Mund. Es geschieht ihr nur recht, dass Eddi sie abserviert hat. Er kann sowieso nicht verstehen, was der Hüne an der Frau gefunden hat. Wenn Ilmari so aussehen würde wie Eddi, würde er eine ganz andere Liga von Bräuten aufreißen.

Die Bürotür wird aufgestoßen, und Livia streckt ihr hageres Gesicht hervor. Ihre Augen glitzern, ob vor Wut oder vor Tränen, ist nicht zu sagen. »Ilkko, zu mir ins Büro, sobald Mikael aus der Pause zurück ist!«, knurrt sie und knallt die Tür wieder zu.

Er ballt die Fäuste. Erstmals gesteht er sich ein, dass er Livia regelrecht verachtet. Weil sie die Chefin lediglich spielt und über keinerlei Kompetenz verfügt, mit anderen Menschen umzugehen, seien es Gäste oder Mitarbeiter. Von fachlichem Wissen ganz zu schweigen. Die Frau schafft es nicht einmal, einen einfachen Dienstplan fehlerfrei zu erstellen. »Wer diese Null eingestellt hat, gehört gefeuert«, murmelt er. Dem Gespräch mit Livia blickt er mit kalter Ruhe entgegen. Ihm kann nichts passieren, weiß er seit heute Morgen. Er geht sowieso weg, soll sie ihn doch rauswerfen. Vielleicht kann er so noch eine Abfindung rausschlagen. Ihm geht es gut. Er hat einen Freund, der zu ihm hält, und eine potenzielle Freundin, mit der er die Zukunft verbringen will. Da ist Livia nur eine lästige Randerscheinung.

»Bin zurück, Junge«, meldet sich Mikael in Ilmaris Rücken.

Schon am Tonfall erkennt Ilmari, dass Mikael während der Pause einen fetten Joint geraucht hat. Er dreht sich um. Ja, diesen glasigen Blick und das entrückte Lächeln hat Mikael immer, wenn er sich eine Tüte genehmigt hat. Er beneidet den Kollegen um dessen entspannte Stimmung. Leider muss Ilmari von Hasch immer kotzen. Außerdem sind Kiffen und Koksen ab sofort sowieso passé, meldet sich in ihm Leo mahnend zu Wort. Er nickt, holt tief Luft und seufzt.

»Alles fit?«, fragt Mikael mit samtiger Stimme und grinst breit. »Du siehst gestresst aus, Ilmari. Relax, Bruder. Relax.«

Ilmari deutet auf die Bürotür. »Ich muss nach hinten. Livia hat mich zu sich beordert.«

»Scheiße, Mann. Viel Vergnügen«, säuselt Mikael und bricht in ein Kichern aus, während er sich hinter den Rezeptionsschalter setzt.

Ilmari richtet seine hochbetonierte Frisur, drückt die Schultern durch und öffnet schwungvoll die Tür zum Büro, ohne vorher anzuklopfen.

Livia fährt hinter ihrem Schreibtisch zusammen, dann klickt sie mit verkniffenem Gesicht eilig auf der Computermaus herum.

»Da bin ich«, sagt Ilmari betont ruhig.

»Klopf gefälligst an!«, schimpft Livia und wirft dem Bildschirm einen Blick zu, bevor sie sich wieder an Ilmari wendet. »Dein Verhalten ist unterirdisch. Manchmal frage ich mich, ob du überhaupt eine Erziehung genossen hast. Geht man so mit anderen Menschen um? Eine Enttäuschung reiht sich an die nächste, Ilkko. Du hast es nicht drauf, fürchte ich. Nichts hast du drauf! Wirklich armselig. Bei dir sind wirklich Hopfen und Malz verloren.«

»Worum geht's?«, fragt er lächelnd, als hätte er ihren Ausbruch gar nicht mitbekommen.

»Ich bin sehr unzufrieden mit dir. Mit deiner Arbeit!« Livias Stimme ist schrill, überschlägt sich beinahe. »Du verhältst dich unkollegial, gehst der Arbeit aus dem Weg. Außerdem passt dein Äußeres nicht zu diesem Haus. Was machst du mit deinen Haaren? Was ist das da auf deinem Kopf? Alles an dir strahlt aus, dass irgendetwas nicht mit dir stimmt. Unsere Gäste bemerken das auch, da bin ich sicher. Beliebt bei den Gästen bist du jedenfalls nicht. Ich werde der Personalabteilung in Helsinki schreiben, dass du meiner Meinung nach ungeeignet für diesen Job bist. Jemand wie du passt nicht zu einem Haus wie dem *Kruunu*. Es wird zumindest einen Eintrag in deine Personalakte geben, denke ich. Vielleicht auch eine andere Konsequenz.« Sie zieht das letzte Wort betont in die Länge.

»Weswegen?« Eine tiefe Ruhe durchströmt Ilmari. Livia kann ihn mal. »Weswegen sollte es eine Konsequenz geben?«

Livia schüttelt sich, als hätte sie in eine Zitrone gebissen, sagt aber nichts. Auf ihren Wangen sprießen rote Flecken, ihre Lippen sind kaum sichtbar.

»Das dachte ich mir«, bemerkt Ilmari. »Dann geh ich mal wieder an die Arbeit.« Er dreht sich um und verlässt das Büro. Kurz bevor er die Tür schließt, meint er, Livia etwas murmeln zu hören. Es hört sich an wie *Freak*.

»Alles gut, Junge?« Mikael dreht sich auf dem Hocker und grinst wie ein Honigkuchenpferd.

»Alles gut.« Er stellt sich an den Bildschirm und ruft das Buchungssystem auf, betrachtet die geplanten Anreisen des Tages. Dann die anstehenden Abreisen. Der einzige deutsche Gast neben Sarah Fuchs, ein Doktor Bacher, bittet für den nächsten Morgen um acht Uhr um eine Taxireservierung. »Mikael, hast du mit dem Gast aus 522 telefoniert? Wegen dem Taxi?«

»Kann sein.«

»Warum hast du den Eintrag ins System gemacht, aber kein Taxi vorbestellt?«

»Viel zu tun gewesen«, sagt Mikael und dreht sich auf dem Hocker von links nach rechts, wieder und wieder. Dabei gluckst er in sich hinein.

»Herr im Himmel!«, stöhnt Ilmari und greift nach dem Telefonhörer. Als er das Taxi reserviert und einen Vermerk in den Computer eingegeben hat, kommt Sarah Fuchs in die Lobby gestürmt. Sie wirkt aufgeregt.

»Ilmari!«, ruft sie ihm schon von Weitem entgegen und winkt ihm zu. »Auf Sie habe ich gehofft.«

Er winkt lächelnd zurück.

Außer Atem kommt Sarah vor der Rezeption zum Stehen. »Darf ich Ihnen den Schlüssel dalassen, Ilmari? Ich benötige den Wagen nicht mehr. Er parkt draußen, vor dem Eingang. Ich habe es eilig, daher habe ich ihn einfach vor der Tür stehen lassen. Es tut mir leid.«

Er nimmt den Autoschlüssel entgegen. »Kein Problem, Sarah. Ich kümmere mich darum und lasse den Wagen vom Vermieter abholen. Die Belastung erfolgt dann auf Ihre Kreditkarte.«

»Wunderbar, wunderbar! Außerdem ist da noch etwas, bei dem ich Ihre Hilfe brauche. Es ist ein wenig … heikel.«

»Worum geht es?«

Sie winkt ihn zur Seite, zwei Schritte von der Rezeption entfernt, und blickt sich argwöhnisch um.

Er folgt ihr. »Schießen Sie los. Wie kann ich Ihnen helfen?«

Sarah beugt sich vor und beginnt, ihm ins Ohr zu flüstern.

Je länger er ihr zuhört, umso größer werden Ilmaris Augen und desto schneller schlägt sein Puls. Als sie endet und ihn fragend ansieht, blinzelt er. Sein Verstand benötigt einen Moment, um das Gehörte zu verdauen.

»Was meinen Sie, Ilmari?«, flüstert Sarah eindringlich. »Wäre das möglich?«

»Sie können auf mich zählen!«, erwidert er und nickt. Aufregung macht sich in ihm breit. Sie mischt sich mit einer beinahe schon kindlichen Vorfreude.

EINUNDFÜNFZIGSTES KAPITEL

Sarah erspart sich das Anklopfen und öffnet die Tür mit Ilvis Zweitkarte. »Hallo«, sagt sie knapp, nachdem die Tür hinter ihr ins Schloss gefallen ist.

Eddi stemmt sich mit den Ellenbogen vom Bett hoch und setzt sich in den Schneidersitz. Er gähnt, schaltet an der Fernbedienung den Fernseher aus. »Wie war's? Haben Sie etwas gefunden?«

Sie hebt eine Hand. »Erst mal etwas anderes. War Ilvi zwischenzeitlich hier?«

Er schüttelt den Kopf, deutet dann auf sein Handy auf der Bettdecke. »Sie hat mir geschrieben. Die Proben dauern länger, sie befürchtet, vor dem Auftritt nicht mehr wegzukommen. Wir sollen uns danach alle zusammensetzen, um das weitere Vorgehen zu besprechen, schlägt sie vor.«

Typisch Ilvi, flucht Sarah innerlich. Anstatt ihr Bescheid zu geben, wendet sie sich an den Casanova. »Darf ich die Nachricht mal sehen?«

Eddi runzelt die Stirn. »Da steht genau das drin, was ich gerade gesagt habe.«

Sie streckt auffordernd eine Hand aus.

»Wenn es sein muss.« Eddi tippt auf dem Display herum, reicht Sarah dann das Telefon.

Es handelt sich um Ilvis Nummer, stellt Sarah erleichtert fest. Und auch die Nachricht entspricht dem, was Eddi gesagt hat. Geschmückt von erstaunlich vielen Emojis, darunter auch ein paar roten Herzen. »Ich möchte, dass Sie Birke Nieminen anrufen. Jetzt!«

»Wen? Birke?« Entgeistert starrt er sie an.

»Jetzt!«

»Aber ich kann …«

Sarah fällt Eddi ins Wort. »Ich dachte, Sie haben ihre Nummer, weil Sie bereits mit ihr gesprochen haben. Sie kennen sie doch, oder?«

»Ja, ja. Das ist richtig.« Eddis Blick zuckt unstet durchs Zimmer. »Ich kenne sie flüchtig.«

»Dann rufen Sie Birke an. Ich muss dringend mit Asta sprechen. Äußerst dringend! Wen sollte ich da wohl besser anrufen als ihre Assistentin?« Sarah bedenkt Eddi mit einem Blick, als hätte sie es mit einem begriffsstutzigen Kleinkind zu tun.

»Ah«, stößt er erleichtert aus.

»Los, worauf warten Sie, Eddi?« Ungeduldig wedelt Sarah mit der Hand. »Sie wollen doch, dass Jussi das Handwerk gelegt wird, oder? Ich will die Sache ein für alle Mal abschließen. Doch dazu muss ich mit Asta sprechen.«

Zögernd greift er nach dem Handy, tippt darauf herum und reicht es Sarah. »Hier, es läutet bereits.«

Sarah drückt sich das Handy ans Ohr.

»Eddi!«, ruft Birke ins Telefon. »Schatz, endlich meldest du dich! Ich habe mir schon Sorgen gemacht. Was ist denn los?«

»Hallo, Birke. Ich bin es, Sarah Fuchs.«

Überraschtes Schweigen, dann ein ungläubiges Auflachen. »Sarah Fuchs? Sie hatten neulich einen Termin mit Asta, nicht wahr? Wir haben deswegen telefoniert. Was machen Sie an Eddis Handy?«

»Das ist eine lange Geschichte, Birke. Ich erzähle sie Ihnen ein anderes Mal. Versprochen. Im Augenblick ist es von äußerster Wichtigkeit, dass ich mit Asta spreche. Es geht um Leben und Tod.« Sarah beobachtet, wie Eddi bei ihren Worten zusammenzuckt.

»Meine Güte«, stößt Birke aus. »Wollen Sie die Polizei …?«

Sarah unterbricht sie. »Asta wird in diesem speziellen Fall nicht wollen, dass die Polizei eingeschaltet wird. Ich muss mit ihr sprechen. Sofort. Unter vier Augen.«

»Asta ist nicht im Büro«, entgegnet Birke. »Sie kommt heute auch nicht mehr. Das Tangofestival – sie bereitet sich auf die Abschlussveranstaltung vor. Ich kann ihr nicht …«

»Hören Sie, Birke. Asta wird sich umgehend mit mir treffen wollen, wenn Sie ihr sagen, dass es um Arttus Tod und den verschwundenen Mann auf dem See geht.«

»Ar-Arttus Tod?«, stottert Birke.

»Rufen Sie die Bürgermeisterin an. Sagen Sie ihr, ich weiß von ihrem Deal mit Arttu. Und von einigen schmutzigen Verabredungen mehr. Sie soll in einer Stunde zu dem Bürogebäude kommen, neben dem die tote Obdachlose gefunden wurde. Jetzt am Wochenende ist dort nichts los, da können wir uns ungestört unterhalten. Sagen Sie Asta, sie muss allein kommen. Ohne Jussi. Wir treffen uns im Foyer des Gebäudes. Da es Asta gehört, wird es kein Problem für sie sein, einen Schlüssel zu besorgen.«

»Ich rufe sie an, okay«, haucht Birke. »Aber ich kann nicht versprechen …«

Sarah legt auf und reicht Eddi das Telefon.

»Meine Güte, was Sie da gerade gesagt haben …« Eddi steht der Mund offen.

Sarah mustert ihn aus zusammengekniffenen Augen.

»Was, um Himmels willen, haben Sie im *mökki* gefunden, Sarah?«

»Hinweise auf eine sehr traurige Geschichte«, antwortet Sarah.

»Wollen Sie mir nicht sagen, worum es geht? Schließlich sollte ich es wissen, wenn wir Asta nachher zur Strecke bringen.«

Sie schüttelt den Kopf, lächelt sanft. Genau das möchte sie ihm nicht sagen. »Ich gehe allein. Sie bleiben hier, Eddi.«

Er macht ein Gesicht, als hätte Sarah ihm eine Ohrfeige verpasst. »Das kann ich nicht zulassen«, stößt er aus. »Das könnte gefährlich werden.«

Sarah zuckt mit den Schultern. »Mit Ihnen oder ohne Sie, Eddi, wird es gefährlich werden. Aber wissen Sie was? Das ist mir egal! Ich habe schon andere Dinge hinbekommen. Ich kann Sie bei dem Gespräch jedenfalls nicht gebrauchen. Sie bleiben hier!«

Nun sieht Eddi wirklich beleidigt aus.

»Außerdem verbiete ich Ihnen, Ilvi auch nur den Hauch eines Hinweises zu geben, sollte sie doch noch bei Ihnen anklopfen.«

Eddi setzt an, etwas zu erwidern, schließt aber wieder den Mund.

Für einen Moment befürchtet Sarah, in der Kürze der Zeit nicht an alle Eventualitäten gedacht zu haben. Auf der Fahrt von Astas *mökki* hierher hat ihr Plan zwar Gestalt gewonnen, doch was, wenn sie etwas in den Unterlagen falsch verstanden hat?

Was, wenn sie die falschen Schlüsse gezogen hat? »Papperlapapp«, murmelt sie. »Vertrau dir selbst.«

»Was meinen Sie?«, fragt Eddi heiser.

»Ach, Eddi«, sagt sie leise, dreht sich um und verlässt das Hotelzimmer ohne ein weiteres Wort.

ZWEIUNDFÜNFZIGSTES KAPITEL

»Was war das denn?«, ruft Birke ins Telefon. »Meine Güte, Eddi, was geht da vor sich?«

Eddi schluckt. Er hat gezögert, Birkes Anruf anzunehmen. Doch er hat das Gefühl, er schulde ihr wenigstens den Ansatz einer Erklärung. »Wir sind da einer großen Sache auf der Spur. Sie hat mit Jussi zu tun. Deshalb muss Sarah mit Asta sprechen. Es ist dringend.«

»Du hast versprochen, dich nicht mit Jussi oder Asta anzulegen.« Die Empörung in Birkes Stimme bricht sich Bahn. »Du setzt deinen Job aufs Spiel! Und meinen gleich mit! Asta hat schon komische Fragen wegen unserer Beziehung gestellt. Wenn sie herausbekommt, dass ich dir …« Sie schluchzt auf.

»Birke, mach dir bitte keine Gedanken. Ich verspreche dir, dass alles in Ordnung ist.« Er weiß selbst, dass diese Beschwichtigung leichtfertig ist.

»Okay, okay.« Sie scheint sich wieder zu fangen. »Eddi, du machst mir Angst.«

»Bitte beruhige dich, Birke. Wichtig ist, dass du Asta informierst. So, wie Sarah es eben gesagt hat.«

Ein Nasehochziehen. »Astas Handy ist aus. Ich habe ihr auf

die Mailbox gesprochen. Eine Kurzversion von dem, was Sarah Fuchs gesagt hat. Es war sicherlich die ungewöhnlichste Nachricht, die ich ihr bisher hinterlassen habe.« Sie lacht auf, wird aber sofort wieder ernst. »Hoffentlich hört sie die Nachricht rechtzeitig ab.«

»Hoffentlich«, sagt auch Eddi. Ihm gefällt nicht, dass Sarah ihn im Hotel Däumchen drehen lässt, während sie Jussi und Asta konfrontiert. »Ich habe sie wirklich unterschätzt«, murmelt er und streicht über seinen Bart.

»Wen? Wen hast du unterschätzt, Eddi?«

»Ach, ich hab nur laut nachgedacht.«

»Wo warst du die ganze Zeit?« Ein skeptischer Tonfall hat sich in Birkes Stimme geschlichen. »Auf einmal verschwindest du und meldest dich nicht mehr. Gehst auch nicht mehr ans Handy, bis diese Sarah Fuchs hier anruft. Das gefällt mir nicht, Eddi. Was ist da los?«

Er unterdrückt ein Aufstöhnen. Hört er Livias besitzergreifenden Kontrollwahn auch bei Birke? Er ist plötzlich froh über seinen Entschluss, dass es mit Birke nicht weitergeht. Nun ärgert er sich, ihren Anruf entgegengenommen zu haben. Sein weiches Herz, verdammt!

»Eddi, bist du noch da?«

»Hm.«

»Was passiert jetzt?« Birke klingt ängstlich.

»Wie meinst du das?«

»Sarah Fuchs sagte doch, es geht um Leben und Tod. Was geschieht jetzt? Vielleicht sollte ich doch lieber die Polizei …«

»Auf keinen Fall!«, ruft Eddi dazwischen. »Jussi *ist* die Polizei! Wir müssen Sarah die Sache durchziehen lassen, ohne für Wirbel zu sorgen.« Er weiß, dass er das selbst nicht tun wird – Sarah die

Sache einfach so durchziehen lassen. Doch das braucht er Birke nicht auf die Nase zu binden.

»Meinst du?« Birke klingt unsicher.

»Deine Aufgabe ist es, Asta Sarahs Nachricht zukommen zu lassen, Schatz.« Er zieht noch einmal alle Register, um Birke in die Richtung zu lenken, in der er sie haben möchte. »Bald ist der Spuk vorbei. Dann bin ich wieder in meinem Job. Und wir beide können auch wieder Spaß haben. Wie neulich bei dir im Büro, Süße.«

»Das wär schön«, seufzt Birke. Dann mit aufgeregter Stimme: »Wenn man vom Teufel spricht! Asta ruft gerade zurück. Ich muss Schluss machen, Eddi. Bis später.« Damit beendet sie das Gespräch.

Er schließt die Augen, atmet dreimal tief durch. Dann blickt er wieder auf sein Handy und fährt mit dem Finger auf dem Display herum. Ilvi hat die letzte Nachricht von ihm noch nicht gelesen, stellt er fest. Mit zwei Klicks löscht er sie wieder.

Er trägt noch seine Sportklamotten, stellt er fest. Langsam wird ihm das Outfit zu albern. Er hebt einen Arm und riecht an seiner Achsel, verzieht das Gesicht. Es wird allerhöchste Zeit, dass diese unangenehme Geschichte mit Jussi endet. Jetzt wird er seinen Teil dazu beitragen, dass dieser Abschluss erreicht wird.

Eddi schnappt sich sein Handy und den Autoschlüssel. Dann verlässt er das Hotelzimmer.

DREIUNDFÜNFZIGSTES KAPITEL

Etwa einhundert Meter vor dem Bürogebäude lässt Sarah das Taxi anhalten. Den letzten Teil des Weges legt sie zu Fuß zurück, atmet noch einmal tief die kühle Luft ein, die vom Näsijärvi herüberweht. Die Sonne ist jetzt am Nachmittag bereits dabei unterzugehen. Die Foyers der Gebäude werden zu Lichtinseln. Es wird interessant werden, überlegt Sarah, wen diese Lichter so alles anziehen. Wie Laternen, denen Nachtfalter nicht widerstehen können, auch wenn es sie ins Verderben reißt. Betrübt verzieht sie ihre Mundwinkel.

Sie fühlt sich erstaunlich ruhig. Festen Schrittes geht sie über den Asphalt. Im Hotel stand sie eben noch vor dem vollen Kleiderschrank, hat sich aber entschieden, in den abgetragenen Kleidungsstücken der deutschen Familie zu bleiben. Sie ist überzeugt, dass die Sachen ihr Glück bringen. Und sollten sie es nicht tun, sind sie immerhin bequem und bieten reichlich Bewegungsfreiheit. Die wird sie später eventuell gut gebrauchen. Einzig ihre schwarzen High Heels stammen aus den Koffern, die sie aus München mitgebracht hat. Doch in diesen Schuhen bewegt sie sich so sicher wie ein Akrobat auf dem Trapez.

In den tiefen Taschen der Jogginghose tastet sie nach ihrem Handy und dem Gegenstand, den Ilmari ihr im Vorbeigehen mit einem Augenzwinkern zugesteckt hat. Die Erinnerung an Ilmari lässt Sarah lächeln. Er war gleich Feuer und Flamme, als sie ihn an der Rezeption um Unterstützung bat. Im Grunde ist Ilmari so etwas wie meine Wunderwaffe, denkt sie. Ein kleiner Raketenmann mit betoniertem Sturzhelm.

Die Gegend ist wie ausgestorben, was an einem Wochenende jedoch wenig verwundert. Auch in Finnland wird samstags und sonntags ungern im Büro gearbeitet. Sarah betritt den breiten Weg, der wie eine Auffahrt zu dem Gebäude hinführt. Auch dessen Eingangsbereich ist erleuchtet, das Foyer menschenleer. Zielstrebig schreitet sie auf die Glastür zu und legt eine Hand auf den Griff. Sie zieht die Tür auf, wobei ein leises Klicken ertönt. Auf der Schwelle verharrt sie, beugt sich zu einem Schuh hinab und zieht ein Riemchen fest. Dann macht sie einen Schritt nach vorne. Hinter ihr schwingt die Glastür langsam zu.

Das Foyer sieht aus, wie Bürofoyers überall auf der Welt aussehen. Hinter einem Empfang mit zwei Drehstühlen vor Computern und einer Telefonanlage hängt eine breite Tafel an der Wand. Auf ihr sind zwei Dutzend Unternehmen aufgeführt, die hier ihren Sitz haben. Darunter ein Name, der Sarah eine Augenbraue heben lässt. *Mäkelä Invest.*

Die obligatorische Grünpflanze steht einsam ein paar Schritte rechts vom Empfang. Unweit der Fensterfront mit Blick auf den See stehen mehrere Gruppen plüschiger Sessel mit dazugehörigen dreibeinigen Tischen. Hier warten Besucher werktags darauf, zu ihren Terminen vorgelassen zu werden. In der rechten Ecke des Raums entdeckt Sarah zwei silberfarbene Aufzüge, daneben eine Tür, auf der ein Treppensymbol abgebildet ist. Der graue

Steinboden, der die gesamte Fläche des Foyers ausfüllt, glänzt im Licht der Deckenlampen. Anscheinend hat die Putzkolonne vor dem Wochenende für Sauberkeit gesorgt. Sarah nickt. Die Bühne ist bereitet.

Sie geht in die Mitte des Foyers, wobei ihre Absätze auf dem Steinboden hallen. Mit verschränkten Armen bleibt sie stehen und dreht den Kopf, zieht tief Luft durch die Nase ein. Sie lächelt. Schnuppert einem feinem Geruch nach. Sie hat richtiggelegen, erkennt sie. Absolut richtig. Seufzend verlagert sie das Gewicht auf das andere Bein. Es stimmt sie ein wenig traurig, dass sie die richtigen Schlüsse gezogen hat.

Sarah wartet. Natürlich wird sie nicht den ersten Schritt machen. Dieses ganze Drama, diese undurchsichtige Geschichte, die für sie mit Arttus Tod begonnen hat, ist in Wirklichkeit ein komplexes Schachspiel. Jetzt versteht sie es. Und hat selbst einen Zug gemacht. Beinahe unmerklich schüttelt sie den Kopf. Drei Tote! Ein Frösteln überkommt sie bei dem Gedanken. Drei Tote, von denen sie weiß. Es würde sie nicht erstaunen, wenn es weitere Opfer gäbe. Zumindest sind weitere geplant, so viel steht fest.

Sarah muss an einen Stein denken, der, ins Wasser geworfen, auf der Oberfläche immer größere Ringe zieht. An den ersten Dominostein, der eine Kettenreaktion in Gang setzt. Ein Tod kann anscheinend denselben Effekt haben. Wenn etwas aus dem Ruder läuft.

Sie holt tief Atem. Die Bühne ist bereitet, Sarah muss nur auf den ersten Auftritt warten. Jeden Moment geht es los, das spürt sie. Die Luft knistert vor Spannung. Doch sie selbst ist nach wie vor völlig ruhig. Hat keine Angst. Im finnischen Wald hat die Angst sie verlassen. Endlich, nach Jahrzehnten der Sorge, nicht dazuzugehören, nicht schön genug zu sein, nicht das Richtige zu tun. Diese Liste könnte sie endlos weiterführen. Doch am Ende laufen alle Ängste auf eine einzige hinaus, das hat sie nun verstanden – die Angst, nicht auszureichen. Nicht gut genug zu sein, für was oder wen auch immer. Sie streckt die Arme in die Luft, reckt und streckt sich. »Das ist Vergangenheit«, flüstert sie in die Stille. »Ich bin mir selbst gut genug!« Alles andere ist nicht von Bedeutung.

Sie hört die Bewegung, noch bevor sie sieht, wie sich die Tür zum Treppenhaus langsam bewegt.

Es beginnt. Das Drama nimmt seinen Lauf.

VIERUNDFÜNFZIGSTES KAPITEL

Vor dem Eingang zum Tanzsaal stehen Trauben von Menschen und warten auf den Einlass. Ilmari zieht sein Handy aus der Hosentasche und prüft die Uhrzeit. »So spät schon?« Er dreht sich zu Mikael, wartet, bis der sein Telefongespräch mit einem Gast beendet hat. »Du muss kurz allein bleiben.«

Überrascht schaut Mikael auf. »Junge, du siehst doch, wie voll der Schuppen ist. Wenn du weg bist, kommen garantiert alle gleichzeitig, um sich über irgendwas zu beschweren.«

»Es dauert nicht lang. Nur ein paar Minuten.« Ilmari deutet hinter sich an die vertäfelte Wand. »Ich muss noch mal zu Livia rein.«

»Sag das doch gleich, Mann«, erwidert Mikael und zieht ein mitleidiges Gesicht. »Ich versteh absolut nicht, was für einen Aufstand sie immer mit dir macht.«

Ilmari nickt seinem Kollegen zu. Dann schlüpft er ins Büro. Er hat ein seltsames Gefühl, ähnlich dem, das er als kleines Kind an Weihnachten hatte. Der Ausblick auf die bevorstehende Bescherung.

Livia blickt erschrocken auf. Wieder drückt sie hektisch auf der Computermaus herum, bevor sie Ilmari anfährt. »Spinnst du? Was willst du hier?«

Er deutet auf den Bildschirm. »Du brauchst dir nicht jedes Mal die Mühe zu machen, die Facebook-Seiten von Eddi zu schließen. Wir alle wissen, dass du im Büro den ganzen Tag nichts anderes machst, als deinem Ex hinterherzuweinen.«

In Schockstarre verharrt Livia hinter ihrem Schreibtisch, Mund und Augen weit geöffnet.

»Ein paar von uns haben gewettet, dass du dabei an dir rumspielst.« Ilmari reibt über seinen Schritt und stöhnt übertrieben. »Aber meine Meinung war, dass du eher Mordpläne schmiedest.«

Ein Röcheln entschlüpft ihrem Schlund. Dann durchfährt ihren Körper ein Zittern und erweckt sie zum Leben. »Du dreckiger, kleiner …«, zischt sie.

»Was? Kleiner was?«

»Freak!«, speit sie aus. »Du dreckiger, kleiner Perverser. Du … du Freak!« Sie steht auf, ihr Kinn zittert vor Aufregung. »Ich weiß, wo du hingehst! Was du treibst. Mit wem du es treibst. Du bist Abschaum!«

Ilmari schnappt nach Luft. Das Gefühl weihnachtlicher Vorfreude ist verschwunden.

Livia lacht höhnisch auf. »Da guckst du, was?! Jemanden wie dich wollen wir hier nicht. Freak! Jemanden, der zu Nutten geht. Zu *besonderen* Nutten.« Sie verzieht angewidert das Gesicht, schüttelt sich.

Er streckt eine Hand aus, um sich an der Wand abzustützen.

»Ich hab dich vor ein paar Monaten in das Haus gehen sehen. Dieses schäbige Etablissement, das schon von außen Verdorbenheit schreit. Später habe ich Eddi davon erzählt. Er hat sich ein bisschen umgehört unter seinen Kollegen, ist dir einmal sogar gefolgt. Hat mir dann gesteckt, was du da wohl treibst. Der Puff ist für seine *besonderen* Frauen bekannt. Widerlich! Ich konnte dich noch nie leiden. Aber das hat mir bewiesen, was für ein perverses Ekel du bist!«

Er denkt an Nadja. Er denkt an Leo. Er holt tief Luft und schüttelt das Netz aus Hass und Schuldgefühlen ab, das Livia über ihn geworfen hat. Sanft lächelt er. »Du bist ein schlechter Mensch, Livia. Das habe *ich* von vornherein gewusst.«

Sie fährt zusammen, als hätte er ihr eine Ohrfeige verpasst. »Was erlaubst du dir?«, zischt sie. »Ich schmeiß dich raus, Ilkko! »Ich bin immer noch deine …«

»Wenn dich das glücklich macht, bitte. Schmeiß mich raus!« Er ruft sich ins Gedächtnis, warum er ins Büro gekommen ist. Sofort fühlt er sich besser, gewinnt seine Zuversicht zurück. »Aber vielleicht möchtest du vorher noch von mir hören, was wir so über dich reden. Was wir über dich wissen, Livia.«

Sie lacht auf, doch es klingt unsicher. »Ihr wisst gar nichts! Faules Pack, sitzt den ganzen Tag nur rum und zerreißt euch das Maul über Leute, die den Laden hier am Laufen halten.«

»Wir wissen alles über dich und Eddi.«

Sie zieht Luft in ihre Lunge.

»Und das Beste daran ist, dass Eddi uns selbst so einiges erzählt hat. Er versteht sich mit ein paar Leuten aus dem Hotel richtig gut. Mann, hat er Geschichten losgelassen! Über dich, Livia. Über eure gestörte Beziehung.«

»Was?« Sie macht einen wackeligen Schritt nach vorn, das Gesicht blass wie ein Leichentuch. »Was hat das Schwein gesagt?«

»Er meinte, dass er dich die ganze Zeit über verarscht hat. Du hättest die ganze Zeit geglaubt, er habe ein echtes Interesse an dir, dabei ging es ihm nur um ein bisschen Spaß.«

»Bisschen Spaß«, wiederholt Livia tonlos.

»Es sei nichts Besonderes mit dir gewesen. Eher alles ziemlich mittelmäßig. Einmal hat Eddi Oskari erzählt, du wärst im Bett eine Vier von Zehn. Mann, haben wir im Pausenraum gelacht!« Ilmari gluckst in sich hinein.

Livia stützt sich auf der Schreibtischplatte ab. Ihre Gesichtsfarbe wechselt zu einem scharlachfarbigen Rot.

»Er hat sich deshalb woanders das geholt, was er braucht. Bei dieser Birke. Kennst du sie? Sie arbeitet im Büro der Bürgermeisterin.«

»Birke«, haucht Livia.

»Alle wussten, dass Eddi dich mit ihr betrügt. Während du hier herumstolziert bist und von deiner ach so wunderbaren Beziehung geschwärmt hast, haben wir uns totgelacht. Weil wir wussten, dass dein Freund gerade dabei war, Birke zu vögeln.«

Livias Krächzen scheint nicht von dieser Welt zu stammen. Weiß leuchten die Knöchel ihrer Finger, die die Schreibtischkante umklammern.

»Birke hat auch über dich gelacht. Sie wusste, dass Eddi noch mit dir rumgemacht hat. Aber das war ihr nicht wichtig. Weil du keine Konkurrenz bist, hat sie gesagt. Und guck, Livia, wer den Kürzeren gezogen hat. Birke und Eddi sind heute noch ein Paar. Du hockst nur vor deinem Computer und heulst Eddi hinterher.«

»Birke.« Livias Stimme ist rau wie ein Reibeisen.

»Eddi hat Oskari erzählt, dass Birke zu ihm gesagt hat, sie würde ihm schon beweisen, dass sie besser als du ist, Livia. Es scheint ihr gelungen zu sein.«

»Die Schlampe!«

»Wusstest du, dass die beiden sich ständig zum Sex an ungewöhnlichen Orten verabreden? Durch die Verbindung zur Bürgermeisterin hat Birke Zugang zu richtig aufregenden Plätzen. Das haben sie von Anfang an genutzt, schon als du dachtest, dass du noch mit Eddi zusammen bist. Sicher weißt du, dass Eddi während seiner Beurlaubung hier im Hotel wohnt. Ich glaube, er will mal ausspannen, nichts von der Welt sehen. Das hält ihn jedoch nicht ab, sich auch jetzt für eine heiße Nummer mit seinem Herzblatt Birke zu verabreden.« Während Ilmari die Geschichte weiterspinnt, beobachtet er fasziniert, wie Livias Gesichtsfarbe mehrmals zwischen Kalkweiß und Karminrot wechselt. Das ist seine Rache, sagt er sich zufrieden. Es ist die Rache für die unzähligen Ilkkos. Für die schlechte Behandlung. Für Livias Dünkel, ihn als ihren Fußabtreter benutzen zu können. Als er seinen bunten Bericht über Eddis Eskapaden mit dem momentanen Treffen mit Birke in einem Bürofoyer beendet, tritt er zur Seite, damit Livia an ihm vorbeistürmen kann. Er verweilt eine Weile im Büro, dann schlendert er zu Mikael an die Rezeption.

»Was war das?«, fragt Mikael erstaunt. »Livia ist gerade wie eine Furie an mir vorbeigeschossen. Weg war sie. Ohne ein Wort.«

»Ihr geht es nicht gut«, sagt Ilmari und reibt sich die Hände. »Für den Rest der Schicht hat sie sich krankgemeldet. Sie meinte, dass jetzt du den Hut aufhast, Kumpel.«

Während Mikael aufstöhnt, setzt Ilmari sich auf seinen Hocker und dreht darauf Runde um Runde, wie auf einem Karussell. Bis ihm schwindelig ist. Lachend kommt er zum Stehen. Er richtet seine Frisur, obwohl sich keine Strähne bewegt hat. Dann spaziert er zum Saal, dessen Türen mittlerweile geöffnet sind. »Schauen wir doch mal, was die Tango-Torten so treiben«, summt er im Takt der ihm entgegenschallenden Musik.

FÜNFUNDFÜNFZIGSTES KAPITEL

Mit ängstlichem Blick schaut Birke sich im Foyer um, streicht ihren Mantel glatt. »Ich habe mich im Treppenhaus versteckt, bis ich Sie gehört habe, Sarah. Asta kommt gleich nach. Sie sagte mir am Telefon, sie müsse die Veranstaltung im Hotel eröffnen, danach macht sie sich sofort auf den Weg.«

»Sie glauben also, dass sie kommt?«, fragt Sarah und lächelt.

Birke macht einen Schritt auf sie zu. »Warum sollte sie mich anlügen? Sie klang sehr aufgeregt und möchte unbedingt mit Ihnen sprechen.«

»Und warum sind Sie hier?«

»Um Ihnen auszurichten, dass es bei Asta noch etwas dauert.« Birke druckst ein wenig herum. »Außerdem meinte sie, sie will nicht mit Ihnen allein sein.«

»Dann genießen Sie großes Vertrauen, wenn Asta vor Ihren Ohren schmutzige Wäsche waschen will.« Sarah versenkt ihre Hände in den tiefen Taschen der Jogginghose. »Und es ist eine ganze Ladung schmutziger Wäsche. Es wird kein freudiges Gespräch werden.«

Birke wirkt verunsichert. »Schmutzige Wäsche? Ich verstehe nicht, was Sie damit meinen.«

»Gut.« Wieder lächelt Sarah. »Dann warten wir also.«

»Möchten Sie was trinken?« Birke deutet zum Rezeptionsschalter. »Dort steht ein Getränkekühlschrank. Sicherlich ist es in Ordnung, wenn wir uns bedienen.«

Dankend lehnt Sarah ab. Sie geht drei Schritte nach links, dann drei Schritte nach rechts, bis sie wieder an ihrem Ausgangspunkt steht. Doch diesmal wendet sie sich zur Fensterfront und blickt nach draußen. Die Dunkelheit hat zugenommen, doch der See ist noch gut zu erkennen. »Einen schönen Blick hat man von hier. Von den oberen Etagen muss er noch spektakulärer sein. Eine großartige Immobilie, die Asta da besitzt.«

»Sie ist sehr zufrieden, soweit ich weiß«, ist Birkes Stimme von hinten zu hören.

»Das glaube ich«, sagt Sarah leise. Dann verengt sie die Augen. Draußen erregt eine Bewegung ihre Aufmerksamkeit. Ein Auto parkt am Straßenrand. Sarah unterdrückt ein Aufstöhnen. Sie merkt, wie sich ihre Bauchmuskulatur verkrampft.

Nun hat auch Birke das Auto bemerkt. »Ist das Eddi? Was macht er hier? Haben Sie ihn herbestellt? Das wird Asta nicht gefallen. Eddi und Jussi sind nicht gut aufeinander zu sprechen.«

Sarah dreht sich um. Birke ist ein paar Schritte näher gekommen und starrt aus dem Fenster. Sarah schüttelt den Kopf. »Ganz gewiss nicht.«

»Aber was …?«, setzt Birke an.

»Hören wir doch einfach, was er will«, sagt Sarah und geht zur Eingangstür, um sie zu öffnen. Sie drückt die Tür von innen auf, damit Eddi eintreten kann. Dann zieht sie die Tür langsam zu, ganz unauffällig mit dem Fuß.

»Wo ist Asta? Was machst du hier, Birke?« Eddi steht zwischen den Frauen und dreht suchend den Kopf.

»Asta ist auf dem Weg«, erklärt Birke. »Aber warum bist du hier, Eddi?«

Sarah seufzt. »Vielleicht sollten wir die Scharade beenden. Was meinen Sie, Eddi?« Sie blickt von Eddi zu Birke.

»Was meinen Sie mit Scharade? Das versteh ich nicht.« Eddi streicht sich über den Bart.

»Bitte, Eddi, verkaufen Sie mich nicht für dumm.« Sarah macht eine wegwerfende Handbewegung, verdreht die Augen.

»Ich glaube, wir sollten wirklich was trinken«, sagt Birke und macht sich hinter dem Empfangstresen zu schaffen. Flaschen klirren.

»Wirklich! Was meinen Sie, Sarah?«, wiederholt Eddi und dreht sich zu ihr. »Ich merke schon die ganze Zeit, dass Sie etwas gegen mich haben. Vielleicht sollten Sie mir einfach sagen, was es ist. Ich lasse Sie diese Sache hier jedenfalls nicht allein regeln, das versteht sich von selbst. Warum wollen Sie mich nicht dabeihaben?«

»Wenn wir etwas trinken, kühlen sich bestimmt die Gemüter«, lässt Birke aus dem Hintergrund verlauten. »Wir wollen uns nicht streiten.«

»Ich möchte jetzt wissen …«, beginnt Eddi, zuckt aber erschrocken zusammen. Von hinten hat sich eine Hand auf sein Gesicht gelegt. Er will sich wegdrehen, doch es ist zu spät. Ein Tuch liegt ihm über Mund und Nase. Wie in Zeitlupe sackt er zusammen und schlägt auf dem Boden auf.

Sarah will zu Eddi, doch ein harscher Ausruf Birkes lässt sie innehalten.

»Ich steche ihn ab, wenn Sie näher kommen!«, ruft Birke und kniet sich neben Eddi. »Und danach machen auch Sie Bekanntschaft mit meinem Messer.«

Argwöhnisch beäugt Sarah die lange Klinge in Birkes Hand. Die Spitze ist auf Eddis Hals gerichtet. Reue überkommt Sarah. Sie blickt Birke in die Augen. »Ich habe Eddi ganz offensichtlich Unrecht getan«, sagt sie mit heiserer Stimme.

Birke runzelt die Stirn, das Messer an Eddis Hals.

»Ich wollte sehen, ob er meinem Wunsch folgt, im Hotel zu bleiben. Meine Sorge war es, dass er gemeinsame Sache mit Ihnen macht, Birke.«

Birke lacht auf. »Oh, das hat er gemacht. Aber ohne, dass er es wusste. Der dämliche Tropf. Er war so leicht zu steuern. Ein bisschen mit dem Hintern und den Brüsten wackeln, dann hat er mir gesagt, was ich wissen wollte. Eddi hat getan, worum ich ihn gebeten habe. Es ist lächerlich, wie sehr er von sich eingenommen ist. Das war seine Achillesferse.«

»Sie haben ihn benutzt.«

»Natürlich habe ich das.« Birte grinst breit. »Der Sex war trotzdem gut.«

»Hm.« Sarah verschränkt die Arme vor der Brust.

»Woher wussten Sie, dass ich es sein würde, die hier auf Sie wartet?« Birke richtet sich auf, hält das Messer aber weiter auf Eddi gerichtet.

Sarah blinzelt. Etwa sechs Meter liegen zwischen ihnen. Birke bliebe ausreichend Zeit, ihre Drohung wahr zu machen, sollte Sarah zu ihr eilen. »Woher ich wusste, dass Sie hinter den beiden Morden stecken? Nun, ich habe es *geahnt*, als ich etwas Interessantes in Astas Safe gefunden habe. Gewusst habe ich es, als ich hereinkam und ein Parfüm bemerkte, das viel zu jung und dezent für Asta ist. Die Bürgermeisterin neigt auch bei der Wahl ihres Duftwassers dazu, es zu übertreiben. Doch Ihnen, Birke, steht der Duft gut, keine Sorge. Ach, außerdem sind außer Asta Sie die einzige Person, die sich in so kurzer Zeit den Schlüssel für dieses Gebäude beschaffen kann. Das sprach ebenfalls für Ihr Erscheinen.« Sie lächelt. »Mein Fehler war, anzunehmen, Eddi steckt mit Ihnen unter einer Decke. Ich wusste, dass er mit Ihnen ein Verhältnis hat. Sie würden das perfekte Killer-Paar abgeben, wissen Sie? Wie aus einem Film. Doch anscheinend sind Sie allein für die Morde verantwortlich. Dass Sie den armen Eddi aus dem Spiel genommen haben, macht die Angelegenheit eigentlich einfacher. Wie Sie noch sehen werden.«

»Wie meinen Sie das?« Erstmals zeigt sich eine Spur von Unsicherheit auf Birkes Gesicht.

Sarah zuckt mit den Schultern. »Haben Sie ihn mit demselben Mittel betäubt wie mich im Park? Wer hat Ihnen in jener Nacht eigentlich geholfen? Sie haben mich kaum allein in die Wildnis geschleppt.«

»Richtig, das hat Boris übernommen.«

»Boris?«

Birke macht eine unwillige Handbewegung. »Ein Krimineller, der sein Geld hauptsächlich mit Zuhälterei und Drogen verdient. Für die richtige Summe übernimmt er aber auch andere Aufträge. Oder beschafft illegale Betäubungsmittel.« Birke gluckst in sich hinein. »Boris ist übrigens ein gutes Beispiel für Eddis wunderbare, aber ungewollte Unterstützung meiner Pläne. Eddi hat mir eines Abends treuherzig erzählt, seine Ex-Freundin Livia hätte herausgefunden, dass einer ihrer Hotelmitarbeiter Boris' Nutte aufsucht. Ein Glücksfall, denn ich konnte mehrere Fliegen mit einer Klappe schlagen. Mit Boris habe ich vereinbart, dass er mir Informationen zu diesem Hotelmitarbeiter beschafft und mich bei Bedarf tatkräftig unterstützt – wie im Fall Ihres Transports, liebe Sarah. Es war eine große Enttäuschung für mich, Sie wieder in Tampere zu sehen.«

»Warum dieser Aufwand, mich in der Wildnis auszusetzen?« Beiläufig macht Sarah einen kleinen Schritt auf Birke und Eddi zu.

»Sie haben alles durcheinandergebracht, deshalb.« Hass glimmt in Birkes Augen auf. »Mit Ihren Fragen haben Sie Asta und Jussi verunsichert. Außerdem haben Sie zu viel Aufmerksamkeit erregt und sogar diesen Polizisten aus Helsinki hergeholt. Ich wollte Sie verschwinden lassen, irgendwohin, wo es lange dauern würde, Sie zu finden. Mindestens so lange, bis ich hier fertig wäre.«

»Ihr Plan ist nicht aufgegangen, möchte ich meinen.«

Birke presst die Lippen zusammen. »Ich habe meinen Plan den Umständen angepasst. Vor allem durch unser Treffen wird es noch einmal aufwendiger für mich, das ist richtig. Doch das beunruhigt mich nicht. Am Ergebnis wird es nämlich nichts ändern. Die Sache ist bald beendet.«

»Mit der Sache meinen Sie wohl Ihre Rache«, stößt Sarah aus. Sie muss Birke unbedingt am Reden halten. »Nach Arttu soll nun auch Asta sterben. Dann können Sie wieder verschwinden, richtig?«

Birke seufzt. »Sie sind klüger, als Sie auf den ersten Blick wirken.«

Sarah deutet eine Verbeugung an. »Es war sicherlich nicht schwer, Arttu die Kapsel mit dem Bienengift unterzuschieben. Wie haben Sie es angestellt?«

»Wie Sie schon sagen, war es recht einfach. Ich habe seine Pillendose im Getümmel des Hotelfoyers an mich genommen, die Kapsel mit dem Bienengift hineingelegt. Arttu nahm seine

Nahrungsergänzungsmittel immer zur selben Uhrzeit – Asta hat sich stets darüber lustig gemacht. Ich habe mit eigenen Augen gesehen, wie er den Inhalt der Dose in den Mund kippte. Dann bin ich wieder ins Büro gefahren. Und habe abgewartet.«

»Und die Frau, die hier tot gefunden wurde? Die Obdachlose. Warum musste sie ebenfalls sterben? Sie hatte mit Ihrer Rache nichts zu tun, oder?«

Birke drückt den Rücken durch, wirkt geradezu stolz. »Tja, da hört es mit Ihrer Schlauheit bereits wieder auf. Natürlich hatte sie mit meiner Rache zu tun. Ich habe lange daran gearbeitet, die Frau dahin zu bringen, dass sie ihre Wut gegen Asta auslebt. Meine Hoffnung war, dass Tarja mir die Drecksarbeit abnehmen würde. Doch sie hat kläglich versagt, gestern auf der Feier. Deshalb ist sie tot. Nun werde ich mich selbst um Asta kümmern.«

»Tarja hieß die Frau? Was hatte Tarja aber mit der Bürgermeisterin zu schaffen?«

Birke lacht auf. »Ihr Ex-Mann Kalle arbeitet seit vielen Jahren für Asta. In unterschiedlichen Positionen, aber immer in der städtischen Verwaltung. Er hat Astas Betrugssystem mit aufgebaut. Dafür hat Asta sich erkenntlich gezeigt. Sie hat Kalle seinerzeit nicht nur geholfen, Tarja loszuwerden, um ihre Schwester zu heiraten, sie hat darüber hinaus alle Register gezogen, damit Tarja das Sorgerecht für Kalles und ihre Tochter verliert. Falsche Gutachten. Untergeschobene Drogen. Solche Sachen. Asta ist sehr einfallsreich, wenn sie etwas erreichen möchte. Wäre es nicht wunderbar gewesen, hätte dieser Ruf aus der Vergangenheit zu Astas Tod geführt? Beinahe wäre es geglückt.«

»Woher wissen Sie das alles, Birke? Von falschen Gutachten und Drogen. Das wird Asta Ihnen wohl kaum im Vertrauen erzählt haben.«

Diesmal lacht Birke aus vollem Herzen. Dabei zuckt das Messer hin und her.

Sarah macht einen weiteren verstohlenen Schritt auf Eddi und Birke zu.

Das Lachen endet so plötzlich, wie es begonnen hat. »Heutzutage ist es so einfach, Menschen zu belauschen oder zu verfolgen. Ohne es zu wissen, trug Tarja in ihrem Jutebeutel einen kleinen Sender bei sich, der mir immer verriet, wo sie war. Und das Mikrofon in Astas Büro kann man mit bloßem Auge kaum erkennen. Jedes Wort, das Asta in ihrem Büro mit Jussi gewechselt hat, habe ich aufgezeichnet. Ich habe alles auf Band. Die Betrügereien mit den Baugrundstücken. Die Bestechungen, um städtische Aufträge an Firmen zu vergeben, an denen Asta heimlich durch Strohmänner beteiligt ist. Die schmutzigen Vereinbarungen, die Asta seinerzeit mit Arttu geschlossen hat. Gemeinsam wollten Asta und Jussi ordentlich abkassieren. Deshalb kamen ihnen die Todesfälle auch so ungelegen.«

»Die Todesfälle hätten, wäre nur korrekt ermittelt worden, auf die Betrügereien hinweisen können. Natürlich.« Sarah nickt langsam.

»Es war nicht schwer für Jussi, bei den Ermittlungen wichtige Informationen unter den Tisch fallen zu lassen. Was Asta bei der Stadt etabliert hat, hat Jussi bei der Polizei geschaffen: ein korruptes System, das vor allem Geld in die eigenen Taschen spült. Als die beiden feststellten, dass sie aus dem gleichen Holz geschnitzt sind, gab es kein Halten mehr. Das Traumpaar hatte sich gefunden.« Birke grinst höhnisch. »Der kleinen Sekretärin Birke haben sie kaum Beachtung geschenkt. Als ich mitbekam, dass ein Kollege Jussis anfing, unbequeme Fragen zu stellen, habe ich mir den Jungen natürlich genauer angesehen. Ich hatte Eddi schnell um den Finger gewickelt.« Sie deutet mit dem Messer auf den Bewusstlosen. »Eigentlich eine tragische Figur, unser Eddi. Er kann seine Hose einfach nicht anbehalten. Viele Herzen hat er gebrochen, der Gute. Nun, damit ist es jetzt vorbei.«

Ein Fuß Eddis bewegt sich zuckend. Prüfend schießt Sarahs Blick zurück zu Birke. Sie scheint die Bewegung nicht bemerkt zu haben. Mit einer fahrigen Armbewegung zieht Sarah Birkes Aufmerksamkeit ganz auf sich. Es wird Zeit, die letzten Geschütze aufzufahren. »Und Sie glauben, wenn auch Asta tot ist, dann haben Sie den furchtbaren Tod Ihres Bruders gerächt, Birke?«

Etwas in Birkes Gesicht verändert sich. Schmerz entstellt ihre Miene für einen Herzschlag, wird dann aber von blankem Hass abgelöst. Sie macht mit erhobenem Messer einen Schritt auf Sarah zu.

Sarah blickt ihr in die Augen. »Durch Astas Tod wird Pekka auch nicht wieder lebendig.«

»Nehmen Sie seinen Namen nicht in den Mund!«, schreit Birke. Sie klingt wie ein gepeinigtes Tier.

Ein lautes Klopfen lässt beide Frauen herumfahren.

Die große Fensterfront erzittert unter Faustschlägen.

»Endlich!«, stöhnt Sarah auf.

»Was …? Sie … sie kommt hier nicht rein!« Birke reißt erstaunt die Augen auf.

»Oh doch«, murmelt Sarah. »Sie kommt herein.« Mit einer Handbewegung verweist sie auf die Glastür.

Drei Sekunden später wird die Tür aufgestoßen, und Livia stürmt ins Foyer. Sie sieht aus wie eine griechische Rachegöttin, schießt es Sarah in den Kopf. Livias Haar steht in alle Himmelsrichtungen ab, ihre Augen sind zwei glühende Kohlestücke. Im Rennen kreischt sie einen Ton, der im Trommelfell schmerzt.

Aus dem Augenwinkel nimmt Sarah wahr, wie Eddi sich stöhnend auf die Knie stemmt. »Birke hat mir gerade stolz erzählt, dass sie die ganze Zeit geplant hat, Ihnen Eddi auszuspannen!«, ruft sie und deutet auf Birke.

Heulend stürzt Livia sich auf Birke, wirft sie zu Boden und holt mit der Faust aus. Klirrend schlittert das Messer über den Steinboden. Birkes Schmerzensschrei verrät, dass Livias Faustschlag sein Ziel gefunden hat.

Eddi robbt auf den Empfangstresen zu, als wollte er dahinter Schutz suchen.

Sarah zieht ihr Handy aus der Jogginghose und beendet die Audioaufnahme. Dann sendet sie die Datei an Toivo Aalto, ruft ihn gleich darauf an, während sie kopfschüttelnd verfolgt, wie Livia die stöhnende Birke traktiert. »Toivo? Ich habe Ihnen gerade das Geständnis von Arttu Mäkeläs Mörderin geschickt. Sie heißt Birke Nieminen. Bitte veranlassen Sie, dass eine Polizeistreife die Frau abholt. Wenn der Anruf über Sie kommt, Toivo, wird Jussi keine Spielchen wagen, hoffe ich. Ach, und ein Krankenwagen wäre ebenfalls hilfreich.«

Nachdem sie dem Kommissar ein paar Fragen beantwortet und sich vergewissert hat, dass drei Personen schwer atmend, aber lebendig auf dem Boden des Foyers liegen, verfasst sie eine SMS.

Lieber Moritz, ich schaffe es heute Abend glücklicherweise doch noch! Wollen wir uns um 21 Uhr im Hotelrestaurant treffen?

SECHSUNDFÜNFZIGSTES KAPITEL

Toivo Aalto sieht Sarah erstaunt an, während er sie einen Korridor hinunterführt. »Sie hat gesagt, dass sie nur mit Ihnen sprechen will. Normalerweise lassen wir uns auf so etwas nicht ein, doch die Zeit drängt. Wir benötigen umgehend stichhaltige Beweise gegen Asta und Jussi. Deren Anwälte bringen sich bereits in Stellung.«

»Sind die beiden in Helsinki?«

Aalto nickt. »Die obersten Stellen befassen sich mit dem Fall. Und ich soll hier in Tampere den Sumpf trockenlegen. Birke Nieminen ist unsere beste Chance, schnell an belastbare Informationen zu gelangen. Je mehr Zeit vergeht, umso mehr Beweise könnten vernichtet werden. Daher habe ich die Sondergenehmigung erhalten, dass Sie mit Birke sprechen dürfen. In meiner Gegenwart. Die Frau will uns nur weiterhelfen, wenn sie zuerst mit Ihnen reden kann. Doch Sie dürfen nicht vergessen, Sarah, dass wir es mit einer Mörderin zu tun haben.«

Sarah nickt. »Übrigens – Glückwunsch zur Beförderung, Toivo.«

»Hier hinein. Wir sind da.« Der Hauptkommissar zieht die Tür zu einem Besprechungsraum auf und bedeutet der Polizistin, die innen neben der Tür steht, den Raum zu verlassen.

Birke hebt den Blick von ihren auf der Tischplatte gefalteten Händen. Sie hat mehrere Blutergüsse um die Augen, die Nase ist geschient. Auf einer Wange prangt ein großer Klebeverband. Livia hat ganze Arbeit geleistet. Dafür liegt sie nun mit zwei gebrochenen Händen im Krankenhaus.

»Hallo, Birke«, sagt Sarah und setzt sich ihr gegenüber.

Aalto lehnt sich an die Wand und lässt Sarah und Birke nicht aus den Augen.

»Hallo«, flüstert Birke mit nasaler Stimme.

»Sie haben der Polizei gesagt, dass Sie mit mir sprechen wollen?« Sarah streicht sich eine Haarsträhne aus der Stirn.

Birke nickt. »Pekka«, sagt sie. »Ich möchte über ihn sprechen.«

Sarah bleibt unbewegt sitzen und schweigt.

»Ich habe Angst, dass alles umsonst war, wenn ich nicht wenigstens über ihn spreche.«

»Über Ihren Bruder Pekka? Den Mann, der im März auf dem gefrorenen Näsijärvi-See unterwegs war?«

Birke nickt, verzieht dabei schmerzhaft das Gesicht. »Er hat gelitten, sein Leben lang.« Sie seufzt, holt tief Luft. »Aber zuerst möchte ich von Ihnen wissen, wie Livia in das Foyer kommen konnte. Der Schließmechanismus der Tür war so eingestellt, dass man sie nicht von außen öffnen konnte.«

Sarah kann sich ein Schmunzeln nicht verkneifen. »Ein kleiner handelsüblicher Keil hat da Wunder gewirkt. Ich habe ihn beim Reinkommen platziert. Schließlich wollte ich nicht mit Ihnen in einem Raum sein, den man von außen nicht betreten kann. Ilmari war so nett, mir den Keil zu besorgen. Er arbeitet im Hotel.«

»Ilmari, aha.« Ein Ausdruck von Belustigung huscht über Birkes Gesicht.

Sarah runzelt die Stirn. »Kennen Sie ihn?«

»Lassen Sie uns von Pekka sprechen.«

»Ich höre Ihnen zu, Birke.«

Für eine Weile herrscht Schweigen, nur eine Bürowanduhr tickt. Dann schüttelt Birke den Kopf und ergreift das Wort. »Pekka war das, was manche Menschen etwas zurückgeblieben nennen. Doch für mich war er mein wunderbarer kleiner Bruder, der im Sommer mit mir auf dem See gerudert ist, dem ich abends, wenn er nicht einschlafen konnte, Geschichten erzählt habe. Zusammen mit Joko, dem Jüngsten, waren wir ein festes Dreiergespann. Wir haben gegenseitig auf uns achtgegeben. Papa war immer arbeiten, und wenn er zu Hause war, hatte er schlechte Laune. Mama war krank, depressiv. Aber wir haben es ausgehalten. Weil wir uns hatten. Bis zu dem Winter, in dem das Unglück geschah.«

Eine drückende Stille breitet sich im Besprechungsraum aus. Mittlerweile hat Birke den Blick wieder in Richtung Tischplatte gesenkt.

Sarah schaut fragend zu Aalto, doch der schüttelt sacht den Kopf.

Birke räuspert sich. »Pekka hatte Joko mit auf den See genommen. Zum Eisfischen. Es war ein schöner Tag, voller Sonnenschein. Das Eis hat blau geglitzert. Sie haben ein großes Loch ins Eis gebohrt und geangelt. Dann ist Pekka zum Haus zurückgerannt, weil Joko seine Handschuhe vergessen hatte. Als er wieder zum Eisloch kam, war Joko verschwunden. Man konnte hinterher nicht sagen, was passiert war. Ob Joko ausgerutscht war. Ob ihn der Zug eines Fisches an der Angel überrascht hatte. Sie haben ihn am nächsten Tag gefunden. Unter dem Eis, einige Dutzend Meter vom Loch entfernt. Pekka war dabei, als sie ihn fanden. Er hatte den ganzen Tag und die ganze Nacht gesucht. Gerufen. Geweint. Als sie das Eis aufbrachen und Joko aus dem See zogen, war seine Haut blau angelaufen. Blau wie der See, hat Pekka immer geflüstert. Eisblau.«

Sarah schluckt und wischt an einem Augenwinkel.

»Nichts war mehr wie zuvor. Pekka hat sich furchtbare Vorwürfe gemacht. Nachts hat er geweint, am Tag geschwiegen. Dann hat Mama sich umgebracht. Mit einem Strick auf dem Dachboden. Papa hat sie gefunden. Pekka und ich sind zu einer Pflegefamilie gekommen, weil Papa gesagt hat, er schafft es nicht mehr mit uns. Ich habe immer versucht, Pekka klarzumachen, dass er keine Schuld hat. Doch er wollte nicht hören. Er hat angefangen, sich einzubilden, Joko würde nachts aus dem See steigen und mit ihm schimpfen. Weil er, Pekka, an seinem Tod schuld sei. Und an Mamas Tod. Irgendwann hat man bei Pekka mehrere Störungen diagnostiziert, doch das hat ihm auch nicht weitergeholfen. Es wurde schlimmer und schlimmer mit ihm. Er hat Medikamente bekommen, doch sie halfen nicht. Er setzte sie alle wieder ab.

Ich habe geheiratet, doch die Ehe ging schnell in die Brüche. Pekka ist von unserem Wohnort in Ostfinnland, nahe der russischen Grenze, weggegangen, und ich habe lange nichts mehr von ihm gehört. Bis er mich Anfang des Jahres anrief. Aus Tampere. Er klang glücklich. Er nehme wieder Medikamente, hat er gesagt.«

»Medikamente?« Sarah ahnt, in welche Richtung sich die Geschichte entwickelt. Sie muss an die Unterlagen denken, die sie in Astas Tresor gefunden hat. »Er hat bei *Mäkelä Medicals* an illegalen Tests mit Psychopharmaka teilgenommen, nicht wahr? Sein Name stand auf der internen Liste. Pekka Hikipää. Ihr

Mädchenname, Birke. Von Eddi wusste ich, dass Sie geschieden waren und vor der Heirat Hikipää hießen. Als ich den Namen las, wurde mir alles klar. Ihr Bruder war ein Versuchskaninchen für Arttus Unternehmen.«

Birke nickt. »Er hat mir alles erzählt, ganz naiv, als wäre es das Normalste auf der Welt, an einem solchen Test teilzunehmen. Auf der Straße – Pekka war in Tampere obdachlos – wurde er angesprochen, ob er Geld verdienen will. Also hat er die Medikamente genommen. Seine Angstzustände und die Paranoia wurden zunächst sogar weniger, aber nach einiger Zeit kehrten sie umso dramatischer zurück. Ich konnte das von Telefonat zu Telefonat mitverfolgen. Pekka glaubte am Ende, Joko würde ständig mit ihm sprechen. Ihn zu sich ins Wasser rufen. Als ich ihm sagte, dass ich nach Tampere komme, hat er erwidert, dass er sich dann umbringt. Ich bereue, dass ich auf ihn gehört habe. In der Nacht, in der er verschwand, habe ich zweimal mit ihm gesprochen. Beim ersten Mal war er völlig aufgeregt. Er sagte, er steht vor dem Bürogebäude von Arttu Mäkelä, das er kennt, weil er manchmal auf einem dortigen Lüftungsschacht übernachtet. Er wollte den Mann abfangen und ihm sagen, wie schlecht es ihm seit den Tests gehe. Als er das bei den Ärzten der Firma anbrachte, hat man ihn einfach rausgeworfen und die Testphase für beendet erklärt. Ich weiß noch, wie ich dachte, dass es gut ist, wenn Pekka für sich selbst einsteht und diesen Mäkelä anspricht.« Sie holt tief Luft. »Bis ich später wieder mit ihm telefonierte.«

Der Unbekannte, der auf dem Eis verschwand. Arttus letzte Worte, bevor er starb. Pekka. Sarahs Magen krampft sich zusammen.

»Pekka hat am Telefon geweint. Arttu Mäkelä hätte ihn angeschrien, hat er schluchzend und in seiner kindlichen Art berichtet.

Dass Pekka verschwinden soll, er wäre nicht mehr wert als Dreck. Als Pekka Arttu sagte, wie schlecht es ihm seit der Medikamentengabe ging, wie das eisblaue Gesicht seines toten Bruders wieder und wieder vor seinem inneren Auge erscheine und ihn zu sich rufe, hat Arttu ihn ausgelacht. Und höhnisch gesagt, Pekka solle den eisblauen Bruder draußen auf dem Eis suchen, nicht hier bei ihm. Bestimmt warte sein Bruder schon sehnsüchtig auf ihn, draußen auf dem Näsijärvi. Da ist Pekka gegangen.«

»Auf den See hinaus«, flüstert Sarah. »Später muss Arttu das schlechte Gewissen gepackt haben. Als er verstand, dass er einen Menschen in den Tod getrieben hat. Seine Tochter meinte, er sei seit dem Verkauf der Firma nicht mehr derselbe gewesen. Arttu hat auch alles gesammelt, was zu dem Mann auf dem Eis veröffentlicht wurde. Er rang mit seiner Schuld. Daher seine letzten Worte beim Tango. Es sollte eine Beichte werden.«

Birkes Blick verhärtet sich. »Als ich ein paar Tage später in den Medien von dem Mann auf dem Eis hörte, wusste ich sofort Bescheid. Natürlich hatte ich Dutzende Male versucht, meinen Bruder zu erreichen. Erfolglos. Er war tot, das wusste ich. Ich kann nicht sagen, woher ich es so genau wusste, doch es war mir völlig klar. Und diesmal gab es einen Verantwortlichen. Ich recherchierte tagelang zu Arttu Mäkelä. Einer der reichsten Männer Finnlands, der gerade sein Pharmaunternehmen verkaufte. Ich stieß auf seine Verbindung zur Bürgermeisterin von Tampere. Als ich im Internet las, dass Asta Helläkoski eine neue Assistentin suchte, hab ich mich beworben.«

»Und ein paar Wochen später hatten Sie den Job.« Sarah nickt.

Etwas in Birkes Haltung verändert sich. Auch ihre Mimik ist eine andere. Noch härter, noch feindseliger. »Ich musste gar nicht lange suchen, um auf den tiefen Sumpf von Betrügereien,

Vorteilnahmen und Bestechungen zu stoßen. In erster Linie ging es mir bei meiner Recherche um *Mäkelä Medicals*, jenes Unternehmen, das gerade verkauft worden war, nachdem noch illegale Tests durchgeführt worden waren. Wahrscheinlich, um dem Käufer noch mehr Gewinn versprechende Resultate präsentieren zu können. Ich wühlte mich durch Astas Unterlagen und staunte nicht schlecht, dass laut einer uralten Vereinbarung ein beträchtlicher Teil des Unternehmens Asta gehörte. Sie hatte Arttu einen ordentlichen Batzen Startkapital zur Verfügung gestellt. Da es sich aber um Schwarzgeld handelte, konnte sie ihre Ansprüche nicht geltend machen. Sie war auf Arttus Wohlwollen angewiesen. Und Arttu Mäkelä dachte nach dem Verkauf anscheinend nicht im Entferntesten daran, auch nur einen Cent an sie abzutreten. An seine alte Freundin Asta.«

»Ich habe die Vereinbarung gesehen«, sagt Sarah in Richtung Toivo.

»Asta hat getobt. Stundenlang hat sie sich in ihrem Büro vor Jussi ausgelassen, was für ein Verbrecher Arttu sei. Um mehrere Millionen Euro habe er sie betrogen. Als Arttu dann beim Tangotanzen starb, war Asta am Boden zerstört. Aber nicht wegen Arttu. Nicht wegen der alten Freundschaft.« Birke lacht auf. »Nein, sie war verzweifelt, weil sie nun nicht mehr an ihr Geld kam. Hätte sie die Vereinbarung mit Arttu offengelegt, wären ihre Betrügereien aufgeflogen. Sie konnte nur noch hoffen, sich mit Lyyli zu verständigen. Daher war Asta auch sofort alarmiert, als Sie, Sarah, Fragen zu Arttus Tod gestellt haben. Ein Verbrechen als Todesursache hätte viel zu viel Aufsehen erregt. Außerdem wusste Asta bereits, dass der Unbekannte, über den alle redeten, kurz vor seinem Tod bei Arttu gewesen war. In einer schwachen Minute hat Arttu ihr die Geschichte gebeichtet, glücklicherweise ohne einen Namen zu nennen. Die Verbindung zu *Mäkelä Medicals* durfte niemals publik werden! Asta wollte nichts weiter als Ruhe, damit ihr kriminelles System nicht auffliegt. Also hat Jussi die Ermittlungen zu dem Unbekannten eingestellt. Ich bin überzeugt, dass Asta ihr Verhältnis mit Jussi allein deswegen begonnen hat, um die Polizei und mögliche Ermittlungen gegen sie im Griff zu haben. Erst hat sie Jussi die prestigeträchtige Dozentenstelle an der Polizeihochschule verschafft, dann hat sie ihn in ihr Bett geholt. Seitdem hält er ihr alle Ermittlungen vom Hals. Sehr geschickt eingefädelt.«

Sarah und Toivo wechseln einen vielsagenden Blick.

»Als ich herausfand, dass Asta in all den Jahren an *Mäkelä Medicals* beteiligt war und dass sie von den illegalen Tests gewusst hat, wurde mir klar, dass sie genauso an Pekkas Tod schuld ist wie Arttu. Etwa zu der Zeit bekam ich ein Gespräch zwischen Asta und ihrem Protegé Kalle mit. Darin ging es um Kalles Ex-Frau Tarja. Kalle hatte mit Astas Hilfe seine eigene Ehe zerstört und bei der Scheidung Tarja die Tochter entzogen. Alles nur, weil Kalle und Tarjas Schwester Senja plötzlich ihre große Liebe füreinander entdeckt hatten. Senja konnte selbst keine Kinder bekommen, wünschte sich aber nichts sehnlicher, als schwanger zu werden. Natürlich wusste Asta Rat.« Höhnisch lacht Birke auf. »Offenbar hegte Kalle mittlerweile die Befürchtung, Tarja könnte ahnen, dass bei der Scheidung und dem Sorgerechtsstreit nicht alles mit rechten Dingen zugegangen war. Ich horchte auf. Konnte ich diese Tarja dazu bringen, Astas Schuld zu erkennen? Ich musste nicht lange in den Gemeindedateien suchen, um herauszufinden, dass Tarja obdachlos war. Ich setzte alles daran, die Frau aufzuschrecken, sie aus ihren Rückzugsorten zu vertreiben, damit sie ihren Ex-Mann aufsuchen würde. Dessen neue Familie, die ausgerechnet aus Tarjas Schwester und Tochter bestand. Wozu wäre eine Mutter fähig, die durch die Bürgermeisterin ihr Kind verloren hatte?

Da fiel es mir wie Schuppen von den Augen. Bei einem Telefonat hatte Pekka von einer Tarja gesprochen. Die beiden scheinen manchmal gemeinsam auf den Lüftungsschächten an den Bürogebäuden übernachtet zu haben. Tarja sei sehr nett zu ihm, lebe wie er auf der Straße und habe ebenfalls an den Tests von *Mäkelä Medicals* teilgenommen. Bei ihr hätten die Medikamente jedoch keine Wirkung gezeigt, hat Pekka mir erzählt.«

Wahrscheinlich hatte die Frau Glück und nur Placebos erhalten, denkt Sarah. Doch ein anderer Gedanke beschäftigt sie mehr. »Sie haben jemanden umgebracht, der mit Ihrem Bruder befreundet war und bis zu einem gewissen Grad sein Schicksal geteilt hat.«

Birke senkt ihren Blick wieder auf die Hände. »Nach ihrer vertanen Chance, Asta zu töten, musste ich sie zum Schweigen bringen. Wenn die Öffentlichkeit erfahren hätte, dass jemand Asta nach dem Leben trachtet, hätte das meine Arbeit sehr schwierig gemacht. Ich benötigte Zeit, um einen anderen Plan zu fassen. Also habe ich Tarja betäubt und ihr eine Überdosis Heroin gespritzt. Das Zeug habe ich mir von Boris besorgt. Es musste alles schnell gehen.«

Ungläubig schüttelt Sarah den Kopf. Ob Birke auch selbst unter psychischen Störungen leidet? Wie anscheinend schon ihre Mutter und ihr Bruder Pekka. Doch Sarah ist keine Psychologin. Diese Einschätzung werden andere vornehmen müssen. Sie ist einzig hier, um Antworten auf ihre Fragen zu erhalten. »Die von Ihnen aufgenommenen Gespräche zwischen Asta und Jussi, werden Sie die der Polizei zur Verfügung stellen?«

»Das werde ich«, erklärt Birke getragen. »Die beiden haben ihre Finger in so vielen Straftaten, dass ich sie aus der bloßen Erinnerung nicht aufzählen kann.« Sie verzieht den Mund zu einem zähnefletschenden Grinsen. »Meine Hoffnung ist es, mit Asta irgendwann im gleichen Gefängnis zu landen.«

Hauptkommissar Aalto räuspert sich, sagt aber nichts.

»Waren Tuula oder Lyyli auch in die Machenschaften verwickelt?«, fragt Sarah mit einem flauen Gefühl im Magen.

Birke schüttelt den Kopf.

Erleichtert atmet Sarah auf. Um Lyyli hätte es ihr leidgetan. Sie hat das Mädchen ins Herz geschlossen. »Und Eddi?«, fügt sie hinzu.

»Eddi?« Birke wirkt ernsthaft überrascht. »Eddi ist ein schwanzgesteuerter Lurch, der nur daran denkt, wie er eine Frau möglichst schnell ins Bett kriegt. Wobei man zugeben muss, dass er dafür nicht viel zu tun braucht. Er ist so sehr mit seinen Beziehungsspielchen beschäftigt, dass er blind dafür ist, wenn er selbst manipuliert wird. Abgesehen davon war er während meiner Arbeit für die Bürgermeisterin aber der Einzige, der sich gegen den Sumpf aus Vorteilnahme und Vetternwirtschaft gestellt hat. Dafür hat er sogar seinen Job riskiert.« Sie bekommt einen wehmütigen Zug um den Mund. »Nein, Eddi ist eigentlich in Ordnung.«

Sarah kaut für einen Moment an ihrer Unterlippe. »Ich denke, wir sind fertig«, sagt sie zu Toivo Aalto.

Birke drückt den Rücken durch, auf dem Gesicht einen flehentlichen Ausdruck. »Bevor Sie gehen, Sarah, habe ich noch eine Bitte an Sie.«

SIEBENUNDFÜNFZIGSTES KAPITEL

»Ich danke Ihnen sehr, Ilmari, dass Sie Livia so sehr eingepeitscht haben, dass sie nur noch eines wollte: Birke niederstrecken.« Sarah lässt die Wimpern flattern. »Was dann auch passiert ist.«

Ilmari deutet eine Verbeugung an. »Ich freue mich, dass ich Ihnen helfen konnte. Livia fällt wegen ihrer gebrochenen Hände auf unbestimmte Zeit aus. Auf Empfehlung von Carlos wurde mir ihre Stelle angeboten. Ab der nächsten Woche leite ich die Tagesschicht.« Er wirft sich in die Brust.

Ilvi klatscht in die Hände. »Ich gratuliere!«

»Großartig!«, sagt Sarah, dann zwinkert sie verschwörerisch. »Auf diese Weise bekommt am Ende jeder das, was er verdient.«

Ilvi streckt ihr die Zunge heraus. »Du meinst, so wie *ich* Eddi bekomme?«

»Ich glaube wirklich, dass ihr gut zusammenpasst, Ilvi.« Abwehrend hebt Sarah eine Hand. »Dass ihr gleich zusammenzieht, mag ein wenig verfrüht sein, aber das ist deine Entscheidung. Ich habe nichts gegen den Mann. Außerdem steigt er wohl im Job auf. Toivo, der durch die Struktur der Kriminalbehörden durchfegen soll, holt ihn an seine Seite.«

Ilvi nickt begeistert. »Schließlich war Eddi der Einzige bei der Polizei, der Jussi die Stirn geboten hat.«

Sarah zieht die beiden übergroßen Rollkoffer zu sich. »Dir ist bewusst, Schätzchen, dass du mit einem *Polizisten* zusammen bist?«

»Aber Eddi ist ein ganz besonderer Polizist«, säuselt Ilvi. »Natürlich werde ich den anderen Exemplaren dieser Spezies fernbleiben. Toivo braucht gar nicht zu glauben, dass wir ihn zu uns einladen, nur weil er jetzt in Tampere wohnt.«

»Vorerst wohnt er hier, bis sich abzeichnet, dass er auch von Helsinki aus alles steuern kann. Du brauchst dir keine Sorgen um ihn zu machen. Toivo kennt hier sicher genügend Leute noch aus seiner Zeit an der Polizeihochschule.«

»Na, dann ist ja gut«, erwidert Ilvi schnippisch, prustet dann aber los. »Toivo wird traurig sein, dich in Helsinki zu verpassen.«

»Ich habe sowieso keine Zeit, in Helsinki zu bleiben. Mein Flug geht heute Nachmittag. Nach Frankfurt.«

Ilvi horcht auf. »Frankfurt? Nicht nach München?« Dann klatscht sie begeistert in die Hände. »Der Doktor, mit dem du vorgestern essen warst, der kommt aus Frankfurt!«

»Moritz? Das ist richtig. Ich weiß aber nicht, was das …«

»Man hat Sie gesehen, Sarah«, flüstert Ilmari. »Drüben im Park, am Ententeich. Händchen haltend und knutschend.«

Ilvi johlt so laut, dass die letzten Gäste im Frühstücksbereich herüberschauen.

»Ich hatte noch nie in meinem Leben das Gefühl, derart aufmerksam beobachtet zu werden«, stößt Sarah grinsend aus. »Nicht mal, als sich die Klatschpresse auf meine Scheidung gestürzt hat. Aber es ist okay. Ich gebe zu, dass ich zu Moritz nach Frankfurt fliege.« Theatralisch seufzt sie.

Ilvi fällt ihr um den Hals. »Ich freu mich für dich. Das ist genau das, was du jetzt brauchst. Du hast dem Bären ins Auge geschaut. Sarah, du bist ein Glückskind.«

»Dem Bären?« Ilmari blickt von Sarah zu Ilvi.

»Ein anderes Mal, Ilmari. Ein anderes Mal.« Sarah winkt ab.

»Werden Sie wiederkommen, Sarah?«, fragt Ilmari.

Sie zuckt mit den Schultern. »Wer weiß das schon? Sollte es nächstes Jahr wieder ein Tangofestival geben, ohne Asta, dann vielleicht. Ich bin während meines Aufenthaltes zu vielem gekommen, aber leider nicht zum Tangotanzen. Vielleicht wird auch Ilvi in Tampere sesshaft und bekommt mit Eddi fünf reizende Kinder. Auch dann werde ich sicher mal vorbeischauen.«

»Nur fünf?«, grölt Ilvi und klopft sich auf die Schenkel.

»Wir werden sehen.« Sarah wendet sich wieder Ilmari zu. »Sagen Sie, konnten Sie die Besorgung machen?«

Ilmari nickt. »Es war nicht leicht, zu dieser Jahreszeit. Ich glaube, der Florist hat sie aus Helsinki kommen lassen. Einen Moment.« Er verschwindet im Büro, kehrt gleich darauf mit einem in Papier eingeschlagenen Blumenstrauß zurück. »Bitte.«

»Wunderbar, wie immer ist auf Sie Verlass, Ilmari.« Sarah macht einen theatralischen Knicks und lacht. »Es ist Zeit für mich, aufzubrechen.«

Ilvi schultert ihren Rucksack und greift einen von Sarahs Koffern. »Ich helfe dir.«

Am Taxistand umarmen sie sich, während der Fahrer das Gepäck in den Kofferraum hievt.

»Ich bin dir immer noch ein bisschen böse, dass du mich den Auftritt hast absolvieren lassen, während du allein in die Höhle des Löwen gegangen bist«, sagt Ilvi gespielt beleidigt.

Sarah setzt sich auf die Rückbank, legt den Strauß neben sich und hält die Tür geöffnet. »Weiß du, Ilvi, ich habe keinen Augenblick auch nur den Hauch von Angst verspürt.« Sie wirft der Freundin einen Luftkuss zu und zieht die Tür zu. »Bitte machen Sie einen Umweg. Bevor Sie mich am Bahnhof absetzen, möchte ich noch einmal zum Näsijärvi. Irgendwo ans Ufer, wo wir einen schönen Ausblick haben, bitte.«

Zehn Minuten später steht Sarah an der Bucht mit einem weiten Blick auf den See. Sie schaut zum Näsinneula. Majestätisch ragt der Aussichtsturm hinter einem Vergnügungspark auf. Dann dreht sie den Kopf in die andere Richtung, mustert die Bürogebäude am östlichen Ufer.

In diesem Moment bricht die Sonne durch die Wolkendecke und lässt die Wasseroberfläche aufleuchten.

»Es ist nicht leicht, in diesem Leben keine Angst zu haben«, flüstert Sarah. Langsam wickelt sie die Blumen aus dem Papier. Die Blüten leuchten, genau so, wie sie es Ilmari beschrieben hat. Genau so, wie Birke es erbeten hat.

Für eine Sekunde schließt Sarah die Augen. Dann nickt sie und blickt aufs Wasser, konzentriert sich auf einen entfernten Punkt. In hohem Bogen wirft sie den Strauß in den See. Im Moment des Versinkens fängt er noch einmal das Funkeln der Sonne auf. Dann versinkt er mit einem eisblauen Flackern in den Fluten.